时代出版传媒股份有限公司
安徽教育出版社

丁放 甘松 著

宋元词学史

图书在版编目(CIP)数据

宋元词学史 / 丁放,甘松著.--合肥:安徽教育出版社,2024.12
ISBN 978-7-5336-9870-6

Ⅰ.①宋… Ⅱ.①丁… ②甘… Ⅲ.①词(文学)－诗歌史－中国－宋元时期 Ⅳ.①I207.23

中国版本图书馆CIP数据核字(2022)第221773号

宋元词学史
SONG-YUAN CIXUE SHI

出 版 人:王能玉
统筹编辑:江　舟
责任编辑:江　舟　付　静　陶忠娣
责任校对:汪　攀
装帧设计:吴亢宗
技术编辑:陈善军

出版发行:安徽教育出版社
地　　址:合肥市经开区繁华大道西路398号　邮编:230601
网　　址:http://www.ahep.com.cn
营销电话:(0551)63683012,63683013
排　　版:安徽时代华印出版服务有限责任公司
印　　刷:安徽联众印刷有限公司

开　　本:710 mm×1010 mm　1/16
印　　张:30
字　　数:399千字
版　　次:2024年12月第1版
印　　次:2024年12月第1次印刷
定　　价:98.00元

(如发现印装质量问题,影响阅读,请与本社营销部联系调换)

目 录

001　绪　论

021　**第一章**
　　　宋元词乐的发展与词学的演进

023　第一节　唐宋词乐的发展与演变
031　第二节　苏轼词入乐可歌之新论
047　第三节　金元词乐演变及衰落原因探析

067　**第二章**
　　　宋代词选与词学理论

070　第一节　《云谣集杂曲子》《花间集》与词学的发轫
076　第二节　宋代词选与词学
096　第三节　词选与词别集的编纂与传播

105　第三章
　　　宋代笔记中的词论

108　第一节　宋代笔记论南唐李煜词
115　第二节　宋代笔记论北宋柳永、苏轼词
128　第三节　宋代笔记中的宫廷词"本事"

151　第四章
　　　宋代词话与词论

154　第一节　北宋词话论词风、词体、词史等问题
162　第二节　《碧鸡漫志》的词论
168　第三节　《苕溪渔隐丛话》与南宋词论

175　第五章
　　　张炎《词源》对宋代词学的总结

177　第一节　杨缵与宋末的词乐理论
182　第二节　沈义父《乐府指迷》与陆辅之《词旨》
191　第三节　张炎《词源》与词乐研究
205　第四节　张炎《词源》雅正派词论的集大成意义

215　第六章
　　　金元词学总集与词论

217　第一节　《中州乐府》的文献价值
228　第二节　《绝妙好词》与雅正派词论
238　第三节　《元草堂诗余》与金元词风
247　第四节　金元时期其他词学总集的理论意义

263 **第七章**
金元之交的词论

269 第一节　王若虚《滹南诗话》的词学观
284 第二节　元好问重豪放的词论
293 第三节　刘祁《归潜志》的词论与词学价值

301 **第八章**
元代词论

303 第一节　周密《浩然斋雅谈》等著作中的词论
313 第二节　元代词集序跋与词论
322 第三节　元代诗话与笔记中的词论

333 **第九章**
后世对宋元词学的接受

335 第一节　《绝妙好词》接受史述论
354 第二节　《乐府补题》的接受与"比兴寄托"说的演变
373 第三节　张炎《词源》接受史述论

397 结　论

405 附　录

466 参考文献

474 后　记

绪 论

绪论

　　宋、金、元三朝，"曲子词"的创作与理论研究，均有突出的成就，宋词是"曲子词"这一文体发展的高峰，宋代出现了众多成就卓著的词人和许多流传千古的优秀词作，词学理论亦得以初步建立。金元词处于宋词极盛之后，虽无法再现当年盛况，但某些词人仍取得了较高成就，且在词学理论上多有建树，对宋词的创作经验作了很好的总结，对金元词自身的特点也有较为科学的概括。长期以来，学界的宋金元词学研究虽取得了一些成果，但进行系统、综合研究的著作尚不多见。故本书拟对宋金元词学理论进行较为全面的探讨，力争为中国词学研究稍尽绵薄之力。

　　需要说明的是，唐五代虽为词之发源期，也有词学理论及词集、词选出现，但材料偏少，本书未列专章。不过在论述时，必然要溯源至唐五代之词学。

　　宋金元词学的研究范围，需要加以确定。《全元文·凡例》云："本书所收作家之时限原则上承金和南宋，原金朝管辖区作家以金哀宗天兴三年（一二三四）为上限；原南宋管辖区作家以南宋赵昺祥兴二年（一二七九）为上限；以元顺帝至正二十八年（一三六八）为下限。由金、宋入元，由元入明作家，其主要活动在元者，则作为元人收录。"[1] 陶

---

[1] 李修生主编：《全元文》第1册，江苏古籍出版社1999年版，"凡例"第1页。

然教授在《金元词通论》中提出了"以创作为主导""依事迹而推定""原心迹为辅助""取两存以兼顾"等四项标准。[1] 这些标准当然可供参考，但本书有自己的划分标准，即以诗论著作产生的时间为主要依据，总体从宽，且考虑某些特殊情况。现将可能引起归属争议的章节的分期依据简述如下。

王若虚（1174—1243）主要生活在金代，且其《滹南诗话》论词，肯定苏轼词而不满黄庭坚词，是典型的金人议论，将其归入金代，自无异议。刘祁（1203—1250）的词论主要见其《归潜志》，此书作于金亡之后；元好问（1190—1257）的《中州乐府》及某些词集序跋，也多作于金亡之后。假如将二人列为元人，似乎并无不妥。而本书将刘祁、元好问二人列入金朝，原因有两点：一是"原其心迹"，刘祁以"归潜"名斋，显然以金朝遗民自居；元好问金亡不仕，亦自居金人。二是从二人词论的内容来看，刘祁所记皆金代词人之事；元好问编《中州集》（《中州乐府》为其附录），更是以保存金朝文献为己任。但以上三人毕竟都在元朝统治下生活了一段时间，因此本书将他们视为金元之交的文人，并将他们的词论命名为"金元之交的词论"。

张炎生于1248年，一般认为其卒年是在1320年之后。王兆鹏教授认为张炎活到了元英宗至治（1321—1323）年间，[2] 而且其《词源》刊行于1317年，此时宋亡已近四十年，故宜将其列为宋元之交的词人。本书"金元词总集与词论"一章将元好问《中州乐府》列入金朝，是随元好问的归属而定的。论周密《绝妙好词》一节，因《绝妙好词》编定于至元二十八年（1291）前后，[3] 且周密《齐东野语》《癸辛杂识》《浩然斋雅谈》诸笔记亦均作于宋亡之后，故将周密划为元人；《乐府补题》可能作于1291年至1293年之间，[4] 故亦应将其划为元人著作；

---

[1] 参见陶然《金元词通论》，上海古籍出版社2001年版，第14—23页。
[2] 王兆鹏：《唐宋词史论》，人民文学出版社2000年版，第43页。
[3] 参见吴熊和《吴熊和词学论集》，杭州大学出版社1999年版，第125页。吴熊和在《唐宋词通论》中则说《绝妙好词》编定于1295年至1298年。（吴熊和：《唐宋词通论》，上海古籍出版社2022年版，第415页）
[4] 参见吴熊和《吴熊和词学论集》，杭州大学出版社1999年版，第124—125页。

《元草堂诗余》中有作于1298年的词,故亦将其划归元代。

本书研究的文本主要包括以下几类:1.词话类。如王灼《碧鸡漫志》、胡仔《苕溪渔隐词话》、张炎《词源》、陆辅之《词旨》、沈义父《乐府指迷》、吴师道《吴礼部词话》等。2.词学总集(选本类)。如《花间集》《花庵词选》《乐府雅词》《绝妙好词》《乐府补题》《中州乐府》等体现词学观念和思想的词集。3.词学序跋之文、词乐资料。4.各种笔记、小说、野史中的词学资料。5.诗词创作中的词学理论。

20世纪以来,宋金元词学研究在词籍整理、词论资料的发掘和词学理论研究等方面都取得了显著成绩。

词籍整理。受清代朴学的影响,20世纪的词籍整理工作取得了很大成就。晚清民国时期,王鹏运《四印斋所刻词》、王国维《唐五代二十一家词辑》、吴昌绶与陶湘递刻《景刊宋金元明本词》、刘毓盘《唐五代宋辽金元名家词集六十种辑》、朱祖谋《彊村丛书》、赵万里《校辑宋金元人词》、周泳先《唐宋金元词钩沉》等大型词集丛刻或丛编相继(或同时)问世,有力推动了晚清民国时期词学的发展,也为唐圭璋等人编纂断代词总集《全宋词》《全金元词》奠定了坚实的文献资料基础。

缪荃孙编选了《宋金元明人词》(抄本成书于清光绪三十四年,即公元1908年,今藏国家图书馆)。此编收金人李俊民词一家,元人吴澄、刘将孙、姚燧、曹伯启、陈栎、宋褧、朱晞颜、赵雍、谢应芳、梁寅、倪瓒词十一家。朱祖谋《彊村丛书》(初刻于1917年,1922年第三次校补本较为完备),收金代词学总集一种(即《中州乐府》)、元代词学总集二种(即《乐府补题》与《天下同文》),收金代词人别集五种、元代词人别集五十种。是书以网罗稀见善本为主,且每种均注明版本来源,并加以校订,虽仍有小疵,但作为近代收词最多的词学总集,在校勘学上有重大价值。吴昌绶、陶湘《景刊宋金元明本词》,吴氏原刻十七种,陶湘续刻二十三种,共四十种,其中收景元至大本《中州乐府》、景元本《凤林书院草堂诗余》、景汲古阁钞本《天下同文》,收录景元明本金元词别集共十一种。为读者提供善本,是其主要价值所在。

刘毓盘《唐五代宋辽金元名家词集六十种辑》（1925年北京大学排印本），收辽金词别集四种十家、元词别集五种五家。赵万里《校辑宋金元人词》（有1931年排印本），收金词别集二家、元词别集七家、宋元词总集二种、宋金元名家词补遗一卷，有胡适序和赵万里自序。赵万里《例言》曰："此编所以补毛氏《六十名家词》、王氏《四印斋刻词》、江氏《宋元名家词》、朱氏《彊村丛书》、吴氏《双照楼影刊宋元本词》之遗，凡诸家所据本未足，如辛弃疾《稼轩词》、王迈《臞轩诗余》、赵文《青山诗余》、洪希文《去华山人词》，均重加校录，次第列入。"[1]赵氏精于校勘学，故此书在材料与方法上均超过前人，赵氏的按语亦极精审。周泳先《唐宋金元词钩沉》（有1937年商务印书馆排印本），为辑佚补遗之作，补朱氏《彊村丛书》、王氏《四印斋所刻词》、赵氏《校辑宋金元人词》诸书之遗，其中得金人词四家、宋元人词总集四种。唐圭璋《全金元词》（有中华书局1979年排印本），共收金元词人二百八十二家、词作七千二百九十余首。其中，金代词人七十家，词三千五百七十二首；元代词人二百一十二家，词三千七百二十一首。此书是截至20世纪后期规模最大的金元词总集，原稿在善本选择、足本与校勘、考订方面做了很多工作，可惜其中一部分被唐先生友人借去后丢失，雇人重抄时增加了不少错误，且小样未经唐先生过目，故存在不少明显的差错，影响了其使用价值。应当说20世纪的词学总集整理方面的工作，成果颇丰。杨镰《全元词》（中华书局2019年版），比唐圭璋《全金元词》晚出四十年，共收三百四十位元代词人的词作四千六百三十九首，其收词总数与唐编的元代部分相比有大幅度增加，校对也更加精良，可以说是后出转精。

选本方面，元好问的《中州乐府》附于《中州集》之后，由中华书局于1959年出版；周密的《绝妙好词》有1935年国学整理社影印本、中华书局影印本，辽宁教育出版社2001年版"新世纪万有文库"亦收此书校点本，邓乔彬、彭国忠、刘荣平有《绝妙好词译注》（上海古籍

---

[1] 施蛰存主编：《词籍序跋萃编》，中国社会科学出版社1994年版，第745页。

出版社 2000 年版);《宋旧宫人诗词》有孔凡礼《增订湖山类稿》本(中华书局 1984 年版)等。

宋词别集整理方面,成果比较丰硕,主要代表性词人都有词集整理出版。例如,上海古籍出版社出版的"宋词别集丛刊",是一套高质量的宋词研究、整理、鉴赏系列丛书,收录有徐培均校注《淮海居士长短句》(1985 年版),吴则虞笺注《花外集》(1988 年版),雷履平、罗焕章校注《梅溪词》(1988 年版),钟振振校注《东山词》(1989 年版),刘乃昌、杨庆存校注《晁氏琴趣外篇 晁叔用词》(1991 年版),曹济平校注《芦川词》(1991 年版),邓子勉校注《樵歌》(1998 年版),吴企明校注《须溪词》(1998 年版),马兴荣、祝振玉校注《山谷词》(2001 年版)等九种,于 1985 年至 2001 年陆续出版。其中有几种经增订之后,被列入"中国古典文学丛书"出版。宋代一批重要词人的词集有了新的笺注本。

金元词别集整理方面则相对薄弱,仅对少数几家别集进行了整理。如元好问,有缪钺先生《遗山乐府编年小笺》[1]、吴庠《遗山乐府编年小笺》(中华书局香港分局 1982 年版)、姚奠中主编《元好问全集》(山西人民出版社 1990 年版)。如周密,其《蘋洲渔笛谱》有邓乔彬校点本(上海古籍出版社 1988 年版)。如张炎,有吴则虞校辑本《山中白云词》(中华书局 1983 年版),该书罗列了不少关于张炎词的研究资料,足资参考;新近出版的则有黄畬校笺本《山中白云词笺》(浙江古籍出版社 2018 年版),孙虹、谭学纯笺证本《山中白云词笺证》(中华书局 2019 年版)。如王沂孙,有吴则虞笺注本《花外集》(上海古籍出版社 1988 年版)。饶宗颐先生《词集考》(中华书局 1992 年版),对历代(包括金元)词集作了系统考证,具有极高的参考价值。

词人生平研究方面,以夏承焘先生《唐宋词人年谱》、王兆鹏先生《两宋词人年谱》为代表,两书中有部分词人应划入金元。又如杨海明

---

[1] 参阅《词学季刊》1936 年第 2—3 期,商务印书馆 2015 年影印本;缪钺《缪钺说词》,上海古籍出版社 1999 年版。

先生《张炎词研究》（齐鲁书社1989年版），对张炎生平的考证相当细致。此类成果颇多，兹不一一列举。

词论资料的发掘。20世纪对词论资料的发掘工作，成果丰富。其中，最重要的是唐圭璋先生的《词话丛编》，该书原刊本收录由宋至清的词话六十种，初版于1940年，中华人民共和国成立后又增至八十五种，于1986年由中华书局出版，是书堪称集我国古代词论著作大成的巨著。施蛰存先生与陈如江辑有《宋元词话》（上海书店出版社1999年版），该书可作为《词话丛编》的重要补充。葛渭君《词话丛编补编》（中华书局2013年版），遵《词话丛编》之体例，合并编成词话六十七种，大大丰富了词话的数量。台湾学者林明德编有《金代文学批评资料汇编》（台湾成文出版社有限公司1979年版），收录了二十七位批评家的资料。曾永义先生编有《元代文学批评资料汇编》（台湾成文出版社有限公司1978年版），收录了一百二十八位批评家共一千四百多条资料。施蛰存先生《词籍序跋萃编》（中国社会科学出版社1994年版）、张惠民《宋代词学资料汇编》（汕头大学出版社1993年版）的部分内容、钟陵《金元词纪事会评》（黄山书社1995年版）、陶秋英《宋金元文论选》（人民文学出版社1984年版）等，皆保存了不少宋金元词学资料。《全宋诗》（北京大学出版社1991年至1998年陆续出版），《全辽金诗》（山西古籍出版社1999年版），《全宋文》（上海辞书出版社、安徽教育出版社2006年版），《全元文》（江苏古籍出版社1999年至2001年陆续出版，凤凰出版社2004年至2005年陆续出版），等等，亦收有大量宋金元词学文献，值得深入发掘。

进入21世纪，词论资料的发掘与整理工作得到进一步加强，比较突出的成果是学界推出了几套词话资料汇编：孙克强等人编著的"历代词人词话系列"包括《唐宋人词话》（南开大学出版社2012年版）、《金元明人词话》（南开大学出版社2012年版）、《清人词话》（南开大学出版社2012年版），邓子勉所编《宋金元词话全编》（凤凰出版社2008年版）、《明词话全编》（凤凰出版社2012年版），朱崇才编纂的《词话丛编续编》（人民文学出版社 2010 年版），屈兴国所编《词话丛编二编》（浙江古籍出版社 2013 年版），以及葛渭君所编《词话丛编补编》（中华书局 2013 年版），等等。这些词话文献，为学界进一步研究历代词学提供了极大便利。

词学理论研究。词乐研究方面，郑孟津、吴平山二位先生的《词源解笺》（浙江古籍出版社 1990 年版）专笺《词源》上卷，罗列了历代关于《词源》乐律研究方面的极为丰富的材料，有集大成之意，可谓后人研究宋金元词乐的资料总库。

词调研究方面，吴梅《词学通论》（华东师范大学出版社 1996 年版、复旦大学出版社 2005 年版），宛敏灏先生《词学概论》（上海古籍出版社 1987 年版），吴熊和先生《唐宋词通论》（浙江古籍出版社 1985 年版、上海古籍出版社 2022 年版）中的某些章节及《唐宋词调的演变》（载《吴熊和词学论集》，杭州大学出版社 1999 年版），周玉魁《金元词调考》（载《词学》第八辑，华东师范大学出版社 1990 年版），以及陶然《论元词衰落的音乐背景》（载《文学遗产》2001 年第 1 期），等等，都取得了较大成就。

词学总集研究方面，饶宗颐先生《词集考》对金元词学总集进行了系统考证，夏承焘先生有《乐府补题考》（载《唐宋词人年谱》），舍之（即施蛰存）《历代词选集叙录》（载《词学》第一至六辑，华东师范大学出版社 1981 年至 1988 年陆续出版）有《绝妙好词》《中州乐府》《草堂诗余》《天下同文》提要，吴熊和先生《宋人选宋词十种跋》（载《吴熊和词学论集》）有《〈乐府补题〉跋》和《周密〈绝妙好词〉跋》，严迪昌先生有《〈乐府补题〉与清初词风》（载《词学》第八辑），胡乐平《周密词论思想探讨》（载《词学》第八辑）以论《绝妙好词》为主，王兆鹏有《〈天机余锦〉考》（载《唐宋词史论》，人民文学出版社 2000 年版）。

词论研究方面，成果更为丰硕，如吴梅《词学通论》，《夏承焘集》（浙江古籍出版社、浙江教育出版社 1997 年版），《龙榆生词学论文集》

（上海古籍出版社1997年版），龙榆生主编的《词学季刊》（上海书店1985年影印本），唐圭璋《词学论丛》（上海古籍出版社1986年版），《王季思教授古典文学论文选》（广东高等教育出版社1996年版），詹伯慧所编《詹安泰词学论集》（汕头大学出版社1997年版），俞平伯《论诗词曲杂著》（上海古籍出版社1983年版），华东师范大学中文系古典文学研究室编、上海古籍出版社出版的《词学研究论文集（1911—1949）》《词学研究论文集（1949—1979年）》二种，《词学》编委会编辑的《词学》辑刊第一至五十辑（华东师范大学出版社自1981年起陆续出版，每年两辑），梁荣基《词学理论综考》（北京大学出版社1991年版），谢桃坊《中国词学史》（巴蜀书社1993年版），方智范、邓乔彬、周圣伟、高建中《中国词学批评史》（中国社会科学出版社1994年版），顾易生、蒋凡、刘明今《中国文学批评通史·宋金元卷》（上海古籍出版社1996年版），袁行霈、孟二冬、丁放《中国诗学通论》（安徽教育出版社1994年版），张连第、林珂、梅运生、漆绪邦《中国历代诗词曲论专著提要》（北京师范学院出版社1991年版），胡传志《金代文学研究》（安徽大学出版社2000年版），杨海明《张炎词研究》（齐鲁书社1989年版），山西省古典文学学会、元好问研究会所编《元好问研究文集》（山西人民出版社1987年版），刘泽、孙安邦选编的《纪念元好问800诞辰文集》（山西人民出版社1992年版），降大任《元遗山新论》（北岳文艺出版社1988年版），李正民《元好问研究论略》（社会科学文献出版社1999年版），董杰英、刘泽、孙育华、齐存田主编的《元好问及辽金文学研究》（中国国际广播出版社1998年版），阎凤梧、刘达科《河汾诸老研究》（山西人民出版社1993年版），张晶《辽金诗史》（东北师范大学出版社1994年版）、《辽金元诗歌史论》（吉林教育出版社1995年版），周惠泉《金代文学学发凡》（东北师范大学出版社1994年版）、《金代文学论》（东北师范大学出版社1997年版），詹杭伦《金代文学思想史》（成都科技大学出版社1990年版），严迪昌《清词史》（江苏古籍出版社1999年版），张宏生《清代词学的建构》

（江苏古籍出版社1998年版），等等，其中部分文章或章节论及宋金元词学。

单篇论文方面，王达津先生《张炎词主"清空"说及其创作实践》（载《中国古典文学论丛》第三辑，人民文学出版社1985年版），邱世友《张炎论词的清空》（载《文学评论》1990年第1期），谢桃坊《宋元之际词学的理论建设及其意义》（载《文学遗产》1990年第1期），等等，都有较重要的价值。

21世纪以来，唐宋词学领域（理论或批评方面）的学术著作主要有徐安琪《唐五代北宋词学思想史论》（人民文学出版社2007年版）、孙克强《唐宋词学批评史论》（河南大学出版社2017年版）等数种，谢桃坊《中国词学史》（巴蜀书社2002年版）、方智范等《中国古典词学理论史（修订版）》（华东师范大学出版社2005年版）中的部分章节也论及宋元词学。另如查洪德《理学背景下的元代文论与诗文》（中华书局2005年版）、《元代诗学通论》（北京大学出版社2014年版），丁放、甘松、曹秀兰《宋元明词选研究》（商务印书馆2012年版），张仲谋、王靖懿《明代词学编年史》（高等教育出版社2015年版），甘松《明代词学演进研究——以唐宋词选的接受为视角》（安徽大学出版社2018年版），余意《明代词学之建构》（上海古籍出版社2009年版），岳淑珍《明代词学批评史》（社会科学文献出版社2014年版），张仲谋《明代词学通论》（中华书局2013年版），沈松勤《明清之际词坛中兴史论》（上海古籍出版社2018年版），等等，这些论著虽以明代词学为研究重心，却与宋元词学有着连带关系，亦值得关注。

与明清和民国词学研究现状相比，新世纪的宋元词学研究显得后劲不足，开拓乏力。这就需要学界同人进一步发掘文献，重新解读文献，更换研究的视角和方法，共同推进宋金元词学研究。

词学研究，范围颇广。限于体例与能力，本书的主要研究内容包括以下五大方面：唐宋金元时期词乐的发展演变、宋元词学总集（词选）的词学价值、宋元词话与词论、宋代笔记中的词论、后世对宋元词学的接受。

中国诗歌有与音乐相配合的传统,但不同朝代、不同诗体的诗歌所配合的音乐以及配乐方式有所不同。与《诗经》配合的是雅乐,与汉魏六朝乐府配合的是清商乐,与唐宋词配合的是燕乐。

唐宋词是音乐文学,相当于现在的流行歌曲,大多数词作是谐律可歌的。以苏轼词为例,苏轼词究竟有多少首可以入乐歌唱,是学术界悬而未决的问题。笔者搜罗各种文献,得苏词可歌之作共四十首,其中可确定篇目及具体歌唱本事者三十四首。这些词有三个特点:第一,关于歌唱者的性别,男性多于女性,这符合苏轼词雄浑、豪放之风;第二,男性歌唱者中,虽专业歌者的人数少于非专业歌者,但专业歌唱者达到的效果更好、产生的影响更大;第三,女性歌唱者中,专业的歌伎舞女较多,这与词作传统的功用和风格相符。

唐宋时朝廷有官修的乐谱、教坊谱、梨园谱、《乐府混成集》等,民间流行的各种坊本乐谱,在南宋后期即已失传。在现存海内外资料中尚未发现元代乐谱,这一方面可能是因为其已经散佚,另一方面可能是因为元代词乐的乐谱本来就不发达,元人多已不谙宫商,又将音乐文学的注意力转向南北曲,金元时词之宫调已不为一般词人掌握。这大体上又可分为两种情况:第一,金朝词人承袭苏轼,苏轼虽懂音律但不长于音律,故金朝词人亦多不通音律。第二,至于元朝,由于北曲和南戏的发展,词之主流文学地位已被取代,词这种文体逐渐门庭冷落,鲜有人问津,遂成为不能歌唱的案头文学。

唐宋两代有不少词学总集(选本),如敦煌石窟唐人写卷本《云谣集杂曲子》、五代后蜀赵崇祚所编《花间集》、无名氏所编《家宴集》、宋初人所编《尊前集》、宋时坊间唱本《金奁集》、无名氏所编《草堂诗余》、黄大舆所编《梅苑》、鲖阳居士所编《复雅歌词》、曾慥所编《乐府雅词》、黄昇所编《花庵词选》、赵闻礼所编《阳春白雪》等。这些选本具有选词、评词、保存文献三种功能。金、元二朝出现不少词学总集,亦与前朝一脉相承。

以《云谣集杂曲子》为代表的敦煌曲子词，题材内容比较丰富，反映了社会生活的多样化，无疑超越了《花间集》和一般文人词，但这只是曲子词早期的情况。敦煌曲子词来自市井民间，由于是对生活的深切体验，其写法上多用通俗语言直接叙述描写，所以词作风格自然清新，生活气息浓厚。随着词的发展，敦煌曲子词的题材内容也朝着"男女艳情"的方向变化。

第一部文人词选集《花间集》编成于后蜀广政三年（940），五代词人欧阳炯为之作序，该序为词学史上最早的较为成型的词学论文。序文首先指出曲子词与前代歌词一脉相承的关系，点明这些歌词都是合乐的，然后描写词的创作过程，介绍词的娱乐功能。序文对历代艳歌都持肯定态度，这说明词论兴起之初，所受束缚较少，与儒家传统观念及"诗教"说有相当的距离。

《花庵词选》等南宋词选呈现出选、评结合的批评方式。选本是指编选者按照一定的选择意图和选择标准，在一定范围内的作品中选择符合标准的作品编排而成的集子。选择本身就是一种价值判断，因此，选本也是一种文学批评方式。此外，选本还借助一些其他的批评方式，以期更充分地实现其批评价值，主要包括附属于选本的序跋、批点和注释等部分。

尚"雅"是南宋词选的主要审美倾向，许多词人以"雅"字命名自己的词集，有的词人还通过选词来表达自己对词的雅化的理解，《复雅歌词》和《乐府雅词》的出现，就代表了这种倾向。值得注意的是，南宋词选还促成了词体文学娱乐价值与社会价值的兼容。

词集编纂是宋人词学文献整理和词学批评活动的重要内容，值得重视和研究。词选对部分词人具有彰显或遮蔽功能，词选自身的传播也有冷热、显隐之别；词人自己或其子孙、门人编纂的别集质量较高，易于流传，而书坊编刊的别集的质量则良莠不齐，对词集传播有正、负两方面的影响；词集丛编容易获得规模优势和品牌效应。三者从不同层面共同促进了唐宋词的保存和传播。

唐代为词的初兴阶段，词论上几乎无足称述，只有李德裕的《玄真子渔歌记》和刘禹锡的《竹枝词序》勉强算得上词学论文。宋代诗话、词话中系统的词学理论并不多，常以单则独条的形式散见于书中。杨绘《时贤本事曲子集》成书于北宋中期，其体例是先述本事，后录词作，本事皆较简略，词学上无所发明。杨湜《古今词话》亦以记词与记事为主。陈师道《后山诗话》、曾季貍《艇斋诗话》、吴曾《能改斋漫录》皆有论词之语。北宋前期虽然出现了晏殊、柳永、欧阳修、张先、晏几道等词人，词学理论上却无所建树，直到苏轼与苏门弟子登上词坛，词论的发展才开始初具规模。苏轼没有专门的词学论著，但是他有一些关系到词理的书简与题跋，当时的一些诗话著作等也记录了他的一些词学观点，从中可以窥见东坡词学的概貌。其词论主要讲了以下几个问题："第一，东坡作词论词，都主张自成一家，立志与风靡一时的柳永词分庭抗礼，充分显示出苏轼作为一代词宗的胆略与气魄。""第二，苏轼用论诗的标准来论词，认为词是'余技'，并未将词提到与诗相同的地位。苏东坡在《题张子野诗集后》一文中，盛赞其诗，并说其词不过是'余技'。""因此，在承认东坡推尊词体、扩大词境的同时，也必须看到，他并不认为词像诗、文那样重要。从他现存的三百多首词来看，虽然能够'指出向上一路'，打破'花间'、柳永一派的藩篱，但许多较为严肃、重大的主题，他在词中涉及较少，而多在诗、文中表现。他曾说'诗文不能尽，溢而为书，变而为画，皆诗之余'，这正和他说词为'小词''余技'，是一致的。东坡的这一观点，引发了南宋的'诗余'说。"[1] 东坡的学生黄庭坚、张耒、晁补之、陈师道以及门客李之仪等人，都有一些论词的文章，其中黄、张的观点接近苏轼，但又有一定变化。

李清照的《词论》为南宋胡仔的《苕溪渔隐丛话》和魏庆之的《诗人玉屑》所收录。它是北宋词学的总结，也是宋代最"苛刻"的词论，

---

[1] 袁行霈、孟二冬、丁放：《中国诗学通论》，安徽教育出版社1994年版，第651、653、654页。

约作于北宋末。《词论》主要内容有三：一是叙词史，二是评词人，三是论音律。李清照的作家论尤能见其个性：她批评柳永"虽协音律，而词语尘下"，张先、宋祁兄弟等人"虽时时有妙语，而破碎何足名家"。她认为晏殊、欧阳修、苏轼、王安石、曾巩等人诗文虽佳，但他们的词只不过是一些让人发笑的、徒具长短句形式的诗而已，而且还不谐音律。对于那些词风与自己相近的词人，易安评价较高，但也有所保留。

南宋初年出现的王灼的《碧鸡漫志》，是宋代第一部价值较高、系统性较强的词学专著。该书共五卷：第一卷论词乐，第二卷论词的文学特点，第三、四、五卷论词调，俱有真知灼见。王灼将宋词分为四体：第一体以苏轼为代表，可称为"苏东坡体"，晁补之、黄庭坚、叶梦得、陈与义等人也被列入此体。王灼最为欣赏的就是这一派之词，至此，苏轼一派豪放词的崇高地位，在王灼等人的笔下得以确立。第二体以贺铸、周邦彦为代表，包括晏几道、僧仲殊以及张先、秦观、毛滂、黄大舆等人，这是传统的婉约而接近风雅的词派。对于此派，王灼基本上持肯定态度，但对其评价稍低于苏轼一派，说他们"自成一家"。第三体以柳永为代表，包括沈唐（字公述）等六人，其词风俚俗侧艳，是王灼批评的对象。第四体为"滑稽体"。王灼对宋词源流派别的分析，极富创见，他尊苏而不贬贺、周，豪放与婉约并重，确有过人的见识。

胡仔的《苕溪渔隐丛话》是一部诗话总集，此书博采宋代各种诗话、笔记，间或考辨，出以己意。胡仔论词，特尊苏轼，颇重欧阳修、晏殊、张先、秦观，贬抑柳永，宗旨与王灼较为接近。南宋有不少笔记均记载了一些词学理论资料，但较零散。

南宋前期，词学界较为欣赏苏轼、辛弃疾一派的词风。如胡寅的《酒边词序》称赞苏轼："一洗绮罗香泽之态，摆脱绸缪宛转之度，使人登高望远，举首高歌，而逸怀浩气，超然乎尘垢之外，于是《花间》为皂隶而柳氏为舆台矣。"[1] 其后的一些词论家开始重视辛弃疾词，并将其与东坡词划归同一派。金元词学研究受这些观点影响，元好问的词论

---

[1]《景印文渊阁四库全书》第1487册，台湾商务印书馆1983—1986年版，第524页。

也以提倡苏、辛为宗旨。不过，宋末重雅的词论，对金元词坛影响不大。

金元时，笔记中的词学理论也颇为丰富，是对宋代词论的继续和发展。金朝词学家王若虚、元好问皆鼓吹苏、辛词风，王若虚《滹南诗话》卷中驳斥《后山诗话》说苏轼"以诗为词"的观点，元好问《新轩乐府引》说："唐歌词多宫体，又皆极力为之。自东坡一出，情性之外，不知有文字，真有'一洗万古凡马空'气象。"元好问自题《遗山乐府》云："乐府以来，东坡为第一，以后便到辛稼轩。"这与他论诗重北人慷慨之音的态度是一致的。

宋代笔记中的论词内容大体可分为两类：一类侧重对词人、词作的评论，包括对词人的褒贬，对词作内容、风格、音律、创作技法等的评价；一类侧重叙述词作"本事"，即词人轶事、词作创作背景或故事等。本书以宋代笔记为大致研究范围，以对五代至北宋三位代表性词人李煜、柳永、苏轼的评价为中心，探讨宋代的词学观。宋代笔记对李煜、柳永、苏轼的评价内容丰富，且均有一定的理论色彩与系统性，其中有深层的历史文化原因，反映了宋人较新的词学观念，值得注意的有以下几点。

其一，宋代经济文化发达，文人社会地位高，经济待遇好，家中多蓄歌伎，著名文人普遍喜欢小词。皇帝如宋仁宗、宋徽宗，大臣如晏殊、欧阳修、苏轼、辛弃疾，均爱词，能作词；古板如司马光，亦有风华流利之小词；士大夫在家中演唱词，士大夫自己也作词、唱词，成为一时风气。这种爱词的氛围，促使宋人在笔记中谈论词。而就笔记这种文体而言，宋代远比唐代发达，宋代笔记中留下了大量论词的材料。这些材料因其鲜活生动、贴近生活而广为流传，有些则升华为宋代词论的核心观点。

其二，宋代理学盛行，无论是保守派、革新派，还是新党、旧党，均以遵守儒家规范自我标榜，故对曲子词表现出一种矛盾的心态：在个人内心，在私密场合，他们对小词是由衷喜爱的，小词成为文人士大夫的清玩；但在公开场合、公众场所，他们又表现出对小词的鄙视。如欧阳修作了不少艳词，有人为他开脱，说是"仇人无名子所为"，是故意嫁祸欧公的。苏轼对小词其实也是轻视的，别人说他"词如诗"，他说自己优秀的词作往往"似诗"，"长短句中诗也"，这也有看不起小词的意思。

其三，宋代士大夫重雅黜俗。论李煜词，肯定其中"亡国之音哀以思"的作品，批评李煜写宫廷生活之作及香艳之什，对李煜的亡国词着重写"挥泪对宫娥"大不以为然；论柳永词，对其俚俗之风，宋人笔记之主流观点是，虽承认其创造性，但又批评其格调不高；论苏轼词，则多肯定其"指出向上一路，新天下耳目"，赞扬《念奴娇·赤壁怀古》等具有豪放风格的杰作，并在对比中贬柳永词为"野狐涎"。

其四，宋代笔记对宋词艺术也有较为深入的讨论。如论李煜，肯定其词之抒情特色，多从小令角度立论；论柳永，赞赏其大量创作慢词及创调之功，肯定其铺叙手法对宋词发展的重要意义；论苏轼，重在讨论其"以诗为词"的优缺点，肯定他对豪放词风发展的重大贡献。

以上几点，均为宋代笔记首先提出，后来多成为词学史上的重要命题。元明清词论，在论及李煜、柳永、苏轼时，多以宋人笔记中的议论为出发点，然后加以深化与细化。

宋代笔记中有大量唐宋词创作本事，某些本事如"词谶"等内容，其真实性虽不可考，但具有一定的认识价值和意义。还有不少本事，或来源于史志、传记，或是记录者亲身经历，也具有较高的词学文献价值。本书以宋代宫廷词创作为个案，探讨宋代笔记中的词作本事，有助于人们进一步深入认识和理解宋词创作的文献价值和词学意义。值得注意的是以下几点。

其一，宋代宫廷与民间词曲的互动关系。宫廷是宋代词曲生产、消费、传播的一个重要文化场所。宋代宫廷词曲的创制，随着历史文化环境的变化有着一个发展嬗变的过程，宫廷词曲与民间词曲既有隔阂，也出现互相渗透和影响的复杂状况。宫廷对民间词曲的态度总体上是由保守趋向松动，由拒斥变为接受、认同乃至有意识地改造和利用。

其二，宫廷对词曲的双重审美态度。在宋人眼里，诗文才是言志载道的高雅文学艺术形式，而对兴起于市井民间的小词，他们的态度则比较复杂和矛盾。他们一方面对自己的词作或自扫其迹，或引咎自责；另一方面，在私下里热衷于听曲作词。晏殊、寇凖、欧阳修等北宋名臣在政事之暇和文章之余流连于花间樽前，他们对娱乐和情感的需求可以在花间樽前得到暂时的满足。不仅一般的士大夫如此，宫廷也不例外，连最高统治者对民间流行的市井新声也情有独钟，听唱流行词曲成为宋人世俗享乐生活的重要内容。但是民间孕育出来的带有异端色彩的城市"新声"，在向上层社会乃至宫廷传播的过程中，必然遭受封建正统文化观念的抵制和改造。封建政治理性与其世俗享乐的感性需求之间产生了深刻的矛盾，最高统治者在这一文化矛盾中力求取得"平衡"，于是崇雅和嗜俗成为宫廷审美的双重需求，犹如一枚硬币的两面。

其三，宫廷对词曲功能的多重需求。词曲在宋代市井民间，或是歌筵酒席上的娱乐工具，或是文人手中抒写性情的文学载体，而具有强烈享乐性质和浓重政治色彩的宫廷，不仅需要世俗享乐生活的娱乐词曲，也需要美颂的政治乐章，于是词曲在宫廷具有了娱乐、美颂等多重社会文化功能。当然，宫廷中用于娱乐消遣的词曲，会沾染上浓厚的政治色彩，歌功颂德的美颂之作也不乏歌唱娱乐功能，这种社会文化功能的区分是相对的。

宋元词选数量较为可观，《绝妙好词》《精选名儒草堂诗余》是这一时期比较重要的选本。这些选本中，有的保存文献之功很大；有的代表着一段时期词坛的主导风气；有的有鲜明、突出而集中的思想倾向；有的是某一类词人词作的选编，有较高的文献价值及一定的理论价值。《绝妙好词》除了具有辑佚与校勘价值外，还可反映出南宋词坛之主流风气以及周密本人清丽雅正的选词标准，张炎的《词源》、陆辅之的《词旨》均深受其影响。《精选名儒草堂诗余》所收词人，并非如清人厉鹗所说"皆南宋遗民"，这批词人所写题材亦不可以"故国之思"简单概括,该书录词多为清丽婉约之作,绝少慷慨、豪放、侧艳、俚俗之什。除此之外,宋元时期的其他词选,如《尊前集》《乐府雅词》《鸣鹤余音》等,也具有重要的校勘价值。

宋元词选中的某些选本,对当时或后世的词学活动及词学思想产生了重要而深远的影响。《绝妙好词》《乐府补题》《草堂诗余》等词选的接受史值得注意和深入研究。《绝妙好词》在明代罕见流传,其被重新发现和关注均与清代"浙西词派"有直接关系;《绝妙好词笺》及续书的问世对"浙西词派"产生了很大的影响,而"常州词派"对《绝妙好词》既有批评又有吸收。《乐府补题》被朱彝尊发现后重新问世,对清初词风产生了重要影响。历来学者皆认为《乐府补题》诸词中有寓意和寄托,本书依据原作所用典故和具体描写辨析主旨,认为其中有一定身世之感的咏物之作。《乐府补题》的被接受对清代"比兴寄托"说及"常州词派"的发展具有重要意义。《草堂诗余》在明代词坛极为流行,曾被反复改编,形成了令人瞩目的"草堂"系列,对明词创作与词选编辑都产生了深远影响。

第一章 宋元词乐的发展与词学的演进

第一章 宋元词乐的发展与词学的演进

第一节 唐宋词乐的发展与演变

20世纪20年代以来，随着敦煌曲子词公布于世，隋唐音乐研究得以深入，同时由于文艺思想的更新、拓展，词的起源的研究也得到了极大的推动。截至目前，虽然这些研究还存在不少分歧和有待深入之处，但在一些大的方面，认识已逐渐接近。学术界形成了较为普遍的看法：词，在唐五代是配合流行乐曲而创作的歌词，称"曲子"或"曲子词"；词起源于燕乐，燕乐产生于隋唐之际，是华夏音乐与西域音乐结合的产物；词体的产生，是由音乐的发展催化带动的，词体文学本质上是音乐文学。

乐府是先有辞（词），然后给它配上乐；词则是先有曲，然后依曲作辞（词）。北宋沈括《梦溪笔谈》卷五《乐律一》云："自唐天宝十三载始诏法曲与胡部合奏，自此乐奏全失古法，以先王之乐为雅乐，前世新声为清乐，合胡部者为宴乐。"[1] 沈括划分了三种音乐：雅乐、清乐、宴（燕）乐。雅乐是"先王之乐"，即先秦古乐，它在战国时即已竞争不过代表俗乐的郑、卫之声，逐渐衰落。后代虽然也有所谓"雅乐"，但那只是复制、模仿前代音乐的仿古品，以备郊庙祭祀时应用。清乐是"前世新声"，"前世"指汉魏六朝，"新声"则是相对于先秦雅

---

[1] 沈括撰，金良年点校：《梦溪笔谈》卷五，中华书局2015年版，第44页。

乐而言的。这种"新声"到隋唐时代，又被新一代的新声，也就是沈括所说的"宴乐"（丁按：即下文所言之"燕乐"）所代替。

"燕乐"一词，在《周礼》中即已出现，历代因所用不同，而有不同范畴。在隋唐时期，燕乐有时指全部宫廷宴飨之乐，有时指十部伎乐中的一部。宋人则将它作为隋唐五代除雅乐以外全部艺术性乐曲的统称，因而"燕乐"也就成了与雅乐、清乐相承续的一个时代音乐的称号。燕乐的"燕"，亦写作"宴"或"讌"，都是"飨宴"之义。故"燕乐"之乐，无论是从广义上看，还是从狭义上看，都离不开用于宴会这一点，它是供人娱乐的俗乐。

隋唐燕乐有鲜明的时代风格，适用于广大地域和多种场合，以"胡夷里巷之曲"的俗乐姿态，满足着日常娱乐的需要。它有歌有舞，有新有旧，兼收并蓄，包罗万象。它吸纳了中原乐、江南乐、边疆民族乐，乃至传自中亚、印度等地的多种音乐成分，但不是简单的混合，而是经过了长期交融与相互吸收。[1]杨荫浏先生指出："唐人的燕乐，是清乐与胡乐之间的一种创作音乐，是含有胡乐成分的清乐，含有清乐成分的胡乐。"[2]燕乐的成分与形成过程比较复杂，概括起来看，主要汇合了两股潮流：一是以西域音乐为主的所谓胡乐，一是华夏的清商乐。随着百余年南北朝分裂对峙局面的结束，隋唐时期出现了新的文化交融与文化热潮，燕乐正式形成。《隋书·音乐志》云："始开皇初定令，置《七部乐》：一曰《国伎》，二曰《清商伎》，三曰《高丽伎》，四曰《天竺伎》，五曰《安国伎》，六曰《龟兹伎》，七曰《文康伎》。又杂有疏勒、扶南、康国、百济、突厥、新罗、倭国等伎。……及大业中，炀帝乃定《清乐》、《西凉》、《龟兹》、《天竺》、《康国》、《疏勒》、《安国》、《高丽》、《礼毕》（丁按：即文康伎），以为《九部》。"[3]《清乐》《礼毕》来自南朝，《高丽》来自朝鲜半岛，其余诸乐来自西域和中亚，但它们

---

[1] 参阅丘琼荪《燕乐探微》（上海古籍出版社1989年版）中的相关论述。
[2] 杨荫浏：《中国音乐史纲》，万叶书店1952年版，第122页。
[3] 魏徵等：《隋书》卷一五，中华书局1973年版，第376—377页。

又不同程度地接受了汉族音乐的影响和改造。唐初，承隋旧制，仍为九部乐，贞观十四年（640），因平定高昌而得高昌乐，又造燕乐，撤并《礼毕》，合为十部："一曰《燕乐》，二曰《清商》，三曰《西凉》，四曰《天竺》，五曰《高丽》，六曰《龟兹》，七曰《安国》，八曰《疏勒》，九曰《高昌》，十曰《康国》，而总谓之燕乐。"[1]至此，一套兼包胡乐与汉乐的宫廷燕乐系统基本形成。

燕乐所采用的乐律共有二十八个宫调，据《唐会要》、《乐府杂录》、《新唐书·礼乐志》和沈括《梦溪笔谈》的记载，这二十八个宫调是：

宫声七调：正宫、高宫、中吕宫、道宫、南吕宫、仙吕宫、黄钟宫

商声七调：大食调、高大食调、双调、小食调、歇指调、商调、越调

角声七调：大食角、高大食角、双角、小食角、歇指角、商角、越角

羽声七调：般涉调、高般涉调、中吕调、正平调、高平调、仙吕调、黄钟羽调

宫调用以限制歌曲的调高与调式，当一支曲子的调高与调式（宫调）固定化，它就成为牌子，如《蝶恋花》《菩萨蛮》等。唐代燕乐为歌舞乐（器乐），进行歌舞表演时，配词有时是朗诵的，如同今天的配乐诗朗诵。宋词宫调从理论上讲是继承唐代燕乐二十八宫调的，但又减少为十九宫调，即张炎《词源》所列举的"七宫十二调"。此时已由唐代的器乐、歌舞乐演化为声乐，可以歌唱，西夏官人云："凡有井水饮处，即能歌柳（永）词。"（叶梦得《避暑录话》）晏几道之家伎莲、鸿、蘋、云歌小山词，范成大之歌伎小红歌姜夔自度曲《暗香》《疏影》，范以小红赠白石（即姜夔）等事，皆是大家耳熟能详的故事。宋

---

[1] 郭茂倩编：《乐府诗集》卷七九，中华书局1979年版，第1107页。

人张先、柳永、周邦彦、姜夔、吴文英词皆标明宫调，孙光钧教授在《词曲宫调探微》中曾对上述五家所用宫调作过统计，摘其结论如下。

张先词（据《彊村丛书》本《张子野词》），两卷一百零五阕，分属十三宫调，即正宫二首、中吕宫十八首、南吕宫五首、仙吕宫三首、大石调六首、双调十五首、小石调四首、歇指调二首、林钟商二十二首、中吕调八首、高平调十三首、仙吕调六首、般涉调一首。

柳永词（据薛瑞生《乐章集校注》）共二百一十六阕，分属十七宫调，即正宫、中吕宫、仙吕宫、黄钟宫、大石调、小石调、双调、林钟商、歇指调、中吕调、仙吕调、南吕调、般涉调、越调、黄钟羽、平调、散水调。

周邦彦词（据《彊村丛书》本《片玉集》）共一百二十七阕，分属十六宫调，即大石调二十六首、商调十九首、双调十二首、仙吕调十二首、黄钟羽十首、般涉调九首、正宫八首、越调八首、中吕调八首、小石调五首、高平调四首、歇指调二首、道宫一首、林钟商一首、正平调一首、大吕调一首。

吴文英词（据《彊村丛书》本《梦窗词集》）共二百五十六阕，分属十四宫调，即正宫十一首、道宫二首、仙吕宫十二首、越调十六首、双调四十二首、大石调四十二首、小石调四十七首、林钟商十二首、中吕调二十八首、商调五首、高平调十八首、歇指调四首、仙吕调九首、羽调八首。

以上四人词共用十九个宫调，皆在燕乐二十八宫调范围之内，其承传之迹，十分明显。

姜夔所用乐律则较为复杂，其《徵招》《角招》二曲，不存于燕乐二十八宫调，而保存在雅乐中；其《霓裳中序第一》（节选唐燕乐《霓裳羽衣曲》的一部分）、《玉梅令》二首出自唐代燕乐，《鬲溪梅令》、《杏花天影》（丁按：疑即《杏花天引》）出自宋代俗乐，《石湖仙》是白石为范成大祝寿之自度曲，《扬州慢》《暗香》《疏影》是白石自度曲，上列八曲皆与俗乐关系较为接近，是在燕乐的基础上变化而来的。[1]总的看来，白石词乐以俗乐为主、雅乐为辅。北宋周邦彦主持大晟府时，即有意对词进行雅化，白石是在一定程度上继续这方面的工作，其词乐有由俗（燕乐）返雅之意。

有关唐宋时期词乐的研究资料，可参考《隋书·音乐志》《旧唐书·音乐志》《新唐书·礼乐志》《旧五代史·乐志》《宋史·乐志》《宋会要辑稿·乐》等史书，以及《北堂书钞》《艺文类聚》《初学记》等类书的乐部。唐宋时期若干音乐著作对词乐的论述具有重要的研究价值，现择要简介如下：

（1）《乐书要录》，唐武则天时元万顷等奉敕编撰，是乐律学著作。原书在国内早佚，现有残本保存在日本，现存第五、六、七三卷。第五卷有"辨音声、审声源"等内容，第六卷谈律吕之学，第七卷论"律吕旋宫法"等。

（2）《教坊记》，唐崔令钦撰。教坊是管理宫廷音乐的官署，唐代始设，掌管雅乐以外的音乐、歌唱、舞蹈的教习、排练、演出等事务。该书主要记载开元年间的教坊制度与人事，杂曲（二百八十四曲）曲名、大曲（五十九曲）曲名以及曲调本事来源等，是研究隋唐燕乐杂曲的重要文献。

（3）《羯鼓录》，唐南卓撰。羯鼓是古代一种打击乐器，南北朝时经西域传入中原，盛行于唐开元、天宝年间。唐玄宗李隆基及宰相宋璟等都善击羯鼓，鼓曲风靡一时。该书记载了一百五十五首羯鼓曲名，是研究唐乐和当时少数民族音乐的珍贵资料。曲目中有《破阵乐》《倾杯乐》《五更转》等，可资考证词调来源。

（4）《乐府杂录》，唐段安节撰。段安节为段成式之子、文学家温庭筠之婿，善音律，能自度曲。该书对唐代乐部的记述颇为具体，主要论雅乐、清乐与歌舞、乐器，还记载了《安公子》《离别难》《夜半乐》

---

[1] 参见孙光钧《词曲官调探微》，京华出版社2001年版，第88—103页。另，上文中的"林钟商"，实为商调。

《雨霖铃》《还京乐》《望江南》《杨柳枝》《倾杯乐》等十余首乐曲，有助于探究词体演进与词调来源。

（5）《乐书》，宋陈旸撰。此书编成于宋徽宗建中靖国元年（1101）前，共二百卷。前九十五卷摘录《礼记》《周礼》《仪礼》《诗经》《尚书》《春秋》《周易》《论语》《孟子》等儒家经典文献中有关音乐的论述加训义，并逐条解释；后一百零五卷分述雅乐、胡乐、俗乐的区别，详论律吕、乐器、乐歌、乐舞、杂乐等。

（6）《碧鸡漫志》，宋王灼撰。王灼博学多闻，娴于音律。绍兴十五年（1145）冬，他寄居成都碧鸡坊妙胜院，常至友人家饮宴听歌，归则"缘是日歌曲，出所闻见，仍考历世习俗，追思平时论说，信笔以记"[1]。积累既多，便编次成书，分为五卷，题为《碧鸡漫志》。卷一主要论乐，述历代乐曲、歌舞流变；卷二历评唐末五代至南渡初的词人，多有精彩之论；卷三至卷五，主要论曲调、词调得名的由来。

（7）《词源》，宋末张炎撰。张炎工词善音律，著有《山中白云词》，晚年著《词源》二卷。《词源》上卷十四目，主要论述词乐，涉及五音相生、古今谱字、十二律吕、讴曲旨要等内容；下卷十五目，论及音谱、拍眼、制曲等词的音乐特性与创作方法。《词源》对研究唐宋词乐、词谱等具有重要的价值。

唐代乐谱方面的文献，也应受到重视。现存唐谱多种，如：

（1）敦煌琵琶谱，写本被法国人伯希和盗走，1937年，日本人林谦三开始研究并翻译，我国叶栋、何昌林、陈应时、席臻贯等学者分别将此谱译出，此谱仅存《浣溪沙》残片一曲。

（2）舞谱，敦煌打令谱。

（3）古琴谱，为文字谱，仅《幽兰》一曲，由日本传回中国，是唐人抄自六朝之作品，见黎庶昌《古逸丛书》。

日本仍存唐谱多种，如：

（4）正仓院《天平谱》，唐天宝八年（749）自大唐传至日本，仅存

---

[1] 王灼著，岳珍校正：《碧鸡漫志校正》，巴蜀书社2000年版，"自序"第1页。

一个琵琶谱残叶。

（5）京都阳明文库《五弦谱》，唐代宗大历八年（773）由大唐传至日本。

其中，（1）（4）（5）三种均为唐式谱，即主干谱。

（6）《开成谱》，日本人糵成武于唐文宗开成三年（838）带回日本。

（7）《南宫琵琶谱》，日本人滕原贞敏作于延喜二十一年（921）。

（8）《长竹卿笛谱》，凉伯雅编于宋太祖开宝元年（968）。

（4）至（8）种现皆存于日本，国内未见流传，亟须组织人力、财力，将这些稀世珍宝迎回国内，加以整理研究，使唐代古乐复奏于今日。

（6）（7）（8）三种为和谱，其谱为详谱，标明大曲、中曲、小曲、拍子（如序、破、急各用多少拍子），每一曲又标只拍子（丁按："只拍子"指在官方场合所用的简单拍子）和乐拍子（丁按："乐拍子"指乐人所用的复杂拍子，林谦三说乐拍子是带切分音的拍子）。和谱又分遣唐乐和仿唐乐两种。遣唐乐是日本人从大唐带回的音乐，他们后据此乐谱成曲子；仿唐乐多为日本人模仿唐乐而作。

总的看来，现存的唐代乐谱资料还是比较丰富的，值得整理与研究。近年来我国学术界已开始了这方面的工作，任半塘先生《唐声诗》上编第四章第二节"现存乐谱概况"、下编"弁言六"，张前《中日音乐交流史》之唐代篇、明清篇，以及葛晓音、户仓英美，王小盾、陈应时在《中国社会科学》上发表的数篇文章，都对日存唐谱进行了较为深入的研究，并取得了可喜的成果。河北大学古籍整理研究所刘崇德先生主持的教育部哲学社会科学研究重大课题攻关项目"中国古代曲乐整理和研究"（丁放、孙光钧、鲍恒等人参加），在前哲时贤研究的基础上对唐代乐谱进行了比较系统的研究，其研究成果之一《现存日本唐乐古谱十种》已于2013年由黄山书社出版。

宋代乐谱，则有姜夔《白石道人歌曲》（据《彊村丛书》本）中保留的《鬲溪梅令》《杏花天影》《醉吟商小品》《霓裳中序第一》《玉梅令》《扬州慢》《长亭怨慢》《淡黄柳》《石湖仙》《暗香》《疏影》《惜红衣》《角招》《徵招》《秋宵吟》《凄凉犯》《翠楼吟》十七首旁谱，且有些词同时标明宫调、俗名，这对于今人研究唐宋音乐及其调式关系，还原唐宋词乐音响，具有重要的意义。[1]

宋人史浩《鄮峰真隐大曲》中也保存了一些乐谱及演唱资料，吴梅跋《彊村丛书》本《鄮峰真隐大曲》云："宋代作者，如六一、东坡，往往仅作勾放乐语而不制歌词；郑仅、董颖之徒，则又止有歌词而无乐语，二者鲜有兼备焉。《鄮峰大曲》二卷，有歌词，有乐语，且诸曲之下，各载歌演之状，尤为欧、苏、郑、董诸子所未及，宋人大曲之详，无有过于此者矣。"[2]然而，《彊村丛书》本《鄮峰真隐大曲》并未将这些音乐资料刻录下来。中国音乐学院教授吴文光与其研究生赵晓楠从北大图书馆觅得《鄮峰真隐大曲》乐谱二首，已撰文公之于世，此谱值得进一步研究。王国维《读词杂记·庚辛之间读书记》之"《草堂诗余》"条曰："至此本编次，与周邦彦《清真集》《片玉集》，赵长卿《惜香乐府》相同，自是宋人体例。注虽芜累，分明出宋人手。如卷四东坡《水龙吟·咏笛》词'梁州初遍'，注曰：'初遍，谓如今乐府诸大曲凡数十解，于攧前则有排遍，攧后则有延遍，初遍岂非排遍之首解'云云，此数语证以史浩《鄮峰真隐漫录》卷四十五所有大曲，无一不合，非元以后人所能知，自系宋人之注。"[3]这说明王国维见过《鄮峰真隐大曲》，或许将来此书能重现于世。

另外，明人王骥德《曲律》记录了宋人《乐府浑成》中小令词乐谱二首，虽为零缣断楮，却也有较高参考价值。

---

[1] 可参阅吴润霖《姜白石与音乐》（上海音乐出版社1988年版），刘崇德、龙建国《姜夔与宋代词乐》（江西高校出版社2006年版）等论著。
[2] 朱孝臧辑校编撰：《彊村丛书》第3册，上海古籍出版社1989年版，第2231页。
[3] 葛渭君编：《词话丛编补编》，中华书局2013年版，第3005页。

第二节 苏轼词入乐可歌之新论

考察苏词能否歌唱具有三个方面的意义：第一，苏轼改变了以女声为主声部的词坛格局，客观上促进了词的内容和风格走向多样化；第二，可歌之苏词成为苏轼懂音律的佐证，学界可依此重新审视并进一步探讨苏轼的不懂音律论；第三，不同的歌唱者、歌唱环境产生的效果不同，以此为切入点考察词体风格，可为学界提供新的研究思路。

对于苏轼词是否可以歌唱的问题，有宋以来争议就颇大。有说其多不能歌唱、多不入腔者，如北宋范正敏说："子瞻之词虽工，而多不入腔，正以不能唱曲耳。"[1] 南渡时期的李清照言苏轼词："苏子瞻，学际天人，作为小歌词，直如酌蠡水于大海，然皆句读不葺之诗尔，又往往不协音律者。"[2] 亦有为其辩护者，如其门人晁补之说："苏东坡词，人谓多不谐音律，自然，居士词横放杰出，自是曲子中缚不住者。"[3] 王灼云："东坡先生非心醉于音律者，偶尔作歌，指出向上一路，新天下耳目，弄笔者始知自振。"[4] 南宋陆游云："世言东坡不能歌，故所作乐府词多不协。晁以道云：'绍圣初，与东坡别于汴上。东坡酒酣，自歌《古阳关》。'则公非不能歌，但豪放不喜裁剪以就声律耳。"[5] 宋以后各代学者对此问题更是见仁见智，近现代以来，学界比较倾向于认为苏词多可歌。如沈祖棻先生认为："他的词还是广泛地在社会中传唱

---

[1] 胡仔纂集，廖德明校点：《苕溪渔隐丛话·前集》卷四二，人民文学出版社1962年版，第284页。

[2] 胡仔纂集，廖德明校点：《苕溪渔隐丛话·后集》卷三三，人民文学出版社1962年版，第254页。

[3] 吴曾：《能改斋漫录》卷一六，上海古籍出版社1979年版，第469页。

[4] 王灼著，岳珍校正：《碧鸡漫志校正》，巴蜀书社2000年版，第37页。

[5] 陆游撰，李剑雄、刘德权点校：《老学庵笔记》卷五，中华书局1979年版，第66页。

的，虽然不一定像柳永的作品那样有井水处皆能歌唱。"又云："他曾被人指摘为'以诗为词''不谐音律'……关于后者，从我们所能见到的材料看来，这竟是一种误会。"[1] 沈祖棻指出苏词是可以被广泛传唱的。施议对先生认为："在《东坡乐府》中，像《花间》《尊前》那样，专门写妓女或代人写妓女，于宴会上供妓女歌唱的作品，几乎占了三分之一。"[2] 他认为三分之一的苏词可供妓女歌唱，但没有明确指出可歌唱苏词之数量。诸家看法虽有一定差别，但大体上认为苏词多是可以歌唱的。但苏词可歌之作到底有多少？具体篇目为哪些？这在学术界尚无定论。词的产生和发展与燕乐密不可分，词是音乐与文学结合的产物，而苏轼是宋词发展史上"指出向上一路"的关键人物，因此，从音乐角度出发考察其可歌唱词作之数量，在词学研究中具有正本清源的意义。本书以邹同庆、王宗堂《苏轼词编年校注》（中华书局2002年版）为底本，参考现存各种苏词别集、总集本，如傅本、曾本、元本、毛本、朱本、龙本、《全宋词》本、曹本、石唐本、薛本等，词调、词题、词序、词句各本中有异文者，不作特别说明、不出注者，均依底本，欲对此问题进行详尽考辨。

一、苏轼可歌唱之词数量及篇目考辨

在前辈学人中，明确指出苏词可歌之具体篇目的有曹树铭、王水照二位先生。

1. 曹树铭先生所考之苏词可歌唱之作

曹树铭先生在其校注本《苏东坡词》附录《东坡词评（续）》中辑录出十七首可歌之作，分别是：

---

[1] 沈祖棻：《苏轼与词乐》，《徐州师范学院学报》（哲学社会科学版）1978年第1期。
[2] 施议对：《李清照的词论研究》，载《文学评论》编辑部编《文学评论丛刊》第七辑，中国社会科学出版社1980年版，第77页。

《贺新郎》（乳燕飞华屋）、《江城子》（玉人家在凤凰山）、《蝶恋花》（帘外东风交雨霰）、《阳关曲》（暮云收尽溢清寒）、《履霜操》（桓山之上）、《瑶池燕》（飞花成阵）、《水龙吟》（小舟横截春江）、《江城子》（梦中了了醉中醒）、《满江红》（忧喜相寻）、《哨遍》（为米折腰）、《临江仙》（夜饮东坡醒复醉）、《醉翁操·琅然》、《玉楼春》/《木兰花令》（乌啼鹊噪昏乔木）、《浣溪沙》（西塞山边白鹭飞）、《水龙吟》（古来云海茫茫）、《水调歌头》（昵昵儿女语）、《戚氏》（玉龟山）。

其中，《贺新郎》（乳燕飞华屋）、《水龙吟》（小舟横截春江）、《江城子》（梦中了了醉中醒）、《满江红》（忧喜相寻）、《哨遍》（为米折腰）、《醉翁操·琅然》、《玉楼春》/《木兰花令》（乌啼鹊噪昏乔木）、《浣溪沙》（西塞山边白鹭飞）、《水龙吟》（古来云海茫茫）、《水调歌头》（昵昵儿女语）为苏轼自己在词序中记载的可以歌唱的词，而《阳关曲》（暮云收尽溢清寒）、《临江仙》（夜饮东坡醒复醉）、《戚氏》（玉龟山）在其他文献中被记载为可以歌唱的词，这些都是确切可信的。但《江城子》（玉人家在凤凰山）序云："陈直方妾嵇，钱塘人也。求新词，为作此。钱塘人好唱《陌上花缓缓曲》，余尝作数绝以纪其事。"[1]《蝶恋花》（帘外东风交雨霰）序云："微雪，客有善吹笛击鼓者。方醉中，有人送苦寒诗求和，遂以此答之。"[2] 此二词均因别人乞词而作，"钱塘人好唱《陌上花缓缓曲》"与"客有善吹笛击鼓者"只是填此两阕词的背景，这与词是否可以歌唱并无必然的联系。《履霜操》（桓山之上），苏词其他诸版本均未载此词，唯曹本载于卷一，云据《苏轼文集》卷一一《游桓山记》增补，且编于元丰二年（1079）正月，作于徐州。[3] 邹王本将其编入"附编三，误入苏集词"，有详细考辨，[4] 今从之。

---

[1] 曹树铭校编：《苏东坡词》，台湾商务印书馆2002年版，第109页。
[2] 曹树铭校编：《苏东坡词》，台湾商务印书馆2002年版，第160页。
[3] 曹树铭校编：《苏东坡词》，台湾商务印书馆2002年版，第196页。
[4] 参见邹同庆、王宗堂《苏轼词编年校注》下册，中华书局2002年版，第974页。

《瑶池燕》（飞花成阵），曾本、傅本、元本和朱本均不载，《全宋词》本和邹王本列入互见词，本书以为此词非东坡词。因此，曹树铭先生所列十七首中仅十三首为可歌唱之作。

2. 王水照先生所考之苏词可歌唱之作

王水照先生在《苏轼豪放词派的涵义和评价问题》一文中指出："根据苏轼词序及其他有关记载，今可考知曾被歌唱过的苏词大约有……则共二十四首。"[1] 如下所示：

> 《水调歌头》（昵昵儿女语）、《哨遍》（为米折腰）、《江城子》（梦中了了醉中醒）、《戚氏》（玉龟山）、《玉楼春》（乌啼鹊噪昏乔木）、《减字木兰花》（维熊佳梦）、《江城子》（老夫聊发少年狂）、《阳关曲》（暮云收尽溢清寒）、《阳关曲》（受降城下紫髯郎）、《阳关曲》（济南春好雪初晴）、《醉翁操·琅然》、《瑶池燕》（飞花成阵）、《水调歌头》（明月几时有）、《满江红》（东武城南）、《永遇乐》（明月如霜）、《南歌子》（师唱谁家曲）、《蝶恋花》（花褪残红青杏小）、《鹊桥仙》（缑山仙子）、《皂罗特髻》（采菱拾翠）、《翻香令》（金炉犹暖麝煤残）、《清华引·感旧》（平时十月幸莲汤）、《荷花媚》（霞苞露荷碧）、《定风波》（与客携壶上翠微）、《定风波》（好睡慵开莫厌迟）。

其中，《水调歌头》（昵昵儿女语）、《哨遍》（为米折腰）、《江城子》（梦中了了醉中醒）、《戚氏》（玉龟山）、《玉楼春》（乌啼鹊噪昏乔木）、《阳关曲》（暮云收尽溢清寒）、《醉翁操·琅然》七首与曹本所列相同。而《减字木兰花》（维熊佳梦）、《南歌子》（师唱谁家曲）为苏轼词序所

---

[1] 王水照：《王水照自选集》，上海教育出版社2000年版，第587页。

记载可歌唱之作。《江城子》（老夫聊发少年狂）[1]、《水调歌头》（明月几时有）[2]、《满江红》（东武城南）[3]、《永遇乐》（明月如霜）[4]、《蝶恋花》（花褪残红青杏小）[5]、《鹊桥仙》（缑山仙子）[6]在其他文献中被记载为可歌唱之作，毋庸置疑。但对于《阳关曲》，曹本只收"暮云收尽溢清寒"一首，王水照先生在所列《水调歌头》等四首词作之后，紧接着云"以及上述《阳关曲》等三调五首"。王先生于同一文章中将苏轼的《阳关曲》与王维的《渭城曲》进行平仄的对比，列《阳关曲》三首。[7]而曹本只引其中一首，当失察。实则苏轼《阳关曲》自宋曾本、傅本以来至《全宋词》本、邹王本等苏词诸版本皆载三首，即"暮云收尽溢清寒""受降城下紫髯郎""济南春好雪初晴"三阕，皆可歌唱。王水照先生所云《清华引·感旧》（平时十月幸莲汤）于苏词诸版本皆不见载，当为《华清引·感旧》（平时十月幸莲汤），为苏轼首创。王水照认为此词与《皂罗特髻》（采菱拾翠）、《翻香令》（金炉犹暖麝煤残）、《荷花媚》（霞苞露荷碧）都是苏轼自度曲，其与"檃栝体"《定风波》（与客携壶上翠微）（好睡慵开莫厌迟）二首一起被认为是可以歌唱的。王水照先生或许认为既然是自度曲，则应可歌唱；而且作为

---

[1] 苏轼作于密州的《与鲜于子骏》（其二）曰："近却颇作小词，虽无柳七郎风味，亦自是一家。呵呵。数日前，猎于郊外，所获颇多。作得一阕，令东州壮士抵掌顿足而歌之，吹笛击鼓以为节，颇壮观也。"（苏轼撰，茅维编，孔凡礼点校：《苏轼文集》卷五三，中华书局1986年版，第1560页）王水照《苏轼选集》引此段文字，并云："所云殆即此词。"

[2] 参见蔡絛撰，冯惠民、沈锡麟点校《铁围山丛谈》，中华书局1983年版，第58页。

[3] 参见唐圭璋编《词话丛编》，中华书局1986年版，第29页。

[4] 参见曾敏行撰、朱杰人校点《独醒杂志》，载上海古籍出版社编《宋元笔记小说大观》第3册，上海古籍出版社2001年版，第3226页。

[5] 参见张宗橚编、杨宝霖补正《词林纪事、词林纪事补正合编》，上海古籍出版社1998年版，第296—297页。

[6] 《全宋文》卷四九三七所载陆游《跋东坡七夕词后》曰："昔人作七夕诗，率不免有珠栊绮疏惜别之意。惟东坡此篇，居然是星汉上语，歌之曲终，觉天风海雨逼人。"（曾枣庄、刘琳主编：《全宋文》第223册，上海辞书出版社、安徽教育出版社2006年版，第8页）[丁按：东坡"七夕词"即指《鹊桥仙》（缑山仙子），《东坡乐府》卷一此词题下注："七夕送陈令举。"可见此词可歌]《陆游全集校注·跋东坡七夕词后》之"题解"曰："苏轼词集中专咏七夕之作有四首……惟《鹊桥仙·七夕送陈令举》一阕最合此跋意境。词云：'缑山仙子……'"

[7] 参见王水照《王水照自选集》，上海教育出版社2000年版，第583页。

"檃栝词",苏轼曾言"使就声律"[1],其檃栝词当皆可歌唱。然而,苏轼檃栝词并非都能歌唱,"使就声律"仅指其《哨遍》(为米折腰)一词,其他檃栝词则不一定能"就声律",并没有材料证明《定风波》(与客携壶上翠微)(好睡慵开莫厌迟)二首可歌唱。况且,苏轼的檃栝词不止此两首,而是有十一首之多。因此,王水照先生所列可歌唱之苏词实为二十一首。

综上,曹、王两位先生所列可歌唱之苏词共二十七首,其中,苏轼词序记载的可歌唱之词作有十二首:

《江城子》(梦中了了醉中醒)、《浣溪沙》(西塞山边白鹭飞)、《哨遍》(为米折腰)、《玉楼春》/《木兰花令》(乌啼鹊噪昏乔木)、《水龙吟》(古来云海茫茫)、《南歌子》(师唱谁家曲)、《贺新郎》(乳燕飞华屋)、《减字木兰花》(维熊佳梦)、《水调歌头》(昵昵儿女语)、《满江红》(忧喜相寻)、《醉翁操·琅然》、《水龙吟》(小舟横截春江)。

苏轼文集中自载的可歌唱之词作有四首:

《江城子》(老夫聊发少年狂)、《阳关曲》(暮云收尽溢清寒)(受降城下紫髯郎)(济南春好雪初晴)。

宋人别集记载的可歌唱之词作有二首:

《鹊桥仙》(缑山仙子)、《戚氏》(玉龟山)。

宋人诗话、词话、笔记小说中记载的可歌唱之词作有五首:

---

[1] 邹同庆、王宗堂:《苏轼词编年校注》中册,中华书局2002年版,第389页。

《满江红》(东武城南)、《水调歌头》(明月几时有)、《永遇乐》(明月如霜)、《临江仙》(夜饮东坡醒复醉)、《蝶恋花》(花褪残红青杏小)。

苏轼自度曲有四首：

《皂罗特髻》(采菱拾翠)、《翻香令》(金炉犹暖麝煤残)、《华清引·感旧》(平时十月幸莲汤)、《荷花媚》(霞苞露荷碧)。

关于苏轼是否有自度曲，学术界存有争议：除了王水照先生认为苏轼有自度曲，亦有论者考述苏轼有五调自度曲，分别为《哨遍》《雨中花慢》《三部乐》《皂罗特髻》《占春芳》，考辨较为详细。[1] 其中，《雨中花慢》《三部乐》《皂罗特髻》的证据是从《钦定词谱》和《词律》中而来的，因此又有论者认为《钦定词谱》和《词律》是清人著作，而清代词乐已失传，并不可信，故苏轼无自度曲。[2] 我们认为，虽然《钦定词谱》和《词律》的编纂时间离宋代较远，亦确实无法完全还原宋代词律、词乐的真实原貌，但迄今为止，它们仍是今人研究前人词乐、词律无法绕开的两部权威著作。而且清人严谨的学术态度及精湛的考证之风是可以信赖的，除非论者能在清人的基础上提出新的、有力的反驳证据来证明两部著作之伪或其权威性不足，否则，仅以推测之语以伪证伪实不可取。故我们还是以《钦定词谱》和《词律》为参照，认为《雨中花慢》《三部乐》《皂罗特髻》为苏轼自度曲。至于《哨遍》，苏词中有"为米折腰""睡起画堂"两首，此词调乃苏轼首创，且皆能歌唱，当为苏轼自度曲。《占春芳》有"红杏了"一首，《全宋词》案语云："案此首出《春渚纪闻》卷六，原不著调名。《花草粹编》卷三始以为《占春

---

[1] 参见王文龙《东坡词自度曲考述》，《盐城师范学院学报》(人文社会科学版) 2003年第2期。

[2] 参见沈文凡、张德恒《苏轼是否通音律与苏词是否合律可歌略辨》，《北方论丛》2010年第4期。

芳》，殆出杜撰。"[1]唐圭璋先生已持怀疑态度。考察苏词各版本，傅本、曾本、元本等苏词别集较早的宋元版本均不载此词，此词最早出现于明代，邹王本据明刊全集、二妙集、毛本、朱本、龙本、《全宋词》本、曹本补。[2]该词是否为苏词还有待商榷，暂列存疑。除上述《皂罗特髻》（采菱拾翠）等四首外，又得苏轼自度曲三调六首，分别是《雨中花慢》（今岁花时深院）（邃院重帘何处）（嫩脸羞蛾因甚），《三部乐》（美人如月），《哨遍》（为米折腰）（睡起画堂）。

3. 本书所考之苏词可歌唱之作

除曹、王二位先生所考之作外，本书又得苏词可歌之作十三首，其中知具体篇目者有十一首，分别是：

《西江月·平山堂》（三过平山堂下）。晁说之《嵩山文集》卷六有《席上有唱欧公送刘原甫辞者，次日又有唱东坡"三过平山堂"词者，今联续唱之，感怀作绝句》[3]一诗。晁说之家中宴席之上有歌唱东坡此词者。

《千秋岁·湖州暂来徐州重阳作》（浅霜侵绿）。苏轼《与王定国四十一首》（其十二）云："重九登栖霞楼，望君凄然。歌《千秋岁》，满坐识与不识，皆怀君。"邹王本云："苏轼在黄州，因怀念王定国，曾歌此词。"[4]此词乃苏轼为怀念王定国而作，歌唱之后，达到了"满坐识与不识，皆怀君"的效果。

《菩萨蛮》（翠鬟斜幔云垂耳）（柳庭风静人眠昼）（井梧双照新妆冷）（雪花飞暖融香颊）四首，傅本于首阕题作"四时闺怨回文，效刘十五贡父体"[5]。苏轼《与李公择十七首》（其十三）云："效刘十五

---

[1] 唐圭璋编：《全宋词》，中华书局1965年版，第327页。
[2] 参见邹同庆、王宗堂《苏轼词编年校注》上册，中华书局2002年版，第56页。
[3] 晁说之：《嵩山文集》，载王云五主编《四部丛刊续编》本，商务印书馆1934年版。
[4] 邹同庆、王宗堂：《苏轼词编年校注》上册，中华书局2002年版，第246—247页。
[5] 傅幹注，刘尚荣校证：《傅幹注坡词》，巴蜀书社1993年版，第204页。

体,作回文《菩萨蛮》四首寄去,为一笑。"[1]《与刘贡父七首》(其三)云:"某启。示及回文小阕,律度精致,不失雍容,欲和殆不可及,已授歌者矣。"[2] 综合二者信息,可知刘贡父先有回文体《菩萨蛮》四首寄于东坡,但"今失之矣"。东坡想要唱和刘贡父此词,但已"不可及",故仿效刘十五体作此四首《菩萨蛮》回文词并"授歌者"。由此可知,苏轼此四词皆可歌唱,但不知具体歌唱情况。

《木兰花令·次欧公西湖韵》(霜余已失长淮阔)。王文诰《苏文忠公诗编注集成总案》云:"元祐六年辛未八月……二十四日……游西湖,闻歌者唱《木兰花令》,词则欧阳修所遗也,和韵。"[3] 歌者所唱《木兰花令》为欧阳修《玉楼春》(西湖南北烟波阔)(丁按:《玉楼春》,又名《木兰花令》)。欧阳修此词能歌唱,苏轼和之,苏词当亦能歌唱。

《瑞鹧鸪·观潮》(碧山影里小红旗)。胡仔《苕溪渔隐丛话》载:"苕溪渔隐曰:'唐初歌辞,多是五言诗,或七言诗,初无长短句。自中叶以后,至五代,渐变成长短句。及本朝,则尽为此体。今所存,止《瑞鹧鸪》《小秦王》二阕是七言八句诗、并七言绝句诗而已。《瑞鹧鸪》犹依字易歌,若《小秦王》必须杂以虚声乃可歌耳。其词云:"碧山影里小红旗,侬是江南踏浪儿,拍手欲嘲山简醉,齐声争唱浪婆词。西兴渡口帆初落,渔浦山头日未欹,侬送潮回歌底曲,樽前还唱使君诗。"此《瑞鹧鸪》也。"济南春好雪初晴,行到龙山马足轻,使君莫忘雪溪女,时作《阳关》肠断声。"此《小秦王》也。皆东坡所作。'"[4] 胡仔明确说《瑞鹧鸪》《小秦王》可以歌唱,并举东坡词为例,说明东坡此词是可以歌唱的,但他没有说明具体的歌唱情况。

《渔家傲》(千古龙蟠并虎踞)。赵令畤《侯鲭录》卷八《东坡过金

---

[1] 苏轼撰,茅维编,孔凡礼点校:《苏轼文集》卷五一,中华书局1986年版,第1501页。
[2] 苏轼撰,茅维编,孔凡礼点校:《苏轼文集》卷五〇,中华书局1986年版,第1465页。
[3] 王文诰:《苏文忠公诗编注集成总案》卷三四,巴蜀书社1985年版,第907—908页。
[4] 胡仔纂集,廖德明校点:《苕溪渔隐丛话·后集》卷三九,人民文学出版社1962年版,第323页。丁按:此处所指《小秦王》即《阳关曲》(济南春好雪初晴)。

陵作〈渔家傲〉词》载:"东坡自黄移汝,过金陵,见舒王。适陈和叔作守,多同饮会。一日,游蒋山,和叔被召将行。舒王顾江山,曰:'子瞻可作歌。'坡醉中书云:'千古龙蟠并虎踞……'和叔到任数日而去。舒王笑曰:'白鹭者得无意乎!'"[1]舒王(即王安石)让苏轼作歌,苏轼醉书此词,当可歌唱,惜谁唱不知。

《哨遍·春词》(睡起画堂)。张宗橚《词林纪事》载:"《侯鲭录》:东坡在昌化军,长负大瓢行歌田间,所歌者《哨遍》也。恰妇年七十,云:'内翰昔日富贵,一场春梦耳。'里人因呼此妇为'春梦婆'。"[2]苏轼背着大瓢,边走边唱,唱的正是这首《哨遍·春词》(睡起画堂)。此词通俗易懂,故能引起老妇人的共鸣,并对苏轼的遭遇深表同情。

《浣溪沙·游蕲水清泉寺》(山下兰芽短浸溪)。《东坡志林》卷一《游沙湖》云:"黄州东南三十里为沙湖……余作歌云:'山下兰芽短浸溪……'是日剧饮而归。"[3]苏轼说自己"作歌",可知此词当可歌唱,但是自唱还是他者歌唱,并未说明。

大致知歌唱情况但未能明确具体篇目者至少有二首:

赵长卿《临江仙》(破靥盈盈巧笑)序云:"予买一妾,稍慧,教之写东坡字。半年,又工唱东坡词。命名文卿。"[4]赵长卿的一个小妾特别擅长唱苏轼的词,但唱的是哪些词,现已无从考证,恐怕不止一首词,当会唱多首苏词。

邵博《邵氏闻见后录》载:"予尝见东坡一帖云:'王十六秀才遗拍板一串,意予有歌人,不知其无也。然亦有用,陪傅大士唱《金刚经》耳。'字画奇逸,如欲飞动。鲁直作小楷书其下云:'此拍板以遗朝云,

---

[1] 赵令畤撰,孔凡礼点校:《侯鲭录》(与《墨客挥犀》《续墨客挥犀》合刊),中华书局2002年版,第195—196页。
[2] 张宗橚编,杨宝霖补正:《词林纪事、词林纪事补正合编》,上海古籍出版社1998年版,第325页。丁按:引文与中华书局版《侯鲭录》文字有出入。
[3] 苏轼撰,王松龄点校:《东坡志林》,中华书局1981年版,第2页。
[4] 唐圭璋编:《全宋词》,中华书局1965年版,第1811页。又,张宗橚《词林纪事》(乾隆刊本)卷五中的文字与之相同。

使歌公所作《满庭芳》，亦不恶也。然朝云今为惠州土矣。'"[1] 黄庭坚认为若将王十六秀才送给东坡的拍板送给王朝云，让她歌唱苏轼的《满庭芳》，应该很不错，可惜朝云已病逝于惠州。苏轼的《满庭芳》现存九首，不知山谷所说使王朝云歌唱的是哪首。

二、可歌苏词之特点

纵观以上考辨分析可知，苏轼总共有四十首词作是可以歌唱的。其中，三十四首有明确的歌唱本事记载。按歌唱者的性别进行划分，我们可以看到苏词可歌之作有以下主要特点。

1. 男性歌者所唱之词多于女性歌者所唱之词

男性歌者中，苏轼自己歌唱过《江城子》（梦中了了醉中醒），《阳关曲》（暮云收尽溢清寒）（受降城下紫髯郎）（济南春好雪初晴），《临江仙》（夜饮东坡醒复醉），《千秋岁·湖州暂来徐州重阳作》（浅霜侵绿），《水龙吟》（古来云海茫茫），《浣溪沙》（西塞山边白鹭飞），《哨遍·春词》（睡起画堂），共九首词。其他男性歌者歌唱的词作有"东州壮士"歌唱的《江城子》（老夫聊发少年狂）、陆游歌唱的《鹊桥仙》（缑山仙子）、袁绹歌唱的《水调歌头》（明月几时有）、"家僮"歌唱的《哨遍》（为米折腰）、黄庭坚歌唱的《阳关曲》（暮云收尽溢清寒）[2]、苏轼与"宾客"共唱的《临江仙》（夜饮东坡醒复醉）[3]、郭遘歌唱的《玉楼春》/《木兰花令》（乌啼鹊噪昏乔木）等七首。据此统计，得男性歌者歌唱过的词作共计十四首。

女性歌者歌唱过的苏词有"一妓"歌唱的《满江红》（东武城南）、"歌伎"歌唱的《南歌子》（师唱谁家曲）、侍妾王朝云歌唱的《蝶恋花》

---

[1] 邵博撰，刘德权、李剑雄点校：《邵氏闻见后录》卷一九，中华书局1983年版，第152页。
[2] 苏轼自己亦唱过此词。
[3] 苏轼与一起游玩的宾客合唱此词好几遍。

（花褪残红青杏小）、"一官妓"歌唱的《戚氏》（玉龟山）、歌伎秀兰歌唱的《贺新郎》（乳燕飞华屋）五首。《水调歌头》（昵昵儿女语）一阕，因"章质夫家善琵琶者"乞词而作，苏轼檃栝韩愈《听颖师弹琴》"使就声律"送给此"善琵琶者"，此人极可能是女性，亦可能是苏轼此词的歌唱者。加之赵长卿的小妾所唱之词及王朝云所唱《满庭芳》，由女性歌唱者歌唱过的苏词至少有八首。

综上可知，男性歌者所唱之词多于女性歌者所唱之词，这与俞文豹在《吹剑续录》中的记载暗合：

> 东坡在玉堂，有幕士善讴，因问："我词比柳词何如？"对曰："柳郎中词，只好十七八女孩儿，执红牙拍板，唱'杨柳外，晓风残月'；学士词，须关西大汉，执铁板，唱'大江东去'。"公为之绝倒。[1]

"男不唱艳词"，"女不唱雄曲"。[2] 花前柳下、卿卿我我的以柳永为代表的"婉约"词，须"十七八女孩儿"皓齿朱唇浅吟低唱；而气凌霄汉、铁骨铮铮的以苏轼为代表的"豪放"词，则须"关西大汉，执铁板"引吭高歌。歌唱者的性别与词作风格有一定联系。苏轼为男性歌者作词时，须使词作适合男子雄壮、豪放、高亢的声音与风格特色；为女性歌者作词时，则须使词作符合女子婉转、柔美、悠扬的声音与风格特色。这促使苏轼创作出不同风格的词作以适合不同性别、类型的歌者来歌唱，也在一定程度上促进了苏词风格、题材与内容的多样化。

2. 男性歌者身份多元化，专业歌者歌唱苏词产生的影响更大

男性歌者中，有专业歌者，如歌唱过《水调歌头》（明月几时有）的袁绹，被视为堪与唐朝天宝年间李龟年相媲美的人物；也有半专业的

---

[1] 俞文豹撰，张宗祥校订：《吹剑录全编》，古典文学出版社1958年版，第38页。
[2] 陶宗仪：《南村辍耕录》卷二七，中华书局1959年版，第339页。

歌者，如歌唱过《玉楼春》/《木兰花令》（乌啼鹊噪昏乔木）的"喜作挽歌"的郭遘，他是苏轼被贬黄州时结交的好友，是半专业的"倡优之家"；更多的则是非专业的歌者，如苏轼、黄庭坚、陆游、"东州壮士"、苏轼的家僮、与苏轼畅游会饮的宾客等。其中，苏轼既作为词人又作为歌唱者来歌唱自己的作品时，虽非"科班"出身，但因其特殊身份，产生的轰动效应不亚于专业歌者。最典型的如苏轼歌唱《临江仙》（夜饮东坡醒复醉）一词，其"与客大歌数过而散"，而翌日关于他"挂冠服江边，拏舟长啸去矣"（叶梦得《避暑录话》）的流言就已传遍整个黄州城。黄州郡守徐君猷又惊又怕，怕苏轼逃跑而"失罪人"，速去拜访，才发现苏轼仍鼾声如雷，最后传至京师，宋神宗还是半信半疑。可见，歌唱者虽并非专业人士，但由于特殊条件，也可能产生较大的影响。而由专业歌者歌唱的词作就更不待言了。《水调歌头》（明月几时有）一词经专业歌者袁绹歌唱后，"都下"普遍"传唱此词"，后宋神宗获悉，认为"'苏轼终是爱君。'乃命量移汝州"（鲖阳居士《复雅歌词》），从而减轻了对苏轼的处罚。可见，专业歌者歌唱苏词所产生的影响更大。

3. 女性歌者多为专业歌伎舞女，所唱苏词多为婉约、俗艳之作

传唱苏词的女性歌者中，大多为歌伎舞女，且所唱之词大都是向苏轼乞求而来的。如《水调歌头》（昵昵儿女语）是"章质夫家善琵琶者"所乞，《满江红》（东武城南）是"一妓"所乞，《戚氏》（玉龟山）是"一官妓"所乞。《贺新郎》（乳燕飞华屋）虽非歌伎秀兰所乞，却是苏轼为其解围专门作与其歌唱的。除了歌伎乞词，苏轼亦有赠歌伎词，如《水龙吟》（楚山修竹如云）、《菩萨蛮》（娟娟缺月西南落）等。这些词多在宴席、集会等较为私人的场合歌唱，而所作之词亦有较固定的含义与目的：一般都是用来娱宾遣兴、"聊佐清欢"[1]，调节整个宴会的氛围，使宾客皆尽兴。这与传统词作的功用和风格是相同的。后人总结苏

---

[1] 欧阳修撰，黄畲笺注：《欧阳修词笺注》，中华书局1986年版，第1页。

词最大的特点是"以诗为词"[1]，其词风以豪放、旷达见长，不同于以往的"柳七郎风味"，多阳刚雄健之气，而少柔弱靡靡之音。但苏词中亦多婉约、俗艳之作，部分原因是迎合歌伎歌唱的需要。故有论者云苏轼《蝶恋花》送潘邠老词："其词恣亵，何减耆卿。是东坡偶作，以付钱席。使大雅，则歌者不易习，亦风会使然也"[2]，是有一定道理的。苏轼"以付钱席"的一些词，其俗艳程度比起柳耆卿同类词作有过之而无不及，主要原因是苏轼若作大雅之词，歌伎不容易歌唱。

三、苏词可歌之意义

苏词可歌之作共四十首，虽在苏词中所占比例较小，但在词史上有重要意义。

1. 改变了以女声为主声部的词坛格局

晚唐五代以后文人词与非文人词都呈现以女性为中心的倾向，[3]词的传播主体主要是歌伎，这就注定其要以女声部为主。据学者研究，五代十国时期的西蜀词人群、南唐词人群及宋初的台阁词人群都是以女声为主声部。[4]元祐年间，此种格局被打破，转而变为以男女双声为主声部，这与苏轼的大胆尝试密切相关。一方面，苏轼宣称自己的词作"无柳七郎风味""自是一家"，与当时词坛流行的以柳永为代表的俗艳词风轩轾分明，这是从理论上为自己呐喊，如平地起春雷，使众人意识到原本只有在"如厕"时才读的"小词"[5]竟可呈现如此阳刚之态，打破了女子柔弱之气对词坛的长期笼罩。另一方面，他身体力行地创作

---

[1] 何文焕辑：《历代诗话》，中华书局 1981 年版，第 309 页。
[2] 唐圭璋编：《词话丛编》，中华书局 1986 年版，第 2499 页。
[3] 肖鹏：《群体的选择——唐宋人词选与词人群通论》，凤凰出版社 2009 年版，第 131 页。
[4] 肖鹏：《群体的选择——唐宋人词选与词人群通论》，凤凰出版社 2009 年版，第 49 页。
[5] 参阅欧阳修撰、李伟国点校《归田录》（与《渑水燕谈录》合刊），中华书局 1981 年版，第 24—25 页。

出适合"东州壮士""关西大汉"等男声歌唱的词作,"一洗绮罗香泽之态",让男性雄浑、厚重的声音冲破了当时仅适合"十七八女孩儿"在宴飨集会上以侑酒助兴为单一目的而唱词的词坛格局。自苏轼以后,除大晟词人群以女声为主声部外,继起的南渡词人群、中兴词人群、临安词人群、江西词人群都以男声为主声部。[1]虽然词作歌唱者的性别是由多种因素决定的,但苏轼改变了传统词作歌唱的方式和歌唱者的性别占比,将男子雄浑之音引入词坛,客观上促成了词的内容和风格的多样化,从而为词成为"无意不可入,无事不可言"(刘熙载《艺概·词曲概》)的文体提供了可资借鉴的范本。苏轼大大开拓了词的创作道路,为后世之词的全面发展指出了方向。

2. 苏轼懂音律的佐证

前人多以为苏词乃"句读不葺之诗",其原因是苏轼"但豪放不喜裁翦以就声律耳",认为苏轼因追求"豪放"的词风而随性洒脱、率真而为,不喜恪守"燕乐"的音律限制,故其词"多不谐音律"。但从苏词歌唱的实际情况可知,被视为代表苏轼"豪放"词风的经典篇目如《水调歌头》(明月几时有)、《江城子》(老夫聊发少年狂)、《临江仙》(夜饮东坡醒复醉)等词,使人听之读之觉"天风海雨逼人""无柳七郎风味"。此类具有豪放、慷慨、雄壮、旷达之风的词作经由男性歌者歌唱后,取得了较为轰动的效果。既然这些被认为破坏了音乐节奏的"横放杰出,自是曲子中缚不住"的"豪放"词都可歌唱,那为专业的歌伎舞女所写之词就更不能说"不谐音律"了。这也反证了苏轼是懂音律的。

至于被歌伎歌唱的苏轼"婉约"词,则多为"歌伎乞词"之作。"歌伎乞词"现象因宋代歌伎制度的盛行而较为普遍,并在宋人的社会生活中发挥着重要作用。一方面,对歌伎来说,向词人乞词,得到词人的新作而歌唱之,能新人耳目,从而提高自己的身价和知名度。另一方

---

[1] 肖鹏:《群体的选择——唐宋人词选与词人群通论》,凤凰出版社2009年版,第49页。

面,歌伎乞词一般都要求创作者有较高的文化修养,特别是熟稔音律,这样创作者才能在歌宴酒席间即时创作出歌词"以付钱席",否则有伤大雅,陷自己于尴尬之境。如宋人李之仪《跋戚氏》曰:"一日,歌者辄于老人之侧作《戚氏》,意将索老人之才于仓卒,以验天下之所向慕者。""老人"指苏轼,歌伎乞词的目的很明确——考验苏轼的才华,而苏轼竟能"随声随写,歌竟篇就,才点定五六字尔"。[1]因此,从歌伎向苏轼乞词、苏轼为歌伎作词之现象看,苏轼是懂音律的。若苏轼不懂音律,又怎能在宴席中"随声随写",并能即时作词为歌伎秀兰解围?再者,歌伎向词人乞词能够激发词人的创作热情和才能,《水调歌头》(昵昵儿女语)一词,是在苏轼"久不作词"的情况下,因"章质夫家善琵琶者"向其乞词,苏轼稍加檃栝韩愈的《听颖师弹琴》,"使就声律"而成。因此,无论从男性歌者的角度还是女性歌者的角度看,都能证明苏轼是懂音律的,学界似可重新审视苏轼不懂音律论并作进一步的探讨。

3. 拓展了词作歌唱的空间

从歌唱环境看,由于女性歌者的嗓音具有婉转、悠扬、轻柔的特点,其所歌多俚俗、冶艳、妩媚、绮靡之作,故歌唱环境多为宴席、聚会等私人场合,所歌之作多为歌伎乞词或词人赠词。这样的歌唱环境较狭窄,取得的效果有限,最多使"坐席欢甚",达到"聊佐清欢"、劝酒助兴的目的。而男性歌者的嗓音较为雄浑、厚实,所歌唱的词作多具有豪放、慷慨、雄壮、旷达的风格,故歌唱环境也多为"江上""都下""城中"等公共场合,容易产生较强的轰动效应。苏词在被歌唱的过程中,从狭窄的宴飨集会、樽前月下,走向广阔的"江上""都下""城中"等公共场所,这大大拓展了词作歌唱的空间,使词有了更多的接受对象,极大地增强了词作的效果与影响,如苏轼《贺新郎》词达到了一

---

[1] 曾枣庄主编:《宋代序跋全编》,齐鲁书社2015年版,第3258页。

种"世所共歌"[1]的时空广度。词学界对词体的风格历来有"豪放""婉约"之争,以歌唱者的性别、歌唱环境及歌唱后所达到的效果为切入点考察词体风格,这可为学界提供一个较新的思路。

第三节 金元词乐演变及衰落原因探析

一、金元词乐的源流演变

与宋代音乐一样,金元音乐同样分雅乐与俗乐。雅乐即太常乐、宫廷乐。金乐得自北宋之汴京,是金灭北宋时带回的,元乐则继承了金乐。《金史·乐志上》曰:"雅乐。凡大祀、中祀、天子受册宝、御楼肆赦、受外国使贺则用之。初,太宗取汴,得宋之仪章钟磬乐簴,挈之以归。皇统元年,熙宗加尊号,始就用宋乐。"[2]可见,金朝的音乐制度皆承宋。贞祐南渡,金宣宗在故宋景陵宫旧址上建太庙,"掘其下,得编钟十三,编磬八,皆刻'大晟'字"。

《元史·礼乐志二》"制乐始末"条云:

> 太祖初年,以河西高智耀言,征用西夏旧乐。太宗十年十一月,宣圣五十一代孙衍圣公元措来朝,言于帝曰:"今礼乐散失,燕京、南京等处,亡金太常故臣及礼册、乐器多存者,乞降旨收录。"于是降旨,令各处管民官,如有亡金知礼乐旧人,可并其家属徙赴东平,令元措领之,于本路税课所给其

---

[1] 陈鹄撰,孔凡礼点校:《西塘集耆旧续闻》(与《师友谈记》《曲洧旧闻》合刊),中华书局2002年版,第299页。
[2] 脱脱等:《金史》卷三九,中华书局1975年版,第882页。

食。十一年，元措奉旨至燕京，得金掌乐许政、掌礼王节及乐工瞿刚等九十二人。十二年夏四月，始命制登歌乐，肄习于曲阜宣圣庙。十六年，太常用许政所举大乐令苗兰诣东平，指授工人，造琴十张……（宪宗二年）八月七日，学士魏祥卿、徐世隆，郎中姚枢等，以乐工李明昌、许政、吴德、段楫、寇忠、杜延年、赵德等五十余人，见于行宫。帝问制作礼乐之始……[1]

元朝灭亡，雅乐被明朝继承。元代俗乐资料匮乏，只知道元初已由宋之十九宫调变为十七宫调，见于周德清《中原音韵》"正语作词起例"条，周氏曰：

> 大凡声音，各应于律吕，分于六宫十一调，共计十七宫调：
> 仙吕调清新绵邈，南吕宫感叹伤悲，中吕宫高下闪赚，黄钟宫富贵缠绵，正宫惆怅雄壮，道宫飘逸清幽，大石风流酝藉，小石旖旎妩媚，高平条物滉漾，般涉拾掇坑堑，歇指急并虚歇，商角悲伤宛转，双调健栖（凄）激袅，商调凄怆怨慕，角调呜咽悠扬，宫调典雅沉重，越调陶写冷笑。[2]

燕南芝庵《唱论》（《中国古典戏曲论著集成》本）所载与《中原音韵》相同。《唱论》提到元代所唱的宋金人词被称为"大乐"或"大曲"：

> 近出（陶宗仪《南村辍耕录》作"近世"）所谓大乐（陶宗仪《南村辍耕录》作"大曲"）：苏小小《蝶恋花》，邓千江

---

[1] 宋濂等：《元史》卷六八，中华书局1976年版，第1691—1692页。
[2] 中国戏曲研究院编：《中国古典戏曲论著集成》（一），中国戏剧出版社1959年版，第231页。

《望海潮》，苏东坡《念奴娇》，辛稼轩《摸鱼子》，晏叔原《鹧鸪天》，柳耆卿《雨霖铃》，吴彦高《春草碧》，朱淑贞（真）《生查子》，蔡伯坚《石州慢》，张子野《天仙子》也。[1]

其所举多为慢词长调，但也有晏几道《鹧鸪天》、朱淑真《生查子》等小令。按说小令不应称为"大曲"，不知《唱论》此处的记载是否有误。这段话说明直至元代（据《中国古典戏曲论著集成》本《唱论》提要，该书成书于元惠帝至正之前），宋金之词尚有可歌者，但已逐渐趋于衰落。蔡桢《乐府指迷笺释》论词乐之亡较详，云：

> 盖当时（丁按：指宋末）风气，文士不重律，乐工不重文，两者背道而驰，此词之音律与辞章分离之一大关键也。清真词声文并茂，其始唱遍于教坊，南渡后，则歌者渐鲜。毛开《樵隐笔录》，载绍兴初都下盛行周清真咏柳《兰陵王慢》，西楼、南瓦皆歌之，然亦仅此一阕。梦窗《惜黄花慢》词叙，言吴江夜泊惜别，邦人赵簿招伎侑尊，连歌数阕，皆清真词，而不详其调名。玩其语气，似幸希遇。又玉田《国香慢》叙，称杭伎沈梅娇，犹能歌清真《意难忘》《台城路》二曲。《意难忘》词叙，言吴伎车秀卿歌美成曲，得其音旨。其时已至南宋末年，能歌者更如凤毛麟角矣。清真词在教坊所以始盛终衰，犹曰其音谱渐次失传所致。白石在南宋号知音，其歌曲亦不行于秦楼楚馆间，毋亦文士乐工所尚不同之风气有以致之欤？文士之词，可传而失律，乐工所歌，其文不足传，此词之音律所以亡也。[2]

---

[1] 中国戏曲研究院编：《中国古典戏曲论著集成》（一），中国戏剧出版社1959年版，第159页。
[2] 沈义父著，蔡嵩云笺释：《乐府指迷笺释》（与《词源注》合刊），人民文学出版社1963年版，第71页。

宋末如此，元代更甚。元代词人集中，记能歌者较少，唯王恽《秋涧乐府》记载能歌者稍多，如他多次写道"以越调《水龙吟》歌之"，说明他懂音律，能唱曲子词。他还常写道："因以《感皇恩》歌之，且寓幽怀之梗概云"；"赋《感皇恩》，歌以送之"；"赋《鹧鸪天》以歌之"；"赋此词（丁按：即《西江月》）以歌之"；"赋《秦楼月》一阕，歌以问之"；"偶得催阁芍药辞《秦楼月》一阕，因放声自歌，浮大白者数行"；"得乐府《行香子》一阕，醉立斜阳，浩歌而去"；等等。但他的《玉漏迟》二首跋又云："二篇自觉语硬意凡，固非乐府正体，望吾子取其直书可也。"[1]这说明他对音律已不甚自信。张翥《蜕岩词》中《春从天上来》自注云："广陵冬夜，与松云子论五音、二变、十二调，且品箫以定之。清浊高下，还相为宫，犁然律吕之均、雅俗之正。不觉漏下，月满霜空，神情爽发。松云子吹《春从天上来》曲，音韵凄远。余亦飘然作霞外飞仙想。因倚歌和之，用申胜趣。"[2]

二、金元词乐衰落的标志

1. 乐谱不发达

明代乐谱如《魏氏乐谱》（河北大学古籍整理研究所自日本复印，存二百余首，远远多于一般文章中提到的五十余首），以及清代乐谱如《新定九宫大成南北词宫谱》（刘崇德校译本）中可能有一些元代乐谱，但目前尚未将其与明人乐谱区分开来，此问题仍有待进一步研究。

2. 宫调减少，标明宫调之词更少

宋词多标宫调，共用十九个宫调，而金元标宫调之词颇少。金词出

---

[1] 王恽《秋涧乐府》引文，均出自《秋涧先生大全文集》卷七四至卷七七，《四部丛刊》本，商务印书馆1936年影印。

[2]《景印文渊阁四库全书》第1488册，台湾商务印书馆1983—1986年版，第665页。

于北宋,直接继承苏轼词风,明人彭汝寔《近刻〈中州乐府〉叙》引同时人陆深之语曰:"金宋分疆,程学行于南,苏学行于北。"弘治五年(1492),高丽人李宗准序《遗山乐府》曰:"乐府,诗家之大香奁也。遗山所著,清新婉丽,其自视似羞比秦、晁、贺、晏诸人,而直欲追配于东坡、稼轩之作。岂是以东坡为第一,而作者之难得也耶?"[1] 金人的诗词创作皆以苏轼为榜样,作词十分强调文学性,即重视"以诗为词"的一面,也就自然而然地忽略了词的音乐性。金词标明宫调者极少,蔡松年《明秀集》有四首词标明宫调,其中三首为越调《水龙吟》,一首为仙吕调《满江红》。吴激、蔡松年的文友邢具瞻仅存《导引词》一首,《金史·乐志下》标明"天眷三年九月,驾幸燕京,无射宫"。金代最杰出的词人元好问,其词无直接标明宫商者,但其《摸鱼儿》(恨人间、情是何物)小序云"……予亦有雁丘辞,旧所作无宫商,今改定之",《促拍丑奴儿》(无物慰蹉跎)序云"乡邻会饮,有请予增损旧曲者,因为赋此"。由这两则记载来看,元好问是懂得词乐的。金代无名氏有四首《导引词》标明宫调,其中两首为姑洗宫,即"天德二年三月,祫享回銮,姑洗宫","贞元元年三月,驾幸中都,姑洗宫";一首为林钟宫,即"正隆六年六月,驾幸南京,林钟宫";一首为应钟宫,即"大定三年十月,祫享回銮,应钟宫"。全部金词,仅有如上几家标明宫调,共有九首词、六个宫调。从时间上看,此时南方为南宋统治期,词乐尚未完全失传,北方词乐却已如此衰落,这说明金代词人受北方文化熏染,对来自南方的词律不熟悉、不够重视,留意不多。

元词标宫调者同样罕见。王恽的《水龙吟》(春风绿绮堂深)(喜看春雨如膏)标明"越调",《喜迁莺》(汀洲蘋满)标明"以仙吕命曲";赵孟頫的《万年欢》(天上春来)标明"中吕宫,元日朝会",《长寿仙》(瑞日当天)标明"道宫,皇庆三年三月三日圣节大宴";张翥的《定风波》(恨行云、特地高寒)标明"商角调,西江客舍酒后闻梅花吹香满窗,醒而赋此";陶宗仪《南浦》(如此好溪山)小序曰:"会波村,在

---

[1] 姚奠中主编:《元好问全集》卷四二,三晋出版社2015年版,第822页。

松江城北三十里。其西九山离立，若幽人冠带拱揖状。一水兼九山南过村外，以入于海。而沟塍畎浍，隐翳竹树间。春时桃花盛开，鸡犬之声相闻，殊有武陵风概，隐者停云子居焉。一舟曰水光山色，时放乎中流，或投竿，或弹琴，或呼酒独酌，或哦咏陶谢韦柳诗，殆将与功名相忘。尝坐余舟中作茗供，襟抱清旷，不觉度成此曲。主人即谱入中吕调，命洞箫吹之，与童子棹歌相答，极鸥波缥缈之思云。"[1] 综上所述，元代词仅有七首词标宫调，共用六个宫调，可以说非常之少。[2] 清人刘毓盘《辑校虚斋词跋》（丁按：元初词人彭元逊，号虚斋）论彭元逊自制曲曰："《玉女迎春慢》，汪汲《词名集解》曰：'此巽吾（丁按：彭元逊字巽吾）自制曲，而无宫调名，《九宫大成谱》以属南词高大石调正曲，其果合于宋贤遗谱否？'"[3] 这也是宋元之际词人已不谙宫商的一个例证。

明人徐渭《南词叙录》曰：

南戏始于宋光宗朝，永嘉人所作《赵贞女》《王魁》二种实首之，故刘后村有"死后是非谁管得，满村听唱蔡中郎"之句。……其曲，则宋人词而益以里巷歌谣，不叶宫调，故士夫罕有留意者。元初，北方杂剧流入南徼，一时靡然向风，宋词遂绝，而南戏亦衰。[4]

又曰：

今之北曲，盖辽、金北鄙杀伐之音，壮伟很戾，武夫马上之歌，流入中原，遂为民间之日用。宋词既不可被弦管，南人

---

[1] 唐圭璋编：《全金元词》，中华书局1979年版，第1131页。
[2] 本书统计所用底本为唐圭璋先生所编《全金元词》（中华书局1979年版）。
[3] 施蛰存主编：《词籍序跋萃编》，中国社会科学出版社1994年版，第477页。
[4] 中国戏曲研究院编：《中国古典戏曲论著集成》（三），中国戏剧出版社1959年版，第239页。

亦遂尚此，上下风靡，浅俗可嗤。然其间九宫、二十一调，犹唐、宋之遗也……夫南曲本市里之谈，即如今吴下《山歌》、北方《山坡羊》，何处求取宫调？必欲宫调，则当取宋之《绝妙词选》，逐一按出宫商，乃是高见。彼既不能，盍亦姑安于浅近。大家胡说可也，奚必南九宫为？[1]

将徐渭这两段话与本书对元代词宫调的统计相印证，可得出结论：词在元代已逐渐脱离音乐这一母体，宫调既失，能演唱者渐少，势必走向衰落，变为文人案头上的一种玩意儿，逐渐失去其鲜活的生命力。

3. 词牌的转化及衰落

如上所述，金元时词乐仍残存某些词牌音乐，但数量已很少，不复宋代的官方地位，元代音乐的官腔是元曲。就词牌而言，金元词牌的数量远远少于宋，其原因有二。

第一，金代词的创作虽取得了一定成就，但比起蔚为壮观的宋词来，不免显得单薄。在词调方面，也以继承为主，较少创新。元代词人多沿用金词词牌，其数量自不会多，且元朝享国日短，文人乐工的主要精力放在曲上，故没有创作出多少新的词调。陶然《论元词衰落的音乐背景》曰："宋元之际……随之而来的'渔阳鼙鼓'也传入南方，在外有北曲、内有南曲的双重夹击下，过于高雅的、代表传统文人生活情趣的燕乐也如同南宋士大夫的命运一样，被摧陷殆尽，除了少数遗民还在发着凄厉的哀鸣之音，从而保留了一脉'词源'之外，传统的燕乐可谓已基本上由衰微而近于消亡了。因此元代的词仿佛是一个失去了音乐基础和依托的孤魂野鬼，于暗夜中茕茕独行。而其最直接和主要的表现便是词调的贫乏和歌法的失传两个方面。"陶文还对元代文人所用的词调作了统计，并指出元人词中使用频率最高的三十种词调均出自宋人。

---

[1] 中国戏曲研究院编：《中国古典戏曲论著集成》（三），中国戏剧出版社1959年版，第240—241页。

"元人词调这种对唐宋旧调的大量沿用,说明元代词调缺乏创新的源泉。"[1] 陶文的统计是很有说服力的,对元代词调大量沿袭宋人的现象的揭示也是非常准确的。当然,陶文也不无可议之处,元词创作不发达,故词调必然少,陶文却说元词因所用的词调少而导致创新不够,这是将二者的因果关系颠倒了。同时,元代词调也并非全无创新,周玉魁《金元词调考》曾列出金元道士词中的四十四个新调,即五更令、挂金灯、金花叶、菊花天、登仙门、换骨骸、特地新、蜀葵花、耍蛾儿(俊蛾儿)、郭郎儿慢、五更出舍郎、刮鼓社、河传令(超彼岸)、瓦盆歌、七宝玲珑(七骑子)、祝英台、金鸡叫、风马儿(风马令)(以上见王喆词)、养家苦、两只雁儿、孤鹰(以上见马钰词)、软翻鞋(步云鞋、清心月、緱山月)(见王处一、王丹桂、马钰、梁寅词)、棹棹楫(见侯善渊词)、老君吟(爱芦花)、降中央、放心闲(见王吉昌词)、莺穿柳(见王吉昌及长筌子词)、醉中归、大官乐(见长筌子词)、绣薄眉(见孙不二及元无名氏词)、辊金丸(见杨真人词)、遍地锦、玉交梭、青梅引、玉液泉(见元无名氏词)、川拨棹、啄木儿、荼蘼香(见王喆词)、乌夜啼(见丘处机词)、太平令(见侯善渊词)、四块玉(见侯善渊及元无名氏词)、步步娇(见范真人及元无名氏词)、梧桐树(见牧常晁及元无名氏词)、逍遥乐(见元无名氏词)。[2]

第二,金元之时,许多词调已转入南北曲,王骥德《曲律》卷一《论调名第三》所论极是:

> 曲之调名,今俗曰"牌名",始于汉之《朱鹭》《石流》《艾如张》《巫山高》,梁、陈之《折杨柳》《梅花落》《鸡鸣高树巅》《玉树后庭花》等篇,于是词而为《金荃》《兰畹》《花间》《草堂》诸调,曲而为金、元剧戏诸调。……然词之与曲,实分两途。间有采入南、北二曲者:北则于金而小令如《醉落

---

[1] 陶然:《论元词衰落的音乐背景》,《文学遗产》2001年第1期。
[2] 夏承焘等主编:《词学》第八辑,华东师范大学出版社1990年版,第148页。

魄》《点绛唇》类，长调如《满江红》《沁园春》类，皆仍其调而易其声，于元而小令如《青玉案》《捣练子》类，长调如《瑞鹤仙》《贺新郎》《满庭芳》《念奴娇》类，或稍易字句，或止用其名而尽变其调；南则小令如《卜算子》《生查子》《忆秦娥》《临江仙》类，长调如《鹊桥仙》《喜迁莺》《称人心》《意难忘》类，止用作引曲，过曲如《八声甘州》《桂枝香》类，亦止用其名而尽变其调。……其名则自宋之诗余，及金之变宋而为曲，元又变金而一为北曲，一为南曲，皆各立一种名色，视古乐府，不知更几沧桑矣。[1]

周玉魁《金元词调考》亦曰："金元道士词中，混入了一部分北曲调"，例如豆叶黄、圣葫芦、转调斗鹌鹑、憨郭郎、黄莺儿、白观音、金盏儿、玩瑶台、挂金索、斗鹌鹑、步步高。"以上十一调，声律虽与北曲定格还有某些差异，但基本格律与北曲无异，当视为北曲调。"[2]随着词调大量转为曲，文人创作重心也转向散曲与杂剧、南曲，词调之衰亡，便成为历史之必然。

三、金元词乐衰落的时间及原因

词乐在宋代，本为秦楼楚馆、公私宴饮时常用音乐，无关乎国计民生与政治教化，因而文人学士无心做整理保存工作，仅凭乐工伶人口耳相传。在宋人心目中，词乐本为习见之物，流传极广，故未予重视，只是没有想到其衰亡如此迅速，待到欲加整理时，乐人已星流云散，老辈词人亦多凋零，已经无从下手了。明人徐渭《南词叙录》亦曾指出这一事实："南（丁按：指南宋'曲子词'）易制，罕妙曲；北（丁按：指

---

[1] 中国戏曲研究院编：《中国古典戏曲论著集成》（四），中国戏剧出版社1959年版，第57—58页。
[2] 夏承焘等主编：《词学》第八辑，华东师范大学出版社1990年版，第149页。

元曲，包括散曲与杂剧）难制，乃有佳者。何也？宋时，名家未肯留心；入元又尚北，如马、贯、王、白、虞、宋诸公，皆北词手。"[1]

入元之后，能唱宋词、演奏宋词者渐少，如吴文英《惜黄花慢》（送客吴皋）序云"邦人赵簿携小妓侑尊，连歌数阕，皆清真词"，加上张炎词序所记能歌清真词之杭伎沈梅娇、吴伎车秀卿，宋末及金元词序中所载者不过此三人，可见歌唱宋词已成绝响。元代中叶，虞集《叶宋英自度曲谱序》曰："近世士大夫号称能乐府者，皆依约旧谱，仿其平仄，缀缉成章，徒谐俚耳则可。乃若文章之高者，又皆率意为之，不可叶诸律，不顾也。"[2]至此，词乐已告消亡。这里还可提供两个旁证：一是元人陆辅之（行直）的《词旨》，此书是奉张炎之命而作，仅列警句、奇对、词眼、单字集虚四项，每项列举大量词例。作为一部指导初学者的书，此书未提及词乐方面的要求，这与杨缵《作词五要》、沈义父《乐府指迷》、张炎《词源》的作法均不相同，可见此时学词者已不重视词乐或不通词乐，进而可以推断，此时词乐的系统材料或许已经亡佚，无从追寻了。二是元末人陶宗仪《南村辍耕录》卷二七"杂剧曲名"条云："稗官废而传奇作，传奇作而戏曲继。金季国初，乐府犹宋词之流，传奇犹宋戏曲之变。世传谓之杂剧。"[3]这段话从反面说明，元中叶以后，乐府已非宋词。仇远《玉田词题辞》亦云，当时"陋邦腐儒，穷乡村叟，每以词为易事，酒边兴豪，即引纸挥笔，动以东坡、稼轩、龙洲自况，极其至四字《沁园春》，五字《水调》，七字《鹧鸪天》《步蟾宫》，拊几击缶，同声附和，如梵呗，如步虚，不知宫调为何物，令老伶俊倡面称好而背窃笑，是岂足与言词哉！"[4]明人王世贞《曲藻序》曰："曲者，词之变。自金、元入主中国，所用胡乐，嘈杂凄紧，缓急之间，词不能按，乃更为新声以媚之。而诸君如贯酸斋、马东篱、

---

[1] 中国戏曲研究院编：《中国古典戏曲论著集成》（三），中国戏剧出版社1959年版，第242—243页。
[2] 虞集：《叶宋英自度曲谱序》，载《道园学古录》卷三二，《四部丛刊》本。
[3] 陶宗仪：《南村辍耕录》卷二七，中华书局1959年版，第332页。
[4] 张炎撰，孙虹、谭学纯笺证：《山中白云词笺证》附录二，中华书局2019年版，第848页。

王实甫、关汉卿、张可久、乔梦符、郑德辉、宫大用、白仁甫辈,咸富有才情,兼喜声律,以故遂擅一代之长。所谓'宋词、元曲',殆不虚也。"[1]明人王骥德《曲律》卷一《论曲源第一》曰:"曲,乐之支也。自《康衢》《击壤》《黄泽》《白云》以降,于是《越人》《易水》《大风》《瓠子》之歌继作,声渐靡矣。'乐府'之名,昉于西汉,其属有'鼓吹''横吹''相和''清商''杂调'诸曲。六代沿其声调,稍加藻艳,于今曲略近。入唐而以绝句为曲,如《清平》《郁轮》《凉州》《水调》之类;然不尽其变,而于是始创为《忆秦娥》《菩萨蛮》等曲,盖太白、飞卿辈,实其作俑。入宋而词始大振,署曰'诗余',于今曲益近,周待制柳屯田其最也;然单词只韵,歌止一阕,又不尽其变。而金章宗时,渐更为北词,如世所传董解元《西厢记》者,其声犹未纯也。入元而益漫衍其制,栉调比声,北曲遂擅盛一代;顾未免滞于弦索,且多染胡语,其声近噍以杀,南人不习也。"[2]王骥德认为金朝中叶,词已逐渐为北曲所取代,其原因主要是宋词体制过于短小,表现力不强。该书同卷《论调名第三》亦有类似论述。明人张琦《衡曲麈谭》之《作家偶评》曰:"骚赋者,《三百篇》之变也。骚赋难入乐而后有古乐府,古乐府不入俗而后以唐绝句为乐府,绝句少宛转而后有词。自金、元入中国,所用胡乐,嘈杂缓急之间,词不能按,乃更为新声以媚之,作家如贯酸斋、马东篱辈,咸富于学,兼喜声律,擅一代之长,昔称'宋词''元曲',非虚语也。大江以北,渐染胡语;而东南之士,稍稍变体,别为南曲。"[3]张琦这段话继承了王世贞《曲藻序》的观点而又有所变化。

明人何良俊《草堂诗余序》曰:"夫诗余者,古乐府之流别而后世歌曲之滥觞也。……宋初,因李太白《忆秦娥》《菩萨蛮》二辞以渐创

---

[1] 中国戏曲研究院编:《中国古典戏曲论著集成》(四),中国戏剧出版社1959年版,第25页。

[2] 中国戏曲研究院编:《中国古典戏曲论著集成》(四),中国戏剧出版社1959年版,第55页。

[3] 中国戏曲研究院编:《中国古典戏曲论著集成》(四),中国戏剧出版社1959年版,第268—269页。

制。至周待制领大晟府乐,比切声调十二律,各有篇目。柳屯田加增至二百余调,一时文士复相拟作,而诗余为极盛。然作者既多,中间不无昧于音节,如苏长公者,人犹以'铁绰板唱大江东去'讥之,他复何言耶!由是诗余复不行,而金、元人始为歌曲。盖北人之曲,以九宫统之,九宫之外,别有道宫、高平、般涉三调,总一十二调。南人之歌,亦有九宫,然南歌或多与丝竹不叶,岂所谓土气偏诐,钟律不得调平者耶?总而核之,则诗亡而后有乐府,乐府阙而后有诗余,诗余废而后有歌曲。"[1]明人陈仁锡《草堂诗余序》论诗词曲之盛衰轨迹曰:"(东海何子)又曰:'诗亡而后有乐府,乐府阙而后有诗余,诗余废而后有歌曲。'由斯以谈,成周列国为一盛,而暴秦乐阙为一衰。汉兴,《郊祀》《房中》《铙鼓》暨苏李为一盛,而魏晋六朝秦(陈)隋为一衰。太宗以下,李白、王维、昌龄辈为一盛,而天宝为一衰。宋有十二律,篇目增至二百余调,为一盛,而金元为一衰。……金元歌曲,激响千代,可谓歌曲亡诗余,诗余亡乐府,乐府亡诗耶?"[2]其同样认为词乐亡于元。

　　词乐亡于元有其直接的社会原因。首先,元朝统治者掌握政权后,必然要探讨宋亡的原因,他们有理由认为,南宋词那种软媚甜俗的格调,像陈后主的《玉树后庭花》一样,都是导致亡国惨祸的靡靡之音,在心理上就对曲子词这一文学样式深感不满并有所警惕。其次,从文化传统上来看,北方人直爽、豪迈、倔强的性格,也使他们对"男子汉作闺音"的词有一种天生的排斥心理。明人徐渭《南词叙录》曾指出南北之音的差异:"听北曲使人神气鹰扬,毛发洒淅,足以作人勇往之志,信胡人之善于鼓怒也,所谓'其声噍杀以立怨'是已;南曲则纡徐绵眇,流丽婉转,使人飘飘然丧其所守而不自觉,信南方之柔媚也,所谓'亡国之音哀以思'是已。夫二音鄙俚之极,尚足感人如此,不知正音之感何如也。"[3]复次,政治因素导致词在元初是遭到明令禁止的,《元史·

---

[1] 施蛰存主编:《词籍序跋萃编》,中国社会科学出版社1994年版,第669—670页。
[2] 施蛰存主编:《词籍序跋萃编》,中国社会科学出版社1994年版,第666—667页。
[3] 中国戏曲研究院编:《中国古典戏曲论著集成》(三),中国戏剧出版社1959年版,第245页。

刑法志三》曰："诸妄撰词曲，诬人以犯上恶言者，处死。"[1] 又，《元史·刑法志四》曰："诸乱制词曲，为讥议者，流。"[2]《元典章·刑部·禁聚众》和《元典章新集·刑部·禁聚众》也曾提到至元二十八年（1291）、延祐四年（1317）和延祐六年（1319）朝廷取缔"唱词的"的条例。[3] 可见，元朝统治者因惧怕南人利用曲子词来讽刺时政，对作词与演唱词都曾加以禁止，这显然也加速了词乐的消亡。为了与南方文艺相对抗，元朝政权大力提倡北曲，元人虞集《中原音韵序》曰："乐府作而声律盛，自汉以来然矣。魏、晋、隋、唐，体制不一，音调亦异，往往于文虽工，于律则弊。宋代作者，如苏子瞻变化不测之才，犹不免'制词如诗'之消；若周邦彦、姜尧章辈，自制谱曲，稍称通律，而词气又不无卑弱之憾。辛幼安自北而南，元裕之在金末、国初，虽词多慷慨，而音节则为中州之正，学者取之。我朝混一以来，朔南暨声教，士大夫歌咏，必求正声，凡所制作，皆足以鸣国家气化之盛，自是北乐府出，一洗东南习俗之陋。"[4] 由于北人性之所近，加上当权者的倡导，北曲（包括散曲和杂剧）遂取代了曲子词，成为一代文学的正宗。[5]

对于元曲（特别是杂剧）为何成为元朝一代文学的正宗，前人有各种不同的说法。明人沈德符《万历野获编》认为元代以词曲取士是杂剧发达之缘故。李开先《张小山小令序》说张可久"以是人而居卑秩，宜其歌曲多不平之鸣。……中州人每每沉抑下僚，志不获展。……元词（丁按：指曲）所由盛，元治所由衰也"[6]。王国维则说元初废科举是

---

[1] 宋濂等：《元史》卷一〇四，中华书局1976年版，第2651页。
[2] 宋濂等：《元史》卷一〇五，中华书局1976年版，第2685页。
[3] 参见杨荫浏先生《中国古代音乐史稿》（人民音乐出版社1981年版）下册第二十一章的有关论述。
[4] 中国戏曲研究院编：《中国古典戏曲论著集成》（一），中国戏剧出版社1959年版，第173页。
[5] 关于这一问题，可以参见谢桃坊《宋词辨》（上海古籍出版社1999年版）中《宋元之际词学的理论建设及其意义》一文的有关论述。
[6] 张可久著，吕薇芬、杨镰校注：《张可久集校注》，浙江古籍出版社2012年版，第582页。

元杂剧发达之因。孙楷第先生在《书会》一文中对李开先、王国维的观点进行补充与辩驳："如李开先及王静安先生所说,皆属于政治范围,此固不可完全否认。然尚有一事焉,为二先生所未注意,即元之宫廷特尚北曲是也。……禁中既尚杂剧,则教坊伶人之选试,剧本之编进,其事必稠叠。此于杂剧人才之培养及戏曲研究上自当有种种裨益。且以宫廷习尚之故,而影响于臣民。""此为新兴之剧,自为当时人所爱好。而其时适有书会为编摩词曲之所。社家文人之嗜曲者,与俳优密切合作,为之撰曲,使舞台上常有新剧本出现……元代戏曲之盛与剧本之多,其故当以此。"[1]邓绍基先生主编的《元代文学史》将元杂剧繁荣的原因概括为三点:一是戏剧演出的社会化(广泛性)和商业化,二是众多知识分子从事或参与戏剧活动,三是大批著名演员的出现。[2]以上诸家从不同侧面指出了元杂剧的繁盛及其原因,说得都很有道理,有些观点可以互相补充。由此可见,元杂剧有着非常好的社会基础,其北音唱法、通俗的语言、曲折复杂的故事情节、宏大的场面,容易得到最高统治者的青睐和中下层百姓的喜爱;而场面简单、浅斟低唱、文词高雅的曲子词被取而代之,就是自然而然的事了。元曲四大家关汉卿、白朴、马致远、郑光祖在元初已闪亮登场,亦可反证词乐衰于元初。邓绍基《元代文学史》第四章"关汉卿"论关汉卿之生卒年云:"从《录鬼簿》将他列为'前辈已死才人',《太和正音谱》称他'初为杂剧之始',《青楼集序》说'而金之遗民若杜散人、白兰谷、关已斋辈皆不屑仕进',以及关汉卿友人梁进之是由金入元的情况来判断,关汉卿也当由金入元,在元代杂剧前期作家中应属较早者,在年龄上是'前辈'。估计他的年龄与白朴相仿,可推定为生于一二二五年左右,卒于一三〇二年左右。"[3]同书第六章"白朴",载白朴生于1226年,卒于1306年以后,可见白朴也是由金入元的文人。《青楼集序》中与关汉卿同时而并列的

---

[1] 转引自邓绍基主编《元代文学史》,人民文学出版社1991年版,第45页。
[2] 参见邓绍基主编《元代文学史》,人民文学出版社1991年版,第38—45页。
[3] 邓绍基主编:《元代文学史》,人民文学出版社1991年版,第73页。

"白兰谷"即白朴,也是一个有力的证据。《元代文学史》第七章"马致远"曰:"马致远生年当在至元之前,即一二六四年之前。他的卒年,当在泰定元年(1324)以前,他的套曲〔中吕粉蝶儿〕首句为'至治华夷,正堂堂大元朝世',是为至治改元(1321)而作,证明他是年尚在世。但到了泰定元年(1324),周德清作《中原音韵》时,马致远已经去世。"[1]可见,关、白、马皆是由金入元的文人。

南宋到元初的论词专著仅有王灼《碧鸡漫志》[2]、沈义父《乐府指迷》、张炎《词源》、陆辅之《词旨》等寥寥数种,吴梅《词话丛编序》曰:"倚声之学,源于隋之燕乐,三唐导其流,五季扬其波,至宋大盛。山含海负,制作如林。然北宋诸贤,多精律吕,依声下字,井然有法。而词论之书,寂寥无闻,知者不言,盖有由焉。南渡以还,音律之学日渐陵夷。作者既无准绳,歌者益乖矩矱。知音之士,乃详考声律,细究文辞。玉田《词源》,晦叔《漫志》,伯时《指迷》,一时并作……推求牌调,则有《漫志》之精核。考订律吕,则有《词源》之详赡。"[3]吴梅论唐宋词乐之演变及上述诸书之作用与地位,十分精辟。王灼《碧鸡漫志》作于宋词鼎盛时期,故所论多溯源别流,涉及词与燕乐的关系;张炎《词源》作于宋词已完成其由起源到发展再到衰落的全过程之后,故才能对宋词乐律作全面而系统的总结,唯一的不足之处是不谈词与燕乐的关系,而直接与传统乐论挂钩,湮没了词乐的特殊性;沈义父《乐府指迷》,成书时间与《词源》相近,主要反映的是词乐处于消亡阶段、词已不复可歌时的状况,故所论只是掇拾前人只言片语,已无体系可言,且有些论述不够确切;陆辅之《词旨》主要讲词的文字技巧,没有涉及音乐,说明当时陆辅之已无法见到系统的词乐资料。对上述诸书的比较分析,益可证明词乐衰落乃至消亡的时间是元朝初期。故吴梅《词学通论》曰:"元人以北词登场,而歌词之法遂废。"

---

[1] 邓绍基主编:《元代文学史》,人民文学出版社1991年版,第151页。
[2] 参阅彭东焕、王映珏《碧鸡漫志笺证》,巴蜀书社2019年版。
[3] 唐圭璋编:《词话丛编》,中华书局1986年版,"序"第3页。

王国维、吴梅、刘永济诸人指出《大晟词谱》(丁按:当即《乐府混成集》)的消亡是词乐消失的标志。泰定元年(1324),周德清作《中原音韵》,表明元曲已在文化界占主导地位,这些均值得进一步研究。

四、从金元词的演唱看词乐的衰落

词在宋朝,蔚为大观,上至中央朝廷,中到地方政府、官宦之家,下至民间之勾栏瓦肆,演唱乐府歌词是非常普遍的娱乐活动,谢桃坊先生《宋词演唱考略》概括曰:"词的演唱既然在两宋是人们重要的文化娱乐方式之一,其演出场所是极为广泛的。朝廷重大的节日或宴会,均有教坊乐人表演歌舞百戏。皇宫内妃嫔及宫人,亦多习歌舞以供皇帝声色之娱。中央和地方官署建立有乐营,从民间选取能歌善舞的女艺人入籍为官妓,每遇宴会必合乐表演歌舞。士大夫及贵族之家亦有小乐队及家妓,家宴时则令歌妓侑觞。民间的瓦市勾栏里有专门以唱词为业的小唱艺人,此外茶肆、酒楼、歌馆以及街头都有专业或业余的艺人从事小唱等活动。宋词通过歌者在社会各阶层的演唱而得以广泛流传,充分为人们所欣赏,造成了一个时代文学的繁荣。"[1]宋词的歌唱者多为女性,如晏几道《小山词自序》中提到沈廉叔、陈君龙家的歌伎就有莲、鸿、蘋、云四人。苏轼的侍妾朝云也是能歌的,《词林纪事》卷五引《林下词谈》云:"子瞻在惠州,与朝云闲坐,时青女初至,落木萧萧,凄然有悲秋之意。命朝云把大白,唱'花褪残红'。朝云歌喉将啭,泪满衣襟,子瞻诘其故,答曰:'奴所不能歌,是"枝上柳绵吹又少,天涯何处无芳草"也。'子瞻翻然大笑,曰:'是吾政悲秋,而汝又伤春矣。'遂罢。朝云不久抱疾而亡。子瞻终身不复听此词。"[2](又见《琅嬛记》卷中、《青泥莲花记》卷一〇)范成大曾将歌女小红赠给姜夔,

---

[1] 谢桃坊:《宋词辨》,上海古籍出版社1999年版,第332—333页。
[2] 张宗橚编,杨宝霖补正:《词林纪事、词林纪事补正合编》,上海古籍出版社1998年版,第297页。

元人陆友仁《砚北杂志》卷下曰:"小红,顺阳公(丁按:即范成大)青衣也,有色艺。顺阳公之请老,姜尧章诣之。一日,授简征新声,尧章制《暗香》《疏影》两曲,公使二妓肄习之,音节清婉。尧章归吴兴,公寻以小红赠之。其夕大雪,过垂虹,赋诗曰:'自琢新词韵最娇,小红低唱我吹箫。曲终过尽松陵路,回首烟波十四桥。'"[1]这些都是非常著名的词苑掌故。据今人统计,宋代姓名可考的女性歌者有张温卿、谢媚卿、龙靓、陈凤仪、郑容、高莹等六十七人,其余仅存小名者就更多了。[2]宋代教坊所使用的乐器,北宋有觱篥、龙笛、笙、箫、琵琶、箜篌、方响、拍板、杖鼓、大鼓、羯鼓,南宋有觱篥、笛、笙、箫、琵琶、筝、嵇琴、方响、拍板、杖鼓、大鼓。[3]

金元词的伴奏乐器,考察《全金元词》所录诸词,可知有箫,如白朴《水龙吟》(彩云萧史台空)小序云:"么前三字用仄者,见田不伐《萍呕集》,《水龙吟》二首皆如此。田妙于音,盖仄无疑,或用平字,恐不堪协。云和署乐工宋奴伯妇王氏,以洞箫合曲,宛然有承平之意,乞词于予,故作以赠。会好事者为王氏写真,末章及之。"[4]又有象板,见白朴《摸鱼子》(爱人间尤物)词;筘,见王恽《水龙吟》(春风绿绮堂深)序:"郭宣徽善甫开宴娱宾,命乐工郭仲礼鸣筘佐酒,思甚清畅。酒阑人散,余音袅袅,宛犹在耳,且有衰年情向之感。明日,岩甫修撰为求乐府,赋越调以歌之。"[5]徐渭《南词叙录》曰:"中原自金、元二虏猾乱之后,胡曲盛行,今惟琴谱仅存古曲。余若琵琶、筝、笛、阮咸、响镊之属,其曲但有《迎仙客》《朝天子》之类,无一器能存其旧者。至于喇叭、唢呐之流,并其器皆金、元遗物矣。乐之不讲至是哉!"[6]

---

[1] 唐圭璋编著:《宋词纪事》,上海古籍出版社1982年版,第322页。
[2] 参见谢桃坊《宋词辨》,上海古籍出版社1999年版,第333—334页。据《全宋词》《东京梦华录》《梦粱录》《武林旧事》诸书统计。
[3] 参见谢桃坊《宋词辨》,上海古籍出版社1999年版,第335页。
[4] 唐圭璋编:《全金元词》,中华书局1979年版,第629页。
[5] 唐圭璋编:《全金元词》,中华书局1979年版,第654页。
[6] 中国戏曲研究院编:《中国古典戏曲论著集成》(三),中国戏剧出版社1959年版,第241—242页。

金元词的演唱者，有男有女，不少词序中有关于作者"歌以送之""歌以赠之""浩歌数阕"的记载。当然，歌唱者以女性为主，如"乐籍之名香者"李兰英［见王恽《鹧鸪天》（花草离骚试品量）］，前引张炎词序中所记沈梅娇、车秀卿等。元人夏庭芝《青楼集》中记载了一批能唱宋词的艺人，如：

> 解语花："姓刘氏。尤长于慢词。廉野云招卢疏斋、赵松雪饮于京城外之万柳堂。刘左手持荷花，右手举杯，歌《骤雨打新荷》曲。诸公喜甚，赵即席赋诗云：'万柳堂前数亩池，平铺云锦盖涟漪。主人自有沧洲趣，游女仍歌《白雪》词。手把荷花来劝酒，步随芳草去寻诗。谁知咫尺京城外，便有无穷万里思。'"[1]

> 刘燕歌："善歌舞。齐参议还山东，刘赋《太常引》以饯云：'故人别我出阳关，无计锁雕鞍。今古别离难，兀谁画蛾眉远山。一尊别酒，一声杜宇，寂寞又春残。明月小楼间，第一夜相思泪弹。'至今脍炙人口。"[2]

> 小娥秀："姓郅氏。世传'郅三姐'是也。善小唱，能曼词。张子友平章，甚加爱赏。中朝名士，赠以诗文盈轴焉。"[3]

> 魏道道："勾栏内独舞《鹧鸪》四篇打散，自国初以来，无能继者。"[4]

> 王玉梅："善唱慢调，杂剧亦精致。身材短小，而声韵清

---

［1］中国戏曲研究院编：《中国古典戏曲论著集成》（二），中国戏剧出版社1959年版，第18—19页。

［2］中国戏曲研究院编：《中国古典戏曲论著集成》（二），中国戏剧出版社1959年版，第20页。

［3］中国戏曲研究院编：《中国古典戏曲论著集成》（二），中国戏剧出版社1959年版，第21页。

［4］中国戏曲研究院编：《中国古典戏曲论著集成》（二），中国戏剧出版社1959年版，第24页。

圆，故钟继先有'声似磬圆，身如磬槌'之诮云。"[1]

张玉莲："人多呼为'张四妈'。旧曲，其音不传者，皆能寻腔依韵唱之。丝竹咸精，蒲博尽解，笑谈亹亹，文雅彬彬。南北令词，即席成赋；审音知律，时无比焉。往来其门，率多贵公子。积家丰厚，喜延款士夫，复挥金如土，无少靳惜。"[2]

可见这些歌伎都有相当高的艺术修养，能歌善舞，精通乐器，有的还颇有风尘女侠之风。从上文的叙述可以看出，与《青楼集》里记载的大量杂剧艺人相比，"小唱"艺人不但数量少得可怜，而且往往是兼演杂剧或唱赚、诸宫调的，这一点说明了"曲子词"的演唱在元代虽未完全成为绝响，但其生存空间已经十分有限。这些歌伎的另一特点是对达官贵人或上层文人有一定的人身依附性，如解语花与廉野云、赵孟頫，小娥秀与张子友平章。《青楼集》即载赵孟頫、商正叔、高克恭、姚燧、阎复、史中丞与张怡云的交往："（怡云）能诗词，善谈笑，艺绝流辈，名重京师。赵松雪、商正叔、高房山，皆为写《怡云图》以赠，诸名公题诗殆遍。姚牧庵、阎静轩，每于其家小酌。一日，过钟楼街，遇史中丞，中丞下道笑而问曰：'二先生所往，可容侍行否？'姚云：'中丞上马。'史于是屏驺从，速其归携酒馔，因与造海子上之居。姚与阎呼曰：'怡云今日有佳客，此乃中丞史公子也！我辈当为尔作主人。'张便取酒，先寿史，且歌'云间贵公子，玉骨秀横秋'《水调歌》一阕。史甚喜。有顷，酒馔至，史取银二定酬歌。席终，左右欲彻酒器皆金玉者，史云：'休将去，留待二先生来此受用。'其赏音有如此者。又尝佐贵人樽俎，姚阎二公在焉。姚偶言'暮秋时'三字，阎曰：'怡云续而歌之。'张应声作《小妇孩儿》，且歌且续曰：'暮秋时，菊残犹有傲霜枝，

---

[1] 中国戏曲研究院编：《中国古典戏曲论著集成》（二），中国戏剧出版社1959年版，第29页。
[2] 中国戏曲研究院编：《中国古典戏曲论著集成》（二），中国戏剧出版社1959年版，第31页。

西风了却黄花事。'贵人曰:'且止。'遂不成章。张之才亦敏矣。"[1]《青楼集》对张怡云之才情、史中丞之豪奢,都描写得非常细致。《青楼集》还记载了李芝仪与中丞王继学及著名文人乔吉的交往:"(李芝仪)维扬名妓也。工小唱,尤善慢词。王继学中丞甚爱之,赠以诗序。余记其一联云:'善和坊里,骅骝构出绣鞍来;钱塘江边,燕子衔将春色去。'又有《塞鸿秋》四阕,至今歌馆尤传之。乔梦符亦赠以诗词甚富。"[2]

另如卢挚、冯子振、杨立斋、滕宾、鲜于枢、卫山斋、彭庭坚、刘连信等人,也与歌伎有交往。他们是歌伎们的忠实听众,也为这些女子提供了生活保障,对保存曲子词乐微弱的吟唱,功不可没。可惜此时"小唱""嘌唱"的演唱与宋代鼎盛时期相比,已成明日黄花,几近灭绝了。

---

[1] 中国戏曲研究院编:《中国古典戏曲论著集成》(二),中国戏剧出版社1959年版,第17—18页。

[2] 中国戏曲研究院编:《中国古典戏曲论著集成》(二),中国戏剧出版社1959年版,第35页。

第二章 宋代词选与词学理论

第二章 宋代词选与词学理论

诗文选本不仅是我国古代文化传播的重要途径，更是一种重要的批评方式。选本大都具有特定的编选宗旨和选择标准，而这种选择标准往往代表当时一部分人的文学观念与审美趋向。词体文学兴起于隋唐，大盛于两宋。随着词体文学的发生、发展，选词也逐渐成为一种重要的文化现象。一些具有词学素养和鉴赏眼光的选家筛选出符合一定标准的作品，编辑成集，一部部词选应运而生。至今尚存的唐宋词选有《云谣集杂曲子》《花间集》《尊前集》《金奁集》《梅苑》《乐府雅词》《草堂诗余》《唐宋诸贤绝妙词选》《中兴以来绝妙词选》《绝妙好词》《阳春白雪》等，另有《家宴集》《兰畹集》《聚兰集》《复雅歌词》等多种词选早已佚失。

选词并非唐宋特有，而是后世一直承续的文学文化现象，宋元之后，明清时期的词选数量更多，影响较大的有陈耀文的《花草粹编》、卓人月的《古今词统》、朱彝尊的《词综》、张惠言的《词选》等。因此，词选不仅有其自身发展的历史，更反映了当时词学理论、词学思想的发展和演变。唐宋词选在编选体例、宗旨、内容等诸多方面都对后世词选产生了重要影响。从这一角度说，研究唐宋词选既可弥补唐宋词学史研究之不足，也是研究明清词学的重要前提和基础。

第一节 《云谣集杂曲子》《花间集》与词学的发轫

《云谣集杂曲子》（简称《云谣集》）是中国现存最早的词选，所收都是无名氏的作品，多为当时流行于民间的曲子词；而《花间集》则是中国最早的一部文人词选集。晚唐五代时期，词体文学创作日渐兴盛，但少有专门的论词文字。评析这两部词集，可以窥探唐五代时期的词学观念及其特点。这两部词选也对宋人选宋词起了导夫先路的作用。

一、《云谣集杂曲子》折射出的词学观念

词是在"杂胡夷里巷之曲"的俗乐的需求与推动下产生和发展起来的。俗乐演出与繁衍的最广阔的基地在市井民间，因而词的孕育与萌芽也必然以此为温床，大量处在原始状态的词就此产生。

清光绪二十六年（1900），甘肃敦煌莫高窟的一座藏经洞被意外打开，洞内密藏近千年的绢纸书画文献出土，随后，外国"探险家"闻风而至，绝大部分文书遗物被掠走。这些被劫文献中，有一批手抄歌辞，即唐五代原始的曲子词。20世纪初，被劫往西方的文献中的曲子词，通过笔录、拍摄照片等途径，逐渐为罗振玉、王国维、朱祖谋等学者所见。敦煌写本曲子词中，较完整的是《云谣集杂曲子》三十首。朱祖谋在汇编《彊村丛书》时，将新发现的《云谣集》刊于《彊村丛书》之首，跋云："其为词朴拙可喜，洵倚声中椎轮大辂，且为中土千余年来未睹之秘籍。"《云谣集》在敦煌曲子词中虽然具有重要地位，但数量不多，仅有三十首，而全部敦煌词则多达数百首。1950年，王重民《敦煌曲子词集》出版，该书收录作品一百六十一首。因此，在分析《云谣集》时，可结合《敦煌曲子词集》（上卷为长短句，中卷为唐人写本

《云谣集》，下卷为乐府）加以考察。

1. 词作题材广泛，已显露"言情"色彩

敦煌曲子词题材内容广泛，有写前线战士报国之情与勇武精神的，如《生查子》（三尺龙泉剑）；有写后方妇女对战士的思念与怨艾之情的，如《凤归云》（征夫数载）；有写朝廷政治清明、君臣关系和谐的，如《拜新月》（国泰时清晏）；有写国家动乱、烽烟连天的，如《菩萨蛮》（自从宇宙充戈戟）；有以劲松喻良材、渴望为国所用的，如《生查子》（一树涧生松）；有对"时世厌良贤"发出抗议的，如《浣溪沙》（卷却诗书）；有写男子对女子的挑诱和女子坚贞自守的，如《凤归云》（儿家本是）；有写商人经商在外，或致富、或破产的不同遭遇的，如《长相思》（侣客在江西）（哀客在江西）（作客在江西）；有写黄巢兵进长安、僖宗西逃的，如《献忠心》（自从黄巢作乱）；等等。敦煌词反映的社会生活内容，确实比文人的花间词要广阔得多，王重民《敦煌曲子词集》指出："今兹所获，有边客游子之呻吟，忠臣义士之壮语，隐君子之怡情悦志，少年学子之热望与失望，以及佛子之赞颂，医生之歌诀，莫不入调。其言闺情与花柳者，尚不及半。"[1]

敦煌曲子词的题材内容，反映了社会生活的多样化，无疑是超越《花间集》和一般文人词的，但这只是曲子词早期的情况。随着词的发展，它的题材内容也在变化，在敦煌词中已经约略可以窥见这种变化的趋势。词是音乐文学，是在商业城市繁荣和燕乐兴盛的背景下产生的，即使在民间广泛出现一些较原始的作品，它也必然要被音乐舞蹈带引着往演出更频繁、艺术水平更高的酒筵、市井勾栏等娱乐场所集中，在此过程中，敦煌词的市井色彩、"言情"特点也逐步显露。

《云谣集》收词三十首，写女性二十六首，写男子相思三首，仅一首写其他方面的内容（歌颂帝王），而且其中有些篇章和不少片段还写得相当艳丽风流。如《天仙子》："燕语莺啼惊觉梦。羞见鸾台双舞凤。

---

[1] 王重民辑：《敦煌曲子词集》，商务印书馆1956年版，"叙录"第17页。

天仙别后信难通,无人问。花满洞。休把同心千遍弄。　　叵耐不知何处去。正是花开谁是主。满楼明月夜三更,无人语。泪如雨。便是思君肠断处。"王国维曾评云:"词特深峭隐秀,堪与飞卿、端己抗行。"(《唐写本〈云谣集杂曲子〉跋》)唐圭璋先生指出:"其间有怀念征夫之词,有怨恨荡子之词,有描写艳情之词,与《花间》《尊前》之内容相较,亦无二致。"[1]敦煌曲子词体现了词朝着专写艳情方向发展的趋势。

2. 艺术风格自然清新,充满生活气息

敦煌曲子词来自市井民间,基于对生活的深切体验,加上多用通俗语言直接叙述描写,而较少文人词那种情绪化的表现方式,所以词中的场景画面真切,生活气息浓厚。例如《鹊踏枝》:"叵耐灵鹊多谩语,送喜何曾有凭据。几度飞来活捉取,锁上金笼休共语。　　比拟好心来送喜,谁知锁我在金笼里。欲他征夫早归来,腾身却放我向青云里。"词作从民间相信喜鹊报喜的风俗生发,上片以征妇口吻埋怨、嗔怪灵鹊,表现其望归、思念、羞恼、急切的心理;下片以灵鹊口吻呼屈、叫怨,表现其被关和思放的情绪,反衬思妇之盼夫速归,双层叠加,显现人物心理。全词纯用口语,模拟心理,体现了刚健清新、妙趣横生的艺术特色。

又如《菩萨蛮》:"枕前发尽千般愿,要休且待青山烂。水面上秤锤浮,直待黄河彻底枯。　　白日参辰现,北斗回南面。休即未能休,且待三更见月头。"为了表现对坚贞不渝的爱情的向往,词中广泛设喻。抒情女主人公表示,除非六件不可能实现的事都成为事实,否则决不同意解除婚姻关系。她举出的六件事是青山烂,秤锤浮,黄河枯,白天同时见到参星和辰星,北斗的斗柄转向南面,半夜里出现太阳。这和汉乐府民歌《上邪》的构思极为相似:"上邪!我欲与君相知,长命无绝衰。山无陵,江水为竭,冬雷震震,夏雨雪,天地合,乃敢与君绝!"二者

---

[1] 唐圭璋:《词学论丛》,上海古籍出版社1986年版,第749页。

都是采用日常生活中习见的事物作比喻,"青山烂"与"山无陵"、"黄河枯"与"江水竭",如出一辙,但这并不意味着《菩萨蛮》简单因袭《上邪》,而正好说明了它们都来自生活。正因为来自生活,所以比喻尽管相似,却并不全同。

二、欧阳炯《花间集序》的词学观

欧阳炯(约896—971),益州华阳(今四川成都)人,生于唐末,一生经历整个五代时期。在前蜀,官至中书舍人,国亡入洛,为后唐秦州从事。后蜀开国,拜中书舍人、翰林学士承旨,六十六岁时官至宰相。广政二十八年(965),后蜀亡国,入宋为翰林学士、左散骑常侍,以本官分司西京卒,时年七十六岁。欧阳炯性情坦率放诞,生活俭素自守。他才艺颇多,精音律,通绘画,能文善诗,尤工小词,为花间词派重要作家。今存文两篇,见《全唐文》《唐文拾遗》;诗五首,见《全唐诗》《全唐诗外编》《全唐诗续拾》;词四十七首,见《花间集》《尊前集》。

欧阳炯的《花间集序》是词学史上较早专门论词的名文,是词集序文的发端,也是我国第一部文人词选的第一篇序文,为后世词论的产生和发展奠基,影响极为深远,兹征引如下:

> 镂玉雕琼,拟化工而回(迥)巧;裁花剪叶,夺春艳以争鲜。是以唱云谣则金母词清,挹霞醴则穆王心醉。名高白雪,声声而自合鸾歌;响遏青云,字字而偏谐凤律。杨柳大堤之句,乐府相传;芙蓉曲渚之篇,豪家自制。莫不争高门下,三千玳瑁之簪;竞富樽前,数十珊瑚之树。则有绮筵公子,绣幌佳人,递叶叶之花笺,文抽丽锦;举纤纤之玉指,拍案香檀。不无清绝之辞,用助娇娆之态。自南朝之宫体,扇北里之倡风。何止言之不文,所谓秀而不实。有唐已降,率土之滨,家

家之香径春风,宁寻越艳;处处之红楼夜月,自锁嫦娥。在明皇朝,则有李太白应制《清平乐》词四首。近代温飞卿复有《金荃集》。迩来作者,无愧前人。今卫尉少卿字弘基,以拾翠洲边,自得羽毛之异;织绡泉底,独殊机杼之功。广会众宾,时延佳论。因集近来诗客曲子词五百首,分为十卷。以炯粗预知音,辱请命题,仍为序引。昔郢人有歌《阳春》者,号为绝唱,乃命之为《花间集》。庶以《阳春》之甲,将使西园英哲,用资羽盖之欢;南国婵娟,休唱莲舟之引。时大蜀广政三年夏四月日序。[1]

《花间集序》既概述了词体文学产生的历史渊源,又表明了《花间集》的编选背景、文学功能及词风特点。

序文指出了曲子词与前代歌词一脉相承的关系。欧阳炯认为,上古时的乐歌即有令人"心醉"的作用,是词的远祖,"乐府"的《杨柳》《大堤》诸曲,是词的近源。郭茂倩《乐府诗集》卷八一《近代曲辞三》云:"《杨柳枝》,白居易洛中所制也。《本事诗》曰:'白尚书有妓樊素善歌,小蛮善舞。尝为诗曰:"樱桃樊素口,杨柳小蛮腰。"年既高迈,而小蛮方丰艳,乃作《杨柳枝》辞以托意曰:"永丰西角荒园里,尽日无人属阿谁!"及宣宗朝,国乐唱是辞。帝问谁辞,永丰在何处,左右具以对。时永丰坊西南角园中有垂柳一株,柔条极茂,因东使命取两枝植于禁中。居易感上知名,且好尚风雅,又作辞一章云:"定知玄象今春后,柳宿光中添两星。"河南卢尹时亦继和。'"[2] 白居易、刘禹锡诸人所作《杨柳枝词》,多以男女之情、悲欢离合为主要内容。《大堤曲》收入《乐府诗集》者,以唐人张柬之之作为最早,其诗云:"南国多佳人,莫若大堤女。玉床翠羽帐,宝袜莲花炬。魂处自目成,色授开

---

[1] 上海古籍出版社编,唐圭璋等校点:《唐宋人选唐宋词》(上),上海古籍出版社2004年版,第28页。
[2] 郭茂倩编:《乐府诗集》,中华书局1979年版,第1142页。

心许。迢迢不可见，日暮空愁予。"写一男子对南国佳人"大堤女"的思念，而杨巨源、李白、李贺同题之作，内容大体上也是如此。这种歌词，开始时或许是偶一为之，到后来（唐代）则形成风气。在公私宴会上，风流公子即兴创作，多情佳人即席而歌。由西王母的《白云谣》到乐府的《杨柳》《大堤》诸曲，再发展到李白的《清平乐》，终于演化为《花间集》。

词作本为酒筵歌席上聊佐欢愉之作，故谐乐而歌，文辞柔美，曲调和婉。序文赞词体文学为"镂玉雕琼""裁花剪叶"之作，本为美玉，仍加雕饰，本为鲜花，再加裁剪，所以愈见绮丽精工，而这样富丽精工之作，竟由仙人和乐而歌，而使穆王心醉神迷。这是欧阳炯对花间词人词风及审美追求的形象概括，花间词人所创作、所吟咏的就是这样和婉精工、富丽典雅的作品。欧阳炯还指出了花间词的创作主体及其娱乐功能。《花间集》是这些"绮筵公子"文思秀才的凝结，而他们创作这些华丽柔婉、"不无清绝之辞"的作品，就是为歌筵酒席"用助娇娆之态"，由"绣幌佳人"按拍而歌，聊佐清欢，"将使西园英哲，用资羽盖之欢；南国婵娟，休唱莲舟之引"，也就是说用新词取代了旧词。

欧阳炯不满宫体诗"言之不文""秀而不实"的特点，他对宫体诗作出了比较中肯的评价，认为那样的绮靡之作虽华丽但艺术成就不高。而与宫体诗不同，词作自唐代产生起，就得到社会的认可，连李白、温庭筠等也是词体文学的创作者，这就为词作争得了历史地位，也为《花间集》和花间词人们扬名。

基于以上词学观念，欧阳炯认为赵崇祚编选的《花间集》是应运而生的，而且成就非凡、曲高和寡，必将如《阳春白雪》一样成为千古"绝唱"。但欧阳炯对《花间集》及花间词人的高度揄扬，不免有自夸之嫌。《花间集》问世以后，"诗言志，词言情"的观念得以确立，由此形成的花间词风、花间词派，对宋元明清词学影响深远。

第二节 宋代词选与词学

一、宋代词选述略

宋代词选多为应歌而编选，故与后世如清代词选相比显得比较随意。另外，宋人也多视词体文学为"小道""末技"而未加重视，因此造成词选在流传过程中多有散佚。但也有部分词选蕴含着丰富的词学思想，值得重视和深入研究。现将较重要的宋代词选略述如下。

1. 《尊前集》

编者不详，收录三十六位唐五代词人的词作共二百八十九首，其中大部分为五代词。前人或认为其是唐人所编，或认为其是宋人所编。此书在宋人文集中经常被提及，由于书中选录李煜词时称其为"李王"（丁按：这是北宋早期对李煜的称呼），因此有人认定此书为北宋初编定。但此书宋元时期的版本未见流传，明万历十年（1582），嘉兴顾梧芳刻《尊前集》二卷，其《引》云："若玄宗之《好时光》、李太白之《菩萨蛮》、张志和之《渔父》、韦应物之《三台》，音婉旨远，妙绝千古。他如王、杜、刘、白，卓然名家，下逮唐末群彦若干人，联其所制，为上、下二卷，名曰《尊前集》，梓传同好。"从文中语气来看，其似为顾梧芳重编而袭用《尊前集》旧名。但顾氏又云"先是唐有《花间集》，及宋人《草堂诗余》行，而《尊前集》鲜有闻者久之"，[1] 指出《尊前集》为早于《草堂诗余》之旧籍。明人毛晋《尊前集跋》云："雍熙间，有集唐末五代诸家词，命名《家宴》，为其可以侑觞也。又有名

---

[1] 施蛰存主编：《词籍序跋萃编》，中国社会科学出版社1994年版，第643—644页。

《尊前集》者，殆亦类此。惜其本皆不传。嘉禾顾梧芳氏采录名篇，厘为二卷，仍其旧名。"[1] 毛氏认定《尊前集》为顾梧芳编次。朱彝尊则持不同意见，其《书尊前集后》说："《尊前集》二卷，不著编次人姓氏。万历十年，嘉兴顾梧芳镂板以行，佥以谓顾氏书也。康熙辛酉冬，予留吴下，有持吴文定公〔丁按：即明代学者吴宽（1435—1504）〕手抄本告售，书法精楷，卷首识以私印。……取顾氏本勘之，词人之先后，乐章之次第，靡有不同。始知是集为宋初人编辑，较之《花间集》，音调不相远也。"[2] 既然吴宽手抄本与顾梧芳本的选目、编次相同，这就足以证明此书非顾氏重编。《四库全书总目》因陈振孙《直斋书录解题》未录此书，从而否定朱氏将《尊前集》定为宋人之作，其说亦未可全信。

施蛰存确认此书为宋初人编，考辨甚详，可以参看。其指出明初吴讷《唐宋名贤百家词》即收录此书，且选目与顾梧芳本相同，这是最核心的证据。[3] 蒋哲伦"《尊前集》校点说明"则对施蛰存的观点作了进一步的阐发。[4] 综合以上论述，可以认为顾梧芳所刻《尊前集》当为宋初旧本。明代以后《尊前集》至少有五种版本传世：（一）明吴讷《唐宋名贤百家词》本，一卷，原藏天津图书馆，1940年，商务印书馆据以排印。（二）明宣城梅禹金抄本，一卷，原为清丁丙善本书室藏书，1914年，朱孝臧据以刻入《彊村丛书》。（三）明万历十年嘉兴顾梧芳刻本，分为上、下两卷，毛晋据以重刻于《词苑英华》。（四）明刻本，二卷。题"明嘉禾顾梧芳编次，东吴史叔成释"。每半页九行，每行十八字，原为罗振玉所藏，后归国家图书馆，唱春莲据以校点，有辽宁教育出版社排印本。（五）明抄本，一卷，藏印有"季貺""黄丕烈印"等。每半页九行，每行十五至十六字，今藏国家图书馆，唱春莲据以

---

[1] 施蛰存主编：《词籍序跋萃编》，中国社会科学出版社1994年版，第644页。
[2] 施蛰存主编：《词籍序跋萃编》，中国社会科学出版社1994年版，第645页。
[3] 参见夏承焘等主编《词学》第一辑，华东师范大学出版社1981年版，第282—284页。
[4] 参见上海古籍出版社编、唐圭璋等校点《唐宋人选唐宋词》（上），上海古籍出版社2004年版，第103页。

参校。

2.《金奁集》

宋坊间唱本,一卷,全书依调编排,如越调下有《清平乐》《遐方怨》《诉衷情》《思帝乡》四调;南吕宫下有《梦江南》《河传》《蕃女怨》《荷叶杯》四调;等等。这种编排方式对《草堂诗余》的编排体例应有所启发。

该书被朱孝臧刻入《彊村丛书》,并列为唐词别集,施蛰存《词籍序跋萃编》也将之列入唐五代词别集中,其实不妥。《金奁集》选录词为温庭筠六十三首,韦庄四十七首,张泌一首,欧阳炯十六首,最后十五首《渔父》词,据前人考证,是他人和张志和之作,总之,此书当属词选。清代著名学者鲍廷博《金奁集跋》曰:"右《金奁集》一卷,计词一百四十七阕,明正统辛酉海虞吴讷所编《四朝名贤词》之一也。编纂各分宫调,此他词集及词谱所未有。间取《全唐诗》校勘,中杂韦庄四十七首,张泌一首,欧阳炯十六首,温词只六十三首,疑是前人汇集四人之作,非飞卿专集也。按飞卿有《握兰》《金荃》二集,《金奁》岂即《金荃》之误耶?"[1] 鲍廷博认为《金奁集》应属总集类,他指出人们将其误解为温庭筠别集的原因是温庭筠有《握兰》《金荃》二集,《金奁》或许即《金荃》之误,这种推测不无道理。蒋哲伦"《金奁集》校点说明"对此书的成书年代作了较为详尽的考证:"《金奁集》的成书年代当迟于《尊前集》,因古本《金奁集》中《菩萨蛮》五首,有目而无词,注云:'已见《尊前集》。'南宋孝宗淳熙十六年(1189)立秋日,陆游撰有《跋金奁集》一文(见《渭南文集》卷二七),可见此书必成于淳熙十六年之前。又,南宋宁宗庆元二年(1196)所刻欧阳修《近体乐府》,其中卷一罗泌校语亦曾引用《尊前》《金奁》等集。"[2] 所论亦

---

[1] 施蛰存主编:《词籍序跋萃编》,中国社会科学出版社1994年版,第4页。
[2] 上海古籍出版社编,唐圭璋等校点:《唐宋人选唐宋词》(上),上海古籍出版社2004年版,第157页。

较准确。

3.《梅苑》

南宋黄大舆（载万）编，共十卷，所录皆咏梅之词。起于唐代，止于北宋末南宋初，为现存最早的专题咏物词选。该书的编次，大致是长调在前，小令居后，其中也有不以此为序者，体例较杂乱。明杨士奇《文渊阁书目》、叶盛《菉竹堂书目》、李廷相《李蒲汀家藏书目》、赵琦美《脉望馆书目》，清初钱曾《也是园藏书目》，均有著录，陆心源皕宋楼藏有毛氏汲古阁影宋钞本，今归日本静嘉堂文库。清乾隆三十一年（1766），曹寅重刻于扬州，为《楝亭十二种》之一。曹本见于目录者五百零八首，而实刊四百零六首，殆已非原本。《四库全书总目》卷一九九"《梅苑》提要"云："宋黄大舆编。大舆字载万……其爵里未详。厉鹗《宋诗纪事》称为蜀人，亦以原序自署'岷山耦耕'，及《成都文类》载其诗，以意推之耳，无确证也。王灼称：'大舆歌词与唐名辈相角，其乐府号《广变风》，有赋梅花数曲，亦自奇特。然乐府今不传，惟此集仅存。所录皆咏梅之词，起于唐代，止于南北宋间。'自序称'己酉之冬，（予）抱疾山阳，三径扫迹。所居斋前更植梅一株，晦朔未逾，略已粲然。于是录唐以来才士之作，以为斋居之玩，命之曰《梅苑》'。"[1]

《梅苑》卷首有黄大舆自序，曰：

> 自琼林、琪树、瑶华、绿萼之异不列于人间，目所常玩，如予东园之梅，可以首众芳矣。若夫呈妍月夕，夺霜雪之鲜；吐嗅风晨，聚椒兰之酷。情涯殆绝，鉴赏斯在。莫不抽毫遗滞，劈彩舒哀，召楚云以兴歌，命燕玉以按节。然则《妆台》之篇，《宾筵》之章，可得而述焉。己酉之冬，予抱疾山阳，三径扫迹，所居斋前更植梅一株，晦朔未逾，略已粲然。于是

---

[1] 永瑢等：《四库全书总目》卷一九九，中华书局1965年版，第1823页。

录唐以来词人才士之作，以为斋居之玩。目之曰《梅苑》者，诗人之义，托物取兴。屈原制骚，盛列芳草，今之所录，盖同一揆。聊书卷目，以贻好事云。岷山耦耕黄大舆载万序。[1]

此序不仅交代了词集的编选缘由与目的，而且展现出作者不同于晚唐五代独特的词学观念。晚唐五代崇尚绮丽词风，并把词作当成酒席助兴的歌曲，作者却认为词体文学也是"诗人之义，托物取兴"，继承了《诗经》"诗言志"的文学传统，他强调词作娱乐性之外的抒情性，认为词作也能像诗一样表情达意，这是词论史上的一大进步，可见作者境界不俗。与此相关，作者言"屈原制骚，盛列芳草，今之所录，盖同一揆"。由此可见，作者特地择选梅花这一文化积淀深厚的意象为专题来编选《梅苑》，并非出于一时之赏玩，而意在追溯屈原行迹，传扬屈原香草美人的艺术手法，借梅花来表现内心幽思。作者在编选《梅苑》时实践了这一原则，所选词作中的梅花常常蕴含高洁、傲岸、不屈不挠等人格精神。

4.《复雅歌词》

题鲖阳居士（真名失考）编。五十卷，分前、后两集，全书今佚。陈振孙《直斋书录解题》卷二一云："《复雅歌词》五十卷，题鲖阳居士序，不著姓名。末卷言宫词音律颇详，然多有调而无曲。"[2] 黄昇《中兴以来绝妙词选序》说："长短句始于唐，盛于宋。唐词具载《花间集》，宋词多见于曾端伯所编，而《复雅》一集又兼采唐宋，迄于宣和之季，凡四千三百余首。吁，亦备矣。"[3] 可知此集为北宋末南宋初一部大型词选。赵万里《校辑宋金元人词》有《复雅歌词》一卷，共十

---

[1] 上海古籍出版社编，唐圭璋等校点：《唐宋人选唐宋词》（上），上海古籍出版社2004年版，第195页。

[2] 陈振孙撰，徐小蛮、顾美华点校：《直斋书录解题》，上海古籍出版社1987年版，第632页。

[3] 上海古籍出版社编，唐圭璋等校点：《唐宋人选唐宋词》（下），上海古籍出版社2004年版，第685页。

则。其因多录本事,如同《词林纪事》,故被列于词话一类,并被唐圭璋收入《词话丛编》。此后,《花庵词选》《草堂诗余》皆以前人词话附于所选词后,这种体例或许正是祖述《复雅歌词》。

鲖阳居士的《复雅歌词序略》是宋南渡之际一篇重要的论词文献,兹征引如下:

> 孟子尝谓"今之乐犹古之乐"。论者以谓今之乐,郑、卫之音也,乌可与《韶》《夏》《濩》《武》比哉!孟子之言,不得无过。此说非也。《诗》三百五篇,商、周之歌词也。其言止乎礼义,圣人删取以为经。周衰,郑、卫之音作,诗之声律废矣。汉兴,制氏犹传其铿锵。至元、成间,倡乐大盛,贵戚、五侯、定陵、富平、外戚之家,淫侈过度,至与人主争女乐,而制氏所传,遂泯绝无闻焉。《文选》所载乐府诗,《晋志》所载《碣石》等篇,古乐府所载其名三百,秦汉以下之歌乱也。其源出于郑、卫,盖一时文人有所感发,随世俗容态而有作也。其意趣格力,犹以近古而高健。更五胡之乱,北方分裂,元魏、高齐、宇文氏之周,咸以戎狄强种,雄踞中夏,故其讴谣,渻糅华夷,焦杀急促,鄙俚俗下,无复节奏,而古乐府之声律不传。
>
> 周武帝时,龟兹琵琶工苏祗婆者,始为七均,牛洪、郑译因而演之,八十四调始见萌芽。唐张文收、祖孝孙讨论郊庙之歌,其数于是乎大备。迨于开元、天宝间,君臣相与为淫乐,而明宗犹溺于夷音,天下薰然成俗。于时才士始依乐工拍坦(弹)之声,被之以辞,句之长短,各随曲度,而愈失古之"声依永"之理也。温、李之徒,率然抒一时情致,流为淫艳猥亵不可闻之语。
>
> 我宋之兴,宗工巨儒文力妙天下者,犹祖其遗风,荡而不知所止。脱于芒端,而四方传唱,敏若风雨,人人歆艳咀味于

朋游尊俎之间，以是为相乐也。其韫骚雅之趣者，百一二而已。以古推今，更千数百岁，其声律亦必亡无疑。属靖康之变，天下不闻和乐之音者，一十有六年。绍兴壬戌，诞敷诏旨，弛天下乐禁。黎民欢忭，始知有生之快。讴歌载道，遂为化国。由是知孟子以"今乐犹古乐"之言不妄矣。[1]

宋南渡之后，朝野与词坛皆兴起复雅思潮。由于靖康之变的历史惨剧，徽宗时期的大晟乐被时人目为亡国之音："不幸崇、观小人用事，倡为丰亨豫大之说，以文太平。虽能作大晟乐，置大司乐，要亦不过崇虚文以饰美观而已，亦奚救于宣、靖之弊哉！"[2] 大晟乐的"雅乐"性质也遭受质疑和否定，如绍兴四年（1134），国子丞王普曾进言："按《书·舜典》，命夔曰：'诗言志，歌永言，声依永，律和声。'盖古者既作诗，从而歌之，然后以声律协和而成曲。自历代至于本朝，雅乐皆先制乐章而后成谱。崇宁以后，乃先制谱，后命词，于是词律不相谐协，且与俗乐无异。乞复用古制。"[3] 朝中有大臣标榜恢复古制、使用雅乐，民间也有鲖阳居士以《复雅歌词序略》相号召。鲖阳居士认为北宋歌词有"流为淫艳猥亵不可闻之语""荡而不知所止"的弊病，主张歌词作品必须"韫骚雅之趣"。可见，作于宋南渡之初的《复雅歌词序略》具有深远的历史感和强烈的现实性。

首先，鲖阳居士发扬孟子"今之乐犹古之乐"的观点，认为《诗三百》是商周时代的曲子词，《文选》以来的古乐府是秦汉以后的曲子词，唐宋以来新兴的曲子词，乃文人才士"依乐工拍但（弹）之声，被之以辞"，仍是歌词；古今之乐都是"一时文人有所感发，随世俗容态而有作也"，词体文学与诗歌没有高下尊卑的区别。鲖阳居士有意提高曲子词的地位，这是尊体意识的鲜明体现。

---

[1] 虞载编：《古今合璧事类备要外集》卷一一，明嘉靖三十一年至三十五年夏相刻本。
[2] 《景印文渊阁四库全书》第941册，台湾商务印书馆1983—1986年版，第499页。
[3] 脱脱等：《宋史》卷一三〇，中华书局1977年版，第3030页。

其次，鲖阳居士写作《复雅歌词序略》的目的，重在标举"复雅"，崇雅黜俗，恢复诗教的"骚雅之趣"。鲖阳居士将盛唐以后至北宋的词乐"声律"一概斥为"郑、卫之音"，并认为自晚唐温、李之徒至北宋"宗工巨儒"与"文力妙天下者"的"情致"表达，均"流为淫艳猥亵不可闻之语"，至于"韫骚雅之趣者，百一二而已"。在鲖阳居士看来，只有南渡之后的"和乐之音"才符合传统诗教的审美趣味，这充分反映了其偏于保守的儒家正统思想。

由于持此种思想观念，鲖阳居士在《复雅歌词》中采用了汉儒解说《诗经》的方式来赏析词作。如鲖阳居士评点苏轼《卜算子》（缺月挂疏桐）词曰："缺月，刺明微也。漏断，暗时也。幽人，不得志也。独往来，无助也。惊鸿，贤人不安也。回头，爱君不忘也。无人省，君不察也。拣尽寒枝不肯栖，不偷安于高位也。寂寞吴江冷，非所安也。此词与《考槃》诗极相似。"[1] 评点者对词语的解释，不是从它们的本义出发，而是从比喻义和象征义的角度来探究，这对当时及后世均产生了一定的影响。如宋代《花庵词选》《草堂诗余》都引用过鲖阳居士的这一评语，后来清代常州词派以微言大义说词，倡导"比兴寄托"，即受其启发与影响。

5.《乐府雅词》

南宋曾慥据其家藏编辑。曾慥，鲁国公曾公亮之孙，字端伯，号至游居士，晋江（今属福建）人。历仓部员外郎，除江南西路转运判官，后知虔州，改知荆门，移知庐州，入为右文殿修撰，绍兴二十五年（1155）卒。曾慥《乐府雅词引》署"绍兴丙寅"，可知《乐府雅词》成书于绍兴十六年（1146）。是书按词人排列，选录欧阳修等三十四家词人之词，《拾遗》录百余阕不知姓名者之词，皆为宋词，未录唐五代词。

《乐府雅词》有较高的文献价值，李清照等人的词作，主要赖此书保存下来。朱彝尊《乐府雅词跋》云："吴兴陈伯玉《书录解题》载曾

---

[1] 唐圭璋编：《词话丛编》，中华书局1986年版，第60页。

端伯所编《乐府雅词》十二卷,《拾遗》二卷。"[1]此处似乎指出《乐府雅词》有十二卷本,其实不然。首先,宋陈振孙《直斋书录解题》中明确标明"《乐府雅词》三卷、《拾遗》二卷"[2],而不是"十二卷,《拾遗》二卷"。元人马端临《文献通考·经籍考》"歌词"类云:"《乐府雅词》十二卷,《拾遗》二卷。"《四库全书总目》卷八五"《直斋书录解题》提要"曰:"马端临《经籍考》惟据此书及《读书志》(丁按:晁公武《郡斋读书志》)成编。然《读书志》今有刻本,而此书久佚,仅《永乐大典》尚载其完帙。"[3]因此,朱彝尊应该是据马端临《文献通考》而认为《乐府雅词》"十二卷,《拾遗》二卷"。《文献通考·经籍考》"歌词"类几乎完全据陈振孙《直斋书录解题》而成,唯《乐府雅词》一条与陈氏《直斋书录解题》有出入,而马氏所言不知何据。至于陆心源《皕宋楼藏书志》中《乐府雅词》条下所注"朱氏手跋曰'曾端伯《乐府雅词》陈氏《直录解题》曰一十三卷拾遗二卷'",则纯属讹误。

曾慥编选《乐府雅词》体现了南宋前期词坛兴起的崇雅思潮,其《乐府雅词引》云:

> 余所藏名公长短句,裒合成篇,或后或先,非有诠次;多是一家,难分优劣,涉谐谑则去之,名曰《乐府雅词》。九重传出,以冠于篇首,诸公《转踏》次之。欧公一代儒宗,风流自命,词章幼眇,世所矜式;当时小人或作艳曲,谬为公词,今悉删除。凡三十有四家,虽女流亦不废。此外,又有百余阕,平日脍炙人口,咸不知姓名,则类于卷末,以俟询访,标

---

[1] 施蛰存主编:《词籍序跋萃编》,中国社会科学出版社1994年版,第651页。
[2] 陈振孙撰,徐小蛮、顾美华点校:《直斋书录解题》,上海古籍出版社1987年版,第632页。
[3] 永瑢等:《四库全书总目》卷八五,中华书局1965年版,第730页。

目"拾遗"云。绍兴丙寅上元日,温陵曾慥引。[1]

《乐府雅词》是现存较早的宋人编选的词选。其序文指出,此书按照词人加以编排,选取宋代"三十有四家"词人作品,"虽女流亦不废"。此外,对于那些作者不详的作品也有所收录,"又有百余阕,平日脍炙人口,咸不知姓名,则类于卷末,以俟询访",可见作者的选录范围较为全面。关于所选作家的排列次序,"余所藏名公长短句,裒合成篇,或后或先,非有诠次;多是一家,难分优劣",即没有明确区分每位词人的成就差别,而是按所得词人词作的先后次序排列。

就审美趣味而言,曾慥是崇雅抑俗的。《乐府雅词》共录欧词八十三首,为所选词人作品数量之冠,曾氏云:"欧公一代儒宗,风流自命,词章幼眇,世所矜式;当时小人或作艳曲,谬为公词,今悉删除。"从现有文献来看,作为当时文坛盟主的欧阳修并非没有软媚绮艳之作,只是作者以"雅词"为选择标准,凡是词作中"涉谐谑则去之",更何况是"艳曲"。作者不相信(或不愿承认)那些"艳曲"出自"一代儒宗"之手,对于他的这一说法,后世有识之士当然不能苟同。在"雅词"标准的指导下,柳永等工于俗艳之词的作者自然被拒之门外,这反映出南渡初期词坛崇雅的审美风尚。

6.《草堂诗余》

编者不详。陈振孙《直斋书录解题》卷二一云:"《草堂诗余》二卷、《类分乐章》二十卷、《群公诗余前后编》二十二卷、《五十大曲》十六卷、《万曲类编》十卷,皆书坊编集者。"[2]《四库全书总目》卷一九九"《类编草堂诗余》提要"云:"考王楙《野客丛书》作于庆元间(丁按:庆元间为1195至1200年),已引《草堂诗余》张仲宗《满江

---

[1] 上海古籍出版社编,唐圭璋等校点:《唐宋人选唐宋词》(上),上海古籍出版社2004年版,第295页。
[2] 陈振孙撰,徐小蛮、顾美华点校:《直斋书录解题》,上海古籍出版社1987年版,第632—633页。

红》词证'蝶粉蜂黄'之语,则此书在庆元以前矣。"[1]

《草堂诗余》分前、后两集,两集又各分上、下卷。前集分春景、夏景、秋景、冬景四类;后集分节序、天文、地理、人物、人事、饮馔器用、花禽等七类。全书辑词共三百六十七首,其中有的注明"新添""新增"字样,当为后人所加。所辑词以宋词为主,唐五代词较少。周邦彦词入选五十八首,为数最多;其次为秦观二十八首、苏轼二十二首、柳永十八首、欧阳修十三首。

今存最早的《草堂诗余》刻本是元代刻本,有两种:一种是元至正三年癸未(1343)刊本,目录后题"精选群英诗余总目",有"至正癸未新刊、庐陵泰宇书堂"二行木记,无编者姓名。半页十二行,前集下有洪武本所脱落之柳永《望梅》一阕。为日本狩野直喜氏旧藏,是现存最古的本子。但此本前、后集体例不一。后集半页十三行,与明洪武本同。盖先有十二行本,岁久版损,遂以十三行本之后集与十二行本之前集合印。另一种是元至正十一年辛卯(1351)刊本,首行题"妙选笺注群英诗余",次行低五格题"建安古梅何士信君实编选"。半页十三行,行大二十二字,小二十九字,黑框,左右双阑,首总目,分春景、夏景、秋景、冬景、节序、天文、地理、人物、人事、饮馔器用、花禽十一类,不记调名,目后有"至正辛卯孟夏双璧陈氏刊行"牌子。前、后集又各有细目,收词共三百六十八首。此元刊本有编者姓名,亦只此本有此。此二本收词,后集全同,前集则上、下卷皆有出入。癸未本注明新增者二十三首,新添者六十五首;辛卯本则新添七十六首,新增之数少于新添,很可能是新增在前,新添在后。这是书坊在《草堂诗余》不断翻刻时一再补添的明证。

《草堂诗余》有庆元以前二卷原编本,又有后来增修的四卷本。增修本之中,又有新增和新添之区别。因此,本书编者前后应不少于三人,即原编者、新增者与新添者,而辛卯本题作"建安古梅何士信君实

---

[1] 永瑢等:《四库全书总目》卷一九九,中华书局1965年版,第1824页。

编选"。对于此种复杂情况,王重民在《中国善本书提要》中云:"不知士信为庆元以前原编者姓氏,抑为后来增修者姓氏?卷内笺注,亦不知为士信所加,抑出于另一人之手?然新添之词亦有注,则笺注当为后人所加矣。"[1] 王重民对此持存疑的慎重态度。《草堂诗余》二卷本出于"书坊编集",本无编者姓氏,则何士信应为该书新添或新增的最后一个增修者。

《草堂诗余》在元代的流传情况大致如此,它基本上保持了旧本的原貌。在明代,《草堂诗余》屡被翻刻,得到广泛的流播,形成了一个"草堂系列",并且有多种修订本出现,具体可参阅本书附录《〈草堂诗余四集〉研究》。

7.《花庵词选》

南宋黄昇编,成书于宋理宗淳祐九年(1249)。全书前后共二十卷。前十卷为《唐宋诸贤绝妙词选》,卷一选唐五代词,收二十六家;其余九卷为宋词,禅林、闺秀词亦入选,收一百零八家,全书共一百三十四家。后十卷为《中兴以来绝妙词选》,收南宋词人八十九家,集后附黄昇本人词作三十八首。

《唐宋诸贤绝妙词选》除十卷本外,毛氏汲古阁另有影宋刊三卷本,钱曾《也是园藏书目》曾予著录,后归长沙汪阆源,又归文登于氏,今藏北京图书馆。三卷本卷一为唐词,自李白至李煜共二十一家、词七十四首;卷二、卷三为宋词,自欧阳修至曹组共四十七家、词一百一十五首。或谓此三卷本为初编本,嗣后增广至十卷本;或谓三卷本后出,据十卷本各删数家而成,未知孰是。《花庵词选》所选词,于词家名下各注字号、里贯,所选词亦间附评语。此种体例对后来词选有较大影响,如清代朱彝尊、汪森辑《词综》就采用了这种体例。

《中兴以来绝妙词选》有黄昇自序,云:

---

[1] 王重民:《中国善本书提要》,上海古籍出版社1983年版,第682页。

> 长短句始于唐,盛于宋。唐词具载《花间集》,宋词多见于曾端伯所编,而《复雅》一集又兼采唐宋,迄于宣和之季,凡四千三百余首。吁,亦备矣。况中兴以来,作者继出,及乎近世,人各有词,词各有体,知之而未见,见之而未尽者,不胜算也。暇日裒集,得数百家,名之曰《绝妙词选》。佳词岂能尽录,亦尝鼎一脔而已。然其盛丽如游金、张之堂,妖冶如揽嫱、施之袪,悲壮如三闾,豪俊如五陵,花前月底,举杯清唱,合以紫箫,节以红牙,飘飘然作骑鹤扬州之想,信可乐也。亲友刘诚甫谋刊诸梓,传之好事者,此意善矣。又录余旧作数十首附于后,不无珠玉在侧之愧,有爱我者,其为删之。淳祐己酉百五玉林。[1]

随着词体文学创作的繁荣兴盛,词作亡佚的现象也非常普遍,黄昇在序文中首先介绍了自己编选此集的原因:"长短句始于唐,盛于宋。唐词具载《花间集》,宋词多见于曾端伯所编,而《复雅》一集又兼采唐宋。"当时已有专集对唐宋词作的保留、传承作出了贡献,但是"靖康之变"后,社会动荡不安,词作流传、保存更属不易,所以黄昇对"中兴以来"(即宋南渡后)的词作进行搜集、编选是非常必要和及时的。

相对于曾慥对"雅词"的倡导,黄昇的词学思想取径较宽,《花庵词选》的选词标准为博观约取。他欣赏各种词风,并对词体文学的娱乐功能进行了肯定:"然其盛丽如游金、张之堂,妖冶如揽嫱、施之袪,悲壮如三闾,豪俊如五陵,花前月底,举杯清唱,合以紫箫,节以红牙,飘飘然作骑鹤扬州之想,信可乐也。"他认为词作虽然风格不同,但皆有可取之处;词体文学都可以谐以音律,聊佐清欢,是深受人们喜爱的文学样式。

---

[1] 上海古籍出版社编,唐圭璋等校点:《唐宋人选唐宋词》(下),上海古籍出版社2004年版,第685页。

作为一位词选家，对于词作的编选承传，黄昇有着比较清醒的认识，他认为"佳词岂能尽录，亦尝鼎一脔而已"，他并未因自己对中兴以来的词作进行选辑而居功自傲，而是认为好词妙词是难以尽收的，自己只不过遴选了其中一部分而已。这既是作者的自谦之辞，也是对选本难以穷尽历史长河中的文学瑰宝的一种感慨。

8.《阳春白雪》

南宋赵闻礼（粹夫）编。《直斋书录解题》卷二一曰："《阳春白雪》五卷，赵粹夫编。取《草堂诗余》所遗以及近人之词。"[1] 今传词本共八卷，外集一卷；收两宋词六百七十一首、词人二百三十一家，另有十八首词为无名氏所作。前八卷为婉约词，外集中选录张元幹《贺新郎》（寄李伯纪）（送胡邦衡谪新州）等四首，刘克庄《满江红》（金甲雕戈）、辛弃疾《满江红》（笳鼓归来）、戴复古《满江红》（赤壁矶头）等风格豪放之作亦入选，反映出作者对词体不同风格的认识，这对后来词分婉约与豪放应有所启发。

《阳春白雪》元明时传本已罕见，《四库全书》没有收入。目前所能见到的版本有《宛委别藏》本、《词学丛书》本、清吟阁刊本，以及中华人民共和国成立前商务印书馆《丛书集成初编》中所收的《粤雅堂丛书》本。

《绝妙好词》《乐府补题》这两种选本，本书将在元代词选部分重点研究介绍，此处从略。

二、南宋词选的词学批评方式

大多数词选只选录词作，而对词不加评析，如《尊前集》《金奁集》《梅苑》等。至南宋时，词体文学日趋发展，词学理论也渐趋丰富，词

---

[1] 陈振孙撰，徐小蛮、顾美华点校：《直斋书录解题》，上海古籍出版社1987年版，第633页。原按："此条原本脱漏，今据《文献通考》补入。"

选数量增多，不仅附有序跋，且出现评语（评点），选本的批评功能显著增强，黄昇的《花庵词选》即为典型的代表。

黄昇《花庵词选》的评点内容，或在词头，或在词尾，共计八十余则。虽然数量不算多，但内容涉及词调、词体、词人、词艺等诸多方面。明末毛晋对此评价颇高："每一家缀数语记其始末，铨次微寓轩轾，盖可作词史云。"[1] 下面举例说明。

黄昇评李白《菩萨蛮》（平林漠漠烟如织）、《忆秦娥》（箫声咽）词曰："二词为百代词曲之祖。"[2] 此处涉及词体文学的起源问题。他评唐李珣《巫山一段云》二词曰："唐词多缘题，所赋《临江仙》则言仙事，《女冠子》则述道情，《河渎神》则咏祠庙，大概不失本题之意。尔后渐变，去题远矣。如此二词，实唐人本来词体如此。"这一见解揭示了唐代词调的初始面目及其演变，符合唐宋词发展的实际，广为后人接受。

黄昇对词的换头、分片等问题多有留意，并纠正讹误。如《唐宋诸贤绝妙词选》卷一选录张泌《江城子》二首：

> 碧阑干外小中庭。雨初晴。晓莺声。飞絮落花，时节近清明。睡起卷帘无一事，匀面了，没心情。
> 浣花溪上见夘夘（卿卿）。眼波明。黛眉轻。高绾绿云，金簇小蜻蜓。好是问他来得么，还笑道，莫多情。

黄昇在《江城子》词调下评曰："唐词多无换头，如此词两段自是两首，故两押情字，今人不知，合为一首，则误矣。"他认为，唐代词作大多为单片，双片较少，词中"两押情字"，可资证明系两首，而其他印本误将二首合为一首。又如《唐宋诸贤绝妙词选》卷七选录周邦彦《瑞龙吟》词：

---

[1] 施蛰存主编：《词籍序跋萃编》，中国社会科学出版社1994年版，第662页。
[2] 黄昇辑，王雪玲、周晓薇校点：《花庵词选》，辽宁教育出版社1997年版，第1页。下文所引皆据此本，不再出注。

章台路。还见褪粉梅梢，试花桃树。愔愔坊陌人家，定巢燕子，归来旧处。　　黯凝伫。因记个人痴小，乍窥门户。侵晨浅约宫黄，障风映袖，盈盈笑语。　　前度刘郎重到，访邻寻里，同时歌舞。惟有旧家秋娘，声价如故。吟笺赋笔，犹记燕台句。知谁伴、名园露饮，东城闲步。事与孤鸿去。探春尽是，伤离意绪。官柳低金缕。归骑晚、纤纤池塘飞雨。断肠院落，一帘风絮。

黄昇于词后评曰："今按此词自'章台路'至'归来旧处'是第一段，自'黯凝伫'至'盈盈笑语'是第二段，此谓之双拽头，属正平调，自'前度刘郎'以下，即犯大石系第三段，至'归骑晚'以下四句，再归正平，今诸本皆于'吟笺赋笔'处分段者，非也。"针对其他版本将《瑞龙吟》分为上、下两段的问题，黄昇从音乐格律的角度推敲，提出"双拽头"这一词学术语，将《瑞龙吟》分为三叠，并具体指出该调不同段落对应的不同宫调，以此作为分段的依据。这种分片方法比较合理，并具有启发意义。

黄昇评词还注意"知人论世"，即将作者与作品结合起来加以评价。如《中兴以来绝妙词选》卷一对选录的南宋词人朱敦儒及其词作评价道："（朱希真）名敦儒。博物洽闻，东都名士。南渡初，以词章擅名。天资旷远，有神仙风致。其《西江月》二曲，辞浅意深，可以警世之役役于非望之福者。"兹录其《西江月》二首：

世事短如春梦，人情薄似秋云。不须计较苦劳心。万事元来有命。　　幸遇三杯酒美，况逢一朵花新。片时欢笑且相亲。明日阴晴未定。

日日深杯酒满，朝朝小圃花开。自歌自舞自开怀。且喜无拘无碍。　　青史几番春梦，红尘多少奇才。不须计较与安排。领取而今见在。

南渡词人朱敦儒人生经历复杂。北宋末年，他曾过着风流文人的潇洒生活，而"靖康之变"粉碎了其名士风流的美梦。朱敦儒后被召至临安为官，因不附权相秦桧和议而被罢官、致仕。数年后，朱敦儒以七十五岁高龄被秦桧起用为鸿胪少卿，因惧秦桧威权，顾念家人安危，不得已而赴任。但随后不到一个月，秦桧死去，他也被罢免，不免让人产生晚节不保之叹。遭遇如此变故的朱敦儒只好借助"花酒""歌舞"来自我排遣，寻求解脱，"万事元来有命""不须计较与安排"等句是词人历尽沧桑、饱经忧患之后的深沉喟叹，虽然不免消沉，但对执迷于功名利禄的人来说的确具有警醒作用。

当然，黄昇评点最多的是词人、词作的艺术风格及特色。如他评李煜《乌夜啼》（无言独上西楼）曰："最凄惋，所谓亡国之音哀以思。"评张孝祥《六州歌头》等词曰："骏发蹈厉，寓以诗人句法。"评柳永词曰："长于纤艳之词，然多近俚俗，故市井之人悦之。"评姜夔词曰："词极精妙，不减清真乐府，其间高处，有美成所不能及。"评万俟雅言《长相思·山驿》曰："雅言之词，词之圣者也，发妙旨于律吕之中，运巧思于斧凿之外，平而工，和而雅，比诸刻琢句意，而求精丽者远矣。"评僧仲殊《诉衷情·寒食》曰："仲殊之词多矣，佳者固不少，而小令为最，小令之中，《诉衷情》一调又其最，盖篇篇奇丽，**字字清婉**，高处不减唐人风致也。"

黄昇编选、评点《花庵词选》时，"对文学的评点尚未形成风气，而词又作为'诗余'，为文人士大夫的游戏之作，尚未有人作过评点，故黄昇的评点较为谨慎，量也不多"[1]。但其评点内容，言简意赅，精辟准确，广为后世各类词选、词话转引，产生了较大影响。

三、尚"雅"是南宋词选的主要审美倾向

词本来就兴起于民间，与讲求用典、使事的宋诗相比，自然通俗易

---

[1] 孙琴安：《中国评点文学史》，上海社会科学院出版社1999年版，第53页。

懂得多。又由于词体文学适用于在歌席酒筵、花间樽前演唱，听众的接受主要是诉诸听觉，且歌者、听众或读者多为市井大众，所以其在语言、内容等方面近俗。词到苏东坡等人的手上，"俗"这一特点逐渐不被接受，甚至受到排挤，经过文人士子的改造，"雅"渐渐被接纳甚至固化。宋词史，也可以说是词的"雅化"史。

随着北宋以来词的异彩纷呈的发展，词坛上兴起了自觉的雅化趋向。时至南宋，许多词人纷纷以"雅"字命名自己的词集，有的词人还通过选词来表达自己对词的雅化的理解，《复雅歌词》和《乐府雅词》的出现，就代表了这种倾向。《复雅歌词》今虽不可见，但从它的编选者鲖阳居士对苏轼《卜算子》（缺月挂疏桐）一词的评语中仍可窥见一斑："缺月，刺明微也。漏断，暗时也。幽人，不得志也。独往来，无助也。惊鸿，贤人不安也。"这明显地运用了汉儒解释《诗经》之法，欲在每个字句中都挖出大义，虽然迂腐，却反映出词坛上的崇雅风气。另外，它还透露了一个重要信息：宋代词的雅化过程，实际上是宋人努力推尊词体的表现。既然推尊词体，就不能满足于其佐酒侑觞的功能，而应像《诗经》一样有讽喻现实的功用。这无疑对词体的发展起着引导、规范的作用，清代词论家张惠言的"比兴寄托"说，应是受其启发。曾慥编《乐府雅词》，对欧阳修的词作了处理："欧公一代儒宗，风流自命，词章幼眇，世所矜式；当时小人或作艳曲，谬为公词，今悉删除。"此书共选欧阳修词八十三首。这不仅反映出曾慥对欧阳修的尊崇，还表明了曾氏对"艳曲"的态度。不仅如此，曾慥在选词时，"涉谐谑则去之"，表明了其对"俗词"的态度。在他看来，"艳曲""俗词"是与"雅词"不相容的，是不符合他的标准的。正因如此，"凡有井水饮处，即能歌"的柳永词，也就无缘进驻曾氏"雅词"的殿堂。

此后，这两部词选所倡导的"雅词"论，一直为除《草堂诗余》以外的各种选本所继承。赵闻礼的《阳春白雪》，被视为与《乐府雅词》相提并论的"斥哇去郑，归于雅音"[1]的优秀选本。至于其选集名称，

---

[1] 施蛰存主编：《词籍序跋萃编》，中国社会科学出版社1994年版，第681页。

盖取"曲高和寡"之意,以示与一般曲子词的不同。周密的《绝妙好词》更是把这种理论发挥到极致。周密所选的词全是风格婉约、含蓄蕴藉之作,对于辛弃疾这样一位词坛巨擘,仅收其词三首,且无一能代表其词的主导风格,可见周密所主张的"雅",主要在于思想感情方面的"骚雅"和语言文字方面的"典雅"。

清人朱彝尊云:"言情之作,易流于秽,此宋人选词,多以雅为目。"[1]他指出了南宋词选尚"雅"的重要特点。尚"雅"的审美倾向,发展到最后或许有些偏颇,但在整个词体发展过程中曾起到积极作用,它使词朝着更符合士大夫阶层审美趣味的方向发展,避免过于绮艳或庸俗。

四、南宋词选促成词体娱乐价值与社会价值的兼容

词是伴随着燕乐而产生的一种音乐文学,其主要功用是娱乐。宋初,天下太平,城市经济一片繁荣,歌席酒筵也就成了全国上下太平气象的最佳点缀,词体由此得到了生存和发展的最佳土壤。"娱宾遣兴"的词体观念最早由宋人陈世修明确提出。嘉祐三年(1058)十月,陈世修为冯延巳《阳春集》作序云:"公以金陵盛时,内外无事,朋僚亲旧,或当燕集,多运藻思,为乐府新词,俾歌者倚丝竹而歌之,所以娱宾而遣兴也。"[2]"娱宾遣兴"是对唐五代词体功能观念的继承和延续。后蜀欧阳炯《花间集序》云:"则有绮筵公子,绣幌佳人,递叶叶之花笺,文抽丽锦;举纤纤之玉指,拍案香檀。不无清绝之辞,用助娇娆之态。……将使西园英哲,用资羽盖之欢;南国婵娟,休唱莲舟之引。"可知,赵崇祚编选《花间集》主要是供"绣幌佳人""绮筵公子"樽前花下娱乐之用。

---

[1] 朱彝尊、汪森编:《词综》,上海古籍出版社1978年版,"发凡"第14页。
[2] 施蛰存主编:《词籍序跋萃编》,中国社会科学出版社1994年版,第15页。

词学家龙榆生说："宋人选宋词，以'便歌'为主。"[1]北宋初有词选《家宴集》《尊前集》，从其名称即可知其选词用意；《金奁集》《草堂诗余》亦为坊间唱本，供娱乐之用。清人宋翔凤《乐府余论》云："《草堂》一集，盖以征歌而设，故别题春景、夏景等名，使随时即景，歌以娱客。题吉席庆寿，更是此意。其中词语，间与集本不同。其不同者，恒平俗，亦以便歌。以文人观之，适当一笑，而当时歌伎，则必需此也。"[2]赵万里《校辑宋金元人词·引用书目》之《草堂诗余》条下注云："分类本以时令、天文、地理、人物等标目，与周邦彦《片玉词》、赵长卿《惜香乐府》略同，盖所以取便歌者。"[3]

宋南渡后，民族矛盾渐趋激化，爱国词人大量涌现，辛弃疾为典型代表。《花庵词选》选录辛词四十三首，那些被张炎等认为"非雅词也。于文章余暇，戏弄笔墨，为长短句之诗耳"[4]的爱国词作被大量选入。这表明爱国词作得到了词坛的认可，一部分词论家已经开始重视、发掘词作的思想价值与社会意义。黄昇在评康与之《喜迁莺·丞相生日》时说："此词虽佳，惜皆媚灶之语，盖为桧相作耳"[5]；介绍张元幹（字仲宗）时特别指出，"绍兴戊午之和，胡澹庵上书乞斩时相，坐谪新州，仲宗以词送行，后并得罪"[6]，并录其送胡铨、寄李纲的两首《贺新郎》；评论吴激在金国所作的两首感怀故国的词《春从天上来》《青衫湿》时说："右二曲皆精妙凄婉，惜无人拈出，今录入选，必有能知其味者。"[7]凡此种种，都说明了他重视作者的人品和词的思想内容，认识到词作为一种文体所具有的社会功能。到了宋元之际，偏重艺术性和

---

[1] 龙榆生：《龙榆生词学论文集》，上海古籍出版社1997年版，第66页。
[2] 唐圭璋编：《词话丛编》，中华书局1986年版，第2500页。
[3] 赵万里校辑：《校辑宋金元人词》，台北台联国风出版社1972年版，第4页。
[4] 唐圭璋编：《词话丛编》，中华书局1986年版，第267页。
[5] 上海古籍出版社编，唐圭璋等校点：《唐宋人选唐宋词》（下），上海古籍出版社2004年版，第688页。
[6] 上海古籍出版社编，唐圭璋等校点：《唐宋人选唐宋词》（下），上海古籍出版社2004年版，第703页。
[7] 上海古籍出版社编，唐圭璋等校点：《唐宋人选唐宋词》（下），上海古籍出版社2004年版，第716页。

兼重思想性两种倾向糅合而催生出《乐府补题》。这部词集，从思想内容看，有学者认为是因元僧杨琏真伽发掘宋陵而作，抒发了遗民亡国的哀思；而从艺术风格看，则又雕琢章句、用典使事，回环曲折地吐露着某种难以明说的情感，正如朱彝尊所言"身世之感，别有凄然言外者"[1]。相较于南宋初年的咏物词选《梅苑》，其可谓更进一步了。

第三节 词选与词别集的编纂与传播

唐五代时期，词体文学处于兴起阶段，编纂的词集极少，令人瞩目的是出现了第一部文人词总集《花间集》。两宋时期，词体文学繁荣发展，出现了许多词集文本，主要包含选本、别集、丛编三种类型，词集编纂成为宋人词学文献整理和词学批评活动的重要内容，值得重视和研究。词选对部分词人具有彰显或遮蔽的功能，词选自身的传播过程也有冷热、显隐之别；词人自己或其子孙、门人编纂的别集质量较高，易于流传，书坊编刊的别集的质量则良莠不齐，对词集传播有正、负两方面影响；词集丛编容易获得规模优势和品牌效应，以上三者从不同层面共同促进了唐宋词的保存和传播。唐宋词集的编纂方式和目的不同，其传播功能和效果也各具特点。

一、彰显与遮蔽：词选的编选和传播

普通读者阅读作品，大多依据选本而不是作家别集。选本是一种普遍而有效的传播方式。宋代词体文学流行，文人雅士和坊贾平民都曾参与选词。宋人编纂的词选数量相当可观，流传至今者尚有《尊前集》《金奁集》《梅苑》《乐府雅词》《花庵词选》《草堂诗余》《阳春白雪》

---

[1] 朱彝尊：《曝书亭集》卷三六，《四部丛刊》本。

《绝妙好词》等多种。"既然是选择，就有淘汰，因而选本既具有彰显与强化的功能，也有遮蔽与埋没作品的可能。"[1] 基于不同的编选目的和审美趣尚，词选彰显或遮蔽词人词作的情况不尽相同，而词选自身的传播过程也有冷热、显隐之别。

早期的词体文学多用于"娱宾遣兴"，词选也以应歌为主，《花间集》《尊前集》《金奁集》等便是如此。随着词的创作和欣赏逐渐案头化，词选的文学批评功能也大大增强。宋南渡之后，词坛出现"复雅"思潮，在崇雅观念的影响下，词人或学者相继编选《乐府雅词》《阳春白雪》《绝妙好词》等词选，着意彰显和遮蔽某些词人，以达到开宗、尊体之目的。曾慥《乐府雅词》选录欧阳修词八十三首，位居所选词人作品数量之冠，而柳永词竟然一首也未入选。其《乐府雅词引》云："余所藏名公长短句，裒合成篇，或后或先，非有诠次；多是一家，难分优劣，涉谐谑则去之，名曰《乐府雅词》。……欧公一代儒宗，风流自命，词章幼眇，世所矜式；当时小人或作艳曲，谬为公词，今悉删除。"曾慥认为欧词为北宋"雅词"典范，并将"谬为公词"的"艳曲""悉删除"，从而彰显以欧阳修为代表的"雅词"，遮蔽和压抑以柳永为代表的"俗词"。赵闻礼的《阳春白雪》大量选录史达祖、吴文英、周邦彦、姜夔等人的词作，对"下里巴人"的俚俗之作尽量摒弃不录。周密的《绝妙好词》也多选雅正一派的词人，选录周密、吴文英、姜夔、王沂孙、史达祖等人词作均在十首以上，选录辛弃疾词作仅三首，辛派词人也只选录了陆游、刘过等人的数首作品，辛派词人受到了一定程度的遮蔽。

当然，也有尽量突出彰显功能、弱化遮蔽功能的词选。如黄昇的《花庵词选》，规模宏大，广搜博采，共选录唐宋词人二百二十三家、词作一千二百八十五首，宋代著名词人晏殊、张先、欧阳修、柳永、晏几道、苏轼、秦观、贺铸、周邦彦、李清照、张孝祥、辛弃疾、陆游、刘过、姜夔、史达祖、吴文英等都有较多作品入选；许多中小词人的作品也被选入集中，虽然只录有一二首，却体现出以选存史的编纂意图。黄

---

[1] 王兆鹏：《中国古代文学传播方式研究的思考》，《文学遗产》2006年第2期。

昇选词不拘一格,"盛丽如游金、张之堂,妖冶如揽嫱、施之袪,悲壮如三闾,豪俊如五陵"的佳词均入选,顾及词作风格的多样性,能够体现词史发展的各个侧面,正如陈匪石所言:"黄氏此选,非姝姝为一家之言,唐、五代以来,千门万户,无所不收,颇能存各人之真面目,与《阳春白雪》《绝妙好词》之有宗派者不同。"[1]

宋代书坊选词的情况又有所不同。宋代书坊编选刊刻的词选为数众多,陈振孙《直斋书录解题》一书曾著录坊编词选《类分乐章》《群公诗余前后编》《五十大曲》《万曲类编》等多种,可惜均已亡佚。由于书坊最关心的是商业利益,所以选词主要面向市井大众,注意迎合这一庞大的文化消费群体。最有名的是《草堂诗余》,此编大量选录周邦彦、苏轼、柳永、秦观、欧阳修、康与之等人的词作,体现出雅俗共赏的审美趋向,适与《乐府雅词》等词选形成鲜明对照。

词选的审美趣味会影响到自身的传播命运。如《绝妙好词》刊刻面世后流传不广,显得比较冷寂,时人张炎记载:"惜此板不存,恐墨本亦有好事者藏之。"[2]该集在元明时期湮没不彰,直到清康熙年间才被"浙西词派"中人发掘出来重新刊刻。《草堂诗余》则与之相反,在宋明时期引发了传播热潮,明末毛晋曾对此疑惑不解:"宋元间词林选(本)几屈百指,惟《草堂》一编,飞驰几百年来,凡歌栏酒榭,丝而竹之者,无不拊髀雀跃。及至寒窗腐儒,挑灯闲看,亦未尝欠伸鱼睨,不知何以动人一至此也。"[3]清人朱彝尊则一语道破两者传播冷、热分殊的原因:"词人之作,自《草堂诗余》盛行,屏去激楚阳阿,而巴人之唱齐进矣。周公谨《绝妙好词》选本虽未全醇,然中多俊语。方诸《草堂》所录,雅俗殊分。顾流布者少。"[4]简单地说,《草堂诗余》尚通俗,易受大众欢迎;《绝妙好词》尚雅正,一般的读者未必能接受欣赏。

---

[1] 陈匪石编著,钟振振校点:《宋词举(外三种)》,江苏古籍出版社2002年版,第195页。
[2] 唐圭璋编:《词话丛编》,中华书局1986年版,第266页。
[3] 施蛰存主编:《词籍序跋萃编》,中国社会科学出版社1994年版,第670—671页。
[4] 施蛰存主编:《词籍序跋萃编》,中国社会科学出版社1994年版,第683页。

值得注意的是，词选的彰显或遮蔽效应，整体上并未给唐宋词的保存、传播带来负面影响，因为某些词选所遮蔽的词人可能会在其他词选中得到彰显，曾经沉寂或热门的选本也可能在后世改变传播命运，诸多词选从不同侧面促进了唐宋词的保存和传播。

二、求善与求售：词别集的编纂和传播

词别集是将同一词人的若干首词作辑录编纂而成的词集。单篇词作容易散佚，结集则便于保存和传播，所以宋人比较重视词别集的编纂。词别集的编纂主要有两种方式：一是作者自编，一是他人编纂（子孙后裔、门人弟子和书坊代为编辑刊印的情况比较常见）。编纂主体不同，词集的编纂质量和传播效果也会存在差异。

词人自编别集，注意求真、求善，力求符合本人意愿，宋代著名词人晏几道、贺铸、姜夔、陆游、史达祖等生前都曾编纂词别集。如陆游对词体文学的态度复杂，曾因作词"晚而悔之"，但"念旧作终不可掩"，[1] 还是将自己的词编入《渭南文集》。有的词人希望作品得到朋友的欣赏或前辈的揄扬，如南宋汪莘作词后，"念与吴中诸友共之，欲各寄一本，而穷乡无人佣书，乃刊本而模之"[2]。史达祖曾携带自编词集拜谒张镃，张镃为之作序，对其词赞赏有加："大凡如行帝苑仙瀛，辉华绚丽，欣盼骇接，因掩卷而叹曰：有是哉！能事之无遗恨也。"[3] 还有词人借编纂词集的机会，宣示其词学理念和创作主张。如北宋词人黄裳自编《演山居士新词》，在序言中将词的创作与《诗经》"六义"相比附，颇有推尊词体之意，并宣称"予之词清淡而正，悦人之听者鲜"[4]；南宋词人林正大自编词集《风雅遗音》，推崇雅词，在序言中

---

[1] 施蛰存主编：《词籍序跋萃编》，中国社会科学出版社1994年版，第222页。
[2] 施蛰存主编：《词籍序跋萃编》，中国社会科学出版社1994年版，第270—271页。
[3] 施蛰存主编：《词籍序跋萃编》，中国社会科学出版社1994年版，第263页。
[4] 金启华等编：《唐宋词集序跋汇编》，江苏教育出版社1990年版，第38页。

宣称自己作词"婉而成章，乐而不淫，视世俗之乐，固有间矣"[1]。

词人自编别集往往要反复斟酌和选汰，以提高词集质量，取信于世人。如韩元吉编词集时将不满意的词作"取而焚之，然犹不能尽弃焉，目为《焦尾集》，以其焚之余也"[2]。一般而言，自编别集质量较高，传播也较广。《四库全书总目·集部总叙》云："夫自编则多所爱惜，刊版则易于流传。"[3]

出于子孙、门人之手的别集，大多也比较精善。宋代文治颇盛，士人多注重诗礼传家，看重家集的编纂和流传。如赵以夫的《虚斋乐府》由其子编纂，《虚斋乐府自序》云："余平时不敢强辑，友朋间相勉属和，随辄弃去。奚子偶于故书中得断稿，又于黄玉泉处传录数十阕，共为一编。"[4]词人过世，其子孙常为其编刊遗集，如辛弃疾去世后，其子孙编刊了《辛稼轩集》，张元幹的《芦川词》也由其子张靖编纂刊行。门人弟子对乃师的文章道德相知较深，颇利于为其编集传世，如辛弃疾生前第一部词集即由门人范开编纂刊行，范开《稼轩词序》云："开久从公游，其残膏剩馥，得所沾焉为多。因暇日裒集冥搜，才逾百首，皆亲得于公者。以近时流布于海内者率多赝本，吾为此惧，故不敢独閟，将以祛传者之惑焉。"[5]范氏从学于稼轩，编刊的词集比较真实可信，更易受到读者欢迎。赵师侠的《坦庵词》、京镗的《松坡居士乐府》也是由其门人编纂而成的。

宋代刻书业发达，书坊也编纂刊刻了大量的词别集。王兆鹏先生在《唐宋词史的还原与建构》（湖北人民出版社2005年版）一书中曾考述两宋七十三家词集的版本情况，发现四十余家词人的别集首见为书坊刊刻，可见书坊有力地促进了宋词的保存和传播。但书商刻书，多求利售，因而坊刻词集的质量良莠不齐，给词集传播带来一定的负面影响。

---

[1] 金启华等编：《唐宋词集序跋汇编》，江苏教育出版社1990年版，第243页。
[2]《景印文渊阁四库全书》第1165册，台湾商务印书馆1983—1986年版，第200页。
[3] 永瑢等：《四库全书总目》卷一四八，中华书局1965年版，第1267页。
[4] 施蛰存主编：《词籍序跋萃编》，中国社会科学出版社1994年版，第329页。
[5] 施蛰存主编：《词籍序跋萃编》，中国社会科学出版社1994年版，第199页。

如南宋周枀为其父周紫芝的《竹坡词》作跋云："先父长短句一百四十八阕，先是浔阳书肆开行，讹舛甚多，未及修正，适乡人经由渭宣城搜寻此，未得其半，遂以金受板东下。未几，好事者辐凑访求，鬻书者利其得，又复开成，然比宣城本为善，盖枀亲校雠也。"[1]周紫芝去世后，书坊曾多次编刻其词集，但坊刻本错讹较多、词作收录不全，质量不高，经周枀重新校雠刊印的家集方称"善本"。

词体文学远不如诗文受宋人重视，单独编刊的词别集在传播过程中容易散失，朱彝尊《词综发凡》云："唐、宋以来作者，长短句每别为一编，不入集中，以是散佚最易。"[2]如果将词集附入作者诗文集中，则更容易保存和流传，陆游之子陆子遹在《渭南文集跋》中说道："（陆游）尝谓子遹曰：……如《入蜀记》、《牡丹谱》、乐府词，本当别行，而异时或至散失，宜用庐陵所刊欧阳公集例，附于集后。"[3]陆游认为词集"本当别行"，但考虑到词集单行本容易散失，便援《欧阳文忠公集》编纂之例，将词集附于《渭南文集》中，这是宋人为词集能够长久保存与传播而采取的编纂策略。

三、规模与品牌：词集丛编的刊刻和传播

唐宋词在当时是受人欢迎的文化消费品，宋代图书市场上还出现了《百家词》《典雅词》《琴趣外篇》《六十家词》等大型的词集丛编以满足读者需求。将多种词集汇集刊刻出版，容易获得规模优势和品牌效应，具有独特的传播效果。

《百家词》由南宋长沙刘氏书坊刊行，据陈振孙《直斋书录解题》记载，该集收《南唐二主词》至《笑笑词》等词集九十二种、词人九十七家，名曰"百家"，乃取其整数而言。《典雅词》由南宋钱塘陈氏书棚刊

---

[1] 金启华等编：《唐宋词集序跋汇编》，江苏教育出版社1990年版，第106页。
[2] 朱彝尊、汪森编：《词综》，上海古籍出版社1978年版，"发凡"第7页。
[3] 陆游：《渭南文集》卷首，《四部丛刊》本。

行，收录词集的数量今天已无法确知，流传至今者仍有二十一种。《琴趣外篇》由南宋闽中书肆辑刻，收录词集的具体情况亦无法确知，但至少包含欧阳修《醉翁琴趣外篇》、黄庭坚《山谷琴趣外篇》等七种词集。《六十家词》约刊于南宋末年，仅见于张炎《词源》一书的记载，虽未说明编纂者，估计也是由书坊编辑刊印的。以上四种词集丛编均由书坊编选、刊刻、传播，可见书坊刻词规模之大和图书市场消费空间之大。

从市场消费的角度看，一套丛编控制在多大规模，出多少种书，每种书卷帙多少，都是编者需要考虑的因素。如果丛编规模过大，则读者难以承受；如果规模太小，力度又不够。唯有适度才能赢得市场。以上四种词集丛编所编选的词集多在数十至百种之间，规模基本适度，《百家词》《典雅词》中的词集大多是一卷本，便于读者购买、阅读和携带，有助于丛编词集的售卖和传播。

汇刊词集是书坊大规模出版词集的商业化行为（书商可能会雇请下层文人参与策划、编辑等活动），对丛编"品牌"形象的塑造具有积极意义。赵万里曾据《典雅词》中词集行款一致等版本信息考求其传世情况："传世《典雅词》，至少亦当有十有九种矣。更以江阴缪氏藏本行款推之，半叶十行，行十八字，与汲古阁影宋陈氏书棚本赵以夫《虚斋乐府》、许棐《梅屋诗余》、戴复古《石屏长短句》均合。平阙之式，亦有同者。与毛氏影宋本《知稼翁词》《和石湖词》《辛稼轩词》，亦无不合，殆均为陈氏书棚所刻。"[1] 若变换角度，从广告心理学上看，书坊将丛书冠以主题，统一版式装帧，那么各种词集的连续出版犹如书坊的一系列广告，可以促使读者产生对品牌的信赖。

词集丛编与单部词集相比，容易获得品牌效应。词人对自己的词集被辑入丛编，往往持欢迎的态度。南宋滕仲因《笑笑词跋》记载了郭应祥《笑笑词》被辑入《百家词》的情况："词章之派，端有自来，溯源徂流，盖可考也。昔闻张于湖（丁按：即张孝祥）一传而得吴敬斋（丁按：即吴镒），再传而得郭遁斋（丁按：即郭应祥），源深流长……长沙

---

[1] 施蛰存主编：《词籍序跋萃编》，中国社会科学出版社1994年版，第743页。

刘氏书坊既以二公之词锓诸木，而遁斋《笑笑词》独家塾有本。一日，予叩遁斋，愿并刊之……遁斋笑而可之。"[1]郭应祥在南宋词坛名气并不大，其词被选入刻有名家词集的丛编中，既有助于传播，又能提升词名，自然"笑而可之"。

  词集丛编虽容易赢得品牌效应和市场，但能否保持较高质量又是另一个问题。如果词集刊刻质量参差不齐，就会出现部分词集影响整套丛编质量的情形。陈振孙《直斋书录解题》卷二一郭应祥《笑笑词集》下注云："自《南唐二主词》而下，皆长沙书坊所刻，号'百家词'。其前数十家皆名公之作，其末亦多有滥吹者。市人射利，欲富其部帙，不暇择也。"[2]开始的时候，书坊会选择名家词集编刻，但由于市场需求量大，为了更多更快地营利和凑合"百家"之数，便来不及精心编选刊刻了。张炎曾在《词源》中说："旧有刊本《六十家词》，可歌可诵者，指不多屈。中间如秦少游、高竹屋、姜白石、史邦卿、吴梦窗，此数家格调不侔，句法挺异，俱能特立清新之意，删削靡曼之词，自成一家，各名于世。"[3]张炎是著名词人和词学家，手眼俱高，他认为《六十家词》中能"自成一家"的词人并不多。明末毛晋曾批评宋代坊刻《琴趣外篇》云："又曾见《琴趣外篇》六卷，章次颠倒，赝作颇多，不能悉举。至如席上赠人《清平乐》，昔人称为集中之冠，反逸去，可恨坊本之乱真也。"[4]书坊编书的主要目的在于营利，质量参差、真赝杂陈的弊病在所难免，这自然影响到丛编的美誉度和传播效果。南宋四部词集丛编散佚严重，没有完整流传下来，应与此有一定关系。

  虽然宋代词集丛编散佚不存，但其中若干种词集以单刻本或钞本的形式流传于世，对宋代词集的保存与传播起到了重要作用。宋代词集丛

---

  [1] 施蛰存主编：《词籍序跋萃编》，中国社会科学出版社1994年版，第318页。
  [2] 陈振孙撰，徐小蛮、顾美华点校：《直斋书录解题》，上海古籍出版社1987年版，第629页。
  [3] 唐圭璋编：《词话丛编》，中华书局1986年版，第255页。
  [4] 施蛰存主编：《词籍序跋萃编》，中国社会科学出版社1994年版，第224页。

编的品牌效应还对明人产生了积极影响，如吴讷编辑的《唐宋名贤百家词》、毛晋辑刻的《宋六十名家词》等，彰显了丛编在词集文献保存、传播方面的优势和作用。

第三章 宋代笔记中的词论

第三章 宋代笔记中的词论

吴梅《词话丛编序》曰:"倚声之学,源于隋之燕乐,三唐导其流,五季扬其波,至宋大盛。山含海负,制作如林。然北宋诸贤,多精律吕,依声下字,井然有法。而词论之书,寂寞无闻,知者不言,盖有由焉。南渡以还,音律之学日渐陵夷。……知音之士,乃详考声律,细究文辞。玉田《词源》,晦叔《漫志》,伯时《指迷》,一时并作,三者之外,犹罕专篇。"[1]吴氏之论,大体上是没有问题的,论词专书的确是在南宋才出现的,但是关于词的理论却兴起甚早,至少可以说后蜀词人欧阳炯的《花间集序》,即为我国第一篇词学专论。本章要着重指出的是,在《词源》《碧鸡漫志》《乐府指迷》三书之前,北宋及南宋前期即有大量词论出现,仅以宋代笔记而论,论词的内容就相当丰富。宋代笔记数以百计,可以参阅中华书局出版的《唐宋史料笔记丛刊》、上海古籍出版社出版的《宋元笔记小说大观》、大象出版社(上海师范大学古籍整理研究所编)出版的《全宋笔记》等,施蛰存、陈如江《宋元词话》即主要从宋代笔记中钩稽而来。

宋代文化发达,诗、文、词等文体均有很大发展,并且相互渗透、相互碰撞,给文人带来新的灵感。诗话、文话、词话大量或成批产生,宋人对各种文体均提出了自己的看法。可以说宋代是一个思辨的时代、

---

[1] 唐圭璋编:《词话丛编》,中华书局1986年版,"序"第3页。吴梅所列之书,分别指张炎《词源》、王灼《碧鸡漫志》、沈义父《乐府指迷》。

理性的时代。宋代笔记有数百种,内容丰富,题材广泛,其中有相当数量的论词之语,然而比较零散,如果能从合适的角度进行观照,或者找到合适的线索将这些论词资料贯穿起来分析,就能更深入地发掘其词学价值和意义。综观宋代笔记中的论词内容,大体可分为两类:一类侧重对词人、词作的评论,包括对词人的褒贬,对词作的内容、风格、音律、创作技法等的评价;一类侧重叙述词作"本事",即词人轶事、词作创作背景或故事等。本章即以宋代笔记为大致范围,以对五代至北宋的三位代表性词人李煜、柳永、苏轼的评价为中心,探讨宋代的词学观;结合宋代笔记中的宋词本事,对向来受到忽视的宋代宫廷词创作进行探讨,通过个案研究揭示宋代笔记的词学史料价值。

第一节　宋代笔记论南唐李煜词

《四库全书总目》卷一九八"《东坡词》提要"曰:

> 词自晚唐、五代以来,以清切婉丽为宗,至柳永而一变,如诗家之有白居易;至(苏)轼而又一变,如诗家之有韩愈,遂开南宋辛弃疾等一派。[1]

晚唐五代词的风格特点是"清切婉丽",而晚唐五代成就最高的词人非李煜(李后主,字重光)莫属。在他之前,以温庭筠、韦庄为代表的文人词,主要是歌筵舞榭上侑酒佐欢之具;以敦煌曲子词为代表的民间词虽质朴可喜,但艺术上仍有稚嫩之处。到李煜手中,词在艺术上才算真正成熟,故王国维《人间词话》曰:"温飞卿之词,句秀也。韦端己之词,骨秀也。李重光之词,神秀也。"又曰:"词至李后主而眼界始

---

[1] 永瑢等:《四库全书总目》卷一九八,中华书局1965年版,第1808页。

大，感慨遂深，遂变伶工之词而为士大夫之词。"[1]因此，李煜是晚唐五代词人最杰出的代表，南唐中主李璟、大臣冯延巳与李煜词风相近，故一并论之。李煜即位时为公元961年，大宋国号已立，后来他又降宋称臣，说其是由五代入宋之文人，当然是顺理成章的。至于柳永，他是北宋历史上第一位专业词人，为人放荡不羁，词风俚俗，大量创作慢词，且善用铺叙手法，长于描写羁旅行役、铺写都市繁华等，在词史上有开创性贡献。苏轼是中国文学史上最杰出的天才之一，他的诗、文、书、画均臻一流境界，且人品高尚，百折不弯，超脱旷达，是北宋之后历代知识分子的精神楷模；其词则有开创之功，最主要的是变俗为雅，创豪放之格，以诗为词，且苏门子弟众多，也为其词扩大了声势。因此，李煜、柳永、苏轼三人之词，可代表五代北宋词的成就，体现北宋词的演化轨迹。透过对他们三人及其词人群体的评论，可以看出宋代词论发展的大势，而宋代笔记，恰恰为此提供了丰富的研究素材。

李煜，字重光，南唐元宗第六子，初名从嘉。建隆二年（961）嗣位；开宝八年（975），宋将曹彬攻破金陵，李煜出降。次年，至京师，封违命侯。太平兴国三年（978）七月七日殂，年四十二。李煜即位之初，爱惜百姓，减免赋税，尊事大宋，境内安宁达十余年。然而，他又对佛教顶礼膜拜，滥度僧尼，以致荒废政事。故其仁爱虽足感人，而终不能保社稷。

李煜是唐五代时期成就最高的词人，其词可分为前、后两期，前期词作于南唐亡国前，主要反映爱情生活和宫廷富贵，风格颇为华丽；后期词作于亡国前夕及降宋之后。前期词如《菩萨蛮》："花明月暗笼轻雾，今朝好向郎边去。刬袜步香阶，手提金缕鞋。　　画堂南畔见，一向偎人颤。奴为出来难，教郎恣意怜。"马令《南唐书·继室周后传》曰："后主继室周后，昭惠之母弟也。警敏有才思，神彩端静。昭惠感疾，后常出入卧内。……后自昭惠殂，常在禁中。后主乐府词有'刬袜

---

[1] 王国维著，徐调孚注，王幼安校订：《人间词话》（与《蕙风词话》合刊），人民文学出版社1960年版，第197页。

步香阶,手提金缕鞋'之类,多传于外。至纳后,乃成礼而已。翌日,大宴群臣,韩熙载以下皆为诗以讽焉,而后主不之遣。"[1] 据此可知,此词是李煜描写自己与小周后幽会之作。当时大周后病重,后主乃与小周后偷情,及大周后病殁,后主正式将小周后纳为皇后,而此举只是为合礼制,例行公事罢了。这首词写得较为直白。

李煜的两首《渔父词》,亦为刘道醇《五代名画补遗》所关注:"予尝于富商高氏家,观(卫)贤画《盘车水磨图》,及故大丞相文懿张公第,有《春江钓叟图》,上有南唐李煜金索书《渔父词》二首,其一曰:'阆苑有情千里雪,桃李无言一队春。一壶酒,一竿身,快活如侬有几人。'其二曰:'一棹春风一叶舟。一轮茧缕一轻钩。花满渚,酒盈瓯,万顷波中得自由。'"[2] 李煜前期的词作,艺术上已较成熟,但感情不够深厚,宋代学者更看重的是亡国之后李煜的词作,并对此多有评论,如北宋苏轼《东坡志林》卷四曰:

"三十余年家国,数千里地山河,几曾惯干戈?一旦归为臣虏,沈腰潘鬓消磨。最是仓惶辞庙日,教坊犹奏别离歌,挥泪对宫娥。"后主既为樊若水所卖,举国与人,故当恸哭于九庙之外,谢其民而后行,顾乃挥泪宫娥,听教坊离曲![3]

这是批评李煜在亡国之日作词,既不自责,又不关爱山河百姓,只知挥泪对宫娥,吟离别之志,不是一个有作为、有气节的亡国之君。袁文《瓮牖闲评》卷五则对苏轼之评提出异议:"苏东坡记李后主去国词云:'最是仓皇辞庙日,教坊犹奏别离歌,挥泪对宫娥。'以为后主失国,当恸哭于庙门之外,谢其民而后行。乃对宫娥听乐,形于词句。余谓此决非后主词也,特后人附会为之耳。观曹彬下江南时,后主豫令宫

---

[1]《景印文渊阁四库全书》第464册,台湾商务印书馆1983—1986年版,第278—279页。蔡居厚《诗史》、吴任臣《十国春秋》卷一八也有类似记载。
[2] 刘道醇:《五代名画补遗》,明刻本,中国国家图书馆藏。
[3] 苏轼撰,王松龄点校:《东坡志林》卷四,中华书局1981年版,第85页。

中积薪，誓言若社稷失守，当携血肉以赴火。其厉志如此，后虽不免归朝，然当是时，更有甚教坊，何暇对宫娥也。"[1] 袁文依据史实，为李煜辩护。然而，如王仲闻所言，此词极有可能为事后追赋，不可轻易断定非李煜所作。[2] 由苏轼、袁文之评论，可见李煜的亡国之音颇受宋人关注。

佚名《分门古今类事》卷一三引《翰苑名谈》[3] 曰：

> 当围城时，（李煜）作长短句云："樱桃落尽春归去，蝶翻金粉双飞。子规啼月小楼西，曲琼金箔，惆怅卷金泥。门巷寂寥人去后，望残烟，草凄迷。"章未就而城破。及归朝后，每怀江国，且念嫔妾散落，郁郁不自聊，尝作长短句云："帘外雨潺潺，春意将阑，罗衾不暖五更寒。梦里不知身是客，一晌贪欢。　独自莫凭栏，无限江山。别时容易见时难。流水落花春去也，天上人间。"含思凄惋，殆不胜情。又尝乘醉大书诸牖曰："万古到头归一死，醉乡葬地有高原。"醒而见之，大悔，未几，果下世。又"青鸟不传云外信，丁香空结雨中愁"；又"鬓从近日添新白，菊是去年依旧黄"；又"江南江北旧家乡，三十年来梦一场"，皆意气不满，非久享富贵者，其兆先谶于言辞。《记》云："亡国之音哀以思。"其斯之谓欤？[4]

这段文字既记载了李煜一些亡国词的本事，又对这些词进行了评论，如说李煜"及归朝后，每怀江国，且念嫔妾散落，郁郁不自聊"，因而作"帘外雨潺潺"一词，这就对李煜这一类"以血书者"（王国维语）有了较充分的认识与较客观的评价。后人认为此词可能是李煜的绝

---

[1]《景印文渊阁四库全书》第 852 册，台湾商务印书馆 1983—1986 年版，第 451 页。
[2] 近人王仲闻指出此词未必即去国之作，当去国之时，后主无暇也无心作词，此词当为后来追赋，"教坊、宫娥乃诗人夸张手法，不定为事实。袁文之说虽是，不免胶柱鼓瑟"（李璟、李煜撰，无名氏辑，王仲闻校订：《南唐二主词校订》，中华书局 2007 年版，第 116 页）。
[3] 又名《翰府名谈》。
[4]《景印文渊阁四库全书》第 1047 册，台湾商务印书馆 1983—1986 年版，第 127 页。

笔之作，并非无稽之谈。这段文字中所列李煜词句，均为悲观、绝望之词，无助之语，将其概括为"亡国之音哀以思"，是非常恰当的。

王铚《默记》则有关于李煜被害及其亡国词的著名记载：

> 徐铉归朝，为左散骑常侍，迁给事中。太宗一日问："曾见李煜否？"铉对以："臣安敢私见之！"上曰："卿第往，但言朕令卿往相见可矣。"铉遂径往其居，望门下马，但一老卒守门。徐言："愿见太尉。"卒言："有旨不得与人接，岂可见也！"铉云："我乃奉旨来见。"老卒往报，徐入立庭下久之。老卒遂入取旧椅子相对。铉遥望见，谓卒曰："但正衙一椅足矣。"项间，李主纱帽道服而出。铉方拜，而李主遽下阶引其手以上。铉告辞宾主之礼，主曰："今日岂有此礼？"徐引椅少偏乃敢坐。后主相持大哭，乃坐默不言。忽长吁叹曰："当时悔杀了潘佑、李平。"铉既去，乃有旨再对，询后主何言。铉不敢隐，遂有秦王赐牵机药之事。牵机药者，服之前却数十回，头足相就如牵机状也。又后主在赐第，因七夕命故妓作乐，声闻于外，太宗闻之大怒；又传"小楼昨夜又东风"及"一江春水向东流"之句，并坐之，遂被祸云。[1]

李后主博学多才，天性仁厚，却无治国之才，而且在当时的天下大势面前，即使有一定的政治才干，也无力回天。本来应成为著名文人的李煜，却不幸当了帝王，清人有诗叹云："作个才人真绝代，可怜薄命作君王。"（郭麐《南唐杂咏》）陈彭年《江南别录》云："后主尤好儒学，故江左三十年，文物有贞元、元和之风。""后主妙于音律，乐曲有《念家山》，亲演其声，为《念家山破》，识者知其不祥。""后主酷好著

---

[1] 王铚撰，朱杰人点校：《默记》（与《燕翼诒谋录》合刊）卷上，中华书局1981年版，第4页。

述,《杂说》百篇行于代,时人以为可继《典论》。"[1]叶梦得《石林燕语》卷四曰:"江南李煜既降,太祖尝因曲燕问:'闻卿在国中好作诗。'因使举其得意者一联。煜沉吟久之,诵其《咏扇》云:'揖让月在手,动摇风满怀。'上曰:'满怀之风却有多少?'他日复燕煜,顾近臣曰:'好一个翰林学士。'"[2]李煜还善书画。魏泰《东轩笔录》卷一五曰:"江南李后主善书,尝与近臣语书,有言颜鲁公端劲有法者,后主鄙之曰:'真卿之书,有楷法而无佳处,正如扠手并脚田舍汉耳。'"[3]沈括《梦溪笔谈》卷二曰:"后主善画,尤工翎毛。"[4]可见,李煜在书画方面颇有造诣且颇为自负。曾慥《类说》卷五二引《翰府名谈》云:"江南李主,一目重瞳,务长夜之饮,内日给酒三石。艺祖敕不与酒,奏曰:'不然,何计使之度日?'遂复给之。李主姿貌绝美,艺祖曰:'公非贵貌也,乃一翰林学士耳。'有诗曰:'鬓从近日添新白,菊是去年依旧黄。'又云:'青鸟不传云外信,丁香空结雨中愁。'皆是气不满,有亡国之悲。"[5]《西清诗话》云:"艺祖云:'李煜若以作诗工夫治国事,岂为吾虏也。'"[6]

李煜,一个文人,不幸当了君王,在国破家亡之后,见到旧臣徐铉,不禁泫然泪下,对自己错杀忠臣导致亡国之事表示悔恨。他的这一举动,也让宋太宗认为其虽为囚徒,却复国之心不死,故勃然大怒,赐牵机药将其毒死。另外,他的一些表达亡国之痛的词句流传于外,也是他被杀的重要原因。王铚的记载,同样表达了"亡国之音哀以思"的主张。

宋代笔记论李煜,主要是对其不幸身世的同情与对"亡国之音哀以思"的体认,而对其词高超的语言艺术与本色当行的做法,则较少评

---

[1] 《历代小史》卷二九,明刻本,中国国家图书馆藏。
[2] 《景印文渊阁四库全书》第863册,台湾商务印书馆1983—1986年版,第572页。
[3] 魏泰撰,李裕民点校:《东轩笔录》卷一五,中华书局1983年版,第168页。
[4] 沈括撰,金良年点校:《梦溪笔谈》卷二,中华书局2015年版,第298页。
[5] 上海师范大学古籍整理研究所编:《全宋笔记》第10编第11册,大象出版社2018年版,第252页。
[6] 唐圭璋编:《词话丛编》,中华书局1986年版,第161页。

论,这不能不说是一件憾事。只有胡仔引《雪浪斋日记》云:"荆公问山谷云:'作小词曾看李后主词否?'云:'曾看。'荆公云:'何处最好?'山谷以'一江春水向东流'为对。荆公云:'未若"细雨梦回鸡塞远,小楼吹彻玉笙寒",又"细雨湿流光"最好。'"[1]

对与李煜词风相似的李璟与冯延巳,宋代笔记评论不多,仅举《苕溪渔隐丛话·后集》卷三九的记载如下:

> 《南唐书》云:"冯延巳著乐章百余阕,其《鹤冲天》词云:'晓月坠,宿云披,银烛锦屏帏。建章钟动玉绳低,宫漏出花迟。'又《归国谣》词云:'江水碧,江上何人吹玉笛,扁舟远送潇湘客。芦花千里霜月白,伤行色,明朝便是关山隔。'见称于世。元宗乐府辞云:'小楼吹彻玉笙寒。'延巳有'风乍起,吹皱一池春水'之句,皆为警策。元宗尝戏延巳曰:'吹皱一池春水,干卿何事。'延巳曰:'未如陛下"小楼吹彻玉笙寒"。'元宗悦。"[2]

冯延巳与李璟关于"吹皱一池春水"的讨论,是文学史上一桩著名的公案。冯词名《谒金门》,词云:"风乍起,吹皱一池春水。闲引鸳鸯香径里,手挼红杏蕊。　　斗鸭阑干独倚,碧玉搔头斜坠。终日望君君不至,举头闻鹊喜。"这本是一首闺情词,写闺中少妇的相思之苦,极为生动。但李璟和冯延巳君臣的对话,使此词有了政治的意味。李问冯:"吹皱一池春水,干卿何事",表达了对冯的不满。冯回答曰:"未如陛下'小楼吹彻玉笙寒'。"李这才高兴起来。前人以为二人以词来开玩笑,其实是李璟怀疑冯词"吹皱一池春水"是对朝政有所讽刺,故予以责问,冯则找借口搪塞。刘永济先生《唐五代两宋词简析》的分析十

---

[1] 胡仔纂集,廖德明校点:《苕溪渔隐丛话·前集》卷五九,人民文学出版社1962年版,第407页。

[2] 胡仔纂集,廖德明校点:《苕溪渔隐丛话·后集》卷三九,人民文学出版社1962年版,第317页。

分精到:"此事昔人以为南唐君臣以词相戏,不知实乃中主疑冯词首句讥讽其政务措施,纷纭不安,故责问与之何干。冯词首句,无端以风吹池皱引起,本有讽意,因中主已觉,故引中主所作闺情词中佳句,而自称不如,以为掩饰。意谓我亦作闺情词,但不及陛下所作之佳耳。二人之言,针锋相对,非戏谑也。试以史称冯作相时,不满于'人主躬亲庶务,宰相备位'之语证之,二人言外所指之意,自然分明。"[1]有人认为此词并无言外之意,如王世贞《艺苑卮言》说此事是"词林本色佳话",其实不确。贺裳《皱水轩词筌》云:"然细看词意,含蓄尚多。"杨希闵《词轨》云:"国势岌岌,而君臣措意如此,兹可慨也。"即使冯延巳"风乍起"二句本无讽刺朝政之意,也不妨碍李璟认为这二句有讽意,此即谭献所谓"作者未必然,读者何必不然"之意。清人冯煦《阳春集序》说冯延巳词"俯仰身世,所怀万端,缪悠其辞,若显若晦,揆之六义,比兴为多。若《三台令》《归国谣》《蝶恋花》诸作,其旨隐,其词微,类劳人思妇羁臣屏子郁伊怆恍之所为"[2]。此可为冯、李二人对话之一解。

第二节　宋代笔记论北宋柳永、苏轼词

晚唐五代以温庭筠、韦庄、冯延巳、李煜为代表的文人词,大体上以雅正为主,李煜为其杰出代表。宋初文人,如晏殊父子、欧阳修等人,都延续了南唐词风。至柳永、苏轼出,词风为之一变,宋代笔记对柳词、苏词有较为全面的评论。

---

[1] 刘永济选释:《唐五代两宋词简析》,上海古籍出版社1981年版,第24页。
[2] 王鹏运辑:《四印斋所刻词》,上海古籍出版社1989年版,第331页。

一、宋代笔记论柳永词

柳永，本名三变，字耆卿，祖籍河东（今山西永济），徙居福建崇安（今武夷山市）。少年时在家乡读书，后入京应试，出入秦楼楚馆，风流放荡，为人所鄙视，科场失意后，遍游南方各地。景祐元年（1034），登进士第，累官至屯田员外郎，世称"柳屯田"。晚年漂泊零落，病逝于润州。有《乐章集》行世。

柳永词以俚俗见长，其声气与产生于中晚唐的敦煌曲子词遥遥相接，而与宋初晏、欧诸人异趣。宋代笔记对柳永词相当关注，其着眼点主要在以下几个方面。

其一是其俚俗的词风。宋代以来的诗话、词话、词选均强调柳永词之俚俗。北宋陈师道《后山诗话》说得很明白："柳三变游东都南、北二巷，作新乐府，骫骳从俗，天下咏之，遂传禁中。仁宗颇好其词，每对酒，必使侍从歌之再三。"[1] 南宋黄昇《花庵词选·唐宋诸贤绝妙词选》卷五"柳耆卿"下云："长于纤艳之词，然多近俚俗，故市井之人悦之。"《四库全书总目》卷一九八"《乐章集》提要"云："盖词本管弦冶荡之音，而永所作，旖旎近情，故使人易入。虽颇以俗为病，然好之者终不绝也。"[2] 冯煦《蒿庵论词》云柳永"好为俳体，词多媟黩，有不仅如《提要》所云'以俗为病'者"。

其实，在宋人笔记中，这一观点已经得到了充分的体现。如叶梦得《避暑录话》云："柳永，字耆卿，为举子时多游狭邪，善为歌辞。教坊乐工每得新腔，必求永为辞，始行于世。于是声传一时。……永亦善为他文辞，而偶先以是得名，始悔为己累……余仕丹徒，尝见一西夏归明官云：'凡有井水饮处，即能歌柳词。'言其传之广也。"[3] 叶梦得指出

---

[1] 何文焕辑：《历代诗话》，中华书局1981年版，第311页。
[2] 永瑢等：《四库全书总目》卷一九八，中华书局1965年版，第1807页。
[3] 上海古籍出版社编：《宋元笔记小说大观》第3册，上海古籍出版社2001年版，第2628页。

柳永多游于花街柳巷，多为乐工歌伎填词，名气甚大，词作流传甚广，这是说其词以应歌的俗词见长。吴曾《能改斋漫录》卷一六曰：

> 仁宗留意儒雅，务本理道，深斥浮艳虚薄之文。初，进士柳三变，好为淫冶讴歌之曲，传播四方。尝有《鹤冲天》词云："忍把浮名，换了浅斟低唱。"及临轩放榜，特落之，曰："且去浅斟低唱，何要浮名！"景祐元年方及第，后改名永，方得磨勘转官。其词曰："黄金榜上，偶失龙头望。明代暂遗贤，如何向？未遂风云便，争不恣狂荡。何须论得丧。才子词人，自是白衣卿相。　烟花巷陌，依约丹青屏障。幸有意中人，堪寻访。且恁偎红翠，风流事、平生畅。青春都一饷。忍把浮名，换了浅斟低唱。"[1]

虽然陈师道、吴曾二人的记载表面上看并不相同，一说宋仁宗喜欢柳永词，一说其不满柳词，但这看似矛盾的材料，实际上反映了同一问题的两个方面：在酒酣耳热的私人场合，宋仁宗可能表现出对柳永词的欣赏之情；但在朝廷取士的官方场合，面对喜作浮艳之词且名声不佳的柳永，皇帝当然会很严肃地黜落之。柳永的这首《鹤冲天》，也是无可奈何的自我调侃之词，且具有俚俗、浮艳的特点。

从上述记载可以见出官方对柳词的态度，而从徐度《却扫编》则能见出柳永俗词在民间流行的盛况：

> 柳永耆卿以歌词显名于仁宗朝，官为屯田员外郎，故世号

---

[1] 吴曾：《能改斋漫录》卷一六，上海古籍出版社1979年版，第480页。按：刘天文《柳永年谱稿》、薛瑞生《乐章集校注·前言》指出，宋仁宗亲政在景祐元年（1034），此前的天圣元年（1023）至明道二年（1033）是刘太后垂帘决事，故黜落柳永者乃刘太后。笔记小说的记载往往在疑似之间，但这则材料所反映的柳永词在上流社会的地位则是没有问题的。又，张舜民《画墁录》（明《稗海》本）曰："柳三变既以调忤仁庙，吏部不放改官，三变不能堪，诣政府。晏公曰：'贤俊作曲子么？'三变曰：'只如相公亦作曲子。'公曰：'殊虽作曲子，不曾道："绿线慵拈伴伊坐。"'柳遂退。"

"柳屯田"。其词虽极工致，然多杂以鄙语，故流俗人尤喜道之。其后欧、苏诸公继出，文格一变，至为歌词，体制高雅。柳氏之作，殆不复称于文士之口，然流俗好之自若也。刘季高侍郎，宣和间尝饭于相国寺之智海院，因谈歌词，力诋柳氏，旁若无人者。有老宦者闻之，默然而起，徐取纸笔，跪于季高之前，请曰："子以柳词为不佳者，盍自为一篇示我乎？"刘默然无以应。而后知稠人广众中，慎不可有所臧否也。[1]

这段记载说明柳永词在民间有巨大的号召力，联系西夏归朝官员所言"凡有井水饮处，即能歌柳词"，则柳词的魅力自不待言，这种巨大的艺术魅力主要是由其俚俗的词风带来的。随着社会的发展，特别是北宋城市经济的繁荣、市民文化的发展，以俚俗为特征的柳永词，取代五代北宋初较为庄重的士大夫词，本是时代进步的表现，但在士大夫文化握有话语权的情况下，当时的词人学者对柳永"俗词"的否定多于肯定。这其实是一种偏见，也可以说是一种落后守旧的词学观，持这种观点的词人学者不在少数，除了笔记，宋代词人学者的议论也多涉及此问题，如李清照曰："逮至本朝，礼乐文武大备。又涵养百余年，始有柳屯田永者，变旧声作新声，出《乐章集》，大得声称于世。虽协音律，而词语尘下。"（《词论》）沈义父曰："康伯可、柳耆卿音律甚协，句法亦多有好处，然未免有鄙俗语。"（《乐府指迷》）张炎亦主张词"雅而正"，认为柳永等人的词作"一为情所役，则失其雅正之音"。[2] 其实，这些议论对柳永偏于严苛，非公允之论。近人夏敬观持论则较为公允："耆卿词当分雅、俚二类。雅词用六朝小品文赋作法，层层铺叙，情景兼融，一笔到底，始终不懈。俚词袭五代淫哇之风气，开金、元曲子之先声，比于里巷歌谣，亦复自成一格。"[3]

---

[1]《景印文渊阁四库全书》第 863 册，台湾商务印书馆 1983—1986 年版，第 788—789 页。
[2] 唐圭璋编：《词话丛编》，中华书局 1986 年版，第 266 页。
[3] 葛渭君编：《词话丛编补编》，中华书局 2013 年版，第 3445 页。

宋代笔记论柳永词的另一要点是肯定其慢词与铺叙手法，进而肯定其歌咏繁华太平与羁旅行役等内容。

宋代以来的学者，早已对柳词这一特点有所论述，如李之仪《跋吴思道小词》曰："至唐末，遂因其诗之长短句而以意填之，始一变，以成音律。大抵以《花间集》中所载为宗，然多小阕。至柳耆卿，始铺叙展衍，备足无余，形容盛明，千载如逢当日。较之《花间》所集，韵终不胜。"[1]李之仪指出，唐五代词以《花间集》的小令为代表，到柳永时他开始大量写作慢词，用铺叙展衍之法，写太平景象，如在目前，然而韵致却不及《花间集》。宋人陈振孙《直斋书录解题》卷二一论柳词曰："其词格固不高，而音律谐婉，语意妥帖，承平气象形容曲尽，尤工于羁旅行役。若其人则不足道矣。"[2]清人周济曰："柳词总以平叙见长。或发端，或结尾，或换头，以一二语勾勒提掇，有千钧之力。"[3]又曰：柳词"铺叙委宛，言近意远，森秀幽淡之趣在骨"[4]。

宋代笔记中，南宋人王灼与严有翼的意见可为代表。王灼在不满柳永词俚俗的同时，实事求是地赞赏其铺叙手法，《碧鸡漫志》卷二云："柳耆卿《乐章集》，世多爱赏该洽。序事闲暇，有首有尾，亦间出佳语，又能择声律谐美者用之。惟是浅近卑俗，自成一体，不知书者尤好之。予尝以比都下富儿，虽脱村野，而声态可憎。"[5]"序事闲暇，有首有尾"，正是写慢词并用铺叙手法所能达到的艺术效果。对柳词之"浅近卑俗"，王灼则仍持批评态度。严有翼《艺苑雌黄》亦云："柳之《乐章》，人多称之，然大概非羁旅穷愁之词，则闺门淫媟之语。"[6]严氏的观点也是有褒有贬，肯定前者，不满后者。

---

[1]《景印文渊阁四库全书》第1120册，台湾商务印书馆1983—1986年版，第580页。
[2] 陈振孙撰，徐小蛮、顾美华点校：《直斋书录解题》，上海古籍出版社1987年版，第616页。
[3] 唐圭璋编：《词话丛编》，中华书局1986年版，第1651页。
[4] 唐圭璋编：《词话丛编》，中华书局1986年版，第1631页。
[5] 唐圭璋编：《词话丛编》，中华书局1986年版，第84页。
[6] 胡仔纂集，廖德明校点：《苕溪渔隐丛话·后集》卷三九，人民文学出版社1962年版，第319页。

从慢词的发展史来看，柳永是作出了重大贡献的人。唐五代时期，总共只产生了十几首慢词；宋初词人中，张先有十七首慢词，晏殊有三首慢词，欧阳修有十三首慢词，而柳永一个人创作了一百二十五首慢词，共八十七调，其中多数是柳永的创调。宋代所用的八百八十多个词调中，柳永创制了一百多调，其中大部分是慢词长调。柳永打破了曲子词兴起以来以小令为主的传统格局，以慢词长调[1]大大丰富了词的体制，扩大了词的容量。《乐章集》中，百分之六七十为新调的慢词。慢词发展为足以与小令分庭抗礼的重要词体，柳永可记头功。

柳词长于铺叙，如柳永的代表作《雨霖铃》（寒蝉凄切）、《八声甘州》（对潇潇暮雨洒江天）、《戚氏》（晚秋天）、《夜半乐》（冻云黯淡天气），均以铺叙见长。清人宋翔凤曰："柳词曲折委婉，而中具浑沦之气。虽多俚语，而高处足冠群流，倚声家当尸而祝之。如竹垞所录，皆精金粹玉。以屯田一生精力在是，不似东坡辈以余事为之也。"[2]对柳永以铺叙手法作慢词，历代词论家均给予较高评价，如蔡嵩云在《柯亭词论》中重点论柳永《戚氏》之铺叙手法："《戚氏》为屯田创调，'晚秋天'一首，写客馆秋怀，本无甚出奇，然用笔极有层次。初学慢词，细玩此章，可悟谋篇布局之法。第一遍，就庭轩所见，写到征夫前路。第二遍，就流连夜景，写到追怀昔游。第三遍，接写昔游经历，仍落到天涯孤客，竟夜无眠情况，章法一丝不乱。惟第二遍自'夜永对景'至'往往经岁迁延'，第三遍自'别来迅景如梭'至'追往事空惨愁颜'，均是数句一气贯注。屯田词，最长于行气，此等处甚难学。"[3]与多数论者不同，清人刘熙载能一分为二，指出柳词铺叙的得与失："耆卿词细密而妥溜，明白而家常，善于叙事，有过前人。惟绮罗香泽之态，所在多有，故觉风期未上耳。"[4]刘熙载认为，语言明白晓畅，长于叙

---

[1]《词谱》卷一〇称，慢词"盖调长拍缓，即古曼声之意也"（中国书店2012年版，第175页）。

[2] 唐圭璋编：《词话丛编》，中华书局1986年版，第2499页。所谓"竹垞所录"，即朱彝尊《词综》所录之柳永慢词。

[3] 唐圭璋编：《词话丛编》，中华书局1986年版，第4916页。

[4] 唐圭璋编：《词话丛编》，中华书局1986年版，第3689—3690页。

事,是柳永词的创新之处,但词之内容偏于绮罗香泽之类的描写,格调不高,这是较为客观的评价。

柳永词约有半数是冶游之作,他常出入于秦楼楚馆,为歌伎填词,其人品当然为传统士大夫所不齿,但其词音调优美和谐,铺叙详尽细密,内容上写羁旅行役〔以《雨霖铃》(寒蝉凄切)、《八声甘州》(对潇潇暮雨洒江天)为代表〕,确实开创了宋词的新境界,故为时人所称道。

柳词描写承平气象〔以《望海潮》(东南形胜)为代表〕的特点,宋代笔记无具体记载,兹不具论。

二、宋代笔记论苏轼词

苏轼是中国文化史上的天才之一,其诗、文、书法、绘画均达到了一流境界,其词现存三百余首。他在宋词发展史上最重要的贡献是开创了豪放词风,并使之与婉约词风分庭抗礼。但苏轼作词,起步较晚,约三十岁之后才开始涉猎此道。他有一些不朽的杰作,也有不少不够内行的作品。宋人对其词的评价,毁誉悬殊;今人对其词,则是盲目地一味拔高,均非公允之论。

宋代笔记论苏轼词的第一个话题为苏轼词是否不谐音律。

范正敏《遁斋闲览》曰:

> 苏子瞻尝自言平生有三不如人,谓着棋、饮酒、唱曲也。然三者亦何用如人。子瞻之词虽工,而多不入腔,正以不能唱曲耳。[1]

朱弁《曲洧旧闻》卷五曰:

---

[1] 胡仔纂集,廖德明校点:《苕溪渔隐丛话·前集》卷四二,人民文学出版社1962年版,第284页。

章楶质夫作《水龙吟》咏杨花,其命意用事,清丽可喜。东坡和之,若豪放不入律吕,徐而视之,声韵谐婉,便觉质夫词有织绣工夫。晁叔用云:"东坡如毛嫱、西施,净洗却面,而与天下妇人斗好,质夫岂可比耶?"[1]

范正敏认为苏词不谐音律,苏轼不能唱曲。朱弁则认为苏轼《水龙吟·次韵章质夫杨花词》"声韵谐婉",比章氏原作更加自然。双方各执一词,都有一定道理。

苏门弟子多就此点为乃师辩护,如黄庭坚曰:"东坡居士曲,世所见者数百首,或谓于音律小不谐。居士词横放杰出,自是曲子缚不住者。"[2] 晁无咎曰:"苏东坡词,人谓多不谐音律。自然,居士词横放杰出,自是曲子中缚不住者。"[3] 苏轼的两位弟子异口同声地说老师的词有不谐音律处,是因为他天才横逸,音律无法束缚之。

李清照《词论》则直接批评苏词等不合律:"至晏元献、欧阳永叔、苏子瞻,学际天人,作为小歌词,直如酌蠡水于大海,然皆句读不葺之诗尔。又往往不协音律。"[4] 南宋大诗人陆游对苏词的评价较为客观:"世言东坡不能歌,故所作乐府词多不协。晁以道云:'绍圣初,与东坡别于汴上。东坡酒酣,自歌《古阳关》。'则公非不能歌,但豪放不喜裁翦以就声律耳。"[5] 其实,笼统地说苏轼不懂音律,其词不能歌唱,是不准确的。笔者曾与学生合撰《苏轼词入乐可歌之新论》一文,指出苏

---

[1]《景印文渊阁四库全书》第 863 册,台湾商务印书馆 1983—1986 年版,第 318 页。宋人对此事也有不同意见,《诗人玉屑》云:"章质夫咏杨花词,东坡和之。晁叔用以为东坡如毛嫱、西施,净洗脚面,与天下妇人斗好,质夫岂可比,是则然矣。余以为质夫词中,所谓'傍珠帘散漫,垂垂欲下,依前被,风扶起',亦可谓曲尽杨花妙处。东坡所和虽高,恐未能。诗人议论不公如此耳。"(魏庆之编,王仲闻校勘:《诗人玉屑》卷二一,上海古籍出版社 1978 年版,第 476 页)

[2] 上海古籍出版社编:《宋元笔记小说大观》第 2 册,上海古籍出版社 2001 年版,第 2099 页。

[3] 吴曾:《能改斋漫录》卷一六,上海古籍出版社 1979 年版,第 469 页。

[4] 李清照著,王仲闻校注:《李清照集校注》卷三,人民文学出版社 1979 年版,第 195 页。

[5] 陆游撰,李剑雄、刘德权点校:《老学庵笔记》卷五,中华书局 1979 年版,第 66 页。

词可歌之作共四十首，其中可确定篇目及歌唱过程者有三十四首，除曹树铭、王水照先生所考证出的苏轼可歌之词外，新考证出十三首，涉及近三十个词调。[1] 这既说明苏词有部分可歌，也说明苏轼本人能唱曲，而且他演唱的曲调涉及面颇广，同时开创了以男声唱曲的新形式。当然，相比于柳永、周邦彦，苏轼对音律的精通程度略为逊色，三百多首苏词中，不谐音律、不可歌者也不在少数。

宋代笔记论苏轼词的第二个话题为苏轼是否"以诗为词"。

胡仔叙述此点最为详尽：

> 苕溪渔隐曰："《后山诗话》谓：'退之以文为诗，子瞻以诗为词，如教坊雷大使之舞，虽极天下之工，要非本色。'余谓《后山》之言过矣，子瞻佳词最多，其间杰出者，如'大江东去，浪淘尽千古风流人物'，《赤壁词》；'明月几时有，把酒问青天'，《中秋词》；'落日绣帘卷，庭下水连空'，《快哉亭词》；'乳燕飞华屋，悄无人，桐阴转午'，《初夏词》；'明月如霜，好风如水，清景无限'，《夜登燕子楼词》；'楚山修竹，如云异材，秀出千林表'，《咏笛词》；'玉骨那愁瘴雾，冰肌自有仙风'，《咏梅词》；'东武南城新堤固，涟漪初溢'，《宴流杯亭词》；'冰肌玉骨，自清凉无汗'，《夏夜词》；'有情风，万里卷潮来，无情送潮归'，《别参寥词》；'缺月挂疏桐，漏断人初静'，《秋夜词》；'霜降水痕收浅碧，鳞鳞露远洲'，《九日词》。凡此十余词，皆绝去笔墨畦径间，直造古人不到处，真可使人一唱而三叹。若谓以诗为词，是大不然。子瞻自言，平生不善唱曲，故间有不入腔处，非尽如此，《后山》乃比之教坊司雷大使舞，是何每况愈下？盖其谬耳。"[2]

---

[1] 参见丁放、夏小凤《苏轼词入乐可歌之新论》，《西北师大学报》（社会科学版）2016年第2期。

[2] 胡仔纂集，廖德明校点：《苕溪渔隐丛话·后集》卷二六，人民文学出版社1962年版，第192—193页。

陈师道《后山诗话》曰："退之以文为诗，子瞻以诗为词，如教坊雷大使之舞，虽极天下之工，要非本色。今代词手，惟秦七、黄九尔，唐诸人不迨也。"[1]他的说法在当时及后世引起广泛反响。与陈师道同时的苏门弟子晁补之、张耒曾当面对苏轼说，秦观诗似词，苏轼词似诗。[2]陈应行《于湖先生雅词序》曰："苏明允不工于诗，欧阳永叔不工于赋，曾子固短于韵语，黄鲁直短于散语，苏子瞻词如诗，秦少游诗如词，才之难全也，岂前辈犹不免耶？"[3]这段话表明陈应行对苏轼"以诗为词"持批评态度。陈鬵为曹冠《燕喜词》作序，对苏轼"以诗为词"的认识与陈师道近似："议者曰：少游诗似曲，东坡曲似诗。盖东坡平日耿介直谅，故其为文似其为人。"但他对苏轼这类词的评价却远高于陈师道："歌《赤壁》之词，使人抵掌激昂，而有击楫中流之心。歌《哨遍》之词，使人甘心淡泊，而有种菊东篱之兴。俗士则酣寐而不闻。少游情意妩媚，见于词则秾艳纤丽，类多脂粉气味，至今脍炙人口，宁不有愧于东坡耶？"他高度评价《赤壁》（即《念奴娇·赤壁怀古》）等词，评价秦观词"多脂粉气味"，诚为有识之语。又曰："吁！寥寥百余年，继坡仙之作，非公而谁？"[4]对曹冠能继承东坡词风，大加赞赏。汤衡《张紫微雅词序》曰："镂玉雕琼，裁花剪叶，唐末词人非不美也。然粉泽之工，反累正气。东坡虑其不幸而溺乎彼，故援而止之，惟恐不及。其后元祐诸公，嬉弄乐府，寓以诗人句法，无一毫浮靡之气，实自东坡发之也。"[5]

有人则直接批评陈师道之论，如金人王若虚《滹南诗话》说："陈后山谓'子瞻以诗为词'，大是妄论。而世皆信之；独茆荆产（丁按：

---

[1] 何文焕辑：《历代诗话》，中华书局1981年版，第309页。
[2] 《王直方诗话》云："东坡尝以所作小词示无咎、文潜，曰：'何如少游？'二人皆对云：'少游诗似小词，先生小词似诗。'"（胡仔纂集，廖德明校点：《苕溪渔隐丛话·前集》卷四二，人民文学出版社1962年版，第284页）
[3] 金启华等编：《唐宋词集序跋汇编》，江苏教育出版社1990年版，第164—165页。
[4] 施蛰存主编：《词籍序跋萃编》，中国社会科学出版社1994年版，第227—228页。
[5] 施蛰存主编：《词籍序跋萃编》，中国社会科学出版社1994年版，第213页。

即茆璞）辨其不然，谓公词为古今第一。今翰林赵公（丁按：即赵秉文）亦云：'此与人意暗同。'"并说苏轼"雄文大手，乐府乃其游戏，顾岂与流俗争胜哉！盖其天资不凡，辞气迈往，故落笔皆绝尘耳"。[1]这里牵涉到苏轼"以诗为词"的两个层面：第一个层面是"以诗为词"是否为苏词特点，从苏词的实际及宋代笔记的评论来看，答案应当是肯定的；第二个层面是对"以诗为词"的评价，胡仔《苕溪渔隐丛话》是持肯定态度的，而陈师道、陈应行等人则持批评态度。[2]

对于"以诗为词"，苏轼本人并不讳言，而且可以说它是苏词有意追求的境界。苏轼《与陈季常》（十三）曰："又惠新词，句句警拔，诗人之雄，非小词也。但豪放太过，恐造物者不容人如此快活。"[3]《与蔡景繁》（四）曰："颁示新词，此古人长短句诗也。得之惊喜，试勉继之。"[4]苏轼是有意用论诗的眼光来论词的，凡是合乎诗之标准者即为好词，否则就是"余技""小词"。从苏轼现存诗作来看，当然有"指出向上一路"的主观意图与客观效果，但是，那些关系国计民生、个人生活、宦海浮沉的大事，苏轼仍主要在诗、文中表现，而较少在词中反映，他说"诗不能尽，溢而为书。变而为画，皆诗之余"[5]，当然，在东坡看来，"小词"也是"诗之余"。

宋代笔记论苏轼词的第三个话题是"柳苏异同"论。

苏轼学词之初，是以柳永为榜样的。其《与鲜于子骏》（其二）曰："近却颇作小词，虽无柳七郎风味，亦自是一家。呵呵。数日前，猎于郊外，所获颇多。作得一阕，令东州壮士抵掌顿足而歌之，吹笛击鼓以

---

[1] 王若虚著，霍松林、胡主佑校点：《滹南诗话》（与《六一诗话》《白石诗说》合刊）卷中，人民文学出版社1962年版，第70—71页。

[2] 元人刘壎《隐居通议》卷一八"诗文工拙"条云："世言杜子美长于诗，其无韵者，辄不可读。曾子固长于文，其有韵者，辄不工。东坡词如诗，少游诗如词。此数公者，皆名儒大才，俱不免有偏处。"（《读画斋丛书》丙集）

[3] 苏轼撰，茅维编，孔凡礼点校：《苏轼文集》卷五三，中华书局1986年版，第1569页。

[4] 苏轼撰，茅维编，孔凡礼点校：《苏轼文集》卷五五，中华书局1986年版，第1662页。

[5] 苏轼撰，茅维编，孔凡礼点校：《苏轼文集》卷二一，中华书局1986年版，第614页。

为节，颇壮观也。"[1]苏轼在此处提及"柳七郎风味"，可见他对柳词的地位是认可的，对柳词是赞赏的态度。至于自己的词作，苏轼追求的目标是不同于柳永，且能"自是一家"。总之，苏轼作词论词，都是以柳永为逻辑起点的。世人皆称柳永之词"俗"，苏轼却能说公道话："东坡云：世言柳耆卿曲俗，非也。如《八声甘州》云：'霜风凄紧，关河冷落，残照当楼。'此语于诗句，不减唐人高处。"[2]当时，词坛与乐坛也认为柳、苏词风格迥异。俞文豹《吹剑续录》云："东坡在玉堂，有幕士善讴，因问：'我词比柳词何如？'对曰：'柳郎中词，只好十七八女孩儿，执红牙拍板，唱"杨柳外，晓风残月"；学士词，须关西大汉，执铁板，唱"大江东去"。'公为之绝倒。"而对于弟子秦观学柳词而不学己词，苏轼则直言不讳地提出批评。[3]

宋代笔记对柳、苏之争也有自己的看法，如徐度《却扫编》曰："（柳永）词虽极工致，然多杂以鄙语，故流俗人尤喜道之。其后欧、苏诸公继出，文格一变，至为歌词，体制高雅。"

王灼《碧鸡漫志》曰："东坡先生以文章余事作诗，溢而作词曲，高处出神入天，平处尚临镜笑春，不顾侪辈。或曰：'长短句中诗也。'为此论者，乃是遭柳永野狐涎之毒。诗与乐府同出，岂当分异。若从柳氏家法，正自不分异耳。晁无咎、黄鲁直皆学东坡，韵制得七八。黄晚年闲放于狭邪，故有少疏荡处。后来学东坡者，叶少蕴、蒲大受亦得六七，其才力比晁、黄差劣。苏在庭、石耆翁入东坡之门矣，短气局步，不能进也。赵德麟、李方叔皆东坡客，其气味殊不近，赵婉而李俊，各有所长。晚年皆荒醉汝颍京洛间，时时出滑稽语。"[4]又曰："长短句虽至本朝盛，而前人自立，与真情衰矣。东坡先生非心醉于音律者，偶

---

[1] 苏轼撰，茅维编，孔凡礼点校：《苏轼文集》卷五三，中华书局1986年版，第1560页。苏轼所说之词，即《江城子·密州出猎》。
[2] 《景印文渊阁四库全书》第1037册，台湾商务印书馆1983—1986年版，第407页。
[3] 叶梦得《避暑录话》引苏轼对句："山抹微云秦学士，露花倒影柳屯田。""山抹微云"为秦观词句，"露花倒影"为柳永词句。《高斋诗话》则记载苏轼批评秦观学柳词，秦观否认，苏轼举出秦词"销魂当此际"为证，秦观"惭服"。
[4] 唐圭璋编：《词话丛编》，中华书局1986年版，第83页。

尔作歌,指出向上一路,新天下耳目,弄笔者始知自振。今少年妄谓东坡移诗律作长短句,十有八九,不学柳耆卿,则学曹元宠,虽可笑,亦毋用笑也。"[1]

胡寅在《向芗林〈酒边集〉后序》中所言也颇有代表性:

> 词曲者,古乐府之末造也。……唐人为之最工,柳耆卿后出,掩众制而尽其妙,好之者以为不可复加。及眉山苏氏一洗绮罗香泽之态,摆脱绸缪宛转之度,使人登高望远,举首高歌,而逸怀浩气,超然乎尘垢之外。于是《花间》为皂隶,而柳氏为舆台矣。[2]

胡寅从唐宋词发展史的角度立论,"唐人为之最工",其代表为《花间集》;柳永后出,其慢词俗曲超越了《花间集》;苏轼则在格调上高于《花间集》与柳氏,开创了新一代词风。他明确肯定苏词,不满柳词。在"柳苏优劣"之争中,金人王若虚也是称赞苏词而不满柳词,针对晁无咎诸人说苏词"短于言情""不及于情"之论,王若虚说:"呜呼,风韵如东坡,而谓不及于情,可乎?彼高人逸才,正当如是。其溢为小词,而间及于脂粉之间,所谓滑稽玩戏,聊复尔尔者也。若乃纤艳淫媟,入人骨髓,如田中行、柳耆卿辈,岂公之雅趣也哉!"[3]他认为,同是写情,苏轼明显雅于柳永,"纤艳淫媟,入人骨髓"云云,是唐人李戡批评元、白诗之语,[4]移之以评柳永词,自是十分恰当。

---

[1] 唐圭璋编:《词话丛编》,中华书局1986年版,第85页。
[2] 曾枣庄、刘琳主编:《全宋文》第189册,上海辞书出版社、安徽教育出版社2006年版,第358—359页。
[3] 王若虚著,霍松林、胡主佑校点:《滹南诗话》(与《六一诗话》《白石诗说》合刊)卷中,人民文学出版社1962年版,第70页。
[4] 参见杜牧《唐故平卢军节度巡官陇西李府君墓志铭》,《四部丛刊》影印本《樊川文集》卷九。原文作:"(李戡曰)尝痛自元和以来,有元、白诗者,纤艳不逞,非庄士雅人,多为其所破坏,流于民间,疏于屏壁,子父女母,交口教授。淫言媟语,冬寒夏热,入人肌骨,不可除去。"(郭绍虞主编:《中国历代文论选》第二册,上海古籍出版社1979年版,第185页)

曲子词在中晚唐时，主要是文人为应歌而作，多为小令，基本上是歌筵酒会上娱宾遣兴的工具，到李煜手中，方才变成文人（李煜虽为君王，本质上还是文人）自我抒情的工具，曲子词（或曰长短句）从此变为与诗分工相对明确、抒情方向相对不同的文学样式。对李煜的这一贡献，宋代笔记有清晰的揭示。柳永是我国第一位专业词人，生活在经济文化高度发达的宋代，如陈寅恪《邓广铭〈宋史职官志考证〉序》所言："华夏民族之文化，历数千载之演进，造极于赵宋之世。"[1]城市经济繁荣、市民文化兴盛带来的世俗文化的崛起并占领市场，对柳永作词有很大影响。柳永词以俗为主，实为一大创造，适应了宋代文化由雅趋俗的时代潮流。[2]柳词的创造，实与李煜曲子词声气相通。柳永开创了慢词并大量运用铺叙手法，而且创立了许多新调，其词作大半为歌伎等下层女子代言，以俚俗之语入词，为宋词带来了崭新的面貌。宋代笔记一方面肯定柳永创体、创调之功，另一方面又对其俚俗艳丽的词风深致不满。苏轼本为高雅文人之代表，其词与柳词分庭抗礼，继续将士大夫的喜怒哀乐写入词中，且开创了豪放词风，虽声势始终不如婉约词，却也是一种大胆的创新，是"指出向上一路"。他"以诗为词"有得有失，其得在于便于抒发文人情怀，其失在于部分词显得很生硬且不甚谐律。在"柳苏优劣"之争中，士大夫多偏袒苏词，市民阶层则仍热衷于柳词。宋代笔记中的这些议论，往往早于宋代词话与词选中的评论，故宋代笔记对宋代词学的发展具有先导作用，值得深入研究。

第三节　宋代笔记中的宫廷词"本事"

唐代孟启所撰《本事诗》是第一部记录唐诗本事的著作，对后世记

---

[1] 陈寅恪：《金明馆丛稿二编》，上海古籍出版社1980年版，第245页。
[2] 参见凌郁之《宋代雅俗文学观》（中国社会科学出版社2012年版）的相关论述。

录、总结各朝各代诗词本事，乃至对"诗话""词话"的创作均具有启发性。

王易先生曾依据史料概述两宋各代君主带头创作词曲、奖掖词才的盛况佳话："有宋词流之盛，多由于君上之提倡。北宋则太宗为词曲第一作家；真、仁、神三宗俱晓声律；徽宗之词尤擅胜场，即所传十余篇，固已无愧作者。至若韩缜北使西夏，以离筵作芳草《凤箫吟》一词，神宗忽中批步兵司遣兵为搬家追送，而出疆使节，得以爱妾追随；宋祁以繁台街《鹧鸪天》一词，而蓬山不远，遂拜内人之赐；蔡挺以《喜迁莺》一词，而有枢管之命；苏轼以《水调歌头》一词，而获爱君之叹；至周邦彦以《兰陵王》一词，而追回为徽猷阁待制，则事所或有也。……南渡以后，流风未泯。高宗能词，有《舞杨花》自制曲，廖莹中《江行杂录》谓光尧《渔歌子》十五章，备骚雅之体，虽老于江湖者不能企及；又复刻意提倡，奖掖词才，康与之、张抡、吴琚之伦，皆以词受知，赏赉甚厚；而其改俞国宝《风入松》之末句，识林外《洞仙歌》之用闽音，尤具卓解。孝、光、宁三宗虽鲜流传，而歌舞湖山，其游赏进御各词，至今犹有清响。"[1] 此番描绘勾勒，虽然未必事事属实，但足见宋代帝王、宫廷与词曲创作关系之密切。

刘扬忠先生指出，南渡之际词坛存在一个"混迹于宫廷的供奉词人群"，并对这一派词人中名气较大的曹勋、曾觌、张抡、史浩等人的创作情况作了简要的评介。[2] 诸葛忆兵先生《徽宗词坛研究》一书曾探讨徽宗年间大晟词人创作的谀颂词，[3] 其实，包括大晟词人在内的一些所谓"御用文人"创作的一些谀颂词属于宫廷词。王兆鹏先生在对宋词进行分期时认为，南渡之际的"第三代词人群"可分为"三个创作阵营或三种创作类型"，其中之一便是"颂世和谀世的宫廷词人群"，这群

---

[1] 王易：《词曲史》，东方出版社1996年版，第116—117页。
[2] 参见刘扬忠《唐宋词流派史》第五章第五节"供奉词人群与隐逸词人群"，福建人民出版社1999年版。
[3] 参见诸葛忆兵《徽宗词坛研究》第一章第二节"'太平盛世'中的大晟谀颂词"，北京出版社2001年版。

词人有"康与之、曹勋（1098—1174）、史浩（1106—1194）、曾觌（1109—1180）、张抡等人。他们或是嬖客，或是内廷宠臣，专门在宫廷里遵命创作，或歌功颂德，或应制献谀，以讨得主子皇上的欢心"。"他们的创作活动主要是在高宗朝的后期，并延续到孝宗朝，而与下一代词人辛弃疾等人的创作时代相交叉重叠。"[1]

笔者注意到，《能改斋漫录》《云麓漫钞》《芦浦笔记》《青箱杂记》《铁围山丛谈》《清波杂志》《石林燕语》《避暑录话》《东京梦华录》《齐东野语》《武林旧事》《梦粱录》《醉翁谈录》等宋代笔记中有不少关于宫廷词创作的文献资料，如果对其进行连缀、梳理，可基本"还原"宋代宫廷词创作的历程，从而有助于人们全面、深入认识宫廷对宋词创作的影响。

一、宋代宫廷词曲与民间词曲的互动关系

宋代宫廷对民间词曲的态度总体上是由保守趋向松动，由拒斥变为接受、认同乃至有意识地改造和利用。这一过程大致可以分为以下四个历史时期。

1. 宋太祖立国至真宗朝（北宋前期）

这一时期，宫廷词曲创作比较热闹，民间词曲创作相对冷清、萧条，处于沉寂"涵养"状态，宫廷词曲与民间词曲存有较大隔阂，缺乏沟通和交流。

北宋在承袭隋唐旧制的基础上，创建了一代乐制。《宋史·乐志十七》记载："宋初循旧制，置教坊，凡四部。其后平荆南，得乐工三十二人；平西川，得一百三十九人；平江南，得十六人；平太原，得十九人；余藩臣所贡者八十三人；又太宗藩邸有七十一人。由是，四方执艺

---

[1] 参见王兆鹏《唐宋词史论》第一章第一节"从代群分期看宋词的流变"，人民文学出版社2000年版。

之精者皆在籍中。"[1]并载:"宋初置教坊,得江南乐,已汰其坐部不用。自后因旧曲创新声,转加流丽。"[2]宫廷集聚了各地的音乐人才,为宫廷词曲的创作和发展提供了极为有利的条件。

宋初,太祖、太宗、真宗三位帝王均十分喜爱文艺,太宗、真宗还精通音律,带头创作词曲。太祖平定西蜀后,曾召花间词的代表作家欧阳炯到宫中演奏长笛,后因大臣谏阻而作罢。这说明太祖对西蜀词曲还是喜爱的,只是鉴于西蜀君臣耽于享乐而亡国的教训才有所克制。"太宗洞晓音律,前后亲制大小曲及因旧曲创新声者,总三百九十",其中"大曲十八","曲破二十九","琵琶独弹曲破十五","小曲二百七十","因旧曲造新声者五十八",但是"诸曲多秘"。[3]太宗还命近臣探调撰词,《续湘山野录》载:"太宗尝酷爱宫词中十小调子……命近臣十人各探一调撰一辞,苏翰林易简探得《越江吟》,曰:'神仙神仙瑶池宴,片片碧桃零落春风晚。翠云开处隐隐金舆挽,玉鳞背冷清风远。'"[4]真宗虽然"不喜郑声,而或为杂词,未尝宣布于外"[5]。这些不宜宣布于外的"杂词",显然是娱乐性的作品。宋初统治者既要维护传统雅乐的正统地位,也需要娱乐性的词曲来满足宫廷政治活动和娱乐生活的不同需求。虽然宫廷词曲创作繁盛热闹,但宫廷制作要么"诸曲多秘",要么"未尝宣布于外",很多词曲只传唱于内廷之中,民间难见,遂不传于后世。同时,宫廷对当时市井民间的新声采取拒斥的态度:"民间作新声者甚众,而教坊不用也。"[6]

宋初宫廷以外的词曲创作,《宋史·乐志》未有具体记载,有些冷落萧条。王灼《碧鸡漫志》云:"国初平一宇内,法度礼乐,浸复全盛。

---

[1] 脱脱等:《宋史》卷一四二,中华书局1977年版,第3347—3348页。
[2] 脱脱等:《宋史》卷一四二,中华书局1977年版,第3345页。
[3] 参见脱脱等《宋史》卷一四二,中华书局1977年版,第3351—3356页。
[4] 文莹撰,郑世刚、杨立扬点校:《湘山野录 续录》(与《玉壶清话》合刊),中华书局1984年版,第67—68页。
[5] 脱脱等:《宋史》卷一四二,中华书局1977年版,第3356页。
[6] 脱脱等:《宋史》卷一四二,中华书局1977年版,第3356页。

而士大夫乐章顿衰于前日，此尤可怪。"[1]两宋三百余年有作品存世的词人一千三百余家，词作两万余首，但"宋初50余年的时间里，仅有15位词人，存词46首。这个数字足以说明宋初半个世纪里的词坛是何等冷落！"[2]出现这一现象的原因是多方面的，[3]其中一个重要的原因就是民间词曲的创作在这一历史时期缺乏适宜发展的文化环境，特别是缺乏相对发达的城市文化土壤。曲子词本来就是唐五代以来市井民间所孕育和流行的一种通俗文艺形式，而随着北宋社会经济的恢复和发展，尤其是城市商业经济的兴盛和繁荣，市井民间对通俗文艺的强烈消费需求又大大刺激了市井新声的发展和流行。活跃于仁宗朝的柳永，作为市民词人的代表，成为当时最著名也最受欢迎的"俗词"创作者便是明证。

宫廷对民间新声的排斥，加之处于沉寂状态的民间词曲也没有足够力量对"壁垒森严"的宫廷产生冲击和影响，是这一时期宫廷词曲与民间词曲有较大隔阂的重要原因。

2. 宋仁宗朝至哲宗朝（北宋中后期）

这一时期，宋词创作出现了空前繁盛的局面。随着市井新声的兴起和流行，以及宫廷对词曲娱乐需求的加强，民间词曲以其巨大的艺术魅力和强大的流行力量渗入宫廷，宫廷词的创制也获得了良好的契机。

经过宋初半个多世纪的涵养，到宋仁宗时期出现了盛世局面，这一局面一直延续到英宗、神宗、哲宗诸朝。曲子词的发展获得了相对发达的城市经济社会文化土壤，商业发达的城市成为新声流行的"温床"，北宋著名词人柳永、晏殊、欧阳修、苏轼、秦观、黄庭坚等人的主要创作活动都集中在这一历史时期。曲子词不仅凭借其强大的流行力量风行于市井，而且迅速传入宫廷。陈师道《后山诗话》载："柳三变游东都

---

[1] 唐圭璋编：《词话丛编》，中华书局1986年版，第82页。
[2] 董希平、刘尊明：《宋初五十年词坛岑寂探因》，《古典文学知识》1998年第6期。
[3] 参见刘扬忠《唐宋词流派史》（福建人民出版社1999年版）第三章第一节中对宋初词坛沉寂原因的探讨。

南、北二巷，作新乐府，骪骳从俗，天下咏之，遂传禁中。"不仅如此，"教坊乐工每得新腔，必求（柳）永为辞，始行于世"。虽然词曲不像诗文那样因作为科举考试的科目而受到提倡和鼓励，但词曲的创作和演唱作为一种重要的世俗娱乐方式为宫廷所接受。

史载"仁宗洞晓音律，每禁中度曲，以赐教坊，或命教坊使撰进，凡五十四曲，朝廷多用之"[1]。宋仁宗不仅创作词曲，也非常喜爱市井新声。宋仁宗喜爱柳永词，"每对酒，必使侍从歌之再三"。宋仁宗还留意采录、欣赏臣属平日所作的词曲。如当时内臣裴湘擅长诗词，作《浪淘沙·汴州》词曰："万国仰神京，礼乐纵横，葱葱佳气镇龙城。日御明堂天子圣，朝会簪缨。　九陌六街平，万物充盈，青楼弦管酒如渑。别有隋堤烟柳暮，千古含情。"仁宗命录进，亦嘉之。"[2]

宋神宗对词曲也颇感兴趣，曾作词颂美自己所宠幸的宫女。陈师道《后山诗话》载："武才人出庆寿宫，色最后庭，裕陵得之。会教坊献新声，为作词，号《瑶台第一层》。"[3]宋神宗对宫廷外面流行的小词也很留意，苏轼名作《水调歌头》（明月几时有）因此上达天听。《岁时广记》卷三一引《复雅歌词》云："（苏轼）作《水调歌头》兼怀子由，时丙辰熙宁九年也。元丰七年，都下传唱此词。神宗问内侍外面新行小词，内侍录此进呈。读至'又恐琼楼玉宇，高处不胜寒'，上曰：'苏轼终是爱君。'乃命量移汝州。"[4]宋神宗为词作所感动，身遭贬谪厄运的苏轼竟因此得到了皇帝的理解和宽宥。

最高统治者对词曲的浓厚兴趣，竟招致大臣的委婉进谏。"（仁宗）尝问辅臣以古今乐之异同，王曾对曰：'古乐祀天地、宗庙、社稷、山川、鬼神，而听者莫不和悦。今乐则不然，徒虞人耳目而荡人心志。自昔人君流连荒亡者，莫不繇此。'"宋仁宗曰："朕于声技固未尝留意，

---

[1] 脱脱等：《宋史》卷一四二，中华书局1977年版，第3356页。
[2] 吴处厚撰，李裕民点校：《青箱杂记》卷一〇，中华书局1985年版，第110页。
[3] 何文焕辑：《历代诗话》，中华书局1981年版，第305页。
[4] 唐圭璋编著：《宋词纪事》，上海古籍出版社1982年版，第81页。

内外宴游皆勉强耳。"[1]这一记载说明，虽然朝廷在理论上推崇具有政治教化功能的"古乐"，但实际上是"荡人心志"的"今乐"大行于世。由于词曲娱乐消费的强烈需求，皇帝和宫廷也难以抵制曲子词的巨大魅力。

3. 宋徽宗朝至钦宗朝（北宋末期）

北宋末年，社会虽然潜伏着巨大的危机，但表面上仍然是一片升平繁华。最高统治者徽宗虽然精通文学艺术，但刚愎昏聩，治国无能，好大喜功，耽于享乐。朝廷设置大晟府，用以粉饰升平，大晟府还搜集修订民间词曲，将民间俗乐加工改造为宫廷燕（宴）乐的一部分。这一时期出现了以大晟词人为代表的宫廷词人群和宫廷词创作高潮。

北宋自太祖开国，至徽宗朝已经涵养生息了一百四十余年，社会经济和都市文化空前繁荣，社会上流行的奢靡享乐、征歌选舞之风已臻极致。孟元老曾描述宋徽宗崇宁年间汴京文化娱乐的盛况：

> 辇毂之下，太平日久，人物繁阜。垂髫之童，但习鼓舞，班白之老，不识干戈，时节相次，各有观赏。灯宵月夕，雪际花时；乞巧登高，教池游苑。举目则青楼画阁，绣户珠帘，雕车竞驻于天街，宝马争驰于御路，金翠耀目，罗绮飘香。新声巧笑于柳陌花衢，按管调弦于茶坊酒肆。八荒争凑，万国咸通。集四海之珍奇，皆归市易；会寰区之异味，悉在庖厨。花光满路，何限春游，箫鼓喧空，几家夜宴。伎巧则惊人耳目，侈奢则长人精神。[2]

封建统治阶层的享乐意识往往随着政治稳定、经济繁荣、国力强盛

---

[1] 脱脱等：《宋史》卷一四二，中华书局1977年版，第3356—3357页。
[2] 孟元老撰，伊永文笺注：《东京梦华录笺注》，中华书局2007年版，"梦华录序"第1页。

而逐渐增长、膨胀乃至于泛滥，徽宗朝就是如此。周煇《清波杂志》卷六曾记载徽宗朝君臣歌舞宴乐的盛况：

> 女乐数千陈于殿廷南端，袍带鲜泽，行缀严整。酒行歌起，音节清亮，乐作舞入，声度闲美，俱出于禁坊法部之右。……日既中仄，甫毕初筵，有旨许登景龙楼，由穆清庑外阁道以升。东望艮岳，松竹苍然，南视琳宫，云烟绚烂。其北则清江长桥，宛若物外。都人百万，遂乐楼下，欢声四起，尤足以见太平丰盛之象。[1]

不仅如此，昏愦自负的宋徽宗还在奸佞蔡京等人的迎合和推动之下，好大喜功、粉饰太平。《宋史纪事本末》卷二八载："（徽宗）锐意制作，以文太平，蔡京复每为帝言：'方今泉币所积盈五千万，和足以广乐，富足以备礼。'帝惑其说，而制作、营筑之事兴矣。"[2]徽宗"以文太平"的重大举措之一就是设立大晟府，并借此满足宫廷歌舞宴乐的需要。宋徽宗政和六年（1116）诏曰："《大晟》雅乐，顷岁已命儒臣著乐书，独宴乐未有纪述。其令大晟府编集八十四调并图谱，令刘昺撰以为《宴乐新书》。"[3]大晟府所制新乐，既用于朝廷庆典、庙堂祭祀等宫廷政治活动，也满足宫廷歌舞宴乐之需要。[4]

宋徽宗时，北宋建国以来逐渐蔓延开来的享乐之风臻于极致，世风趋于奢靡，这对这一时期的词曲创作产生了不小的影响。随着金兵入侵、北宋覆灭，宋代宫廷词曲的创制也暂告一段落。

4. 宋室南渡至南宋灭亡（南宋时期）

宋室南渡后，随着朝廷偏安局面的形成，词体文学继续在宫廷受到

---

[1] 周煇撰，刘永翔校注：《清波杂志校注》卷六，中华书局1994年版，第245—246页。
[2] 陈邦瞻编：《宋史纪事本末》卷二八，中华书局1977年版，第227页。
[3] 脱脱等：《宋史》卷一二九，中华书局1977年版，第3019页。
[4] 参见诸葛忆兵《徽宗词坛研究》第一章第一节"大晟府若干问题考辨"，北京出版社2001年版。

宠幸。高宗、孝宗朝活跃着一群宫廷供奉词人，又一个宫廷词创作高潮出现了。同时，随着教坊的解散，市井艺人频繁进出宫廷，市井民间与宫廷之间的鸿沟几乎不复存在。公元1276年，南宋灭亡，宋代宫廷词的发展历程也随之画上了历史的句号。

宋高宗南渡之初，"经营多难，其于稽古饰治之事，时靡遑暇"[1]，一度禁天下歌舞。随着偏安局面的形成，靖康年间废置的礼乐制度逐渐恢复。绍兴十二年（1142），高宗下诏开天下乐禁，"始听中外用乐"[2]，南宋小朝廷文恬武嬉、及时行乐之风开始滋生蔓延，一如北宋末年。周密（别号"四水潜夫"）《武林旧事序》云："乾道、淳熙间，三朝授受，两宫奉亲，古昔所无。一时声名文物之盛，号'小元祐'。丰亨豫大，至宝祐、景定，则几于政、宣矣。"[3]曹勋、康与之、曾觌、史浩、张抡等宫廷词人就活跃于高宗、孝宗两朝，多应制以取悦皇帝。周密《武林旧事》卷七对这一时期宫中作词、唱词的情形多有记载。高宗、孝宗之后，文学侍从均以词曲供奉宫廷，如理宗朝周端臣（号葵窗）、曹邍（号松山）、陈郁（号藏一）等人常侍宴游赏，充御前应制（参见《武林旧事》卷六"御前应制"条）。缉熙殿应制陈郁在宫廷撰词达"数百篇"，[4]但陈郁等人的宫廷词多佚不存；度宗朝的宫廷琴师汪元量也是一位宫廷词人，其现存的五十二首词中有近十首作于宫廷之中。

南宋诸帝都对词曲具有浓厚兴趣（高宗、孝宗、宁宗均有词作存世），不仅俾词臣应景应制，有时还亲自演唱助兴。孝宗就曾亲自唱词以酌酒，胡铨《经筵玉音问答》记载了此事：

> 隆兴元年癸未岁，五月三日晚，侍上于后殿之内阁。……上御玉荷杯，予用金鸭杯。初盏，上自取酒，令潘妃唱《贺新

---

[1] 脱脱等：《宋史》卷一三〇，中华书局1977年版，第3029页。
[2] 脱脱等：《宋史》卷三〇，中华书局1977年版，第557页。
[3] 四水潜夫辑：《武林旧事》，浙江人民出版社1984年版，"序"。
[4] 唐圭璋编著：《宋词纪事》，上海古籍出版社1982年版，第356页。

郎》……上再三令免拜,亦且微揖。潘妃执玉荷杯唱《万年欢》。此词乃仁宗亲制。上饮讫,自执樽坐,谓予曰:"礼有报施,乃卿所言。"余再三辞避,蒙旨再三劝勉。上乃亲唱一曲,名《喜迁莺》,以酌酒。[1]

南宋绍兴年间,由于国家财政困难,朝廷解散教坊,宫中若举办乐舞活动,则召集地方官府的乐工、歌伎。《梦粱录》卷二〇曰:"绍兴年间,废教坊职名,如遇大朝会、圣节、御前排当及驾前导引奏乐,并拨临安府衙前乐人,属修内司教乐所集定姓名,以奉御前供应。"[2]理宗甚至招市井私伎入宫廷献艺,"癸丑元夕,上呼妓入禁中,有唐安伦者,歌色绝伦,帝爱幸之"[3]。市井民间与宫廷之间的鸿沟几乎不复存在。

市井新声以其巨大的艺术魅力和流行力量渗透到宫廷,但不可忽视的是,宋代宫廷词曲也曾流播于市井民间,并产生了一定影响。宋代曲子词是一种合乐的音乐文学样式,其传播主要依靠演唱者来完成,歌伎作为主要的传播者,对宋词的发展起到了相当重要的作用。宋代朝廷设置教坊、大晟府等专门的音乐机构,用以教习音乐、颁布乐律、制订新乐、制撰歌词等。所以,宫廷词曲大致通过两种途径传入民间:一是通过乐工歌伎的传习,二是通过大晟府等宫廷音乐机构的整理和刊布。

宋代歌伎分为家伎、官伎、私伎三大类。宫廷词曲向民间传播的一个重要媒介就是官伎。"宋代官妓,包括教坊中的歌妓、军中的女妓、中央及地方官署的歌妓。"[4]官伎参与宫廷宴会、官府燕集,"暇日群聚金莲棚中,各呈本事,求欢之者,皆五陵年少及豪贵子弟",她们还要"分番供应"官方的"设法卖酒"。[5]她们的表演活动促成了宫廷与

---

[1] 胡铨:《澹庵集》卷八,清乾隆二十二年刻本。
[2] 吴自牧:《梦粱录》(与《东京梦华录》《都城纪胜》《西湖老人繁胜录》《武林旧事》合刊)卷二〇,中国商业出版社1982年版,第176页。
[3] 田汝成:《西湖游览志余》卷二,浙江人民出版社1980年版,第28页。
[4] 李剑亮:《唐宋词与唐宋歌妓制度》,杭州大学出版社1999年版,第31页。
[5] 罗烨编、周晓薇校点:《新编醉翁谈录·丁集》卷一,辽宁教育出版社1998年版,第26页。

民间的文化交流,她们一方面将市井民间的曲子带进了宫廷,另一方面又促成了宫廷内词曲的外传。例如,"政和间,京都妓之姥曾嫁伶官,常入内教舞,传禁中《撷芳》词以教其妓。……人皆爱其声,又爱其词,类唐人所作也。张尚书帅成都,蜀中传此词竞唱之。却于前段下添'忆忆忆'三字,后段下添'得得得'三字,又名《摘红英》。其所添字又皆鄙俚,岂传之者误耶"[1]。宫廷艺人将词曲传出宫禁,而在传播过程中,市井民间的乐工和艺人又根据城市平民的欣赏趣味进行了再加工,这说明宫禁中传出的曲子词也要经过城市文化的选择和改造。

南渡后,随着宫廷乐工歌伎流转于民间,某些原来仅用于供奉宫廷的词曲也流入民间,并得到了广泛的传播。毛开《樵隐笔录》记载:

> 绍兴初,都下盛行周清真咏柳《兰陵王慢》,西楼南瓦皆歌之,谓之"渭城三叠"。以周词凡三换头,至末段声尤激越。惟教坊老笛师,能倚之以节歌者,其谱传自赵忠简家。忠简于建炎丁未九日南渡,泊舟仪真江口,遇宣和大晟乐府协律郎某,叩获九重故谱,因令家伎习之,遂流传于外。[2]

《兰陵王慢》属于北宋大晟府所创制的大晟雅乐,但随着"九重故谱"(包括歌词、曲谱)流入民间,原来演唱难度较大的宫廷词曲也变为市井民间的流行乐歌。由"西楼南瓦皆歌之"的演唱盛况,可以想见其在市井民间受欢迎的程度。

隋唐以来,许多曲调在流传过程中逐渐湮没,宋代宫廷音乐机构有意识地在民间搜寻古曲、佚曲,加以整理和利用,这对宋词的创作也有促进作用。沈作喆《寓简》卷八载:

> 衡山南岳祠宫,旧多遗迹。徽宗政和间新作燕乐,搜访古

---

[1] 唐圭璋编:《词话丛编》,中华书局1986年版,第45—46页。
[2] 唐圭璋编:《词话丛编》,中华书局1986年版,第2270页。

曲遗声。闻宫庙有唐时乐曲，自昔秘藏，诏使上之，得《黄帝盐》《荔枝香》二谱。《黄帝盐》本交趾来献，其声古朴，弃不用。而《荔枝香》音节韶美，遂入燕乐。[1]

北宋大晟府之前，只有柳永填有一首《荔枝香》，而大晟词人周邦彦则连填两首《荔枝香近》，《全宋词》中存录的其余十首《荔枝香》或《荔枝香近》都由南宋人所填写。又，吴曾《能改斋漫录》记载："政和中，一中贵人使越州回，得词于古碑阴，无名无谱，不知何人作也。录以进御，命大晟府撰腔，因词中语，赐名'鱼游春水'。"[2]《全宋词》所存录的七首《鱼游春水》，除填腔赐名的无名氏作品外，都由北宋末或南宋时人所填写。可见《荔枝香》《鱼游春水》等古曲、佚曲，经大晟府的整理和刊行，传播到了民间，对宋词的创作产生了一定影响。

大晟府撰制的乐曲，有的还被民间仿制与改造。如徽宗政和末，蔡攸提举大晟府，"与教坊用事乐工附会，又上唐谱徵、角二声，遂再命教坊制曲谱，既成，亦不克行而止。然政和《徵招》《角招》遂传于世矣"[3]。但是由于"大晟府创制的徵、角二调，出自徽宗和蔡京等求全求备的好大喜功之需求，不易实践操作"[4]，所以"南宋人依大晟曲谱所填写的徵、角二调词只有《黄河清》1首、《寿星明》2首、《舜韶新》1首，共4首"[5]。南宋著名词人姜夔的自度曲《徵招》《角招》，就是针对大晟所制徵、角二调的弊病有感而作，他认为"徵招、角招者，政和间，大晟府尝制数十曲，音节驳矣"[6]，并对徵调"落韵"的原因予以考释（参见姜夔《徵招序》）。这一事实说明，大晟府创制的曲调对民间词曲的创作产生了不容忽视的影响。

---

[1]《景印文渊阁四库全书》第864册，台湾商务印书馆1983—1986年版，第159—160页。
[2] 吴曾：《能改斋漫录》卷一六，上海古籍出版社1979年版，第471页。
[3] 脱脱等：《宋史》卷一二九，中华书局1977年版，第3026页。
[4] 诸葛忆兵：《徽宗词坛研究》，北京出版社2001年版，第31页。
[5] 诸葛忆兵：《徽宗词坛研究》，北京出版社2001年版，第29—30页。
[6] 唐圭璋编纂，王仲闻参订，孔凡礼补辑：《全宋词》，中华书局1999年版，第2809页。

二、宫廷对词曲的双重审美态度

北宋仁宗、神宗时期，宋词创作呈现空前繁荣的局面，著名词人晏殊、欧阳修、柳永、苏轼、秦观、黄庭坚等人的创作活动主要集中在这一时期。曲子词凭借其强大的流行力量风行于市井民间，并迅速传入宫廷。陈师道《后山诗话》记载："柳三变游东都南、北二巷，作新乐府，骫骳从俗，天下咏之，遂传禁中。"仁宗皇帝喜欢柳永的俚俗新词，"每对酒，必使侍从歌之再三"。虽然词曲不像诗文那样具有言志载道的重要功能，但其创作、演唱作为一种重要的世俗娱乐方式为宫廷所接受。对于兴起于市井民间的"小词"，宫廷的态度则比较复杂和矛盾。

1. 崇雅：理性的约束和规范

宋代是一个儒学复兴的时代。随着北宋封建中央集权的高度完善，封建统治思想得到加强。宋初，太宗即主张"文德致治"，真宗"尤重儒术"，仁宗"务本理道"，他们都特别重视提倡儒家政治思想，而宋代新形成的理学成为此后中国数百年封建社会的统治思想。

儒家思想崇尚中正平和的"雅乐"，对淫声繁奏的郑卫之音持排斥、否定的态度。孕育于市井民间的曲子词，因"先天"带有的露骨情爱内容和绮靡冶荡风格，与儒家诗教所谓"好色而不淫"、"发乎情，止乎礼义"，"温柔敦厚"等理念和主张格格不入，因此理所当然地会引起最高统治者的警惕。宋人江少虞《皇朝事实类苑》卷二载：

> 上（丁按：指太宗）谓侍臣曰："……庄宗百战得中原之地，然而守文之道，可谓懵然矣。终日湛饮，听郑卫之声，与伶官等嘲谑（丁按：此五字一作"胡家乐合奏"）自昏彻旦，谓之聒帐。……纵兵出猎，涉旬不反，于优倡躁杂之中，复自

矜写春秋，不知当时州政何如也。"[1]

宋太宗认为五代后唐庄宗乱政亡国的原因之一在于沉溺于"郑声"，所以引"以为鉴戒"。太宗推崇雅乐，甚至把琴弦之数与天下治道联系起来："雅乐与郑、卫不同，郑声淫，非中和之道。朕常思雅正之音可以治心，原古圣之旨，尚存遗美。琴七弦，朕今增之为九，其名曰君、臣、文、武、礼、乐、正、民、心，则九奏克谐而不乱矣。"[2]

徽宗朝设置大晟府，标榜"复古""复雅"。崇宁年间《大晟乐》制成，徽宗诏曰："昔尧有《大章》，舜有《大韶》，三代之王亦各异名。今追千载而成一代之制，宜赐新乐之名曰《大晟》，朕将荐郊庙、享鬼神、和万邦，与天下共之。其旧乐勿用。"[3] 又诏曰："乐作已久，方荐之郊庙，施于朝廷，而未及颁之天下。宜令大晟府议颁新乐，使雅正之声被于四海。"[4] 大晟词人也按照大晟府的要求撰制富丽精工的典雅乐章，有的词人甚至还将以前词集中的侧艳不雅之词删去。《碧鸡漫志》卷二载："雅言（丁按：即万俟咏）初自集分两体，曰'雅词'，曰'侧艳'，目之曰'胜萱丽藻'。后召试入官，以侧艳体无赖太甚，削去之。"[5]

统治者的崇雅观念带来了黜俗的举措，如有的帝王对"俗词"作者持打击、贬抑的态度。仁宗皇帝虽颇爱柳词，但在"留意儒雅，务本理道"的社会理性的制约下，最终还是"不复歌其词"，甚至用不让中举、不给磨勘转官等手段惩罚和打击柳永（据陈师道《后山诗话》、杨湜《古今词话》、吴曾《能改斋漫录》等书记载）。神宗朝也有士大夫文人因作词语涉"嫌渎"或"不典"而遭到罢斥贬抑。如学士王观应制撰《清平乐词》，由于词文不够庄重典雅，语涉宫闱情事，被高太后认为是

---

[1] 《景印文渊阁四库全书》第874册，台湾商务印书馆1983—1986年版，第17页。
[2] 脱脱等：《宋史》卷一二六，中华书局1977年版，第2944页。
[3] 脱脱等：《宋史》卷一二九，中华书局1977年版，第3001—3002页。
[4] 脱脱等：《宋史》卷一二九，中华书局1977年版，第3002页。
[5] 唐圭璋编：《词话丛编》，中华书局1986年版，第83—84页。

"媟渎神宗",因此王观应被"翌日罢职"。[1]又如进士沈辽,登科后游京师,"偶为人书裙带词,颇不典",意外传入宫廷,为神宗所恶,后来竟然招致"削籍为民"的厄运。[2]可见,因作词不雅被统治者贬抑罢斥的并非柳永一人。

朝廷还公开诏令禁止、打击淫哇之声和俚俗词曲。如徽宗朝建立大晟府,在标榜雅乐的同时严禁民间淫哇之声:"大观二年八月新乐成,诏令大晟府置图颁降……旧来淫哇之声如打断、哨笛、呀鼓、十舟(般)舞之类,悉行禁止。违者杖一百,听之者加二等;许人告,赏钱五十贯文。其淫哇曲名,令开封府便行取索,由尚书省审讫,颁下禁止。"[3]南渡后,北宋末年俳谐词名家曹组的俚俗作品竟遭朝廷毁板的厄运:"(曹)组之子,知阁门事勋,字公显,亦能文。尝以家集刻板,欲盖父之恶。近有旨下扬州,毁其板云。"[4]朝廷的毁禁致使曹组传唱一时、令"闻者绝倒"的"《红窗迥》及杂曲数百解"[5]无一流传下来。

2. 嗜俗:对感性的需求

宫廷具有浓厚的政治色彩,宫廷庆典朝会等场合需要奏响雅乐,以显示皇朝的庄严神圣和满足统治者的虚荣心理。而最高统治者的艺术情趣和欣赏品味具有多元化的特点,他们也需要谐婉动人的冶荡曲子或鄙俚俳谐之词来放松身心、愉悦感官。俚俗词曲在某种程度上具有雅乐无法达到的娱乐效果,所以俗词受到了最高统治者的欢迎和青睐,只不过他们更多的时候是"犹抱琵琶半遮面",对俗乐的喜爱遮遮掩掩。

宋仁宗喜爱听柳词,众所周知;北宋末年,徽宗对俚俗词曲更是情

---

[1] 吴曾:《能改斋漫录》卷一七,上海古籍出版社1979年版,第489页。
[2] 《景印文渊阁四库全书》第1034册,台湾商务印书馆1983—1986年版,第262—263页。
[3] 徐松辑:《宋会要辑稿·乐三》,中华书局1957年版,第320页。
[4] 唐圭璋编:《词话丛编》,中华书局1986年版,第84页。
[5] 唐圭璋编:《词话丛编》,中华书局1986年版,第84页。

有独钟。当时俗词不仅流行于民间，还正式进入了宫廷："长短句中，作滑稽无赖语，起于至和。……元祐间，王齐叟彦龄，政和间，曹组元宠，皆能文，每出长短句，脍炙人口。彦龄以滑稽语噪河朔。组潦倒无成，作《红窗迥》及杂曲数百解，闻者绝倒，滑稽无赖之魁也。夤缘遭遇，官至防御使。同时有张衮臣者，组之流，亦供奉禁中，号'曲子张观察'。"[1] 供职大晟府的大晟词人虽以雅词著称，却也作有不少鄙俚之曲。《碧鸡漫志》认为晁端礼、万俟咏等人的创作源自柳永："沈公述、李景元、孔方平、处度叔侄、晁次膺、万俟雅言，皆有佳句，就中雅言又绝出。然六人者，源流从柳氏来，病于无韵。"[2]

俗词不仅得到了宫廷的认可，还作为文化交流的一部分传入高丽。"政和七年（1117）应朝鲜高丽王朝之求，宋王朝赐予大晟燕乐及乐谱歌词。朝鲜《高丽史·乐志》中仍保存有一卷大晟府习用的歌谱及歌词。这卷歌词不是用于宗庙祭祀的雅乐词章，而是新的燕乐歌词。所存七十首歌词里……约有十二首词却是北宋市井流行的淫冶讴歌之曲。"[3]《宋史·乐志十七》对大晟乐所呈现的"末俗渐靡之弊"也有记载：

> 政和间，诏以大晟雅乐施于燕飨，御殿按试，补徵、角二调，播之教坊，颁之天下。然当时乐府奏言：乐之诸宫调多不正，皆俚俗所传。及命刘昺辑《燕乐新书》，亦惟以八十四调为宗，非复雅音，而曲燕昵狎，至有援"君臣相说之乐"以借口者。末俗渐靡之弊，愈不容言矣。[4]

虽然大晟府公开标榜"复雅"，但其颁行和施用的所谓"雅乐"和"燕乐"其实都已经世俗化了。封建统治者在理论上总是提倡雅乐，但实际情况可能并非如此。

---

[1] 唐圭璋编：《词话丛编》，中华书局1986年版，第84页。
[2] 唐圭璋编：《词话丛编》，中华书局1986年版，第83页。
[3] 谢桃坊：《宋词概论》，四川文艺出版社1992年版，第72页。
[4] 脱脱等：《宋史》卷一四二，中华书局1977年版，第3345页。

南宋绍兴年间罢教坊，市井民间的音乐歌舞被征集到宫廷之中，宫廷对世俗音乐的接受度更高了。《宋史·乐志十七》记载：

> 高宗建炎初，省教坊。绍兴十四年复置，凡乐工四百六十人，以内侍充钤辖。绍兴末复省。孝宗隆兴二年天申节，将用乐上寿，上曰："一岁之间，只两宫诞日外，余无所用，不知作何名色。"大臣皆言："临时点集，不必置教坊。"上曰："善。"乾道后，北使每岁两至，亦用乐，但呼市人使之，不置教坊，止令修内司先两旬教习。[1]

赵昇《朝野类要》也有类似记载："（教坊）中兴以来亦有之。绍兴末，台臣王十朋上章省罢之。后有名伶达伎，皆留充德寿宫使臣，自余多隶临安府衙前乐。今虽有教坊之名，隶属修内司教乐所，然遇大宴等，每差衙前乐权充之；不足则又和雇市人。近年衙前乐已无，教坊旧人多是市井岐路之辈。"[2]这说明对于宫廷圣节庆典和外交礼仪使用市井伎乐，朝廷并未觉得有什么不妥。

三、宫廷对词曲功能的多重需求

宋代帝王有时借词曲这种文学样式抒情寄意，并非出于游乐和美颂的目的，如徽宗作《醉落魄》词悼念明节皇后，北行途中作《燕山亭》等词。由于这类作品较少，这里暂不展开论述。

1. 娱乐：宫廷世俗生活的消遣

追求感官享乐是人的本能。晚唐五代的曲子词是在花间樽前用来娱宾遣兴的娱乐工具，身处五代乱世小朝廷的君主们和宫廷文人更是沉迷

---

[1] 脱脱等：《宋史》卷一四二，中华书局1977年版，第3359页。
[2]《景印文渊阁四库全书》第854册，台湾商务印书馆1983—1986年版，第107页。

于歌舞享乐之中，借此麻醉自我和躲避现实。如前蜀后主王衍就酷好艳冶小词，沉溺于歌舞酒色，其《醉妆词》云："者边走，那边走。只是寻花柳。那边走，者边走，莫厌金杯酒。"[1] 南唐后主李煜亡国前的词作也多描写自己歌舞纵乐的宫廷豪侈生活。衰世、乱世的享乐不免带有及时行乐的畸形心理色彩，而宋代"升平"的社会环境为最高统治者提供了更为充分的享乐条件和"正当"的享乐理由。

北宋宫廷宴集游赏活动往往有歌舞相伴，《青箱杂记》卷五记载，真宗"夕宴"酒酣，向夏竦索"新词"以助兴：

> 景德中，夏公初授馆职，时方早秋，上夕宴后庭，酒酣，遽命中使诣公索新词。公问："上在甚处？"中使曰："在拱宸殿按舞。"公即抒思，立进《喜迁莺》词曰："霞散绮，月沉钩。帘卷未央楼。夜凉河汉截天流，宫阙锁新秋。　瑶阶曙，金茎露，凤髓香和云雾。三千珠翠拥宸游，水殿按梁州。"中使入奏，上大悦。[2]

清秋岁时、王朝气象、天子风流在这首词中都被很好地表现出来，宫廷宴乐活动被写得和煦从容，无怪乎皇帝大悦。仁宗也曾宣诏臣属进词以满足宫中宴乐之需，晏几道的《鹧鸪天》（碧藕花开水殿凉）即为应仁宗之命撰制，《唐宋诸贤绝妙词选》卷三载有该词本事："庆历中，开封府与棘寺同日奏狱空，仁宗于宫中宴集，宣晏叔原作此，大称上意。"[3]

南宋宫廷内宴游赏，常命词臣即席作词以付宫人演唱。南宋后期，陈世崇曾记述其父陈郁在理宗朝参加宫中游宴应制作词的情形：

---

[1] 曾昭岷等编撰：《全唐五代词》，中华书局1999年版，第491页。
[2] 吴处厚撰，李裕民点校：《青箱杂记》卷五，中华书局1985年版，第48—49页。
[3] 唐圭璋编著：《宋词纪事》，上海古籍出版社1982年版，第60页。

庚申八月，太子请两殿幸本宫清霁亭赏芙蓉木犀。韶部头陈盼儿捧牙板歌"寻寻觅觅"一句。上曰："愁闷之词，非所宜听。"顾太子曰："可令陈藏一即景撰快活《声声慢》。"先臣再拜承命，五进酒而成，二进酒，数十人已群讴矣。天颜大悦，于本宫官属支赐外，特赐百匹。明年四月九日，储皇生辰，令述《宝鼎现》，俾本宫内人群唱为寿。上称得体。又明年，赐永嘉郡夫人全氏为太子妃。锡宴毕，太子妃回宫，令旨俾立成《绛都春》，家宴进酒……[1]

歌伎陈盼儿在皇帝等人赏花时演唱李清照的那首"愁闷"《声声慢》，显然不能为当时的娱乐活动增添欢快气氛，而陈郁即景应时所撰之"快活"《声声慢》、《宝鼎现》、《绛都春》等作品充满太平气象与祥和氛围，正好能为宫廷游宴活动助兴添彩。

中国宫廷历来有宫人、俳优以诙谐幽默的言行举止娱乐、逗笑乃至劝谏帝王的传统，汉代的东方朔就是一个典型的例子。宋代有的帝王对俳谐调笑之词相当喜爱，如徽宗朝著名的俳谐词人曹组、张衮臣等就供奉禁中。由于皇帝爱好，臣属在应对时会有意识地创作一些轻松俳谐之词，以博取皇帝欢心，有的甚至趁机委婉劝谏。

宋徽宗曾戏问著名道士张继先所携带的葫芦为何不开口（据张继先《点绛唇》序），张继先作《点绛唇》词答曰："小小葫芦，生来不大身材矮。子儿在内。无口如何怪。　藏得乾坤，此理谁人会。腰间带。臣今偏爱。胜挂金鱼袋。"[2]徽宗的问话带有调侃戏谑的成分，张继先以同样的语调写词作答，无疑能博取皇帝的欢心。另，章定《名贤氏族言行类稿》记载："亳人曹元宠，善为谑词，所著《红窗迥》者百余篇，雅为时人传颂。宣和初召入宫，见于玉华阁。徽宗顾曰：'汝是曹组耶？'即以《回波词》对曰：'只臣便是曹组，会道闲言长语。写字不及杨球，

---

[1] 唐圭璋编著：《宋词纪事》，上海古籍出版社1982年版，第356页。
[2] 唐圭璋编纂，王仲闻参订，孔凡礼补辑：《全宋词》，中华书局1999年版，第978页。

爱钱过于张补。'帝大笑。球、补皆当时供奉者，因以讥之。"[1] 曹组以这首俳谐幽默的《回波乐》词应对，既讨得了帝王欢心，又不乏讥讽之意，类似宫廷中的俳优弄臣。

徽宗朝还有一位"性滑稽，喜嘲咏"的词人邢俊臣，他敢于公然嘲讽皇帝、讥刺权臣。沈作喆《寓简》记载：

> 汴京时有咸里子邢俊臣者，涉猎文史，诵唐律五言数千首，多俚俗语。性滑稽，喜嘲咏，常出入禁中。善作《临江仙》词，末章必用唐律两句为谑，以调时人之一笑。徽皇朝，置花石纲，取江淮奇卉石竹，虽远必致。石之大者曰神运石，大舟排联数十尾，仅能胜载。既至，上皇大喜，置之艮岳万岁山下，命俊臣为《临江仙》词，以"高"字为韵。再拜，词已成，末句云："巍峨万丈与天高，物轻人意重，千里送鹅毛。"又令赋陈朝桧，以"陈"字为韵。桧亦高五六丈，围九尺余，枝柯覆地几百步。词末云："远来犹自忆梁陈，江南无好物，聊赠一枝春。"其规讽似可喜，上皇容之不怒也。内侍梁师成，位两府，甚尊显用事，以文学自命，尤自矜为诗。因进诗，上皇称善，顾谓俊臣曰："汝可为好词，以咏师成诗句之美。"且命押"诗"字韵。俊臣口占，末云："用心勤苦是新诗，吟安一个字，撚断数茎髭。"上皇大笑，师成愠见。[2]

邢俊臣应制作词，嘲讽徽宗为满足奢欲而劳民伤财地大办"花石纲"，讥刺权倾一时的宦官梁师成附庸风雅。徽宗不仅没有"龙颜大怒"，反而乐得"大笑"，这倒不是因为皇帝仁慈，而是邢俊臣利用徽宗喜欢调侃逗乐的心理，在轻松诙谐的词句中寓含讽谏，徽宗即便觉察，也因其"规讽似可喜"而不加罪。侍臣有目的地进献滑稽调侃之词，也

---

[1]《景印文渊阁四库全书》第933册，台湾商务印书馆1983—1986年版，第271—272页。
[2]《景印文渊阁四库全书》第864册，台湾商务印书馆1983—1986年版，第168页。

会起到调节皇帝心情的娱乐作用。宫廷词人康与之就创作过令高宗"启齿"的谐谑词。《岁时广记》卷三五引《荆楚岁时记》云:"康伯可在翰苑日,常(尝)重九遇雨,奉诏撰词,伯可口占《望江南》一阕进,上为之启齿。"[1]《望江南》词云:"重阳日,四面雨垂垂。戏马台前泥拍肚,龙山路上水平脐。淹浸倒东篱。 茱萸胖,黄菊湿齑齑。落帽孟嘉寻箬笠,漉巾陶令买蓑衣。都道不如归。"重阳遇雨,传统的登高游赏等娱乐活动肯定会受到影响,皇帝节日里的好心情也会随之"转阴",康与之揣摩皇帝心理,创作诙谐幽默的词作逗其开心,果然起到了令人解颐的良好效果。

2. 美颂:"太平盛世"的颂歌

宋代宫廷词曲不仅具有娱情遣兴的娱乐功能,而且被赋予了"美颂"的政治功能。中国封建社会是以儒家思想为主导的"礼乐"社会,儒家文艺思想一向非常重视音乐的地位和作用,汉代儒学大师董仲舒认为:"王者功成作乐,乐其德也。"[2]统治者利用音乐歌功颂德,表现政治清明、圣德政绩,使得统治者的思想和权威深入民心,从而达到稳固统治的目的。儒家诗学倡导的"美刺"思想是文学创作的重要理论主张,也是创作主体在政治实践中的立身根本。宋代儒学大盛,"盛世"局面的出现为颂美文艺的创作提供了社会条件,在这样的历史文化背景下,歌颂帝王圣德和"太平盛世"的宫廷词也就应运而生了,只不过宫廷词在创作实践中重点突出了"美刺"中的"美",唯"美"是颂,往往成为颂美过度的谀颂之词。

北宋王朝结束了五代战乱频仍的混乱局面,最高统治者有意识地做出"与民同乐"的姿态,以赐酺、观灯等节庆游赏活动渲染普天同庆的太平气象。如太宗雍熙元年(984)十二月二十一日,"御丹凤楼观酺,召侍臣赐饮。自楼前至朱雀门张乐,作山车、旱船,往来御道。又集开

---

[1] 唐圭璋编著:《宋词纪事》,上海古籍出版社1982年版,第261页。
[2] 班固:《汉书》卷五六,吉林人民出版社1995年版,第1725页。

封府诸县及诸军乐人列于御街，音乐杂发，观者溢道，纵士庶游观"[1]。"上元前后各一日，城中张灯，大内正门结彩为山楼影灯，起露台，教坊陈百戏。天子先幸寺观行香，遂御楼，或御东华门及东西角楼，饮从臣。四夷蕃客各依本国歌舞列于楼下。东华、左右掖门、东西角楼、城门大道、大宫观寺院，悉起山棚，张乐陈灯，皇城雉堞亦遍设之。其夕，开旧城门达旦，纵士民观。后增至十七、十八夜。"[2]活跃于真宗朝后期和仁宗朝的市井词人柳永就曾热情歌咏当时繁华富庶的城市生活以及笙歌不断的太平盛世，祝穆《方舆胜览》引范镇之语云："仁宗四十二年太平，镇在翰苑十余载，不能出一语歌咏，乃于耆卿词见之。"[3]柳永还抓住时机多次向最高统治者进献颂美词章，希求获得赏识和提拔，以打开仕进之路。据杨湜《古今词话》载，柳永作有祝仁宗圣寿的《醉蓬莱》词；又据吴熊和先生《柳永与宋真宗"天书"事件》一文考辨，柳永在真宗、仁宗两朝都有进献、应制之作。

不仅文人主动向朝廷进献歌功颂德的词作，朝廷还设置专门的音乐机构来满足最高统治者好大喜功、粉饰太平的政治需要。徽宗崇宁四年（1105），朝廷建立了专门的音乐机构大晟府，其重要目的就是"功成作乐"、歌颂升平。《碧鸡漫志》卷二载："政和初，召试补官，置大晟乐府制撰之职。新广八十四调，患谱弗传，雅言请以盛德大业及祥瑞事迹制词实谱。有旨依月用律，月进一曲。"[4]《铁围山丛谈》卷二记载，江汉"为大晟府制撰使，遇祥瑞时时作为歌曲焉"[5]。大晟府的职能为制定新乐、颁布乐律、教习音乐、创作和整理曲谱、制撰歌词等。当时许多精通音律的词人，如周邦彦、万俟咏、晁端礼、晁冲之、徐伸、田为等，都曾在大晟府供职。大晟词人为了迎合统治者的需

---

[1] 脱脱等：《宋史》卷一一三，中华书局1977年版，第2699页。
[2] 脱脱等：《宋史》卷一一三，中华书局1977年版，第2697—2698页。
[3] 《景印文渊阁四库全书》第471册，台湾商务印书馆1983—1986年版，第660页。
[4] 唐圭璋编：《词话丛编》，中华书局1986年版，第87页。
[5] 蔡絛撰，冯惠民、沈锡麟点校：《铁围山丛谈》卷二，中华书局1983年版，第28页。

要，曾创作不少言过其实、谀颂粉饰的词作。

靖康之变后，宋室南渡，虽然偏安东南一隅的南宋小朝廷国势岌岌，但为了满足统治者的虚荣心理，御用文人创作了不少歌颂升平的作品，如宫廷词人康与之《瑞鹤仙·上元应制》词云："瑞烟浮禁苑。正绛阙春回，新正方半。冰轮桂华满。溢花衢歌市，芙蓉开遍。龙楼两观。见银烛、星球有烂。卷珠帘、尽日笙歌，盛集宝钗金钏。　堪羡。绮罗丛里，兰麝香中，正宜游玩。风柔夜暖。花影乱，笑声喧。闹蛾儿满路，成团打块，簇着冠儿斗转。喜皇都、旧日风光，太平再见。"词作渲染了上元节禁苑和皇都的热闹喜庆气氛，意在歌颂宋王室南渡后所谓"太平再见"的中兴局面，这当然是最高统治者所乐于闻见的。

综上所述，宋代笔记中论词的内容极为丰富。本章以对五代至北宋三位代表性词人李煜、柳永、苏轼的评价为中心，探讨了宋代的词学观，并结合宋代笔记中的宋词本事，对历来受忽视的宋代宫廷词创作进行探讨，通过个案揭示宋代笔记的词学史料及理论价值，可谓管中窥豹、尝鼎一脔。宋代笔记的词学价值和意义值得进一步深入研究。

第四章 宋代词话与词论

第四章 宋代词话与词论

宋代词话的兴起与诗话密不可分。北宋欧阳修的《六一诗话》是第一部以"诗话"命名的论诗著作，该书以纪事为主，目的在于"以资闲谈"，其后不久，多部诗话相继问世。略晚于欧阳修的杨绘撰有《时贤本事曲子集》，该书借鉴了《六一诗话》的体例，虽没有以"词话"命名，实际上可被视为宋代第一部词话。《时贤本事曲子集》久已亡佚，唐圭璋先生《词话丛编》录有梁启超、赵万里所辑之九则。第一部以"词话"命名的著作是宋南渡时期杨湜的《古今词话》，该书明代以后久佚，赵万里有辑录本，亦被收入《词话丛编》。《时贤本事曲子集》《古今词话》等论词著作的出现，推动了宋代词话的创作。

词话作为一种基本的词学批评文献，其概念具有多种含义。朱崇才先生认为："词话这一概念，就其外延而言，可有狭、中、广三义。狭义，是指以'词'这一诗歌样式为表述对象的、原已成卷的专门著作，如杨绘《时贤本事曲子集》、杨湜《古今词话》等；中义，是指除了狭义所指外，还包括经后人改题、辑录而成的成卷专著，如《苕溪渔隐词话》（从胡仔《苕溪渔隐丛话》中抽取改题而得），《词洁辑评》（从先著、程洪《词洁》中辑录评语而得）；广义，是指所有'涉及词的话语'，如《苏轼文集》中有四十余条涉及词的话语，即可指称为'苏轼词话'。"[1] 词学研究界通常使用的是词话的中义或广义的概念，本书也是如此。

---

[1] 朱崇才：《词话史》，中华书局2006年版，第1页。

第一节　北宋词话论词风、词体、词史等问题

五代、北宋的词学理论，对词的地位、作用的评价逐渐提高，且偏重对词的艺术技巧和风格特色的探讨，兼及音律研究。在论争之中，《花间集》以来的婉约词风与词学逐渐占了上风。宋代词学与词风的转变是从苏轼开始的。

宋人胡寅说："眉山苏氏一洗绮罗香泽之态，摆脱绸缪宛转之度。使人登高望远，举首高歌，而逸怀浩气，超然乎尘垢之外。于是《花间》为皂隶，而柳氏为舆台矣。"[1] 胡寅将"花间派"、柳永和苏轼相提并论，认为他们各自代表一种词风。按明清以来流行的说法，"花间派"和柳永等人属"婉约派"，苏轼等人属"豪放派"。这种分法，是大致符合唐、五代和两宋词的创作实际与演变轨迹的。苏轼的创作和词论，都与"花间"一派明显异趣。在创作上，苏轼打破了"词为艳科"的传统，冲决了音律的束缚，使词的容量进一步增大，形式更加活泼，并且开创了豪放词派，创作出《念奴娇·赤壁怀古》、《江城子·密州出猎》、《水调歌头》（明月几时有）这样意气豪迈的杰作，在词史上具有极其重要的地位。在词学理论方面，苏轼没有专门的论著，但是，在他的文集中有一些论词的书简与题跋，当时的一些诗话著作也记录了他的一些词学观点，据此，我们可以窥见东坡词学思想的概貌。

第一，东坡作词、论词，都主张自成一家，立志与风靡一时的柳永词分庭抗礼，充分显示出苏轼作为一代词宗的胆略与气魄。东坡《与鲜于子骏》（其二）云："近却颇作小词，虽无柳七郎风味，亦自是一家。呵呵。数日前，猎于郊外，所获颇多。作得一阕，令东州壮士抵掌顿足

---

[1] 胡寅：《题酒边词》，见向子諲《酒边词》卷首，明崇祯毛氏汲古阁刻《宋名家词》本。

而歌之，吹笛击鼓以为节，颇壮观也。"[1] 文中所说的词，即指他在密州做太守时所作的《江城子·密州出猎》，词云："老夫聊发少年狂，左牵黄，右擎苍，锦帽貂裘，千骑卷平冈。为报倾城随太守，亲射虎，看孙郎。　　酒酣胸胆尚开张。鬓微霜，又何妨！持节云中，何日遣冯唐？会挽雕弓如满月，西北望，射天狼。"词中的场面"颇壮观"，情调慷慨雄壮，与"浅斟低唱"的柳永词"风味"截然不同。东坡所说"虽无柳七郎风味，亦自是一家"，隐含与柳词争高下之意。叶梦得《避暑录话》记载东坡对秦观学柳词表示不满：

> 秦观少游亦善为乐府，语工而入律，知乐者谓之作家歌。元丰间盛行于淮楚。"寒鸦万点，流水绕孤村"，本隋炀帝诗也，少游取以为《满庭芳》辞，而首言"山抹微云，天粘衰草"，尤为当时所传。苏子瞻于四学士中最善少游，故他文未尝不极口称善，岂特乐府？然犹以气格为病，故常戏云："山抹微云秦学士，露花倒影柳屯田。""露花倒影"，柳永《破阵子》语也。[2]

如果说这里苏轼是以戏谑的口吻批评秦观学习柳永词的话，那么黄昇所记苏轼的口气就严厉得多："后秦少游自会稽入京，见东坡。坡云：久别当作文甚胜，都下盛唱公'山抹微云'之词，秦逊谢，坡遽云：'不意别后，公却学柳七作词！'秦答曰：'某虽无识，亦不至是。先生之言，无乃过乎？'坡云：'销魂当此际，非柳词句法乎？'秦惭服，然已流传，不复可改矣。"[3] 东坡认定少游学柳，少游极力否认，东坡则

---

[1] 苏轼撰，茅维编，孔凡礼点校：《苏轼文集》卷五三，中华书局1986年版，第1560页。
[2] 上海古籍出版社编：《宋元笔记小说大观》第3册，上海古籍出版社2001年版，第2629页。
[3] 苏轼：《永遇乐》（夜登燕子楼梦盼盼）题注，载黄昇编《唐宋诸贤绝妙词选》，据《四部丛刊》本。

举少游词为证,颇有捉贼拿赃的意味。柳、苏两军对垒的阵势,已经十分鲜明了。苏、柳二家词风格不同,为时人共识,俞文豹《吹剑续录》云:"东坡在玉堂日,有幕士善歌,因问:'我词比柳耆卿词何如?'对曰:'柳郎中词,只好十七八女孩儿,按执红牙拍歌"杨柳岸,晓风残月"。学士词,须关西大汉,执铁绰板唱"大江东去"。'公为之绝倒。"[1]这里极为形象地说明了两家词风的差异。

在苏轼之前,"柳三变游东都南、北二巷,作新乐府,骫骳从俗,天下咏之,遂传禁中"[2]。苏轼欲在词坛上自立门户,首先就要破除柳词的影响。经过苏轼在创作与理论两方面的倡导,柳词在士大夫文人中多受排斥,只是在世俗中继续流行。徐度《却扫编》云:"(柳永)词虽极工致,然多杂以鄙语,故流俗人尤喜道之。其后欧、苏诸公继出,文格一变,至为歌词,体制高雅。柳氏之作,殆不复称于文士之口,然流俗好之自若也。"[3]在去俗归雅、提高词品方面,苏轼取得了相当大的成功。

第二,苏轼用论诗的标准来论词,认为诗词同源,词为"诗之苗裔",但又认为词是"余技",并未将词提到与诗相同的地位。苏东坡在《题张子野诗集后》一文中,盛赞其诗,并说其词不过是"余技":

> 张子野诗笔老妙,歌词乃其余技耳。《湖州西溪》云:"浮萍破处见山影,小艇归时闻草声。"与余和诗云:"愁似鳏鱼知夜永,懒同胡蝶为春忙。"若此之类,皆可以追配古人。而世俗但称其歌词。昔周昉画人物,皆入神品,而世俗但知有周昉士女,皆所谓未见好德如好色者欤?[4]

---

[1]《景印文渊阁四库全书》第1490册,台湾商务印书馆1983—1986年版,第562页。
[2] 何文焕辑:《历代诗话》,中华书局1981年版,第311页。
[3]《景印文渊阁四库全书》第863册,台湾商务印书馆1983—1986年版,第788页。
[4] 苏轼撰,茅维编,孔凡礼点校:《苏轼文集》卷六八,中华书局1986年版,第2146页。

张子野即北宋著名词人张先，史称他"诗格清新，尤长于乐府"（谈钥《吴兴志》），其词名显然高于诗名。东坡称赞子野较为文雅的诗作，将他那些艳丽的词作视为"余技"，不足与诗并列，并且批评世俗之人只重张先的词而不重其诗，就像唐代画家周昉画人物可"入神品"，世人"但知昉士女"，这有"好色"之嫌。据《宣和画谱》记载，周昉画的题材，涉及神像、人物、星图、园林、歌舞、仕女等各个方面，《宣和画谱》共著录周昉画七十二幅，其中以仕女、后妃、宫女等女性为题材者，大约仅占总数的三分之一。东坡重诗轻词的态度，显而易见。

在另外几则书信中，东坡对词的最高评价为"似诗"："又惠新词，句句警拔，诗人之雄，非小词也。但豪放太过，恐造物者不容人如此快活。"[1]"颁示新词，此古人长短句诗也。得之惊喜。试勉继之。"[2]苏轼评价陈季常、蔡景繁二人的词，都是从与诗相近这一角度着眼的，说陈季常的词："句句警拔，诗人之雄，非小词也"；说蔡景繁的词："此古人长短句诗也。"合乎诗之标准，就是好词；不合诗的标准，则是"余技""小词"。这是东坡论词的一贯主张。因此，在承认东坡推尊词体、扩大词境的同时，也必须看到，他并不认为词像诗、文那样重要。从他现存的三百多首词来看，虽然能够"指出向上一路"，打破"花间"、柳永一派的藩篱，但许多较为严肃、重大的主题，他在词中涉及较少，而多在诗、文中表现。他曾说"诗文不能尽，溢而为书，变而为画，皆诗之余"，这正和他说词为"小词""余技"，是一致的。东坡的这一观点，引发了南宋的"诗余"说。

东坡的学生黄庭坚、张耒、晁补之以及门客李之仪等人，都有一些论词的文章，其中黄、张的观点最接近苏轼，而又有一定的变化。黄庭坚作有《小山词序》，在这篇词评中，山谷采用了与苏轼相同的"以诗

---

[1] 苏轼撰，茅维编，孔凡礼点校：《苏轼文集》卷五三，中华书局1986年版，第1569页。

[2] 苏轼撰，茅维编，孔凡礼点校：《苏轼文集》卷五五，中华书局1986年版，第1662页。

评词"的做法:"(晏几道)独嬉弄于乐府之余,而寓以诗人之句法。清壮顿挫,能动摇人心,士大夫传之,以为有临淄(丁按:指晏殊)之风耳,罕能味其言也。……至其乐府,可谓狎邪之大雅,豪士之鼓吹,其合者《高唐》《洛神》之流,其下者岂减《桃叶》《团扇》哉!"[1] 黄山谷称词为"乐府之余",说小晏词"寓以诗人句法",这些都与苏轼的说法相近,他将小晏词比作《高唐》《洛神》赋和《桃叶》《团扇》诗,既是以词比附诗,又承认了词"言情"的特点,比苏轼的观点更为具体并有所发展。

张耒曾为词人贺铸作《东山词序》,称贺铸的词是"满心而发,肆口而成,虽欲已焉而不得者。若其粉泽之工,则其才之所至,亦不自知也。夫其盛丽如游金、张之堂,而妖冶如揽嫱、施之祛,幽洁如屈、宋,悲壮如苏、李,览者自知之,盖有不可胜言者矣"[2]。张耒重视贺铸词的音乐性,认为其能接触到词的本质特征,此为苏、黄所不及,值得注意。他说贺铸词是"满心而发,肆口而成,虽欲已焉而不得者",这与东坡强调诗文出于自然天成的观点相近。他将贺铸词比作屈原、宋玉、苏武、李陵的诗歌(丁按:苏、李赠答诗,后人多有异议,兹不具论),与苏、黄以诗评词的观点亦如出一辙。但他称许贺铸词"盛丽""艳冶"的风格特点,则显然接近"婉约派"的词旨,而与东坡的词风与词论大异旨趣。因此,从《东山词序》可以看出,张耒对"婉约"与"豪放"两派词均有所肯定,态度比较宽容。

从总体上看,黄庭坚和张耒都继承、发展了苏轼的词学,将词与诗、赋相比,而撇开了五代以来"花间体"婉约词的传统。可以说,在北宋中期,以苏轼为代表的"豪放派"词风与词论,在词坛上占了上风,但到了北宋后期,著名女词人李清照在她那篇著名的《词论》里面,提出了一系列词学主张,批评了"不协音律""似诗"的豪放词,其理论上的声势与影响均超过苏轼,为婉约词争回了正统的地位。在李

---

[1] 施蛰存主编:《词籍序跋萃编》,中国社会科学出版社1994年版,第51页。
[2] 张耒:《东山词序》,载清侯文灿《名家词》本《东山集》,《宛委别藏》本。

清照之前，苏门四学士之一的晁补之（字无咎）和苏轼的门客李之仪，提出了不同于苏、黄而接近"婉约派"的词学主张，成为欧阳炯《花间集序》和李清照《词论》之间的过渡性词论。

晁补之的《评本朝乐章》基本上是站在"婉约派"的立场上说话的，与苏、黄的词论有较大的距离，对于老师苏轼，他一方面批评其词"不谐音律"，另一方面又说"然居士词横放杰出，自是曲中缚不住者"，[1]此评价一分为二，还算比较公允。对同门而学苏的黄山谷，晁氏则评其词"固高妙，然不是当（行）家语，自是着腔子唱好诗"，显然是站在词之当行家的立场上说话的，有嫌山谷词缺乏词之本色的意味。同时，如果将"着腔子唱好诗"移来评东坡词，也颇恰当，不过晁无咎不好直说罢了。而晁氏对婉约词人欧阳修则评价道"绝妙"，"自是后人道不到处"；评柳永《八声甘州》词云"此唐人语，不减高处"；评晏几道（丁按：晁氏误为晏殊）词云"不蹈袭人语，而风调闲雅，如'舞低杨柳楼心月，歌尽桃花扇影风'，知此人不住三家村也"；评张先词云"韵高"；对被苏轼多次批评的秦观则推崇备至，"近世以来作者，皆不及秦少游，如'斜阳外，寒鸦万点，流水绕孤村'，虽不识字，亦知是天生好言语"。他的这些观点，已和李清照较为接近了。

李之仪的《跋吴思道小词》论述了由《花间集》到北宋词的发展概况与各家短长，却无一语提及苏、黄等人的豪放词，其宗旨可见矣。李之仪说："长短句于遣词中最为难工，自有一种风格，稍不如格，便觉龃龉。"他认为，与诗相比，词在艺术上的要求更高，这与苏、黄以诗论词已有不同。他强调词"自有一种风格"，下开李清照的词"别是一家"说。他认为词的高标应是"以《花间集》中所载为宗"，"辅之以晏、欧阳、宋，而取舍于张、柳"[2]。其中也无苏、黄词的一席之地。

---

[1] 胡仔纂集，廖德明校点：《苕溪渔隐丛话·后集》卷三三，人民文学出版社1962年版，第253页。

[2] 李之仪：《姑溪居士文集》卷四〇，《粤雅堂丛书》本。

李清照的《词论》[1]约作于北宋末，是对北宋词学的总结，也是宋代最苛刻的词论，为南宋《苕溪渔隐丛话》和《诗人玉屑》所收录。李清照《词论》主要内容有三：一是叙词史，二是评词人，三是论音律。

叙词史。"乐府声诗并著，最盛于唐。开元天宝间，有李八郎者，能歌擅天下。时新及第进士开宴曲江，榜中一名士先召李，使易服隐姓名，衣冠故敝，精神惨沮，与同之宴所，曰：'表弟愿与坐末。'众皆不顾。既酒行，乐作，歌者进，时曹元谦、念奴为冠。歌罢，众皆咨嗟称赏。名士忽指李曰：'请表弟歌。'众皆哂，或有怒者。及转喉发声，歌一曲，众皆泣下，罗拜曰：'此李八郎也。'自后郑、卫之声日炽，流靡之变日烦，已有《菩萨蛮》《春光好》《莎鸡子》《更漏子》《浣溪沙》《梦江南》《渔父》等词，不可遍举。五代干戈，四海瓜分豆剖，斯文道熄。独江南李氏君臣尚文雅，故有'小楼吹彻玉笙寒''吹皱一池春水'之词。语虽奇甚，所谓'亡国之音哀以思'者也。逮至本朝，礼乐文武大备。又涵养百余年，始有柳屯田永者，变旧声作新声，出《乐章集》，大得声称于世。虽协音律，而词语尘下。"此段论述词的发展史，从开元、天宝讲到唐末、五代词的流变，然后论及北宋"礼乐文武大备"，柳永出现后，"变旧声作新声"，自成面目的宋词开始出现。接着李清照又历述北宋词人的创作情况，这既有"词史"的性质，又兼有作家论的性质。值得注意的是，李清照明确反对"郑、卫之声"与"流靡之变"，表明她主张词须雅正，反对俚俗与淫冶之作。

评词人。李清照论及北宋除周邦彦以外几乎所有较重要的词人。她以是否"本色"为标准，将他们分为两类：第一类是北宋前期作家，不够"本色"者。除了"词语尘下"的柳永外，"又有张子野、宋子京兄弟、沈唐、元绛、晁次膺辈继出，虽时时有妙语，而破碎何足名家。至晏元献、欧阳永叔、苏子瞻，学际天人，作为小歌词，直如酌蠡水于大

---

[1] 李清照著，王仲闻校注：《李清照集校注》，人民文学出版社1979年版，第194—195页。

海，然皆句读不葺之诗尔。又往往不协音律"，"王介甫、曾子固文章似西汉，若作一小歌词，则人必绝倒，不可读也"。第二类是北宋后期的词人，较为"本色"，但也瑕瑜互见："乃知别是一家，知之者少。后晏叔原、贺方回、秦少游、黄鲁直出，始能知之。又晏苦无铺叙；贺苦少典重；秦即专主情致，而少故实，譬如贫家美女，虽极妍丽丰逸，而终乏富贵态；黄即尚故实，而多疵病，譬如良玉有瑕，价自减半矣。"平心而论，易安对北宋词人的评价大体上是能抓住要点、符合实际的。吴梅《词学通论》云："其讥弹前辈，能切中其病。"[1] 但众多词人中，竟无一人合乎她的标准，这未免持论过高，有失平正了。

论音律。"盖诗文分平侧，而歌词分五音，又分五声，又分六律，又分清浊轻重。且如近世所谓《声声慢》《雨中花》《喜迁莺》，既押平声韵，又押入声韵。《玉楼春》本押平声韵，又押上去声，又押入声。本押仄声韵，如押上声则协，如押入声，则不可歌矣。"李清照对词的声律分析甚细，比一般要求词必须谐律者更为严格，这对后来张炎《词源》论音律当有一定影响。她批评晏、欧、苏、曾、王诸人词，为"句读不葺之诗""不协音律""不可读"，都是从词必须入律、可歌的角度着眼的。李清照词论的重点是严诗、词之别，主张词"别是一家"，这对后世词人有相当广泛而深远的影响。[2]

靖康之变，金人的铁骑践踏中原，惊醒了词人的清梦，软玉温香的小词唱不下去了，代之而起的是辛稼轩一派慷慨豪壮的词风，词学也发生了较大变化。重"豪放"之音，推重苏、辛，成为南宋前期词学的基本特点。

---

[1] 吴梅：《词学通论》，复旦大学出版社2005年版，第83页。
[2] 李清照的《词论》，21世纪以来仍得到学界持续的关注。参见余恕诚先生《李清照〈词论〉中的"乐府"、"声诗"诠解》(《文学遗产》2008年第3期)、彭国忠《李清照〈词论〉价值重衡》(《文学遗产》2008年第3期)、孙尚勇《李清照〈词论〉"乐府"诠疑》(《文学遗产》2008年第6期)、李定广《"声诗"概念与李清照〈词论〉"乐府声诗并著"之解读》(《文学遗产》2011年第1期)等文章。

第二节 《碧鸡漫志》的词论

王灼的《碧鸡漫志》成书于南宋初年。王灼《碧鸡漫志》自序云"乙丑冬，予客寄成都之碧鸡坊妙胜院"，因而作《碧鸡漫志》，并于"己巳三月"写了这篇序言。王灼约生活于12世纪。《宋诗纪事》卷四四"王灼《铜马歌》自序"云"绍兴丙子（1156），予以事至成都"，同书引《夷坚志》亦云"绍兴六年（1136），道成见王灼晦叔于金川"，皆12世纪中叶事。据此，可断定《碧鸡漫志》序中的"乙丑"，指绍兴十五年（1145），"己巳"为绍兴十九年（1149），《碧鸡漫志》成书应在此数年之间。

《碧鸡漫志》是宋代第一部价值较高、系统性较强的词学专著，该书共五卷，第一卷论乐，第二卷论文辞，第三、四、五卷论词调，俱有真知灼见。

第一卷谈"歌曲所起""荆轲易水歌""自汉至唐所存之曲""晋以来歌曲"等，从中可窥见乐歌从古至今的变化轨迹。"歌词之变"条云："盖隋以来，今之所谓曲子者渐兴，至唐稍盛。今则繁声淫奏，殆不可数。古歌变为古乐府，古乐府变为今曲子，其本一也。"[1] 其论词与音乐的关系及乐律的变化，极有道理。"论雅郑所分"条提出"中正则雅，多哇则郑"，并从音律上论之，亦有见地。"歌曲拍节乃自然之度数"条，说古乐、今音皆合乎自然：

或曰，古人因事作歌，抒写一时之意，意尽则止，故歌无定句。因其喜怒哀乐，声则不同，故句无定声。今音节皆有辖束，而一字一拍，不敢辄增损，何与古相戾欤？予曰，皆是

---

[1] 唐圭璋编：《词话丛编》，中华书局1986年版，第74页。

也。今人固不及古,而本之性情,稽之度数,古今所尚,各因其所重。……古人岂无度数,今人岂无性情,用之各有轻重,但今不及古耳。今所行曲拍,使古人复生,恐未能易。[1]

王灼用发展的眼光看待乐律的变化,既重"性情",又不废"度数",虽抽象肯定"今不及古",但又说"今所行曲拍,使古人复生,恐未能易",对今乐(词乐)的价值予以充分肯定。

《碧鸡漫志》卷三至卷五考辨《霓裳羽衣曲》等词调约三十个,多能联系史书、政书、诗词、笔记等综合分析,用力极勤,其观点大都成为定论,在词学史上价值甚高。[2]

《碧鸡漫志》卷二评论了唐末至南宋初的词史与词人,涉及作家有六十余人。王灼论词的特点是史论结合,较为系统的有两条:一为"唐末五代乐章可喜"条,其评唐、五代、宋初词:

唐末五代文章之陋极矣,独乐章可喜,虽乏高韵,而一种奇巧,各自立格,不相沿袭。在士大夫犹有可言,若昭宗"野烟生碧树,陌上行人去",岂非作者。诸国僭主中,李重光、王衍、孟昶、霸主钱俶,习于富贵,以歌酒自娱。而庄宗同文,兴代北,生长戎马间,百战之余,亦造语有思致。国初平一宇内,法度礼乐,浸复全盛。而士大夫乐章顿衰于前日,此尤可怪。[3]

王灼在这里揭示了一个颇为有趣的文学现象,即词的创作与国家政治的兴衰及文章(封建正统文学的代表)的兴衰,步调不相一致。可惜他不能予以解释,只是对这种现象感到奇怪而已。另一条是"各家词短

---

[1] 唐圭璋编:《词话丛编》,中华书局1986年版,第80—81页。
[2] 《四库全书总目》对此书评价颇为中肯而详尽,见该书卷一四九"集部词曲类二"《碧鸡漫志》提要。
[3] 唐圭璋编:《词话丛编》,中华书局1986年版,第82页。

长"条,其承接上条,评北宋诸人词:

> 王荆公长短句不多,合绳墨处,自雍容奇特。晏元献公、欧阳文忠公,风流蕴藉,一时莫及,而温润秀洁,亦无其比。东坡先生以文章余事作诗,溢而作词曲,高处出神入天,平处尚临镜笑春,不顾侪辈。或曰:"长短句中诗也。"为此论者,乃是遭柳永野狐涎之毒。诗与乐府同出,岂当分异。若从柳氏家法,正自不分异耳。晁无咎、黄鲁直皆学东坡,韵制得七八。黄晚年闲放于狭邪,故有少疏荡处。后来学东坡者,叶少蕴、蒲大受亦得六七,其才力比晁、黄差劣。苏在庭、石耆翁入东坡之门矣,短气局步,不能进也。赵德麟、李方叔皆东坡客,其气味殊不近,赵婉而李俊,各有所长。晚年皆荒醉汝颍京洛间,时时出滑稽语。贺方回、周美成、晏叔原、僧仲殊各尽其才力,自成一家。贺、周语意精新,用心甚苦。毛泽民、黄载万次之。叔原如金陵王谢子弟,秀气胜韵,得之天然,将不可学。仲殊次之,殊之赡,晏反不逮也。张子野、秦少游俊逸精妙。少游屡困京洛,故疏荡之风不除。陈无己所作数十首,号曰"语业",妙处如其诗,但用意太深,有时僻涩。陈去非、徐师川、苏养直、吕居仁、韩子苍、朱希真、陈子高、洪觉范佳处亦各如其诗。王辅道、履道善作一种俊语,其失在轻浮。辅道夸捷敏,故或有不缜密。李汉老富丽而韵平平。舒信道、李元膺,思致妍密,要是波澜小。谢无逸字字求工,不敢辄下一语,如刻削通草人,都无筋骨,要是力不足。然则独无逸乎?曰:类多有之,此最著者尔。宗室中,明发、伯山久从汝洛名士游,下笔有逸韵,虽未能一一尽奇,比国贤、圣褒则过之。王逐客才豪,其新丽处与轻狂处,皆足惊人。沈公述、李景元、孔方平、处度叔侄、晁次膺、万俟雅言,皆有佳句,就中雅言又绝出。然六人者,源流从柳氏来,病于无韵。

雅言初自集分两体，曰"雅词"，曰"侧艳"，目之曰"胜萱丽藻"。后召试入官，以侧艳体无赖太甚，削去之。再编成集，分五体，曰"应制"、曰"风月脂粉"、曰"雪月风花"、曰"脂粉才情"、曰"杂类"，周美成目之曰"大声"。次膺亦间作侧艳。田不伐才思与雅言抗行，不闻有侧艳。田中行极能写人意中事，杂以鄙俚，曲尽要妙，当在万俟雅言之右。然庄语辄不佳。尝执一扇，书句其上云："玉蝴蝶恋花心动。"语人曰："此联三曲名也，有能对者，吾下拜。"北里狭邪间横行者也。宗室温之次之。长短句中，作滑稽无赖语，起于至和。嘉祐之前，犹未盛也。熙丰、元祐间，兖州张山人以诙谐独步京师，时出一两解。泽州孔三传者，首创诸宫调古传，士大夫皆能诵之。元祐间，王齐叟彦龄，政和间，曹组元宠，皆能文，每出长短句，脍炙人口。彦龄以滑稽语噪河朔。组潦倒无成，作《红窗迥》及杂曲数百解，闻者绝倒，滑稽无赖之魁也。黉缘遭遇，官至防御使。同时有张衮臣者，组之流，亦供奉禁中，号"曲子张观察"。其后祖述者益众，嫚戏污贱，古所未有。[1]

王灼论列的词人比李清照《词论》更多，讨论的问题更广泛，论词主旨也颇为不同，他将宋词分为四体。

第一体以苏轼为代表，可称为"苏东坡体"。他将晁无咎、黄庭坚、叶少蕴、蒲大受、苏在庭、石耆翁列入此体。王灼还提到陈无己、陈去非、徐师川、苏养直诸人，说他们的妙处各如其诗，这几位写诗都学苏、黄，词亦当划入苏轼一派。王灼评价最高的就是这一派词，尤其对东坡的评价最具慧眼，除本条外，"东坡指出向上一路"条云："长短句虽至本朝盛，而前人自立，与真情衰矣。东坡先生非心醉于音律者，偶尔作歌，指出向上一路，新天下耳目，弄笔者始知自振。今少年妄谓东

---

[1] 唐圭璋编：《词话丛编》，中华书局1986年版，第83—84页。

坡移诗律作长短句,十有八九,不学柳耆卿,则学曹元宠,虽可笑,亦毋用笑也。"[1] 这与前引胡寅对东坡的评价相似(丁按:胡寅之文与《碧鸡漫志》约作于同时)。稍后,陆游也说:"昔人作七夕诗,率不免有珠栊绮疏惜别之意。惟东坡此篇,居然是星汉上语,歌之曲终,觉天风海雨逼人。"(《跋东坡七夕词后》)苏轼一派的豪放词的崇高地位,经王灼而至陆游才得以确立。

第二体以贺铸、周邦彦为代表,包括晏几道、僧仲殊以及张先、秦观、毛泽民、黄载万等人,这是传统的婉约派而接近风雅者。对此派,王灼也是肯定的,但评价似低于苏轼一派,说他们"自成一家","贺、周语意精新,用心甚苦",晏几道"秀气胜韵,得之天然","张子野、秦少游俊逸精妙"。"前辈云:'《离骚》寂寞千年后,《戚氏》凄凉一曲终。'《戚氏》,柳所作也。柳何敢知世间有《离骚》,惟贺方回、周美成时时得之。"[2]

第三体以柳永为代表,包括沈公述等六人,词风俚俗侧艳,是王灼批评的对象。王灼几次提到柳永词是"野狐涎",说沈公述等人"病于无韵""侧艳",又云:"柳耆卿《乐章集》,世多爱赏该洽,序事闲暇,有首有尾,亦间出佳语,又能择声律谐美者用之。惟是浅近卑俗,自成一体,不知书者尤好之。予尝以比都下富儿,虽脱村野,而声态可憎。"[3]

第四体指"滑稽体"。"长短句中,作滑稽无赖语,起于至和。嘉祐之前,犹未盛也。熙丰、元祐间,兖州张山人以诙谐独步京师,时出一两解。"元祐、政和间,王彦龄、曹元宠(组)为滑稽词派之代表。《碧鸡漫志》多处论及曹元宠,"各家词短长"条说:"(曹)组潦倒无成,作《红窗迥》及杂曲数百解,闻者绝倒,滑稽无赖之魁也。""易安居士词"条云:"今之士大夫学曹组诸人鄙秽歌词。"[4] "东坡指出向上一

---

[1] 唐圭璋编:《词话丛编》,中华书局1986年版,第85页。
[2] 唐圭璋编:《词话丛编》,中华书局1986年版,第84页。
[3] 唐圭璋编:《词话丛编》,中华书局1986年版,第84页。
[4] 唐圭璋编:《词话丛编》,中华书局1986年版,第88页。

路"条将柳永与曹并列,批评那些对东坡不满的人,"不学柳耆卿,即学曹元宠",是"滑稽无赖之魁也"。"其后祖述者益众,嫚戏污贱,古所未有。"王灼对此体当然也持否定态度。

王灼对宋词源流派别的分析,极富创见,他尊苏而不贬贺、周,豪放与婉约并重,确有过人的见识。可惜后人对他的分类法不够重视,很少采用。

《碧鸡漫志》卷二有一条专评李清照词,有褒有贬,先说李清照"自少年便有诗名,才力华赡,逼近前辈,在士大夫中已不多得。若本朝妇人,当推词采第一",承认李清照出众的才华及其在词史上的地位。然后又对易安词的内容提出严厉批评:"作长短句,能曲折尽人意,轻巧尖新,姿态百出,闾巷荒淫之语,肆意落笔,自古缙绅之家能文妇女,未见如此无顾忌也。"甚至说李清照的词比曹组诸人的鄙秽歌词、陈后主女学士狎客的艳丽之词、纤艳不逞的元白诗、善为侧词艳曲的温庭筠词还要"荒淫","其风至闺房妇女,夸张笔墨,无所羞畏,殆不可使李戡见也"。[1] 此论则过于苛刻,有欠公允,李清照词敢于吐露自己的心曲,敢于表达对爱情的向往与追求,但文词雅正,并无淫言媟语,王灼这样批评李清照,固然与其一贯主张相一致(如他批评黄庭坚晚年放于狭邪,词"疏荡";秦少游词"疏荡之风不除";晁次膺词"侧艳";田中行是"北里狭邪间横行者也";等等),但更可能是意气用事,或许是由于李清照对苏派词人评价过低,《词论》影响又较大,王灼欲推尊苏轼,不得不痛诋易安,否则宋词中多有比易安词"鄙俗"者,为何集矢易安呢?然此点只是白璧微瑕,《碧鸡漫志》论乐既有卓见,论词又能并容豪放与婉约,且能指出俚俗与滑稽二派之病,是宋代词论中一篇极为重要的文献。

---

[1] 唐圭璋编:《词话丛编》,中华书局1986年版,第88页。

第三节 《苕溪渔隐丛话》与南宋词论

《苕溪渔隐丛话》是胡仔编纂的一部大型诗话总集。胡仔（1110—1170），字元任，号苕溪渔隐，徽州绩溪（今属安徽）人，主要活动于南宋初期。《苕溪渔隐丛话》共一百卷，前集六十卷，后集四十卷。胡仔自称其书为继北宋末阮阅《诗话总龟》而作，其《序渔隐诗评丛话前集》云：

> 绍兴丙辰，余侍亲赴官岭右，道过湘中，闻舒城阮阅昔为郴江守，尝编《诗总》，颇为详备。行役匆匆，不暇从知识间借观。后十三年，余居苕水，友生洪庆远，从宗子彦章，获传此集。余取读之，盖阮因古今诗话，附以诸家小说，分门增广，独元祐以来诸公诗话不载焉。考编此《诗总》，乃宣和癸卯，是时元祐文章，禁而弗用，故阮因以略之。余今遂取元祐以来诸公诗话，及史传小说所载事实，可以发明诗句，及增益见闻者，纂为一集。凡《诗总》所有，此不复纂集，庶免重复。[1]

阮阅《诗话总龟》成书于宋徽宗宣和五年（1123），其时新党执政，查禁旧党文章，故而元祐旧党诸家均未收录。元祐诗人在北宋后期文坛上有极大影响，而《苕溪渔隐丛话》成书于南宋初，当时党禁已除，"元祐学术"复行，推崇苏、黄，故而胡仔得以补充大量有关苏、黄的诗话、词话。《诗话总龟》就内容而言，多收传说、掌故、轶闻，资料极

---

[1] 胡仔纂集，廖德明校点：《苕溪渔隐丛话·前集》，人民文学出版社1962年版，"序"第1页。

为丰富，然诗文评论不多，亦无所考辨。《四库全书总目》评价《苕溪渔隐丛话》曰："其书继阮阅《诗话总龟》而作，前有自序，称阅所载者皆不录。二书相辅而行，北宋以前之诗话大抵略备矣。然阅书多录杂事，颇近小说，此则论文考义者居多，去取较为谨严。阅书分类编辑，多立门目，此则惟以作者时代为先后，能成家者列其名，琐闻轶句，则或附录之，或类聚之，体例亦较为明晰。阅书惟采撷旧文，无所考正；此则多附辨证之语，尤足以资参订。故阅书不甚见重于世，而此书则诸家援据，多所取资焉。"[1] 在文献的学术考辨方面，胡仔态度严谨，要言不烦，其中既采前人之论，又录时人之说，间述编者己见。另外，如李清照《词论》等重要文论，也赖《苕溪渔隐丛话》而得以保存。

《苕溪渔隐丛话·前集》卷五十九、后集卷三十九专论"乐府"，唐圭璋先生据以采入《词话丛编》，名为《苕溪渔隐词话》，其余散见于各卷的零星词话未予录出。葛渭君辑为《补苕溪渔隐词话》，计一百五十余则。[2]

综观胡仔论词，主要有两大特点。

第一，注意考证、辨析词作本事、用典等。胡仔对多首苏轼词的创作本事进行了辨析。例如，辨析《贺新郎》创作本事：

《古今词话》云："苏子瞻守钱塘，有官妓秀兰，天性黠慧，善于应对。湖中有宴会，群妓毕至，惟秀兰不来，遣人督之，须臾方至。子瞻问其故……子瞻作《贺新凉》以解之，其怒始息。其词曰：'乳燕飞华屋，悄无人，桐阴转午，晚凉新浴。……共粉泪，两簌簌。'子瞻之作，皆纪目前事，盖取其沐浴新凉，曲名《贺新凉》也，后人不知之，误为《贺新郎》，盖不得子瞻之意也。子瞻真所谓风流太守也，岂可与俗吏同日语哉？"苕溪渔隐曰："野哉，杨湜之言，真可入《笑林》。东

---

[1] 永瑢等：《四库全书总目》卷一九五，中华书局1965年版，第1787页。
[2] 参见葛渭君编《词话丛编补编》，中华书局2013年版，第39—118页。

坡此词,冠绝古今,托意高远,宁为一娼而发邪?……此词腔调寄《贺新郎》,乃古曲名也,今乃云'取其沐浴新凉,曲名《贺新凉》,后人不知之,误为《贺新郎》',此可笑者三也。《词话》中可笑者甚众,姑举其尤者。第东坡此词,深为不幸,横遭点污,吾不可无一言雪其耻。宋子京云:'江左有文拙而好刻石者,谓之诊嗤符。'今杨湜之言俚甚,而锓板行世,殆类是也。"[1]

杨湜《古今词话》是最早以"词话"命名的词话著作,有开创之功。胡仔对其记载失实、言无所依乃至随意牵附的内容十分不满,多次予以辩驳。

第二,胡仔论词,特尊苏轼,颇重欧阳修、晏殊、张先、秦观,贬抑柳永,宗旨与王灼十分接近。《苕溪渔隐词话》有将近一半的条目提到东坡,比重远远超过其余词人。胡仔曾驳《后山诗话》的"子瞻以诗为词"之论,并列举十数首苏轼佳词作为依据:

苕溪渔隐曰:"《后山诗话》谓:'退之以文为诗,子瞻以诗为词,如教坊雷大使之舞,虽极天下之工,要非本色。'余谓《后山》之言过矣,子瞻佳词最多,其间杰出者,如'大江东去,浪淘尽、千古风流人物',《赤壁词》;'明月几时有,把酒问青天',《中秋词》;'落日绣帘卷,庭下水连空',《快哉亭词》;'乳燕飞华屋,悄无人、桐阴转午',《初夏词》……'霜降水痕收,浅碧鳞鳞露远洲',《九日词》。凡此十余词,皆绝去笔墨畦径间,直造古人不到处,真可使人一唱而三叹。若谓以诗为词,是大不然。子瞻自言平生不善唱曲,故间有不入腔处,非尽如此,《后山》乃比之教坊司雷大使舞,是何每况愈

---

[1] 胡仔纂集,廖德明校点:《苕溪渔隐丛话·后集》卷三九,人民文学出版社1962年版,第327—328页。

下？盖其谬耳。"[1]

胡仔对东坡的豪放词《念奴娇·赤壁怀古》《水调歌头·中秋》，评价尤高。"苕溪渔隐曰：'东坡大江东去《赤壁词》，语意高妙，真古今绝唱。'"[2]"苕溪渔隐曰：'《中秋词》自东坡水调歌头一出，余词尽废。'"[3]

胡仔还曾引《艺苑雌黄》语，将柳永与苏、黄、晏、欧等人进行比较：

《艺苑雌黄》云："柳三变字景庄，一名永，字耆卿，喜作小词，然薄于操行。当时有荐其才者，上曰：'得非填词柳三变乎？'曰：'然。'上曰：'且去填词。'由是不得志，日与狷子纵游娼馆酒楼间，无复检约，自称云'奉圣旨填词柳三变'。呜呼，小有才而无德以将之，亦士君子之所宜戒也。柳之乐章，人多称之。然大概非羁旅穷愁之词，则闺门淫媟之语。若以欧阳永叔、晏叔原、苏子瞻、黄鲁直、张子野、秦少游辈较之，万万相辽。彼其所以传名者，直以言多近俗，俗子易悦故也。……世传永尝作《轮台子·早行》词，颇自以为得意。其后张子野见之云：'既言匆匆策马登途，满目淡烟衰草，则已辨色矣，而后又言楚天阔，望中未晓，何也。柳何语意颠倒如是。'"[4]

由此可见，胡仔贬抑柳永，尊奉苏、黄与欧、晏、张、秦二派，观点与《碧鸡漫志》相同。

胡仔论词的起源和词的创作技巧，同样颇有见地，他说："唐初歌

---

[1] 葛渭君编：《词话丛编补编》，中华书局2013年版，第95—96页。
[2] 唐圭璋编：《词话丛编》，中华书局1986年版，第168页。
[3] 唐圭璋编：《词话丛编》，中华书局1986年版，第174页。
[4] 唐圭璋编：《词话丛编》，中华书局1986年版，第171—172页。

辞，多是五言诗，或七言诗，初无长短句。自中叶以后，至五代，渐变成长短句。及本朝，则尽为此体。"[1] "词句欲全篇皆好，极为难得。如贺方回'淡黄杨柳带栖鸦'，秦处度'藕叶清香胜花气'二句，写景咏物，可谓造微入妙，若其全篇，皆不逮此矣。"[2] "凡作诗词，要当如常山之蛇，救首救尾，不可偏也。"[3] 晁无咎中秋《洞仙歌》词"善救首尾"，朱希真中秋《念奴娇》词，末两句"全无意味，收拾得不佳，遂并全篇气索然矣"，这些意见，都足为作词者借鉴。

除了词话，宋代的词集序跋多有品评词人词作、词史发展的文字，也可作词论来读。南宋中期的词论家对辛弃疾词非常重视，并将其与东坡词划为同一派。辛弃疾四十九岁时，即宋孝宗淳熙十五年（1188），门人范开编刊《稼轩词甲集》并作序言：

> 世言稼轩居士辛公之词似东坡，非有意于学坡也，自其发于所蓄者言之，则不能不坡若也。坡公尝自言与其弟子由为文□多而未尝敢有作文之意，且以为得于谈笑之间而非勉强之所为。公之于词亦然：苟不得之于嬉笑，则得之于行乐；不得之于行乐，则得之于醉墨淋漓之际，挥毫未竟而客争藏去。或闲中书石，兴来写地，亦或微吟而不录，漫录而焚稿，以故多散逸。是亦未尝有作之之意，其于坡也，是以似之。虽然，公一世之豪，以气节自负，以功业自许，方将敛藏其用以事清旷，果何意于歌词哉，直陶写之具耳。故其词之为体，如张乐洞庭之野，无首无尾，不主故常；又如春云浮空，卷舒起灭，随所变态，无非可观。无他，意不在于作词，而其气之所充，蓄之所发，词自不能不尔也。其间固有清而丽、婉而妩媚，此又坡词之所无，而公词之所独也。昔宋复古、张乘崖方严劲正，而其词乃复有浓纤婉丽之语，岂铁石心肠者类皆如是耶？开久从公游，其残膏剩馥，得所沾焉为多。……[4]

---

[1] 唐圭璋编：《词话丛编》，中华书局1986年版，第177页。
[2] 唐圭璋编：《词话丛编》，中华书局1986年版，第167页。
[3] 唐圭璋编：《词话丛编》，中华书局1986年版，第175页。
[4] 邓广铭笺注：《稼轩词编年笺注》，上海古籍出版社1978年版，第561页。

南宋时一些稼轩词集的序跋，也都强调了辛词的豪放，刘克庄曰：

世之知公者，诵其诗词，而以前辈谓有井水处皆倡柳词，余谓耆卿直留连光景歌咏太平尔；公所作大声鞺鞳，小声铿鍧；横绝六合，扫空万古，自有苍生以来所无。其秾纤绵密者亦不在小晏秦郎之下。[1]

陈模也指出：

近时作词者只说周美成、姜尧章等，而以稼轩词为豪迈，非词家本色。……回视稼轩所作，岂非万古一清风也哉！[2]

刘辰翁曰：

词至东坡，倾荡磊落，如诗如文，如天地奇观，岂与群儿雌声学语较工拙；然犹未至用经用史，牵《雅》《颂》入郑卫也。自辛稼轩前，用一语如此者必且掩口。及稼轩横竖烂熳，乃如禅宗棒喝，头头皆是；又如悲笳万鼓，平生不平事并巵酒，但觉宾主酣畅，谈不暇顾。词至此亦足矣。然陈同父效之，则与左太冲入群媪（丁按：当作"媼"，此误）相似，亦无面而返。嗟乎，以稼轩为坡公少子，岂不痛快灵杰可爱哉，而愁髻龋齿作折腰步者阖然笑之。《敕勒之歌》拙矣，"风吹草低"之句，与"大风起"句高下相应，知音者少顾。稼轩胸中今古，止用资为词，非不能诗，不事此耳。斯人北来，喑呜鸷悍，欲何为者；而谗摈销沮，白发横生，亦如刘越石。陷绝失望，花时中酒，托之陶写，淋漓慷慨，此意何可复道，而或者以流连光景、志业之终恨之，岂可向痴人说梦哉。为我楚舞，吾为若楚歌，英雄感怆，有在常情之外，其难言者未

---

[1] 邓广铭笺注：《稼轩词编年笺注》，上海古籍出版社1978年版，第562页。
[2] 邓广铭笺注：《稼轩词编年笺注》，上海古籍出版社1978年版，第564页。

必区区妇人孺子间也。[1]

以上诸家论辛词,观点相近,其重要论点有:一、辛词上继东坡,而又发展了东坡;二、苏、辛词与柳永、周邦彦、姜夔之词风格不同,并且高于柳、周、姜词,未可视为不"本色";三、辛词悲壮豪放,为自有词人以来所未有;四、辛词风格多样。

同时期金朝文论家王若虚、元好问皆鼓吹苏、辛词风。王若虚《滹南诗话》卷中驳斥《后山诗话》说苏轼"以诗为词"的观点。元好问自题《遗山乐府》云:"乐府以来,东坡第一,以后便到辛稼轩。"这与遗山论诗重北人慷慨之音相一致。

这时期词论的另一共同论点就是反对柳永的俗艳,提倡欧阳修、晏殊、张耒、贺铸、周邦彦、秦观直至姜夔的雅正,从王灼《碧鸡漫志》到胡仔《苕溪渔隐丛话》皆首重豪放,次重雅正。到了南宋后期,主雅正的观点占了上风,宋代词学于是走向衰落。

---

[1] 邓广铭笺注:《稼轩词编年笺注》,上海古籍出版社1978年版,第564—565页。

第五章 张炎《词源》对宋代词学的总结

第五章 张炎《词源》对宋代词学的总结

宋元之际，张炎著《词源》，对宋代词学理论作了全面的总结。在张炎之前，杨缵、吴文英、沈义父等人已开始进行这项工作，他们的努力，为张炎的研究做了很好的铺垫，陆辅之《词旨》则进一步发挥了张炎的观点。

第一节 杨缵与宋末的词乐理论

杨缵（约1201—1267），字继翁，号守斋，又号紫霞翁，河南开封人，居钱塘（今浙江杭州）。本姓洪，被宋宁宗恭圣太后之侄杨石收为养子，遂姓杨，为宋度宗淑妃之父。官太社令、列卿。杨缵好古博雅，能画墨竹，善琴，通音律，有《紫霞洞谱》。周密《浩然斋雅谈》卷下曰："杨缵字嗣翁，号守斋，又称紫霞，本鄱阳洪氏恭圣太后侄杨石之子。麟孙早夭，遂祝为嗣。时数岁，往谢史卫王，王戏命对云：'小官人当上小学。'即答云：'大丞相已立大功。'卫王大惊喜，以为远器。公廉介自将，一时贵戚无不敬惮，气习为之一变。洞晓律吕，尝自制琴曲二百操。又常云：'琴一弦，可以尽曲中诸调。'当广乐合奏，一字之误，公必顾之。故国工乐师，无不叹服，以为近世知音无出其右者，任至司农卿、浙东帅,以女选进淑妃,赠少师。所度曲多自制谱,后皆散失。今书一阕于此。《被花恼》云:'疏疏宿雨酿寒轻,帘帏静垂清晓。宝鸭微温瑞烟少。檐声不动,春禽对语,梦怯频惊觉。欹珀枕、倚银屏,半窗花影明东照。　　惆怅夜来风生,怕飞香湿瑶草。披衣便起,小径曲廊,处处都行到。正蜂痴蝶骇恋芳妍,怎奈向、平生被花恼。蓦忽地省得,而今双鬓老。'"[1] 周密曾游于其门,周密《齐东野语》卷一八云:"往时,余客紫霞翁之门。翁知音妙天下,而琴尤精诣。自制曲数百解,皆平淡清越,灏然太古之遗音也。"[2] 杨瓒曾亲为周密改词,使之合于音律。草窗(即周密)《木兰花慢·西湖十景》词序云:"西湖十景尚矣。张成子尝赋《应天长》十阕夸余曰:'是古今词家未能道者。'余时年少气锐,谓:'此人间景,余与子皆人间人,子能道,余顾不能道耶?'冥搜六日而词成。成子惊赏敏妙,许放出一头地。异日霞翁见之曰:'语丽矣,如律未协何。'遂相与订正,阅数月而后定。是知词不难作,而难于改;语不难工,而难于协。翁往矣,赏音寂然,姑述其概,以寄余怀云。"[3] 草窗《采绿吟》(采绿鸳鸯浦)序云:"甲子夏,霞翁会吟社诸友逃暑于西湖之环碧,琴尊笔研,短葛练巾,放舟于荷深柳密间,舞影歌尘,远谢耳目。酒酣,采莲叶,探题赋词,余得《塞垣春》,翁为翻谱数字,短箫按之,音极谐婉,因易今名云。"[4] 甲子为1264年,距南宋灭亡仅十五年。周密又记载杨瓒能演奏古曲《霓裳》,《齐东野语》卷一〇曰:"《霓裳》一曲共三十六段。尝闻紫霞翁云,幼日随其祖郡王曲宴禁中,太后令内人歌之,凡用三十人,每番十人,奏音极高妙。翁一日自品象管作数声,真有驻云落木之意,要非人

---

[1]《景印文渊阁四库全书》第1481册,台湾商务印书馆1983—1986年版,第847页。文中史卫王即史弥远。杨瓒的生平与创作研究,可参见萧鹏《西湖吟社考》(《词学》第七辑,华东师范大学出版社1989年版)、郭锋《杨瓒卒年新证》(《文学遗产》2006年第4期)、周杨波《南宋格律词派和浙派古琴的渊源——以杨瓒吟社为中心的考察》(《文学遗产》2008年第2期)等。

[2] 周密撰,张茂鹏点校:《齐东野语》卷一八,中华书局1983年版,第339页。

[3] 朱孝臧辑校编撰:《彊村丛书》第6册,上海古籍出版社1989年版,第4767页。

[4] 朱孝臧辑校编撰:《彊村丛书》第6册,上海古籍出版社1989年版,第4791—4792页。

间曲也。"[1] 杨缵的词写得也不错,《绝妙好词》录其词三首,举其除夕词《一枝春》为例,词云:"竹爆惊春,竞喧填、夜起千门箫鼓。流苏帐暖,翠鼎缓腾香雾。停杯未举。奈刚要、送年新句。应自有、歌字清圆,未夸上林莺语。　　从他岁穷日暮,纵闲愁、怎减刘郎风度。屠苏办了,迤逦柳欺梅妒。宫壶未晓,早骄马、绣车盈路。还又把、月夜花朝,自今细数。"杨缵精于音律,且长于作词,由以上记载可见。可惜其《紫霞洞谱》和《圈法周美成词》均已失传,其词亦所存无多。在词论方面,他有《作词五要》,被张炎《词源》记录下来,并且成为张炎词学的理论依据。《词源·杂论》云:"近代杨守斋精于琴,故深知音律,有《圈法周美成词》。与之游者,周草窗、施梅川、徐雪江、奚秋崖、李商隐,每一聚首,必分题赋曲。但守斋持律甚严,一字不苟作,遂有《作词五要》。观此,则词欲协音,未易言也。"[2]《词源》所附《作词五要》云:

> 作词之要有五:第一要择腔。腔不韵则勿作。如《塞翁吟》之衰飒,《帝台春》之不顺,《隔浦莲》之寄煞,《斗百花》之无味是也。
>
> 第二要择律。律不应月,则不美。如十一月调须用正宫,元宵词必用仙吕宫为宜也。
>
> 第三要填词按谱。自古作词,能依句者已少,依谱用字者,百无一二。词若歌韵不协,奚取焉。或谓善歌者,融化其字,则无疵。殊不知详制转折,用或不当,即失律,正旁偏侧,凌犯他宫,非复本调矣。
>
> 第四要随律押韵。如越调《水龙吟》、商调《二郎神》,皆合用平入声韵。古词俱押去声,所以转折怪异,成不祥之音。昧律者反称赏之,是真可解颐而启齿也。

---

[1] 周密撰,张茂鹏点校:《齐东野语》卷一〇,中华书局1983年版,第187页。
[2] 唐圭璋编:《词话丛编》,中华书局1986年版,第267页。

第五要立新意。若用前人诗词意为之，则蹈袭无足奇者。须自作不经人道语，或翻前人意，便觉出奇。或只能炼字，诵才数过，便无精神，不可不知也。更须忌三重四同，始为具美。[1]

《作词五要》论及填词择腔、择律、按谱、押韵、立意等五个方面的要素，持论甚高，是宋末格律派、雅正派词论的代表。

蔡桢《词源疏证》对《作词五要》有较为详细的解说，有助于我们理解《作词五要》，特征引如下（五段按语依次释五"要"）：

（释第一条）按《塞翁吟》《隔浦莲》二词，宋人作者尚多，惟《帝台春》《斗百花》，作者实不多觏。江顺诒云："此择腔，系指自度曲者，若填前人已传之词，则腔自韵矣。"予谓前人已传之词，其腔亦未必尽韵，当视制词者是否深通音律，如耆卿、美成、白石、梦窗辈，何尝有不韵之腔。是在作者之自择耳。

（释第二条）按正宫一名正黄钟宫，即黄钟宫，十一月律中黄钟，用正宫诚应月矣。兀宵词必用仙吕宫，何也？仙吕宫一名夷则宫，七夕词用之始应月，以七月律中夷则也。若为元宵词，则当用高宫，即太簇宫，始应月，以正月律中太簇也。此句疑原本有误，方成培则谓仙吕乃南吕之讹，宫字衍文。正月律当用太簇，然太簇之均，以南吕为徵，徵为火，元宵灯火之事，故宜用南吕，古人用律之精如此。盖以南吕有七调，此用太簇为宫之南吕徵耳。其说甚辨，未审确否。

（释第三条）按此条所谓谱，乃指音谱而言，与今日仅有平仄可循之词谱不同。此项音谱，亦非通音律者不能运用。方成培《词麈》云："宋人多先制腔而后填词，观其工尺，当用

---

[1] 唐圭璋编：《词话丛编》，中华书局1986年版，第267—268页。

何字协律，方始填入。故谓之填词。及其调盛传，作者不过照前人词句填之。故云依句者少，依谱用字百无一二也。转折乃节奏所关，故下字不当，则失律，凌犯他宫，起韵过变两结，尤为吃紧。"又刘申叔《论文杂纪》云："词皆入乐，故古之词人，必先通音律，默契其深，然后按律以填词，故所作之词，咸可播之于歌咏，后世之人，按谱填词，而音律之深，或茫然未解，则所谓词者，徒以供骚人墨客之用，而词之外遂别有曲。"据此，则填词按谱一事，今与古迥然不同矣。

（释第四条）按推律之意义，乃谓推求此调属某律某音，然后协某韵，方始合律，即段安节《乐府杂录》五音二十八调所说是也。《水龙吟》越调，即无射商，《二郎神》商调，即夷则商。据《乐府杂录》，入声商七调用之，平声则商角同用者也。故云合用平入声韵，若去声韵，则宫七调用之。只当叶宫声之调，非商声之调所宜矣。然宋词往往不拘，盖文士挥毫，不暇推求合律故耳。方成培言："尝取柳永《乐章集》按之，其用韵与段说合者半，不合者半。"乃知宋词协韵，比唐人较宽，以耆卿之精于音律，其用韵犹如此，他可知矣。

（释第五条）按此条并非谓作词不可运用前人诗词语句，特须另换新意，翻而用之耳。如白乐天诗"欲识愁多少，高于滟滪滩"，刘禹锡诗"蜀江春水拍天流，水流无限似侬愁"，为李后主"问君能有几多愁，恰似一江春水向东流"二句所本，而秦少游"便做春江都是泪，流不尽许多愁"之句，又自后主词脱化而出，何尝不各极其妙。昔贤名作，不乏此例。若无新意而袭用成句，决无精采可言，《艺概》云："词要清新，切忌拾古人牙慧。盖在古人为清新者，袭之即腐烂也。拾得珠玉，化为灰尘，岂不重可鄙笑"，亦是此意。彼美成采唐诗，融化如自己者，梅川读唐诗多，故语雅淡，无非善于脱化，或翻前人意耳。[1]

蔡桢的解说为我们提供了一些实例,有助于我们理解《作词五要》。杨缵之"五要",前四项为音律上的要求,是其重心所在。这说明杨缵在音律方面造诣很深,要求极严。但是,自南宋以来,词乐渐趋衰落,张炎《词源》卷下之《序言》云:"旧有刊本六十家词,可歌可诵者,指不多屈。中间如秦少游、高竹屋、姜白石、史邦卿、吴梦窗,此数家格调不侔,句法挺异,俱能特立清新之意,删削靡曼之词,自成一家,各名于世。"[2]可见南宋后期,大部分词已不能入乐歌唱,故杨缵持论确实很高。第五项论词句与前人诗句的关系,主张或自出新意,或翻新出奇,不可蹈袭古人。杨缵为张炎之师,《作词五要》对《词源》有直接启发,如《词源》上卷专论音律,下卷的"音谱""制曲""拍眼""字面"以及"杂论"中的某些观点,皆与杨缵之论相近且论述得更加深入。

第二节 沈义父《乐府指迷》与陆辅之《词旨》

词发展到南宋后期,又一次发生重大变化,辛派后学未能学到稼轩词的长处,流于肤廓,甚至走入叫嚣怒张之途,致使豪放词趋于衰落,婉约词重新统治了词坛。但此时的婉约词,已无北宋欧、晏、柳、秦、周、李诸人词作的创造性和自然真率之趣,而过分讲究具体的形式技巧,注重谐律,在词的内容上,也力求雅正。总的趋势可以说是创造性减少,"匠气"增加,这与晚宋诗坛"江湖""四灵"等派诗人的"苦吟"以及宋末画坛上"院体"画的流行,在文化趋向上是一致的。此时

---

[1] 张炎著,蔡桢疏证:《词源疏证》,中国书店1985年影印本。
[2] 唐圭璋编:《词话丛编》,中华书局1986年版,第255页。

期的著名词人，有"二窗"（周密，字草窗；吴文英，号梦窗）与碧山（王沂孙）、玉田（张炎）等人。此时的词学著作，则以沈义父的《乐府指迷》为代表。蔡桢《乐府指迷笺释·引言》云："《指迷》虽只二十八则，而论及词之各方面，其重要与《词源》同。且宋末词风，梦窗家法，均得于是编窥见一斑。"[1]

沈义父，字伯时，吴江震泽（今江苏省苏州市吴江区）人。嘉熙元年（1237）领乡荐，仕至南康军白鹿洞书院山长，以文名于时，宋亡隐居不仕，以遗民终。他是一位信奉程朱理学、有气节的词学家。[2]《乐府指迷》共二十八则，第一则以"论作词之法"为总纲，叙述他自己的词学渊源与论词宗旨。沈义父说他在淳祐二至三年（1242—1243）与吴氏兄弟相酬唱，讨论作词之法，"余自幼好吟诗。壬寅秋，始识静翁于泽滨。癸卯，识梦窗。暇日相与倡酬，率多填词，因讲论作词之法。然后知词之作难于诗。盖音律欲其协，不协则成长短之诗。下字欲其雅，不雅则近乎缠令[3]之体。用字不可太露，露则直突而无深长之味。发意不可太高，高则狂怪而失柔婉之意"[4]。

这四点又被称为"论词四标准"，是沈义父与吴文英、翁元龙兄弟共同讨论后得出的结论，是三人共同的看法。《中国词学大辞典》"乐府指迷"条云："书中首先称述吴文英所论作词之法：'音律欲其协'，'下字欲其雅'，'用字不可太露'，'发意不可太高'。其余各则所论，实均以此四条为准则，详细阐明吴词家法，最后仍以清真词为旨归。"[5] 认为"论词四标准"为吴氏兄弟之言，似嫌武断。其既是理论标准，又有

---

[1] 沈义父著，蔡嵩云笺释：《乐府指迷笺释》（与《词源注》合刊），人民文学出版社1963年版，第39页。

[2] 沈义父著，蔡嵩云笺释：《乐府指迷笺释》（与《词源注》合刊），人民文学出版社1963年版，第89页。

[3] 缠令是宋代的一种说唱艺术。灌圃耐得翁《都城纪胜》载："唱赚在京师日，有缠令、缠达；有引子、尾声，为缠令；引子后只以两腔互迎，循环间用者，为缠达。"缠令词今存有《刘知远宫调》中的《应天长缠令》《安公子缠令》等，金人董解元《西厢记诸宫调》中的《醉落魄缠令》《哨遍缠令》等，可知缠令为当时较为通俗的歌曲。

[4] 唐圭璋编：《词话丛编》，中华书局1986年版，第277页。

[5] 马兴荣等主编：《中国词学大辞典》，浙江教育出版社1996年版，第394页。

较明显的针对性。

第一点，要求"协律"，否则成"长短之诗"。这与李清照《词论》说东坡诸人之词"皆句读不葺之诗尔，又往往不协音律"的话完全一致，都是对豪放派不谐声律的批评，但沈义父提出此点，主要是批评后学者，并未否定苏、辛之词："近世作词者，不晓音律，乃故为豪放不羁之语，遂借东坡、稼轩诸贤自诿。诸贤之词，固豪放矣，不豪放处，未尝不叶律也。如东坡之《哨遍》、杨花《水龙吟》，稼轩之《摸鱼儿》之类，则知诸贤非不能也。"[1] 沈氏认为"近世作词者，不晓音律"，而苏、辛则是懂得音律的，有时为了"豪放"，才不合音律，这显然高于"近世"的后学者。第四点说"发意不可太高，高则狂怪而失柔婉之意"，当亦系对苏、辛词风末流的批评。

第二点讲"典雅"，云"不雅则近乎缠令之体"，则主要批评以柳永为代表的"俚俗"词风。所以，沈义父又指出："康伯可、柳耆卿音律甚协，句法亦多有好处。然未免有鄙俗语。"他认为康与之（字伯可）和柳永之词"鄙俗"。其评施梅川（丁按：施岳，号梅川）词云："读唐诗多，故语雅淡。间有些俗气，盖亦渐染教坊之习故也"；评孙花翁（丁按：孙惟信，号花翁）词云："孙花翁有好词，亦善运意，但雅正中忽有一两句市井句，可惜。"[2] 从这些评语可看出，他主张谐律、典雅而反对市井俗气。《乐府指迷》有一则谈"坊间歌词之病"："前辈好词甚多，往往不协律腔，所以无人唱。如秦楼楚馆所歌之词，多是教坊乐工及市井做赚人所作，只缘音律不差，故多唱之。求其下语用字，全不可读。甚至咏月却说雨，咏春却说秋。如《花心动》一词，人目之为一年景。又一词之中，颠倒重复，如《曲游春》云：'脸薄难藏泪。'过云：'哭得浑无气力。'结又云：'满袖啼红。'如此甚多，乃大病也。"[3]

---

[1] 唐圭璋编：《词话丛编》，中华书局1986年版，第282页。
[2] 唐圭璋编：《词话丛编》，中华书局1986年版，第278页。
[3] 唐圭璋编：《词话丛编》，中华书局1986年版，第281页。

词本起源于民间，敦煌曲子词即多为"胡夷里巷之曲"，后来文人不断仿效，使词渐趋雅正。这种做法，固然有净化词体的作用，但民间词以及秦楼楚馆之词的淳朴、真率之趣却也丧失殆尽。宋代词论家对民间词及柳永一派的俚俗词，多排斥贬低，其态度是不够公允的。沈义父对俗词的看法，既有其积极的一面，又有保守、落后、绝对化的缺陷。

《乐府指迷》提出作词的第三个要点是"用字不可太露，露则直突而无深长之味"，这其实是主张作词要含蓄。《乐府指迷》批评姜夔词"生硬"，指出词"不可太野"，"遇长句须放婉曲，不可生硬"，"结句须要放开，含有余不尽之意"，这些都是提倡含蓄蕴藉，反对一览无余。词中所表现的本来就是诗、文中无法或较难表现的柔婉、曲折、细微之情，若无含蓄婉转的特点，确实无异于诗、文，而易流于直露、浅率。因此，沈义父主张作词要含蓄，这大体是正确的，但他强调过甚，有矫枉过正之嫌，如他认为"咏物不可直说"：

> 炼句下语，最是紧要，如说桃，不可直说破桃，须用"红雨""刘郎"等字。如咏柳，不可直说破柳，须用"章台""灞岸"等字。又咏书，如曰"银钩空满"，便是书字了，不必更说书字。"玉箸双垂"，便是泪了，不必更说泪。如"绿云缭绕"，隐然鬓发，"困便湘竹"，分明是簟。正不必分晓，如教初学小儿，说破这是甚物事，方见妙处。往往浅学俗流，多不晓此妙用，指为不分晓，乃欲直捷说破，却是赚人与耍曲矣。如说情，不可太露。[1]

这段论述，关系到用典和用字两个方面，他主张含蓄，提倡用"代字"，不可"直捷说破"，所论颇能切合"要眇宜修"的词体的特点，对词的艺术形式的研究及作词之法，均有贡献；不足之处是过于执着，而且用"代字"容易成为陈词滥调，转相因袭，失去生命力。沈氏此说多

---

[1] 唐圭璋编：《词话丛编》，中华书局1986年版，第280页。

为人诟病,《四库全书总目》卷一九九"《乐府指迷》提要"论此条云:"其意欲避鄙俗,而不知转成涂饰,亦非确论。"[1] 毛先舒的批评也颇为中肯:"沈伯时《乐府指迷》,论填词咏物,不宜说出题字,余谓此说虽是,然作哑谜亦可憎。须令在神情离即间,乃佳。如姜夔《暗香·咏梅》云:'算几番照我梅边吹笛。'岂害其佳。"[2] 王国维《人间词话》云:"词忌用替代字。美成《解语花》之'桂华流瓦',境界极妙,惜以'桂华'二字代月耳。梦窗以下,则用代字更多,其所以然者,非意不足,则语不妙也。盖意足则不暇代,语妙则不必代。此少游之'小楼连苑''绣毂雕鞍'所以为东坡所讥也。""沈伯时《乐府指迷》云:'说桃不可直说破桃,须用"红雨""刘郎"等字。说柳不可直说破柳,须用"章台""灞岸"等字。'若惟恐人不用代字者。果以是为工,则古今类书具在,又安用词为耶。宜其为《提要》所讥也。"[3] 蔡嵩云(桢)《乐府指迷笺释》的分析则较为客观:"说某物,有时直说破,便了无余味,倘用一二典故印证,反觉别增境界。但斟酌题情,揣摩辞气,亦有时以直说破为显豁者。谓词必须用替代字,固失之拘,谓词必不可用替代字,亦未免失之迂矣。美成《解语花》'桂华流瓦'句,单看似欠分晓,然合下句'纤云散,耿耿素娥欲下'观之,则写元夜明月,而兼用双关之笔,何等精妙!虽用替代字,不害其为佳。《人间词话》称其造境,而惜其以桂华二字代月,语殊未然。王氏词话,论小令,极多精到语;论慢词,则未为知味。作者固不工慢词也。至于说某物,既用事暗点,不必更明说。若已暗点,又用明说,叠床架屋,成何章法?而市井赚人耍曲,其词往往如此。彼只知说破为妙,而不晓不说破之妙。当时浅学俗流,亦同此见解,故《指迷》讥之,读者勿以辞害意可也。"[4] 刘永济则联系宋词发展的历程,对用事、用典的利弊的见解也很精辟:

---

[1] 永瑢等:《四库全书总目》卷一九九,中华书局1965年版,第1826页。
[2] 唐圭璋编:《词话丛编》,中华书局1986年版,第609—610页。
[3] 唐圭璋编:《词话丛编》,中华书局1986年版,第4247页。
[4] 沈义父著,蔡嵩云笺释:《乐府指迷笺释》(与《词源注》合刊),人民文学出版社1963年版,第62—63页。

"词至南宋，姜、史、张、王，弥极工丽，法度既密，而能运用不滞，是为词学成熟之时。……词至于成熟，能事已尽，后来者无以复加，于是专就组织巧妙，求胜前人，而用典雅切、遣词细丽之作乃多。故沈伯时斤斤于用事、用字，而词亦衰矣。学者当会通此事之终始，求其盛衰之故，然后知古人得失之正，勿庸妄测古人，轻肆讥弹也。"[1] 沈伯时认为诸家之词，多瑕瑜互见，唯有周邦彦（字美成，号清真居士）之词符合他的标准："凡作词，当以清真为主。盖清真最为知音，且无一点市井气。下字运意，皆有法度，往往自唐宋诸贤诗句中来，而不用经史中生硬字面，此所以为冠绝也。学者看词，当以周词集解为冠。"[2] 清真词既知音谐律，又典雅脱俗，善于融化唐宋诸贤诗句，四条标准无不符合，故被沈氏推为词家极诣。

《乐府指迷》是为"子侄辈"指示作词门径而作的，故书中所谈，主要是词的写作技巧，除"论词四标准"外，还论及许多词人的得失，如柳永、康与之、姜夔、吴文英、施岳、孙惟信等人，且论及作词的一些具体技艺，这方面的条目有起句、过处、结句、咏物用事、字面、造句、押韵、去声字、可歌之词、咏花卉及赋情、句上虚字、豪放与谐律、寿曲、用事使人姓名、腔以古雅为主、句中韵、词腔、大词小词作法、赋词初填熟腔、咏物忌犯题字等，涉及句法、字法、韵律、腔调等问题，所论皆较简单实用，便于初学，其观点与杨缵之论相近，是宋末雅正词论的通俗读本。有关《乐府指迷》的研究，还可参考孙克强、刘少坤、颜翔林诸人的论述。[3]

陆辅之，名行直，号汾湖居士，能词善画，曾师事张炎，其《词旨》即为阐扬《词源》之说。《词旨》自序云："夫词亦难言矣，正取近雅，而又不远俗。予从乐笑翁（丁按：即张炎）游，深得奥旨制度之

---

[1] 刘永济：《词论》卷下，上海古籍出版社1981年版，第98页。
[2] 唐圭璋编：《词话丛编》，中华书局1986年版，第277—278页。
[3] 参见颜翔林《论〈乐府指迷〉的词学思想》，《上海大学学报》（社会科学版）2000年第4期；孙克强、刘少坤《〈乐府指迷〉的理论价值及其词学史意义》，《徐州师范大学学报》（哲学社会科学版）2011年第2期；孙克强《试论唐宋词坛词体观的演进——以〈花间集叙〉〈词论〉〈乐府指迷〉为中心》，《文学遗产》2017年第2期。

法，因从其言，命韶暂作《词旨》，语近而明，法简而要，俾初学易于入室云。"[1] 夏承焘先生《词籍四辨·词旨》对此书考辨颇详："明陈耀文《花草粹编》末附《词旨》，题'元陆辅之述'。或谓辅之名韶，或谓名友仁。以予考之，皆非也。案《词旨》辅之自叙云：'予从乐笑翁游，深达奥旨，制度所法，因从其言，命韶暂作《词旨》。'乐笑翁乃张炎别字，书中列'乐笑翁奇对''乐笑翁警句'二条，词说一章亦与《词源》相出入，其人盖曾从炎游者。今考张炎《山中白云》（卷四），有《清平乐》（候虫凄断）一首，江昱《山中白云疏证》引《珊瑚网》，谓为元姑苏汾湖陆行直辅之之家伎卿卿作，卷七《祝英台近·题陆壶天水墨兰石》一首，亦为行直作，又卷四有《壶中天·题陆性斋小蓬壶》一首，朱彊村先生《山中白云》校记引《墙东类稿》及《分湖陆氏家谱》，考定'性斋'为陆大猷，号翠岩，乃行直之父（江昱《疏证》以'性斋'为行直别号，误）。是行直与张炎为世交，《词旨》称炎为'乐笑翁'而不名，尊父执也。张炎集中赠行直之作不一，而无陆韶或陆友仁，是作《词旨》之辅之，即陆行直无疑矣。行直字季道，号壶天，任湖北十学士，迁翰林典籍致仕（据《分湖陆氏家谱》），又字辅之（见《珊瑚网》）。张炎卒后，和炎《清平乐》词，并作《碧梧苍石图》悼之。《珊瑚网》称其'梧石清润，大似云林'，盖能词章又精绘事者。（《词旨》所称之韩铸字亦颜，即韩竹间，亦屡见于《山中白云》）"[2] 夏承焘先生这段话，使我们对《词旨》一书的作者生平及有关情况，有了更为具体的了解。

《词旨》的体例，是先述宗旨，次举实例，其纲目如胡元仪《词旨畅·旧序》所说："《词旨》为书，皆述叔夏论词之旨，与叔夏《词源》同条共贯。计论词七则，言简意明，能撮其要。采时流词中偶句工炼者，名曰'属对'，凡三十八则。而乐笑翁奇对二十三则次之。名词之意远辞隽者，名曰'警句'，凡九十二则。而乐笑翁警句十三则次之，

---

[1] 唐圭璋编：《词话丛编》，中华书局1986年版，第301页。
[2]《夏承焘集》第二册，浙江古籍出版社、浙江教育出版社1997年版，第180页。

以著受学之源也。又'词眼'二十六则，示人炼字之法。'单字集虚'三十三字，教人用虚字，须择近雅者，不可太俗也。"[1]

《词旨》最重要的是"词说七则"，它用极其概括的语言，阐明了张炎《词源》的主旨。

第一则论命意、作字等：

> 命意贵远。用字贵便。造语贵新。炼字贵响。[2]

第二则论重自然之旨：

> 古人诗有翻案法，词亦然。词不用雕刻，刻则伤气，务在自然。周清真之典丽，姜白石之骚雅，史梅溪之句法，吴梦窗之字面，取四家之所长，去四家之所短，此翁之要诀。学者所谓刻鹄不成尚类鹜者也，不可与俗人言，可与知者道。[3]

此处主张自然，反对雕刻，与张炎的观点不尽相同；提出以周、姜、史、吴四家为师法对象，虽出于张炎，但更为具体。

《词旨》较有理论意义的是"词说"的第三、四、五则：

> 对句好可得，起句好难得。收拾全藉出场。凡观词须先识古今体制雅俗。脱出宿生尘腐气，然后知此语，咀嚼有味。
>
> 蕲王孙韩铸，字亦颜，雅有才思，尝学词于乐笑翁。一日，与周公谨父买舟西湖，泊荷花而饮酒杯半。公谨父举似亦颜学词之意，翁指花云："莲子结成花自落。"
>
> 《词源》云：清空二字，亦一生受用不尽，指迷之妙，尽

---

[1] 唐圭璋编：《词话丛编》，中华书局1986年版，第343页。
[2] 唐圭璋编：《词话丛编》，中华书局1986年版，第301页。
[3] 唐圭璋编：《词话丛编》，中华书局1986年版，第301页。

在是矣。学者必在心传耳传,以心会意,当有悟入处。然须跳出窠臼外,时出新意,自成一家。若屋下架屋,则为人之贱仆矣。[1]

第三则所谈"识古今体制雅俗",实际上就是要能辨别词风之高下,掌握古今词体的演变规律。"尘腐气"则又指出一种应当避免的弊病。"尘腐气"者,既欲避俗而又未达到雅,刻板迂拙,了无生趣,也就是晁无咎所谓"三家村"。只有避免"尘腐气",才能到达清新雅正之域。第四则记载了一个生动的词学掌故,张炎与周密(公谨)、韩铸共同买舟西湖,泊荷花饮酒,席间,周密提到韩铸欲向张炎请教词法之意,张炎指荷花说:"莲子结成花自落。"此回答颇带玄机,实亦不外乎重自然天成之意。第五则标举"清空",重申玉田的论词宗旨,同时又认为不可死守玉田家法。"须跳出窠臼外,时出新意,自成一家。"

《词旨》的"词说七则"是根据张炎《词源》总结出来的创作论,总的见解不出玉田的范围,但在某些具体方面,陆辅之也有一些自己的看法。在阐明宗旨之后,陆辅之又分别就属对(奇对)、警句、词眼、虚字等方面列举了大量的例句,多以白石、玉田(玉田尤多)诸人之词为例。所选词例,多为雅正含蓄者,合乎"清空""骚雅""意趣高远"的标准,意在为初学者示例。此种做法,类似唐人诗话中"句法图"之类,但能以前七则加以条贯,有理论,有实例,对初学作词者有一定帮助。《词旨》所列"虚字",也概括得较为精粹。近人胡元仪有《词旨畅》,以《词源》注《词旨》,明其出处源流,颇为详明。《词旨》一书的基本写作目的就是指导初学者,故以简明扼要为特点,这在一定程度上也影响了其理论深度。

---

[1] 唐圭璋编:《词话丛编》,中华书局1986年版,第302—303页。

第三节 张炎《词源》与词乐研究

张炎(1248—1320后)[1],字叔夏,号玉田,又号乐笑翁,南宋名将张俊六世孙。曾祖辈张镃、张鉴为当时著名雅士,与杨万里、范成大交好,姜夔为其家门客,得到过其家的资助,张鉴著有《南湖集》。周密《齐东野语》卷二○记张镃豪侈之事云:

> 张镃功甫,号约斋,循忠烈王诸孙,能诗,一时名士大夫,莫不交游,其园池声妓服玩之丽甲天下。尝于南湖园作驾霄亭于四古松间,以巨铁绹悬之空半而羁之松身。当风月清夜,与客梯登之,飘摇云表,真有挟飞仙、溯紫清之意。王简卿侍郎尝赴其牡丹会云:"众宾既集,坐一虚堂,寂无所有。俄问左右云:'香已发未?'答云:'已发。'命卷帘,则异香自内出,郁然满坐,群妓以酒肴丝竹,次第而至。别有名姬十辈皆衣白,凡首饰衣领皆牡丹,首带照殿红一枝,执板奏歌侑觞,歌罢乐作乃退。复垂帘谈论自如,良久,香起,卷帘如前。别十姬,易服与花而出。大抵簪白花则衣紫,紫花则衣鹅黄,黄花则衣红,如是十杯,衣与花凡十易。所讴者皆前辈牡丹名词。酒竟,歌者、乐者,无虑数百十人,列行送客,烛光香雾,歌吹杂作,客皆恍然如仙游也。"功甫于诛韩有力,赏不满意。又欲以故智去史,事泄,谪象台而殂。[2]

---

[1] 或云张炎在1321至1323年仍有活动,参见王兆鹏《唐宋词史论》,人民文学出版社2000年版,第43页。
[2] 周密撰,张茂鹏点校:《齐东野语》卷二○,中华书局1983年版,第374页。

张炎之父张枢,号寄闲,洞晓音律,精于作词,且家富于财,是一位文采风流的雅士,有词集《寄闲集》传世。周密《浩然斋雅谈》记张枢之事与词云:

> 云窗张枢字斗南,又号寄闲,忠烈循王五世孙也。笔墨萧爽,人物酝藉,善音律。尝度《依声集》百阕,音韵谐美,真承平佳公子也。予已选六阕于《绝妙词》,今别见于此。《恋绣衾》云:"屏绡裛润惹篆烟。小窗间、人泥昼眠。正雪暖茶蘑架,奈愁春、尘镴雁弦。 杨花做了香雪梦,化池萍、犹泛翠钿。自不怨东风老,怨东风、轻信杜鹃。"《清平乐》云:"凤楼人独,飞尽罗心烛。梦绕屏山三十六,依约水西云北。 晓奁嫩试脂铅,一绹鸾髻微偏。留得宿妆眉在,要教知道孤眠。"又《木兰花慢》云:"歌尘凝燕垒,又软语,在雕梁。记剪烛调弦,翻香校谱,学品伊凉。屏山梦云正暖,放东风,卷雨入巫阳。金冷红绦孔雀,翠闲彩结鸳鸯。 银缸焰冷小兰房。夜悄怯更长。待采叶题诗,含情赠远,烟水茫茫。春妍尚如旧否,料啼痕、暗里涴红妆。须觅流莺寄语,为谁老却刘郎。"[1]

从张枢《木兰花慢》"剪烛调弦,翻香校谱,学品伊凉"数句来看,他对音律是十分精通的。周密又记载他本人与杨缵、张枢等人结吟社共同赋词之事,其《瑞鹤仙》(翠屏围昼锦)词序云:"寄闲结吟台,出花柳半空间,远迎双塔,下瞰六桥,标之曰'湖山绘幅',霞翁领客落成之。初筵,翁俾余赋词,主宾皆赏音。酒方行,寄闲出家姬侑尊,所歌则余所赋也。调闲婉而辞甚习,若素能之者。坐客惊诧敏妙,为之尽醉。越日过之,则已大书刻之危栋间矣。"[2]

---

[1] 唐圭璋编:《词话丛编》,中华书局1986年版,第224页。
[2] 唐圭璋编:《全宋词》,中华书局1965年版,第3276页。

张炎祖辈、父辈的高贵家世与文采风流，对张炎有着直接的影响。宋亡时，张炎家产被籍没，至元二十七年（1290），张炎曾北游大都，谋求仕进。当时许多人参与了著名的写经之役，写经完毕后，不少人得以授官，张炎却没有这种运气。次年春，张炎南归，从此绝意仕进，晚年漂泊于金陵、苏、杭一带，甚至曾以卖卜为生。张炎为宋元之交著名词人，幼年时即从祖辈、父辈学词，又师事杨守斋（瓒）等人。宋亡后，张炎潜心学词、研究词达四十年，与其父执周密（草窗）及王沂孙为词友，与元人袁桷、戴表元、邓牧、舒岳祥、仇远、张雨皆有交往，其词集《山中白云词》有《四库全书》本、《四印斋所刻词》本、《四部备要》本等传世，为当时一大家。

同时词人对张炎之词评价颇高，遗民词人郑思肖（1241—1318）《玉田词题辞》云："吾识张循王孙玉田先辈，喜其三十年汗漫南北数千里，一片空狂怀抱，日日化雨为醉。自仰扳姜尧章、史邦卿、卢蒲江、吴梦窗诸名胜，互相鼓吹春声于繁华世界，飘飘征情，节节弄拍，嘲明月以谑乐，卖落花而陪笑。能令后三十年西湖锦绣山水，犹生清响。"[1] 邓牧《山中白云词序》则认为张炎词兼有周邦彦、姜夔二家之长："美成、白石，逮今脍炙人口。知者谓丽莫若周，赋情或近俚；骚莫若姜，放意或近率。今玉田张君无二家所短，而兼所长，《春水》一词，绝唱千古，人以'张春水'目之。盖其父寄闲先生善词名世，君又得之家庭所传者。中间落落不偶，北上燕南，留宿海上，憔悴见颜色。至酒酣浩歌，不改王孙公子蕴藉，身外穷达，诚不足动其心、馁其气与？"[2] 舒岳祥《赠玉田序》说张炎是一位不忘故国、怀亡国之痛，而又多才多艺的才子："宋南渡勋王之裔子玉田张君，自社稷变置，凌烟废堕，落魄纵饮。北游燕蓟，上公车，登承明有日矣。一日，思江南菰米莼丝，慨然襆被而归。不入古杭，扁舟浙水东西，为漫浪游，散囊中千金装，吴江楚岸，枫丹苇白，一奚童负锦囊自随。诗有姜尧章深婉之

---

[1] 张炎撰，吴则虞校辑：《山中白云词》，中华书局1983年版，第164页。
[2] 张炎撰，吴则虞校辑：《山中白云词》，中华书局1983年版，第165页。

风,词有周清真雅丽之思,画有赵子固潇洒之意,未脱承平公子故态,笑语歌哭,骚姿雅骨,不以夷险变迁也。"[1] 这段话对张炎的生平作了概述。南宋灭亡,故国丘墟,张炎满腔忧愤,落魄失意,借酒浇愁。他北游大都,本来很有希望入仕,却幡然悔悟,舒岳祥说他因思家乡江南菰米莼丝而归,显然是用张翰故事的一种托辞。南归后,玉田漫游江、浙,纵情歌哭,诗、词、画皆善。元人袁桷《赠张玉田诗》曰:"将军金甲明如日,勒马桥边清警跸。淮扬彻卫羽书沉,置酒行宫功第一。蝉冠熊轼填高门,英英玉照称闻孙(张镃号约斋,堂名玉照)。百年文物意未尽,玉田公子尤超群。紫箫吹残江水立,野雉惊尘暗原隰。夜攀雪柳蹈河冰,竟上燕台论得失。丈夫未遇空远游,秋风淅沥销征裘。翩然骑鹤归海上,一笑相问夸绸缪。两曜奔飞互朝夕,璇府森芒蠡莫测。要须画纸为君听,落笔雌黄期破的。壶中白日常高悬,道逢落魄呼醉眠。清歌停云意惨淡,倚声更度《飞龙篇》(玉田为循王五世孙,时来鄞设卜肆)。"[2] 此诗对张炎祖辈之功业及其本人之风雅和落魄,作了十分精彩的描述。王鹏运曰:"乐笑翁渊源家学,究心律吕,且值铜驼荆棘之时,吊古伤今,长歌当哭,《山中白云词》直与白石老仙方驾。论者谓词之姜张,诗之李杜,不诬也。"[3] 秦恩复曰:"乐笑翁以故国王孙,遭时不偶,隐居落拓,遂自放于山水间。于是寓意歌词,流连光景,噫鸣婉抑,备写其身世盛衰之感。《山中白云词》八卷,实能冠绝流辈,足与白石竞响,可谓词家龙象矣。"[4] 伍崇曜甚至说张炎之词"前无古人,后无来者"[5]。近人吴梅《词学通论》论张炎词说:"玉田词皆雅正,故集中无俚鄙语,且别具忠爱之致。玉田词皆空灵,故集中无拙滞语,且又多婉丽之态。自学之者多效其空灵,而立意不深,即流于空滑之弊。岂知玉田用笔,各极其致,而琢句之工,尤能使意笔俱显。人仅

---

[1] 张炎撰,吴则虞校辑:《山中白云词》,中华书局1983年版,第165页。
[2] 张炎撰,吴则虞校辑:《山中白云词》,中华书局1983年版,第163—164页。
[3] 王鹏运:《双白词跋》(丁按:"双白"指姜夔《白石道人歌曲》、张炎《山中白云词》),载《四印斋所刻词》,上海古籍出版社1989年版,第219页。
[4] 秦恩复:《词源跋》,据《词学丛书》本,中国国家图书馆藏。
[5] 伍崇曜:《词源跋》,据《粤雅堂丛书》本,中国国家图书馆藏。

赏其精警，而作者诣力之深，曾未知其甘苦也。"[1] 他指出玉田词的特色及"学之者"之病，并将张炎推为"南渡词人之表率"。

张炎的《词源》是宋元之际最著名的词学专著。《词源》成书于元代，是元代词学理论之瑰宝，而其研究重心却在于对宋代词学进行全面总结。

词兴起之后，五代、北宋时，一些词人同时又是批评家，也提出过一些有价值的见解，如欧阳炯《花间集序》、黄庭坚《小山词序》、李清照《词论》等，但尚不成系统。南宋初，王灼《碧鸡漫志》可以说是第一部价值较高的词学理论著作。该书在词调溯源方面，见解精深，对豪放词的评价也颇为公允，但对音律研究不够，对婉约词评价偏低。南宋末，沈义父撰《乐府指迷》，鼓吹婉约词，但文字不多，较为简略。张炎作为一位由宋入元的词人，既晓畅音律，又雅善辞章，《词源》一书，遂成为对唐宋词学之总结和后世词学之指南。据钱良祐跋语，《词源》成书于元仁宗延祐四年（1317）正月，这时距宋亡已三十多年，张炎也已七十岁了，故此书是张炎晚年写定，可以说凝聚了他毕生的心血。

《词源》之作，既有张炎自己的创作甘苦在内，又受其父张枢与杨缵、毛敏仲、徐理诸前辈的影响。陆文圭《词源跋》云："西秦玉田张君著《词源》上下卷，推五音之数，演六六之谱，按月纪节，赋情咏物，自称得声律之学于守斋杨公、南溪徐公。淳祐、景定间王邸侯馆，歌舞升平，君王处乐不知老之将至，梨园白发，澋宫蛾眉，余情哀思，听者泪落。君亦因是弃家，客游无方，三十年矣。昔柳河东铭姜秘书，闵王孙之故态；铭马淑妇，感讴者之新声，言外之意，异世谁复知者。览君词卷，抚几三叹。"[2] 可见张炎撰《词源》，亦有言外之意。其在《词源》卷下自序中说自己"嗟古音之寥寥，虑雅词之落落"，故作《词源》以陈己见，"与同志者商略之"。《词源·杂论》说："音律所当参究，词章先宜精思。俟语句妥溜，然后正之音谱，二者得兼，则可造极

---

[1] 吴梅：《词学通论》，华东师范大学出版社1996年版，第88页。
[2] 张炎撰，吴则虞校辑：《山中白云词》，中华书局1983年版，第165—166页。

玄之域。今词人才说音律，便以为难，正合前说，所以望望然而去之。"[1]足见玉田所论，以音律、文词并重。宋人论词之作，有时虽亦谈及音律，但毕竟以讨论文词为主，《词源》分上下卷，上卷详论律吕，下卷详论文词，对音律考订尤有价值。吴梅《词话丛编序》云："推求牌调，则有《漫志》之精核；考订律吕，则有《词源》之详赡。"[2]

《词源》上卷论五音十二律、律吕相生之理，以及宫调、管色等，分析精当，并附以图，与姜夔《白石道人歌曲》在词旁注工尺谱的做法大致相同。清人江藩《词源跋》云：

> 《词源》二卷，宋遗民张玉田撰。玉田生词与白石齐名，词之有姜张，如诗之有李杜也。姜、张二君，皆能按谱制曲，是以《词源》论五音均拍，最为详赡。窃谓乐府一变而为词，词一变而为令，令一变而为北曲，北曲一变而为南曲。今以北曲之宫谱，考词之声律，十得八九焉。《词源》所论之乐色管色，即今笛色之六五上四合一凡也。管色应指字谱，七调之外若勾、尖一、小大、上小、大凡、大住、小住、掣折、大凡、打，乃吹头管者换调之指法也。宫调应指谱者，七宫指法起字及指法十二调之起字也。论拍眼云，以指尖应节候拍，即今之三眼一板也。花十六前衮、中衮、打前拍、打后拍者，乃今之起板、收板、正板、赠板之类也。乐色拍眼，虽乐工之事，然填词家亦当究心，若舍此不论，岂能合律哉。细绎是书，律之最严者结声字，如商调结声是凡字，若用六字，则犯越调。学者以此类推，可免走腔落调之病矣。盖声律之学，在南宋时知之者已鲜。故仇山村曰："腐儒村叟，酒边豪兴，引纸挥笔，动以东坡、稼轩、龙洲自况。极其至，四字《沁园春》，五字《水调》，七字《鹧鸪天》《步蟾宫》，拊几击缶，同声附和，如

---

[1] 唐圭璋编：《词话丛编》，中华书局1986年版，第265页。
[2] 唐圭璋编：《词话丛编》，中华书局1986年版，"序"第3页。

梵呗，如步虚，不知宫调为何物。令老伶俊倡，面称好而背窃笑，是岂足与言词哉。"近日大江南北，盲词哑曲，塞破世界，人人以姜、张自命者，幸无老伶俊倡窃笑之耳。[1]

词乐衰落之状，由此可见。从《词源》卷下的自序和"音谱"来看，张炎对音律的要求比李清照等人更加严格，划分也更为细密。这一方面如吴梅所说的"南渡以还，音律之学日渐陵夷。作者既无准绳，歌者益乖矩矱。知音之士，乃详考声律，细究文辞"，因为音律"日渐陵夷"，故须进行总结；另一方面也反映了词律之学作为一门学问，到张炎手中已获得长足进步。

我国古代有诗亡而谱作之说，当宋词全盛之时，乐工熟悉乐谱，认为不需要记录，文人雅士之词又多不可歌。关于这种情况，沈义父《乐府指迷》"可歌之词"条曰："前辈好词甚多，往往不协律腔，所以无人唱。如秦楼楚馆所歌之词，多是教坊乐工及闹井做赚人所作，只缘音律不差，故多唱之。求其下语用字，全不可读。甚至咏月却说雨，咏春却说秋，如《花心动》一词，人目之为一年景。又一词之中，颠倒重复，如《曲游春》云'脸薄难藏泪'，过云'哭得浑无气力'，结又云'满袖啼红'，如此甚多，乃大病也。"[2] 近人蔡嵩云《乐府指迷笺释》论此则曰："按此则，言前辈好词虽多，而无人唱。人所唱者，多秦楼楚馆之俚词。可见今日流传之宋名家作品，甚多不协者。在当时本不可歌，而当时协律可歌之词，今日所见，寥寥数专家外，其民间作品，绝少流传者。以其下语用字，全不可读也。文人学士之词，言顺律舛者多，固无殊句读不葺之诗。当时教坊闹井所歌，亦未必尽律协言谬，特言谬者居多耳。《花心动》一词，病在前后意不相应，《曲游春》一词，病在前后句意重复，其实月与雨，春与秋，虽非同时所应有，然作追溯

---

[1] 唐圭璋编：《词话丛编》，中华书局1986年版，第269—270页。
[2] 沈义父著，蔡嵩云笺释：《乐府指迷笺释》（与《词源注》合刊），人民文学出版社1963年版，第69页。

已往或预想将来语气,则咏月说雨,咏春说秋,有何妨碍?至同一事物,在一词中固不宜颠倒重复,使作者工于换意,一说再说,未尝不可。如美成《瑞龙吟》起句'章台路',已暗伏柳字,中间'官柳低金缕',则明点柳字,结句'一帘风絮',仍收到柳字,何以不见其重复?但觉脉络井然,极情文相生之妙。"[1] 及至宋元之交,词乐趋于衰落,故势必有人出来对其进行总结、记录,以保存文献,张炎《词源》很好地担负起这一责任。关于《词源》一书的创作动机,张炎有所交代,《词源》卷下自序云:"昔在先人(丁按:指其父张枢)侍侧,闻杨守斋、毛敏仲、徐南溪诸公商榷音律,尝知绪余,故生平好为词章,用功逾四十年,未见其进。今老矣,嗟古音之寥寥,虑雅词之落落,僭述管见,类列于后,与同志者商略之。"[2] 其抢救、整理、保存宋代词乐的主观用意十分明显。

《词源》在元、明两代湮没无闻,朱彝尊编《词综》时,尚未见到《词源》,现在人们所能见到的《词源》最早的版本是《宛委别藏》影元本,秦恩复《词学丛书》即用此本。清末郑文焯有《词源斠律》(刻本,收录在《大鹤山房全书》中,安徽省图书馆藏有此本),民国蔡嵩云(桢)有《词源疏证》,郑、蔡二本文本错讹较多。今人夏承焘先生《词源注》,仅注下卷,未注上卷,对词乐研究不够。郑孟津、吴平山二位先生《词源解笺》仅笺上卷,用《宛委别藏》本,所笺采用资料极为丰富,用功至勤,惜多述而不作,对词乐本体的研究尚嫌不足。

《词源》卷上专论乐律,卷下前三则(音谱、拍眼、制曲)亦论乐,其余部分论词之文学创作。本节先讨论《词源》的乐律理论,至于其在文学理论方面的建树,将于下节进行论述。

《词源》卷上"五音相生""阳律阴吕合声图""律吕隔八相生图""律吕隔八相生""律生八十四调"五则系泛论乐律。其最大缺点是未与

---

[1] 沈义父著,蔡嵩云笺释:《乐府指迷笺释》(与《词源注》合刊),人民文学出版社1963年版,第70页。

[2] 唐圭璋编:《词话丛编》,中华书局1986年版,第255页。

燕乐理论相结合，未用燕乐二十八调理论来解释宫调（这一问题至清人凌廷堪《燕乐考原》方才得到解决），而是论述中国古代春秋战国至燕乐产生之前的传统音乐理论。中国古人常将乐律与阴阳、人事、月律相附会，其论多牵强，此处不予讨论。

《词源》对宋代词乐理论的总结，包括以下几个方面。

一、用传统乐论讲五音

《词源》用传统乐论讲五音，有一定的实用价值。

五音即五个音高，宫、商、角、徵、羽是也，西方乐理称之为唱名，以简谱记之，相当于1，2，3，5，6；以古琴定弦，得5，6，1，2，3。《词源》论十二律吕，单数为阳，偶数为阴，即三分损一、三分益一理论，在今天仍有一定参考价值。

二、《词源》的宫调理论

燕乐本存二十八宫调，《词源》仅录十九宫调，即所谓"七宫十二调"。这完全符合宋词宫调运用的实际情况。《词源》卷上"十二律吕"条云："十二律吕，各有五音，演而为宫为调。律吕之名总八十四，分月律而属之。今雅俗只行七宫十二调，而角不预焉。"[1]《词源》所列七宫为黄钟宫、仙吕宫、正宫、高宫、南吕宫、中吕宫、道宫。十二调为大石调、小石调、般涉调、歇指调、越调、仙吕调、中吕调、正平调、高平调、双调、黄钟羽、商调。这实际上是以宫、商、羽三音配合黄钟、大吕、夹钟、仲吕、林钟、夷则、无射七均而成，大吕均中仅存高宫一调，故合为十九宫调。《词源》宫调理论多是从姜白石谱而来。

---

[1] 唐圭璋编：《词话丛编》，中华书局1986年版，第245页。

三、《词源》的谱字研究

中国古代有以谱记音的传统，唐代乐谱为"燕乐半字谱"，这是当时教坊中通用的一种记谱符号。陈旸《乐书》卷一三〇"觱篥"条注云："今教坊所用上七空、后二空，以五凡工尺上一四六勾合十字谱其声。"[1]张炎《词源》又加以系统总结，将十二律吕与四清声相配表示。据郑孟津、吴平山《词源解笺》第六章所列之表，《词源》与姜夔《白石道人歌曲》谱字全同，前者显然是对后者音乐实践的总结。北宋沈括《梦溪笔谈》、南宋朱熹《朱子全书·定律》、《宋史·燕乐书》所记谱字与姜、张所录名称小异，无实质差别。《事林广记·总叙诀》、《辽史·乐志》、陈旸《乐书》相同，仅有十个谱字，即合、四、一、上、勾、尺、工、凡、六、五。南宋王灼《碧鸡漫志》仅记五个谱字，即大一、上、勾、工、大凡。这种情况说明，在北宋时，谱字较少、较简略，至南宋时方发展、丰富至成熟阶段，《白石道人歌曲》与《词源》集其大成。《词源》又录有各谱字的简字，即所谓"俗字谱"，亦同于姜谱而更全。

四、《词源》的节拍理论

《词源》"管色应指字谱"条、"音谱"条、"讴曲旨要"条共记有十三种音节号，即掣、住、折、揭、拍、敲、大顿、小顿、小住、丁、反、拽、抗。综合沈括《梦溪补笔谈》、陈元靓《事林广记》的有关记载，再结合这些术语在《白石道人歌曲》中的应用，可对上列术语作一简略解说："掣"为减时符号，共为半拍。"住"或即《梦溪补笔谈》之"大住"，"大住"增二拍，"小住"增一拍。"揭""拍""敲"都相当于拍，或置于均拍所在，或置于两结处，是演奏时的动作，于此处须拍一

---

[1]《景印文渊阁四库全书》第211册，台湾商务印书馆1983—1986年版，第574页。

记板。"住",为乐曲停止的标志;"顿",是乐曲进行中稍停片刻之意。"大顿""小顿"当与"大住""小住"义同,分别增二拍、一拍。"打"与"丁"实为一字,"丁"为"打"字省去半边的记谱号,见此记号须打一拍。"反"号、"折"号义同,仍以一字为一拍,不增不减。"拽"字,丘琼荪《白石道人歌曲通考》疑即为"折"字,有理。"抗",是一种旋律现象,有高亢突起之意。

《词源》"拍眼"条云:"慢曲有大头曲、叠头曲,有打前拍、打后拍,拍有前九后十一,内有四艳拍。引近则用六均拍,外有序子,与法曲、散序、中序不同。法曲之序一片,正合均拍。俗传序子四片,其拍颇碎,故缠令多用之。"[1] 经过与白石旁谱对照,可知这段话是在告诉我们:宋词之小令为四均拍,引近为六均拍,慢词为八均拍。"讴曲旨要"条云"歌曲令曲四掯匀,破近六均慢八均",说得更为明白。

五、《词源》"讴曲旨要"的现实意义

《词源》"讴曲旨要"主要论演唱技巧与节拍。"讴曲旨要"开头一段论演唱节奏,接下来讲用腔、吐字、用气、停顿等方面的技巧,然后论特殊技巧(大头花拍等),末四句是对宋词演唱艺术的总结。原文曰:

> 歌曲令曲四掯匀,破近六均慢八均。
> 官拍艳拍分轻重,七敲八掯靸中清。
> 大顿声长小顿促,小顿才断大顿续。
> 大顿小住当韵住,丁住无牵逢合六。
> 慢近曲子顿不叠,歌讽连珠叠顿声。
> 反掣用时须急过,折拽悠悠带汉音。
> 顿前顿后有敲掯,声拖字拽疾为胜。
> 抗声特起直须高,抗与小顿皆一掯。

---

[1] 唐圭璋编:《词话丛编》,中华书局1986年版,第257页。

> 腔平字侧莫参商，先须道字后还腔。
> 字少声多难过去，助以余音始绕梁。
> 忙中取气急不乱，停声待拍慢不断。
> 好处大取气流连，拗则少入气转换。
> 哩字引浊啰字清，住乃哩啰顿唛喻。
> 大头花拍居第五，叠头艳拍在前存。
> 举本轻圆无磊魂，清浊高下萦缕比。
> 若无含蕴[1]强抑扬，即为叫曲念曲矣。[2]

丘琼荪《白石道人歌曲通考》专列"《词源》讴曲旨要浅释"一节，所释较为切实，今摘其要点如下：

> 歌曲令曲四揹韵：
> 歌谓讴也，令曲即小令，言令曲有四均拍……揹，打也，似拍之轻者……
> 破近六均慢八均：
> 破即破子，大曲法曲用之，其篇幅类于引，近亦引也（引近或称中调），言破及引近之曲凡六均拍，慢曲凡八均拍。慢之为言曼也，舒缓也。……
> 官拍艳拍分轻重：
> 官拍为正板，当重，艳拍为赠板，当轻，打时分轻重以别正赠。
> 七敲八揹靸中清：
> 靸为大曲法曲中之片名，散词已不可歌，大曲法曲更不可歌，如何七敲八揹，如何靸中清，俱不可知。
> 大顿声长小顿促：

---

[1] 丁按："蕴"，《词话丛编》等本作"韵"，此据《宛委别藏》影元本《词源》改。
[2] 唐圭璋编：《词话丛编》，中华书局1986年版，第253—254页。

言逢大顿处歌声须较拖长，遇小顿处歌声可较短……顿亦即住，小住当一字，大住当二字，即大顿声长小顿促之意。

小顿才断大顿续：

……顿者，于此须略作停顿、顿挫、顿气也。

大顿小住当韵住：

大顿即大住……大住用于慢曲，小住用于引近，皆于住韵处用之……

丁住无牵逢合六：

丁即打……住，大小住也。合六为二谱字，如何无牵不可知。

慢近曲子顿不迭：

言无论慢曲近曲，其顿皆不迭用也。大住、小住、打皆为顿，不可迭用……

歌飒连珠迭顿声：

似云歌逢连珠则顿声可迭。如何是连珠，如何是飒，乃至顿如何迭，俱不详。

反掣用时须急过：

……反为三连音符，以三声合一拍，掣类十六分音符，以二声合半拍，其时间较为短促，故云"须急过"也。

折拽悠悠带叹音：

拽即折……类于八分音符，逢丨处不可急过，须悠悠然有长歌咏叹之意。……

顿前顿后有敲打：

似谓顿前及顿后，须敲打以为节，其详不可知。

声拖字拽疾为胜：

关乎讴曲，不论。

抗声特起直须高，抗与小顿皆一掯：

抗，指旋律中突然跃高处，言此音须特别提高，不可苟且。凡逢抗即小顿处，皆须一掯，以醒眉目。

腔平字侧莫参商……住乃哩罗顿嗲喻：

以上十句言唱法，不论。

大头花拍居第五：

头，换头也，亦称过变。慢曲八均拍，至换头处恰为第五拍。大头殆指句长句多之头，不藏短韵者。花拍疑即艳拍，言在大头上加艳拍，适为第五拍，而以换头处官拍为第六拍也。

迭头艳拍在前存：

迭头殆指节拍紧密之头，越两三字即有韵有拍，无异迭用两头，与大头不同。迭连两拍，除官拍外，须加一艳拍。其艳拍当在官拍之前，其义与上句同。

举未清圆无磊块，清浊高下萦缕比；若无含韵强抑扬，即为叫曲念曲矣。

亦关讴法，不论。沈括《梦溪笔谈》卷五："声无抑扬，谓之念曲；声无含蕴，谓之叫曲。"[1]

虽然"讴曲旨要"中有些句子的意义"密码"尚未解开，但能保留至今，便是张炎的一大功绩。随着文物、文献的进一步发掘，研究亦将逐步深入，这一谜底终将会被揭开。

张炎论词，十分强调乐律。《词源》卷下"音谱"条云："词以协音为先，音者何，谱是也。古人按律制谱，以词定声，此正声依永律和声之遗意。"张炎之乐学，得自家传。"音谱"条又云："先人晓畅音律，有《寄闲集》，旁缀音谱，刊行于世。每作一词，必使歌者按之，稍有不协，随即改正。曾赋《瑞鹤仙》一词云：'卷帘人睡起。放燕子归来，商量春事。芳菲又无几。减风光都在，卖花声里。吟边眼底。被嫩绿、移红换紫。甚等闲、半委东风，半委小桥流水。　还是苔痕湔雨，竹影留云，做晴犹未。繁华迤逦。西湖上、多少歌吹。粉蝶儿、扑定花心

---

[1] 丘琼荪：《白石道人歌曲通考》，音乐出版社1959年版，第66—68页。

不去,闲了寻香两翅。那知人一点新愁,寸心万里。'此词按之歌谱,声字皆协,惟扑字稍不协,遂改为守字,乃协。始知雅词协音,虽一字亦不放过,信乎协音之不易也。又作《惜花春·起早》云'琐窗深',深字音不协,改为幽字,又不协,改为明字,歌之始协。……述词之人,若只依旧本之不可歌者,一字填一字,而不知以讹传讹,徒费思索。当以可歌者为工,虽有小疵,亦庶几耳。"[1]这说明在宋末元初,出身词学世家的张炎,对词之乐律还是相当熟悉、相当重视的。入元之后,随着时代的变迁,以及南北文化的交融与分工,词乐趋向衰落。

第四节 张炎《词源》雅正派词论的集大成意义

《词源》下卷共十六篇,中心议题是讨论词的创作在文辞方面的种种技巧,并以一些著名词人为例来说明问题。其所论的作词之法,大半与《乐府指迷》名目相同,如沈义父有"论造句""论起句""论过处""论结句",张炎则有"句法";沈义父有"论咏物用事""咏物不可直说""要求字面当看唐诗""句上虚字",张炎则有"咏物""用事""字面""虚字"诸目,都是一一对应的。就其相同之处来看,多数为《乐府指迷》三言两语带过,而《词源》却展开讨论,且立论更加严谨,理论性大大超过前者。

《词源》在词学理论上的建树有以下几点。

第一,提出重"雅正"的论词宗旨。论词尚雅黜俗,为宋末元初的普遍看法,张炎《词源》比较集中地体现了这一观点。清人戈载《宋七家词选》卷七《玉田词序》记载,"玉田云:'词欲雅而正。''雅正'二字,示后人之津梁,即写自家之面目"[2],正是看到了问题的关键所

---

[1] 唐圭璋编:《词话丛编》,中华书局1986年版,第256—257页。
[2] 戈载:《宋七家词选》,清光绪十一年曼陀罗华阁刻本,天津图书馆藏。

在。《词源》对此多有论述。其卷下自序云："美成负一代词名，所作之词，浑厚和雅"，即以"雅"评美成（周邦彦）词。"杂论"条论"雅正"较详："词欲雅而正，志之所之，一为情所役，则失其雅正之音。耆卿、伯可不必论，虽美成亦有所不免。如'为伊泪落'，如'最苦梦魂，今宵不到伊行'，如'天便教人，霎时得见何妨'，如'又恐伊，寻消问息，瘦损容光'，如'许多烦恼，只为当时，一晌留情'，所谓淳厚日变成浇风也。"[1] 这是要求"雅正"之词写情不能太直太露，要以含蓄之笔出之。故其"赋情"条曰："簸弄风月，陶写性情，词婉于诗。盖声出莺吭燕舌间，稍近乎情可也。若邻乎郑卫，与缠令何异也。"[2] 这也是强调抒情要委婉，不可直白与俚俗。又云："辛稼轩、刘改之作豪气词，非雅词也。于文章余暇，戏弄笔墨，为长短句之诗耳。"[3]"元遗山极称稼轩词，及观遗山词，深于用事，精于炼句，有风流蕴藉处，不减周、秦。如《双莲》《雁邱》等作，妙在模写情态，立意高远，初无稼轩豪迈之气。岂遗山欲表而出之，故云尔。"[4] 这是说"豪气"词不是雅词，讲究用典、炼句，善于赋情咏物，有高远的寄托者方为雅词。张炎认为符合其雅词标准的是以下数人："秦少游、高竹屋、姜白石、史邦卿、吴梦窗，此数家格调不侔，句法挺异，俱能特立清新之意，删削靡曼之词，自成一家，各名于世。"[5] 从其所举的秦、高、姜、史、吴诸人的词来看，张炎所提倡的"雅正"之词，实际上是指词风婉媚、远离俗体、清劲知音、格调脱俗的作品。诸人之中，张炎最推崇的是姜夔，《词源》对他评价最高，且无一贬词。

第二，提倡词要"清空"，不可"质实"，进一步提倡"清空中有意趣"。这是张炎提出的重要词学命题，具有重要的理论意义。《词源》卷下云：

---

[1] 唐圭璋编：《词话丛编》，中华书局1986年版，第266页。
[2] 唐圭璋编：《词话丛编》，中华书局1986年版，第263页。
[3] 唐圭璋编：《词话丛编》，中华书局1986年版，第267页。
[4] 唐圭璋编：《词话丛编》，中华书局1986年版，第267页。
[5] 唐圭璋编：《词话丛编》，中华书局1986年版，第255页。

词要清空,不要质实。清空则古雅峭拔,质实则凝涩晦昧。姜白石词如野云孤飞,去留无迹。吴梦窗词如七宝楼台,眩人眼目,碎拆下来,不成片段。此清空质实之说。梦窗《声声慢》云:"檀栾金碧,婀娜蓬莱,游云不蘸芳洲。"前八字恐亦太涩。如《唐多令》云:"何处合成愁。离人心上秋。纵芭蕉不雨也飕飕。都道晚凉天气好,有明月、怕登楼。　前事梦中休。花空烟水流。燕辞归、客尚淹留。垂柳不萦裙带住,谩长是,系行舟。"此词疏快,却不质实。如是者集中尚有,惜不多耳。白石词如《疏影》《暗香》《扬州慢》《一萼红》《琵琶仙》《探春》《八归》《淡黄柳》等曲,不惟清空,又且骚雅,读之使人神观飞越。[1]

在张炎看来,"清空"的词要能摄取事物、人情的精神而遗其外貌;"质实"的词往往典雅博奥,但过分执着于所描写的对象,显得板滞、晦涩。清人沈祥龙论"清空"曰:"词宜清空,然须才华富,藻采缛,而能清空一气者为贵。清者不染尘埃之谓,空者不著色相之谓。清则丽,空则灵,如月之曙,如气之秋,表圣品诗,可移之词。"[2]刘永济先生《词论》释"清空"曰:"清空云者,词意浑脱超妙,看似平淡,而义蕴无尽,不可指实。其源盖出于楚人之骚,其法盖由于诗人之兴,作者以善觉、善感之才,遇可感、可觉之境,于是触物类情而发于不自觉者也。惟其如此,故往往因小可以见大,即近可以明远。其超妙、其浑脱,皆未易以知识得,尤未易以言语道,是在性灵之领会而已。严沧浪所谓'水中之月,镜中之象'是也。"[3]此说指出了"清空"说的诗学渊源,尤其指出了其与严羽观点的相似之处,确实独具慧眼。吴庠

---

[1] 唐圭璋编:《词话丛编》,中华书局1986年版,第259页。
[2] 唐圭璋编:《词话丛编》,中华书局1986年版,第4054页。
[3] 刘永济:《词论》卷下,上海古籍出版社1981年版,第66页。

《清空质实说》云:"窃谓玉田所下界说,盖仅指词之气体言。若谈文理,又当别论。清之对待字为浊,非质也。在天有清气浊气,在地有清水浊水,在人得清则灵,近浊则秽。文辞亦然,无论长篇短制,古义今情,凡字里行间,有清气往来者,方为佳作。词虽小道,其理则同。质之对待字为文,非清也。质者,本质也,即词家之命意也。惟质故实,所谓意余于辞也。文者,文饰也。即词家之遣辞也。惟文故空,所谓辞余于意也。予故以为梦窗词,正是文而空,不是质而实;白石词正是质而实,不是文而空。不过梦窗文中有质,白石质外有文,而其传诵之作,又皆有清气往来,此其所以为名家也。"[1] 这也是对玉田词说的发展。张炎说"姜白石词如野云孤飞,去留无迹",这是对"古雅峭拔"的具体诠释。他还说白石《暗香》《疏影》《扬州慢》诸词,"不惟清空,又且骚雅,读之使人神观飞越"。此处"骚"可理解为文采斐然,"雅"指内容雅正。《词源》卷下"赋情"条云:"簸弄风月,陶写性情,词婉于诗,盖声出莺吭燕舌间,稍近乎情可也。若邻乎郑卫,与缠令何异也。……若能屏去浮艳,乐而不淫,是亦汉魏乐府之遗意。"[2] 可见"骚雅"是与"郑卫""浮艳"相对立的。提出"骚雅",实际上是在"清空"的基础上求工,以免走入空疏一途,这是对"清空"说的修正与补充。玉田提出"质实"的代表作家是吴文英(梦窗),其评云:"吴梦窗词如七宝楼台,眩人眼目,碎拆下来,不成片段。"并举其《声声慢》为例:"'檀栾金碧,婀娜蓬莱,游云不醮芳洲。'前八字恐亦太涩。"晦涩堆垛,既为梦窗词中常见之现象,又是南宋词特别是咏物词之通病,如"檀栾"八字,至今尚难以索解(夏承焘先生《词源注》曰:"这是吴文英《闰重九饮郭园》词的开头三句。一般用檀栾形容竹,金碧形容楼台,婀娜形容柳,此处大约是描写郭清华家园中有竹、柳、

---

[1] 郭绍虞主编:《中国历代文论选》第二册,上海古籍出版社1979年版,第470—471页。

[2] 唐圭璋编:《词话丛编》,中华书局1986年版,第263—264页。

楼台之属，景致华丽，有如蓬莱仙岛。"[1]）。此类词表明了词体发展已经成熟，艺术技巧日趋细密，故能以隐约晦昧之言，传难以明言之思；但其主旨往往过于隐晦，以至有"打哑谜"之讥，究非词家极则。夏承焘先生对"清空"说、"质实"说的分析颇为全面而深刻："张炎扬姜抑吴，就是他扬姜抑周（邦彦）的主张；吴词浓丽绵密，本近周词；周词晦涩之弊，表现在吴词里最为突出；又周词'软媚'的风格，在张炎看来，是'浇风'，是'失雅正之音'，张炎针对他们的末流为补偏救弊之论，原是有意义的。不过……我们细绎《词源》全书，知道他对'清空'这个主张的要求，只是属辞疏快（'清空'节）、融化典故（'用事'节）等等；他指摘吴文英的质实词，举'檀栾金碧，婀娜蓬莱'等句为例，也只是字面上的缺点……《词源》提出姜夔作为'清空'的典型作家，而姜夔的风格却不是'清空'二字所能赅括……这些都是他说'清空'这个主张的漏洞。"[2]夏先生此论，剖析源流，指陈利弊，对我们理解张炎之论，帮助极大。玉田论词之"清空"与"质实"，目的是建立新的词美学标准，并救一时之弊，初未自标宗派。后人说"清空"不足以尽姜词好处，梦窗词也有并不"质实"者，其实这并非玉田的过失。玉田所言，举其特点而已，并无意对姜、吴之词作出全面、客观的评价。如他对梦窗词，就未尝全盘否定。《词源》即曾谓梦窗《登灵岩》《闰重九》诸作"平易中有句法"（"句法"条），又谓其"善于炼字面"（"字面"条），还说作令曲，"吴梦窗亦有妙处"。蔡桢《词源疏证》说"玉田评梦窗，犹或节取其长"，甚是。

《词源》卷下论词之"意趣"云：

> 词以意趣为主，要不蹈袭前人语意。如东坡中秋《水调歌》云："明月几时有，把酒问青天。不知天上宫阙，今夕是

---

[1] 张炎著，夏承焘校注：《词源注》（与《乐府指迷笺释》合刊），人民文学出版社1963年版，第16页。

[2] 张炎著，夏承焘校注：《词源注》（与《乐府指迷笺释》合刊），人民文学出版社1963年版，"前言"第6页。

何年。我欲乘风归去,又恐琼楼玉宇,高处不胜寒。起舞弄清影,何似在人间。　　转朱阁,开绮户,照无眠。不应有恨,何事长向别时圆。人有悲欢离合,月有阴晴圆缺,此事古难全。但愿人长久,千里共婵娟。"夏夜《洞仙歌》云:"冰肌玉骨,自清凉无汗。水殿风来暗香满。绣帘开,一点明月窥人,人未寝,欹枕钗横鬓乱。　　起来携素手,庭户无声,时见疏星度河汉。试问夜如何,夜已三更,金波淡、玉绳低转。但屈指西风几时来,又不道流年,暗中偷换。"王荆公金陵怀古《桂枝香》云:"登临送目。正故国晚秋,天气初肃。千里澄江似练,翠峰如簇。征帆去棹斜阳里,背西风、酒旗斜矗。彩舟云淡,星河鹭起,画图难足。　　叹往昔豪华竞逐。怅门外楼头,悲恨相续。千古凭高,对此谩嗟荣辱。六朝旧事随流水,但寒烟衰草凝绿。至今商女,时时犹唱,《后庭》遗曲。"姜白石《暗香》赋梅云:"旧时月色,算几番照我,梅边吹笛。唤起玉人,不管清寒与攀摘。何逊而今渐老,都忘却春风词笔。但怪得竹外疏花,香冷入瑶席。　　江国。正寂寂。叹寄与路遥,夜雪初积。翠尊易泣。红萼无言耿相忆。长记曾携手处,千树压西湖寒碧。又片片吹尽也,几时见得。"《疏影》云:"苔枝缀玉,有翠禽小小,枝上同宿。客里相逢,篱角黄昏,无言自倚修竹。昭君不惯胡沙远,但暗忆江南江北。想佩环月下归来,化作此花幽独。　　犹记深宫旧事,那人正睡里,飞近蛾绿。莫似春风,不管盈盈,早与安排金屋。还教一片随波去,又却怨玉龙哀曲。等恁时重觅幽香,已入小窗横幅。"此数词皆清空中有意趣,无笔力者未易到。[1]

玉田所谓"意",应当是指词的立意,《词源》卷下说秦观、高观国、姜夔、史达祖、吴文英等人"俱能特立清新之意",其中的"意"

---

[1] 唐圭璋编:《词话丛编》,中华书局1986年版,第260—261页。

亦指立意，并以"特立清新"作为意的具体要求，可以作为参考。"趣"，当指词的格调情趣。玉田对"意趣"的要求有三个方面：第一，词境上要有创新，不蹈袭前人，他所举的苏、王、姜诸词都是一空依傍、自出机杼之作；第二，"意趣"要与"清空"相结合，他认为上面所举的这几首词"皆清空中有意趣"，既不着色相，又内容充实，托意高远；第三，"意趣"应与"骚雅"相结合。《词源》卷下"杂论"条，在肯定周邦彦词长处的同时，又指出："惜乎意趣却不高远。所以出奇之语，以白石骚雅句法润色之，真天机云锦也。"[1]意趣不高远，就是玉田批评周邦彦等人的"一为情所役，则失其雅正之音"。周邦彦词常以率直之笔，写男女之情，缺少深远的意趣。姜夔词写爱情者亦极多，但多以柳、梅寄兴，出以雅淡蕴藉之笔，而不用浅露的直说，如怀念合肥情人诸词及《暗香》《疏影》诸作皆然，这一点正是周邦彦词所乏处，故玉田欲以姜救周，指出将"意趣"与"骚雅"合而为一，才有可能写出第一流的词作。张炎的《山中白云词》正是朝着这个方向努力的。楼俨[2]评张炎词云："南宋词人，姜白石外，唯张玉田能以翻笔侧笔取胜，其章法句法俱超，清虚骚雅，可谓脱尽蹊径，自成一家。迄今读集中诸阕，一气卷舒，不可方物，信乎其为山中白云也。"[3]刘熙载评张炎词云："张玉田词，清远蕴藉，凄怆缠绵，大段瓣香白石，亦未尝不转益多师。""玉田词论曰：'莲子熟时花自落。'余更益以太白诗二句，曰：'清水出芙蓉，天然去雕饰。'"[4]他指出张炎词清虚骚雅、脱尽蹊径、清远蕴藉、凄怆缠绵，有"清水芙蓉"之美。楼俨、刘熙载二人都指出了玉田词既清空骚雅又颇有意趣之特点。张炎"意趣"说的重要特点是能融合婉约词与豪放词的特点，他所举"清空中有意趣"的词例，既有苏轼、王安石这样著名的豪放词人，也有姜夔这样的婉约词大家，这种兼容并包的气度，是值得高度赞许的。作为一位倾向于婉约词风的

---

[1] 唐圭璋编：《词话丛编》，中华书局1986年版，第266页。
[2] 清人楼俨，字敬思，号西浦，官至江西巡按使，有《蓑笠轩仅存稿》。
[3] 据清人张宗橚《词林纪事》（成都古籍书店1982年复印本，第434页）卷一六转引。
[4] 刘熙载：《艺概》，上海古籍出版社1978年版，第112、121页。

词人和词论家，张炎称赞苏轼词"用事，不为事所使"，"东坡次章质夫杨花《水龙吟》韵，机锋相摩，起句便合让东坡出一头地，后片愈出愈奇，真是压倒今古"。又云："东坡词如《水龙吟》咏杨花、咏闻笛，又如《过秦楼》《洞仙歌》《卜算子》等作，皆清丽舒徐，高出人表。《哨遍》一曲，隐括《归去来辞》，更是精妙，周、秦诸人所不能到。"[1]这种态度是难能可贵的。

第三，张炎论词之咏物、用事、节序、赋情、离情诸技巧，也与"雅正"说、"清空"说密切相关。《词源》论"咏物"云："诗难于咏物，词为尤难。体认稍真，则拘而不畅；模写差远，则晦而不明。要须收纵联密，用事合题。一段意思，全在结句，斯为绝妙。"他认为史达祖《东风第一枝·咏春雪》《绮罗香·咏春雨》《双双燕·咏燕》等词"皆全章精粹，所咏了然在目，且不留滞于物"。[2]《词源》"杂论"云："诗之赋梅，惟和靖一联而已。世非无诗，不能与之齐驱耳。词之赋梅，惟姜白石《暗香》《疏影》二曲，前无古人，后无来者，自立新意，真为绝唱。太白云：'眼前有景道不得，崔颢题诗在上头。'诚哉是言也。"[3]《词源》论"用事"云："词用事最难，要体认著题，融化不涩。如东坡《永遇乐》云：'燕子楼空，佳人何在，空锁楼中燕。'用张建封事。白石《疏影》云：'犹记深宫旧事，那人正睡里，飞近蛾绿。'用寿阳事。又云：'昭君不惯胡沙远，但暗忆江南江北。想佩环月下归来，化作此花幽独。'用少陵诗。此皆用事，不为事所使。"[4]张炎指出咏物词既不可太具体，也不可太脱离所咏之物，要了然在目，不留滞于物。词中用事要善于"融化不涩"，"不为事所使"，亦即认为咏物词及词中用典均须"清空"而不"质实"。清人吴衡照《莲子居词话》卷一云："咏物虽小题，然极难作，贵有不粘不脱之妙，此体南宋诸老尤擅长。……张玉田《春水》云：'和云流出空山，甚年年净洗，花香不

---

[1] 唐圭璋编：《词话丛编》，中华书局1986年版，第265、267页。
[2] 唐圭璋编：《词话丛编》，中华书局1986年版，第261—262页。
[3] 唐圭璋编：《词话丛编》，中华书局1986年版，第266页。
[4] 唐圭璋编：《词话丛编》，中华书局1986年版，第261页。

了。'《孤雁》云:'写不成书,只寄得相思一点。'数语刻画精巧,运用生动,所谓空前绝后矣。"[1]他认为南宋诸人咏物词俱臻妙境,玉田亦为其中高手。清人况周颐说咏物词须"取神题外,设境意中",勿"呆典故""呆寄托""呆刻划、呆衬托","以性灵语咏物,以沉着之笔达出"[2],等等,均为对玉田咏物词理论之绝妙解说。张炎对咏物词的研究,也是以南宋词的创作实践为依据的。刘永济先生说得很精当,其《词论》曰:"词至南宋,姜、史、张、王,弥极工丽,法度既密,而能运用不滞,是为词学成熟之时。五代则奇花初胎,北宋则红紫烂漫也。观其时序,殆与其他文艺同一途辙。近人有诋南宋诸公为词家匠石者,可谓失言。若刘改之咏《美人指甲》、咏《美人足》各词,则品格极卑,真为词匠。然亦可见当时咏物之风弥盛也。词至于成熟,能事已尽,后来者无以复加,于是专就组织巧妙,求胜前人,而用典雅切、遣词细丽之作乃多。故沈伯时斤斤于用事、用字,而词亦衰矣。学者当会通此事之终始,求其盛衰之故,然后知古人得失之正,勿庸妄测古人,轻肆讥弹也。"[3]总而言之,张炎的词作和词论,对后人尤其是清人有很大影响。《四库全书总目》评云:"(张炎)所作往往苍凉激楚,即景抒情,备写其身世盛衰之感,非徒以剪红刻翠为工。至其研究声律,尤得神解,以之接武姜夔,居然后劲,宋、元之间,亦可谓江东独秀矣。"[4]张炎的《词源》总结了唐宋词的创作经验,提出了一系列具有重要理论意义的命题,代表着宋元之交词学的最高成就,也是中国词学理论史上最重要的著作之一。[5]

元代前期词学主要沿袭南宋词学理论,特别是雅正派词论,其中张

---

[1] 唐圭璋编:《词话丛编》,中华书局1986年版,第2417页。
[2] 况周颐撰,屈兴国辑注:《蕙风词话辑注》卷五,江西人民出版社2000年版,第252页。
[3] 刘永济:《词论》卷下,上海古籍出版社1981年版,第98页。
[4] 永瑢等:《四库全书总目》卷一九九,中华书局1965年版,第1822页。
[5] 有关《词源》研究的最新进展,可参阅孙克强《词学史上的清空论》(《文学遗产》2009年第1期)、钟振振《南宋张炎〈词源〉"清空"论界说》(《文学评论》2014年第3期);综述性的文章则有罗海燕《新世纪以来张炎〈词源〉研究述评》(《武陵学刊》2013年第3期)。

炎的《词源》体大思精、论述缜密，在中国词学史上具有极其重要的地位，对后世产生过重大影响。由于姜夔与张炎之曾祖辈交谊深厚，张炎又受到家学的影响，故《词源》论词，主尊白石，乃顺理成章之事。杨缵的《作词五要》对《词源》有直接影响。周密、陆辅之二人的词论与张炎相近而深度不及之。

第六章　金元词学总集与词论

此处所论之"总集",非指汇集金、元两代全部词作文献的总集,这样的总集当时并未出现,实指人们常说的"选集",即《四库全书总目》卷一八六所云"删汰繁芜,使莠稗咸除、菁华毕出"的总集。应当说,相较于当时词坛创作衰微的局面,金元词学的总集数量还是较为可观的。这些总集,有的保存文献之功很大;有的代表着一段时期词坛的主导风气;有的有鲜明、突出而集中的思想倾向;有的是某一类词人词作的选编,有较高的文献价值及一定的理论价值。

第一节 《中州乐府》的文献价值

《中州乐府》是金代唯一的词学总集,其编者为金代大诗人元好问。元好问(1190—1257),字裕之,号遗山,太原秀容(今山西忻州)人。兴定五年(1221)进士,历仕内乡令、南阳令、行尚书省左司员外郎。元好问在金亡之后,隐居不仕,以保存、抢救金国文化、历史遗产为己任，编有史学著作《壬辰杂编》（一名《金源君臣言行录》，今佚）[1]。同时，他还编纂了金代诗歌的大型选本《中州集》，全书十卷，共收录二百五十一位诗人的二千零六十二首诗作，自金哀宗天兴二年（1233）五月开始撰集，十月作《〈中州集〉序》，至海迷失后元年（1249），得到真州提学赵国宝的资助而刊行（见元刊本张德辉《〈中州集〉后序》）。据胡传志教授考证，《中州集》前七卷成于天兴二年，后三卷体例与前七卷不同，当作于天兴二年之后直至王若虚去世（1243年，癸卯）或稍后，历时十年之久。[2] 其说甚是。《中州乐府》当是《中州集》的副产品，仅从其小传多与《中州集》相同这一点便可看出。元好问在编纂《中州集》的过程中，对当时的乐府亦加留意，编成《中州乐府》一卷，共收词人三十六位，词作一百二十四首，词人与词作数量都偏少，说明元好问对乐府一体并不太重视，这可追溯到苏轼重诗轻词的一贯观点。海迷失后元年的刊本今已不传，估计应当是《中州集》与《中州乐府》合刊的，因为我们现在能见到的最早刊本元至大庚戌（1310）本就是如此，该书"半叶十五行，行二十八字，九峰书院刊"[3]。陶湘《景宋金元明本词叙录·景元至大本〈中州乐府〉叙录》按语曰："元本《中州乐府》每半叶十五行，行二十八字，末有'至大庚戌良月平水进德斋刊本'木记。伯宛（丁按：即吴昌绶）从德化李氏所藏张芙川家景写本上版。日本五山翻刻元本《中州集》后乐府一卷，行款悉同。唯如'故实'作'故宝'之类，小有舛误。"[4] 吴昌绶《景刊宋金元明本词》据至大本摹刻，朱祖谋《彊村丛书》据明嘉靖本收录，实亦同于至大本。朱氏有校记数十条，值得重视。《四部丛刊》亦据此本，又用傅增湘所藏刊本校补影印。《中州乐府》另有毛晋汲古阁

---

[1] 清施国祁笺注遗山诗时，以为《壬辰杂编》即《金源君臣言行录》，但据《金史·元好问传》，《壬辰杂编》中若干卷为《金》书内容，二者并不全同，且据陈学霖等学者考证，二书为不同著作。

[2] 参见胡传志《金代文学研究》第三章第一节，安徽大学出版社2000年版。

[3] 邵懿辰撰，邵章续录：《增订四库简明目录标注》，上海古籍出版社1979年版，第902页。

[4] 施蛰存主编：《词籍序跋萃编》，中国社会科学出版社1994年版，第696页。

刊本，毛晋跋曰："家藏《中州集》十卷，逸其《乐府》，梓人告成，殊怏怏。然既得《乐府》一帙，乃九峰书院刻本也，不胜剑合之喜。第词俱双调，淆杂无伦，一一按谱厘正，如《望海潮》诸阕，与谱不侔，未敢轻以意改。其小叙已见诗集中，不复赘云。"[1]据毛晋跋，《中州乐府》所收词已有与谱不合者，当是词乐在金朝衰落之证。朱祖谋《〈中州乐府〉跋》曾对毛晋刻本不收词人小传提出批评，有理。

《中州乐府》最值得注意的是其文献价值。全书共收三十六位词人的一百二十四首作品，经与唐圭璋先生《全金元词》对照，发现金代词人中竟有蔡珪、高士谈、刘著、邓千江、任询、冯子翼、李晏、刘仲尹、党怀英、王庭筠、王础、胥鼎、许古、冯延登、辛愿、李献能、王渥、李节、景覃、完颜从郁、王予可、赵摅、孟宗献、张信甫、王浍、赵元、折元礼、元德明等二十八人的词全赖《中州乐府》以存，占《全金元词》中金词部分（共收七十位词人）词人总数的百分之四十。另有七人的词亦大半存于《中州乐府》，如吴激词今存十首，有五首出于此书，赵万里据《永乐大典》补四首，据《吴礼部诗话》补一首；赵可词今存十一首，有十首出于《中州乐府》，唐圭璋仅据《归潜志》补一首；刘进词今存四首，有二首出于《中州乐府》，唐圭璋据《历代诗余》补二首；完颜璹词今存九首，有七首出于《中州乐府》，唐圭璋据《中州集》补《渔父》二首；赵秉文词今存九首，有六首出于《中州乐府》，唐圭璋据《遗山乐府》补一首，据《滏水集》补二首；高宪词《中州乐府》存二首，唐圭璋指出其中一首为贺铸词，《全金元词》删之；王正之词存四首，有一首出于《中州乐府》，唐圭璋据《归潜志》《词品》《宋翰墨大全》各补一首。以上共七人，占《全金元词》所收金代词人总数的百分之十。上两类合计，占《全金元词》所收金代词人总数的百分之五十。金代著名词人蔡松年存词八十四首，见于《中州乐府》者十二首，见于蔡松年《明秀集》者七十首，据《阳春白雪》辑二首。这说明《全金元词》中约有一半的金代词人词作及生平资料主要出于《中州

---

[1] 施蛰存主编：《词籍序跋萃编》，中国社会科学出版社1994年版，第694页。

乐府》，说其为金代词学渊薮，并不为过，所以彭汝寔《近刻〈中州乐府〉叙》说此编"盖金人小史也"。

《中州乐府》的价值如明人陆深（俨山）所云："金宋分疆，程学行于南，苏学行于北，一时文献，未可谓无人。三百年来，完颜立国浅陋，故前为宋所掩，后为元所压，使豪杰无闻焉，甚可痛也。……夫遗山当有金哀宗之季，国步危促，宋知金仇之不可共，而忘豺狼之不可亲，惨祸交临，不幸生际其时与士者，为之臣妾，莫能奋飞，悲愤于邑之情，可想也。故其形之声韵，畅怀杯酒，系念君国，多可哀愍，采风者所不弃也。明妃、乌孙主、蔡琰之流，皆以婵娟不能自谋，远嫁胡沙，马上之乐，呻吟节拍，世皆怜而存之，矧是编乎！呜呼！王风、国风，由俗而变，江河之趋也。变至桧、陈，乱极思治矣。此仲尼删诗意也。"[1] 毛凤韶《〈中州乐府〉后序》曰："《中州乐府》作于金人吴彦高辈，虽当衰乱之极，今味其辞意，变而不移，悯而不困，婉而不迫，达而不放，正而不随，盖古诗之余响也。"[2] 陆深所云"金宋分疆"（指从靖康之变至金亡），意为以苏轼为代表的"苏学"，即所谓"文士之学"流行于北方（即金朝），以二程为代表的"程学"（即理学，南宋时朱熹对之作了较大发展，故世称"程朱理学"）流行于南方（即南宋统治区），说出了文化史上的重大关钥，其后清人翁方纲、赵翼皆承此说而有所发展，但皆昧其出处。用此观点评论《中州乐府》乃至金代词风，也非常恰当。《中州乐府》所收之词，多为慷慨豪壮之音，连词调也常袭用苏轼《念奴娇·赤壁怀古》《水调歌头·中秋》诸名作。清人厉鹗（号樊榭）《论词绝句十二首》（其八）曰："《中州乐府》鉴裁别，略仿苏黄硬语为。若向词家论风雅，锦袍翻是让吴儿。"[3] 樊榭此绝，指出《中州乐府》之词风格近苏、黄硬语，十分精当。但他对此风是不满的，绝句的末二句实翻元好问《自题〈中州集〉后五首》其一之案，

---

[1] 朱孝臧辑校编撰：《彊村丛书》第1册，上海古籍出版社1989年版，第166—167页。

[2] 朱孝臧辑校编撰：《彊村丛书》第1册，上海古籍出版社1989年版，第169页。

[3] 孙克强、裴喆编著：《论词绝句二千首》，南开大学出版社2014年版，第64页。

元好问诗曰:"邺下曹刘气尽豪,江东诸谢韵尤高。若从华实评诗品,未便吴侬得锦袍。"[1]"邺下曹刘"指金源诗人,"江东诸谢"指南方诗人;末二句用了武则天"夺袍以赐"的典故。《广卓异记》卷三《夺锦袍》曰:"武后游龙门,命群官赋诗,先成者赏以锦袍。左史东方虬诗成,拜赐,坐未安,宋之问诗后成,文理兼美,左右莫不称善,乃就夺锦袍衣之。"[2]从字面上看,元好问似对南北诗风不加轩轾,实则暗寓南不如北之意。樊榭此绝,则直接与遗山唱反调,认为就词而言,北实不如南。两家的论断均未免绝对。清人贺裳《皱水轩词筌》曰:"元遗山集金人词为《中州乐府》,颇多深裘大马之风。"[3]清人沈雄《古今词话》卷下曰:"《中州乐府》曰:'宇文太学虚中、蔡丞相伯坚、蔡太常珪、党承旨怀英、赵尚书秉文、王内翰廷筠,其所制乐府,大旨不出苏、黄之外。要之直于宋而伤浅,质于元而少情也。'"[4]此语已提及宋、金、元词之比较,且又不见于今本《中州乐府》,显非元好问之论,经查,此乃明人王世贞之论,见其《艺苑卮言》卷四,文字有出入。这说明金词近苏、黄为明清以来词家之共识。陆深过分强调《中州乐府》的亡国之音、变《风》之意,似不甚确切。毛凤韶《〈中州乐府〉后序》认为金词虽当衰乱之世,却"变而不移,悯而不困,婉而不迫,达而不放,正而不随",则又回到婉约词论的老路上去了。

《中州乐府》的另一重要价值在于其作者小传。这又可分为两种情况:一是小传与《中州集》重复者,共九人。先将其与词有关的文字摘出:

吴学士激

激字彦高,宋宰臣栻之子,王履道外孙,而米芾元章婿

---

[1] 元好问编:《中州集》,中华书局1959年版,"附录"第571页。
[2] 乐史:《广卓异记》卷三,清康熙刻本。丁按:这一记载,实出唐人刘㧑《隋唐嘉话》,文字有异同,《唐诗纪事》等书亦载此事。
[3] 唐圭璋编:《词话丛编》,中华书局1986年版,第703页。
[4] 唐圭璋编:《词话丛编》,中华书局1986年版,第787页。

也。工诗能文,字画得其妇翁笔意。将命帅府,以知名留之。仕为翰林待制,出知深州,到官三日而卒。有《东山集》十卷并乐府行于世,东山,其自号也。……乐府"夜寒茅店不成眠""南朝千古伤心事""谁挽银河"等篇,自当为国朝第一手,而世俗独取《春从天上来》,谓不用他韵,《风流子》取对属之工,岂真识之论哉。[1]

又,《人月圆》(南朝千古伤心事)纪事:彦高北迁后,为故宫人赋此,时宇文叔通亦赋《念奴娇》先成,而颇近鄙俚,及见彦高此作,茫然自失。是后人有求作乐府者,叔通即批云:"吴郎近以乐府名天下,可往求之。"[2]

又,《春从天上来》后注:好问曾见王防御公玉说,彦高此词,句句用琵琶故实,引据甚明,今忘之矣。[3]

蔡丞相松年

松年字伯坚,父靖,宋季守燕山,仕国朝为翰林学士。伯坚行台尚书省令史出身,官至尚书右丞相。镇阳别业有萧闲堂,自号萧闲老人,薨谥文简。百年以来,乐府推伯坚与吴彦高,号"吴蔡体",有集行于世。其一自序云:"王夷甫神情高秀,宅心物外,为天下称首。言少无宦情,使其雅咏玄虚,不经世务,超然遂终其身,则亦何必减嵇、阮辈,而当衰世颓俗,力不可为之时,不能远引高蹈,颠危之祸,卒与晋俱,为千古名士之恨。又尝读《山阴诗引》(丁按:指王羲之《兰亭集序》),考其论古今感慨事物之变,既言修短随化,期于共尽,而世殊事异,兴怀一致,则死生终始,物理之常,正当乘化归尽,何足深叹。乃区区列叙一时述作,刊纪岁月,岂逸少

---

[1] 元好问编:《中州集》卷一,中华书局1959年版,第12—13页。
[2] 元好问编:《中州集》附《中州乐府》,中华书局1959年版,第539页。
[3] 元好问编:《中州集》附《中州乐府》,中华书局1959年版,第539页。

之清真简裁，亦未尽忘情于此耶？故因作歌并及之。"好问按：此歌以《离骚》痛饮为首句，公乐府中最得意者，读之则其平生自处，为可见矣。[1]

又，《江城子》（半年无梦到春温）注：公有诗"八尺五湖明秀峰"，又云"十丈琅玕倒冰玉，明年为写五湖真"，正用此词意，魏道明作注，义有不通，故表出之。[2]

蔡太常珪

珪字正甫，大丞相松年之子，七岁赋菊诗，语意惊人，日授数千言，天德三年进士擢第后不赴选调，求未见书读之，其辨博为天下第一。……国初文士如宇文太[3]学、蔡丞相、吴深州之等，不可不谓之豪杰之士，然皆宋儒，难以国朝文派论之，故断自正甫为正传之宗，党竹谿次之，礼部闲闲公又次之，自萧户部真卿倡此论，天下迄今无异议云。[4]

赵内翰可

可字献之，高平人，贞元二年进士，仕至翰林直学士。风流有文采，诗、乐府皆传于世，号《玉峰散人集》。[5]

冯临海子翼

子翼字士美，大定人，正隆二年进士，性刚果，与物多忤，用是仕宦不进。……有诗、乐府传于世。[6]

---

[1] 元好问编：《中州集》卷一，中华书局1959年版，第22页。
[2] 元好问编：《中州集》附《中州乐府》，中华书局1959年版，第543—544页。
[3] 原文为"大"。
[4] 元好问编：《中州集》卷一，中华书局1959年版，第33页。
[5] 元好问编：《中州集》卷二，中华书局1959年版，第76页。
[6] 元好问编：《中州集》卷二，中华书局1959年版，第89页。

刘龙山仲尹

仲尹字致君,盖州人,后迁沃州,正隆二年进士。……家世豪侈,而能折节读书,诗、乐府俱有蕴藉,有《龙山集》,尝于其外孙钦叔处见之,参涪翁而得法者也。[1]

刘记室迎

迎字无党,东莱人。……自号无诤居士,有诗文乐府号《山林长语》,诏国学刊行。[2]

景覃

覃字伯仁,华阴人。……作诗有功,乐府亦可传。……自号渭滨野叟,有集传关中。[3]

王先生予可

予可字南云,吉州人。……乐府云:"唾尖绒舌淡红甜。"又自戏云:"欲下犁舌狱耶。"……《威锦堂乐府》云:"凤环捧席带香屏,鲸杯倚伎和云卷。"此类尚多。[4]

二是《中州集》无小传者,共五人。摘其小传如下:

邓千江

临洮人。[5]

宗室文卿(丁按:即完颜从郁)

从郁字文卿,本名璃,字子玉,卫绍王改赐焉,父金紫

---

[1] 元好问编:《中州集》卷三,中华书局1959年版,第105页。
[2] 元好问编:《中州集》卷三,中华书局1959年版,第109页。
[3] 元好问编:《中州集》卷七,中华书局1959年版,第348页。
[4] 元好问编:《中州集》卷九,中华书局1959年版,第474—475页。
[5] 元好问编:《中州集》附《中州乐府》,中华书局1959年版,第545页。

公,有《中庸集》。文卿以父任充符宝。章宗试,一日百篇,赐第。朝廷经略西蜀,宗室纲遣太尉中孚之子公辅,说吴曦称藩。文卿私谓梁经父言:"诱人以叛,岂有天下者所宜为。"其后蜀事竟不成,识者称焉。仕至安肃刺史。[1]

张太尉信甫

信甫名中孚,世为安定望族,初以父任知宁环镇戎三州,天会中,宋乱,渭帅刘锜遁走,诸将推信甫摄帅事,时左副元帅军已次官池。信甫乃诣行营,约衣冠礼乐无变宋旧,则当送款,从之,即日事定,授镇洮军节度使,兼经原经略安抚使,改陕西诸路节制使。及地入于宋,信甫留临安,皇统中,理索北归,就拜行台兵部尚书,天德二年,参知政事,贞元初,新都城,迁尚书左丞,以病乞身,出为济南尹,改南京留守,未几薨。弟忠彦,字才甫,归国授招抚使。世宗朝,终于吏部尚书。信甫昆弟天性友爱,起行阵间,而文雅俱有可称。信甫自号长谷老人。才甫季弟某义谷,有《三谷集》传于家。[2]

王玄佐

贤佐一字玄佐,名浍,咸平人。为人沉默寡欲,邃于《易》学,若有神授之,又通星历纬谶之学。明昌初,德行才能,召至京师,命以官,不拜,朝廷重其人,授信州教授。未几,自免去。再授博州教授,郡守以下皆师尊之。一日,守酒客,适中使至,中使漠然少年,重贤佐名,强之酒,守从旁救之曰:"王先生不茹荤酒,勿苦之也。"中使乃止。是夕,贤佐弃官遁归乡里。宣宗即位,闻其名,议驿召之,以道梗不果。车驾南渡,人有自咸平来者,说贤佐年六十余,起居如少壮

---

[1] 元好问编:《中州集》附《中州乐府》,中华书局1959年版,第563页。
[2] 元好问编:《中州集》附《中州乐府》,中华书局1959年版,第566页。

人。宣宗重其人，常以字呼，遣王曼卿授辽东宣抚使，不拜，又诏宰相以书招之，[1]云："阻奉仙标，渴思道论，敬伫下风，瞻系何极。先生嘉遁林薮，脱屣浮荣，究大《易》之盈虚，洞玄象之终始，道尊德重，名动天朝，推其绪余，足利天下。然君子之道，出处语默，何常之有，或拂衣而长往，或濡迹以救时。故当其无事，则采薇山阿，饵木岩岫，固其宜矣。及多难之际，社稷倾危而不顾，苍生倒悬而不解，其自为谋则善矣，仁人之心，固如是乎？某等猥以不才，谬膺重任，四郊多垒，各将谁执？徒积惭汗，坐视何益！日夜以思，庶几得明利害而外爵禄者，在天子左右，同济太平。今圣上明发不寐，轸念元元，屈己下贤，尊师重道，叹先生之绝识，仰先生之高风，虽黄帝尊广成之道，唐虞重颍阳之节，不是过也。先生怀宝遗世，如某辈之不肖，固在所弃，独不念累世祖宗之基业，亿兆生灵之性命，忍忘之耶？昔商岩四老，定储嗣而暂来；东山谢安，为苍生而一起。今安危大计，非特定储之势也；强敌侵逼，又非东晋之时也。生民涂炭，亦已极矣。岂先生建策于明昌之初，独无一言于贞祐之日乎？想先生幡然而改，惠然而来，审定大计，转危为安，然后披薜幌，拂云扃，未为晚耳。敬听车音，某虽不肖，请拥彗而先之。"书达，竟不至，辽东破时，年九十余矣。[2]

折治中元礼

元礼字安上，世为麟抚经略使，父定远，侨居于忻，遂占籍焉，明昌五年，两科擢第。学问该洽，为文有法度，仕至延安治中，死于葭州之难。坊州有诗云"篱落层层景，轩窗面面

---

[1] "《辽东文献征略·王浍传》载，金宣宗闻咸平人王浍（字贤佐）声名，累招为官，贤佐不应。赵秉文奉金章宗之命，代宰相王曼殊撰《诏王贤佐书》。"（元好问编，张静校注：《中州集校注》第八册，中华书局2018年版，第2929页）

[2] 元好问编：《中州集》附《中州乐府》，中华书局1959年版，第567—568页。

山",至其处,知为工也。[1]

这两部分小传的主要价值有以下几点:

第一,指出了吴激、蔡松年之词在金朝前中期的重要成就、地位及"吴蔡体"得名之原因。

第二,指出了蔡珪为金朝文脉之始,划清了吴激、蔡松年等"借才异代"的宋儒与金朝自己培养的文人之间的界限。

第三,《中州乐府》小传中评及传主乐府成就者仅八人(见上第一类,蔡珪小传未涉及对其词的评价),除吴激、蔡松年外,评语皆很简单。这不能说明金词成就低,只能说明遗山对诸人乐府方面的成绩不够重视,故未遑多加评论。

第四,金代诗人对黄庭坚诗较熟悉,故刘仲尹小传云其乐府"参涪翁而得法者也"。王予可小传曰:"乐府云:'唾尖绒舌淡红甜。'又自戏云:'欲下犁舌狱耶。'"其用秀法师呵斥黄庭坚语。《中州乐府》对词人乐府内容与艺术成就评价不多,且多与诗并提,如论赵可"诗、乐府皆传于世";论刘仲尹"诗、乐府俱有蕴藉";论景覃"作诗有功,乐府亦可传"。

第五,邓千江、完颜从郁、张信甫、折元礼四人小传,可补《金史》之缺,有重大文献价值,且王玄佐传中所录宰相之书,是一篇文情并茂的"招隐士文",在金代文坛上值得一提。

《中州乐府》所录作者绝大部分卒于金哀宗天兴元年(1232)之前,则其体例当是"不录存者",这说明其编纂的起始时间应为金哀宗天兴二年,少数词人如完颜从郁、赵元卒年不可考,难以断定,但也不会晚于元好问;王浍卒于乃马真后二年(1243)前后,张中孚卒于蒙古蒙哥汗五年(1255)之后,则此二人当系遗山后来增补;仅李节(1219—1274),卒年晚于元好问,不符合《中州集》不录生者的体例,或许金

---

[1] 元好问编:《中州集》附《中州乐府》,中华书局1959年版,第569—570页。

代有两李节,俟考。

元好问《中州乐府》的主要价值在于保存文献,并可略窥当时词学门径,但理论性不强。

第二节 《绝妙好词》与雅正派词论

《绝妙好词》为宋元之交著名词人周密(1232—约1298)所编,该书编成当在至元二十八年(1291)前后,[1]时已入元。所选内容为南宋词,起于张孝祥,终于仇远,共计一百三十二家,选词三百八十余首,共分七卷,可能并非全帙。《千顷堂书目》著录为八卷,而且现存的第七卷存词人、词作过少,与前六卷不成比例,前人疑有残缺。清人朱彝尊《书〈绝妙好词〉后》云:"词人之作,自《草堂诗余》盛行,屏去激楚阳阿,而巴人之唱齐进矣。周公谨《绝妙好词》选本虽未全醇,然中多俊语。方诸《草堂》所录,雅俗殊分。顾流布者少。从虞山钱氏抄得,嘉善柯孝廉南陔重锓之。作者百三十有二人,第七卷仇仁近词残阙,目亦无存,可惜也。"[2]从前六卷入选词人看,第一卷有二十八人,第二卷有十三人,第三卷有三十人,第四卷有十一人,第五卷有二十二人,第六卷有二十四人,而第七卷仅存四人,显然有残缺。据朱彝尊所言,因目录已不存,无法知其详,但《历代诗余》卷一一七、一一八曾引"草窗词评"若干条,吴熊和先生曰:"此书卷四施岳《步月》茉莉词后,有周密评语一则,道光本复有周密论张炎春水、孤雁二词一则,《历代诗余》卷一一七、一一八,又数引《草窗词选》《草窗词评》,论及黄铢、李清照等女词人,疑原书间有词评,卷八则兼录女流之词,

---

[1] 吴熊和:《吴熊和词学论集》,杭州大学出版社1999年版,第125页。
[2] 朱彝尊:《曝书亭集》卷四三,《四部丛刊》本。

此或为八卷本之原貌。"[1]我们据《词话丛编》所录《历代诗余·词评》(更名为《历代词话》),共得周密论词之语四条。

《历代词话》卷七:

葛立方《卜算子》

葛立方《卜算子》词,用十八叠字,妙手无痕,堪与李清照《声声慢》并绝千古。本邑学道人,胸中乃有此奇特。其词云:"袅袅水芝红,脉脉蒹葭浦。淅淅西风澹澹烟,几点疏疏雨。　　草草展杯觞,对此盈盈女。叶叶红衣当酒船,细细流霞举。"(《草窗词评》)[2]

《历代词话》卷八:

陈亮《虞美人》

"东风荡漾轻云缕。时送潇潇雨。水边台榭燕新归,一点香泥湿带落花飞。　　海棠糁径铺香绣。依旧成春瘦。黄昏庭院柳啼鸦,记得那人和月折梅花。"盖《虞美人》词也。陈龙川好谈天下大略,以气节自居,而词亦疏宕有致。(《周密词评》)[3]

黄铢《渔家傲》

朱晦翁示黄铢以欧阳永叔《鼓子词》,盖所以讽之也。铢赋《渔家傲》云:"永日离忧千万绪。霜舟远泛清漳浦。珍重故人寒夜语。挥玉麈,沉沉画阁凝香雾。　　风砌落花留不住。红蜂翠蝶闲飞舞,明日柳阴江上路。云起处,苍山万叠人

---

[1] 吴熊和:《吴熊和词学论集》,杭州大学出版社1999年版,第125—126页。
[2] 唐圭璋编:《词话丛编》,中华书局1986年版,第1232页。
[3] 唐圭璋编:《词话丛编》,中华书局1986年版,第1240页。

归去。"(《草窗词选》）[1]

张炎词

乐笑翁张炎词如"荒桥断浦，柳阴撑出渔舟小"，赋春水入画。其咏孤雁云："自顾影欲下寒塘，正沙净草枯，水平天远。写不成书，只寄得、相思一点。"如此等语，虽丹青难画矣。（《草窗词选》）[2]

据以上四则材料及周密《绝妙好词》分析，吴熊和先生的观点并不甚确。其一，黄铢（1131—1199）为朱熹、真德秀同时的隐士，并非女子，事迹见《宦游纪闻》。他是朱熹的同门友，与朱熹相交早且厚，居又卜邻，其亡时，朱熹有文祭之（见《朱文公文集》卷八七）。有《谷城集》五卷，朱熹、真德秀为之序（分别见《朱文公文集》卷七六、《真文忠公文集》卷二八），其集今不传。其二，《历代诗余》并未引周密评李清照词之语。其三，《绝妙好词》卷一选陈亮词一首，并非这首《虞美人》。其四，《绝妙好词》选词，大致以时代先后为序，葛立方（？—1164）卒于南宋前期，其词若入选，恐不应在第七、八卷。黄铢《渔家傲》、陈亮《虞美人》均见于黄昇《中兴以来绝妙词选》。总之，《历代诗余》所引周密评语，无一条与今本《绝妙好词》所选词作相吻合，估计另有出处，恐怕难以作为该书有第八卷之证据，《千顷堂书目》著录为八卷，或当别有所据。吴熊和先生推测第八卷间采女流，有可能。

《绝妙好词》卷四施岳《步月·茉莉》词，弁阳老人原注云："茉莉，岭表所产，古今咏者不甚多。文公曾咏二绝句，邹道乡亦曾题咏。此篇'小莲冰洁'之句，状茉莉最佳。此花四月开，直至桂花时尚有，

---

[1] 唐圭璋编：《词话丛编》，中华书局1986年版，第1242页。
[2] 唐圭璋编：《词话丛编》，中华书局1986年版，第1254页。

玩芳味，古人用此花焙茶，故云。"[1] 其不仅牵涉到考证，还涉及鉴赏，故特为拈出。

《绝妙好词》一书命运多舛，刊行不久即已毁版，张炎《词源》"杂论"条云："近代词人用功者多，如《阳春白雪集》，如《绝妙词选》，亦自可观，但所取不精一；岂若周草窗所选《绝妙好词》之为精粹。惜此板不存，恐墨本亦有好事者藏之。"[2]《词源》刊行于元仁宗延祐四年（1317），距《绝妙好词》之刊行不过二三十年，其毁版如此之快，恐怕与宋元之际的时代大动乱有直接关系。

元、明两代，此书皆不见著录，清初有毛氏汲古阁、钱氏述古堂二抄本，毛本今藏国家图书馆，有朱孝臧跋。钱本康熙、雍正时俱有刊本，查为仁、厉鹗《绝妙好词笺》即用此本。《笺》本为当今通行本，厉氏《绝妙好词笺序》论原选及笺之价值并二人合笺始末云："《绝妙好词》七卷，南宋弁阳老人周密公谨所辑。宋人选本朝词，如曾端伯《乐府雅词》、黄叔旸《花庵词选》，皆让其精粹，盖词家之准的也。所采多绍兴迄德祐间人，自二三巨公外，姓字多不著。夫士生隐约，不得树立功业，炳焕天壤，仅以词章垂称后世，而姓字犹在若灭若没间，无人为从故纸堆中抉剔出之，岂非一大恨事耶。津门查君莲坡，研精风雅，耽玩倚声，披阅之暇，随笔札记，辑有《诗余纪事》如干卷，于是编尤所留意，特为之笺，不独诸人里居出处，十得八九，而词中之本事，词外之佚事，以及名篇秀句，零珠碎金，捃拾无遗，俾读者展卷时，恍然如聆其笑语而共其游历也。予与莲坡有同好，向尝掇拾一二，每自矜创获，会以衣食奔走，不克卒业。及来津门，见莲坡所辑，颇有望洋之叹，并举以付之，次第增入焉。"[3] 据王昶《蒲褐山房诗话》，厉鹗赴北京补选县令，道经天津，遂与查为仁"觞咏数月，同撰周密《绝妙好

---

[1] 厉鹗著，曹明升、刘深点校：《厉鹗全集·绝妙好词笺》，浙江古籍出版社2019年版，第138页。
[2] 唐圭璋编：《词话丛编》，中华书局1986年版，第266页。
[3] 周密辑，查为仁、厉鹗笺：《绝妙好词笺》，中华书局1957年版，第17—18页。

词笺》，遂不就选而归"[1]，足见厉氏对此事之痴迷。《四库全书总目》评《绝妙好词》云："去取谨严，犹在曾慥《乐府雅词》、黄昇《花庵词选》之上。又宋人词集，今多不传，并作者姓名，亦不尽见于世，零玑碎玉，皆赖此以存，于词选中最为善本。"评查、厉二人之《笺》云："所笺多泛滥旁涉，不尽切于本词，未免有嗜博之弊。然宋词多不标题，读者每不详其事，如陆游之《瑞鹤仙》、韩元吉之《水龙吟》、辛弃疾之《祝英台近》、尹焕之《唐多令》、杨恢之《二郎神》，非参以他书，得其源委，有不解为何语者。其疏通证明之功，亦有不可泯者矣。"[2] 可谓实事求是。

《绝妙好词》的价值可分为三点来谈。

一、辑佚与校勘价值

诚如《四库全书总目》卷一九九"《绝妙好词笺》提要"所云："宋人词集，今多不传，并作者姓名，亦不尽见于世，零玑碎玉，皆赖此以存，于词选中最为善本。"据初步统计，完全依靠《绝妙好词》得以保存的词作有：俞灏一首、章良能一首、张履信一首、赵汝迕一首、姚镛一首、周晋三首、楼槃十一首、赵崇霄一首、陈策二首、翁元龙五首、赵希迈二首、赵溍二首、杨伯岩一首、李振祖一首、李演六首、张桂二首、赵与鉌二首、杨缵三首、吴大有一首、胡仲弓一首、薛梦桂四首、潘希白一首、李珏二首、钟过一首、郑楷一首、赵淇一首、张磐二首、曹良史一首、赵与仁五首、陈逢辰二首、史介翁一首、应法孙二首、王亿之一首、王茂孙二首、朱屑孙一首、郑斗焕一首。此书在元、明两代湮没无闻，必有与词人流行别集文字不同处，故足资校勘。

---

[1] 钱仲联主编：《清诗纪事》，凤凰出版社2004年版，第884页。
[2] 永瑢等：《四库全书总目》卷一九九，中华书局1965年版，第1824页。

二、可窥见南宋词坛之主流风气及草窗选词之标准

南宋人所选宋词集现存有曾慥《乐府雅词》、何士信《草堂诗余》、黄昇《花庵词选》、赵闻礼《阳春白雪》等，周密《绝妙好词》后出，与诸家互有异同。《乐府雅词》成书于绍兴十六年（1146），所收皆宋人，又以北宋为主，其选录标准是倡雅反俗，《乐府雅词引》云："涉谐谑则去之，名曰《乐府雅词》。"其认为欧阳修的某些艳词，是"当时小人或作艳曲，谬为公词，今悉删除"，又不选柳永、二晏、秦观诸人词，故《乐府雅词》的选词标准与《绝妙好词》较为接近，周密对前辈的观念有所继承。《花庵词选》唐、宋词皆选，以苏轼、辛弃疾一派为主，与周密观点不同；《草堂诗余》选词较杂，俗词较多，故朱彝尊《书绝妙好词后》云："周公谨《绝妙好词》选本虽未全醇，然中多俊语。方诸《草堂》所录，雅俗殊分。"[1]《阳春白雪·正集》多选工丽雅正之作，观其书名可知，与周密所选相近；《阳春白雪·外集》则录张元幹、辛弃疾、刘过等慷慨悲凉之作，与周密所选不同。周密选《绝妙好词》的基本主旨是清丽雅正，清人焦循《雕菰楼词话》云："周密《绝妙好词》所选，皆同于己者，一味轻柔润腻而已。"[2] 周密的词风，如前人所评："公谨敲金戛玉，嚼雪盥花，新妙无与为匹。"[3] "草窗镂冰刻楮，精妙绝伦。"[4] "其词尽洗靡曼，独标清丽，有韶倩之色，有绵渺之思，与梦窗旨趣相侔，二窗并称，允矣无忝。其于律亦极严谨。"[5] 故其选词，不选以柳永词为代表的俚俗之作。南宋王灼《碧鸡漫志》卷二评柳永词"浅近卑俗"，又专列"滑稽无赖"一派，以北宋张山人、孔三传、王齐叟、曹组、张衮臣诸人为代表，并云："其后祖述者益众，

---

[1] 周密著，杨瑞点校：《周密集》第6册，浙江古籍出版社2015年版，"附录"第72页。
[2] 唐圭璋编：《词话丛编》，中华书局1986年版，第1494页。
[3] 唐圭璋编：《词话丛编》，中华书局1986年版，第1634页。
[4] 唐圭璋编：《词话丛编》，中华书局1986年版，第1644—1645页。
[5] 戈载：《宋七家词选》，清光绪十一年曼陀罗华阁刻本，天津图书馆藏。

嫚戏污贱，古所未有。"[1]这当指南宋初年的情况。周密对此类词一概摒弃。草窗又不选侧艳之作，《绝妙好词》所选诸词，虽不离女性与爱情，但多含蓄雅丽，无较露骨的艳词。草窗对南宋豪放词人的态度尤其值得注意：一是对张孝祥、辛弃疾、刘过、刘克庄等选词不多，二是不选他们那些慷慨悲凉之作。如张孝祥《六州歌头》（长淮望断）、辛弃疾《水龙吟·登建康赏心亭》（楚天千里清秋）、《鹧鸪天》（壮岁旌旗拥万夫）、《水调歌头》（落日塞尘起）、《永遇乐·京口北固亭怀古》（千古江山）等，皆被舍弃，所选入的词作如于湖之《念奴娇·过洞庭》（洞庭青草）、稼轩之《摸鱼儿》（更能消几番风雨），多为蕴含较丰富、抒情较委婉、思想较深刻之作。草窗所重视的，多为南宋雅正婉丽之作，如此书选姜夔十三首、史达祖十首、高观国九首、吴文英十六首、周密二十二首、王沂孙十首，宋代存词最多的辛弃疾只选二首，的确多选"同于己者"，且以作者自己的词作入选最多，所选作品大都婉丽雅正，这反映了他本人的审美趣味。不过，周密选词的眼光并不狭窄，如清人宋翔凤《乐府余论》所云："南宋词人，系情旧京，凡言归路，言家山，言故国，皆恨中原隔绝，此周公谨氏《绝妙好词》所由选也。"[2]可见此选本与周密作《武林旧事》等书的想法大致相同。

三、对张炎《词源》、陆辅之《词旨》的影响

张炎《词源》一方面称《绝妙好词》为"近代"最优秀的选本，另一方面又说"惜此板不存，恐墨本亦有好事者藏之"，好像张炎手边连此书的墨本也没有，其实不然。如果对张炎《词源》、陆辅之《词旨》细加研读，不难看出，张、陆二人均应拥有（或先后拥有）《绝妙好词》，且二人均深受其影响。张炎论词，标举"清空""骚雅"，与《绝妙好词》的选词宗旨接近，《词源》卷下所举南宋词人之词共二十首，

---

[1] 唐圭璋编：《词话丛编》，中华书局1986年版，第84页。
[2] 唐圭璋编：《词话丛编》，中华书局1986年版，第2502页。

其中有十五首见于《绝妙好词》，即史达祖《绮罗香·咏春雨》（做冷欺花）、《喜迁莺·元宵》（月波疑滴）、《东风第一枝·春雪》（巧剪兰心）、《双双燕·咏燕》（过春社了），吴文英《八声甘州·登灵岩陪庾幕诸公游》（渺空烟四远）、《声声慢·闰重九饮郭园》（檀栾金碧）、《唐多令》（何处合成愁），姜夔《暗香》（旧时月色）、《疏影》（苔枝缀玉）、《扬州慢》（淮左名都）、《一萼红》（古城阴）、《淡黄柳》（空城晓角）、《齐天乐·蟋蟀》（庾郎先自吟愁赋），陆淞《瑞鹤仙》（脸霞红印枕），辛弃疾《祝英台近》（宝钗分）等。《词源》又录有李清照《永遇乐·元宵》（落日熔金），可能见于《绝妙好词》残缺的第八卷。如果不是张炎手中有《绝妙好词》，是绝不会如此巧合的。

周密是张炎的父执，炎父名枢，号寄闲，《词源》卷下"音谱"条云："先人晓畅音律，有《寄闲集》，旁缀音谱，刊行于世。"[1]张枢家建有"吟台"，词友们常唱和其间，周密《瑞鹤仙·序》云："寄闲结吟台出花柳半空间，远迎双塔，下瞰六桥，标之曰：'湖山绘幅'。霞翁（丁按：指杨瓒）领客落成之。初筵，翁俾余赋词，主宾皆赏音。酒方行，寄闲出家姬侑尊，所歌则余所赋也。调闲婉而辞甚习，若素能之者。坐客惊诧敏妙，为之尽醉。越日过之，则已大书刻之危栋间矣。"[2]李彭老《壶中天》，陈允平《木兰花慢》，周密《露华》《采绿吟》《清平乐》《水龙吟》诸词，都提及张枢之"吟台"或"吟社"，足见其一时之盛。[3]张炎年轻时，常侍其父左右，故得闻父辈词友高论，其《词源》卷下自序曰："余疏陋谫才，昔在先人侍侧，闻杨守斋、毛敏仲、徐南溪诸公商榷音律，尝知绪余，故生平好为词章，用功逾四十年，未见其进。"[4]张炎自称得声律之学于守斋杨公（丁按：即杨瓒）、南溪徐公（丁按：即徐理，字德玉，号南溪，绍兴萧山人，年二十九，登进士第，为杨瓒知音）。张炎《词源》后附杨瓒《作词五要》，以表明

---

[1] 唐圭璋编：《词话丛编》，中华书局1986年版，第256页。
[2] 唐圭璋编：《全宋词》，中华书局1965年版，第3276页。
[3] 参见杨海明先生《张炎词研究》（齐鲁书社1989年版）第一章的有关论述。
[4] 唐圭璋编：《词话丛编》，中华书局1986年版，第255页。

自己的词学渊源。《词源》卷下"杂论"条云:"近代杨守斋精于琴,故深知音律。有《圈法周美成词》。与之游者,周草窗、施梅川、徐雪江、奚秋崖、李商隐,每一聚首,必分题赋曲。但守斋持律甚严,一字不苟作,遂有《作词五要》。"[1]张枢亦当在"分题赋曲"的诸人之中。周密词集中有多首与张枢往还之作,周密长张炎十六岁,二人多有交往,张炎有数首词赠之,如《疏影》(柳黄未结)小序云"余于辛卯岁北归,与西湖诸友夜酌,因有感于旧游,寄周草窗"[2];《祝英台近》(水痕深)小序云"与周草窗话旧"[3];《甘州》(记天风)小序云"饯草窗归雪"[4];《一萼红》(制荷衣)小序云"弁阳翁新居,堂名'志雅',词名《蘋洲渔笛谱》"[5];《思佳客》(梦里蒪腾说梦华)小序云"题周草窗《武林旧事》"[6];等等。张炎又有《西江月》词,实为题《绝妙好词》者,当成于周书成书之日,小序曰:"《绝妙好词》,乃周草窗所集也。"词曰:"花气烘人尚暖,珠光出海犹寒。如今贺老见应难。解道江南肠断。　漫击铜壶浩叹,空存锦瑟谁弹。庄生蝴蝶梦春还。帘外一声莺唤。"[7]张炎作为主雅正、讲音律的杨缵之传人,从本派著名词选《绝妙好词》中汲取营养,作为立论之依据,是很正常的事情。

元人陆辅之曾从张炎学词,其《词旨》云:"周清真之典丽,姜白石之骚雅,史梅溪之句法,吴梦窗之字面,取四家之所长,去四家之所短,此翁(丁按:谓乐笑翁,指张炎)之要诀。"[8]《词旨》自序又云:"夫词亦难言矣,正取近雅,而又不远俗。予从乐笑翁游,深得奥旨制度之法,因从其言,命韶暂作《词旨》,语近而明,法简而要,俾初学易于入室云。"[9]可见《词旨》之作,直接受命于张炎,不妨视作对

---

[1] 唐圭璋编:《词话丛编》,中华书局1986年版,第267页。
[2] 唐圭璋编:《全宋词》,中华书局1965年版,第3467页。
[3] 唐圭璋编:《全宋词》,中华书局1965年版,第3472页。
[4] 唐圭璋编:《全宋词》,中华书局1965年版,第3482页。
[5] 唐圭璋编:《全宋词》,中华书局1965年版,第3482页。
[6] 唐圭璋编:《全宋词》,中华书局1965年版,第3519页。
[7] 唐圭璋编:《全宋词》,中华书局1965年版,第3499页。
[8] 唐圭璋编:《词话丛编》,中华书局1986年版,第301—302页。
[9] 唐圭璋编:《词话丛编》,中华书局1986年版,第301页。

《词源》的阐释之作。《词旨》与《绝妙好词》的血缘也非常近，据笔者统计，《词旨·属对凡三十八则》中，十四则所引原词已失传，剩下的二十四则中有九则所引之词见于《绝妙好词》，再除去个别北宋词人如田为，这个比例是不低的。《词旨·词眼凡二十六则》，除有四则所引原词已佚，其余二十二则中，则有十三则所引之词见于《绝妙好词》，另有北宋周邦彦一则。李清照二则可能见于《绝妙好词》卷八，故《词旨》见于《绝妙好词》的比例已超过百分之五十。最能说明问题的是《词旨·警句》，该部分共收警句九十二则，除去一则所引原词已佚，可考的九十一则中，竟有六十九则所引之词见于《绝妙好词》，比例高达百分之七十五左右，如果加上卷七的残缺部分、卷八的亡佚部分，这个比例或将高达百分之八十至九十。宋词多达两万首，《绝妙好词》仅收词不到四百首，《词旨·警句》所引却基本上在《绝妙好词》范围内，这可以确切无疑地表明二书之间血缘关系极近，《词旨》所选词例，当以《绝妙好词》为主而略有旁涉，加上张炎的《山中白云词》而成。可见《绝妙好词》对宋元之际风雅派词论产生过重要影响，此点向无人拈出，故在此特加说明。

清人黄稷虞《千顷堂书目》著录《绝妙好词》为八卷，今本均为七卷，且一至六卷入选词人多则三十家（卷三），少则十一家（卷四），而卷七则仅存四家，最末者仇远仅收词二首，很可能有残缺，因原书目录可能置于书末，今一并失传，故今天无法窥见其原貌。朱彝尊《书〈绝妙好词〉后》曰："第七卷仇仁近词残阙，目亦无存，可惜也。"清人江昱《论词十八首》之十七曰："别裁伪体亲风雅，毕竟花庵逊草窗。何日千金求旧本，一时秀句入新腔。"自注云："弁阳选词今止七卷，且有讹阙，意非原本。"[1] 其与朱氏所见相同。

---

[1] 孙克强、裴喆编：《论词绝句二千首》，南开大学出版社2014年版，第88页。

第三节 《元草堂诗余》与金元词风

《元草堂诗余》，又名《精选名儒草堂诗余》《续草堂诗余》，元凤林书院辑，故又名《凤林书院草堂诗余》。"凤林书院"为元书坊名称，此书不著编者姓氏。此书有元凤林书院三卷本，吴昌绶据以摹刻入《仁和吴氏双照楼景刊宋元本词》，今有明崇祯十二年（1639）钞本和清嘉庆十六年（1811）秦恩复刻本。现存共三卷，收录六十三位词人的二百零三首词。

《草堂诗余》为南宋何士信辑，选唐、五代、宋词三百六十七首，以宋词为主，是宋元之间流行的唐宋词选本。明人杨慎《词品序》云："宋人选填辞曰《草堂诗余》，其曰《草堂》者，太白诗名《草堂集》，见郑樵书目。太白本蜀人，而草堂在蜀，怀故国之意也。曰诗余者，《忆秦娥》《菩萨蛮》二首为诗之余，而百代辞曲之祖也。"[1] 顾名思义，《元草堂诗余》显然是以继承《草堂诗余》为目的的。

《元草堂诗余》得到后人的高度评价，其声誉高于《草堂诗余》。《四库全书总目》卷一九九"《类编草堂诗余》提要"论述了《草堂诗余》在清人心目中的地位："朱彝尊作《词综》，称《草堂》选词，可谓无目。其诋之甚至。今观所录，虽未免杂而不纯，不及《花间》诸集之精善，然利钝互陈，瑕瑜不掩，名章俊句，亦错出其间，一概诋排，亦未为公论。"[2] 与此形成鲜明对照的是，清人谭献《复堂词话》将赵闻礼《阳春白雪》、周密《绝妙好词》与《元草堂诗余》相提并论，并极

---

[1] 杨慎：《词品》（与《渚山堂词话》合刊），人民文学出版社1960年版，第41页。

[2] 永瑢：《四库全书总目》卷一九九，中华书局1965年版，第1824页。朱彝尊《词综发凡》曰："填词最雅无过石帚，《草堂诗余》不登其只字，见胡浩《立春吉席》之作，蜜殊（丁按：即僧仲殊，苏轼之友）《咏桂》之章，亟收卷中，可谓无目者也。"（朱彝尊、汪森编：《词综》，上海古籍出版社1978年版，"发凡"第14页）

为推崇:"阅《乐府雅词》《阳春白雪》,赵立之去取有意,似胜曾慥。与四水潜夫《绝妙好词》比肩鼎足者,其《凤林书院》(丁按:指《凤林书院草堂诗余》)乎?"[1]《元草堂诗余》在清代的传播者对此书评价颇高,厉鹗《元草堂诗余跋》曰:

> 元凤林书院《草堂诗余》三卷,无名氏选,至元、大德间诸人所作,皆南宋遗民也。词多凄恻伤感,不忘故国,而于卷首冠以刘藏春、许鲁斋二家,厥有深意。至其采撷精妙,无一语凡近。弁阳老人《绝妙好词》而外,渺焉寡匹。余于此二种,心所爱玩,无时离手。每当会意,辄欲作碧落空歌,清湘瑶瑟之想。[2]

严长明、秦恩复二跋与厉鹗观点亦相近,秦恩复曰:"《凤林书院名儒草堂诗余》三卷,虽录于元代,犹是南宋遗民,寄托遥深,而音节激楚,故厉太鸿比诸清湘瑶瑟,与弁阳所选,并称不朽。信乎标放言之致,则怆怏而难怀;寄独往之思,又郁伊而易感也。"[3]近人陈匪石《声执》对此书的评价颇具只眼,兹征引如下:

> 《元草堂诗余》三卷。秦恩复以《读画斋丛书》本用厉樊榭手校本校刊,并录樊榭四跋。樊榭之治是书,借钞吴尺凫藏本,以朱竹垞钞本及元刊本校勘,又以《翰墨大全》及《天下同文集》辑补,可谓勤矣。樊榭谓其采撷精妙,无一语凡近。《绝妙好词》外,渺焉寡匹。盖辑者名虽不传,而必为元代一大作手,且渐染南宋之风。其辑为是书,则别有深意在。上卷十四人、六十二首,中卷二十五人、六十八首,下卷二十四

---

[1] 谭献:《复堂词话》(与《介存斋论词杂著》《蒿庵词话》合刊),人民文学出版社1959年版,第35页。
[2] 施蛰存主编:《词籍序跋萃编》,中国社会科学出版社1994年版,第696页。
[3] 施蛰存主编:《词籍序跋萃编》,中国社会科学出版社1994年版,第698页。

人、七十三首。其确为元人者，只刘藏春、许鲁斋两家，余皆南宋遗民。其词皆樊榭所谓凄恻伤感，不忘故国者。是名虽属元，实乃南宋余韵，盖草窗、碧山、玉田、山村之所倡导。如张翥、张丙、邵亨贞等，皆属此派，在元代词学，为南方之一流别，与北人平博疏快者迥乎不同。而所录之人又多无别集，实可继《绝妙好词》之后，于南宋为补遗。彊村《宋词三百首》列入彭元逊、姚云文，即据此也。元人又有《天下同文集》，其四十八至五十卷为词，二十余首。然卢挚以外，皆与此同。[1]

陈匪石除了介绍此书的版本源流外，还指出此书所代表的南方词风与北方不同，这是很有见地的。

笔者认为，要充分认识此书之价值，关键要弄清以下两个问题：一是此书的入选对象及主旨，二是此书所昭示的基本艺术规范。

自从厉鹗《元草堂诗余跋》出现之后，人们多承其说，认为此书所选作者皆南宋遗民，陈匪石指出仅刘秉忠（藏春散人）、许衡（鲁斋）两家为元人，余皆南宋遗民。况周颐《蕙风词话》卷二"詹天游词"条云："《凤林书院草堂诗余》无名氏选至元、大德间诸人所作（天游词录九首），并皆南宋遗民词，多凄恻伤感，不忘故国，而于卷首冠以刘藏春、许鲁斋二家，以文丞相（丁按：即文天祥）、邓中斋（丁按：即邓剡）、刘须溪（丁按：即刘辰翁）三公继之，若故为之畦町。"[2] 今人屈兴国分析其原因曰："按无名氏选《凤林书院草堂诗余》，皆南宋遗民词作。多凄恻伤感，不忘故国。而卷首冠以刘藏春（刘秉忠）许鲁斋（许衡）二家，二家并当时显宦，入选似与选旨相左。其实，避席畏闻文字狱，正利用其保护色，以避免元统治者的威棱震慑，又有利于此一

---

[1] 陈匪石编著：《宋词举》附《声执》卷下，金陵书画社1983年版，第158—159页。
[2] 况周颐撰，屈兴国辑注：《蕙风词话辑注》卷三，江西人民出版社2000年版，第138页。

词集之流传。此即樊榭山民《元草堂诗余跋》中所云'深意'。至如蕙风所云：'刘、许之后，即以信国文公继之，不啻为之揭橥诸人何如人者。'犹在其次。而詹玉《齐天乐》词，正见其当时顾忌甚深，于有所不敢之中，存其微旨的良苦用心。"[1] 屈说值得商榷，刘秉忠、许衡确为元朝显宦，文天祥、邓剡、刘辰翁皆为抗元志士，这都没错，但说此书以刘秉忠、许衡词置于卷首，有"保护色"之意则未必。此书编者对政治忌讳恐怕考虑得并不太多，否则，像文天祥《沁园春·至元间留燕山作》、邓剡《满江红·和王昭仪题壁》等有明显"抗元"色彩的词作就不会入选，或许当时选者所处的政治环境较为宽松也未可知。

自厉氏之跋出，学者多为其所限，认定除了刘、许之外，作者均为南宋遗民，而不暇深考，其实并非如此。如紧接刘辰翁的杨果（西庵）（1195—1269），为祁州蒲阴（今河北安国）人，金正大元年（1224）进士，是一位由金入元的文人。杜仁杰（善夫）（约1201—约1284），字仲梁，号止轩，济南长清人，也是一位由金入元的文人，他入元后屡征不起，是一位金朝遗民。况周颐论及的詹玉（天游）生卒年不详，词如《齐天乐·赠童瓮天兵后归杭》，丁绍仪《听秋声馆词话》卷九评为有"沧桑之慨"；况周颐《蕙风词话》卷三云："当时顾忌甚深，是书于有所不敢之中，仅能存其微旨，度亦几经审慎而后出之。天游词歇拍云：'如此湖山，忍教人更说。'看似平淡，却含有无限悲凉。"[2] 吴梅《词学通论》评此词及詹玉其人曰："其故国之思，时流露于笔墨间，盖亦由宋入元者矣。"[3] 叶申芗《本事词》卷下云："詹天游，南宋遗民，尝于古卫乘舟，其柁工告以此舟曾载钱塘宫人赴北者。詹为感赋《三姝媚》。"[4] 况周颐《蕙风词话》卷三评詹玉《一萼红》云："'闲著江湖尽宽，谁肯渔蓑。'忠愤至情，流溢行间句里。"[5] 足见詹词确有故国

---

[1] 况周颐撰，屈兴国辑注：《蕙风词话辑注》卷三，江西人民出版社2000年版，第139页。
[2] 唐圭璋编：《词话丛编》，中华书局1986年版，第4469页。
[3] 吴梅：《词学通论》，复旦大学出版社2005年版，第100页。
[4] 唐圭璋编：《词话丛编》，中华书局1986年版，第2370页。
[5] 唐圭璋编：《词话丛编》，中华书局1986年版，第4469页。

之思。但入元后，詹玉追随奸臣桑哥，至元间历除翰林应奉、集贤学士，至元二十九年（1292）为直臣崔彧劾罢。《元史·崔彧传》曰："（彧）又奏：'江西詹玉，始以妖术致位集贤。当桑哥持国，遣其掊核江西学粮，贪酷暴横，学校大废。近与臣言：撒里蛮、答失蛮传旨，以江南有谋叛者，俾乘传往鞫；明日，访知为秃速忽、香山欺罔奏遣。玉在京师，犹敢诳诞如此，宜亟追还讯问。'帝曰：'此恶人也，遣之往者，朕未尝知之，其亟禽以来。'"[1] 詹玉人品不佳姑且不论，他已不能算作宋朝遗民则无疑矣。且据此可知，詹玉至少活到了至元二十九年。滕宾，字玉霄，黄冈人，或云睢阳人。顾嗣立《元诗选》三集丙集曰："（滕宾）至大间，任翰林学士，出为江西儒学提举。后弃家入天台为道士。"[2] 他在至大年间（1308—1311）为学官，此时距宋亡已二三十年，则应视其为元人。王弈清《历代词话》卷九引《太平清话》云："元士大夫以乐府名者，奇巧莫如关汉卿、庾吉甫、杨淡斋、卢疏斋，豪爽则有冯海粟、滕玉霄，蕴藉则有贯酸斋、马昂夫。"[3] 此处亦以滕宾为元人。司马昂夫，小注云："大行畏吾儿。"当为蒙古姓氏，其显然不是汉人，更不可能是宋遗民。据考证，薛昂夫，名超吾，字昂夫，号九皋，畏吾儿（即今维吾尔族）人，汉姓马，又称马昂夫，《元草堂诗余》误作"司马昂夫"。元人王德渊有《薛昂夫诗集序》，言昂夫仕于金、元，为刘辰翁弟子。罗忼烈《两小山斋论文集》[4] 有《维吾尔兄弟民族的两位元曲家——贯云石和薛昂夫》一文，对薛昂夫有较为深入的研究，罗先生推测薛昂夫约生于至元十年（1273），约卒于至正五年（1345），曾长期在元朝中央和地方任职，因此他绝非宋朝遗民。彭元逊，字巽吾，庐陵人，景定二年（1261）解试，与刘辰翁唱和，又曾与刘将孙唱和，其人当已入元，仕履俟考。曹通甫，名居一，又号听翁，自称南湖散人，太原人，金末登进士第，仕元为行台员外郎，本非宋

---

[1] 宋濂等：《元史》卷一七三，中华书局1976年版，第4045页。
[2] 顾嗣立编：《元诗选》三集，中华书局1987年版，第118页。
[3] 唐圭璋编：《词话丛编》，中华书局1986年版，第1297页。
[4] 罗忼烈：《两小山斋论文集》，中华书局1982年版。

人。高信卿，名永，渔阳（今天津市蓟州区）人，游李纯甫门，累举不第，金正大（1224—1232）末，卒于汴京，年四十六，亦非宋人。谢醉庵生平无考。

以上是上卷收录词人的大致情况，约有三分之二不是南宋遗民。

中、下卷中，可确认为南宋遗民的仅有王梦应与危复之。王梦应，字圣与，湖南攸县人。宋末进士，任庐陵县尉。元兵入江西后，曾多次率众抗击，直到宋亡，其众死散，母妻儿皆殁，唯存一身。《宋季忠义录》有传。危复之，字见心，江西临川人，宋末太学生。元初，郭昂屡荐为儒学提举，不就。后以币征之，皆不起，隐于紫霞山以终，师友私谥曰贞白先生。《宋季忠义录》有传。其余诸人的具体生平仕履为：罗志仁，字寿可，号壶秋，江西庐陵（今吉安）人，入元授天长书院山长；姚云文，虽为宋咸淳四年（1268）进士，但后来仕元，授承直郎，抚、建两路儒学提举；赵文，曾从文天祥抗元，入元后，为东湖书院山长、清江儒学教授；赵文之弟赵功可亦曾仕元为学官，且与詹玉唱和。这几位虽然在元朝仅为学官，但严格说来已不能算作宋遗民。另如刘辰翁之子刘将孙，宋亡时年仅二十三岁，曾仕元为延平教官、临江书院山长，当作元人为是。况周颐《蕙风词话》卷三认为朱祖谋《彊村丛书》（第一次印本）将刘将孙列在元人不妥，应入宋人范围，其根据即为厉鹗《元草堂诗余跋》之"南宋遗民"说，此说并不见得高明，屈兴国已有辩证。《蕙风词话辑注》卷三"刘将孙《养吾斋诗余》"条按语云："蕙风坚持刘将孙《养吾斋诗余》细属《须溪词》后，固无不当。今唐师圭璋编《全宋词》即已收录入集。其实，即下侪元人，亦无不可。其词虽'无只字涉宦迹'，且'不忘故国'，然将孙生活于宋末仅二十三年，大都行实在元初，词作亦有所反映，彊村收入所刻词，亦非勉强。"[1] 其余诸人生平均无考，唐圭璋一概将其收入《全宋词》，其根据仍是厉鹗之跋，其实这些人属宋还是属元，殊难断定。如宋远与滕

---

[1] 况周颐撰，屈兴国辑注：《蕙风词话辑注》卷三，江西人民出版社2000年版，第137页。

宾、刘将孙、周景、萧烈等人曾以杜甫诗"重与细论文"句分韵赋诗，而滕、刘属元人，另三人似亦为元人。又如彭履道，咸淳元年（1265）进士，后仕元。这一批词人之作多数仅见于《元草堂诗余》，其生平尚待深入考证。在缺少证据的情况下，不宜仅据厉氏之跋，将他们简单地归入南宋遗民行列。李琳为宋咸淳十年（1274）进士，此后行实无考。杨樵云、刘应雄、王学文、曾隶、黄水村、姜个翁、鞠华翁、彭芳远、戴山隐、李裕翁、龙端是、萧东父（丁按：不应是千岩老人萧德藻）、颜子俞、王从叔、吴元可、李太古、黄子行、龙紫蓬、萧允之、萧汉杰、段宏章、黄霁宇、刘贵翁、王鼎翁、刘天迪、张半湖、刘景翔、周伯阳、尹公远、李天骥[1]、刘应儿、周孚先、尹济翁、彭泰翁、曾允元诸人生平事迹皆无考，词作亦仅见于《元草堂诗余》，属宋还是属元，仍需继续研究。

综上所述，此书所选作者并非如厉鹗所说的"皆南宋遗民"，那么，其词是否"多凄恻伤感，不忘故国"呢？这亦应联系全书来看。

自南宋以来，词中多有寄托，确为事实，清人好以比兴说词，这样做对理解词作深一层的含义颇有好处，但也往往导致求之过深，失之穿凿附会。《元草堂诗余》之词，确有"不忘故国"者，如文天祥《沁园春·至元间留燕山作》（为子死孝）、邓剡《满江红·和王昭仪题壁》（王母仙桃亲曾醉）、刘辰翁《兰陵王·丙子送春》（送春去）、《宝鼎现·丁酉元夕》（红妆春骑），詹玉《霓裳中序第一》（一规古蟾魄）、《汉宫春·题西山玉隆宫》（吟发萧萧）、《三姝媚·古卫舟人谓此舟曾载钱塘宫人》（一篷儿别苦）、《齐天乐·赠童瓮天兵后归杭》（相逢唤醒京华梦）等，《蕙风词话》卷三论詹玉词曰："天游它词，如《满江红·咏牡丹》云：'何须怪、年华都谢，更为谁容。衔尽吴花成鹿苑，人间不恨雨和风。便一枝、流落到人家，清泪红。'（丁按：此实为彭元逊词，蕙风偶误记）《一萼红》云：'闲著江湖尽宽，谁肯渔蓑。'忠愤至情，

---

[1] 字嗣任，小名尹孙，小字田僧，潼川府通泉县人，长于赋，登宝祐四年（1256）四甲第六十八名进士（见《宝祐四年登科录》，或即其人）。

流溢行间句里。《三姝媚》云：'如此江山，应悔却、西湖歌舞。'则尤慨乎言之。"[1] 又如高信卿《大江东去·滕王阁》（闲登高阁），罗志仁《金人捧露盘·丙午钱塘》（湿苔青）、《霓裳中序第一·四圣观》（来鸿又去燕）、《风流子·泛湖》（歌咽翠眉低）、《扬州慢》（危榭摧红）、《虞美人·净慈尼》（君王曾惜如花面），姚云文《摸鱼儿·艮岳》（渺人间）、《紫萸香慢》（近重阳偏多风雨）、《齐天乐》（柳花引过横塘路），赵文《瑞鹤仙·刘氏园西湖柳》（绿杨深似雨）、《八声甘州·和孔瞻怀信国公韵因念亦周弟》（是去年）、《塞翁吟·黄园感事》（又海棠开后），李琳《木兰花慢·汴京》（蕊珠仙驭远），王学文《摸鱼儿·送汪水云之湘》（记当年舞衫零乱），赵功可《声声慢·残梦和儿韵》（情痴倦极）、《绮寮怨·和儿韵》（忽忽东风又老），彭履道《凤凰台上忆吹箫·秦淮夜月》（劝客新楼）、《兰陵王·渭城朝雨》（章台路），王鼎翁《沁园春》（又是年时），刘天迪《一萼红·夜闻南妇哭北夫》（拥孤衾），刘应几《忆旧游·闻雁》（记铜驼载酒），彭泰翁《拜星月慢·祠壁宫姬控弦可念》（雾滑觚棱），等等。况周颐《蕙风词话》卷三引厉鹗、秦恩复之说而发挥之，对此书及段宏章《洞仙歌·咏荼蘼》词的评价尤能见出其有"故国之思"之类词的特点。

　　《凤林书院名儒草堂诗余》虽录于元代，犹是南宋遗民，寄托遥深，音节激楚。厉太鸿比诸清湘瑶瑟。秦惇夫所云："标放言之致，则怆怏而难怀；寄独往之思，又郁伊而易感也。"段宏章《洞仙歌·咏荼蘼》云："一庭晴雪，了东风孤注。睡起浓香占窗户。对翠蛟盘雨，白凤迎风，知谁见、愁与飞红流处。　　想飞琼弄玉，共驾苍烟，欲向人间挽春住。清泪满檀心，如此江山，都付与、斜阳杜宇。是曾约梅花带春来，又自趁梨花，送春归去。"起调以前人"开到荼蘼花事了"

---

[1] 况周颐撰，屈兴国辑注：《蕙风词话辑注》卷三，江西人民出版社2000年版，第138页。

诗意为故国铜驼之感。"睡起"句言南宋湖山歌舞皆在睡梦中，即南唐史（原误作"宋"）虚白所谓"风雨揭却屋，浑家醉未知"也。"翠蛟""白凤"，是留梦炎一辈；"飞琼弄玉"，是信国文公及其以次诸贤。"清泪满檀心"，新亭之泪也。歌拍云云，不挥返日之戈，翻落下井之石，为新朝而推刃故国者，方自诩为识时豪杰。哀莫大于心死，读先生此词，犹有天良触发否乎？词能为悱恻，而不能为激昂。盖当是时，南宋无复中兴之望。余生薇葛，歌啸都非，我安适归，忍与终古。安得"琼楼玉宇"无恙高寒。又安得尺寸干净土，着我铁拨铜琶，唱"大江东去"耶！[1]

况氏对段宏章《沁园春·咏荼蘼》词的"故国之思"作了详尽的分析，但这首词是否能如此解释，仍需进一步研究。《元草堂诗余》中有"故国之思"的作品略如上述，数量的确不少，但也不可一概而论。书中如刘秉忠《木兰花慢·混一后赋》（望乾坤浩荡）、赵功可《八声甘州·燕山雪花》（渺平沙）、颜奎《醉太平·寿须溪》（茶边水经）等皆为歌颂元朝之作。其余大部分词的题材相当广泛，或写闺情，或写相思，或咏物，或咏山水，或咏文人情趣，不可以"故国之思"概括之，多清丽婉约之作，绝少慷慨豪放、侧艳、俚俗之什，清人认为选者为元代一巨手，是很有可能的。

《元草堂诗余》入选作品，据书中所记甲子，有刘辰翁《兰陵王·丙子送春》，丙子为1276年；刘辰翁《宝鼎现·丁酉元夕》，丁酉为1297年（刘辰翁本年卒）；罗志仁《金人捧露盘·丙午钱塘》，丙午为1306年，可知此书成于1306年之后，清人以为至元、大德间作，大致近是。

此书选者艺术眼光颇高，绝少选录庸劣之作，况周颐《蕙风词话》

---

[1] 况周颐撰，屈兴国辑注：《蕙风词话辑注》卷三，江西人民出版社2000年版，第150—151页。

卷三对《元草堂诗余》所选词的艺术技巧多有评论，可以参看。中华书局所编的《文史》第十二辑有马群《〈名儒草堂诗余〉探索》一文，该文对《元草堂诗余》的版本、词人生平作了很有价值的研究，但对《元草堂诗余》内容的评价却不够准确，文中指出，凤林书院体的江西词派的主要特点是以思想内容为重，不拘于声律，风格比较粗犷，不事雕琢，和《乐府补题》中的格律派词异途殊趣，而接近于苏、辛一派词的风格。[1] 此难免以偏概全之弊。

从南宋《草堂诗余》到《元草堂诗余》，再到明人张綖《草堂诗余别录》、陈钟秀《精选名贤词话草堂诗余》（在何士信《草堂诗余》基础上改编）、顾从敬《类编草堂诗余》、吴从先《草堂诗余隽》、沈际飞《草堂诗余四集》、长湖外史《续草堂诗余》等，已形成"草堂"系列。本书附录，对明末沈际飞编选评点之《草堂诗余四集》进行了比较详细深入的探讨，读者可以参看。

第四节　金元时期其他词学总集的理论意义

金元时期词学总集除了以上三节所述之外，传世者尚有《乐府补题》《天下同文》《圭塘欸乃集》《宋旧宫人诗词》《明昌词人雅制》《鸣鹤余音》《天机余锦》等数种，今分别简论之。

一、《乐府补题》

《乐府补题》一卷，是宋遗民的咏物词集，共收作者十四人，即王沂孙、周密、王易简、冯应瑞、唐艺孙、吕同老、李彭老、李居仁、陈恕可、唐珏、赵汝钠、张炎、仇远，另有佚名者一人。所收词作共五题

---

[1] 参见中华书局编辑部编《文史》第十二辑，中华书局1981年版，第236—237页。

三十七首,即《天香·宛委山房拟赋龙涎香》八首、《水龙吟·浮翠山房拟赋白莲》十首、《摸鱼儿·紫云山房拟赋莼》五首、《齐天乐·余闲书院拟赋蝉》十首、《桂枝香·天柱山房拟赋蟹》四首。此书元、明两代未见流传,于清代复现后,在词学界引起极大反响,京师掀起"后补题"唱和热潮,词风为之一变。清人多认为此组词有寄托,其实并不确切,本书将在后文予以专门讨论,此处从略。

二、《天下同文》

《天下同文前甲集》为元人周南瑞编著的诗词总集,共五十卷,前四十七卷为诗,后三卷为词,有元大德刊本。汲古阁主人毛晋将此书后三卷汇为一卷,后吴昌绶又从此书第四卷中辑录卢挚"祝圣乐章"四首,乃成今之所见《天下同文》,有明汲古阁钞本、吴昌绶双照楼本、《彊村丛书》本等。《彊村丛书》本《天下同文》所附简短跋语云:"铁琴铜剑楼藏书目录《天下同文》一卷,不著编辑姓氏,所录元人词卢挚、姚云、王梦应、颜奎、罗志可(丁按:应为罗志仁)、詹玉、李琳,凡七人,见《文渊阁书目》,亦毛氏钞本卷末有汲古主人毛子晋氏'毛晋之印'诸朱记。"[1]《天下同文》仅收卢挚、姚云、王梦应、颜奎、罗志仁、詹玉、李琳等七人词作共二十九首,除卢挚外,其余六人之词均据《元草堂诗余》抄录,故价值不大。朱祖谋《天下同文跋》曰:"右《天下同文》词一卷,汲古阁钞本,殆从《天下同文前甲集》裁篇别出也。往岁录自罟里瞿氏,寄吴伯宛(丁按:即近人吴昌绶)京师。伯宛依式付印,并补卢疏斋四词于后。偶取《元草堂诗余》校其同异如右。所疑者,《元草堂》未收之词,厉樊榭据《天下同文》辑入者,其字句亦参差耳。曹君直言:闻之周季贶,《天下同文》传写本有歧出。

---

[1] 朱孝臧辑校编撰:《彊村丛书》第1册,上海古籍出版社1989年版,第319页。丁按:此跋当为吴昌绶作。

然则樊榭所据，未知视瞿氏本为何如。"[1]吴氏《天下同文跋》云："今岁彊村侍郎从瞿氏假录《天下同文》见寄，疑为未足，顷授经大理购获鄞徐柳泉家所藏述古堂旧钞《天下同文前甲集》五十卷，乃知卢疏斋词在四十八卷，姚江村以下为四十九，罗壶秋以下为五十。寥寥七家，分占三卷，实无缺遗。自来总集，篇帙省缩，殆无过于此者。汲古裁篇别出，意或汇入所编元人词中。惟第四卷歌颂类尚有疏斋祝圣乐章四首，毛钞未及，今补录于后。疏斋词世无别本，余皆见凤林书院《元草堂诗余》，其未入选者，亦经樊榭辑补，特不知是周南瑞编，遂以作序之刘将孙当之。又字句多误，借此订正。其词只二十九首，而篇篇可诵。元人旧帙，洵足珍异。宣统己酉十月，都门寓舍校定重印，仁和吴昌绶记。"[2]吴昌绶对此选本的编者进行了考辨，认为其编者是周南瑞而不是为之作序的刘将孙，吴氏还认为此书所选精当，值得注意。曹元忠《景元钞本天下同文集跋》则对其与《元草堂诗余》的文字异同作了校勘，亦有助于了解此书："壬寅岁暮，予客金陵译局，前辈半唐侍御亦寓头道高井，过从甚乐。尝欲假敝藏《天下同文集》《翰墨全书》，尽刻其所存宋元人词，惜甲辰之秋，半唐客死吾吴，有志而未逮也。今年七月，吾友吴君印臣以新刊汲古阁景元钞本《天下同文集》词属校，而敝藏未携行箧，谨就向所校凤林书院本《草堂诗余》者，录于卷后。如王圣与《疏影》云'叫堕冰屋角'作'垂冰'；又'落梅万点苔根'作'苔痕'，'但玉香酥影玲珑'，作'疏影'；《醉太平》云'蒸溪酒春'作'芝溪'。颜子俞《归平遥》云'梦华知夙昔'作'如夙昔'；《浣溪沙》云'玉笙才过画楼西'作'小楼西'；《忆秦娥》云'怕霜黄竹生新愁'作'冥濛一片生新愁'；又'听吹短气'作'听弹江上'；'无秋'作'悲秋'；《大酺》云'唱乍荼蘼'作'古荼蘼'；又'记画扇题诗'作'画卷'；'送无路'作'归路'。罗壶秋《扬州慢》云'梦户停砧'作'绣户'；'化碧旧愁何处'作'试问旧愁'；'铁坝凄凉'作'铁岭'。李

---

[1] 朱孝臧辑校编撰：《彊村丛书》第1册，上海古籍出版社1989年版，第323页。
[2] 朱孝臧辑：《彊村丛书》第1册，上海古籍出版社1989年版，第319—320页。

梅溪《木兰花》云'怅碧灭烟销'作'烟绡'。'红凋露粉'作'雾粉';'只青山淡淡夕阳明'作'深淡'。皆敝藏本与汲古阁本互有出入者。至汲古阁本壶秋罗志可,当作罗志仁。志仁,江西人,《山房随笔》称江西罗壶秋。刺留中斋诗云:'啮雪苏郎受苦辛,庾公老作北朝臣,当年龙首黄扉客,犹是衡门一样人。'《铁网珊瑚》又载赵松雪《水村图》诗:'长爱秦郎绝妙词,荒凉暗合辋川诗。斜阳万点寒鸦处,流水孤村又一奇。'末云'丙午清明,罗志仁题'。则志仁亦宋遗民也。印臣表章词学,亦如半唐。异日倘取《翰墨全书》之词而并刻之,非唯慰半唐之灵,抑亦宋元词家所低首下拜也已。己酉中元前三夕。"[1] 曹元忠的校语,对重新整理《全金元词》有一定帮助,《天下同文》一书的价值亦由此可见。其实,近人整理元代词,已经开始利用《天下同文》,如刘毓盘辑卢挚《疏斋词》即用徐氏述古堂原钞《天下同文前甲集》作为依据,并云全书"五十卷,《疏斋词》七首为第四十八卷。其第四卷歌颂类有疏斋祝圣乐章四首,然后知毛氏所谓裁篇别出,汇编为宋元人词,或出于子晋所辑也"[2]。联系原书并综合以上诸篇序跋所言,《天下同文》值得注意的有下列几点。

首先,此书除了卢挚的作品之外,实为《元草堂诗余》的再选本。所选作品虽然不多,但几乎"篇篇可诵",其中卢挚、姚云、王梦应、颜奎等人的作品主要表现文人高洁的怀抱与清幽的情趣,罗志仁、詹玉、李琳等人的作品则重在反映故国之思与亡国之痛,的确都是佳作,那些俚俗侧艳之作并未入选,说明选者还是很有眼光的。

其次,此书有重要的辑佚价值,卢挚之词全赖此书以存,吴昌绶又从《天下同文前甲集》第四卷"祝圣乐章"中辑录四首卢挚词(据《彊村丛书》本)。故卢词现存之面貌得以公之于世。

再次,此书有较大的校勘价值。此点曹元忠《景元钞本天下同文集跋》已说得很清楚,兹不赘述,故本书有助于《全金元词》的修订。

---

[1] 施蛰存主编:《词籍序跋萃编》,中国社会科学出版社1994年版,第701—702页。
[2] 施蛰存主编:《词籍序跋萃编》,中国社会科学出版社1994年版,第462页。

最后，《天下同文前甲集》的选者是周南瑞而非刘将孙，《天下同文》为毛晋辑录，吴昌绶补录。后人往往将此事弄错，如刘毓盘《辑校江村词跋》（丁按：江村即姚云，初名云文）曰："元凤林书院本《名儒草堂诗余》曰：'云文又号古筠，有《江村词》。'刘将孙《天下同文集》所述同。"刘毓盘《辑校虚寮词跋》（丁按：虚寮即彭元逊）亦将《天下同文前甲集》归于刘将孙名下。其实刘将孙《天下同文集序》已说得非常清楚：

> 唐刘梦得叙柳子厚之集曰："文章与时高下，政庞而土裂，三光五岳之气分，太音不完，故必混一而后振。"作者概以为知言。予独尝谓梦得之辞，则高矣、美矣，以其时考之，则未也。唐之盛时，在贞观、开元间，其时称欧、虞、褚、薛，最后称燕许大手笔，今其文可睹也。至贞元、元和来，以韩、柳著比至德为盛，而去混一之初，则有间矣。才未必皆福，福亦何必其才。因使人思《易》所谓吉人辞寡者，其福未易量也。此则所谓时也。吾取以叙安成周南瑞所刻《天下同文集》甚宜。呜呼！文章岂独可以观气运，亦可以论人物。予每读汉初论议，盛唐词章，及东京诸老文字，三千年间，混一盛时，仅此耳。彼乍合暂聚者，其萎弱散碎，固不得与于斯也。然此盛时作者，如浑河厚岳，不假风月为状；如偃松曲柏，不与花卉争妍。风气开而文采盛，文采极而光景消。梦得之言之也，不自知其盛者已及于极也。方今文治方张，混一之盛，又开辟所未尝有，唐盖不足为盛。缙绅先生创自为家，述各为体，功德编摩，与《诗》《书》相表里，下逮衢谣，亦各有烝民立极之学问。南瑞此编，又得之巨公大笔，选精刻妙，则观于此者，岂可以寻行数墨之心胸耳目为足以领此哉！自《文选》来，唐称《文粹》，宋称《文鉴》，皆类萃成书，他日考一代文章者，

当于此取焉。[1]

此文评元代诗文，显然有过誉之嫌，但它确切无疑地告诉我们：《天下同文前甲集》的编者是周南瑞，而刘将孙是作序者。刘序强调国家之盛与文治之盛（包括诗词繁荣）成正比，其重心则是借唐代之盛喻指元代政治文化之盛。本书在论述《元草堂诗余》时，认为刘将孙已属元人，此文之语气亦可为此提供有力的证据。另外，刘将孙将《天下同文前甲集》与《唐文粹》《宋文鉴》相提并论，显然是褒扬过当。

三、《圭塘欸乃集》

《圭塘欸乃集》为元人许有孚编，此书是许有壬、许有孚兄弟及许有壬之子桢与客马熙唱和之作，共六十四首。圭塘为许有孚别业，在安阳城西二里，有孚曾作《圭塘十二咏》，欧阳玄作《圭塘记》。有孚，字可行，官太常；许桢，字元干；马熙，字明初，左卫率府教授。书前有至元十年（1273）周伯琦序。台北有旧钞本，卷首有曹溶印，吴绣谷、黄丕烈、鲍廷博诸家题记。周泳先《唐宋金元词钩沉》有辑本。此书算不上严格意义上的选本。

四、《宋旧宫人诗词》

《宋旧宫人诗词》见于《知不足斋丛书》本汪元量《湖山类稿》附录，收故宋宫人王清惠等十七人送汪元量归宋的诗词，其中诗十四首、词三首。孔凡礼《增订湖山类稿》又辑得《望江南》词九首、《霜天晓角》词一首，题为《宋旧宫人赠汪水云南还词》，这些词出自被掳至北国的故宋宫人之手，极哀婉缠绵之致，读之催人泪下。此书原稿的真伪历来是有争议的，可以参阅程亦军《〈宋旧宫人诗词〉真伪考》（载《文

---

[1] 李修生主编：《全元文》第20册，江苏古籍出版社2000年版，第148页。

学遗产》1984年第2期)、钟振振先生《本事词考辨（三）》（载《江海学刊》1992年第4期）、《龙虎散兮风云灭千古恨兮凭谁说——宋王清惠〈满江红〉题汴京夷山驿词赏析》（载《文史知识》1992年第2期）等文章。孔凡礼《增订湖山类稿》认为亡宋旧宫人诗词"有后代加工痕迹"，可参见其《增订湖山类稿》（中华书局1984年版）前言。

五、《明昌词人雅制》

《明昌词人雅制》，饶宗颐先生《词集考（唐五代宋金元编）》定为赵秉文编，饶先生云："明昌，金章宗年号。《元儒考略》云：'赵周臣曾取党承旨同时诸家诗词以传，曰《明昌词人雅制》，世人多称之。'秉文，字周臣，自号闲闲，滏阳人。大定二十五年进士，累官礼部尚书，著有《滏水集》，卒年七十四。事迹具《中州集》、《金史》一一〇。"[1] 饶先生为一代词学宗师，于此处却百密一疏，难免失误。考元好问《中州乐府》王磵小传云："磵字逸宾，先世家临洺，至逸宾遂为汴梁人。博学能文，不就科举，孝友天至，非其食不食，家无甑石之储，宴如也。明昌中，故相马吉甫（惠迪）判开封，举逸宾、王彦功、游宗之德行才能，逸宾得鹿邑主簿，就乞致仕，彦功以亲老调巩州教官，宗之让不受，三人者虽出处不齐，而时人皆以高士目之。闲闲公尝集党承旨、赵黄山、路司谏、刘之昂、尹无忌、周德卿与逸宾七人诗刻木[2]以传，目为《明昌辞人雅制》云。"[3] 显而易见，《明昌辞人雅制》是诗选而非词选，《元儒考略》误读"辞"为"词"，又未暇翻检《中州乐府》，因而致误，饶宗颐先生误信之，故有此千虑一失。当然此失亦不自饶先生始，清人已有此误。沈雄《古今词话》下卷即云："《元儒考略》曰：金源文派，不过诗词家耳，赵周臣尝集党承旨、路司谏、赵黄山、刘之

---

[1] 饶宗颐：《词集考（唐五代宋金元编）》，中华书局1992年版，第373页。
[2] 原文为"本"。
[3] 朱孝臧辑校编撰：《彊村丛书》第1册，上海古籍出版社1989年版，第227—228页。

昂、尹无忌、王逸宾、周德卿七人，目为《明昌词人雅制》，刻木以传。"[1] 王弈清等《历代词话》卷九亦沿此误，其"明昌词人"条云："金源文派不过诗词家耳，赵周臣尝集党承旨、路司谏、赵黄山、刘之昂、尹无忌、王逸宾、周德卿七人，目为《明昌词人雅制》，刻木以传。"下注出处云："《元儒考略》。"[2] 王弈清此节文字，当抄自沈雄，系以讹传讹。

六、《鸣鹤余音》

《鸣鹤余音》是元人彭致中所编，所收为从唐代至元代的道家词。赵尊岳《词籍提要》介绍此书颇详，兹征引如下：

> 此为道家所撰词总集，《四库》著录八卷，《道藏》本九卷；盖第九卷均歌谣而非韵令，故传录者或为删乙也。题仙游山道士彭致中辑。凡作者三十六家，女仙二家，九卷合五百零八首；多为仙真缁素，黄冠羽客，未可深考。所言或主习静，或主戒炼，金丹大诀，不易证悟。至词调亦多创见，如《拾菜娘》《上升花》之类，想出道家举唱之遗。间有南北曲小令数首，则元时曲代词兴，一时风会所使然。全书既不分调相叙，又不以作者相隶；编次凌杂，且多误字，未经改正者；亦有忘书词调，仅列词题者；有仍沿旧名，而调律迥异者；非细为校勘，无自知之也。
>
> 《道藏》本无目录，卷一凡四十六首：吕纯阳《解红》《吴音子》《无愁可解》《无俗念》各一首，三子真人《解红》一首，丘长春《黑漆弩》《月中仙》各一首，冯尊师《春从天上来》三首、《解红》一首，马丹阳《二郎神慢》一首，盘山真

---

[1] 唐圭璋编：《词话丛编》，中华书局1986年版，第787页。
[2] 唐圭璋编：《词话丛编》，中华书局1986年版，第1272—1273页。

人《金人捧露盘》《甘露滴乔松》各一首，宋披云《雨霖淋》二首，冯尊师《玩瑶台》《瑶台第一层·咏茶》各一首，《瑶台月》二首，郝太古《无俗念》三首，丘长春《无俗念》三首、《满庭芳》一首，皇甫真人《酹江月》一首，虚靖真君《水调歌头》三首，马丹阳《孤鸾》一首，王重阳《集贤宾》一首，丘长春《齐天乐》《永遇乐》各二首，牛真人《宣静三台》一首，白玉蟾《念奴娇》《咏武夷》《咏白莲》各一首，丘长春《万年春》《逍遥乐》各一首，白玉蟾《珍珠帘》《酴醿香》各一首，丘长春《望蓬莱》《四块玉》各一首。

卷二凡五十首（丁按：应为三十八首）：冯尊师《苏武慢》二十首，冯尊师《满江红》六首，云阳子《满江红》四首，丘长春《江南好》春、夏、秋、冬各一首，刘铁冠《月上海棠》三首、《山亭柳》一首。

卷三凡五十四首：王重阳《满庭芳》一首，马丹阳《满庭芳》二首，三子真人《满庭芳》一首，马丹阳《满庭芳》十三首，白玉蟾《满庭芳》十二首，辛天君《满庭芳·武当降笔》三首，吕洞宾《沁园春》十七首，冯尊师《沁园春》二首，《烛影摇红》《临江仙》各一首，吕洞宾《莺啼序》一首。（按：《莺啼序》与律调不符，或系别调，或有阙失）

卷四凡五十七首（丁按：实为五十六首）：马丹阳《苏幕遮》三首，朗然子《苏幕遮》二首，《生查子》《解冤结》各一首，《喜迁莺》、《爇香心》（即行香子）、《昭君怨》、《霜天晓角》各二首，《促拍满路花》《蓦山溪》各一首，《浪淘沙》三首，《永遇乐》一首，牛真人《跨金鸾》《踏莎行》《喝马一枝花》《探春令》各一首，马丹阳《黄鹤洞仙》一首、《如梦令》（误作无梦令）二首，《柳梢青》《一剪梅》《醉桃源》各一首，马丹阳《女冠子》《玉交枝》《归朝欢》各一首，王重阳《六幺令》一首，陈益之《贺新凉》（脱半首）一首，王通叟《红芍药》一首，王重阳《宣靖三台·化丹阳》一首，谭真人《太常引》三首，《青玉案》二首，《贺圣朝》《解佩令》《粉蝶儿》《武陵春》各一首，丘长春《拾菜娘》（即瑞鹧鸪）、《二郎神》、《青梅引》、《玉蝴蝶》、《玉液泉》各一首，马丹阳《浪淘沙》（炼丹砂）一首，桓真人《点绛唇》二首，丘长春《点绛唇》一首。

卷五凡四十五首：钟离《满路花》一首，吕洞宾《江神子》《曲江秋》各一首，丘长春《梅花引》一首，吴真人《上升花》一首，吕洞宾《步蟾宫》一首，丘长春《双燕》一首，三子真人《无愁可解》《木兰花慢》《自乐》各一首，《上平西》二首，《凤栖梧》六首，《南乡子》《虞美人》《枕屏子》各一首，孙仙姑《卜算子》一首，丘长春《喜迁莺》八首，《水龙吟》六首，《瑞鹤仙》《斗鹌鹑》各一首，丘长春《梦游仙》一首，《锦堂春》三首，马丹阳《神光粲》二首，王重阳《蜀葵花》一首。

卷六凡十九首（丁按：应为七十九首）：何仙姑《八声甘州》二首，《踏雪行》（应作踏莎行）一首，《柳梢青》二首，《梅花引》一首，《望梅花》六首，三子真人《绣停针》一首，《贺圣朝》二首，《行香子》四首，杨真人《辊金丸》五首，马丹阳《两只雁儿》五首，范真人《步步娇》《挂金索》各十首，马丹阳《挂金索》五首，孙仙姑《绣薄眉》十三首，《梧叶儿调》十一首，《满庭芳》一首。

卷七凡十七首（丁按：应为八十五首）：披云真人《风入松》十九首、《金字经》（即荷叶杯）九首、《迎仙客》二十五首、《遍地锦》十八首（丁按：应为八首），吕洞宾《梧桐树》《步步高》各五首，《南乡子》十二首，《一寸金》二首。

卷八凡七十五首（丁按：应为八十五首）：不注撰人名氏《西江月》二十九首，《永遇乐》《渔家傲》各四首，《促拍满路花》六首,《江神子》《春从何处来》《玉抱肚》《水调歌头》《沁园春》《苏幕遮》《解佩令》《雁儿落》《得胜令》《甜水令》各一首,《折桂令》四首,《雁儿落》《得胜令》《甜水令》各三首,钟离、吕洞宾、蓝采和、徐神翁、张果老、曹国舅、李岳、韩湘子《水仙子》各一首,纯阳真人《百字图》一首,朗然子刘真人诗九首,附皇统元年三月二日,方壶知足居士跋刘真诗一则。

卷九凡二十五首:马丹阳《太空歌》,冯尊师《悟真歌》,吕洞宾《证道歌》,景阳《得道歌》,三子真人《心地赋》,冯尊师《八义禅赋》《识心识意赋》《清闲赋》,冯尊师《全真赋》,宋仁宗《尊道赋》,无名氏《祖庭记》,赵真人《升堂文》,冯尊师《升堂文》,秦真人《升堂文》,无名氏《茶文》各一首,披云真人《七真禅赞》七首并叙,《逍遥吟》一首,白玉蟾《堂规榜》《清闲跋》各一首。

致中道士,不详其事实。斯集辑入《道藏·太玄部》随字一二三四五号,凡五卷。传世有《道藏》本,十四年甲子二月涵芬楼影印本,前有虞集序。至传钞本则藏家亦间有之,惟未易得征耳。

元人金天瑞又仅集冯尊师《苏武慢》二十首,虞集《苏武慢》十二首,《无俗念》一首,亦称《鸣鹤余音》,或附见虞道园集后,无单行传刊,则非足本矣。尝于江宁邓氏群碧楼藏《道园集》得读之。[1]

可见,《鸣鹤余音》是由唐代至元代的道士词的选集,辑录者为元人仙游山道士彭致中。此书成书的原因,与虞集追和冯尊师词有关,虞集《〈鸣鹤余音〉序》说得很清楚:"全真冯尊师本燕赵书生,游汴,遇异人,得仙学;所赋歌曲,高洁雄畅,最传者《苏武慢》廿篇;前十篇

---

[1] 赵尊岳:《词籍提要》,《词学季刊》1936年第1期。

道遗世之乐，后十篇论修仙之事。会稽费无隐独善歌之，闻者有凌云之思，无复流连光景者矣。予山居，每登高望远，则与无隐歌而和之。无隐曰：'公当为我更作十篇。'居两年，得两篇半，殊未快意也。昭阳协洽之年，嘉平之月。长儿之官罗浮，予与客清江赵伯友、临川黄观我、陈可立、游东非、吴文明、平阳李平、幼子翁归，泛舟送之。水涸，转鄱阳湖，上豫章，遇风雪，十五六日不能达。三百里清夜，秉烛危坐，高唱二三夕，间得七篇半。每一篇成，无隐即歌之。冯尊师天外有闻，能乘风为我一来听耶？明春舟中又得二篇，并《无俗念》一首。后三年，仙游山彭致中取而刻之，与瓢笠高明，共一笑之乐也。道园道人虞集翁生记。"[1] 虞集在此文中已自纪作年，"昭阳协洽之年"指农历癸未年，"昭阳"为岁时名，是"十干"中"癸"的别称，用于纪年。《尔雅·释天》云："（太岁）在癸曰昭阳。""协洽"是未年的别称。《尔雅·释天》云："太岁……在未曰协洽。""嘉平之月"指腊月。《史记·秦始皇本纪》云："三十一年十二月，更名腊曰嘉平。"结合虞集（1272—1348）生平考之，此年当为元至正三年（1343）。据虞集所叙，冯尊师先有《苏武慢》二十首，引起了费无隐和虞集的兴趣，费无隐建议虞集也作十篇，虞集先作了两篇半，并不满意，后来，在癸未年，与友人一道泛舟送长子官罗浮，因水涸、遇风雪，间阻十五六日，得七篇半，始凑成十篇。次年，又作两篇，且作《无俗念》一篇，三年之后，即元至正七年（1347），彭致中将古今道士之词（当然包括冯尊师与虞集之词）汇刻成这本书。由虞集之序，可知《鸣鹤余音》的成书年份及此书的收录范围。而《道藏》本《鸣鹤余音》未收虞集词，其原因自然是虞集不是道教中人。至于《道园集》后所附的《鸣鹤余音》，应当是金天瑞根据虞集《序》编成的，金天瑞《跋》云："右《苏武慢》三十二首，《无俗念》一首，全真冯尊师、道园虞先生所共作也。天瑞昔刊《道园遗稿》，而先生所作已附于编。然其所谓冯尊师最传者廿篇，世莫全睹。今复并类编次，以刻诸梓；庶方外高人，便于通览。惟先生道学

---

[1] 虞集：《道园遗稿》卷六，清影元钞本。

文章传著天下，冯尊师仙证异论，超迥卓绝，其自有《洞源集》行于世，可考见云。时至正二十四年，岁次甲辰秋八月二日癸巳，渤海金天瑞识。"[1] 金氏所编《鸣鹤余音》可视为彭致中原选的节编本。《四库全书总目》卷二〇〇"《鸣鹤余音》提要"云："旧本题仙游山道士彭致中编。不详时代，采辑唐以来羽流所著诗余，至元而止。朱存理《野航存稿》有此书跋，疑为明初人也。所录多方外之言，不以文字工拙论，而寄托幽旷，亦时有可观。"[2] 四库馆臣似乎未见到虞集《序》与金天瑞《跋》，故误以为"不详时代""疑为明初人"云云，但他们对此书内容的认识还是比较准确的。研究此书的有关材料，对校补《全金元词》有一定意义，近人吴昌绶《道园乐府跋》云："道园乐府无专集，散见《学古录》及《遗稿》，合钞之得十有八首，原附《鸣鹤余音》，乃道园与全真冯尊师所作《苏武慢》《无俗念》诸词。案《鸣鹤余音》八卷，仙游山道士彭致中编，《四库存目》未详时代。以朱存理《野航存稿》有跋，疑为明初人。据道园自记，则致中实元人也。……丰顺丁氏持静斋有旧钞，全帙。此至正间金天瑞录附道园稿后，即沿其名。凌云翰《柘轩词》所和标题正同。""丁未冬，来京师假授经所藏南词本对校。南词中道园作第十二全阙，冯尊师作十二、十三有阙文，误联为一。此本则十七、十八阙百数十字。两本互补，各成完璧。南词脱误固多，然借以证佐，复加勘定，略皆可读。"[3] 《鸣鹤余音》的校勘价值由此可见。

又如《全金元词》冯尊师小传仅云："（冯）尊师《苏武慢》二十首，虞集曾有和词。"[4] 今据虞集《序》，即可知冯尊师本为燕赵书生。得知其籍贯与原来的身份，并且知道其"成仙"的经过，对知人论世也有所帮助。今举二词如下，以见《鸣鹤余音》所选道家词之一斑。

---

[1] 陆心源：《皕宋楼藏书志》卷一〇〇，清同治光绪同刻潜园总集本。
[2] 永瑢等：《四库全书总目》卷二〇〇，中华书局1965年版，第1832页。
[3] 朱孝臧辑校编撰：《彊村丛书》第8册，上海古籍出版社1989年版，第6465—6466页。
[4] 唐圭璋编：《全金元词》，中华书局1979年版，第1239页。

冯尊师《苏武慢》（其一）

饭了从容，消闲杖策，野望有何凭仗。帆归远浦，鹭立汀洲，千树好花微放。芳草池塘，锦江楼阁，隐隐云埋青嶂。向东郊、极目天涯，不见故人惆怅。　　归去也、翠麓崎岖，林峦掩映，消遣晚来情况。幽禽巧语，弱柳摇金，绿影小桥清响。挥扫龙蛇，领略风光，陶写丹青吟唱。这云山好景，物外烟霞，几人能访。[1]

虞集《苏武慢》（其五）

放棹沧浪，落霞残照，聊倚岸回山转。乘雁双凫，断芦漂苇，身在画图秋晚。雨送滩声，风摇烛影，深夜尚披吟卷。算离情、何必天涯，咫尺路遥人远。　　空自笑、洛下书生，襄阳耆旧，梦底几时曾见。老矣浮丘，赋诗明月，千仞碧天长剑。雪霁琼楼，春生瑶席，容我故山高宴。待鸡鸣、日出罗浮，飞渡海波清浅。[2]

从这两首词来看，《四库全书总目》"寄托幽旷"的评价是很恰当的。

七、《天机余锦》

《天机余锦》四卷，清初黄虞稷《千顷堂书目》和钱大昕《补元史艺文志》都著录其为元人之书，赵万里《校辑宋金元人词》认为其是"元初人所辑"，以上诸人可能皆未见原书。据今人查找，此书有明蓝格抄本，珍藏于台北，题程敏政（1445—1499）编选。[3]

---

[1] 唐圭璋编：《全金元词》，中华书局1979年版，第1239页。

[2] 唐圭璋编：《全金元词》，中华书局1979年版，第865页。

[3] 参见程敏政编、王兆鹏等校点《天机馀锦》，辽宁教育出版社2000年版，卷首"本书说明"。

据王兆鹏、黄文吉二位先生的研究，此书是明嘉靖年间的书商或牟利的士人所编，而托名于程敏政。[1]为避免烦琐，笔者仅节引王兆鹏教授等人在《天机馀锦》"本书说明"中列举的主要理由如下："书前所录程敏政序，是从宋曾慥的《乐府雅词·序》抄袭而来，只是删改了几处文字。程敏政是明代著名的学者，著有《篁墩集》九十三卷，辑有《宋遗民录》十五卷、《皇明文衡》一百卷和《新安文献志》一百卷等。以程敏政之才学，决不可能去抄袭、割裂前人的文章而成此句意不通的小序。所以书前所署'程敏政编'，不可信据。""此书的成书时间，大约是在嘉靖二十九年（1550）前。因为杨慎《词品》卷二和卷五曾两次引及《天机馀锦》，这表明《天机馀锦》在杨慎《词品》成书之前已行世。而《词品》成书于嘉靖三十年仲春，因此《天机馀锦》成书行世的时间当在嘉靖二十九年之前。""《天机馀锦》的资料来源，主要取材于题宋何士信编选的《增修笺注妙选群英草堂诗余》、元凤林书院辑刊的《精选名儒草堂诗余》等总集和周邦彦、刘过、曾揆、刘克庄、张炎、元好问、张雨、张翥、冯延登、瞿佑等宋金元明词人的别集。"[2]因为《天机余锦》是明人编辑的选本，故不在本书讨论范围之内，而援引这些材料的目的是让读者不要再误将《天机余锦》视为元人所编的词学总集。

以上七种选本，只有《乐府补题》《天下同文》《鸣鹤余音》是严格意义上的词学总集，其中《乐府补题》《鸣鹤余音》的辑佚与校勘价值以及审美价值都较高，值得深入研究。《圭塘欸乃集》《宋旧宫人诗词》二书有一定的资料价值。《明昌词人雅制》并非词集，《天机余锦》乃明人所编，本书皆存而不论。

---

[1] 参见黄文吉《词学的新发现——明抄本〈天机余锦〉之成书及其价值》，载《宋代文学研究丛刊》，台湾高雄丽文文化事业公司1997年版，《词学》第十二辑转载此文，题为《明抄本〈天机余锦〉之成书及其价值》；王兆鹏《唐宋词史论》下篇"考据"第五章第三节"《天机馀锦》考"，人民文学出版社2000年版。

[2] 程敏政编，王兆鹏等校点：《天机馀锦》，辽宁教育出版社2000年版，卷首"本书说明"。

第七章 金元之交的词论

第七章 金元之交的词论

金朝（1115—1234）是我国历史上的北方民族女真族建立的政权。在建元收国之初，金先后灭了辽与北宋，进而占领了淮河以北广大地区，与南宋对峙，杨万里《初入淮河四绝句》中的"何必桑干方是远，中流以北即天涯"，描写的就是这种情形。在政治、经济、军事力量与南宋抗衡甚至压倒对手的背景下，金代文学尤其是汉文文学，也取得了大体上可与南宋分庭抗礼的地位。金代文学可分为三个阶段：金初的三四十年为初期，是所谓"借才异代"（庄仲方《金文雅序》）时期，文人主要有由辽入金的韩昉、左企弓、虞仲文、张通古、王枢，以及由宋入金的宇文虚中（字叔通），蔡松年（字伯坚），高士谈（字子文，一字季默），吴激（字彦高）等人。其中，蔡松年与吴激词名相近，且有一定成就，二人词作被称为"吴蔡体"。元好问《中州集》卷一蔡松年小传云："百年以来，乐府推伯坚与吴彦高，号'吴蔡体'。"[1]《中州集》卷一吴激小传云："激字彦高，宋宰臣栻之子，王履道外孙，而米芾元章婿也。工诗能文，字画得其妇翁笔意。将命帅府，以知名留之。仕为翰林待制，出知深州，到官三日而卒。有《东山集》十卷并乐府行于世，东山，其自号也。……乐府'夜寒茅店不成眠''南朝千古伤心事''谁挽银河'等篇，自当为国朝第一手。"[2] 蔡松年存词八十余首，风

---

[1] 元好问编：《中州集》卷一，中华书局1959年版，第22页。
[2] 元好问编：《中州集》卷一，中华书局1959年版，第12—13页。

格逼近苏轼,他追和东坡的《念奴娇》(痛饮《离骚》)赢得时人广泛赞誉。如元好问《中州集》卷一蔡松年小传曰:"此歌以《离骚》痛饮为首句,公乐府中最得意者,读之则其平生自处,为可见矣。"[1]吴激的《人月圆》《春从天上来》二词,同样颇负时誉。[2]此期的词学理论则寂寥无闻。金世宗大定(1161—1189)、金章宗明昌(1190—1196)二朝,是金源王朝的盛世,也是金代文学艺术的中期。此期的诗文作家主要有蔡珪、党怀英、王庭筠、刘迎、赵沨、周昂等人。或许是战乱导致文献散佚,这一时期留下来的词作与词学理论都很少。金宣宗贞祐二年(1214),金朝南渡黄河,迁都汴京,从此国势衰微,直至灭亡。由于国运不振,文风为之一变,慷慨悲壮之音占了上风,诗词创作进入繁荣期。此期的主要作家有赵秉文、杨云翼、李纯甫、王若虚、李俊民、辛愿、麻九畴、段克己及段成己兄弟等人,元好问则为金代文学的集大成者。可能是由于金末战乱的破坏,此期词作流传至今的数量仍然不算多,但元好问是一个例外。

词学理论方面,第一、二期没有什么建树,无足称述;第三期较为集中,其中王若虚、元好问、刘祁三人的词论较有价值,是本章论述的重点。但是,上述三人的词论多产生于金末至蒙古灭金而又尚未称"元"这一特殊时期,不好径将其分别归入金朝或元朝,姑名此章为"金元之交的词论"。

金代学术文化源于北宋,受苏轼影响尤大,金词亦多慷慨豪放之音,苏轼词成为金人效法的对象。后来,南宋人吴激与蔡松年入金,在一定程度上改变了金源词风。金代词论有涉及吴、蔡诸人者。不过,生于金朝的文人,通常认为吴、蔡为宋儒,不当列于金源文派;认为金源文派当以蔡珪为第一代宗师,党怀英、赵秉文次之。金朝户部侍郎萧真

---

[1] 元好问编:《中州集》卷一,中华书局1959年版,第22页。
[2] 参见刘祁撰、崔文印点校《归潜志》(中华书局1983年版)卷八及元好问《中州乐府》等书的有关记载。

卿（丁按：萧真卿即萧贡）首倡此说，得到时人一致赞同。[1] 蔡珪、党怀英、赵秉文等人的词风，仍然接近苏轼。蔡珪存词不多，党怀英为南宋大词人辛弃疾投宋前的同窗好友。刘祁《归潜志》卷八曰："党承旨怀英、辛尚书弃疾，俱山东人，少同舍。属金国初遭乱，俱在兵间。辛一旦率数千骑南渡，显于宋。党在北方，擢第，入翰林，有名，为一时文字宗主。二公虽所趋不同，皆有功业，宠荣视前朝李谷、韩熙载亦相况也。后辛退闲，有词《鹧鸪天》云：'壮岁旌旗拥万夫，锦襜突骑渡江初。……'盖纪其少时事也。"[2] 党怀英词较有成就，近人况周颐《蕙风词话》卷三云："辛、党二家，并有骨干。辛凝劲，党疏秀。"[3] 赵秉文为金朝一代文宗，其词在当时颇有影响。明人王世贞《艺苑卮言》卷四曰："元裕之好问有《中州集》，皆金人诗也。如宇文太学虚中、蔡丞相松年、蔡太常珪、党承旨怀英、周常山昂、赵尚书秉文、王内翰庭筠，其大旨不出苏黄之外。要之，直于宋而伤浅，质于元而少情。"[4] 清人王弈清《历代词话》卷九即曾将这段话稍加改造，作为评金词之语。需要指出的是，王弈清误认为这段话出于元好问《中州乐府》。

况周颐《蕙风词话》卷三论宋词与金词之别颇为精当：

> 自六朝已还，文章有南北派之分，乃至书法亦然。姑以词论。金源之于南宋，时代政同，疆域之不同，人事为之耳。风会曷与焉。如辛幼安先在北，何尝不可南；如吴彦高先在南，何尝不可北！顾细审其词，南与北确乎有辨，其故何耶？或谓《中州乐府》选政操之遗山，皆取其近己者。然如王拙轩、李庄靖、段氏遯庵、菊轩，其词不入元选，而其格调气息，以视

---

[1] 参见元好问编《中州集》卷一，沈雄《古今词话》下卷"吴蔡体"条引《金源文派》。

[2] 查洪德主编，王双梅编校：《全辽金元笔记》第一辑第五册，大象出版社2022年版，第221—222页。

[3] 唐圭璋编：《词话丛编》，中华书局1986年版，第4459页。

[4] 丁福保辑：《历代诗话续编》，中华书局1983年版，第1021页。

元选诸词,亦复如骖之靳,则又何说。南宋佳词能浑,至金源佳词近刚方。宋词深致能入骨,如清真、梦窗是;金词清劲能树骨,如萧闲、遁庵是。南人得江山之秀,北人以冰霜为清。南或失之绮靡,近于雕文刻镂之技;北或失之荒率,无解深衷大马之讥。善读者抉择其精华,能知其并皆佳妙。而其佳妙之所以然,不难于合勘,而难于分观。往往能知之而难于明言之。然而宋金之词之不同,固显而易见者也。[1]

与金代诗坛的情况相同,金代最杰出的词人亦推元好问。《金史·元好问传》云:"其长短句,揄扬新声,以写恩怨者又数百篇。"[2] 元人刘敏中(1243—1318)《江湖长短句引》将元遗山与苏、辛并称:"(词)逮宋而大盛,其最擅名者东坡苏氏,辛稼轩次之,近世元遗山又次之。三家体裁各殊,然并传而不相悖,殆犹四时之气律不同,而其元化之所以斡旋,未始不同也。"[3] 况周颐对遗山词的评价较为全面:"元遗山以丝竹中年,遭遇国变,崔立采望,勒授要职,非其意指。卒以抗节不仕,憔悴南冠二十余稔。神州陆沉之痛,铜驼荆棘之伤,往往寄托于词。《鹧鸪天》三十七阕,泰半晚年手笔。其赋隆德故宫及《宫体》八首、《薄命妾辞》诸作,蕃艳其外,醇至其内,极往复低徊、掩抑零乱之致。而其苦衷之万不得已,大都流露于不自知。此等词宋名家如辛稼轩固尝有之,而犹不能若是其多也。遗山之词,亦浑雅,亦博大,有骨干,有气象。以比坡公,得其厚矣。而雄不逮焉者,豪而后能雄,遗山所处不能豪,尤不忍豪。牟端明《金缕曲》云:'扑面胡尘浑未扫,强欢讴、还肯轩昂否!'知此,可与论遗山矣。设遗山虽坎坷,犹得与坡公同,则其词之所造,容或尚不止此。其《水调歌头·赋三门津》'黄河九天上'云云,何尝不崎崛排奡。坡公之所不可及者,尤能

---

[1] 况周颐撰,屈兴国辑注:《蕙风词话辑注》卷三,江西人民出版社2000年版,第117—118页。
[2] 脱脱等:《金史》卷一二六,中华书局1975年版,第2742页。
[3] 李修生主编:《全元文》第11册,江苏古籍出版社1999年版,第439页。

于此等处不露筋骨耳。《水调歌头》当是遗山少作。晚岁鼎镬余生，栖迟零落，兴会何能飙举。知人论世，以谓遗山即金之坡公，何遽有愧色耶？充类言之，坡公不过逐臣，遗山则遗臣孤臣也。"[1]况氏仍将遗山与苏、辛（特别是苏）相提并论，并突出强调遗山"遗臣孤臣"的特殊身份对其词作的影响。

由于深受苏轼之学的熏陶，加上时代动荡对文人爱国热情的激励，以及南北隔绝的时代因素和北人天生的慷慨豪放之气，金人词多接近苏、辛豪放之风，与南宋后期姜夔、吴文英等人的词风显然异趣。这种差别，是民族、文化心理差异的体现，也是个性气质差异的体现。元末明初陶宗仪评金词即云："近世所谓大曲，在金则吴彦高《春草碧》（丁按：此词实为完颜璟作）、蔡伯坚《石州慢》、元遗山《买陂塘》、邓千江《望海潮》，堪与苏子瞻《念奴娇》、辛幼安《摸鱼儿》相颉颃。"[2]所以金人词论亦多重视豪壮慷慨之音。

金元之交的词学虽系统性不强，但也有一定成绩，较为值得注意的是王若虚、元好问及刘祁的词论。

第一节 王若虚《滹南诗话》的词学观

王若虚（1174—1243），字从之，号慵夫，藁城（今属河北）人。金章宗承安二年（1197）经义进士。历任鄜州录事、著作佐郎、左司谏、延州刺史等职。金亡，微服北归镇阳，隐居不仕。《金史》本传称其任管城、门山二县令时有惠政，深得百姓爱戴。元好问《中州集》卷六王若虚小传云："从之天资乐易，负海内重名，而不立崖岸。虽小书

---

[1] 况周颐撰，屈兴国辑注：《蕙风词话辑注》卷三，江西人民出版社2000年版，第131页。

[2] 唐圭璋编：《词话丛编》，中华书局1986年版，第1279页。

生登其门，亦折行辈交之。滑稽多智，而以雅重自持。谋事详审，出人意表。人谓从之于中外繁剧，无不堪任。直以投闲置散，故百不一试耳。自从之没，经学、史学、文章、人物，公论遂绝。不知承平百年之后，当复有斯人也不？"[1]可见王若虚有济世之才，惜逢金末多故，不久又遭亡国之祸，故在政治方面未尽其才。但其人品学问，得到当世公认。

王若虚是金朝有名的学者，有《滹南遗老集》四十五卷行于世。同时人李冶（1192—1279）《滹南遗老集引》曰：

> 滹南先生学博而要，才大而雅，识明而远，所谓虽无文王，犹兴者也。以为传注《六经》之蠹也，以之作《六经》辨。《论》《孟》圣贤之志也，以之作《论》《孟》辨。史所以信万世，文所以饬治具，诗所以道情性，皆不可后也，各以之为辨。而又辨历代君臣之事迹，条分区别，美恶著见，如粉墨然。非夫独立当世，取古今天下之所共与者与诸人，能然乎哉！呜呼！道之不明也久矣。凡以群言挤之也，故卑者以陷，而高者以行怪，拙者以憝，而巧者以徇欲。传者如是，受之者又如是，尖纤之逞而浮诞之夸，吾将见天下之人，一趋于坏而已耳。如先生之学，诚处之王公之贵，赖以范世填俗，其庶乎道复明于今日也。[2]

从李冶的话中可知，王若虚在经学与史学、文学方面均有极为深厚的修养，并有丰富的著述。王鹗（1190—1273）《滹南遗老集引》曰："先生性聪敏，蚤岁力学，以明经中乙科。自应奉文字，至为直学士，主文盟几三十年。出入经传，手未尝释卷。为文不事雕篆，唯求当理，尤不善四六。其主名节，区别是非，古人不贷也。……予为先生之学之

---

[1] 元好问编：《中州集》卷六，中华书局1959年版，第286页。
[2] 李修生主编：《全元文》第2册，江苏古籍出版社1999年版，第23页。

大，本诸天理，质诸人情，不为孤僻崖异之论。……学者当于孔孟而下求之，不然，殆为不知先生也。"[1]王鹗的话则告诉我们，王若虚曾长期主盟金朝文坛，深于经术，为文平易，不喜作骈文，且为人正直，注重名节，在学术上是非分明，不宽恕古人，是孔、孟之后一位著名的儒家学者。二人对王若虚的学问、人品评价都很高。王若虚《滹南遗老集》中有诗话三卷，后人名之为《滹南诗话》[2]，该书以论诗为主，也有一些论词的文字，主要集中在对苏轼、黄庭坚词和金人蔡松年（号萧闲老人）词的评论上，其中心论点为"是苏非黄"。

其论苏轼、黄庭坚词，主要讲了两个问题：一是苏轼、黄庭坚词谁更"本色"，苏轼是否"以诗为词"的问题；二是苏轼词是否有"情"的问题。

关于第一点，王若虚说：

> 陈后山云："子瞻以诗为词，虽工非本色。今代词手，唯秦七、黄九耳。"予谓后山以子瞻词如诗，似矣；而以山谷为得体，复不可晓。晁无咎云："东坡小词，多不谐律吕；盖横放杰出，曲子中缚不住者。"其评山谷，则曰："词固高妙，然不是当行家语，乃著腔子唱好诗耳。"此言得之。[3]

> 陈后山谓"子瞻以诗为词"，大是妄论。而世皆信之；独茆荆产辨其不然，谓公词为古今第一。今翰林赵公亦云："此与人意暗同。"盖诗词只是一理，不容异观。自世之末作，习为纤艳柔脆，以投流俗之好；高人胜士，亦或以是相胜，而日趋于委靡，遂谓其体当然，而不知流弊之至此也。文伯起曰：

---

[1] 李修生主编：《全元文》第8册，江苏古籍出版社1999年版，第4页。
[2] 王若虚著，霍松林、胡主佑校点的《滹南诗话》，有校勘与注释，被列入《中国古典文学理论批评专著选辑》，与《六一诗话》《白石诗说》合刊，由人民文学出版社1962年出版。以下引《滹南诗话》均据此本。
[3] 王若虚著，霍松林、胡主佑校点：《滹南诗话》（与《六一诗话》《白石诗说》合刊），人民文学出版社1962年版，第70页。

"先生虑其不幸而溺于彼,故援而止之,特立新意,寓以诗人句法。"是亦不然。公雄文大手,乐府乃其游戏,顾岂与流俗争胜哉! 盖其天资不凡,辞气迈往,故落笔皆绝尘耳。[1]

"陈后山"即陈师道,是北宋著名文人,曾游于苏轼之门,其作诗曾受黄庭坚影响,为"江西诗派"三宗之一,作词颇为自负,自称:"余他文未能及人,独于词自谓不减秦七、黄九。"[2]又云:"拟作新词酬帝力,轻落笔,黄、秦去后无强敌。"[3]陈师道论苏轼词可见其《后山诗话》:"退之以文为诗,子瞻以诗为词,如教坊雷大使之舞,虽极天下之工,要非本色。今代词手,惟秦七、黄九尔,唐诸人不迨也。"[4]"秦七"即宋代词人秦观,"黄九"即黄庭坚。翰林赵公即金代著名文人赵秉文,著有《闲闲老人滏水文集》。茆荆产即金人茆璞,著有《三余录》。文伯起为金人,曾为苏轼诗作注。王若虚不同意陈师道对苏、黄词的评价,他与赵秉文一样,赞同茆璞之言,认为苏词为"古今第一",当然是正宗,是本色。这反映了金代文人对苏轼词的普遍看法,王若虚认为词仅是苏轼游戏之作,这实际上与苏轼《题张子野诗集后》《与鲜于子骏》《与陈季常》《与蔡景繁》等文对词的看法相近。

苏轼是宋代最杰出的文艺天才、全才,在诗、文、词、书法、绘画等方面均给后世留下大量优秀作品,其中有四千多篇文章、近三千首诗。至于词,虽然也留下三百多首,在宋代词家中数量不算少,但笔者阅读《东坡乐府》后发现,苏轼真正的好词并不太多,豪放词仅《江城子·密州出猎》《水调歌头·中秋》《念奴娇·赤壁怀古》数首,婉约佳作亦仅《江城子·悼亡》《水龙吟·次韵章质夫杨花词》等几首,其余不少婉约词或模仿前人、缺少新意,或艺术粗糙,另有一些檃栝体等游

---

[1] 王若虚著,霍松林、胡主佑校点:《滹南诗话》(与《六一诗话》《白石诗说》合刊),人民文学出版社1962年版,第70—71页。

[2] 陈师道:《后山先生文集》卷九,《适园丛书初编》本。

[3] 陈师道:《后山先生文集》卷三〇,《适园丛书初编》本。

[4] 何文焕辑:《历代诗话》,中华书局1981年版,第309页。

戏之作。苏轼固然有开创豪放词之功，但其词的艺术水平并非一流，造成这种现象的原因有二：一是苏轼自己所说的，他本人有三不足，其中之一为不会唱曲，即不通词乐，故其所作难免有生硬之处。二是一个人尽管是天才，也不可能各种文体平均发展，苏轼于词，可能是用心不多，故成就明显不如其诗、文，也无法与那些专门的词家抗衡。今人多囿于"政治标准第一、艺术标准第二"的观念，重豪放，轻婉约，对苏轼词的评价偏高。王若虚认为苏轼的词是游戏之作，实际上是说词在苏轼的文学创作活动中所占的地位并不太高，后人亦大可不必盲目吹捧其词。至于"以诗为词"，东坡即不讳言，王若虚虽不同意，但反对的理由并不充分，仍是用豪放词的标准来肯定苏词。霍松林亦支持王若虚这一观点："又如文章的各种体裁，固然各有特点，但也不能绝对化。陈师道说：'退之作记，记其事耳；今之记乃论也。'他是主张'记'只应'记其事'，而不能发议论的。王若虚批评说：'议论虽多，何害为记！盖文之大体，固有不同，而其理则一。殆后山妄为分别，正犹评东坡以诗为词也。且宋文视汉唐百体皆异，其开廓横放，自一代之变；而后山独怪其一二，何耶？'"[1]清人吴衡照《莲子居词话》卷一评王若虚论苏词之语云："此条论坡公词极透彻。髯翁乐府之妙，得滹南而论定也。"[2]所言相当客观。在论苏轼之文时，王若虚则指出其诗、文、词一以贯之的观点：

> 东坡之文，具万变而一以贯之者也。为四六而无俳谐偶俪之弊；为小词而无脂粉纤艳之失；楚辞则略依仿其步骤，而不以夺机杼为工；禅语则姑为谈笑之资，而不以穷葛藤为胜。此其所以独兼众作，莫可端倪。而世或谓四六不精于汪藻，小词不工于少游，禅语、楚辞不深于鲁直，岂知东坡也哉？[3]

---

[1] 王若虚著，霍松林、胡主佑校点：《滹南诗话》（与《六一诗话》《白石诗说》合刊），人民文学出版社1962年版，第45页。
[2] 唐圭璋编：《词话丛编》，中华书局1986年版，第2412页。
[3] 王若虚：《王若虚集》卷三六，中华书局2017年版，第443—444页。

王若虚卓有见地地指出，东坡的四六文（骈文）、楚辞等皆无矫揉造作之态，具有鲜明的个性，这实际上就是苏轼自己说的"吾文如万斛泉源，不择地皆可出，在平地滔滔汩汩，虽一日千里无难。及其与山石曲折，随物赋形，而不可知也。所可知者，常行于所当行，常止于不可不止，如是而已矣"[1]。这当然是一种大家风范，是其艺术高度成熟的表现，可见王若虚的概括是很准确的。

在对苏轼某些词的具体评论中，王若虚经常发表独到的见解，如：

> 东坡《雁词》云："拣尽寒枝不肯栖。"以其不栖木，故云尔；盖激诡之致，词人正贵其如此。而或者以为语病；是尚可与言哉！近日张吉甫复以"鸿渐于木"为辨，而怪昔人之寡闻；此益可笑。《易·象》之言，不当援引为证也。其实雁何尝栖木哉！[2]

这里所论的苏轼之词，即《卜算子·黄州定慧院寓居作》，词云："缺月挂疏桐，漏断人初静。谁见幽人独往来，缥缈孤鸿影。　惊起却回头，有恨无人省。拣尽寒枝不肯栖，寂寞沙洲冷。"宋人认为此词有"语病"，胡仔《苕溪渔隐丛话》记录了此语并表明自己的不同意见："苕溪渔隐曰：'拣尽寒枝不肯栖'之句，或云：'鸿雁未尝栖宿树枝，惟在田野苇丛间，此亦语病也。'此词本咏夜景，至换头但只说鸿，正如《贺新郎》词'乳燕飞华屋'，本咏夏景，至换头但只说榴花。盖其文章之妙，语意到处即为之，不可限以绳墨也。"[3] 王若虚赞同胡仔的观点，并做了进一步发挥，他肯定苏轼词为"激诡之致"，而非语病，

---

[1] 苏轼撰，茅维编，孔凡礼点校：《苏轼文集》卷六六，中华书局1986年版，第2069页。

[2] 王若虚著，霍松林、胡主佑校点：《滹南诗话》（与《六一诗话》《白石诗说》合刊），人民文学出版社1962年版，第69页。

[3] 胡仔纂集，廖德明校点：《苕溪渔隐丛话·前集》卷三九，人民文学出版社1962年版，第268页。

实际上是说此词用了艺术想象和虚构,后人理解时要充分发挥自己的想象力,不可拘泥于细节的真实。《滹南诗话》卷中论苏轼的一段话颇可与此条相印证:"东坡云:'论画以形似,见与儿童邻;赋诗必此诗,定非知诗人。'夫所贵于画者,为其似耳;画而不似,则如勿画。命题而赋诗,不必此诗,果为何语!然则,坡之论非欤?曰:论妙在形似之外,而非遗其形似;不窘于题,而要不失其题。如是而已耳。世之人不本其实,无得于心,而借此论以为高。画山水者,未能正作一木一石,而托云烟杳霭,谓之气象;赋诗者,茫昧僻远,按题而索之,不知所谓,乃曰格律贵尔。一有不然,则必相嗤点以为浅易而寻常。不求是而求奇,真伪未知,而先论高下,亦自欺而已矣。岂坡公之本意也哉!"[1]这里,王若虚悟出了苏轼重"传神"的诗、画理论之真谛,所析相当深刻。苏轼此诗名为《书鄢陵王主簿所画折枝二首》(其一),在这首诗中,苏轼本着"诗、画一律"的原则,精辟地阐述了诗、画创作中形似与神似的关系:绘画过分追求形似,则不能传神;作诗仅仅满足于摹写物象,意尽句中,也不是成功的艺术作品。苏轼《次韵吴传正枯木歌》云:"古来画师非俗士,妙想实与诗同出。"诗、画同出于"妙想",而不是对具体物象的客观描绘,它们要经过艺术家的"迁想妙得",只有抓住客观物象的本质特征,才能达到传神的目的,这就是诗与画共同的本质特点。苏轼关于"传神"的基本认识,主要是继承顾恺之"传神写照"的理论而来的。[2]再看下面这两条:

> 东坡《送王缄》词云:"坐上别愁君未见,归来欲断无肠。"此未别时语也,而言"归来",则不顺矣。"欲断无肠",亦恐难道。《赠陈公密侍儿》云:"夜来倚席亲曾见。"此本即

---

[1] 王若虚著,霍松林、胡主佑校点:《滹南诗话》(与《六一诗话》《白石诗说》合刊),人民文学出版社1962年版,第68页。
[2] 关于苏轼重传神的艺术理论,可参阅孟二冬、丁放《试论苏轼的美学追求》,载《国学研究》第2卷,北京大学出版社1994年版。

席所赋,而下"夜来"字,却是隔一日。[1]

苏、黄各因玄真子《渔父词》增为长短句,而互相讥评。山谷又取船子和尚诗为《诉衷情》,而《冷斋》亦载之。予谓此皆为蛇画足耳,不作可也。[2]

前一条重在从文理是否通顺的角度评苏轼词,似乎较为苛刻和古板;后一条主要是批评以词为戏的做法,批评的对象包括苏、黄二人。宋人已对苏轼与黄庭坚这场文字游戏作过详细记录,吴曾《能改斋漫录》曰:"徐师川云:张志和《渔父词》云:'西塞山边白鹭飞,桃花流水鳜鱼肥。青箬笠,绿蓑衣,斜风细雨不须归。'顾况《渔父词》:'新妇矶边月明,女儿浦口潮平,沙头鹭宿鱼惊。'东坡云:'玄真语极清丽,恨其曲度不传。'加数语,以《浣溪沙》歌之云:'西塞山边白鹭飞,散花洲外片帆微,桃花流水鳜鱼肥。自庇一身青箬笠,相随到处绿蓑衣,斜风细雨不须归。'山谷见之,击节称赏。且云:'惜乎散花与桃花字重叠,又渔舟少有使帆者。'乃取张、顾二词,合为《浣溪沙》云:'新妇矶边眉黛愁,女儿浦口眼波秋,惊鱼错认月沉钩。青箬笠前无限事,绿蓑衣底一时休,斜风细雨转船头。'东坡云:'鲁直此词,清新婉丽。问其最得意处,以山光水色替却玉肌花貌,真得渔父家风也。然才出新妇矶,便入女儿浦,此渔父无乃太澜浪乎?'山谷晚年,亦悔前作之未工,因表弟李如篪言:'《渔父词》以《鹧鸪天》歌之,甚协律,恨语少声多耳。'因以宪宗画像,求玄真子文章,及玄真之兄松龄劝归之意,足前后数句云:'西塞山前白鹭飞,桃花流水鳜鱼肥。朝廷尚觅玄真子,何处而今更有诗?青箬笠,绿蓑衣,斜风细雨不须归。人间欲避风波险,一日风波十二时。'东坡笑曰:'鲁直乃欲平地起风波耶?'师

---

[1] 王若虚著,霍松林、胡主佑校点:《滹南诗话》(与《六一诗话》《白石诗说》合刊),人民文学出版社1962年版,第69页。

[2] 王若虚著,霍松林、胡主佑校点:《滹南诗话》(与《六一诗话》《白石诗说》合刊),人民文学出版社1962年版,第74页。

川乃作《浣溪沙》《鹧鸪天》各二阕，盖因坡、谷异同而作。云：'西塞山前白鹭飞，桃花流水鳜鱼肥，一波才动万波随。黄帽岂如青箬笠，羊裘何似绿蓑衣？斜风细雨不须归。'其二云：'新妇矶边秋月明，女儿浦口晚潮平，沙头鹭宿戏鱼惊。青箬笠前明此事，绿蓑衣里度平生，斜风细雨小船轻。'其三云：'西塞山前白鹭飞，桃花流水鳜鱼肥。朝廷若觅玄真子，恒在长江理钓丝。青箬笠，绿蓑衣，斜风细雨不须归。浮云万里烟波客，惟有沧浪孺子知。'其四云：'七泽三湘碧草连，洞庭江汉水如天。朝廷若觅玄真子，不在江边即酒边。明月棹，夕阳船，鲈鱼恰似镜中悬。丝纶钓饵都收却，八字山前听雨眠。'"[1]苏、黄直至徐俯[2]诸人此组词，在张志和、顾况二词的基础上翻新出奇，争奇斗巧，用的正是黄庭坚"夺胎换骨、点铁成金"之法，陈陈相因，缺少创新，王若虚评为"此皆为蛇画足"，是非常精辟的。王若虚就此事专门批评黄庭坚，《滹南诗话》"形容失礼"条云：

  山谷词云："新妇矶边眉黛愁，女儿浦口眼波秋。"自谓以山色水光替却玉肌花貌，真得渔父家风。东坡谓其"太澜浪"，可谓善谑。盖渔父身上，自不宜及此事也。[3]

山谷此词本写山水隐逸之乐，"新妇"二句确实不伦不类，王若虚批评得不错。当然，王若虚对山谷词的批评，语气常常较重，这与他对山谷一贯的不满态度是一致的。王若虚《滹南诗话》中还有多处对山谷词表示不满，如：

  山谷赠小鬟《蓦山溪词》，世多称赏。以予观之："眉黛压

---

[1] 吴曾：《能改斋漫录》卷一六，上海古籍出版社1979年版，第473—474页。
[2] 宋人徐俯，字师川，洪州分宁（今江西修水）人。师川为黄庭坚外甥，与曾几、吕本中游，列名《江西诗社宗派图》，是一位江西派诗人。早年学黄庭坚，晚年颇欲自立，尝云："涪翁之妙天下，君其问诸水滨，斯道之大域中，我独知之濠上。"（见周辉《清波杂志》）
[3] 王若虚著，霍松林、胡主佑校点：《滹南诗话》（与《六一诗话》《白石诗说》合刊），人民文学出版社1962年版，第74页。

> 秋波,尽湖南水明山秀。""尽"字似工而实不惬。又云:"婷婷袅袅,恰近十三余。"夫"近"则未及,"余"则已过,无乃相窒乎!"春未透,花枝瘦。"正谓其尚嫩,如"豆蔻梢头二月初"之意耳,而云"正是愁时候",不知"愁"字属谁?以为彼愁邪,则未应识愁;以为己愁邪,则何为而愁!又云:"只恐远归来,绿成阴,青梅如豆。"按杜牧之诗,但泛言花已结子而已;今乃指为青梅,限以如豆,理皆不可通也[1]。

黄庭坚化用杜牧之诗,确实有不通之处,王若虚的批评是很有道理的。

关于第二点,即东坡词中是否有"情"的问题,王若虚是这样说的:

> 晁无咎云:"眉山公之词短于情,盖不更此境耳。"陈后山曰:"宋玉不识巫山神女而能赋之,岂待更而后知。"是直以公为不及于情也!呜呼,风韵如东坡,而谓不及于情,可乎?彼高人逸才,正当如是。其溢为小词,而间及于脂粉之间,所谓滑稽玩戏,聊复尔尔者也。若乃纤艳淫媟,入人骨髓,如田中行、柳耆卿辈,岂公之雅趣也哉![2]

王若虚在此处主要讨论词的雅俗问题。晁补之、陈师道二人认为苏轼之词不长于情,这个"情"字当然是男女之情。王若虚反驳说:像苏轼这样风流倜傥的人,怎么会短于男女之情呢?只不过是不屑写之罢了。苏公词中虽也写"脂粉",但只是游戏之作。田中行(丁按:田中行即北宋词人田为。宋人王灼《碧鸡漫志》卷二云:"田中行极能写人

---

[1] 王若虚著,霍松林、胡主佑校点:《滹南诗话》(与《六一诗话》《白石诗说》合刊),人民文学出版社1962年版,第84—85页。
[2] 王若虚著,霍松林、胡主佑校点:《滹南诗话》(与《六一诗话》《白石诗说》合刊),人民文学出版社1962年版,第70页。

意中事，杂以鄙俚，曲尽要妙……然庄语辄不佳。尝执一扇，书句其上云：'玉蝴蝶恋花心动。'语人曰：'此联三曲名也，有能对者，吾下拜。'北里狭邪间横行者也。"[1]）和柳永那样"纤艳淫媟，入人肌骨"的词作（丁按："纤艳淫媟，入人肌骨"，是唐人李戡批评元、白艳诗之语，见杜牧《李戡墓志铭》[2]），绝不符合苏公的雅趣。质言之，王若虚认为，苏轼词并非不能言情，只是其情较雅，不像田为、柳永之"情"那样俚俗罢了。关于柳、苏词雅俗之争，宋人徐度《却扫编》记载得较为清楚："（柳永）词虽极工致，然多杂以鄙语，故流俗人尤喜道之。其后欧、苏诸公继出，文格一变，至为歌词，体制高雅。柳氏之作，殆不复称于文士之口，然流俗好之自若也。刘季高侍郎，宣和间尝饭于相国寺之智海院，因谈歌词，力诋柳氏，旁若无人者。有老宦者闻之，默然而起，徐取纸笔，跪于季高之前，请曰：'子以柳词为不佳者，盍自为一篇示我乎？'刘默然无以应。而后知稠人广众中，慎不可有所臧否也。"[3] 王若虚肯定苏轼，所以他反对柳永是很正常的事情，因为苏轼与柳永在词风上本来就是水火不容的。王若虚"是苏非柳"之论，与南宋初王灼《碧鸡漫志》的观点一脉相承。

王若虚对蔡松年词的评价也不高，并找出了其词中的各种毛病。如下面几条，谓其词或不合理，或不确切，或不够含蓄，或对其词进行具体考辨：

> 萧闲云："风头梦，吹无迹。"盖雨之至细，若有若无者，谓之"梦"。田夫野妇皆道之；而雷溪注，以为"梦中云雨"，又曰"云梦泽之雨"，谬矣。贺方回有"风头梦雨吹成雪"之

---

[1] 唐圭璋编：《词话丛编》，中华书局1986年版，第84页。
[2] 丁放《谈谈李戡墓志铭的几个问题》（《艺谭》1987年第6期）对杜牧及晚唐浮艳诗风有较为详尽的分析，可以参看。
[3] 《景印文渊阁四库全书》第863册，台湾商务印书馆1983—1986年版，第788—789页。又据张惠民编《宋代词学资料汇编》，汕头大学出版社1993年版，第145页。

句,又云:"长廊碧瓦,梦雨时飘洒。"岂亦如雷溪之说乎![1]

乐天《望瞿塘》诗云:"欲识愁多少,高于滟滪堆。"萧闲《送高子文》词云:"归兴高于滟滪堆。"雷溪漫注,盖不知此出处耳。然乐天因望瞿塘,故即其所见而言;泛用之,则不切矣。[2]

萧闲《乐善堂赏荷花》词云:"胭脂肤瘦薰沉水,翡翠盘高走夜光。"世多称之。此句诚佳;然莲体实肥,不宜言"瘦"。予友彭子升尝易"腻"字,此似差胜。若乃走珠之状,惟雨露中然后见之。据辞意当时不应有雨也。"山黛""月波"之类,盖总述所见之景。而雷溪注云:"言此花以山为眉、波为眼、云为衣。"不亦异乎!至"一枝梅绿横冰萼,淡云新月炯疏星"之句,亦如此说。彼无真见,而妄意求之,宜其缪之多也![3]

王若虚多次提到的"雷溪",指金人魏道明,字元道,仕金,官至安国军节度使,晚年自号雷溪子,著有《鼎新诗话》,又为蔡松年词作注,此注今存。雷溪之注水平不高,元好问即曾指出。但金人为本朝人词作注,本身就是词学史上一桩非常有意义的事情,值得一提。王若虚此处既批评了魏道明之注,又批评了蔡松年词。

况周颐《蕙风词话续编》卷一"《明秀集》赏荷词"条云:"《明秀集》乐善堂赏荷词:'胭脂肤瘦薰沉水,翡翠盘高走夜光。'《滹南老人

---

[1] 王若虚著,霍松林、胡主佑校点:《滹南诗话》(与《六一诗话》《白石诗说》合刊),人民文学出版社1962年版,第90页。

[2] 王若虚著,霍松林、胡主佑校点:《滹南诗话》(与《六一诗话》《白石诗说》合刊),人民文学出版社1962年版,第91页。

[3] 王若虚著,霍松林、胡主佑校点:《滹南诗话》(与《六一诗话》《白石诗说》合刊),人民文学出版社1962年版,第91页。

诗话》云：'莲体实肥，不宜言瘦，似易"腻"字差胜。'龙壁山人云：'莲本清艳，腻得其貌，未得其神也。'余尝细审之，此字至难稳称，尤须与下云'薰沉水'相贯穿。拟易'润'字、'媚'字、'薄'字，彼胜于此。似乎'薄'字较佳，对下句'高'字亦称。"[1]龙壁山人即清人王锡振（1815—1876）。从王、况二人对此事的讨论来看，至少说明王若虚的词论已引起清人的注意与研究。《滹南诗话》又曰：

前人有"红尘三尺险，中有是非波"之句，此以意言耳。萧闲词云："市朝冰炭里，涌波澜。"又云："千丈堆冰炭。"便露痕迹。[2]

萧闲《使高丽》词云："酒病赖花医却。"世皆以花为妇人，非也。此词过处既有"离索""余香""收拾新愁"之语，岂复有妇人在乎！以文势观之，亦不应尔。其所谓"花"，盖真花也。言其人已去，赖以解酲者，独有此物而已。必当时之实事。李后主词云"酒恶时拈花蕊嗅"；公咏花词，亦喜用"醒心香"字，盖取其清澈之气，以涤除恶味耳。[3]

萧闲自镇阳还兵府，赠离筵乞言者云："待人间觅个无情心绪，著多情换。"此篇有恨别之意，故以情为苦，而还美无情。终章言之，宜矣。《使高丽》词亦云："无物比情浓，觅无

---

[1] 况周颐撰，屈兴国辑注：《蕙风词话辑注·续编》卷一，江西人民出版社2000年版，第277页。

[2] 王若虚著，霍松林、胡主佑校点：《滹南诗话》（与《六一诗话》《白石诗说》合刊），人民文学出版社1962年版，第91页。

[3] 王若虚著，霍松林、胡主佑校点：《滹南诗话》（与《六一诗话》《白石诗说》合刊），人民文学出版社1962年版，第91—92页。丁按：此指蔡松年《石州慢·高丽使还日作》，词云："云海蓬莱，风雾鬓鬟，不假梳掠。仙衣卷尽云霓，方见宫腰纤弱。心期得处，世间言语非真，海犀一点通寥廓。无物比情浓，觅无情相博。　离索。晓来一枕余香，酒病赖花医却。泛泛金尊，收拾新愁重酌。片帆云影，载将无际关山，梦魂应被杨花觉。梅子雨丝丝，满江干楼阁。"（唐圭璋编：《全金元词》，中华书局1979年版，第24页）

情相博。"次第未应及此也。[1]

王若虚是金朝的著名学者，其诗论的要点有三个方面：第一，注重文质相副，反对雕琢过甚；第二，注重平易，反对奇险；第三，注重发展、创造，反对泥古、模拟。这三个要点又以第二点为中心。其诗论既评价了历代诗人（尤其是唐宋诗人）的作品，又有批评当时不良诗风、指导创作的作用。这些论诗的观点与其词学理论也是相通的。在具体的作家论方面，王若虚的主要态度为"是苏非黄"，即较多肯定苏轼（当苏轼词不符合他的标准时，他也予以批评），毫不留情地批评黄庭坚。钱锺书先生曰："古今来诋诃山谷最严厉者，莫如王从之……《滹南遗老集》中《诗话》三卷，于山谷诗吹毛索瘢，大而判断，小而结裹，皆深不与之。"[2]究其客观原因有二：第一，与当时文坛上赵秉文与李纯甫之争有关。赵秉文主平易，故近苏轼；李纯甫重奇险，故近黄庭坚。赵秉文"议论经学，许王从之"[3]，王若虚与赵秉文观点相近，故对黄庭坚不满。[4]第二，与王若虚的家学渊源有关。王若虚之舅周昂对其影响很大，而据王若虚所言，周昂就是对黄庭坚持批评态度的。《滹南诗话》卷上云："吾舅儿时便学工部，而终身不喜山谷也。若虚尝乘间问之，则曰：'鲁直雄豪奇险，善为新样，固有过人者；然于少陵初无关涉。'"[5]从主观原因看，则与王若虚的美学标准有关。他论诗、论词用的是同一尺度，这里不妨先看王若虚评价苏、黄诗的一组绝句：

山谷于诗，每与东坡相抗，门人亲党遂谓过之。而今之作

---

[1] 王若虚著，霍松林、胡主佑校点：《滹南诗话》（与《六一诗话》《白石诗说》合刊），人民文学出版社1962年版，第92页。

[2] 钱锺书：《谈艺录》，生活·读书·新知三联书店2001年版，第408页。

[3] 刘祁撰，崔文印点校：《归潜志》卷八，中华书局1983年版，第87页。

[4] 丁放、孟二冬《王若虚对金代诗学的贡献》（《安徽师范大学学报》1993年第2期），对王若虚的诗论有较为具体的论述，可参看。

[5] 王若虚著，霍松林、胡主佑校点：《滹南诗话》（与《六一诗话》《白石诗说》合刊），人民文学出版社1962年版，第52页。

者，亦多以为然。予尝戏作四绝云。

骏步由来不可追，汗流余子费奔驰。谁言直待南迁后，始是江西不幸时。

信手拈来世已惊，三江衮衮笔头倾。莫将险语夸勍敌，公自无劳与若争。

戏论谁知是至公，螬蜅信美恐生风。夺胎换骨何多样，都在先生一笑中。

文章自得方为贵，衣钵相传岂是真；已觉祖师低一著，纷纷法嗣复何人？[1]

王若虚肯定苏轼诗的豪迈气度，认为黄庭坚是赶不上的，"骏步"二句就是这个意思；"信手"二句则称赞苏轼如万斛泉源般畅达的文风，其反面的例子则是以"险语"相夸的黄庭坚；三、四两首则肯定苏轼的"自得"即自成一家之法，讽刺黄庭坚的"夺胎换骨"之法。作为一位成熟的理论家，王若虚的观点是对事不对人的，因此，他赞赏苏轼"以诗为词"的创造性劳动，称赞其"自得"，对其诗、文、词一以贯之的独创性予以肯定，而对其与山谷一道增删张志和、顾况词的做法表示不满。笔者以为，从赵秉文到王若虚，固然都受到苏轼的影响，但他们受白居易的影响似乎更直接。王若虚有一组论诗绝句，其主旨是批评王庭筠（丁按：王庭筠，字子端），肯定白居易，并未直接论及宋、金之词，但其观点与其词学主张是息息相通的。诗云：

王子端云："近来陡觉无佳思，纵有诗成似乐天。"其小乐天甚矣。予亦尝和为四绝。

功夫费尽漫穷年，病入膏肓不可镌。寄语[2]雪溪王处士，

---

[1]《四部丛刊》影上海涵芬楼藏旧钞本《滹南遗老集》卷四五。
[2] "语"或作"与"，郭绍虞主编《中国历代文论选》第二册录此组诗且云："原作与，误。"（上海古籍出版社1979年版，第441页）《中州集》卷六、《归潜志》卷八均作"语"。

恐君犹是管窥天。

东涂西抹斗新妍，时世梳妆亦可怜。人物世衰如鼠尾，后生未可议前贤。

妙理宜人入肺肝，麻姑搔痒岂胜鞭。世间笔墨成何事，此老胸中具一天。

百斛明珠一一圆，丝毫无恨彻中边。徒渠屡受群儿谤，不害三光万古悬。[1]

这组诗批评"功夫费尽""东涂西抹"之作，强调"妙理"，最重视的是平易畅达之什。"百斛明珠一一圆，丝毫无恨彻中边"，实指这种平易近人的诗风，故王若虚对苏轼、黄庭坚、蔡松年词中之不"合理"，多有指斥，而又集矢于黄庭坚，这正是其一贯宗旨的体现。

金代词学理论相对贫乏，王若虚以金人而论金词，他对金源词风的"鼻祖"苏轼词的讨论，对金词早期代表人物蔡松年的评论，均有较高的史学价值与理论意义。他对"吴蔡体"的代表人物蔡松年的评价并不高。其论词之语较少，或与他本人不长于词有关。不过，其论诗、论词的宗旨倒是一致的。

第二节　元好问重豪放的词论

元好问是金朝最著名的文人，也是中国文学史上的大诗人之一。元人郝经（1223—1275）《遗山先生墓铭》对元好问的文学成就给予了高度评价："诗自《三百篇》以来，极于李、杜，其后纤靡淫艳，怪诞癖涩，浸以弛弱，遂失其正。二百余年而至苏、黄，振起衰踣，益为瑰

---

[1] 郭绍虞主编：《中国历代文论选》第二册，上海古籍出版社1979年版，第441页。（此书所据为《四部丛刊》影上海涵芬楼藏旧钞本《滹南遗老集》卷四五）

奇，复于李、杜氏。金源有国，士务决科干禄，置诗文不为；其或为之，则群聚讪笑，大以为异。委坠废绝，百有余年，而先生出焉。当德陵之末，独以诗鸣，上薄风、雅，中规李、杜，粹然一出于正，直配苏、黄氏。天才清赡，邃婉高古，沉郁大和，力出意外，巧绵而不见斧凿，新丽而绝去浮靡，造微而神采粲发。杂弄金碧，糅饰丹素，奇芬异秀，洞荡心魄，看花把酒，歌谣跌宕；挟幽、并之气，高视一世，以五言雅为正，出奇于长句杂言，至千五百余篇。为古乐府不用古题，特出新意，以写怨思者，又百余篇。用今题为乐府，揄扬新声者，又数十百篇，皆近古所未有也。汴梁亡，故老皆尽，先生遂为一代宗匠，以文章伯独步几三十年，铭天下功德者，尽趋其门。有例有法，有宗有趣，又至百余首。"[1] 金正大进士徐世隆（1206—1285）《遗山先生文集序》曰："窃尝评金百年以来，得文派之正，而主盟一时者，大定、明昌，则承旨党公；贞祐、正大，则礼部赵公；北渡则遗山先生一人而已。自中州祈丧，文气奄奄几绝。起衰救坏，时望在遗山。遗山虽无位柄，亦自知天之所以畀付者为不轻，故力以斯文为己任。周流乎齐、鲁、燕、赵、晋、魏之间，几三十年。其迹益穷，其文益富，其声名益大以肆。且性乐易，好奖进后学，春风和气，隐然眉睫间，未尝以行辈自尊。故所在士子从之如市。然号为泛爱，至于品题人物，商订古今，则丝毫不少贷，必归之公是而后已。是以学者知所指归，作为诗文，皆有法度可观。文体粹然为之一变。大较遗山诗祖李、杜，律切精深，而有豪放迈往之气；文宗韩、欧，正大明达而无奇纤晦涩之语；乐府则清雄顿挫，闲婉浏亮，体制最备，又能用俗为雅，变故作新，得前辈不传之妙，东坡、稼轩而下不论也。"[2] 遗山诗、文、词的成就均居金人第一及宋、金两朝一流的地位，故其论诗、论文、论词，都有一言九鼎的力量。

元好问论词之语并不多，较著名的是作于金亡之后的蒙古蒙哥汗四年甲寅（1254）的《新轩乐府引》（丁按：新轩即金人张胜予）、《遗山

---

[1] 丁放：《元代诗论校释》，中华书局2020年版，第23页。
[2] 李修生主编：《全元文》第2册，江苏古籍出版社1999年版，第388页。

自题乐府引》、《题闲闲书赤壁赋后》等文章,《续夷坚志》中也有几条资料。其词论主要论述了四个问题。

其一,肯定苏、辛豪放词,但不讳言其缺点。元氏《新轩乐府引》集中体现了这一观点:

> 唐歌词多宫体,又皆极力为之。自东坡一出,情性之外不知有文字,真有"一洗万古凡马空"气象。虽时作宫体,亦岂可以宫体概之?人有言:"乐府本不难作,从东坡放笔后便难作。"此殆以工拙论,非知坡者。所以然者,《诗》三百所载小夫贱妇幽忧无聊赖之语,特狎为外物感触,满心而发,肆口而成者尔,其初果欲被管弦、谐金石、经圣人手,以与六经并传乎?小夫贱妇且然,而谓东坡翰墨游戏,乃求与前人角胜负,误矣!自今观之,东坡圣处,非有意于文字之为工,不得不然之为工也。坡以来,山谷、晁无咎、陈去非、辛幼安诸公俱以歌词取称,吟咏情性,留连光景,清壮顿挫,能起人妙思,亦有语意拙直、不自缘饰、因病成妍者,皆自坡发之。近岁,新轩张胜予亦东坡发之者与?[1]

元好问首先肯定东坡提高了词的境界,改变了宫体之风,又说黄、晁、陈、辛乃至新轩,皆受东坡影响,作词能写出真性情,语气顿挫有力,启人神思。遗山自己作词,走的也是苏、辛之路,张炎《词源》卷下即说"元遗山极称稼轩词",苏、辛豪放词在遗山眼中,当然是词中上品。难能可贵的是,遗山对苏、辛词过分拙、直,缺少文采的缺点,也并不讳言,这显示出其开阔的胸襟与气度。

《遗山自题乐府引》曰:"岁甲午,予所录《遗山新乐府》成,客有谓予者云:'子故言宋人诗大概不及唐,而乐府歌词过之,此论殊然。乐府以来,东坡为第一,以后便到辛稼轩,此论亦然。东坡、稼轩即不

---

[1] 李修生主编:《全元文》第1册,江苏古籍出版社1999年版,第310页。

论，且问遗山得意时，自视秦、晁、贺、晏诸人为何如？'予大笑，拊客背云：'那知许事，且噉蛤蜊。'客亦笑而去。"[1]此处是借客之口，说出元好问自己的词实为东坡、稼轩后劲，与晏殊父子、秦观、晁补之、贺铸等显然异趣。

元好问《题闲闲书赤壁赋后》（丁按："赤壁赋"当为"赤壁词"之误）曰："夏口之战，古今喜称道之，东坡《赤壁词》殆戏以周郎自况也。词才百许字，而江山、人物无复余蕴，宜其为乐府绝唱。闲闲公乃以仙语追和之，非特词气放逸，绝去翰墨畦径，其字画亦无愧也。"[2]此则题跋是说元好问之师赵秉文的词与字、画皆继承苏轼，这其实也道出了元好问自己的词学渊源。清人冯金伯《词苑萃编》卷六曰："赵闲闲，名秉文，金正大间人，善书法，有辞藻。尝见擘窠书自作和东坡赤壁词，雄壮振动，有渴骥怒猊之势。元好问为之题跋，而词亦壮伟不羁。视《大江东去》，信在伯仲间，可谓词翰两绝者。"[3]《赤壁图》为武元真所画，据元好问此文可知，赵秉文题自己所作之词《大江东去》于其上。赵秉文之词有《大江东去·用东坡先生韵》，可能就是这首题画之词。赵秉文还有《缺月挂疏桐·拟东坡作》，标题即标明学苏轼，其《水调歌头》（四明有狂客）词风亦近苏轼。元好问《遗山乐府》中，《鹧鸪天》（煮酒青梅入坐新）注明"效东坡体"，另有十一首《水调歌头》显然也是学苏轼的，《促拍丑奴儿》注明"学闲闲公体"，与其师一脉相承。

元好问《东坡乐府集选引》则主要对同时人孙安常注坡词进行评价，既肯定其长处，又指出其缺点。由此可知，金人已开始为苏轼词作注，苏轼词在金人心目中占有非常重要的地位。

绛人孙安常注坡词，参以汝南文伯起《小雪堂诗话》，删

---

[1] 朱孝臧辑校编撰：《彊村丛书》第7册，上海古籍出版社1989年版，第5574页。
[2] 李修生主编：《全元文》第1册，江苏古籍出版社1999年版，第341页。
[3] 唐圭璋编：《词话丛编》，中华书局1986年版，第1894页。

去他人所作无愁可解之类五十六首,其所是正亦无虑数十百处,坡词遂为完本,不可谓无功。然尚有可论者。如"古岸开青荇",《南柯子》以末后二句倒入前篇。此等犹为未尽,然特其小小者耳。就中"野店鸡号"一篇,极害义理,不知谁所作。世人误为东坡,而小说家又以神宗之言实之,云:"神宗闻此词不能平,乃贬坡黄州,且言:'教苏某闲处袖手,看朕与王安石治天下。'"安常不能辨,复收之集中。如"当时共客长安,似二陆初来、俱妙年,有胸中万卷、笔头千字,致君尧舜,此事何难,用舍由时,行藏在我,袖手何妨闲处看"之句,其鄙俚浅近、叫呼炫鬻,殆市驵之雄醉饱而后发之,虽鲁直家婢仆且羞道,而谓东坡作者,误矣!又前人诗文有一句或一二字异同者,盖传写之久,不无讹谬,或是落笔之后随有改定。而安常一切以别本为是。是亦好奇尚异之蔽也。就孙集录取七十五首,遇语句两出者择而从之。自余《玉龟山》一篇,予谓非东坡不能作,孙以为古词,删去之,当自别有所据。姑存卷末,以候更考。丙申九月朔,书于阳平寓居之东斋。元某引。[1]

元好问《续夷坚志》"卫文仲"条记载了金人好苏轼词的一个活生生的例子:

卫文仲,襄城人,承安中进士。性好淡泊,读书学道,故仕宦不进,平居好歌东坡赤壁词。临终,沐浴易衣,召家人告以后事,即命闭户,危坐床上,诵赤壁词,又歌末后二句,歌罢,怡然而逝。[2]

---

[1] 李修生主编:《全元文》第1册,江苏古籍出版社1999年版,第297—298页。
[2] 元好问:《续夷坚志》卷一,清道光间白荣氏《得月簃丛书》本,天津图书馆藏。

其二，肯定发愤之作。《新轩乐府引》说新轩作词的背景是："时南狩（指贞祐南渡）已久，日薄西山，民风国势，有可为太息而流涕者，故又多愤而吐之之辞。"[1] 这类发愤之词，遗山所作尤多，故此处名义上论新轩，实为夫子自道。《续夷坚志》下面两则或借记鬼词，或借记题壁词，记录了一些由亡宋女性所写的凄恻哀婉的"亡国之音"：

宫婢玉真

大定中，广宁士人李惟清元直者，与鬼妇故宋宫人玉真遇。玉真有《杨柳枝》词云："已谢芳华更不留，几经秋。故宫台榭只荒邱，忍回头。　塞外风霜家万里，望中愁。楚魂湘血恨悠悠，此生休。"一诗云："皓齿明眸掩路尘，落花流水几经春。人间天上归无处，且作阳台梦里人。"[2]

泗州题壁词

兴定末，四都尉南征，军士掠淮上良家女北归，有题《木兰花》词逆旅间，云："淮山隐隐，千里云峰千里恨。淮水悠悠，万顷烟波万顷愁。　山长水远，遮断行人东望眼。恨旧愁新，有泪无言对晚春。"[3]

元好问注重记录亡国之音，这与其写作大量"丧乱诗"的心态是一致的。

其三，论词重情。作为金代最杰出的词人，元好问作词与论词取径均较宽，而且对词绮错婉媚的特点有清楚的认识，且并不排斥。《遗山乐府》中有《江城子·效花间体咏海棠》词，词云："蜀禽啼血染冰莶，趁花期，占芳菲，翠袖盈盈，凝笑弄晴晖。比尽世间谁似得，飞燕瘦，

---

[1] 李修生主编：《全元文》第1册，江苏古籍出版社1999年版，第311页。
[2] 元好问：《续夷坚志》卷三，清道光间白荣氏《得月簃丛书》本，天津图书馆藏。
[3] 元好问：《续夷坚志》卷四，清道光间白荣氏《得月簃丛书》本，天津图书馆藏。

玉环肥。　　一番风雨未应稀。怨春迟，怕春归。恨不高张，红锦百重围。多载酒来连夜看，嫌化作，彩云飞。"[1]《遗山乐府》中还有《鹧鸪天》宫体八首，举一首为例："憔悴鸳鸯不自由。镜中鸾舞只堪愁。庭前花是同心树，山下泉分两玉流。　　金络马，木兰舟，谁家红袖水西楼。春风㬎杀官桥柳，吹尽香绵不放休。"[2]确实有晏、欧风致。又如其《江梅引》词序云："泰和中，西州士人家女阿金，姿色绝妙，其家欲得佳婿，使女自择。同郡某郎独华腴，且以文彩风流自名，女欲得之。尝见郎，墙头数语而去。他日，又约于城南，郎以事不果来。其后从兄官陕右，女家不能待，乃许他姓。女郁郁不自聊，竟用是得疾，去大归二三日而死。又数年，郎仕，驰驿过家，先通殷勤者，持冥钱告女墓云：'郎今年归，女知之耶？'闻者悲之。此州有元魏离宫在河中滩，土人月夜踏歌和云：'魏拔来，野花开。'故予作《金娘怨》用杨白花故事，词云：'含情出户娇无力，拾得杨花泪沾臆。春去秋来双燕子，愿衔杨花入窠里。"[3]其词亦极为哀婉动人。元好问重情的思想在其创作中有十分鲜明的体现。《新轩乐府引》记载屋梁子批评元好问之语曰："《麟角》《兰畹》《尊前》《花间》等集，传播里巷，子妇母女，交口教授，淫言媟语，深入骨髓，牢不可去，久而与之俱化。浮屠家谓笔墨劝淫，当下犁舌之狱。自知是巧，不知是业。陈后山追悔少作，至以'语业'命题，吾子不知耶？离骚之《悲回风》《惜往日》，评者且以'露才扬己''怨怼沉江'少之，若《孤愤》《四愁》《七哀》《九悼》绝命之辞，《穷愁志》《自怜赋》，使乐天知命者见之，又当置之何地耶？治乱，时也；遇不遇，命也。衡门之下，自有成乐，而长歌之哀，甚于痛哭。安知愤而吐之者，非呼天称屈耶？世方以此病吾子，子又以及新轩，其何以自解？"[4]对于屋梁子的批评，元好问是用谢安对王羲之所说的

---

[1] 朱孝臧辑校编撰：《彊村丛书》第 7 册，上海古籍出版社 1989 年版，第 5619 页。
[2] 朱孝臧辑校编撰：《彊村丛书》第 7 册，上海古籍出版社 1989 年版，第 5658—5659 页。
[3] 朱孝臧辑校编撰：《彊村丛书》第 7 册，上海古籍出版社 1989 年版，第 5632—5633 页。
[4] 元好问：《遗山先生文集》卷三六，《四部丛刊》本。

"年在桑榆，正赖丝竹陶写"来解释的，这说明他论词取径并不狭窄，还是比较客观的。元好问的代表作《摸鱼儿·雁丘词》借咏殉情而死的大雁，歌唱人间生死不渝的爱情，更是非常有名的例子。词序云："乙丑岁，赴试并州，道逢捕雁者，云：'今旦获一雁，杀之矣。其脱网者悲鸣不能去，竟自投于地而死。'予因买得之，葬之汾水之上，累石为识，号曰雁丘。时同行者多为赋诗，予亦有雁丘辞，旧所作无宫商，今改定之。"词云："恨人间情是何物，直教生死相许。天南地北双飞客，老翅几回寒暑。欢乐趣，离别苦，是中更有痴儿女。君应有语，渺万里层云，千山暮景，只影为谁去。　横汾路，寂寞当年箫鼓，荒烟依旧平楚。招魂楚些何嗟及，山鬼自啼风雨。天也妒。未信与、莺儿燕子俱黄土。千秋万古，为留待骚人，狂歌痛饮，来访雁丘处。"[1]再如其另一首《摸鱼儿》词序云："泰和中，大名民家小儿女有以私情不如意赴水者，官为踪迹之，无见也，其后踏藕者得二尸水中，衣服仍可验，其事乃白。是岁，此陂荷花开，无不并蒂者。沁水梁国用时为录事判官，为李用章内翰言如此。此曲以乐府《双蕖怨》命篇，'咀五色之灵芝，香生九窍；咽三清之瑞露，春动七情'。韩偓《香奁集》中自叙语。"词曰："问莲根有丝多少，莲心知为谁苦。双花脉脉娇相向，只是旧家儿女。天已许，甚不教、白头生死鸳鸯浦。夕阳无语，算谢客烟中，湘妃江上，未是断肠处。　香奁梦，好在灵芝瑞露。人间俯仰今古，海枯石烂情缘在，幽恨不埋黄土。相思树，流年度，无端又被西风误。兰舟少住，怕载酒重来，红衣半落，狼藉卧风雨。"[2]有趣的是，王若虚、屋梁子都引用李戡批评元、白之语来论艳词，元好问并不同意此说，可见元好问的观点比王若虚等人要开明一些。

其四，论词重味。《遗山自题乐府引》曰：

---

[1] 朱孝臧辑校编撰：《彊村丛书》第7册，上海古籍出版社1989年版，第5589—5590页。

[2] 朱孝臧辑校编撰：《彊村丛书》第7册，上海古籍出版社1989年版，第5591—5592页。

世所传乐府多矣，如山谷《渔父》词："青箬笠前无限事，绿蓑衣底一时休，斜风细雨转船头。"陈去非怀旧云："忆昔午桥桥下饮，座中都是豪英。长沟流月去无声，杏花疏影里，吹笛到天明。　三十年来成一梦，此身虽在堪惊。闲登高阁赏新晴。古今多少事，渔唱起三更。"又云："高咏《楚辞》酬午日，天涯节序匆匆。榴花不似舞裙红。无人知此意，歌罢满帘风。　万事一身伤老矣，戎葵凝笑墙东。酒杯深浅去年同。试浇桥下水，今夕到湘中。"如此等类，诗家谓之言外句。含咀之久，不传之妙，隐然眉睫间，惟具眼者乃能赏之。古有（丁按：当作"今"）之人，莫不饮食，鲜能知味。譬之羸牸老羝，千煮百炼，椒桂之香逆于人鼻，然一咙之后，败絮满口，或厌而吐之矣。必若金头大鹅，盐养之再宿，使一老奚知火候者烹之，肤黄肪白，愈嚼而味愈出，乃可言其隽永耳。[1]

遗山受钟嵘"滋味"说和严羽"羚羊挂角，无迹可求"之说的影响，重视陈与义等人词中的"言外句"和"不传之妙"，即强调其言外之意与韵外之致，故其将无滋味的词比作"羸牸老羝"，即老朽而无味的牛羊肉，将有滋味的词比作火候适中的"金头大鹅"，愈嚼而味愈浓。这实际上是要求词要蕴含丰富，婉娈多姿，不可浅俗直白。从陈与义这两首词来看，其中的言外之意主要是抒发身世之慨，词意虽然有些含蓄，但并不像南宋后期词那样隐晦曲折，可见元好问的艺术趣味与张炎等人还是有差别的。其《新轩乐府引》曰："予与新轩，臭味既同，而相得甚欢；或别之久而去之远，取其歌词读之，未尝不洒然而笑，慨焉以叹，沉思而远望，郁摇而行歌。以为玉川子尝孟谏议贡余新茶，至四碗发轻汗时，平生不平事，尽向毛孔散，真有此理。"[2] 这也是形容读

---

[1] 朱孝臧辑校编撰：《彊村丛书》第 7 册，上海古籍出版社 1989 年版，第 5573—5574 页。

[2] 元好问：《遗山先生文集》卷三六，《四部丛刊》本。

词读出滋味时的忘怀物我的感受。

另外，元好问所编《中州乐府》，是附于《中州集》之后刊行的，这使不少金词得以保存下来，而且其中所附的作者小传和部分评论，在词学史上有重要价值。吴梅《词学通论》论金词即以之为据，且誉之为"集大成"之作，说其有知人论世之功，是金代词人的小史。此书代表着遗山金词研究的重要成就。

遗山论词，首重苏轼、辛弃疾一派，对花间乃至晏、欧词风也有所肯定。他虽视苏轼、辛弃疾为主流，作词却不以苏、辛自限，诚如张炎《词源》"杂论"条所言："元遗山极称稼轩词，及观遗山词，深于用事，精于炼句，有风流蕴藉处，不减周、秦，如《双莲》《雁邱》等作，妙在摹写情态，立意高远，初无稼轩豪迈之气。"[1]故其词实兼有两派之长，其词论也代表着金代词论的最高成就。

第三节　刘祁《归潜志》的词论与词学价值

刘祁（1203—1250），字京叔，号神川遁士，浑源（今属山西）人。其高祖刘㧑，号南山翁，是金初天会元年（1123）的词赋进士；其父刘从益官至御史大夫、应奉翰林文字。刘祁从八岁起，即随祖父和父亲游宦于南京（今河南开封），结识了不少名官显宦与文人学士。他年轻时曾经考过进士，但没有考中。蒙古窝阔台汗四年（1232），他被元兵包围于汴京，此后历尽艰辛，由河南、山东，辗转两千里回到故乡。此后，他躬耕自给，辟室为"归潜堂"。蒙古窝阔台汗十年（1238），诏试中原诸路儒生，中选，充山西东路考试官。后入征南行台粘合南合幕府，卒年四十八。《金史》卷一二六有传。王恽《秋涧大全集》有《浑源刘氏世德碑铭》，叙其家世、生平甚详。刘祁著有《神川遁士集》二

---

[1] 唐圭璋编：《词话丛编》，中华书局1986年版，第267页。

十卷、《处言》四十三篇、《归潜志》十四卷，今存《归潜志》十四卷、《神川遁士集》（诗集）一卷，《全元文》收其文七篇。金亡之后，刘祁有感于"昔所与交游，皆一代伟人，人虽物故，其言论、谈笑，想之犹在目。且其所闻所见可以劝戒规鉴者，不可使湮没无传"，故作《归潜志》，意在"异时作史，亦或有取焉"。[1] 他的《归潜志》是记录金代史实的重要著作，与元好问《壬辰杂编》并称，元书久佚，此书独存，故弥足珍贵。《金史·文艺传》云："刘从益字云卿，浑源人。……子祁字京叔。为太学生，甚有文名。值金末丧乱，作《归潜志》以纪金事，修《金史》多采用焉。"[2] 又曰："刘京叔《归潜志》与元裕之《壬辰杂编》二书虽微有异同，而金末丧乱之事犹有足征者焉。"[3]

《归潜志》由刘祁的同乡孙和伯于元至大年间首次刊行，同时人赵穆记此事云：

> 孙正宪公之孙谐，和伯其字者，来访予曰："乡先生刘神川宏博衍大之士，倡明道学，会金乱，投迹于赵、杨、雷、李诸子之间，厌服名议，守素不仕，以卫中州之气，文章议论一出于正。遭乱后，于乡有居以自容，扁曰'归潜'，默然静学以休息其心，竟抱志未施而没。生平述作既多，其弟归愚已尝编类就帙，曰《神川遁士文集》，廿二卷，锓木于世，先君文庄公乡序。后进尝收先生所著《归潜志》十四卷藏于家，盖其言论、谈笑、时事、见闻、戒劝、规鉴，足以备采择之录，谐欲绣梓以垂其名于不朽。"[4]

这篇序作于至大辛亥（1311）夏五月，可知《归潜志》初刻当在此年。此书在文学方面也保留了不少珍贵的材料，可为谈论诗文之助。吴

---

[1] 刘祁撰，崔文印点校：《归潜志》，中华书局1983年版，"序"第1页。
[2] 脱脱等：《金史》卷一二六，中华书局1975年版，第2733—2734页。
[3] 脱脱等：《金史》卷一一五，中华书局1975年版，第2526页。
[4] 刘祁撰，崔文印点校：《归潜志》，中华书局1983年版，"诸跋"第188页。

梅《词学通论》第八章即云:"《归潜》十卷,实艺苑之掌故,稽古者所珍重焉。"[1]

《归潜志》对金代文坛的各种事件、论争、流派及掌故记载颇详。刘祁论词之语不多,较有意思的是其对宋词的高度评价。《归潜志》卷一三有一段文字先指出诗当发喜怒哀乐之情,读之使人感动,认为"后世诗人之诗皆穷极辞藻,牵引学问",虽然写得很漂亮,但不能动人,故不足贵。然后引其亡友王飞伯(王郁)之言曰:"唐以前诗在诗,至宋则多在长短句,今之诗在俗间俚曲也。"[2]他将"长短句"及"俚曲"与唐诗相提并论,视其为宋代文学的代表性文体,这在之前恐怕少有人提及,其见识高于苏轼与元好问诸人。

刘祁《归潜志》还有几条记载,是本事词的好材料,且可补金代史书之不足,如卷八云:

> 先翰林(丁按:指刘祁之父刘从益,仕金为御史大夫、应奉翰林文字)尝谈国初宇文太学叔通(丁按:指宇文虚中)主文盟时,吴深州彦高(丁按:指吴激)视宇文为后进,宇文止呼为小吴。因会饮,酒间有一妇人,宋宗室子,流落,诸公感叹,皆作乐章一阕。宇文作《念奴娇》,有"宗室家姬,陈王幼女,曾嫁钦慈族。干戈浩荡,事随天地翻覆"之语。次及彦高,作《人月圆》词云:"南朝千古伤心事,犹唱《后庭花》。旧时王谢、堂前燕子,飞向谁家。　偶然相见。仙肌胜雪,云鬟堆鸦。江州司马,青衫泪湿,同是天涯。"宇文览之,大惊,自是,人乞词,辄曰:"当诣彦高也。"彦高词集篇数虽不多,皆精微尽善,虽多用前人诗句,其翦裁点缀若天成,真奇作也。先人尝云,诗不宜用前人语。若夫乐章,则翦截古人语亦无害,但要能使用尔。如彦高《人月圆》,半是古人句,其

---

[1] 吴梅:《词学通论》,复旦大学出版社2005年版,第84页。
[2] 刘祁撰,崔文印点校:《归潜志》卷一三,中华书局1983年版,第145页。

思致含蓄甚远，不露圭角，不尤胜于宇文自作者哉。[1]

吴激《人月圆》胜过宇文虚中之事，元好问《中州乐府》亦载。洪迈《容斋随笔》记载其父曾亲与此会、亲历此事："先公在燕山，赴北人张总侍御家集。出侍儿佐酒，中有一人，意状摧抑可怜，扣其故，乃宣和殿小宫姬也。坐客翰林直学士吴激赋长短句纪之，闻者挥涕。其词曰……激字彦高，米元章婿也。"[2] 元好问《中州集》卷一也说"南朝千古伤心事"（丁按：即吴激《人月圆》词）是金词的代表作，吴彦高乐府"自当为国朝第一手"[3]。可见，刘祁与元好问的说法是一致的。从刘祁这段记载及论述可以窥见其词学观点：从内容上看，他肯定有黍离之悲的作品；从艺术上看，他认为乐府当化用前人（当然主要是唐人）诗句，又须含蓄蕴藉，不露圭角。这一观点，与金人普遍重慷慨豪放之言的说法有一定距离。

其余几条也有一定史料价值，如：

完颜璟诗词

章宗（丁按：即完颜璟）天资聪悟，诗词多有可称者。《宫中》绝句云："五云金碧拱朝霞，楼阁峥嵘帝子家。三十六宫帘尽卷，东风无处不扬花。"真帝王诗也。《翰林待制朱澜侍夜饮》诗云："夜饮何所乐，所乐无喧哗。三杯淡醽醁，一曲冷琵琶。坐久香成穗，夜深灯欲花。陶陶复陶陶，醉乡岂有涯？"《聚骨扇》词云："几股湘江龙骨瘦，巧样翻腾，叠作湘波皱。金缕小钿花草斗，翠绦更结同心扣。　金殿日长承宴久，招来暂喜清风透。忽听传宣须急奏，轻轻褪入香罗袖。"又擘橙为《软金杯》词云："风流紫府郎，痛饮乌纱岸。柔软

---

[1] 刘祁撰，崔文印点校：《归潜志》卷八，中华书局1983年版，第83—84页。
[2] 洪迈撰，凌郁之笺证：《容斋随笔笺证》卷一三，中华书局2021年版，第518页。
[3] 元好问编：《中州集》卷一，中华书局1959年版，第13页。

九回肠，冷怯玻璃碗。纤纤白玉葱，分破黄金弹。借得洞庭春，飞上桃花面。"[1]

王特起诗词

王特起正之，代州崞县人。少工词赋有声。年四十余方擢第。作诗极高，尝有《龙德联句》，为时所称。又题杨叔玉所藏《双峰竞秀图》云："龙头矗双角，驼背堆寒峰。"诸公嘉其破的。晚年取一侧室，留别一乐章《喜迁莺》，至今人传之："东楼欢宴。记遗簪绮席，题诗罗扇。月枕双欹，云窗同梦，相伴小花深院。旧欢顿成陈迹，翻作一番新怨。素秋晚，听《阳关三叠》，一樽相饯。　留恋。情缱绻。红泪洗妆，雨湿梨花面。雁底关河，马头星月，西去一程程远。但愿此心如旧，天也不违人愿。再相见，老生涯分付，药炉经卷。"余诗惜不多见。尝为沁源令，政颇严。后为司竹监官。疾卒。[2]

刘昂《上平西》词

刘昂次霄，济南人，有才誉。以先有刘昂之昂，故号小刘昂。泰和南征，作乐章一阕《上平西》，为时所传。其词云："虿铓极，螗臂展，敢盟寒。似洞庭、彭蠡狂澜。天兵小试，万蹄一饮楚江干。捷书飞上九重天。春满长安。　舜文明，唐日月，周礼乐，汉衣冠。洗五川、烟瘴江山。全蜀下也，剑关何用一泥丸。有人传信，日边来，都护先还。"终邹平令。[3]

邓千江《望海潮》词

金国初，有张六太尉者镇西边，有一士人邓千江者献一乐

---

[1] 刘祁撰，崔文印点校：《归潜志》卷一，中华书局1983年版，第3页。
[2] 刘祁撰，崔文印点校：《归潜志》卷四，中华书局1983年版，第31—32页。
[3] 刘祁撰，崔文印点校：《归潜志》卷四，中华书局1983年版，第32页。

章《望海潮》:"云雷天堑,金汤地险,名藩自古皋兰。绣错云屯,山形米聚,喉襟百二河关。鏖战血犹殷。见阵云冷落,时有雕盘。静塞楼头晓月,犹自玉弓弯。　　看看定远西还。有元戎闻令,上将斋坛。区脱昼空,兜铃夕举,甘泉夜报平安。吹笛虎牙闲。但宴陪珠履,歌按云鬟。未讨先零醉魂,长绕贺兰山。"太尉赠以白金百星,其人犹不惬意而去。词至今传之。[1]

所记之词,均为慷慨豪壮之音,颇可看出金词的基本倾向。《归潜志》保存文献之功也值得注意,其对金章宗词的记载与评价,尤其具有历史价值。又如记赵可与蔡松年之词云:

赵翰林可献之少时赴举,及御帘试《王业艰难》赋,程文毕,于席屋上戏书小词云:"赵可可,肚里文章可可。三场挨了两场过,只有这番解火。恰如合眼跳黄河,知他是过也不过。试官道王业艰难,好交你知我。"时海陵庶人亲御文明殿,望见之,使左右趣录以来,有旨谕考官:"此人中否当奏之。"已而中选,不然亦有异恩矣。后仕世宗朝,为翰林修撰。因夜览《太宗神射碑》,反覆数四,明日,会世宗亲缯庙,立碑下,召学士院官读之,适有可在,音吐鸿畅如宿习然,世宗异之。数日,迁待制。及册章宗为皇太孙,适可当笔,有云:"念天下大器可不正其本欤?而世嫡皇孙所谓无以易者。"人皆称之,后章宗即位,偶问向者册文谁为之?左右以可对,即擢直学士。嗟乎,献之三以文字遇知人主,异哉。献之少轻俊,文章健捷,尤工乐章,有《玉峰闲情集》行于世。晚年奉使高丽。高丽故事,上国使来,馆中有侍妓,献之作《望海潮》以赠,为世所传。其词云:"云垂余发,霞拖广袂,人间自有飞琼。

---

[1] 刘祁撰,崔文印点校:《归潜志》卷四,中华书局1983年版,第32—33页。

三馆俊游,百衙高选,翩翩老阮才名。银汉会双星。尚相看脉脉,似隔盈盈。醉玉添春,梦魂同夜惜卿卿。　　离觞草草同倾。记灵犀旧曲,晓枕余酲。海外九州,邮亭一别,此生未卜他生。江上数峰青。怅断云残雨,不见高城。二月辽阳芳草,千里路旁情。"归而下世,人以为"此生未卜他生"之谶云。先是蔡丞相伯坚亦尝奉使高丽,为馆妓赋《石州慢》云:"云海蓬莱,风雾鬖鬖,不假梳掠,仙衣卷尽霓裳,方见宫腰纤弱。心期得处,世间言语非真,海犀一点通寥廓。无物比情浓,与无情相搏。　　离索。晓来一枕余香,酒病赖花医却。潋滟金尊,收拾新愁重酌。半帆云影,载得无际关山,梦魂应被杨花觉。梅子雨丝丝,满江千楼阁。"二词至今人不能优劣。予谓萧闲之浑厚,玉峰(丁按:赵可,号玉峰散人)之峭拔,皆可人。然蔡之"仙衣卷尽霓裳,方见宫腰纤弱"与赵之"惜卿卿"皆不免为人疵议之矣。[1]

刘祁《归潜志》对豪壮慷慨之作如邓千江《望海潮》词、辛弃疾《鹧鸪天》词予以充分肯定,而对那些柔媚婉丽之作如赵可、蔡松年高丽赠妓等词,则颇有微词。从中可以看出他本人的思想倾向。但其《归潜志》关乎词理的观点不多,而是以记录史实与轶闻趣事为主,理论思辨色彩不足。

金代词论有以下几个共同特点:其一,崇尚苏轼词风。如前所述,苏轼之学在北方广为传播,金初蔡松年即以学东坡知名于时。金朝中叶,苏轼之学更为流行。元好问《中州集》卷五载高宪好苏轼文字,尝言:"使世有东坡,虽相去万里,亦当往拜之。"[2]《金史·承晖传》曰:"(完颜)承晖生而富贵,居家类寒素,常置司马光、苏轼像于书

---

[1] 刘祁撰,崔文印点校:《归潜志》卷一〇,中华书局1983年版,第116—118页。
[2] 元好问编:《中州集》卷五,中华书局1959年版,第260页。

室,曰:'吾师司马而友苏公。'"[1]金代文人多受苏轼沾溉,[2]所以,王若虚、元好问、刘祁三人对苏轼评价都很高,从而形成了金代词学的显著特点。但他们又不是盲目尊崇苏轼,而是赞美其平易畅达的一面,对其奇险、雕刻之风则提出批评,同时对苏轼、辛弃疾词的模仿者(如刘过、陈亮等人)的末流之失有所认识,态度较为客观。其二,重视慷慨悲壮之音。金代词论主要产生于金末,受时代风气与苏轼词风的影响,必然青睐豪壮之词。其三,金代词论的总体宗旨是尚雅反俗,崇苏贬柳即为其故。其四,金代词论也不排斥"情"的地位,元好问甚至相当重视爱情词,这说明金代词论家们还是颇有气度的。

---

[1] 脱脱等:《金史》卷一〇一,中华书局1975年版,第2227页。
[2] 参见胡传志《金代文学研究》第一章第三节"金代文学与苏轼",安徽大学出版社2000年版。

第八章 元代词论

第八章 元代词论

据唐圭璋先生《全金元词》（中华书局1979年版）统计，元代词流传至今的共三千七百多首，作家有二百多人。由于某些词人的时代归属有争议，所以这个统计只能是就大概而言。大致说来，元代北方词人上承苏轼、辛弃疾，南方词人则上承周邦彦、姜夔，总的趋势是走向衰落，其中刘因、王恽、白朴、仇远、张翥、虞集、张雨等人的词成就较高。

元代词论可分为两部分：前一部分为由宋入元的学者词人之论，水平较高，其主要内容是总结宋代词的创作经验，并在章法、文词诸方面提出了一整套理论，其中以张炎的《词源》成就最高；后一部分为元代中、后期的词学理论。张炎《词源》、陆辅之《词旨》这样专门的词学著作，已在本书第五章中专门论述。另外，元代词人也有一些词集序跋，当时的诗话和笔记中也保留了一些词学理论资料。因此，本章将周密笔记中的词论列为一节，将词集序跋列为一节，将元代诗话和笔记中的词论列为一节。

第一节 周密《浩然斋雅谈》等著作中的词论

周密（1232—约1298），字公谨，号草窗，又号四水潜夫、弁阳啸翁、华不注山人等。先世济南人,家居吴兴(今浙江湖州)。周密的词在当时很有影响,与周密同时的文人王櫹曰:"昔登霞翁之门,翁为予言《草窗乐府》妙天下。因请其所赋观之。不宁惟协比律吕,而意味迥不凡,《花间》、柳氏真可为舆台矣,翁之赏音,信夫!近观《徵招》《酹月》之作,凄凉掩抑,顿挫激昂,此时此意,犹宋玉之悼屈平也欤!一唱三叹,使人泫然增畴昔之感。因为书之,以识予怀云。"[1]周密(字草窗)与吴文英(号梦窗)并称"二窗",是宋元之交的著名词人。

周密除了编有《绝妙好词》外,还留下大量笔记。这些笔记也作于宋亡后其"闭门著书"期间,具有野史的性质,如《齐东野语》《癸辛杂识》《云烟过眼录》《浩然斋雅谈》《武林旧事》《志雅堂杂钞》等,其中保存了不少词学理论资料,值得研究。

夏承焘先生《唐宋词人年谱·周草窗年谱·附录一:草窗著述考》对周密上述诸书的写作时间有较为具体的考证,今节引如下:

> 《武林旧事》十卷:"自序有'时移物换,忧思飘零,追想昔游,殆如梦寐而感慨系之'之语,又云:'一时朋游沦落如晨星霜叶,而余亦老矣。'必作于宋亡以后。成书则在《齐东野语》之前。……《野语》第二页四水潜夫条谓草窗'著《武林旧事》,以寓黍离之意,故不敢著其名氏,而易其号曰四水潜夫'。元忻德用跋,谓'刊本止第六卷,山村仇先生所藏本终十卷'。是元时已有刊本。"[2]

> 《齐东野语》二十卷:"戴表元序作于至元廿八年辛卯,以书中事实考之,盖入元以后所作。……草窗著述以此书为最经意,记宋季遗事多足补史阙,其考正古义者,亦极典核。在宋元笔记中,允推巨擘矣。"[3]

---

[1] 曾枣庄、刘琳主编:《全宋文》第355册,上海辞书出版社、安徽教育出版社2006年版,第5页。

[2] 夏承焘:《唐宋词人年谱》,上海古籍出版社1979年版,第371页。

[3] 夏承焘:《唐宋词人年谱》,上海古籍出版社1979年版,第371—372页。

《癸辛杂识》前集一卷、后集一卷、续集二卷、别集二卷："此继《野语》而作，亦网罗宋元间遗事，《四库》列《野语》于杂家，而退此于小说。其自序以苏轼强客谈鬼自比，与《野语》自序惧坠先人遗志者意度亦异。全书四集，皆作于五十以后，笔墨懈于《野语》矣。"[1]

《浩然斋雅谈》三卷："《雅谈》作于《野语》及《绝妙好词》之后。其卷中赵南仲奇石铭条云：'余尝志其事于《野语》，而阙此文，今详书之。'卷下张枢、李莱老条，皆云已选其词于《绝妙好词》，可证。《千顷堂书目》载此书无卷数，清代于《永乐大典》中辑出，以其考证经史评论文章者为上卷，诗话为中卷，词话为下卷。今案中卷张枢条云'出处已略载词话'，查枢事正在下卷。是原书本以诗词分编也。"[2]

周密的这些笔记主要记录当时的音律资料，探讨词的艺术风格与技巧，记录词坛轶事，有不少可作为《绝妙好词》的笺证材料，有的也颇有理论意义。可将其要义概括为以下四点。

第一，记录与词乐有关的材料，是周密词论中较有价值的部分，如：

混成集

《混成集》，修内司所刊本，巨帙百余。古今歌词之谱，靡不备具。只大曲一类凡数百解，他可知矣，然有谱无词者居半。

《霓裳》一曲共三十六段。尝闻紫霞翁云，幼日随其祖郡王曲宴禁中，太后令内人歌之，凡用三十人，每番十人，奏音极高妙。翁一日自品象管作数声，真有驻云落木之意，要非人间曲也。

---

[1] 夏承焘：《唐宋词人年谱》，上海古籍出版社1979年版，第372页。
[2] 夏承焘：《唐宋词人年谱》，上海古籍出版社1979年版，第372页。

又言:"无太皇最知音,极喜歌,木笪人者,以歌《杏花天》,木笪遂补教坊都管。"

间忆旧事,因书之以遗好事者,盖二曲皆今人所罕知云。[1]

菊花新曲破

思陵朝,掖庭有菊夫人者,善歌舞,妙音律,为仙韶院之冠,宫中号为菊部头。然颇以不获际幸为恨,即称疾告归。宦者陈源以厚礼聘归,蓄于西湖之适安园。

一日,德寿按《梁州曲》舞,屡不称旨。提举官关礼知上意不乐,因从容奏曰:"此事非菊部头不可。"上遂令宣唤,于是再入掖禁,陈遂憾恨成疾。有某士者,颇知其事,演而为曲,名之曰《菊花新》以献之,陈大喜,酬以田宅金帛甚厚,其谱则教坊都管王公谨所作也。陈每闻歌,辄泪下不胜情,未几物故。园后归重华宫,改名小隐园。孝宗朝,拨赐张贵妃,为永宁崇福寺云。[2]

以上两则记载告诉我们,配合歌舞的曲子词,南宋时尚在宫廷中演出,规模宏大,并且最高统治者有很高的文学与音乐修养。但是,到周密作记之时,这些乐曲已濒于绝迹,善歌舞、妙音律的宫廷音乐家也已非常少见了。

杨缵除夕词

杨缵除夕词《一枝春》云:"竹爆惊春,竞喧阗、夜起千门箫鼓。流苏帐掩,翠鼎暖腾香雾。停杯未举。奈刚要、送年新句。应自有、歌字清圆,未夸上林莺语。　　从他岁穷日

---

[1] 周密撰,张茂鹏点校:《齐东野语》卷一〇,中华书局1983年版,第187页。
[2] 周密撰,张茂鹏点校:《齐东野语》卷一六,中华书局1983年版,第294页。

暮。纵闲愁、怎减刘郎风度。屠苏办了,迤逦柳忺梅妒。宫壶未晓,早骄马绣车盈路。还又把、月夕花朝,自今细数。"又,罗希声孙花翁所书《除夕》一词云:"小童教写桃符,道人还了常年例。神前灶下,袚除清净,献花酌水。祷告些儿,也都不是,求名求利。但吟诗写字,分数上面,略精进、尽足矣。

饮量添教不醉。好时节、逢场作戏。驱傩爆竹,软饧酥豆,通宵不睡。四海皆兄弟,阿鹊也、同添一岁。愿家家户户,和和顺顺,乐升平世。"此集中所无也。[1]

笙炭

赵元父祖母齐安郡夫人徐氏,幼随其母入吴郡王家,又及入平原郡王家,尝谈两家侈盛之事,历历可听。其后翠堂七楹,全以石青为饰,故得名。专为诸姬教习声伎之所,一时伶官乐师,皆梨园国工也。吹弹舞拍,各有总之者,号为部头。每遇节序生辰,则旬日外依月律按试,名曰小排当,虽中禁教坊所无也。

只笙一部,已是二十余人。自十月旦至二月终,日给焙笙炭五十斤,用绵熏笼藉笙于上,复以四和香熏之。盖笙簧必用高丽铜为之,靧以绿蜡,簧暖则字正而声清越,故必用焙而后可。陆天随诗云:"妾思冷如簧,时时望君暖。"乐府亦有簧暖笙清之语,举此一事,余可想见也。[2]

周密与杨缵关系密切,杨缵曾为他改词,使之合乐。本书在论述杨缵和张炎的词论时,已经引用了一些周密的乐论资料,从上述这些材料来看,周密本人在词乐方面也有较深的造诣,故其论述较为真实可信。由于古代尤其是宋元时音乐资料匮乏,故这几条材料弥足珍贵。从中可

---

[1] 唐圭璋编:《词话丛编》,中华书局1986年版,第223—224页。
[2] 周密撰,张茂鹏点校:《齐东野语》卷一七,中华书局1983年版,第310页。

略窥当时词的演奏情况及其特点,对研究中国音乐史和词学史均有十分重要的参考价值。

第二,记录了一些表现亡国之音的词作。如周密《浩然斋雅谈》曰:

王夫人词

宋谢太后北觐,有王夫人题一词于汴京夷山驿中云:"太液芙蓉,浑不似、旧时颜色。曾记得、春风雨露,玉楼金阙。名播兰馨妃后里,晕潮莲脸君王侧。忽一声、鼙鼓揭天来,繁华歇。　龙虎散,风云灭。千古恨,凭谁说。对山河百二,泪盈襟血。客馆夜惊尘土梦,宫车晓碾关山月。问姮娥、于我肯从容,同圆缺。"文宋瑞丞相和云:"燕子楼中,又挨过、几番秋色。相思处、青春如梦,乘鸾仙阙。肌玉暗销衣带缓,泪珠斜透花钿侧。最无端、蕉影上窗纱,青灯歇。　曲池合,高台灭。人间事,何堪说。向南阳阡上,满襟清血。世态便如翻覆手,妾身元是分明月。笑乐昌、一段好风流,菱花缺。"又《代王夫人再用韵》云:"试问琵琶,胡沙外、怎生风色。最苦是、姚黄一朵,移根丹阙。王母欢阑瑶宴罢,仙人泪满金盘侧。听行宫、半夜雨淋铃,声声歇。　彩云散,香尘灭。铜驼恨,那堪说。想男儿慷慨,嚼穿龈血。回首昭阳辞落日,伤心铜雀迎新月。算妾身、不愿似天家,金瓯缺。"邓光荐和云:"王母仙桃,亲曾醉、九重春色。谁信道、鹿衔花去,浪翻鳌阙。眉锁姮娥山宛转,髻梳坠马云欹侧。恨风沙、吹透汉宫衣,余香歇。　霓裳散,庭花灭。昭阳燕,应难说。想春深铜雀,梦残啼血,空有琵琶传出塞,更无环佩鸣归月。又争知、有客夜悲歌,壶敲缺。"[1]

此词词牌为《满江红》,王夫人名清惠,字仲华,本为宋昭仪,德

---

[1] 唐圭璋编:《词话丛编》,中华书局1986年版,第229—230页。

祐丙子（1276）随三宫入燕，后为女道士。王夫人其人及这首《满江红》词在宋末元初非常出名，《乐府补题》的研究者中有人认为《补题》中的某些作品即为咏王清惠之事而作，虽然他们的分析未必确切（见本书相关章节），但此条记载的保存文献之功还是很明显的。王夫人之词，《东园友闻》《佩楚轩客谈》俱谓其为张琼英作，与此记载不同，未知孰是。文中记载的文天祥的两首和词、邓剡的一首和词，无论从艺术上看，还是从内容上看，均不失为第一流的作品。

第三，记录了一些表现南宋临安等地的繁华景象的作品。如"守岁之词""吴梦窗玉楼春词"诸条，今举《武林旧事》的两条记载如下：

弁阳老人词

都城自过收灯，贵游巨室，皆争先出郊，谓之"探春"，至禁烟为最盛。龙舟十余，彩旗叠鼓，交午曼衍，粲如织锦。内有曾经宣唤者，则锦衣花帽，以自别于众。京尹为立赏格，竞渡争标。内珰贵客，赏犒无算。都人士女，两堤骈集，几于无置足地。水面画楫，栉比如鱼鳞，亦无行舟之路，歌欢箫鼓之声，振动远近，其盛可以想见。若游之次第，则先南而后北，至午则尽入西泠桥里湖，其外几无一舸矣。弁阳老人有词云："看画船尽入西泠，闲却半湖春色。"盖纪实也。既而小泊断桥，千舫骈聚，歌管喧奏，粉黛罗列，最为繁盛。桥上少年郎，竞纵纸鸢，以相勾引，相牵剪截，以线绝者为负，此虽小技，亦有专门。爆仗、起轮、走线之戏，多设于此，至花影暗而月华生，始渐散去。绛纱笼烛，车马争门，日以为常。张武子诗云："帖帖平湖印晚天，踏歌游女锦相牵。都城半掩人争路，犹有胡琴落后船。"最能状此景。[1]

---

[1] 周密：《周密集》第2册，浙江古籍出版社2015年版，第52—53页。

乾淳奉亲

乾道三年三月初十日，南内遣阁长至德寿宫奏知："连日天气甚好，欲一二日间恭邀车驾幸聚景园看花，取自圣意选定一日。"太上云："传语官家，备见圣孝，但频频出去，不惟费用，又且劳动多少人。本宫后园亦有几株好花，不若来日请官家过来闲看。"遂遣提举官同到南内奏过遵依讫。次日进早膳后，车驾与皇后太子过宫起居二殿讫，先至灿锦亭进茶，宣召吴郡王、曾两府已下六员侍宴，同至后苑看花。两廊并是小内侍及幕士。效学西湖，铺放珠翠、花朵、玩具、匹帛，及花篮、闹竿、市食等，许从内人关扑。次至球场，看小内侍抛彩球、蹴秋千。又至射厅看百戏，依例宣赐。回至清妍亭看荼蘼，就登御舟，绕堤闲游。亦有小舟数十只，供应杂艺、嘌唱、鼓板、蔬果，与湖中一般。太上倚阑闲看，适有双燕掠水飞过，得旨令曾觌赋之，遂进《阮郎归》云："柳阴庭院占风光，呢喃春昼长。碧波新涨小池塘，双双蹴水忙。　萍散漫，絮飞扬，轻盈体态狂。为怜流水落花香，衔将归画梁。"即登舟，知阁张抡进《柳梢青》云："柳色初浓，余寒似水，纤雨如尘。一阵东风，縠纹微皱，碧沼鳞鳞。　仙娥花月精神。奏凤管、鸾弦斗新。万岁声中，九霞杯内，长醉芳春。"曾觌和进云："桃靥红匀，梨腮粉薄，鸳径无尘。凤阁凌虚，龙池澄碧，芳意鳞鳞。　清时酒圣花神。看内苑、风光又新。一部仙韶，九重鸾仗，天上长春。"各有宣赐。[1]

这部分材料对了解南宋在偏安的形势下，朝野上下文恬武嬉、歌舞升平的情况，有一定价值，当时经济之繁荣、社会之安定、曲子词创作之兴盛，均可由此窥见。其可作为林昇《题临安邸》"山外青山楼外楼，西湖歌舞几时休。暖风熏得游人醉，直把杭州作汴州"的注脚；其繁盛

---

[1] 周密：《周密集》第2册，浙江古籍出版社2015年版，第163—164页。

情状，与孟元老《东京梦华录》记载的北宋都城汴梁的繁华景象相比，也毫不逊色。

第四，有的材料则记录了一些著名词人的生平轶事，有助于知人论世。如记录陆游与其前妻唐氏间凄婉的爱情故事的"放翁钟情前室"条，因现代读者都非常熟悉，兹从略。又如记载陆游之门客与蜀娼之间的爱情的"蜀娼词"条，所载两位蜀娼之词，虽俚俗，却颇为率真。

蜀娼词

蜀娼类能文，盖薛涛之遗风也。放翁客自蜀挟一妓归，蓄之别室，率数日一往。偶以病少疏，妓颇疑之。客作词自解，妓即韵答之云："说盟说誓，说情说意，动便春愁满纸。多应念得脱空经，是那个先生教底？　不茶不饭，不言不语，一味供他憔悴。相思已是不曾闲，又那得工夫咒你？"或谤翁尝挟蜀尼以归，即此妓也。

又传一蜀妓述送行词云："欲寄意，浑无所有，折尽市桥官柳。看君著上征衫，又相将放船楚江口。　后会不知何日又，是男儿，休要镇长相守。苟富贵无相忘，若相忘有如此酒。"亦可喜也。[1]

另如"潘庭坚王实之"条记词人潘牥的豪迈之举："庭坚（丁按：潘牥，字庭坚）初名公筠，后以诏岁乞灵南台神，梦有持方牛首与之，遂易名为牥。殿试第三人，跌宕不羁，傲侮一世。为福建帅司机宜文字日，醉骑黄犊，歌《离骚》于市，人以为仙。尝约同社友剧饮于南雪亭梅花下，衣皆白。既而尽去宽衣，脱帽呼啸。酒酣客散，则衣间各浓墨大书一诗于上矣。众皆不能堪。居无何，同社复置酒瀑泉亭。行令曰：'有能以瀑泉灌顶，而吟不绝口者，众拜之。'庭坚被酒豪甚，竟脱巾鬓髻，裸立流泉之冲，且高唱《濯缨》之章。众因谬为惊叹，罗拜以为不

---

[1] 周密撰，张茂鹏点校：《齐东野语》卷一一，中华书局1983年版，第195页。

可及,且举诗禅问答以困之,潘气略不慑,应对如流,然寒气已深入经络间矣。归即卧病而殂。既不得年,又以戏笑作孽,不自贵重,闻者惜之。庭坚才高气劲,读书五行俱下,终身不忘。作文未尝视草,尤长于古乐府。……刘潜夫志其墓云:'公论如元气兮,入人之肝脾。有一时之荣辱兮,有千载之是非。昔在有周兮,观孟津之师。于扣马之谏兮,曰扶而去之。彼八百国之同兮,不能止一士之异。呜呼!此所谓世教兮,所谓民彝。'正谓此也。"[1]由此则记载可知,潘牥不但是一位风度洒脱、豪迈不羁的词人,还是一位有胆有识的热血男儿。

"清凉居士词"条记载抗金名将韩世忠的词作,可见其为文武全才;"台妓严蕊"条记载歌伎严蕊的正义感及其与朱熹之间的恩怨,已成为古今文学作品的题材之一。"李彭老词"条记张直夫为李彭老词所作之序云:"靡丽不失为《国风》之正,闲雅不失《骚》《雅》之赋,摹拟《玉台》,不失为齐梁之工,则情为性用,未闻为道之累。"又记楼茂叔之序云:"裙裾之乐,何待晚悟,笔墨劝淫,咎将谁执。"周密对这种肯定婉丽词的观点是支持的,所以他说:"或者假正大之说,而掩其不能,其罪我必焉。虽然,与知我等耳。"[2]又如记载吴文英的兄弟翁元龙词,称其为"真《花间》语也"。"汪彦章词"条批评辛弃疾词云:"辛幼安尝有句云:'闻道绮陌东头,行人曾见,帘底纤纤月。'则以月喻足,无乃太蝶乎。"[3]"周贺词用唐诗"条对周邦彦、贺铸词化用唐诗表示赞赏。

周密论词的主要标准是尚雅。胡乐平《周密词论思想探讨》一文对此有清晰论说:"周密选词尚雅的宗旨,与其本人的气质、情趣和修养是显然有关的。他的至交好友马廷鸾说:'公谨雅思渊才旧矣。'陈存敬《草窗韵语序》称'周君公谨盛年美质,趣尚修雅'。王士正《志雅堂杂钞序》于是书见'草窗之博雅好古'。《新元史》说周密'学问渊雅'。

---

[1] 周密撰,张茂鹏点校:《齐东野语》卷四,中华书局1983年版,第70—71页。
[2] 唐圭璋编:《词话丛编》,中华书局1986年版,第226页。
[3] 唐圭璋编:《词话丛编》,中华书局1986年版,第234页。

高士奇云草窗'以博雅名东南'。江昱跋《蘋洲渔笛谱》也说'草窗南宋遗老，风雅博洽'。周密以'志雅'名堂，以'雅谈'名书，并有诗云：'琴书存雅道'，又有诗云：'取为昭华管，吹作黄钟音，相期在大雅，一洗哇俚淫。'表明他不仅气质风雅、学问渊雅、趣尚修雅、修养博雅，而且有雅志、存雅道，有意识地要清洗淫俚之作。周密选词尚雅也是当时词风的反映。张炎评白石词'不惟清空，又且骚雅，读之使人神观飞越'。主张'以白石骚雅句法润色'清真词，乃成'天机云锦'，并主张'词欲雅而正'。吴文英论词云'下字欲其雅，不雅则近乎缠令之体'。"[1] 在尚雅的大前提下，草窗对《花间》"丽句"、"靡丽"之词并不排斥，对豪壮悲慨之作却基本没有提及，我们或可从此处窥见其论词宗旨。

第二节 元代词集序跋与词论

元代词集序跋中的词学理论大致可分为三派：一派继续发挥张炎的观点，鼓吹婉约、雅正之词；另一派则提倡慷慨豪壮之作；还有一派是调和派，徘徊于二者之间。

鼓吹婉约、雅正之音，首先体现在郑思肖、邓牧、舒岳祥、仇远等人为张炎《山中白云词》所作的序中。现将仇远（1247—1326）之序征引如下：

> 读《山中白云词》意度超玄，律吕协洽，不特可写青檀口，亦可被歌管荐清庙，方之古人，当与白石老仙相鼓吹。世谓词者诗之余，然词尤难于诗，词失腔犹诗落韵，诗不过四五七言而止，词乃有四声、五音、均拍、重轻、清浊之别，若言

---

[1] 夏承焘等主编：《词学》第八辑，华东师范大学出版社1990年版，第114页。

顺律舛,律协言谬,俱非本色。或一字未合,一句皆废,一句未妥,一阕皆不光采,信夔夔乎其难。又怪陋邦腐儒,穷乡村叟,每以词为易事,酒边兴豪,即引纸挥笔,动以东坡、稼轩、龙洲自况,极其至四字《沁园春》,五字《水调》,七字《鹧鸪天》《步蟾宫》,捫几击缶,同声附和,如梵呗,如《步虚》,不知宫调为何物,令老伶俊娼,面称好而背窃笑,是岂足与言词哉!予幼有此癖,老颇知难,然已有三数曲流传朋友间,山歌村谣,是岂足与叔夏词比哉。古人有言曰:"铅汞交炼而丹成,情景交炼而词成。"《指迷》妙诀,吾将从叔夏北面而求之。[1]

仇远的这篇序文首先说张炎的词的内容和格律形式都已达到一流水平,并说张词可与姜夔词相提并论。接着,仇远对当时流行的词为"诗之余"的观点提出不同看法,认为从声韵格律上看,词比诗要求更高,要想做到"本色"十分困难。最后,仇远指出当时词坛中人多模仿苏轼、辛弃疾、刘过的豪放词,而且根本不懂宫调,不合格律,这种人根本无须与之谈词。仇远的观点,显然受到张炎《词源》的影响,即以婉约为正宗。他对词之特点的认识,对宋末元初豪放词末流的批评,还是很有眼光的,且有充分的事实根据。

吴澄的《戴子容诗词序》也是一篇推崇婉约词风的文章,其大略云:

主诗者曰诗难,主词者曰词难,二说皆是也。第以性情言诗,以情景言词,而不及性,则无乃自屈于诗乎?夫诗与词,一尔,歧而二之者,非也。自其二之也,则诗犹或有《风》《雅》《颂》之遗,词则《风》而已。诗犹或以好色不淫之风,词则淫而已。虽然,此末流之失然也,其初岂其然乎?使今之

---

[1] 张炎撰,吴则虞校辑:《山中白云词》,中华书局1983年版,第164—165页。

词人真能由《香奁》《花间》而反诸乐府，以上达于《三百篇》，可用之乡人，可用之邦国，可歌之朝廷而荐之郊庙，则汉、魏、晋、唐以来之诗人有不敢望者矣，尚何嘐嘐然不揣其本而齐其末哉！[1]

作者认为诗词同源，后人将二者分开是错误的。词虽然"丽而淫"，但只是后世学词者末流之失，词初起时并非如此。《香奁》《花间》词与古乐府、《诗经》是同源异派的。吴澄对唐代婉约词的评价很高。

戴表元的《余景游乐府编序》[2]，也是当时比较重要的词学论文。这篇文章的主旨是强调乐府（曲子词）与古诗同义的重要地位，批评那种轻视词的观点。戴表元用书法从楷书变化到草书的例子，来论证这一观点。他认为从楷书到草书、从古诗到乐府（词），都是"累变"的结果，但是"草之于书，乐府之于词章，礼法士所不为，余于童时亦弃不学"。成年之后，他才知道自己的见识很浅薄。他指出正书（楷书）为千万人学习临仿，遂成格套，破坏了古法，草书反而接近自然。《诗经》中的《风》《雅》《颂》及汉乐府皆可歌。六朝时变为律体，诗人株守之，"声病偶俪，岁深月盛"，到了后代，诗遂独立于乐府之外。唐宋的乐府（曲子词）"又溢而陷于留连荒荡、杯酒狎邪之辞"，故不为士大夫所重。他主张词应有寄托，应当"陈礼义而不烦，舒性情而不乱"。他还引用刘禹锡的话证实自己的观点："五音与政通，而文章与时高下。"他说自己的朋友余景游："有所愤切，有所好悦，有所感叹，有所讽刺，一系之于此。……故其所作，援古多而谐今少。"因此其作品符合《诗经》、汉乐府之意。此点与张炎论词之旨亦较接近。戴表元的这篇序文肯定了词的独立地位，具有文学进化论的观点，主张词有寄托，言之有物，亦有道理，但似乎对词之题材、内容的理解有些偏狭。戴表元还有下面两篇词学论文较少有人提及。

---

[1] 李修生主编：《全元文》第14册，江苏古籍出版社1999年版，第253页。
[2] 李修生主编：《全元文》第12册，江苏古籍出版社1999年版，第137页。

《王德玉乐府倡答小序》曰：

> 往年客钱塘，与金仁翁、刘养源、翁处静辈，商略乐府，往往花朝月夕，皆能自为而自歌之。余虽不能，辄从旁拊掌击节称善，亦一时之快也。聚散三十年，升沉工拙，是非贤否，悉所不问，独江湖交友过从之乐，时时未能去心耳。览山阴王德玉此卷，令人恍然慰喜。然德玉世家学问，词语佳处，自不减吾仁翁。其所从游，永嘉陈用宾、淳安胡天放诸公，皆耆儒名辈。酝籍自重，亦无养源、处静留连放荡之态。余末路得翱翔其间，良可自庆。惜乎！材思益衰，无以映发，聊作小序，附名篇端，譬若侏儒顾优而笑曰："彼长者岂欺我哉！"元贞乙未孟春十日，剡源戴表元序。[1]

《题陈强甫乐府》曰：

> 少时阅唐人乐府《花间集》等作，其体去五七言律诗不远。遇情愫不可直致，辄略加檃括以通之，故亦谓之曲。然而繁声碎句，一无有焉。近世作者，几类散语，甚者竟不可读。余为之愤愤久矣。山阴陈强甫示余《无我辞》一编，体用姜白石，趣近陆渭南，而编名适与其家去非公《无住词》相似，是有以爽然于余心者哉。[2]

戴表元这两篇文章也是倾向于婉约词风。再如王礼《胡涧翁乐府序》曰："文语不可以入诗，而词语又自与诗别。曾苍山尝谓'词曲必词语，婉娈曲折，乃与名体称。世欲畅意者，气使豪放语，直俳伶辈饰妇衣作社舞耳；其不苟句者，刻镂缀簇求字工，殆宫妆木偶人，形存而

---

[1] 李修生主编：《全元文》第12册，江苏古籍出版社1999年版，第138页。
[2] 李修生主编：《全元文》第12册，江苏古籍出版社1999年版，第183页。

神不运'。余深以为知言。自《花间集》后,雅而不俚,丽而不浮,合中有开,急处能缓,用事而不为事用,叙实而不至塞滞,惟清真为然。少游、少晏次之,宋季诸贤至斯事所诣尤至。"[1]虞集《叶宋英自度曲谱序》曰:"近世士大夫号称能乐府者,皆依约旧谱,仿其平仄,缀辑成章,徒谐俚耳则可,乃若文章之高者,又皆率意为之,不可叶诸律,不顾也。太常乐工知以管定谱,而撰词实腔又皆鄙俚,亦无足取,求如《三百篇》之皆可弦歌,其可得乎?临川叶宋英,予少年时识之,观其所自度曲,皆有传授,章节谐婉,而其词华则有周邦彦、姜夔之流风余韵,心甚爱之。"[2]亦皆肯定周邦彦与姜夔之词。

另一批词人则联系金、元时期的社会现实与文学状况,大力提倡苏轼、辛弃疾和元好问词,如王博文(1223—1288)《白兰谷天籁集序》云:

> 乐府始于汉,著于唐,盛于宋,大概以情致为主。秦、晁、贺、晏虽得其体,然哇淫靡曼之声胜,东坡、稼轩矫之以雄词英气,天下之趋向始明。近时元遗山每游戏于此,掇古诗之精英,备诸家之体制,而以林下风度,消融其膏粉之气。白枢判寓斋序云:"裕之法度最备",诚为确论。宜其独步当代,光前人而冠来者也。元、白为中州世契,两家子弟,每举长庆故事,以诗文相往来。太素即寓斋仲子,于遗山为通家侄。甫七岁,遭壬辰之难,寓斋以事远适,明年春,京城变,遗山遂挈以北渡。自是不茹荤血,人问其故,曰:"俟见吾亲则如初。"尝罹疫,遗山昼夜抱持,凡六日,竟于臂上得汗而愈,盖视亲子弟不啻过之。读书颖悟异常儿,日亲炙遗山,謦欬谈笑,悉能默记。数年,寓斋北归,以诗谢遗山云:"顾我真成丧家狗,赖君曾护落巢儿。"居无何,父子卜筑于滹阳。律赋为专门之

---

[1]《景印文渊阁四库全书》第1220册,台湾商务印书馆1983—1986年版,第402—403页。

[2]《景印文渊阁四库全书》第1207册,台湾商务印书馆1983—1986年版,第466页。

学,而太素有能声,号后进之翘楚者。遗山每过之,必问为学次第,常赠之诗曰:"元白通家旧,诸郎独汝贤。"未几,生长见闻,学问览博。然自幼经丧乱,苍皇失母,便有山川满目之叹。逮亡国,恒郁郁不乐,以故放浪形骸,期于适意。中统初,开府史公将以所业力荐之于朝,再三逊谢,栖迟衡门,视荣利蔑如也。太素与予,三十年之旧,时会于江东。尝与予言:"作诗不及唐人,未可轻言诗;平生留意于长短句,散失之余,仅二百篇,愿吾子序之。"读之数过,辞语遒丽,情寄高远,音节协和,轻重稳惬,凡当歌对酒,感事兴怀,皆自肺腑流出,予因以天籁名之。噫,遗山之后,乐府名家者何人?残膏剩馥,化为神奇,亦于太素集中见之矣。然则继遗山者,不属太素而奚属哉!知音者览其所作,然后知予言之不为过。太素名朴,旧字仁甫,兰谷其号云。至元丁亥春二月上休日,正议大夫行御史台中丞、西溪老人王博文子勉序。[1]

显而易见,这篇文章的主导思想是批评秦观、晁补之、贺铸、晏殊父子的婉媚词风,认为苏轼、辛弃疾之词得词之正体,金代词人元好问是苏轼、辛弃疾的继承人,而白朴又是元好问事业的接班人。文中说白朴在金亡之后,郁郁不乐,蔑视荣利,不愿仕元,并对其人品表示赞赏。王博文将白朴的词集命名为"天籁",既符合白朴词的特点,又可见王博文欣赏的是自然天成的词风。再如,赵文(1238—1314)《吴山房乐府序》:

观欧、晏词,知是庆历、嘉祐间人语;观周美成词,其为宣和、靖康也无疑矣。声音之为世道邪?世道之为声音邪!有不自知其然而然者矣。悲夫!美成号知音律者,宣和之为靖康也,美成其知之乎?"绿芜凋尽台城路,渭水西风,长安乱

---

[1] 李修生主编:《全元文》第5册,江苏古籍出版社1999年版,第89—90页。

叶",非佳语也。凭高眺远之余,蟹螯玉液以自陶写,而终之曰:"醉翁山翁,但愁斜照敛。"观此词,国欲缓亡得乎?渡江后,康伯可未离宣和间一种风气,君子以是知宋之不能复中原也。近世辛幼安,跌荡磊落,犹有中原豪杰之气。而江南言词者,宗美成;中州言词者,宗元遗山;词之优劣未暇论,而风气之异,遂为南北、强弱之占可感已。玉树后庭,花盛陈亡,花间丽情盛唐亡;清真盛宋亡,可畏哉!吾友吴孔瞻所著《乐府》,悲壮磊落,得意处不减幼安、遗山意者,其世道之初乎?天地间能言之士,骎骎欲绝。后此十年,作乐歌,告宗庙,示万世,非老于文学,谁宜为![1]

赵文的观点比王博文更为激进,他认为周邦彦、康与之的词均为靡靡之音,甚至可从中看出亡国之兆。他说"江南言词者,宗美成;中州言词者,宗元遗山",故导致南方国力弱而北方国力强。他还联系历史上的著名事例,指出"玉树后庭,花盛陈亡,花间丽情盛唐亡;清真盛宋亡,可畏哉!"他将音乐、文学与世道相联系,说得非常精辟。因此,他最为推崇的当然还是辛弃疾与元好问。其友人吴山房的词风近辛弃疾与元好问,故得到他的高度评价。林景熙(1242—1310)的《胡汲古乐府序》则主要批评《花间》词与宋代秦、晁、周、柳诸人的"粉泽"与"妖媚",认为其词毁刚毁直,无补于风俗教化;他从诗词一理的角度出发,肯定王安石《桂枝香·金陵怀古》、苏轼《水调歌头·中秋》有一定寄托,不是无病呻吟。胡汲古词得变风之意,也是偏爱豪壮之音。兹将此序征引如下:

> 唐人《花间集》不过香奁组织之辞,词家争慕效之,粉泽相高,不知其靡,谓乐府体,固然也。一见铁心石肠之士,哗然非笑,以为是不足涉吾地。其习而为者,亦必毁刚毁直,然

---

[1] 李修生主编:《全元文》第10册,江苏古籍出版社1998年版,第71页。

后宛转合宫商,妩媚中绳尺,乐府反为情性害矣!乐府,诗之变也。诗发乎情,止乎礼义,美化厚俗,胥此焉寄,岂一变为乐府,乃遽与诗异哉?宋秦、晁、周、柳辈各据其垒,风流酝藉,固亦一洗唐陋而犹未也。荆公《金陵怀古》末语"后庭"遗曲,有诗人之讽;裕陵览东坡《月词》至"琼楼玉宇,高处不胜寒",谓"苏轼终是爱君"。由此观之,二公乐府根情性而作者,初不异诗也。严陵胡君汲古以诗名,观其乐府,诗之法度在焉。清而腴,丽而则,逸而敛,婉而庄。悲凉于残山剩水,豪放于明月清风,酒酣耳热,往往自为而歌之。所谓乐而不淫,哀而不伤,一出于诗人礼义之正,然则先王遗泽其犹寄于变风者,独诗也哉![1]

另如甘楚材《存中词稿序》,也意在弘扬稼轩词风:"词者诗之余,作诗难,作词尤难。词欲媚而正,艳而不淫。高宗南渡以来,辛稼轩为词人第一,正而不淫也。余读存中词,诸词意深远、媚而正者,《南乡子·咏春闺》有态度,艳而不淫者,使杂诸稼轩词中,孰知其为存中哉?"[2]吴澄《张仲美乐府序》对元好问也有较高评价,并且认为词应以"丽以则"者为正:

风者,民俗之谣;雅者,士大夫之作,故风范而雅正。后世诗人之诗,往往雅体在而风体亡。道人情思,使听者悠然而感发,犹有风人遗意者,其惟乐府乎?宋诸人所工尚矣。国初太原元裕之以此擅名。近时涿郡卢处道亦有可取。河南张仲美,年与卢相若,而尝同游,韵度酷似之。盖能文能诗,而乐府为尤长。然仲美,正人也,其辞丽以则,而岂丽以淫者之所

---

[1] 李修生主编:《全元文》第11册,江苏古籍出版社1999年版,第36页。
[2] 李修生主编:《全元文》第13册,江苏古籍出版社1999年版,第230页。

可同也哉？[1]

另一批论者则主张取豪放、婉约二派之长，去其所短。如朱晞颜《跋周氏埙篪乐府引》云："稼轩、清真，各立门户，或以清旷为高，或以纤巧为美，正如桑叶食蚕，不知中边之味为如何耳。……姜白石尧章，以音律之学为宋称首，其遗词缀谱，迥出尘俗，真有'一洗万古凡马空'之气。"他在两派之中，实际上还是偏袒婉约词的。

刘将孙《新城饶克明集词序》则论及乐府曲与辞之变化、离合、演进的规律；论及豪放、婉约两种风格之特质时，持论较为公允：

> 古之人未有不歌也，歌非他，有所谓辞也，诗是已。"登高能赋，可以为大夫"……抑扬高下，随其长短而音节之。由是习于声者，裁之以律吕而中。而房中之乐，或异于公庭，然有其调，不必皆有其辞。丝竹之所调，或不待于赋。降及《竹枝》《金缕》，始各为之辞，以媲乐与舞，而有能歌不能歌者矣。然犹未离乎诗也，如七言绝句止耳，未至一长一短，而有谱与调也。今曲行而参差不齐，不复可以充口而发，随声而协矣，然犹未至于大曲也。及柳耆卿辈以音律造新声，少游、美成以才情畅制作，而歌非朱唇皓齿，如负之矣。自是以来，体亦屡变。长篇极于《哨遍》《大酺》《六丑》《兰陵》，无不可以反复浩荡。而豪于气者，以为冯陵大叫之资；风情才子，乃复宛转作屏帏呢呢以胜之。而词亦多术矣。……然歌喉所为喜于谐婉者，或玩辞者所不满；骚人墨客乐称道之者，又知音者有所不合。[2]

这篇文章主要论述词乐之演变、发展及体制之演进，即由小令演化

---

[1] 李修生主编：《全元文》第14册，江苏古籍出版社1999年版，第323页。
[2] 李修生主编：《全元文》第20册，江苏古籍出版社2000年版，第152页。

为长调,并说词有多种风格,其中最有代表性的有两类:一是"豪于气者,以为冯陵大叫之资",这是指豪放词;一是"风情才子,乃复宛转作屏帏呢呢以胜之",则当然是指婉约词。这一分法早于明人张南湖(綖)的"婉约""豪放"之说,颇有见地。刘将孙对这两种词风未加轩轾,态度比较客观。

第三节 元代诗话与笔记中的词论

元代诗话与笔记中的词论资料较为零散,以记词与事为主,间或可见词学观点。

首先应当提及的是吴师道。吴师道于元英宗至治元年(1321)登进士第,有《吴礼部诗话》(唐圭璋先生《词话丛编》所收的《吴礼部词话》实际上是《吴礼部诗话》的论词部分)。其观点首先是肯定豪放慷慨之词,如:

徐一初《摸鱼儿》

大德丙午,师道侍先君在仙居,郭外数里南峰僧寺,山水颇清绝,尝一至焉。寺有蓝光轩,宋季名士吴谅直翁讲授其上,壁间题刻诗词,甚有佳者,略记三首于后。郭三益诗云:"山光竹影交寒辉,下有碧浸吹涟漪。沙痕隐隐白鸟去,石声凿凿扁舟归。芝兰发香禅味远,云雾吐秀人家稀。须知春事不可挽,杜鹃已绕林中飞。"郭南渡后人,尝为令。陈碧栖仁玉骚词云:"怀佳人兮山肩,蹑烟霏兮步轻。寒独立兮山上,空山无人兮寒松自声。怀佳人兮何许,白云封关兮猿鹤看户。羌有怀兮曷愬,风虚徐兮檐铎语。迟佳人兮未来,聊逍遥兮容与。"陈有文名,以白衣召用,作此时年甚少,盖怀吴谅直翁也。又有徐一初九日登高《摸鱼儿》词,盖丙子后作:"对茱萸一年一度,龙山今在何处?参军莫道无勋业,消得从容尊俎。君看取,便破帽飘零,也博名千古。当年幕府,知多少时流,等闲收拾,有个客如许。　追往事,满目山河晋土,征鸿又过边羽。登临莫上高层望,怕见故宫禾黍。觞绿醑,浇万斛牢愁,泪阁新亭雨。黄花无语,毕竟是西风、朝来披拂,犹识旧时主。"亦感慨之作也。[1]

刘改之《六州歌头》

叶靖逸《题岳王墓》诗云:"万古知心只老天,英雄堪恨复堪怜。如公少缓须臾死,此虏安能八十年。漠漠凝尘空偃月,堂堂遗像在凌烟。早知埋骨西湖路,学取鸱夷理钓船。"是诗流传脍炙人口,其家月致馈于叶。又有林弓寮题云:"天意竟如此,将军足可伤。忠无身报主,冤有骨封王。苔雨楼墙暗,花风庙路香。沉思百年事,挥泪洒斜阳。"人亦称之,然已不逮叶作。近时赵子昂篇尤胜:"鄂王坟上草离离,秋日荒凉石兽危。南渡君臣轻社稷,中原父老望旌旗。英雄已死何嗟及,天下中分遂不支。莫向西湖歌此曲,水光山色不胜悲。"若古今赋词者,刘改之《六州歌头》一阕,悲壮激烈。词云:"中兴诸将,谁是万人英。身草莽,人虽死,气填膺,尚如生。年少起河北,剑三尺,弓两石,定襄汉,开虢洛,洗洞庭。北望帝京,狡兔依然在,良犬先烹。过旧时营垒,荆鄂有遗民。忆故将军,泪如倾。　说当年事,知恨苦,不奉诏,伪邪真。臣有罪,陛下圣,可鉴临,一片心。万古分茅土,终不到,旧奸臣。人世夜,白日照,忽开明。衮佩冕圭百拜,九原下,荣感君恩。看年年二月,满地野花春,卤簿迎神。"时有

---

[1] 丁福保辑:《历代诗话续编》,中华书局1983年版,第593—594页。"朝来"二字原缺,《全宋词》据《渚山堂诗话》卷二补。

淮西帅李诜和其韵,为书忠烈庙庙额,其词非刘比也。[1]

韩南涧《题采石蛾眉亭》词

韩南涧题《采石蛾眉亭》词云:"倚天绝壁。直下江千尺。天际两蛾横黛,愁与恨,几时极。　暮潮风正急,酒阑闻塞笛。试问谪仙何处?青山外,远烟碧。"此《霜天晓角》调也,未有能继之者。[2]

张安国《题玩鞭亭》词

于湖玩鞭亭,晋明帝觇王敦营垒处,自温庭筠赋诗后,张文潜又赋《于湖曲》,以正湖阴之误,词皆奇丽警拔,脍炙人口。徐宝之、韩南涧亦发新意。张安国赋《满江红》云:"千古凄凉,兴亡事,但悲陈迹。凝望眼,吴波不动,楚山丛碧。巴滇绿骏追风远,武昌云旆连天赤。笑老奸遗臭到如今,留空壁。　边书静,烽烟息。通辔传,销锋镝。仰太平天子,圣明无敌。蹩躠扬州开帝里,渡江天马龙为匹。看东南佳气郁葱葱,传千亿。"虽间采温张语,而词气亦不在其下。尝见安国大书此词,后题云:"乾道元年正月十日。"笔势奇伟可爱。[3]

"韩南涧"即韩元吉,"张安国"即张孝祥,他们均为以"豪放"知名的词人。吴师道所赞赏的不仅是一般的豪放词,而是具有较为强烈的爱国热忱或有故国之思之作。同时,吴师道还肯定柳永词得音调之正、夏竦词富艳精工,诚为绝唱,说明他对婉丽词亦非全盘否定。又如论柳永词:

---

[1] 丁福保辑:《历代诗话续编》,中华书局1983年版,第600—601页。
[2] 丁福保辑:《历代诗话续编》,中华书局1983年版,第620页。
[3] 丁福保辑:《历代诗话续编》,中华书局1983年版,第620页。

柳耆卿《木兰花慢》

《木兰花慢》，柳耆卿清明词，得音调之正。盖倾城、盈盈、欢情，于第二字中有韵。近见吴彦高中秋词，亦不失此体，余人皆不能。然元遗山集中凡九首，内五首两处用韵，亦未为全知者。今载二词于后。

柳词云："拆桐花烂熳，乍疏雨，洗清明。正艳杏烧林，缃桃绣野，芳景如屏。倾城。尽寻胜去。骤雕鞍，绀幰出郊坰。风暖繁弦脆管，万家竞奏新声。　　盈盈。斗草踏青。人艳冶、递逢迎。向路旁，往往遗簪堕珥，珠翠纵横。欢情。对佳丽地，任金罍罄竭玉山倾。拚却明朝永日，画堂一枕春酲。"

吴词云："敞千门万户，瞰苍海，烂银盘。对沉瀁楼高，储胥雁过，坠露生寒。阑干。眺河汉外，送浮云、尽出众星乾。丹桂霓裳缥缈，似闻杂佩珊珊。　　长安。底处高宽。人不见、路漫漫。叹旧日心情，如今容鬓，瘦沈愁潘。幽欢。纵容易得，数佳期动是隔年看。归去江湖一叶，浩然对影垂竿。"然吴词后段起句又异，当依柳为正。[1]

姚子敬选《古今乐府》

姚子敬尝手选《古今乐府》一帙，以夏英公竦《喜迁莺》宫词为冠。其词云："霞散绮，月沉钩。帘卷未央楼。夜凉河汉截天流。宫阙锁清秋。　　瑶阶树。金茎露。玉辇香盘云雾。三千珠翠拥宸游。水殿按《凉州》。"富艳精工，诚为绝唱。[2]

下面的材料则有关考证：

---

[1] 唐圭璋编：《词话丛编》，中华书局1986年版，第291页。
[2] 唐圭璋编：《词话丛编》，中华书局1986年版，第293页。

欧词有伪

欧公小词间见诸词集，陈氏《书录》云一卷。其间多有与《阳春》《花间》相杂者，亦有鄙亵之语一二厕其中，当是仇人无名子所为。近有《醉翁琴趣外篇》凡六卷二百余首，所谓鄙亵之语，往往而是，不止一二也。前题东坡居士序，近八九语，所云散落尊酒间，盛为人所爱。尚犹小技，其上有取焉者，词气卑陋，不类坡作。益可以证词之伪。[1]

欧阳修为一代名臣，作诗庄严正大，词则风流妩媚，坚守"诗庄词媚"的传统观念。后人见到欧公这些小词，感到有累令德，于是多设法为其开脱。陈振孙《直斋书录解题·六一词》曰："欧阳文忠公修撰。其间多有与《花间》《阳春》相混者。亦有鄙亵之语一二厕其中，当是仇人无名子所为也。"[2] 吴师道引陈振孙《直斋书录解题》之语，并从苏轼《六一词序》的真伪上判断，亦认为那些有关男女爱情的小词，不是欧公所为，而是别人嫁名欧公的，是"鄙亵之语"。吴师道的主张，既反映了他对宋代词学的继承，又体现了他作为程、朱派理学家的立场。《四库全书总目》卷一九八"《六一词》提要"汇集众说，也说这些词不是欧阳修所作，云："曾慥《乐府雅词序》有云：'欧公一代儒宗，风流自命，词章窈眇，世所矜式。乃小人或作艳曲，谬为公词。'蔡絛《西清诗话》云：'欧阳修之浅近者，谓是刘煇伪作。'《名臣录》亦云：'修知贡举，为下第举子刘煇等所忌，以《醉蓬莱》《望江南》诬之。'则修词中，已杂他人之作。又元丰中，崔公度跋冯延巳《阳春录》（丁按：当作《阳春集》），谓'其间有误入《六一词》者'，则修词又或窜入他集。盖在宋时，已无定本矣。"[3] 其说欧词有与他人相混者，是不错的，但一定要说其艳词是刘煇辈诬之者，恐无实据。《吴礼部词话》

---

[1] 唐圭璋编：《词话丛编》，中华书局1986年版，第292—293页。
[2] 陈振孙撰，徐小蛮、顾美华点校：《直斋书录解题》，上海古籍出版社1987年版，第616页。
[3] 永瑢等：《四库全书总目》卷一九八，中华书局1965年版，第1808页。

论东坡词曰：

东坡《贺新郎》词

东坡《贺新郎》词"乳燕飞华屋"云云，后段"石榴半吐红巾蹙"以下，皆咏榴。《卜算子》"缺月挂疏桐"云云，"缥缈孤鸿影"以下，皆说鸿。别一格也。[1]

辛幼安寿韩侂胄词辨

"新来塞北，传到真消息。赤地居民无一粒，更五单于争立。　谁师尚父鹰扬。熊羆百万堂堂。看取黄金假钺，归来异姓真王。"又云："堂上谋臣尊俎，边头将士干戈。天时地利与人和，燕可伐欤曰可。　今日楼台鼎鼐，明年带砺山河。大家齐唱《大风歌》，不日四方来贺。"世传辛幼安寿韩侂胄词也。又有小词一首，尤多俚谈，不录。近读谢叠山文，论李氏《系年录》《朝野杂记》之非。谓乾道间，幼安以金有必亡之势，愿诏大臣，预修边备，为仓卒应变之计，此忧国远猷也。今摘数语，而曰赞开边，借江西刘过京师人小词，曰：此幼安作也。忠魂得无冤乎？故今特为拈出。[2]

另外，韦居安《梅磵诗话》、刘壎《隐居通议》、盛如梓《庶斋老学丛谈》、刘一清《钱塘遗事》、李冶《敬斋古今黈》、陈元靓《岁时广记》等书中也有一些词学方面的材料，可作为知人论世之助。如刘壎《隐居通议》有如下几条记载：

利登词

（利履道登）尤工长短句，尝有《水调》曰："相聚不知

---

[1] 唐圭璋编：《词话丛编》，中华书局1986年版，第291—292页。
[2] 唐圭璋编：《词话丛编》，中华书局1986年版，第293页。

好，相别始知愁。笋舆伊轧穿尽，斜照古平州。今夜荒风脱木，明夜山长水远，后夜已他州。转觉家山远，何计去来休。

酒堪沽，花可买，月能留。相思酒醒，花落五更头。长记疏梅影底，一笛紫云飞动，相对大江流。此别无一月，一月一千秋。"此词极涵婉沉细。其自况词有云："花外潮回，剑边虹去，抚寒江千里。"意气又豁然矣。赋《虞美人·草》云："当时养士知何许，总把降幡去。汉家王气塞乾坤，一树盈盈不为、汉家春。"意度弥佳。他词盈帙，丽语层出，但儿女情多，终伤正气耳。履道家盱城之西门，以《礼记》擢第，仕止宁都尉。[1]

赵次山《摸鱼子》

次山幼强记该洽，善辩论，每讲说经史及古今诗文，辄累千百言，成诵无凝滞。中年以后工唐律，锻炼精深，绝出风云月露之外。平生著作极多，兵祸无一字存矣。其在赣也，犹闲道寄予一曲，感慨国事。其词曰："倚西风、招鸿送燕，年华今已知客。青奴一饷贪凉梦，昨夜酒红无力。愁似织。听鸣叶寒蝉，话到情无极。舞衣春入。叹带眼偷移，琴心不断，襟袖旧时窄。　红尘陌，谁寄佳人消息。任他珠网瑶瑟。金钗两鬓霓裳曲，总是浪歌闲拍。长夜笛，且慢析、轻匀留醉酒垆侧。烟青雾白。望残照关河，晴云楼阁，何处是秋色。"味其语意，悲愤深矣。他文多不记忆，尚俟博采，当续书之。[2]

邓有功词

（邓子大有功）喜作词，赋《点绛唇》曰："卷上珠帘，晚

---

[1] 刘壎：《隐居通议》卷九，清嘉庆四年至十六年桐川顾氏刻，《读画斋丛书》本，天津图书馆藏。
[2] 刘壎：《隐居通议》卷九，清嘉庆四年至十六年桐川顾氏刻，《读画斋丛书》本，天津图书馆藏。

来一阵东风恶。客怀萧索。看尽残花落。　　自把银瓶，买酒成孤酌。伤漂泊，知音难托。闷倚阑干角。"又尝赋《过秦楼》一曲曰："燕蹴飞红，莺迁新绿，几阵晚来风急。谢家池馆，金谷园林，还又把春虚掷。年时恨雨愁云，物换星移，有谁曾忆。把一尊试酹，落花芳草，总成尘迹。　　频自笑，流浪孤萍，沾泥弱絮，有底困春无力。银屏香暖，宝篆波寒，又负月明今夕。往事梦里，沉思惟有罗襟，泪痕犹湿。奈垂杨万缕，不系西风白日。"词旨流丽，富于情者也。[1]

兴亡歌咏

汉高祖《大风》之歌曰："大风起兮云飞扬，威加海内兮归故乡，安得猛士兮守四方。"宋太祖《咏日出》之诗曰："欲出未出红刺刺，千山万山如火发。须臾拥出大金盆，赶退残星逐退月。"陈后主之诗曰："午醉醒来晚，无人梦自惊。夕阳如有意，偏傍小窗明。"南唐李后主之词曰："樱桃落尽春归去，蝶翻轻粉双飞。"又曰："门巷寂寥人去后，望残烟草萋迷。"合四君之所作而论之，则开基英雄之主与亡国衰弱之君，气象不同，居然可见。[2]

诗文工拙

世言杜子美长于诗，其无韵者，辄不可读。曾子固长于文，其有韵者，辄不工。东坡词如诗，少游诗如词。此数公者，皆名儒大才，俱不免有偏处。[3]

---

[1] 刘壎：《隐居通议》卷九，清嘉庆四年至十六年桐川顾氏刻，《读诗画斋丛书》本，天津图书馆藏。

[2] 刘壎：《隐居通议》卷一一，清嘉庆四年至十六年桐川顾氏刻，《读诗画斋丛书》本，天津图书馆藏。

[3] 刘壎：《隐居通议》卷一八，清嘉庆四年至十六年桐川顾氏刻，《读画斋丛书》本，天津图书馆藏。丁按：以上所引《隐居通议》诸条，又据施蛰存、陈如江辑录《宋元词话》，上海书店出版社1999年版，第604—606页。

其基本观点也是重阳刚之词而贬婉丽之作。

盛如梓《庶斋老学丛谈》记录陈郁（藏一）讥贾似道词，颇可见其政治倾向："陈藏一《雪》词讥贾秋壑：'没巴没鼻，霎时间、做出漫天漫地。不论高低并大小，平白教都一例。鼓弄滕神，招邀巽二，一恁张威势。识他不破，至今道是祥瑞。　最是鹅鸭池边，三更半夜，误了吴元济。东郭先生都不管，挨上门儿稳睡。一夜东风，三竿红日，万事随流水。东皇笑道，山河元是我底。'"[1]

刘一清《钱塘遗事》中"辛幼安词"条出于宋人罗大经《鹤林玉露》甲编卷之一，"十里荷花"条出自《鹤林玉露》丙编卷之一，且有缺字，兹不录。李冶《敬斋古今黈》有助于考证，今引一条如下：

《定风波》

《定风波》曲凡有五。唐欧阳炯《定风波》首云"暖日闲窗映碧纱，小池春水浸残霞"者，诗句《定风波》也。至今词手多为之，此不可以备录。近世赵献可作词，有曰"芳心事事可可"者，《定风波慢》也。俚俗又有《定风波》者，所谓宫调者也。又《本事曲子》，载范文正公自前二府镇穰下，营百花洲，亲制《定风波》五词，其第一首云："罗绮满城春欲暮，百花洲上寻芳去。浦映花，花映浦，无尽处，恍然身入桃源路。　莫怪山翁聊逸豫，功名得丧归时数。莺解新声蝶解舞，天赋与，争教我辈无欢绪。"寻其声律，乃与《渔家傲》正同。又贺方回《东山乐府别集》，有《定风波》异名《醉琼枝》者云："槛外雨波新涨，门前烟柳浑青。寂寞文园淹卧久，推枕援琴涕自零，无人著意听。　绪绪风披云幌，骎骎月到萱庭。长记合欢东馆夜，与解香罗掩翠屏，琼枝半醉醒。"寻

---

[1] 盛如梓：《庶斋老学笔谈》卷中之下，《知不足斋丛书》本。此据施蛰存、陈如江辑录《宋元词话》，上海书店出版社1999年版，第608页。唐圭璋编著《宋词纪事》引《古杭杂记诗集》卷一云："右雪词，陈藏一作也。藏一为贾似道所嫉，又为给事檄驳归本贯，因雪赋此以寓意。词语虽粗，然不平而鸣也。"（上海古籍出版社1982年版，第354页）

其声律，乃与《破阵子》正同。右五曲中，前三腔固常闻之，其后二腔，未有人歌者。不知此二曲，真为《渔家傲》《破阵子》，而但为改名《定风波》乎？或别有声调也。予以为但改其名耳，不然，何为举世无人歌之。而又遍考诸乐府中，无有词语类此，而名之为《定风波》者也。[1]

陈元靓《岁时广记》中有不少曲子词的典故、俗语资料，对读词甚有帮助。因过于琐屑，不多罗列。仅引"号词客"一条如下，以见一斑：

《蕙亩拾英集》：锦官官妓尹氏，时号为诗客，今蜀中有《诗客传》是也。诗客有女弟，工词，号词客，亦有传。蔡尹因重九令赋词，以九为韵，不得用重九字，即席作《西江月》云："韩愈文章盖世，谢安才貌风流。良辰开宴在西楼，敢劝一卮芳酒。　记得南宫高第，弟兄都占鳌头。金炉玉殿瑞香浮，名在甲科第九。"（蔡公兄弟皆擢甲科，而皆第九）词客本士族，蔡尹情而与之出籍。王帅继镇，闻其名，追之。时郡人从帅游锦江，王公命作词，且以词之工拙为去留，遂请题与韵，令作《玉楼春》以呈。一坐咨赏，会罢释之。词云："浣花溪上风光主。宴集瀛仙开幕府。商岩本是作霖人，也使闲花沾雨露。　谁怜氏族传簪组。狂迹偶为风月误。愿教朱户柳藏春，莫作飘零堤上絮。"[2]

总的看来，元代诗话和笔记中的词论似乎对豪壮慷慨之词更为偏爱，对婉丽之作不太欣赏，这一方面与时代特征和文学传统有关，另一方面也与北人豪爽的个性有关。

---

[1] 李冶：《敬斋古今黈》卷八，武英殿聚珍本。此据施蛰存、陈如江辑录《宋元词话》，上海书店出版社1999年版，第699页。

[2] 陈元靓：《岁时广记》卷三五，十万卷楼藏书本。此据施蛰存、陈如江辑录《宋元词话》，上海书店出版社1999年版，第651页。

第九章 后世对宋元词学的接受

后世词学家多方面接受了宋元词学,本章以几种宋元词学的代表作在后世的升沉为例,谈谈这一问题。

第一节 《绝妙好词》接受史述论

一、《绝妙好词》在清代的重现与刊刻

本书已阐明了《绝妙好词》对张炎《词源》、陆辅之《词旨》的直接、重大的影响。到了明代,《绝妙好词》未见刻本流传,但赵琦美《脉望馆书目》著录词籍有"《绝妙好词》一本"[1];毛扆《汲古阁珍藏秘本书目》亦著录云"《绝妙好词》二本","精抄",且标明售价为"二两";施蛰存先生《词学书目集录》之(七)《〈汲古阁珍藏秘本书目〉著录词籍·后记》云:"毛扆,字斧季,汲古阁主人毛晋之子。欲以家藏善本书籍出售,故此书目皆标明售价银数。蛰存记。"[2]可见,《绝

---

[1] 夏承焘等主编:《词学》第八辑,华东师范大学出版社1990年版,第214页。
[2] 夏承焘等主编:《词学》第八辑,华东师范大学出版社1990年版,第216页。

妙好词》在明代仍有流传，但较为罕见。及至清代，朱彝尊等编《词综》[康熙十七年（1678）刻成三十卷]时尚未见到《绝妙好词》。朱氏《词综发凡》曰："古词选本，若《家宴集》《谪仙集》《兰畹集》《复雅歌辞》《类分乐章》《群公诗余后编》《五十大曲》《万曲类编》及草窗周氏选，皆轶不传。独《草堂诗余》所收最下最传。"[1]所谓"草窗周氏选"，即周密所编《绝妙好词》。时隔不久，汪森、周青士等人增订《词综》[刻于康熙三十年（1691）]为三十六卷时，即已见到《绝妙好词》。汪森《词综·补遗后序》曰：

> 《词综》之刻，成于戊午。会锡鬯（丁按：朱彝尊字锡鬯）以应荐入都，官翰林，嗣不省故集。继典试江南，事竣，会予与青士于故里，论及前刻，挂漏尚多，欲谋为定本而卒难刊改，思补辑以成完书。未几北去，间遗一二钞本前此所未经见者，然约而未广，不足以成卷。辛酉春，青士偕山子过舍，相与燕坐草堂，出其远近所搜辑，并锡鬯所遗，复从故集翻阅，汇为两卷，得词若干首，犹未备也。久之，各以事罢去。其后，从吴门藏书家得《梅苑》《翰墨全书》《铁网珊瑚》及宋元小集二十余种，青士又从魏塘柯南陔携草窗所辑《绝妙好辞》，偕山子相为讨论，目视手钞，日无宁晷，而郡城曹子民表亦时有缄寄，佐所不逮，共补人百二十有二，补词三百六十余首，裒然可观矣。[2]

汪森此文表明，在增订《词综》的过程中，汪氏已见到周密《绝妙好词》，并择其词抄入《词综》增订本之中。"辛酉"为康熙二十年（1681），可见在《词综》初刻不久，汪森即已见到《绝妙好词》。如前所述，周密是张炎的前辈词人，《绝妙好词》对《词源》产生过直接的

---

[1] 朱彝尊、汪森编：《词综》，上海古籍出版社1978年版，"发凡"第11页。
[2] 朱彝尊、汪森编：《词综》，上海古籍出版社1978年版，"补遗后序"第5页。

影响，在"尚雅"这一点上，周密与张炎的主张是一致的。对于姜夔，周密同样十分推重，《绝妙好词》中选姜词达十三首，比例是很高的。可见，《绝妙好词》与以姜夔、张炎为代表的南宋词人、词论家是宗旨相近、声息相通的。因此汪森等增订《词综》时，从《绝妙好词》中吸取养分，是十分自然的。可以这样说，虽然朱、汪等人编选《词综》三十卷本时，未能见到张炎的《词源》，但从汪森《词综·序》说姜夔词"句琢字炼，归于醇雅"[1]，朱彝尊《词综发凡》云"世人言词，必称北宋。然词至南宋，始极其工，至宋季而始极其变，姜尧章氏最为杰出"[2]等话来看，周密、张炎对"浙西词派"的影响还是显而易见的。并且汪森《词综·序》论宋词时还说，姜夔之后，"史达祖、高观国羽翼之，张辑、吴文英师之于前，赵以夫、蒋捷、周密、陈允衡、王沂孙、张炎、张翥效之于后"[3]，亦是将姜、周、张视为同道词人。朱氏《词综发凡》亦曾引用周密《草窗词》及张炎词集。由此可见，"浙西词派"之尊奉姜、张，"家白石而户玉田"，是渊源有自的。

　　《绝妙好词》被重新发现与重新受到关注，均与"浙西词派"有直接关系。汪森《词综·补遗后序》云，从"魏塘柯南陔携草窗所辑《绝妙好辞》"中选词入《词综》。柯南陔（1666—1736）即柯煜，字南陔，号丹丘生，浙江嘉善人，朱彝尊弟子。其叔父柯崇朴曾助朱彝尊选《词综》，且作《词综后序》[4]。柯氏叔侄皆"浙西词派"中人，柯煜是清代发现、宣传并刊刻《绝妙好词》的第一人，可以说是周密之功臣。柯煜《绝妙好词序》曰：

　　　　粤稽诗降为词，六朝潜启其意，而体创于李唐，五代继隆其轨，而风畅于赵宋。柳屯田之"晓风残月"、苏学士之"乱石崩云"，世所共称，固无论已。建炎而后，作者斐然，数南

---

[1] 朱彝尊、汪森编：《词综》，上海古籍出版社1978年版，"序"第1页。
[2] 朱彝尊、汪森编：《词综》，上海古籍出版社1978年版，"发凡"第10页。
[3] 朱彝尊、汪森编：《词综》，上海古籍出版社1978年版，"序"第1页。
[4] 朱彝尊、汪森编：《词综》，上海古籍出版社1978年版，"后序"第3—4页。

渡之才人，无非妍手；咏西湖之丽景，尽是专家。薄醉尊前，按红牙之小拍；清歌扇底，度《白雪》之新声。况乎人间玉碗，阙下铜驼，不无荆棘之悲，用志黍离之感。文弦鼓其凄调，玉笛发其哀思。亦有登山临水，胜情与豪素争飞；惜别怀人，秀句共邮筒俱远。凡斯体制，有待纂编。于是草窗周氏，汇次成书，山玉川珠，供其采撷；蜀罗赵锦，借彼剪裁。蔡家幼妇之碑，固应无愧；黄氏散花之集，讵可齐观？秀远为前此所无，规矩实后来之式。然而剑气长埋，珠光易匿，五百年之星移物换，金石尚尔销沉；一卷书之云散波流，简帙能无散佚？于今风雅殆胜曩时，翡翠笔床，人宗石帚；琉璃砚匣，家拟梅溪。爰有好事之家，千金购其善本；嗜奇之士，古鼎质其秘书。时岁甲子，访戚虞山，叔丈遵王，招携永日。郗方回之游宴，久钦逸少门风；卢子谅之婚姻，凤附刘琨世戚。觞咏之暇，签轴斯陈。谢氏五车，未足方其名贵；田宏万卷，犹当逊其珍奇。得此一编，如逢拱璧。不谓失传已久，犹能藏弆至今。讽咏自深，剞劂有待。河北胶东之纸，传此名篇；然脂弄墨之余，成余素志。上偕诸父，俾我弟昆，共订鲁鱼，重新梨枣。从此光华不没，风景常新。非惟一日之赏心，允矣千秋之胜事。武唐柯煜序。[1]

柯序回顾了宋词发展的大致历程，重点描述南宋词之盛况，强调"荆棘之悲""黍离之感"，认为周密《绝妙好词》是南宋词的杰出选本，可惜数百年来晦而不彰。"甲子"［康熙二十三年（1684）］岁，柯氏从著名藏书家钱遵王处得到《绝妙好词》的抄本。柯煜对此选本极为重视，"如逢拱璧"之语，正可见其狂喜之情，所以他立即重刻此书。此书遂得以重见天日，并立即引起词学界普遍关注。朱彝尊《书〈绝妙好

---

[1] 厉鹗著，曹明升、刘深点校：《厉鹗全集·绝妙好词笺》，浙江古籍出版社2019年版，"原序"第2—3页。

词〉后》云:"词人之作,自《草堂诗余》盛行,屏去激楚阳阿,而巴人之唱齐进矣。周公谨《绝妙好词》选本虽未全醇,然中多俊语。方诸《草堂》所录,雅俗殊分。顾流布者少。从虞山钱氏抄得,嘉善柯孝廉南陔重锓之。作者百三十有二人,第七卷仇仁近词残阙,目亦无存,可惜也。公谨自有《蘋洲渔笛谱》,其词足与陈衡仲、王圣与、张叔夏方驾。"[1] 此文当作于柯煜重刊此书之时。朱彝尊作《词综发凡》时,以未见到周密《绝妙好词》为憾,所以当柯煜从钱遵王处抄来《绝妙好词》并重刻时,朱彝尊势必大喜过望。朱文当视为一篇《绝妙好词》的跋文,文中指出第七卷仇远(字仁近)词残阙,目录亦无存,又指出周密词足以与王沂孙、张炎等人抗衡,都是精当之论。

柯煜何时重刻《绝妙好词》,柯煜《序》、朱彝尊《书〈绝妙好词〉后》均未明言,不过高士奇《绝妙好词序》中对年月记载得十分清楚:"草窗周公谨集选宋南渡以后诸人诗余,凡七卷,名之曰《绝妙好词》。公谨生于宋末,以博雅名东南,所作音节凄清,情寄深远,非徒以绮丽胜者。兹选披沙拣金,合一百三十二人,为词不满四百,亦云精矣。余尝论选家以今稽古,病在不亲。《穀梁》所谓'听远音者,闻其疾而不闻其舒'也。若同时之人,征搜该博,参互详审,其去疢痏、正谬悠,较之后代,难易什伯。宋人选宋词,如曾慥《乐府雅词》,赵粹夫《阳春白雪》,以及《谪仙》《兰畹》诸集,皆名存书逸,每为可惜。草窗所选,乃虞山钱氏秘藏钞本,柯子南陔得之,与其从父寓鲍舍人及余考校缺误,缮刻以行。夫古书显晦,各有其时,皇上圣学渊奥,凡经、史、子、集以及类说、稗乘,罔不搜讨,宋元旧本,渐已毕出,彼曾、赵诸集,又岂无搜废簏而弆之者?是书之出,其嚆矢夫?康熙戊寅夏五,江村高士奇序于清吟堂。"[2] 据此序可知,高士奇及柯煜叔侄曾共同校勘《绝妙好词》,此序作于康熙三十七年(1698),则柯煜《绝妙好词序》、

---

[1] 朱彝尊:《曝书亭集》卷四三,《四部丛刊》本。
[2] 厉鹗著,曹明升、刘深点校:《厉鹗全集·绝妙好词笺》,浙江古籍出版社2019年版,"原序"第3页。

朱彝尊《书〈绝妙好词〉后》皆当作于此年。

《绝妙好词》本藏于钱氏绛云楼,其复现过程颇有异说,具有传奇色彩。何焯《读书敏求记跋》云:"绛云未烬之先,藏书至三千九百余部,而钱遵王此记凡六百有一种,皆纪宋板元钞及书之次第、完阙、古今不同,手披目览,类而载之,遵王毕生之菁华萃于斯矣。书既成,扃之枕中,出入每自携,灵踪微露,竹垞(丁按:即朱彝尊)谋之甚力,终不可见。竹垞既应召,后二年,典试江左,遵王会于白下。竹垞故令客置酒高宴,约遵王与偕,私以黄金翠裘予侍书小史,启镮,豫置楷书生数十于密室,半宵写成而仍返之。当时所录,并《绝妙好词》在焉。词既刻,函致遵王,渐知竹垞诡得,且恐其流传于外也。竹垞乃设誓以谢之。"[1] 何焯《读书敏求记又跋》云:"遵王纂成此书,秘之笈中,知交罕得见者,竹垞检讨校士江南日,龚方伯遍召诸名士,大会秦淮河,遵王与焉。是夕,私以黄金、青鼠裘予其侍史,启箧得是编,命藩署廊吏钞录,并得《绝妙好词》。既而,词先刻,遵王疑之,竹垞为之设誓以谢之,不授人也。"[2]《读书敏求记》是清人钱曾撰写的著名目录学著作。钱曾,字遵王,常熟人,钱谦益后人,家富藏书,此书皆载其所藏之最佳本,手所题识者,多论书本缮写、刊刻之工拙,于考证不甚留意。《四库全书总目》讥其篇次无法,品评多误,故列入存目。然此书在目录学史上的重要价值自不容否定。据何焯二跋可知,钱曾《读书敏求记》著成后,甚为珍惜,秘不示人,朱彝尊设计将钱曾骗出,然后贿赂其手下,派书手将此书抄写一过,同时将罕见的《绝妙好词》一并抄录,且将《绝妙好词》抢先刻出。钱氏得知此事后,十分不满,朱彝尊则赌咒发誓,允诺不将其外传。此事若发生在现在,肯定被视为一种侵权行为,而在当时,或可被视为一桩文人雅事。但是,此事的真实性颇值得怀疑,至少《绝妙好词》"重现江湖"的经过与何焯跋文所说

---

[1] 厉鹗著,曹明升、刘深点校:《厉鹗全集·绝妙好词笺》,浙江古籍出版社2019年版,"绝妙好词纪事"第7页。

[2] 厉鹗著,曹明升、刘深点校:《厉鹗全集·绝妙好词笺》,浙江古籍出版社2019年版,"绝妙好词纪事"第7页。

不同。前引柯煜《绝妙好词序》已明言钱遵王是柯煜的长亲（柯煜称其为"叔丈遵王"），《绝妙好词》是从钱遵王那儿公开得到的。《绝妙好词纪事》引杨谦《朱竹垞先生年谱》按语云："按柯崇朴《绝妙好词序》云：'往余与朱检讨竹垞有《词综》之选，搜拾散逸，采掇备至，所不得见者数种，周草窗《绝妙好词》其一也。嗣闻虞山钱子遵王藏有写本，余从子煜为钱氏族婿，因得假归。然传写多讹，逮再三参考，始厘然复归于正，爰镂板以行之。'据此，则非先生所诡得矣，义门之言近诬。"[1] 柯崇朴的这段话不见于上海古籍出版社排印本《词综》之"柯序"，杨谦当别有所据，但柯崇朴、柯煜叔侄的记载一致，应当是比较可信的。从这桩公案也可看出，《绝妙好词》在当时为稀见秘籍，且已逐渐引起学者们的兴趣。

柯煜《绝妙好词》刻本问世不久，项絅又有重刻之举，时在雍正三年（1725）。项氏《绝妙好词序》曰："宋人之选宋词，有《乐府雅词》《绝妙词选》《绝妙好词》诸本。而草窗所辑，悉皆南渡以后诸贤，裁鉴尤为精审。近嘉善柯氏尝从虞山钱氏钞得藏本付梓。顾考钱氏述古堂题辞，有云：'此本经前辈细看校阅，下各朱标其出处里第。'今嘉善本悉皆无之。长夏掩关无事，因翻绎故书，漫加搜讨，遂已十得八九。至前人评品与夫友朋谈艺，其言有合及佚事可征者，悉为采录，系于本词前后。惟七卷中《山村词》无从补缀，犹憾蟾兔之缺尔。因重为开雕而识诸首简。雍正乙巳七月，澹斋项絅书于白沙之怡园。"[2] 看来柯煜在刻印《绝妙好词》的过程中，确实有偷工减料之嫌，具体而言，就是将钱氏述古堂本原有的一些记载词人生平出处的资料略去了。钱曾《述古堂藏书题词》曰："弁阳老人选此词，总目后又有目录，卷中词人，大半予所未晓者。其选录精允，清言秀句，层见叠出，诚词家之南董也。此本又经前辈细看批阅，姓氏下各朱标其出处里第，展玩之，心目了然。

---

[1] 厉鹗著，曹明升、刘深点校：《厉鹗全集·绝妙好词笺》，浙江古籍出版社2019年版，"绝妙好词纪事"第7页。
[2] 周密著，杨瑞点校：《周密集》第6册，浙江古籍出版社2015年版，"附录"第72页。

或曰：弁阳老人即周草窗，未知然否。虞山钱遵王。"[1]据钱遵王所言，钱藏本《绝妙好词》既有总目，又有目录，与朱彝尊《书〈绝妙好词〉后》"目亦无存"之说不同。可能是柯煜从钱氏处借抄时未抄全，此诚为憾事。且如钱曾所言，钱藏本原有的关于词人"出处里第"的记载，柯刻本无。故项纲重刻《绝妙好词》，一来增加了词人的生平资料，二来也扩大了此书的传播范围。

清代"浙西词派"词人以及学者柯崇朴、柯煜、朱彝尊等重新发现并刻印流布《绝妙好词》，予以揄扬推广，后项纲又予以重刻，使其影响进一步扩大，这是《绝妙好词》接受史上的第一个高潮，而接受者以"浙西词派"词人为主体。

二、《绝妙好词笺》及续书问世对"浙西词派"产生进一步的影响

乾隆前期，"浙西词派"词人厉鹗（1692—1752）和查为仁（1693—1749）《绝妙好词笺》的问世，掀起了《绝妙好词》接受史的第二个高潮。

其实，早在柯煜刻成《绝妙好词》后，项纲重刻之前，厉鹗便已得到柯刻本，并作题记曰："张玉田《乐府指迷》云：'近代词如《阳春白雪集》《绝妙词选》亦有可观，但所取不甚精一，岂若草窗所选《绝妙好词》为精粹，惜此板不存，墨本亦有好事者藏之。'据此，则是书在元时已为难得，有明三百年，乐府家未曾见其只字，徒奉沈氏《草堂》选（丁按：指明人沈际飞《草堂诗余正集》，该书以顾从敬《类编草堂诗余》为底本，重新分卷，原编四百四十余首，增至四百七十余首，书前有何良俊序）为金科玉律，无怪乎雅道之不振也。幸虞山钱遵王氏收藏抄本，禾中柯孝廉南陔、钱塘高詹事江村，校刊以传，是书乃流布人间矣。近时购之颇艰，余最有倚声之癖，吴丈志上掇残帙以赠，仅得二

---

[1] 厉鹗著，曹明升、刘深点校：《厉鹗全集·绝妙好词笺》，浙江古籍出版社2019年版，"题跋附录"第5页。

卷，又借于符君幼鲁，属门人录成，乃为完好。聊志岁月于简端，时康熙六十一年二月九日，钱唐厉鹗题于无尽意斋。"[1] 厉鹗此文所言，有三点值得注意：当年朱彝尊作《词综》时，未见到张炎《词源》，厉鹗此时虽引用张炎之论（丁按：所引之语，见《词源·杂论》），但仍沿前人之误，将《词源》与《乐府指迷》混为一谈，此其一。厉鹗得到《绝妙好词》的过程颇为艰辛，然此时距柯煜刻此书仅二十四年，说明当时所印套数不多，可见古代书籍流传之艰，此其二。厉鹗得到此书后，必然十分珍惜，随即动手为之作笺，此其"工作本"也，此其三。

厉鹗《绝妙好词笺序》叙述此书成书过程云：

> 《绝妙好词》七卷，南宋弁阳老人周密公谨所辑。宋人选本朝词，如曾端伯《乐府雅词》，黄叔旸《花庵词选》，皆让其精粹，盖词家之准的也。所采多绍兴迄德祐间人，自二三巨公外，姓字多不著。夫士生隐约，不得树立功业，炳焕天壤，仅以词章垂称后世，而姓字犹在若灭若没间，无人为从故纸堆中抉剔出之，岂非一大恨事耶！津门查君莲坡，研精风雅，耽玩倚声，披阅之暇，随笔札记，辑有《诗余纪事》如干卷，于是编尤所留意，特为之笺，不独诸人里居出处，十得八九，而词中之本事，词外之佚事，以及名篇秀句，零珠碎金，捃拾无遗，俾读者展卷时，恍然如聆其笑语而共其游历也。予与莲坡有同好，向尝缀拾一二，每自矜创获，会以衣食奔走，不克卒业。及来津门，见莲坡所辑，颇有望洋之叹，并举以付之，次第增入焉。譬诸撷遗材以裨建章，投片琼以厕悬圃，其为用不已微乎。莲坡通怀集益，犹不忘所自，必欲附贱名于简端，辞不得已，因述其颠末如此云。乾隆戊辰闰七夕前三日，钱塘厉

---

[1] 厉鹗著，曹明升、刘深点校：《厉鹗全集·绝妙好词笺》，浙江古籍出版社2019年版，"题跋附录"第5—6页。

鹗书于津门之古春小茨。[1]

查为仁之子查善长、查善和《绝妙好词笺跋》云：

> 先君子究心词学有年，是编因戊辰秋钱塘厉太鸿先生北来，假馆于舍。先君人事之暇，相与篝灯茗碗，商榷笺注，搜罗考订，颇瘁心力，成书于己巳夏，即殁之前数日也。正欲授梓，不谓疾作，遽尔见背。今春检阅遗稿，手迹宛然，读之涕泪交并，因付剞劂，用副先志焉。乾隆庚午春三月上浣，男善长、善和谨识。[2]

据以上二文可知，查为仁曾为《绝妙好词》作笺，花费了不少心血，且多有创获，恰好厉鹗对此书亦颇感兴趣，也作过一些笺释工作。乾隆十三年（1748）秋，厉鹗北上至天津，客居查为仁家，二人一拍即合，厉氏将自己的部分笺释成果一并交给查为仁，请其补入所笺。二人经数月商榷研讨，终于在次年夏完成此笺。书成数日，查为仁即病故，此书即为其绝笔，故其二子善长、善和对此笺十分重视，于乾隆十五年（1750）刻印此笺，以告慰其先父。此笺博采旁搜，成就体现在两个方面：一是"诸人里居出处，十得八九"，但其并未引用钱氏述古堂本、项纲重刻本所附的"出处里第"，其原因不外或暗用而未标明，或未曾见到钱氏述古堂本与项氏重刻本。此笺广泛引用正史、笔记、诗文序跋、地方志、诗话、词话、文人别集、诗选、词选、画论、书论等著作，用书达百余种，阅读此笺，对所选诸词的理解必然会大大加深。这就是厉鹗《序》中所说的"词中之本事，词外之佚事，以及名篇秀句，零珠碎金，捃拾无遗，俾读者展卷时，恍然如聆其笑语而共其游历也"

---

[1] 厉鹗著，曹明升、刘深点校：《厉鹗全集·绝妙好词笺》，浙江古籍出版社2019年版，"笺序"第4页。

[2] 周密著，杨瑞点校：《周密集》第6册，浙江古籍出版社2015年版，"附录"第73页。

的效果。特别是笺中所引方志资料，对理解原词帮助颇大。中国历代文人皆视词为小道，为之作笺注者极少，清人张德瀛《词征》"词之笺注"条云："元遗山《论诗绝句》云：'诗家总爱西昆好，独恨无人作郑笺。'然笺诗者尚多，笺词者尤罕见。宋人如傅幹注坡词，曹鸿注叶石林词，曹杓注清真词，皆不传。周公谨《绝妙好词》，查莲坡、厉太鸿笺之。《山中白云词》，江宾谷笺之，余未尝有也。"[1] 除张氏所列举外，金人曾为蔡松年词作注，但为词学选本作笺者，恐怕确实是自《绝妙好词笺》始。《四库全书总目》卷一九九"《绝妙好词笺》提要"对《绝妙好词》及此笺有较为详细的评论："《绝妙好词》，宋周密编，其笺则国朝查为仁、厉鹗所同撰也。密所编南宋歌词，始于张孝祥，终于仇远，凡一百三十二家，去取谨严，犹在曾慥《乐府雅词》、黄昇《花庵词选》之上。又宋人词集，今多不传，并作者姓名，亦不尽见于世，零玑碎玉，皆赖此以存，于词选中最为善本。初，为仁采撷诸书以为之笺，各详其里居出处，或因词而考证其本事，或因人而附载其佚闻，以及诸家评论之语，与其人之名篇秀句不见于此集者，咸附录之。会鹗亦方笺此集，尚未脱稿，适游天津，见为仁所笺，遂举以付之，删复补漏，合为一书。今简端并题二人之名，不没其助成之力也。所笺多泛滥旁涉，不尽切于本词，未免有嗜博之弊。然宋词多不标题，读者每不详其事，如陆游（丁按：当作陆淞）之《瑞鹤仙》、韩元吉之《水龙吟》、辛弃疾之《祝英台近》、尹焕之《唐多令》、杨恢之《二郎神》，非参以他书，得其源委，有不解为何语者。其疏通证明之功，亦有不可泯者矣。……为仁字心谷，号莲坡，宛平人，康熙辛卯举人。是集成于乾隆己巳，刻于庚午，鹗序称其尚有《诗余纪事》如干卷，今未之见，殆未成书欤？"[2] "提要"对《绝妙好词》的评价相当高，且颇为确切，但其批评《绝妙好词笺》"多泛滥旁涉，不尽切于本词，未免有嗜博之弊"则不妥。翻阅此书，觉所笺多持之有故，平实切实，大有助于知人论世，并无卖弄

---

[1] 唐圭璋编：《词话丛编》，中华书局1986年版，第4097页。
[2] 永瑢等：《四库全书总目》卷一九九，中华书局1965年版，第1824页。

学问之嫌。有些词之本事，正如"提要"所说，得查、厉笺释，方大白于天下。试举一例：如其所笺韩元吉《水龙吟·书英华事》，引宋人陈鹄《耆旧续闻》云："元丰中，缙云令开封李长卿女慧性过人，姿度不凡，染疾逝，殡于邑之仙岩寺三峰阁。李公罢，因异归。宣和庚子，青溪寇起，焚燎无遗，惟三峰阁独存。主簿以为廨舍，济南王傅庆及内表曹颖偕来，馆曹于厅治之东，一夕，有女子打扃而至，与语，皆出尘气，诘其姓氏，曰开封李长卿女，季萼其名，英华其字，辟谷有年，身轻于羽，知子鳏居，故来相慰，唱和殆无虚日。曹有亲陈观察，挽之从军，将就道，英华与诀曰：'妾与君之缘断矣。子宿缘寡浅，尘业未偿，他日当有兵难，敬授灵香一瓣，有急，请爇以告，当阴有所护，不然，亦无如之何也。'曹公勇为朔方之行，不意获谴麾下，追惟英华之言，欲取所遗香爇之，军行无宿火，卒正法。英华诗有云：'醒酒清风摇竹去，催诗小雨过山来。'非诗人所易到也。"[1] 又引马端临《文献通考》云："《英华集》三卷，李季萼为鬼仙，缙云人传其诗，亦怪矣。"[2] 引张邦基《墨庄漫录》云："处州缙云簿厅，为武尉司。顷有一妇人，常现形，与人接，妍丽闲婉，有殊色。其来也，异香芬馥，非世间之香，自称曰英华，或曰绿华，前后官此者多为所惑，永嘉蒋辉远为邑簿，祠以香火，其怪遂绝。"[3] 这三则材料，虽有荒诞不经的成分，但为原词的解读提供了钥匙。像这样的笺文，书中还有不少，而多余的、无目的的笺释内容并不多见。有些笺文虽与所选之词无直接关系，但有助于全面了解所选词人词作之全貌，应当说也是有价值的。

道光、咸丰年间，《绝妙好词》的传播流变仍在继续。《绝妙好词笺》问世之后，清人余集又有《续钞》之作，其自序云："词至南宋而工，词律亦至南宋而密，此《绝妙好词》之所以独传也。草窗编辑原本七卷，人不求备，词不求多，而蕴藉雅饬，远胜《草堂》《花庵》诸刻。

---

[1] 周密辑，查为仁、厉鹗笺：《绝妙好词笺》卷一，中华书局1957年版，第57—59页。
[2] 周密辑，查为仁、厉鹗笺：《绝妙好词笺》卷一，中华书局1957年版，第59页。
[3] 周密辑，查为仁、厉鹗笺：《绝妙好词笺》卷一，中华书局1957年版，第59页。

又经樊榭笺疏，使词中本事、词外遗闻历历可见，诚善本也！向阅宋人说部，见有与集中可引证者，随笔录出，用补樊榭之缺。惜不能重刻，以广其传。而草窗所录词，用于杂著者，多同时人所赋，为《绝妙好词》之所未载。因别为一卷。而其人与事，有可备采撷者，亦仿樊榭之意，备录于篇，虽无当著述，要亦草窗之志也。秋室书。"[1] 余集从周密《浩然斋雅谈》《志雅堂杂钞》《齐东野语》《癸辛杂识》《武林旧事》诸书中抄录宋人词作共六十首（包括几首附录之词），钱唐姚煜为之作注，实亦偏重笺证本事。道光九年（1829），徐懋重刻《绝妙好词笺》时，将余集《续钞》附刻于后，又将自己从周密诸笔记中抄得之十三首词一并刻入，名曰《绝妙好词续钞·补录》，还将周密笔记中所记"本事"附于词后，同于"笺"文。清人对《绝妙好词》的接受与研究，于此时达到第二个高潮。

咸丰五年（1855），《绝妙近词》出，这是《绝妙好词》接受史上又一较为重要的事件。此书为孙麟趾编选，共六卷。此书以朱彝尊《词综》为楷模，上继王昶《国朝（清朝）词综》，辑嘉庆四年（1799）至咸丰五年（1855）间词，得词人八十九家，词二百六十首，以宗姜夔词风者为首选对象。各家仅选一首或数首，唯选者孙麟趾、作序者陈庆溥二人词各入选二十首，[2] 未免授人以柄。据陈庆溥《绝妙近词序》所言，此选实受到《绝妙好词》及其《笺》的直接影响：

> 樊榭山人序《绝妙好词》云："士生隐约，不得树立功业，炳焕天壤，仅以词章传称后世，而姓字犹在若灭若没间，岂非一大恨事。"我闻此语，心骨悲矣。溥生平无他嗜好，惟酷爱填词，窃见宋人选词，如《乐府雅词》《阳春白雪》《谪仙》《兰畹》诸集，靡不精粹；元明以降，词学遂废，亦从无选本。

---

[1] 周密著，杨瑞点校：《周密集》第 6 册，浙江古籍出版社 2015 年版，"续钞序"第 5 页。

[2] 参见马兴荣等主编《中国词学大辞典》，浙江教育出版社 1996 年版，第 286—287 页。

我朝朱竹垞太史《词综》之选，征收该博，王兰泉司寇继之，此外无闻焉。月坡孙君，集嘉庆四年以后词，凡六卷，共八十九人，词二百六十首，虽博不及《词综》，而精妙过之，词人姓氏，赖此以传，不至湮没，厥功甚伟，名曰《绝妙近词》，盖沿弁阳老人《绝妙好词》之例。《好词》得樊榭笺之，尤足醒目，兹集亟欲传世，不及详注。方今词学日盛，人才辈出，岂无樊榭其人者，是则此书之幸也夫。咸丰五年九月展重阳日，楚鄂陈庆溥书于吴门客舍。[1]

陈庆溥明言此书是沿《绝妙好词》之例，并对查、厉之笺评价甚高，他在序言开头亦云是从厉鹗《绝妙好词序》中受到启发，在序言末又云因不能如《绝妙好词笺》那样作笺注而感到遗憾，并希望后来者能为之作笺注。从这些方面看，《绝妙近词》受《绝妙好词》沾溉颇多，《中国词学大辞典》"绝妙近词"条云"该选以朱氏《词综》为楷模"[2]，仅提及此书受《词综》影响，而没有提及《绝妙好词》的影响，实不够全面。

值得注意的是，《绝妙近词》的选者孙麟趾，是一位推崇"浙西词派"的词论家。他还选有《国朝七家词选》，选录厉鹗词十四首、林蕃钟词三首、吴翊凤词六首、吴锡麟词三首、郭麐词十八首、汪全德词七首、周之琦词四首，其宗旨是重审音谐律。《国朝七家词选》是"浙西词派"后期词人的重要选本，有咸丰三年（1853）邵建诗刊本。道光、咸丰年间，可视为《绝妙好词》接受史上的第三个高潮。

从《绝妙好词笺》到其《续钞》，再到《绝妙近词》，"浙西词派"将其理论进一步发扬光大。如孙麟趾《绝妙近词·凡例》即推崇朱彝尊、厉鹗之词，而对"常州词派"表示不满："常州张氏、湖州沈氏所刻，皆门生友人之作，未免稍窄。兹集直继《词综》，较为矜严，而所

---

[1] 施蛰存主编：《词籍序跋萃编》，中国社会科学出版社1994年版，第794页。
[2] 马兴荣等主编：《中国词学大辞典》，浙江教育出版社1996年版，第286页。

取尚不致过窄。"[1]"常州张氏"所刻指张惠言《词选》,"湖州沈氏"所刻指《洺州唱和词》。《洺州唱和词》为清人沈涛编,为沈氏守洺州时,与同人戴锡祺、边浴礼、邵建诗、金泰、沈家谋以及沈涛之女沈蕊、女夫劳勋成等人唱和之作,有杨文孙序,也是范围颇窄的选本,而《绝妙近词》取径较宽。孙麟趾著有《词径》,亦以提倡"浙西词派"为指归。如《词径》的"作词十六字诀"为"清、轻、新、雅、灵、脆、婉、转、留、托、淡、空、皱、韵、超、浑"。他还主张填词须做到"实者空之","深而晦,不如浅而明也"。这些都与张炎《词源》的观点十分相近。由此可见,《绝妙好词》对清代"浙西词派"的发展有相当大的影响。

三、"常州词派"对《绝妙好词》的批评与吸收

与"浙西词派"的态度相反,"常州词派"的某些词论家则对周密《绝妙好词》表示不满。张百禥曾重刻张惠言《词选》,且于《重刻词选序》中批评《花庵词选》《草堂诗余》《绝妙好词》诸选本,认为它们"或笺纪失诬,或宗风未吻,青天明月,善读者悲其爱君;双枕坠钗,误会者指为狎宴,斯道弗昌,抑劝淫者作之俑也"[2]。其主要是批评以上诸选本多选那些写男女之情的词作。清代经学家焦循(1763—1820)《雕菰楼词话》,亦对《绝妙好词》《词综》等持批评态度,其观点接近"常州词派":"周密《绝妙好词》所选,皆同于己者,一味轻柔润腻而已。黄玉林《花庵绝妙词选》,不名一家,其中如刘克庄诸作,磊落抑塞,真气百倍,非白石、玉田辈所能到。可知南宋人词,不尽草窗一派也。近世朱彝尊所选《词综》,规步草窗,学者不复周览全集,而宋词遂为朱氏之词矣。王阮亭选唐五七言诗(丁按:当指王士禛《古诗

---

[1] 冯乾编校:《清词序跋汇编》,凤凰出版社2013年版,第1145页。
[2] 施蛰存主编:《词籍序跋萃编》,中国社会科学出版社1994年版,第798页。

选》）亦然。"[1] 焦循以"轻柔润腻"评《绝妙好词》所选诸作，虽含贬义，但还算贴切。他说《词综》"规步草窗"，虽在细节上不确，因为据前文所述，朱彝尊辑《词综》时，尚未见到《绝妙好词》，但是能看出二者在神理上的关系，还是很有眼光的。

陈廷焯《白雨斋词话》卷二曰："草窗《绝妙好词》之选，并不能强人意。当是局于一时闻见，即行采入，未窥各人全豹耳。不得以草窗所辑，一概尊之。"[2] 此处批评《绝妙好词》有以偏概全之病，所言不无道理。又云："纪文达立论好是古非今，《绝妙好词》一编，叹为篇篇皆善，未免以耳代目。且如殷璠所选《河岳英灵集》，以唐人选唐诗，而庸陋谬妄，不可言状。文达亦赏之，尤属不解。"[3] 此处对《四库全书总目》的批评似嫌过苛，而对殷璠《河岳英灵集》的评价明显偏低。陈廷焯还批评周密选王沂孙词，仅选得其次乘（二流作品）："草窗与碧山，相交最久，然《绝妙好词》中，所选碧山诸篇，大半皆碧山次乘，转有负于碧山。"[4]

《绝妙好词》共选王沂孙词十首，其中有三首是与周密酬唱或赠周密的，而碧山那些有"君国之忧"的词作（如《乐府补题》中诸作）均未入选，确实仅得碧山之"次乘"。究其原因有二：一是草窗所选，多是与自己酬赠之作，有阿附同好乃至自炫之嫌；二是《绝妙好词》成书或当在《乐府补题》成书之前，即在碧山创作之中期，故不及收入《齐天乐·蝉》（一襟余恨宫魂断）、《眉妩·新月》（渐新痕悬柳）诸作。如此看来，陈廷焯批评草窗，固不为无据，但在草窗本人选《绝妙好词》时，于王沂孙晚年诸词或未及寓目，这也是客观事实，如《乐府补题》诸词，《绝妙好词》一首未选，便是一个非常有力的证据。《白雨斋词话》卷八则对周密之词作与词选均有微词："古人论词之善，无过玉田。若公谨之《浩然斋雅谈》《绝妙好词》等编，所论与所选，均多未洽，

---

[1] 唐圭璋编：《词话丛编》，中华书局1986年版，第1494页。
[2] 陈廷焯著，杜未末点校：《白雨斋词话》卷二，人民文学出版社1959年版，第39页。
[3] 陈廷焯著，杜未末点校：《白雨斋词话》卷二，人民文学出版社1959年版，第39页。
[4] 陈廷焯著，杜未末点校：《白雨斋词话》卷二，人民文学出版社1959年版，第47页。

其所自作可知矣。吾于南宋诸名家,不得不外草窗。"[1] 作为"常州词派"的学者,陈廷焯认为《绝妙好词》选词不重寄托,故对其深致不满。但另外一些"常州词派"论家,则又从"寄托"的角度肯定《绝妙好词》,宋翔凤《乐府余论》的观点可为代表:"南宋词人,系情旧京,凡言归路,言家山,言故国,皆恨中原隔绝。此周公谨氏《绝妙好词》所由选也。公谨生宋之末造,见韩侂胄函首,知恢复非易言,故所选以张于湖为首。以于湖(丁按:张孝祥,号于湖居士)不附和议,而早知恢复之难。不似辛稼轩辈率意轻言,后复自悔也。"[2] 宋翔凤论述周密选张孝祥词为压卷的原因:孝祥既反对和议,又不轻言冒进,政治上较为成熟。这是用政治眼光来看周密《绝妙好词》,并不确切。宋翔凤言《绝妙好词》中充满"家国之恨",亦与原作不符,这是他戴着"常州词派""比兴寄托"说的有色眼镜得出的结论。清末"常州词派"词人谭献则对周密这一选本评价很高:"读《绝妙好词笺》,南宋乐府,清词妙句,略尽于此,高于唐人选唐诗矣。四水潜夫填词名家,善别择,非《花间》《草堂》之繁猥。南宋人词,情语不如景语,而融法使才,高者亦有合于柔厚之旨。"[3] 谭献还认为《阳春白雪》《绝妙好词》《凤林书院草堂诗余》是鼎足而三的南宋著名词选,[4] 又说自己曾多次校《绝妙好词》,看法上也微有变化。[5] 沈祥龙《论词随笔》则曰:"词选自《花间》《草堂》后,周氏《绝妙好词》选择最精当。朱竹垞宋元《词综》,搜罗美备,亦称善本。"[6] 晚清郑文焯论词手简亦嘱初学者"如《绝妙好词》,亦可选其雅句,日夕玩索"[7],说明他对此书还是很重视的。清人蒋兆兰《词说》亦曰:清代词学选本中,张惠言《词选》"导源风雅,屏去杂流,途轨最正";周济《宋四家词选》"议论透辟,步骤

---

[1] 陈廷焯著,杜未末点校:《白雨斋词话》卷八,人民文学出版社1959年版,第213页。
[2] 唐圭璋编:《词话丛编》,中华书局1986年版,第2502页。
[3] 唐圭璋编:《词话丛编》,中华书局1986年版,第3997页。
[4] 唐圭璋编:《词话丛编》,中华书局1986年版,第4002页。
[5] 唐圭璋编:《词话丛编》,中华书局1986年版,第4003页。
[6] 唐圭璋编:《词话丛编》,中华书局1986年版,第4061页。
[7] 唐圭璋编:《词话丛编》,中华书局1986年版,第4329页。

井然";戈载《宋七家词选》也是较好的选本,"学者随取一家,皆可奉为师法,就此成名"。前两种选本为"常州词派"著作,戈氏之选则近乎"浙西词派",可见蒋兆兰已有调和两家之意,他还郑重强调:"至如宋人选本,惟周草窗《绝妙好词》选,最为精粹,可作案头读本,他可勿论也。"[1] 蒋兆兰论词引朱孝臧、况周颐为同调,显然接近"常州词派",但其《词说》又十分推崇周、姜,认为周邦彦为"词中之圣",姜夔"别树一帜",则又近乎"浙西词派"之议论。他将《词选》与《绝妙好词》相提并论,同加推举,这说明清末论词之途径已渐广,不再抱残守缺,死守某一宗派之主张而不化。况周颐《蕙风词话·补编》收录一部分论词绝句,其中亦有论及周密及《绝妙好词》者。如朱依真云:"半湖春色少人窥,夜月《蘋洲渔笛》吹;深悔钝根闻道晚,廿年始读《草窗词》。"[2] 他对草窗词评价颇高,且以晚读其词为憾。孙尔准曰:"草窗《绝妙》剩遗编,碎玉风情韵半天。一曲水仙瀛海阔,刺船何处觅成连。"[3] 这是对《绝妙好词》有残缺表示遗憾。谭莹曰:"旧选《中兴绝妙词》,更名《绝妙好词》为。效颦十解人人拟,直比文通杂体诗。"[4] 他指出《绝妙好词》乃《绝妙词选》的继续,周密的《西湖十咏》词使得后人模拟成风。陈匪石《声执》卷下之论较全面,且有作总结之意,兹征引如下:

> 周密辑《绝妙好词》七卷,一百三十二家,始于张孝祥,终于仇远,纯乎南宋之总集。清初有高士奇刊本,又有小瓶庐覆刻本,然极难得。世所传者为樊榭笺本。朱孝臧曾见汲古阁钞本,据以校定,欲刊未果。张玉田称其"精粹",《四库提要》谓其"去取谨严",郑文焯亦云"南宋佳制,美尽是篇"。盖周氏在宋末,与梦窗、碧山、玉田诸人皆以凄婉绵丽为主,

---

[1] 唐圭璋编:《词话丛编》,中华书局1986年版,第4631页。
[2] 葛渭君编:《词话丛编补编》,中华书局2013年版,第3772页。
[3] 葛渭君编:《词话丛编补编》,中华书局2013年版,第3774页。
[4] 葛渭君编:《词话丛编补编》,中华书局2013年版,第3778—3779页。

成一大派别，此书即宗风所在，不合者不录。观所选于湖、稼轩之词，可以概见。清中叶前，以南宋为依归。樊榭作笺，以后翻印者不止一家，几于家弦户诵，为治宋词者入手之书。风会所趋，直至清末而未已。以"二窗"为的者，尤有取焉。张玉田诸人之品评，允为恰当，以其不独与《乐府雅词》《花庵词选》不取派别者有殊，即视《阳春白雪》，亦无几微失当之处，以一家之言成总集者，清代为盛，而周氏实启之。即谓其选法、做法，皆开有清之风气，亦无不可。[1]

陈匪石这段话，一是指出《绝妙好词》的版本源流；二是指出此书在清代产生的长期而深远的影响；三是对此书的价值作出判断，认为其所选代表了一家宗旨，非常精当，"无几微失当之处"，且其"选法、做法，皆开有清之风气"，此评价非常高。

但是，如此重要的词选，一段时间内却未得到应有的重视。1957年12月，中华书局用聚珍仿宋版重印《绝妙好词笺》，但在词学界并未产生太大的反响，可能是该书所选重在艺术形式，不合时宜之故。《词学》第二辑所载舍之（施蛰存）《历代词选集叙录》（二）有《绝妙好词》叙录；《词学》第八辑所载胡乐平《周密词论思想探讨》，对《绝妙好词》论述亦较详；《读书》1991年第11期有林夕《关于〈绝妙好词〉》一文，是一篇介绍性的文字；《吴熊和词学论集·宋人选宋词十种跋》亦有《周密〈绝妙好词〉跋》一则，以上诸位先生之文，均提出了一些颇有价值的看法。邓乔彬先生及彭国忠教授等人有《绝妙好词译注》之作（上海古籍出版社2000年版），该书有注有译，其前言及作者小传都有一定学术价值，颇便于初学，但限于体例，未能将查、厉二人之笺文录入，其学术性不免要打折扣。

---

[1] 唐圭璋编：《词话丛编》，中华书局1986年版，第4958页。

第二节 《乐府补题》的接受与"比兴寄托"说的演变

《乐府补题》在元、明两代未见流传,在清代复现后,对清词创作与词论均产生了重大影响。这里着重谈谈《乐府补题》对清代以来"比兴寄托"说的影响。

严迪昌先生《清词史》(江苏古籍出版社 1999 年版)第二编第二章第一节"《乐府补题》的复出与'浙西'词风炽盛的背景"和张宏生《清代词学的建构》(江苏古籍出版社 1998 年版)第二章第一节"《乐府补题》的复出与词坛的接受"均对《乐府补题》在清初复出的意义与作用进行了深入的研究,足资参考。本节主要论述三个问题:一是《乐府补题》对清初词风的影响,二是《乐府补题》的主旨,三是《乐府补题》对清代以来"比兴寄托"说词论的影响。

一、《乐府补题》的重新问世及后人对其主旨的理解

《乐府补题》一书,元、明两代未见流传。清康熙十七年(1678),著名词人朱彝尊将常熟吴氏抄本的过录本携至京师,然后由朱氏弟子蒋景祁镂版行世。关于此书在清代的初刻时间,严迪昌先生认为在康熙十八年(1679)至二十年(1681)之间。[1] 清人对其主旨多有研究,朱彝尊《乐府补题序》重点介绍了唐珏、周密、仇远、张炎、王沂孙五人,云其"皆宋末隐君子",并具体介绍此集刊刻经过:"《乐府补题》一卷,常熟吴氏抄白本,休宁汪氏购之长兴藏书家。予爱而亟录之,携至京师。宜兴蒋京少好倚声为长短句,读之赏激不已,遂镂板以传。……度诸君子在当日唱和之篇,必不止此,亦必有序以志岁月,惜

---

[1] 夏承焘等主编:《词学》第八辑,华东师范大学出版社 1990 年版,第 45 页。

今皆逸矣。幸而是编仅存，不为蟫蚀鼠啮，经四百年，借二子之功，复流播于世，词章之传，盖亦有数焉。"对《乐府补题》的主旨，朱氏也作了大致的推测："诵其词可以观志意所存，虽有山林友朋之娱，而身世之感，别有凄然言外者，其骚人《橘颂》之遗音乎？"[1]

与朱氏同时而齐名的"阳羡词派"领袖陈维崧《乐府补题序》云：

> 嗟乎！此皆赵宋遗民作也。粤自云迷五国，桥谶啼鹃；潮歇三江，营荒夹马；寿王大去，已无南内之笙箫；贾相难归，不见西湖之灯火。三声石鼓，汪水云之关塞含愁；一卷金陀，王昭仪之琵琶写怨。皋亭雨黑，旗摇犀弩之城；葛岭烟青，箭满锦衣之巷。则有临平故老，天水王孙，无聊而别署漫郎，有谓而竟成遗客。飘零孰恤？自放于酒旗歌扇之间；惆怅畴依？相逢于僧寺倡楼之际。盘中烛灺，间有狂言；帐底香焦，时而谰语。援微词而通志，倚小令以成声。此则飞卿丽句，不过开元宫女之闲谈；至于崇祚新编，大都才老梦华之轶事也。[2]

朱序认为此组词不仅为朋友间唱和之作，而且可能有身世之感，并认为其品格甚高，有屈子《橘颂》遗意，持论颇为谨慎。陈序则推测此组词可能与汪元量（水云）、王昭仪（清惠）事有关，所谓"开元宫女之闲谈""才老梦华之轶事"，均据词意推测，无非也是认为此组词有故国之思、亡国之痛，所言比朱氏更为具体，但亦未指实。陈序系骈文，在意思的表达上亦不甚明了。

朱彝尊词风的继承者、"浙西词派"著名词论家厉鹗作《论词绝句十二首》，其第六首论《乐府补题》云：

> 头白遗民涕不禁，补题风物在山阴。残蝉身世香莼兴，一

---

[1] 朱彝尊：《曝书亭集》卷三六，《四部丛刊》本。
[2] 陈维崧：《陈检讨集》卷五，清康熙天藜阁刻本。

片冬青冢畔心。

原注：《乐府补题》一卷，唐义士玉潜与焉。[1]

厉鹗在这首绝句中，首次将《乐府补题》与宋祥兴元年、元至元十五年（1278）元僧杨琏真伽发掘绍兴宋帝诸陵、唐珏等潜收宋帝妃骸骨之事相联系。据张丁《唐珏传》、罗有开《唐义士传》（载陶宗仪《辍耕录》卷四）等书记载，发陵之后，唐珏出家资，招里中少年潜收帝妃遗骸，葬于兰亭山，移宋故宫冬青树植其上，谢翱作《冬青树引》颂其事。厉鹗此诗，系就《乐府补题》中残蝉香莼的象征意义及唐珏潜收宋陵遗骸两件之事产生的联想，并无确证。且厉氏此诗，以韵语论词，语义难免不够明晰，易生歧解。

清代"常州词派"词人蒋敦复在《芬陀利室词话》卷三中，第一次明确指出《乐府补题》所收皆是有所寄托之作：

> 词原于诗，即小小咏物，亦贵得风人比兴之旨。唐、五代、北宋人词，不甚咏物，南渡诸公有之，皆有寄托。白石、石湖咏梅，暗指南北议和事。及碧山、草窗、玉潜、仁近诸遗民，《乐府补遗》（丁按：即《乐府补题》）中，龙涎香、白莲、莼、蟹、蝉诸咏，皆寓其家国无穷之感，非区区赋物而已。知乎此，则《齐天乐·咏蝉》《摸鱼儿·咏莼》，皆可不续貂。[2]

蒋氏指出《乐府补题》诸咏有家国之恨，并非单纯咏物，虽有主观臆断的成分，但并未一一坐实。

清人陈廷焯《白雨斋词话》卷二开始指实《乐府补题》的寄托：

---

[1] 孙克强、裴喆编著：《论词绝句二千首》，南开大学出版社2014年版，第64页。
[2] 唐圭璋编：《词话丛编》，中华书局1986年版，第3675页。

碧山《天香·龙涎香》一阕，庄希祖云："此词应为谢太后作。前半所指，多海外事。"此论正合余意。惟后叠云："荀令如今渐老，总忘却尊前旧风味。"必有所兴，但不知其何所指，读者各以意会可也。[1]

碧山《水龙吟》诸篇，感慨沉至。……《咏白莲》云："太液荒寒，海山依约，断魂何许。"又云："三十六陂烟雨，旧凄凉向谁堪诉。如今漫说，仙姿自洁，芳心更苦。"写出幽贞，意者亦指清惠乎？[2]

碧山《齐天乐》诸阕，哀怨无穷，都归忠厚，是词中最上乘。《咏萤》云："汉苑飘苔，秦陵坠叶，千古凄凉不尽。何人为省。但隔水余辉，傍林残影。"咏叹苍茫，深人无浅语。"隔水"二句，意者其指帝昺乎？《咏蝉》首章云："短梦深宫，向人犹自诉憔悴。"言中有物，其指全太后祝发为尼事乎？……次章起句云："一襟余恨宫魂断。"下云："镜暗妆残，为谁娇鬓尚如许。"合上章观之，此当指王昭仪改装女冠。后叠云："铜仙铅泪如洗，叹移盘去远，难贮零露。病翼惊秋，枯形阅世，消得斜阳几度。余音更苦，甚独抱清商，顿成凄楚。"字字凄断，却浑雅不激烈。"余音"数语，或有感于"太液芙蓉"一阕乎？[3]

陈氏此论，实系对张惠言"比兴寄托"说的具体发挥。陈廷焯曰："《词选》云：'碧山咏物诸篇，并有君国之忧。'自是确论。读碧山词者，不得不兼时势言之，亦是定理。或谓不宜附会穿凿，此特老生常

---

[1] 陈廷焯著，杜未末校点：《白雨斋词话》卷二，人民文学出版社1959年版，第42页。
[2] 陈廷焯著，杜未末校点：《白雨斋词话》卷二，人民文学出版社1959年版，第43—44页。
[3] 陈廷焯著，杜未末校点：《白雨斋词话》卷二，人民文学出版社1959年版，第44页。

谈,知其一不知其二。古人诗词,有不容穿凿者,有必须考镜者,明眼人自能辨之。"[1]详考陈氏所论,确实难免"附会穿凿"之讥,故陈氏曲为之说,好在其所论仅限于王沂孙(碧山)词,且只部分落实词中寓意。

《四库全书总目》卷一九九"《乐府补题》提要"持论亦较审慎:

(此书)不著编辑者名氏,皆宋末遗民倡和之作。凡赋龙涎香八首,其调为《天香》。赋白莲十首,其调为《水龙吟》。赋莼五首,其调为《摸鱼儿》。赋蝉十首,其调为《齐天乐》。赋蟹四首,其调为《桂枝香》。作者为王沂孙、周密、王易简、冯应瑞、唐艺孙、吕同老、李彭老、陈恕可、唐珏、赵汝钠、李居仁、张炎、仇远等十三人,又无名氏二人。其书诸家皆不著录。前有朱彝尊序,称为常熟吴氏钞本,休宁汪晋贤购之长兴藏书家,而蒋景祁镂版以传云云,则康熙中始传于世也。彝尊《序》又称"当日倡和之篇必不止此,亦必有序以志岁月,惜今皆逸"云云,其说亦是。然疑或墨迹流传,后人录之成帙,未必当时即编次为集,故无序目,亦未可知也。[2]

王树荣《乐府补题跋》将这组词与"发陵"事的关系进一步坐实:

《乐府补题》一卷,《知不足斋丛书》本。《四库提要》谓皆宋遗民词。荣前读周止庵《宋词选》,于唐玉潜赋白莲曰:"冰魂犹在,翠舆难驻。"曰:"珠房泪湿,明珰恨远。"以为当为元僧杨琏真伽发宋诸陵而作。又赋蝉曰:"佩玉流空,绡衣剪雾。"曰:"晚妆清镜里,犹记娇鬟。"疑亦指其事。今读此卷,依类求之,此意无不可通,殆即玉潜所谓"只有春风知此

---

[1] 陈廷焯著,杜未末校点:《白雨斋词话》卷二,人民文学出版社1959年版,第41页。
[2] 永瑢等:《四库全书总目》卷一九九,中华书局1965年版,第1824—1825页。

意，年年杜宇哭冬青"(丁按：据夏承焘先生考证，"只有"二句为谢翱诗)者也。作者十四人，一佚其名。《四库提要》谓无姓名者二人，非也。宛委为陈行之别号，而宛委山房赋龙涎香，陈不与焉。紫云为吕和甫别号，而紫云山房赋莼，吕不与焉。天柱为王理得别号，而天柱山房赋蟹，王不与焉。浮翠山房赋白莲，余闲书院赋蝉，"浮翠""余闲"，卷中未见，窃谓"浮翠"即唐英发之"瑶翠"而讹；以本卷例之，宋季遗民中如有以余闲为别号者，则所佚姓名，不难推测而知矣。庚申六月，归安王树荣刚斋跋。[1]

可见，清人对《乐府补题》寓意的认识是逐渐形成并加深的。从开始认为是家国之恨，到落实其具体所指，是有一个过程的，其寓意已有"发陵说""咏谢太后事说""咏全太后为尼说""咏王清惠幽贞或为女冠说"等四种观点。

受清人之论的影响，现代学者对《乐府补题》的寓意作了更为深入的研究。夏承焘先生的观点最有代表性。20世纪30年代，夏承焘先生撰《乐府补题考》[2]，发展了清人的观点，指出："清代常州词人，好以寄托说词，而往往不厌附会；惟周济词选，疑唐珏赋白莲，为杨琏真伽发越陵而作，则确凿无疑；予惜其但善发端，犹未详考《乐府补题》全编，爰寻杂书，为申其说。王、唐诸子，丁桑海之会，国族沦胥之痛，为自来词家所未有；宋人咏物之词，至此编乃别有深衷新义。表而出之，亦词林一大掌故，不但补六陵遗事之遗而已也。"[3]今案《乐府补题》所赋凡五：曰龙涎香、曰白莲、曰蝉、曰莼、曰蟹。依周密、王沂孙之说而详推之，大抵龙涎香、莼、蟹以指宋帝，白莲与蝉则托喻后妃。除了从原词找根据外，夏承焘先生的主要证据为周密《癸辛杂识》

---

[1] 朱孝臧辑校编撰：《彊村丛书》第1册，上海古籍出版社1989年版，第161—162页。
[2] 参见夏承焘《唐宋词人年谱》，上海古籍出版社1979年版，第376—382页。
[3] 夏承焘：《唐宋词人年谱》，上海古籍出版社1979年版，第376页。

的两条记载:"周密《癸辛杂识·别集》上,记杨琏真伽发陵,以理宗含珠有夜明,倒悬其尸树间,沥取水银,如此三日夜,竟失其首。此《龙涎香》所赋采铅捣唾之本事也。《杂识》又记一村翁于孟后陵得一髻,发长六尺余,其色绀碧。谢翱为作《古钗叹》,有云:'白烟泪湿樵叟来,拾得慈献陵中髻。青长七色光照地,发下宛转金钗二。'此赋蝉十词九用鬓鬟字之本事也。"[1] 吴则虞《花外集笺注》(丁按:《花外集》为王沂孙词集名)认为,王沂孙咏龙涎香指厓山之事。厓山在广东新会县南大海中,为宋末抗元的最后据点。宋祥兴二年(1279),宋军战败,陆秀夫负帝昺于此沉海。吴则虞说,咏白莲"淡妆不扫蛾眉"首"暗寓赵昺之南去","翠云遥拥环妃"首指王清惠为女道士事;咏蝉"绿槐千树西窗悄"首指"发陵"事。肖鹏《〈乐府补题〉寄托发疑——与夏承焘先生商榷》认为诸人咏龙涎香指厓山之事,咏白莲则是以节操自励,咏蝉的背景是元朝统治者大量强征南士赴召,诸人暗中表达不愿合作的思想等。[2]

综上所述,清人及今人对《乐府补题》主旨的认定有以下几种观点:

(1) 咏宋陵被掘,唐珏等潜收帝后遗骸事。
(2) 咏谢太后被掳至北方事。
(3) 咏全太后至北方后削发为尼事。
(4) 咏王昭仪(清惠)为女道士事。
(5) 咏陆秀夫负帝昺于厓山投海事。
(6) 词人以白莲、蝉自喻,或以节操自勉,或自伤身世。

二、《乐府补题》诸词"寓意"辨析

我国文人论文谈艺,往往迷信权威,先入为主,缺少独立思考的能

---

[1] 夏承焘:《唐宋词人年谱》,上海古籍出版社1979年版,第378页。
[2] 参见肖鹏《〈乐府补题〉寄托发疑——与夏承焘先生商榷》,《文学遗产》1985年第1期。

力。即以《乐府补题》的研究而言，自从朱彝尊提出所收作者"皆宋末隐君子"之说后，陈维崧、厉鹗、蒋敦复、四库馆臣、王树荣等人均承其说而不暇深考。诸人认为《乐府补题》有言外之意，与认定其所收作者是"遗民"大有关系。其实朱彝尊之说并不确切，黄贤俊《王碧山四考》[1]曾对《乐府补题》中十四位作者的生平作过较为详细的考证，指出周密、张炎、王易简、李彭老、唐珏五人确为宋遗民，吕同老虽亦被定为宋遗民，但其依据是《宋诗纪事》，证据似不够充分；冯应瑞、唐艺孙、赵汝钠、李居仁四人生平行事无考；陈恕可、仇远确曾仕元。黄贤俊认为王沂孙未曾仕元，施蛰存为黄文作跋，指出碧山确曾仕元，施说证据确凿，所论甚是。综上所述，《乐府补题》的作者可确定为宋遗民者五人，疑为宋遗民者一人，行事无考者五人（包括无名氏），非遗民（指曾仕于元者）三人，故不宜简单地将《乐府补题》中的作者一概视为宋朝遗民。再看其作年，吴熊和先生据张炎《山中白云词》卷一诸词考察张炎行踪，指出："自辛卯至癸巳，张炎寓越殆近三载。""张炎于浮翠山房赋白莲，时在辛卯、癸巳之间，似当近实。""夏承焘先生《乐府补题考》系诸家之作于祥兴二年（1279），是年陈恕可二十一岁，仇远十八岁，与周密等同赋《水龙吟》《齐天乐》词，似尚嫌年少，不如定其作于辛卯、癸巳间，更为信而有征。"[2]"辛卯"为至元二十八年（1291），"癸巳"为至元三十年（1293），此时距"发陵"及宋亡已十余年，故《乐府补题》中诸词，恐不宜如上述诸人那样坐实解释。复从词中具体情调来看，"家国之恨"可能存在，落魄之悲更是难免，但也不乏以节操自励之语及友朋之娱。

当然，要探索《乐府补题》的寓意，主要还应抓住文本的具体描写。从这一角度看问题，以上诸种"寄托"说，若就某一句或某一首词而言，或勉强可说得过去；若联系《乐府补题》全部作品来看，均扞格难通。因为时代久远，词人事迹多湮没无闻，无确切本事可资考证，诸

---

[1] 参见夏承焘等主编《词学》第六辑，华东师范大学出版社1988年版，第77—136页。
[2] 吴熊和：《吴熊和词学论集》，杭州大学出版社1999年版，第124、125页。

家观点，皆为悬想之词，且多断章取义，抓住一点穷追猛打，很少顾及全篇、全书。下面，笔者依据《乐府补题》原作，从其所用主要典故和具体描写来探讨这些词究竟有无寓意。如夏承焘先生据周密《癸辛杂识》续集、别集所载二事，认定《乐府补题》为"发陵"事而作，的确难免胶柱鼓瑟之憾。肖鹏《〈乐府补题〉寄托发疑——与夏承焘先生商榷》一文对夏承焘先生力主的"发陵说"作出了令人信服的驳正，其要点有三："第一，没有任何历史记载可以坐实此说。""第二，《乐府补题》五咏不是作于同时同地。"第三，周密参与《乐府补题》诸词唱和时，尚未听到"发陵"事的有关细节。夏先生所举二证，皆为草窗晚年（指参与《乐府补题》唱和之后）所得材料，足可证明草窗诸人唱和时，并无明确的寄托之意。肖文所论材料丰富、证据确凿。可惜的是，肖鹏立论时，却重新陷入清人及夏承焘先生论《乐府补题》的怪圈。肖氏认为："宛委山房所赋龙涎香八首，据词中的描写，很可能是寄托厓山之覆灭。""余闲书院咏蝉……我们推测，此咏的背景应该是元朝统治者开始大量强征南士赴召，或上北都书写《金刚经》，或出任各州学正、教授。"[1]这同样是出于臆测。

《乐府补题》的"寄托"说由"浙西词派"词人朱彝尊、厉鹗提出，由"常州词派"词人周济、陈廷焯、王树荣进一步发展。晚近词家为前人成说所囿，且受"常州词派""比兴寄托"说影响过深，难免作出种种臆测。其实，依目前掌握的文献资料，是不宜得出上述过于指实的结论的。依笔者愚见，这五组词首先是词社的咏物词，故当从所咏之物、所用之典及具体描写推求之。

如《天香·咏龙涎香》，龙涎香是抹香鲸肠胃的病态分泌物，亦称"龙泄"。和以其他香物，其香加烈，经久不散，是一种珍贵的香料。唐人苏鹗《杜阳杂编》卷下"同昌公主"条云："一日大会韦氏之族于广化里。玉馔俱列，暑气将甚，公主命取澄水帛，以水蘸之，挂于南轩，

---

[1] 肖鹏：《〈乐府补题〉寄托发疑——与夏承焘先生商榷》，《文学遗产》1985年第1期。

良久,满座皆思挟纩。澄水帛长八九尺,似布而细,明薄可鉴,云其中有龙涎,故能消暑毒也。"[1] 宋元间亦用龙涎香为熏香,见叶绍翁《四朝闻见录》乙集"宣政宫烛"条、周去非《岭外代答》卷七。由这些记载可知,龙涎香本为宫廷及王公贵人所用之物,其香气浓烈,可作熏香,有清凉去暑的显效。此组《天香》所写之香即为熏香,清人许昂霄《词综偶评》曰:"龙涎和众香焚之,能聚香,烟缕缕不散。"[2] 词中"骊宫"即指"海市蜃楼",传说中的海上宫殿,也可指龙宫,古人或以为龙涎香当得自此处。词中又多用"荀令衣香"之典,据《太平御览》引《襄阳记》,东汉荀彧为尚书令,相传他的衣带有香气,所到之处,香经日不散,人称"令君香"。词中提及"荀令如今渐老,总忘却,尊前旧风味"(王沂孙),"荀令风流未减,怎奈向,漂零赋情老"(吕同老),"荀令如今憔悴,消未尽,当时爱香意"(李彭老),都可视为词人们自抒年华老大之悲。词中又多写女性相思离别之事,亦为婉约词常调。词中找不出明显的寄托或影射,只不过总的调子偏于低沉,且"龙涎""骊宫"等字易令人产生联想而已。吴世昌先生《词林新话》对此调"寄托"说的反驳非常有力:"亦峰(丁按:即陈廷焯)曰:'碧山《天香·龙涎香》一阕,庄希祖云:"此词应为谢太后作,前半所指,多海外事。"此论正合余意。惟后叠云:"荀令如今渐老,总忘却尊前旧风味。"必有所兴,但不知其所指,读者各以意会可也。'按:既自称'荀令',则只指香,与谢太后无涉。足见穿凿之可笑。而又曰:'必有所兴','不知所指',真是白日见鬼,且令读者各以意会不同之鬼。"[3] 我们不妨再看看周密的此调词:

碧脑浮冰,红薇染露,骊宫玉唾谁捣。麝月双心,凤云百

---

[1] 上海古籍出版社编,丁如明、李宗为、李学颖等校点:《唐五代笔记小说大观》,上海古籍出版社2000年版,第1396页。
[2] 唐圭璋编:《词话丛编》,中华书局1986年版,第1567页。
[3] 吴世昌著,吴令华辑注,施议对校:《词林新话》卷四,北京出版社2000年版,第295—296页。

和,宝玦佩环争巧。浓薰浅炷,疑醉度、千花春晓。金饼著衣余润,银叶透帘微裊。　　素被琼篝夜悄,酒初醒,翠屏深杳。一缕旧情,空趁断烟,飞绕罗袖,余馨渐少。怅朱阁、凄凉梦难到。谁念韩郎,清愁渐老。[1]

上片紧扣龙涎香题面展开描写,应是描写一位女子的居室环境,写龙涎香是为极力渲染其住处之高雅,暗示女主人公身份之高贵;下片写男子的相思之情,相思无望,故曰"谁念韩郎,清愁渐老"。全词看不出明显寓意。近人俞陛云《唐五代两宋词选释》分析王沂孙《天香·龙涎香》曰:"咏物工细之作,唐五代以来绝少,南宋较多。此调前半体物浏亮,后半即物寓情,咏物之名作也。起笔切合而极凝炼,'蟠'字、'蜕'字尤工。'紫帘'二句既状香痕荡漾,而以海山云气关合本题,在离合之间。后四句借香以寓身世今昔之感,开合有致。"[2]他对词中寄托的分析也是相当谨慎的。吴世昌先生《词林新话》卷四说"麝月"是镜子,"麝月双心,凤云百和"为咏镜之语,[3]亦甚确。

《水龙吟·赋白莲》多以杨玉环(太真)比白莲。笔者拈出五代王仁裕《开元天宝遗事》卷下的一则记载,或可为此组词进一解:

解语花

明皇秋八月,太液池有千叶白莲数枝盛开,帝与贵戚宴赏焉。左右皆叹美。久之,帝指贵妃示于左右曰:"争如我解语花?"[4]

---

[1] 朱孝臧辑校编撰:《彊村丛书》第1册,上海古籍出版社1989年版,第137—138页。

[2] 俞陛云:《唐五代两宋词选释》,上海古籍出版社1985年版,第568页。

[3] 参见吴世昌著、吴令华辑注、施议对校《词林新话》卷四,北京出版社2000年版,第271页。

[4] 王仁裕等撰,丁如明辑校:《开元天宝遗事十种》,上海古籍出版社1985年版,第96页。

此组词中多次写到"环儿""真妃""太液池""霓裳舞""温泉浴罢",均与杨玉环有关。词人们或于赏白莲时,想到这一故事。词中反复写唐玄宗时的风流盛况,自然也寓有黍离之悲、荆棘铜驼之感。词中又写到仙人承露盘等,亦可作如此联想,但亦不可落到实处。如吕同老的《水龙吟·赋白莲》:

> 素肌不污天真,晓来玉立瑶池里。亭亭翠盖,盈盈素靥,时妆净洗。太液波翻,霓裳舞罢,断魂流水。甚依然旧日,浓香淡粉,花不似人憔悴。 欲唤凌波仙子,泛扁舟、浩波千里。只愁回首、冰帘半掩,明珰乱坠。月影凄迷,露华零落,小阑谁倚。共芳盟犹有、双栖雪鹭,夜寒惊起。[1]

起五句赋白莲本题,"太液"五句咏杨玉环事,或与上引《开元天宝遗事》有关。"太液波翻",让人联想到白居易《长恨歌》"归来池苑皆依旧,太液芙蓉未央柳"二句;"霓裳舞罢"则隐含《长恨歌》"渔阳鼙鼓动地来,惊破霓裳羽衣曲"之意,所抒均为伤悼之情。下阕则主要咏叹花谢之后的零落凄凉之状,仍回到本题,咏物与咏人相结合,无明显寄托。又如王沂孙《水龙吟·赋白莲》:

> 翠云遥拥环妃,夜深按彻霓裳舞。铅华净洗,娟娟出浴,盈盈解语。太液荒寒,海山依约,断魂何许。甚人间别有,冰肌雪艳,娇无奈、频相顾。 三十六陂烟雨。甚凄凉、向谁堪诉。如今谩说,仙姿自洁,芳心更苦。罗袜初停,玉珰还解,早凌波去。试乘风一叶,重来月底,与修花谱。[2]

此词上阕以咏杨玉环为主,兼咏白莲,主要写其盛况;下阕以咏白

---

[1] 朱孝臧辑校编撰:《彊村丛书》第1册,上海古籍出版社1989年版,第144页。
[2] 朱孝臧辑校编撰:《彊村丛书》第1册,上海古籍出版社1989年版,第147页。

莲为主，兼及玉环，重心在其衰败，语意甚明。近人释此词，也有求之过深者。如俞陛云曰："起五句咏本题，余皆借花以抒感。'海山''断魂'句言末造飘流海岛，落日狂涛，宫车不返。'别有冰肌'四句意谓两朝冠剑，降表签名，大有人在，而不欲斥言，乃托词以隐刺。后段'仙姿'二句尤为撄心深痛，纵埋名削迹，安能解其饮冰茹蘖之悲，何异于落尽莲衣而莲心更苦，乃极写其哀思。'早凌波去'句怅鼎湖之去远，'乘风盼归'句，乃抱弓剑而仍号也。……碧山此词，虽意在君国，而本题亦不抛荒。首句之'翠云环妃'及后段之'仙姿自洁''玉珰凌波'句仍雅切白莲，可谓句意兼得矣。"[1] 此说实受"厓山之变"论的影响，并无任何事实根据。

《摸鱼儿·赋莼》主要用《晋书·张翰传》故事："齐王冏辟（张翰）为大司马东曹掾……翰因见秋风起，乃思吴中菰菜、莼羹、鲈鱼脍，曰：'人生贵得适志，何能羁宦数千里以要名爵乎！'遂命驾而归。"[2] 此组词多是这些词人在发牢骚，曲折地表示不愿与新朝合作，恐难看出更深的言外之意。李彭老《摸鱼儿·赋莼》词云：

> 过垂虹、四桥飞雨，沙痕初涨春水。腥波十里吴歈远，绿蔓半萦船尾。连复碎。爱滑卷青绡，香裛冰丝细。山人隽味。笑杜老无情，香羹碧涧，空只赋芹美。　　归期早，谁似季鹰高致。鲈鱼相伴菰米。红尘如海丘园梦，一叶又秋风起。湘湖外，看采撷、芳条际晓随鱼市。旧游漫记。但望里江南，秦鬟贺镜，渺渺隔烟翠。[3]

俞陛云析李彭老此词曰："起笔从水乡引起采莼，有闲逸之致。'绿蔓'四句咏物工细，旋用香芹碧涧羹诗意作衬，以开宕局势。下阕用季

---

[1] 俞陛云：《唐五代两宋词选释》，上海古籍出版社1985年版，第585页。
[2] 房玄龄等：《晋书》卷九二，中华书局1974年版，第2384页。
[3] 朱孝臧辑校编撰：《彊村丛书》第1册，上海古籍出版社1989年版，第150—151页。

鹰事,虽意所易到,而接以'红尘如海'二句,意境便超。'际晓随鱼市'句涉想殊妙。结处'秦鬟贺镜',殆谓秦封山及贺监湖,觉炼字过于生硬。"[1] 俞氏又析王沂孙《摸鱼儿·赋莼》(玉帘寒)词曰:"前四句赋'莼',细腻熨贴。'罗带'二句喻新而句秀。'吴中'四句以酪乳、鲈鱼为'莼'作陪宾,佐秋来之一醉,笔致生动。下阕因莼鲈而动乡思,兼有蒹葭忆远之情。因前半首征实,故后半课虚,虚实相乘,乃布局揣称处。后路托想迢递,词客秋怀,与烟水同其浩渺矣。"[2] 所析皆较确,并未往"微言大义"上牵扯。

至于《齐天乐·赋蝉》,说其寓有词人的身世之感则有可能。从唐人骆宾王《在狱咏蝉》、李商隐《蝉》开始,即有此传统,这也可见吴熊和先生对组诗作年的考证有理(若此组词作于1279年,则陈恕可二十一岁,仇远仅十八岁,似不太可能有很深的身世之悲)。如果说"蝉鬓"即为已去世的后妃长发,则太过牵强。夏承焘先生此说本据周密《癸辛杂识》的记载,那么,且看周密的《齐天乐·赋蝉》是否有此意,词曰:

> 槐阴忽送清泠怨,依稀乍闻还歇。故苑愁长,危枝调苦,前梦蜕痕枯叶。伤情念别,是几度斜阳,几回残月。转眼西风,一襟幽恨向谁说。 轻鬟犹记动影,翠奁应怪我,双鬓如雪。枝冷频移,叶疏犹抱,空负好秋时节。凄凄切切,渐迤逦黄昏,砌蛩相接,露洗余悲,暮寒声更咽。[3]

此词以正面咏蝉为主,从"转眼西风,一襟幽恨向谁说"和"露洗余悲,暮寒声更咽"等句来看,若说词中有亡国末世文人的身世之悲、凄凉之感是可能的,但找不到与"发陵"事有关的蛛丝马迹。争议较大

---

[1] 俞陛云:《唐五代两宋词选释》,上海古籍出版社1985年版,第528页。
[2] 俞陛云:《唐五代两宋词选释》,上海古籍出版社1985年版,第577页。
[3] 朱孝臧辑校编撰:《彊村丛书》第1册,上海古籍出版社1989年版,第153页。

的是王沂孙的《齐天乐·赋蝉》：

> 一襟遗恨宫魂断，年年翠阴庭宇。乍咽凉柯，还移暗叶，重把离愁低诉。西园过雨。渐金错鸣刀，玉筝调柱。镜暗妆残，为谁娇鬓尚如许。　　铜仙铅泪似洗，叹携盘去远，难贮零露。病翼惊秋，枯形阅世，消得斜阳几度。余音更苦。甚独抱清高，顿成凄楚。谩想薰风，柳丝千万缕。[1]

清人端木埰《词选批注》评此词云："详味词意殆亦碧山黍离之悲也。首句'宫魂'字点清命意。'乍咽''还移'，慨播迁也。'西窗'三句，伤敌骑暂退，宴安如故也。'镜暗妆残'，残破满眼。'为谁'句，指当日修容饰貌。侧媚依然。衰世臣主全无心肝，真千古一辙也。'铜仙'三句，伤宗器重宝均被迁夺北去也。'病翼'三句，更是痛哭流涕，大声疾呼，言海徼栖流，断不能久也。'余音'三句，哀怨难论也。'漫想薰风，柳丝千万'，责诸人当此尚安危利灾，视若全盛也。语意明显，凄婉至不忍卒读。"[2] 此词词调危苦，可能有身世之感与家国之痛。如周济《宋四家词选》所云："此家国之恨。"但端木氏将此词与宋亡之事相比附，且句句落到实处，实亦缺乏根据。唐圭璋先生等人的《唐宋词选注》对此词的分析恰到好处，也为理解此类词提供了具有规范意义的借鉴："本词以'宫魂'两字点题，指出蝉是齐女之魂所化。以下用拟人法写蝉鸣庭树，深诉离愁。而雨后蝉声，又极清脆动听；镜中蝉鬓，还是缥缈动人。下片由蝉饮露水联系到铜仙铅泪，暗示亡国之痛；接着从'病翼''枯形'说明秋蝉之悲苦，余音之哀抑；并结合自身境遇，以独抱清高而满怀凄楚，暗示故国之思。结尾回溯薰风吹拂，蝉鸣于万缕柳丝的盛时，句意含蓄曲折，言外之意是说回首往事，已是无魂可

---

[1] 朱孝臧辑校编撰：《彊村丛书》第1册，上海古籍出版社1989年版，第156页。
[2] 唐圭璋编：《词话丛编》，中华书局1986年版，第1621页。

断,而作者心情之沉痛,也可想见。"[1]

《桂枝香·赋蟹》主要用《晋书·毕卓传》故事:"卓尝谓人曰:'得酒满数百斛船,四时甘味置两头,右手持酒杯,左手持蟹螯,拍浮酒船中,便足了一生矣。'"[2]实与张翰之用心相同,均有倦宦之意。古人亦有将莼、蟹并称者,宋人苏舜钦《答韩持国书》云:"渚茶野酿,足以消忧;莼鲈稻蟹,足以适口。"[3]此组词亦很难与"发陵"之事、亡国之痛相联系。举陈恕可《桂枝香·赋蟹》为例:

> 西风故国,记乍免内黄,归梦溪曲。还是秦星夜映,楚霜秋足。无肠枉抱东流恨,任年年、褪匡微绿。草汀篝火,芦洲苇箔,早寒渔屋。　叙旧别、芳笋荐玉。正香擘新橙,清泛佳菊。依约行沙乱雪,误惊窗竹。江湖岁晚相思远,对寒灯谩怀幽独。嫩汤浮眼、枯形蜕壳,断魂重续。[4]

总之,除非重新发现过硬材料,能将《乐府补题》与"发陵"事,与"厓山之变"及全太后事、谢太后事、王清惠事等联系起来,否则总嫌牵强,也就是说,(1)至(5)说皆不可取,如果将此书视为有一定身世之感的咏物之什,则较为稳妥,换言之,(6)说较有可能。因《桂枝香·赋蟹》仅有四首,与前四组明显不成比例,且无序跋之文,故朱彝尊推测原书有残缺,是有可能的。

三、从对《乐府补题》的理解看近三百年"比兴寄托"说的演变

词论兴起之初,较少受儒家思想的束缚,并未侈言比兴,但是,以微言大义论词,宋人已肇其端。鲖阳居士《复雅歌词》论苏轼《卜算

---

[1] 唐圭璋、潘君昭等:《唐宋词选注》,北京出版社1982年版,第620页。
[2] 房玄龄等:《晋书》卷四九,中华书局1974年版,第1381页。
[3] 苏舜钦:《苏学士文集》卷一〇,《四部丛刊》本。
[4] 朱孝臧辑校编撰:《彊村丛书》第1册,上海古籍出版社1989年版,第157页。

子》（缺月挂疏桐）云："缺月，刺明微也。漏断，暗时也。幽人，不得志也。独往来，无助也。惊鸿，贤人不安也。回头，爱君不忘也。无人省，君不察也。拣尽寒枝不肯栖，不偷安于高位也。寂寞吴江冷，非所安也。此词与《考槃》诗极相似。"[1] 不过，这种情形在宋代具有偶发性，在元、明两代也不多见。入清之后，以比兴论词渐成风气。人们多以为在清代是"常州词派"首倡"比兴寄托"说的，其实不然。从上文可见，清初的"阳羡词派"与"浙西词派"均重"比兴寄托"，如"阳羡词派"领袖陈维崧《乐府补题序》即从"比兴寄托"的角度着眼，将此组词与汪元量、王清惠之事相联系。"浙西词派"领袖朱彝尊则认为《乐府补题》诸词"虽有山林友朋之娱，而身世之感，别有凄然言外者"，有"骚人《橘颂》之遗音"。朱彝尊《陈纬云〈红盐词〉序》也指出："词虽小技，昔之通儒巨公，往往为之。盖有诗所难言者，委曲倚之于声，其辞愈微而其旨益远，善言词者，假闺房儿女子之言，通之于《离骚》变雅之义，此尤不得志于时者所宜寄情焉耳。"[2]《乐府补题》由朱彝尊发现，经蒋景祁刊刻后，在京城形成"后补题"的唱和热，参与其中的文人竟达百余位。蒋景祁《刻〈瑶华集〉述》云："得《乐府补题》而辇下诸公之词体　变。"[3] 据严迪昌先生《清词史》、张宏生《清代词学的建构》诸书的研究，在"后补题"唱和活动中，陈维崧的词多含"故国之思"，与其《乐府补题序》宗旨相近；朱彝尊的词纯乎咏物，并无寄托，与其《乐府补题序》宗旨不同，较为符合当时的时代潮流。"浙西词派"后期词论家厉鹗《论词绝句十二首》（其一）即将词之起源与《离骚》和传为李白所作的那两首寄托遥深的词作相联系："美人香草本《离骚》，俎豆青莲尚未遥。"厉鹗《群雅词集序》称赞集中诸人词"托兴乃在感时赋物登高送远之间"，《吴尺凫玲珑帘词序》说吴词"寓托"深。故厉鹗《论词绝句十二首》（其六）论《乐府补题》

---

[1] 唐圭璋编：《词话丛编》，中华书局1986年版，第60页。
[2] 朱彝尊：《曝书亭集》卷四○，《四部丛刊》本。
[3] 蒋景祁：《刻〈瑶华集〉述》，载《瑶华集》卷首，清康熙二十六年天藜阁刻本。

时，自然注意其比兴之义。可见，清代重"比兴寄托"的词学理论，实由"阳羡词派"与"浙西词派"为之开端，并对后起的词论产生影响。

"常州词派"的创始人张惠言，亦将词与《诗经》《楚辞》相比附。其《词选序》云："词者，盖出于唐之诗人，采乐府之音以制新律，因系其词，故曰词。《传》曰：'意内而言外谓之词。'其缘情造端，兴于微言，以相感动。极命风谣里巷男女哀乐，以道贤人君子幽约怨悱不能自言之情。低徊要眇以喻其致。盖诗之比兴，变风之义，骚人之歌，则近之矣。"[1] 在《词选》中，他常将词与《诗经》《楚辞》相比附，且往往深求其"微言大义"，所言多出于主观臆测。如论温庭筠《菩萨蛮》（小山重叠金明灭）词云："此感士不遇也。篇法仿佛《长门赋》，而用节节逆叙。此章从梦晓后，领起'懒起'二字，含后文情事，'照花'四句，《离骚》'初服'之意。"[2] 论冯延巳三首《蝶恋花》（六曲栏杆偎碧树）（莫道闲情抛弃久）（几日行云何处去）云："三词忠爱缠绵，宛然《骚》《辨》之义。延巳为人，专蔽嫉妒，又敢为大言。此词盖以排间异己者，其君之所以信而弗疑也。"论欧阳修《蝶恋花》（庭院深深深几许）云："'庭院深深'，闺中既以邃远也。'楼高不见'，哲王又不寤也。'章台''游冶'，小人之经。'雨横风狂'，政令暴急也。'乱红飞去'，斥逐者非一人而已，殆为韩、范作乎。"评辛弃疾《祝英台近》（宝钗分）云："此与德祐太学生二词用意相似。'点点飞红'，伤君子之弃。'流莺'，恶小人得志也。'春带愁来'，其刺赵、张乎。"评姜夔《疏影》（苔枝缀玉）云："此章更以二帝之愤发之，故有昭君之句。"评王沂孙《眉妩》（渐新痕悬柳）云："碧山咏物诸篇，并有君国之忧。此喜君有恢复之志，而惜无贤臣也。"评王沂孙《高阳台》（残雪庭除）云："此伤君臣晏安，不思国耻，天下将亡也。"评王沂孙《庆清朝》（玉局歌残）云："此言乱世尚有人才，惜世不用也。不知其何所指。"评无名氏《绿意》（碧园自洁）云："此伤君子负枉而死，盖似李纲、赵

---

[1] 唐圭璋编：《词话丛编》，中华书局1986年版，第1617页。
[2] 唐圭璋编：《词话丛编》，中华书局1986年版，第1609页。

鼎之流。'回首当年汉舞'云者,言其自结主知,不肯远引。结语,喜其已死而心得白也。"[1]"比兴寄托"说词论在张惠言手中得到发展与丰富,其流弊亦日渐显露。上文所引周济、蒋敦复、端木埰等人强调《乐府补题》"比兴寄托"的主张,实均与张惠言之论一脉相承,因诸人皆为"常州词派"后学也。

  清末著名词家如陈廷焯、况周颐诸人,亦均为"常州词派"后劲。陈氏《白雨斋词话·自序》云:"倚声之学,千有余年,作者代出;顾能上溯《风》《骚》,与为表里,自唐迄今,合者无几。……飞卿、端己,首发其端,周、秦、姜、史、张、王,曲竟其绪。而要皆发源于《风》《雅》,推本于《骚》《辩》,故其情长,其味永,其为言也哀以思,其感人也深以婉。"[2]《白雨斋词话》卷一论词重"沉郁",曰:"所谓沉郁者,意在笔先,神余言外。写怨夫思妇之怀,寓孽子孤臣之感。凡交情之冷淡,身世之飘零,皆可于一草一木发之。而发之又必若隐若见,欲露不露,反复缠绵,终不许一语道破。"[3]况周颐论词同样重"寄托":"词,《说文》:'意内而言外者也。'意内者何?言中有寄托也。所贵于寄托者,触发于弗克自已,流露于不自知,吾为词而所寄托者出焉,非因寄托而为是词也。有意为是寄托,若为吾词增重,则是鹜乎其外,近于门面语矣。苏文忠'琼楼玉宇'之句,千古绝唱也,设令似此意境,见于其他词中,只是字句变易,别无伤心之怀抱,婉至激发之性真,贯注于其间,不亦无谓之至耶!寄托犹是也,而其达意之笔,有随时逐境之不同,以谓出于弗克自已,则亦可耳。"[4] 著名词学家朱祖谋也是遵奉"常州词派"的。现代词家如龙榆生、夏承焘、唐圭璋等人,同样深受"常州词派"影响。在对《乐府补题》的认识上,夏承焘先生的观点失之偏颇;唐圭璋先生的意见较为稳妥,并对"常州词派"理论的某些弊病有所纠正。"常州词派"词论过于求深的弊端,在今人的一

---

[1] 唐圭璋编:《词话丛编》,中华书局1986年版,第1612—1616页。
[2] 陈廷焯著,杜未末校点:《白雨斋词话》,人民文学出版社1959年版,第1页。
[3] 陈廷焯著,杜未末校点:《白雨斋词话》卷一,人民文学出版社1959年版,第5页。
[4] 葛渭君编:《词话丛编补编》,中华书局2013年版,第3687—3688页。

些文章中仍然时有发现，这是一个应当引起学术界注意的问题。路成文《〈乐府补题〉三考》［载《深圳大学学报》（人文社会科学版）2007年第5期］论述较有新意，可参。

第三节　张炎《词源》接受史述论

一、《词源》的再发现及其与《乐府指迷》名称的离合

　　张炎《词源》初刊时，元人钱良祐、陆文圭各作跋文一篇，钱《跋》署"丁巳正月"，丁巳即元仁宗延祐四年（1317）。钱《跋》还录张炎《台城路·归杭》词，颇可见玉田"落寞"失意之状与诗情酒兴。词云："当年不信江湖老，如今岁华惊晚。路改家迷，花空荫落，谁识重来刘阮。殊乡顿远，甚犹带羁怀，雁凄蛮怨。梦里忘归，乱浦烟浪片帆转。　闲门休叹故苑。杖藜游冶处，萧艾都遍。雨色云西，晴光水北，一洗悠然心眼。行行渐懒。快料理幽寻，酒瓢诗卷。赖有湖边，时时鸥数点。"[1] 到了明代，《词源》寂寂无闻，但刊行于康熙十八年（1679）的清人王又华《古今词论》"杨升庵词论"条曰："杨升庵曰：玉田'清空'二字，词家三昧尽矣。学者必在心传耳传，以心会意，有悟入处。又须跳出窠臼，时标新意，自成一家。若屋下架屋，则为人之臣仆。"[2] 这说明杨慎是看到过《词源》的。明朝后期，陈继儒编《续秘笈》，收入《词源》之下卷，误题为《乐府指迷》，故清人往往不知张炎有《词源》一书，而知其有《乐府指迷》。王又华《古今词论》"玉田词论"条引张炎之语而未标明是出自《词源》。清人曹炳曾作于康熙六

---

［1］　唐圭璋编：《词话丛编》，中华书局1986年版，第268—269页。
［2］　唐圭璋编：《词话丛编》，中华书局1986年版，第595页。

十一年壬寅（1722）三月的《山中白云词序》曰："因将此编（丁按：即《山中白云词》）重加参订，附以《乐府指迷》、名贤诗序赠别之作，精书镂版，以酬宿诺。"[1] 城书室刻本《山中白云词》曹一士《后序》云："余不识玉田词在前人中颉颃谁氏，今观《乐府指迷》，于声律之学研究至深，其授受皆有师友，苦余非知音者也。"[2] 杜诏《山中白云词序》曰："词盛于北宋，至南宋乃极其工。姜夔尧章最为杰出，宗之者史达祖、高观国、卢祖皋、吴文英、蒋捷、周密、陈允平诸名家，皆具夔之一体，而张炎叔夏庶几全体具矣。仇仁近谓：'叔夏词意度超玄，律吕协洽，当与白石老仙相鼓吹。'顾白石风骨清劲，诚如沈伯时所云'未免有生硬处'，叔夏则和雅而精粹，读其《乐府指迷》一书，为古今填词准则，夫岂斤斤墨守尧章者？"[3] 这段话值得注意，杜诏一面引沈义父批评姜夔之语，一面又将《乐府指迷》归于张炎名下，可知他见过沈、张二人的词学著作，但仍不知道二人著作的具体书名。此序作于雍正四年（1726）。至四库馆臣亦延续此误，《四库全书总目》卷一九九"《山中白云词》提要"曰："旧附《乐府指迷》一卷，今析出别著于录。"[4]《四库全书总目》卷二〇〇"《乐府指迷》提要"云：

> 旧本题宋张炎撰。炎有《山中白云词》，已著录。陈继儒《续秘笈》载此书，题曰"西秦张玉田"。玉田者，炎之别号；西秦者，炎祖张俊之祖贯，实一人也。其书分词源、制曲、句法、字面、虚字、清空、意趣、用事、咏物、节序、赋情、离情、令曲、杂论十四篇，而附以杨万里《作词五要》五则。杂论中称周草窗所选《绝妙好词》，惜版不存，墨本亦有好事者

---

[1] 曹炳曾于此年刻《山中白云词》，即城书室刻本，引文见张炎著，孙虹、谭学纯笺证《山中白云词笺证》附录二，中华书局2019年版，第852页。
[2] 张炎著，孙虹、谭学纯笺证：《山中白云词笺证》附录二，中华书局2019年版，第853页。
[3] 张炎著，孙虹、谭学纯笺证：《山中白云词笺证》附录二，中华书局2019年版，第854页。
[4] 永瑢等：《四库全书总目》卷一九九，中华书局1965年版，第1822页。

藏之。又称元遗山极称辛稼轩词，殆成于北游大都之后欤？《续秘笈》所刻，以此书为上卷，而以陆辅之所续为下卷。陆书末有原跋，曰"此本还在沈伯时《乐府指迷》之后，古雅精妙，较是输他一著"云云。考宋沈义父字伯时，有《乐府指迷》一卷，今载陈耀文《花草粹编》中。跋但称沈书，而无一字及此书，则此书晚出，跋者未见。龚翔麟刻《山中白云词》，附载此书，殆后人所增入，非其旧也。曹溶《学海类编》收此书，较此本多一北轩居士跋。[1]

从《四库全书总目》此文可以发现下列几个问题：一是"提要"误认为沈、张之书皆名《乐府指迷》，而不知是后人将张炎《词源》误题为《乐府指迷》；二是"提要"著录"张炎《乐府指迷》"时，尚未见到《词源》上卷论音律的部分；三是"提要"将《作词五要》的作者杨缵误为杨万里；四是"提要"只看到此书成书于张炎北游大都后，这固然不错，但似乎未留意钱良祐、陆文圭《词源跋》，因钱《跋》明署年月为"丁巳正月"，以张炎及跋文中提及的张雨诸人生平行实考之，此"丁巳正月"，只能是元仁宗延祐四年（1317）正月。陆《跋》明确指出"西秦玉田张君著《词源》上下卷，推五音之数，演六律之谱，按月记节，赋情咏物，自称得声律之学于守斋杨公、南溪徐公"[2]。关键的问题是四库馆臣未睹《词源》之庐山真面目。

成书于嘉庆元年（1796）（据吴蔚光《序》及编者许宝善的自序所署年月）的许宝善《自怡轩词选》仍以讹传讹。许宝善《自怡轩词选·凡例》云："白石，词中之圣也。玉田先生直接白石渊源，词中之仙也。其《乐府指迷》数则，言言亲切，字字周到，实为词家金科玉律。故列

---

[1] 永瑢等：《四库全书总目》卷二〇〇，中华书局1965年版，第1834页。丁按：《四库全书总目》初刻于清乾隆五十四年（1789），其中虽已见到沈义父的《乐府指迷》，并作了《提要》，但仍不知张炎有《词源》，故仍据陈继儒《续秘笈》，认为《乐府指迷》作者为张炎。

[2] 施蛰存主编：《词籍序跋萃编》，中国社会科学出版社1994年版，第831页。

之卷首,与天下后世共之。有志斯道者,弗负其津梁后学之苦心。"[1]其同样误以为张炎有《乐府指迷》而不知《词源》,且将所谓"玉田《乐府指迷》"置于《自怡轩词选》之卷首。

此后,阮元(1764—1849)采进四库未收书,作《四库未收书提要》,始著录张炎《词源》。阮氏《词源》提要云:"《词源》二卷,宋张炎撰。炎有《山中白云词》,《四库全书》已著录。是编依元人旧钞影写,上卷详论五音、十二律、律吕相生以及宫调、管色诸事,厘析精允。间系以图,与姜白石歌词、九歌、琴曲,所记用字记声之法,大略相同。下卷历论音谱、拍眼、制曲、句法、字面、虚字、清空、意趣、用事、咏物、节序、赋情、离情、令曲、杂论、五要,十六篇,并足以见宋代乐府之制。自明陈继儒改窜炎书,刊入《续秘笈》中,而又袭用沈伯时《乐府指迷》之名,遂失其真。微此几无以辨其非。盖前明著录之家,自陶九成《说郛》广录伪书,自后多踵其弊也。"[2]根据阮元所言,笔者查阅了上海古籍出版社影印本《说郛》三种,其《说郛续》卷三十四中已收《乐府指迷》。《说郛续》附于明刊本《说郛》一百二十卷本后刊行,《说郛》署"天台陶宗仪撰、姚安陶珽重辑",《说郛续》署"姚安陶珽纂",《说郛续》被列入四库禁毁书目,故流传极少。《说郛续》本《词源》与影元本相比较,有以下几点不同:其一,影元本收《词源》上、下卷,而《说郛续》本仅收下卷;其二,影元本书名为《词源》,《说郛续》本书名为《乐府指迷》;其三,影元本《词源》下卷共十六则,《说郛续》本将《词源》下卷之序言标为"词源"条,而无"音谱""拍眼"二条,"杂论"条开头及末尾各删去一小段(开头删去"词之作必须合律"一小段,末尾删去"康柳词亦自批抹风月中来"一小段);其四,《作词五要》,影元本署名为"杨守斋",《说郛续》本署名为"杨万里",后者显误。《说郛续》继承陶宗仪《说郛》的传统,对收录之书往往任意加以删节,此书也不例外,从其第一则以"词源"标

---

[1] 施蛰存主编:《词籍序跋萃编》,中国社会科学出版社1994年版,第768页。
[2] 施蛰存主编:《词集序跋萃编》,中国社会科学出版社1994年版,第835—836页。

目来看，陶埏可能见到《词源》全帙，否则这一名目便无从谈起。现在的问题是不知道《说郛续》与陈继儒《续秘笈》孰先孰后，有没有谁抄谁的情况，俟考。

约在阮元作《词源跋》后不久，其僚属江藩（阮元督漕淮安时，命江藩为丽正书院山长）也作了两篇跋，至此，《词源》之真面目得以恢复。江藩（1761—1830），字子屏，号郑堂，江苏甘泉（今扬州）人，监生，汉学大师惠栋再传弟子。博综群经，精于训诂，旁及诸子佛老。所作古文辞，风格豪迈。著有《周易述补》《国朝汉学师承记》《国朝宋学渊源记》等多种。江藩《词源跋》云：

《词源》二卷，宋遗民张玉田撰。玉田生词与白石齐名，词之有姜张，如诗之有李杜也。姜张二君，皆能按谱制曲，是以《词源》论五音均拍，最为详赡。窃谓乐府一变而为词，词一变而为令，令一变而为北曲，北曲一变而为南曲。今以北曲之宫谱，考词之声律，十得八九焉。《词源》所论之乐色管色，即今笛色之六五上四合一凡也。管色应指字谱，七调之外若勾、尖一、小大、上小、大凡、大住、小住、掣折、大凡、打，乃吹头管者换调之指法也。宫调应指谱者，七宫指法起字及指法十二调之起字也。论拍眼云，以指尖应节候拍，即今之三眼一板也。花十六前衮、中衮、打前拍、打后拍者，乃今之起板、收板、正板、赠板之类也。乐色拍眼，虽乐工之事，然填词家亦当究心，若舍此不论，岂能合律哉。细绎是书，律之最严者结声字，如商调结声是凡字，若用六字，则犯越调。学者以此类推，可免走腔落调之病矣。盖声律之学，在南宋时知之者已鲜。故仇山村曰，腐儒村叟，酒边豪兴，引纸挥笔，动以东坡、稼轩、龙洲自况。极其至，四字《沁园春》，五字《水调》，七字《鹧鸪天》《步蟾宫》，拊几击缶，同声附和，如梵呗，如步虚，不知宫调为何物。令老伶俊倡，面称好而背窃笑,是岂足与言词哉。近日大江南北,盲词哑曲,塞破世界,人人以姜张自命者,幸无老伶俊倡窃笑之耳。竹西词客江藩跋。[1]

江藩此跋对姜、张词给予了高度评价,与"浙西词派"观点相近,并对《词源》(主要是上卷)作了较为详细的评述。作为一位汉学家,江藩当然是精通音律之学的,故其论词,亦坚持重谱、能唱的观点,而对那些只能置于案头、不能歌唱的词(如效法苏轼、辛弃疾、刘过词之末流)则不以为意。江藩的《词源后跋》主要考证张炎的家世,无关词理,兹不具引。这两篇文章未提及秦恩复刻本《词源》,估计此时秦尚未刻《词源》,或虽已刻而江藩未及寓目。江藩当是从阮元采进之书中见到《词源》而作跋的,或受阮元之委托作跋也未可知。另外,江藩作跋的时间当与秦恩复刻《词源》的时间相近。

嘉庆庚午(1810),秦恩复据元抄本刊刻《词源》,才使《词源》之名得以通行。秦恩复《词源跋》曰:

乐笑翁以故国王孙,遭时不偶,隐居落拓,遂自放于山水间。于是寓意歌词,流连光景,噫呜婉抑,备写其身世盛衰之感。《山中白云词》八卷,实能冠绝流辈,足与白石竞响,可谓词家龙象矣。别有《词源》二卷,上卷研究声律,探本穷微;下卷自"音谱"至"杂论"十五篇,附以杨守斋《作词五要》,计十有六目。元明收藏家均未著录。陈眉公《秘笈》只载半卷,误以为《乐府指迷》,又以陆辅之《词旨》为《乐府指迷》之下卷。至本朝云间姚氏,又易名为沈伯时,承讹袭谬,愈传而愈失其真。此帙从元人旧钞誊写,误者涂乙之,错者刊正之,其不能臆改者姑仍之,庶与《山中白云》相辅而行。读者当审字以协音,审音以定调,引申触类,各有会心,

---

[1] 唐圭璋编:《词话丛编》,中华书局1986年版,第269—270页。

洵倚声家之指南也。[1]

秦恩复初刊《词源》在嘉庆庚午,重刊于道光戊子(1828),从此,沈义父《乐府指迷》与张炎《词源》的本来面目得以重现于世。至咸丰癸丑(1853),伍崇曜作《词源跋》曰:

> (玉田之词)前无古人,后无来者,惟白石老仙足与抗衡耳。研究声律,尤得神解。故所著书,类足为词家圭臬。是编为秦澹生太史所刻,跋称元明收藏家均未著录,从元人旧钞誊写云。又《绝妙好词笺》附录厉樊榭跋,有引张玉田《乐府指迷》语,则樊榭与查莲坡所见,均非完本也。然钱遵王《读书敏求记》实已著录,称"上卷详考律吕,下卷泛论乐章"。凌廷堪《燕乐考原》亦曾引是书。顾樊榭与莲坡均未得见耶?惟彭甘亭《小谟觞馆集·征刻宋人词学四书启》纪其原委最详,称"究律吕之微,穷分寸之要,大晟乐府,遗规可稽。则《白石道人歌曲》、晦叔《碧鸡漫志》而外,惟《词源》一书为之总统。原本上下分编,世传《乐府指迷》即其下卷。明陈仲醇续刊《秘笈》,妄析全书之半,删改《总序》一篇,袭用沈伯时《乐府指迷》之称,移甲就乙。由是《词源》之名,讹为子目,慎孰甚焉"。则洞见症结矣,何胜国诸贤之轻于窜乱故籍也。[2]

此跋对《词源》的历史地位及其在明、清两代的隐现情况叙述较详。光绪壬午(1882),许增《〈山中白云词〉缀言》亦叙《词源》在明清时的流传始末:

---

[1] 张炎著,黄畬校笺:《山中白云词笺(外一种)》附录,浙江古籍出版社2018年版,第496页。
[2] 施蛰存主编:《词籍序跋萃编》,中国社会科学出版社1994年版,第835页。

叔夏所著《词源》二卷，穷声律之高妙，启来学之准范，为填词家不可少之书。陈眉公《续秘笈》仅载下卷，以《乐府指迷》标题。《四库存目》仍其名，中间帝虎陶阴，指不胜屈。曹南巢附刻于《白云词》之后，复加删乙，所存才什之二三。阮文达采进《四库》未收古书，始著录焉。江都秦敦甫（恩复）从元人旧钞定本刊行，近亦仅有存者。兹照秦本重刊，以公同好，或庶几焉。敦甫刻《词源》在嘉庆庚午。阅十九年，得吴县戈顺卿（载）校定本，知前刻谬讹尚多，复加厘刻。兹从敦甫道光戊子重刻本，益无遗憾矣。[1]

许文告诉我们，《词源》在清代首先由阮文达（元）采进并著录，秦恩复为清代刊刻《词源》的第一人，而在初刻之后，秦恩复见到戈载的校定本，知道前刻尚多谬误，故又重刻，终于使我们可以见到《词源》的相对可靠的文本。故秦恩复《词源后跋》云："是书刻于嘉庆庚午，阅十余年，而得戈子顺卿所校本，勘订讹谬，精严不苟。自哂前刻卤莽，几误古人，以误后学。爰取戈本重付梓人，公诸同好，庶免鱼鲁之讹。顺卿名载，吴县名诸生，博学无所不该，兼工词，深于律吕之学。……道光戊子八月，词隐老人再记。"[2]

明末至清代前期的一些词话，亦每误称《词源》为《乐府指迷》。如贺裳《皱水轩词筌》"张玉田词叶宫商"条曰："词诚薄技，然实文事之绪余，往往便于伶伦之口者，不能入文人之目。张玉田《乐府指迷》，其词叶宫商，铺张藻绘，抑以可矣。至于风流蕴藉之事，真属茫茫，如啖官厨饭者，不知牲牢之外，别有甘鲜也。"[3] 据《贩书偶记》载，《皱水轩词筌》有崇祯十七年（1644）刻本，可见其成书于明末。清人田同之《西圃词说》"沈伯时论词要清空"条曰："《乐府指迷》云：'词

---

[1] 张炎著，孙虹、谭学纯笺证：《山中白云词笺证》附录二，中华书局2019年版，第870页。

[2] 唐圭璋编：《词话丛编》，中华书局1986年版，第271页。

[3] 唐圭璋编：《词话丛编》，中华书局1986年版，第709页。

要清空,不要质实。'此八字是填词家金科玉律。清空则灵,质实则滞,玉田所以扬白石而抑梦窗也。"[1]

直到吴衡照《莲子居词话》,才开始为《词源》"正名",该书"乐府指迷"条云:"《乐府指迷》本为沈伯时撰,今相传张玉田《乐府指迷》,与陆辅之《词旨》并行者,实即玉田《词源》下卷也。"[2]《莲子居词话》共四卷,有嘉庆二十三年(1818)屠倬、许宗彦等人序,说明此时书稿已完成,而秦恩复翻刻的影元本《词源》,已在前此八年刊行,故吴衡照得以辨明《词源》《词旨》《乐府指迷》三书之间的关系。清人杜文澜作《憩园词话》时,已见到秦恩复刻本,故云:"宋张玉田撰《词源》,审音释律,深抉本原。所惜言之未详,宫调未能显播。今为江都秦敦甫太史刊入《词学丛书》矣。"[3]他认为《词源》论乐律部分语焉不详,这是很有见地的。杜氏对附于《词源》之后的《作词五要》,则极口称赞,不仅全文征引,且曰:"《词源》中最妙者,为杨守斋《作词五要》。"[4]并下按语云:"按守斋名缵,字继翁,又号紫霞翁,深于律吕。周草窗、张叔夏诸词人,皆就以正拍。草窗之《木兰花慢》咏西湖十景,皆其订正。此五说皆要言不烦,可资法守。"[5]清代词话中,对杨缵《作词五要》作如此高的评价者似不多见。而《词源》在某种程度上可以说是对《作词五要》的发挥与深化,可惜《憩园词话》对《词源》下卷未加评论。清人谢章铤《赌棋山庄词话》卷十二"《词源》精湛"条对《词源》评价较高,且将张炎《词源》与沈义父《乐府指迷》区分得很清楚:"词盛于宋,宋人论词,精湛莫过乐笑翁。《词源》一书,以澹生居士刻本为善。考诸家所刻《乐府指迷》,即此书之下卷。而此书实名《词源》,不宜与沈伯时相混。若选本则周草窗《绝妙好词》其最也。盖在《花庵词选》《阳春白雪》诸书之上。《阳春白雪》尤踳驳

---

[1] 唐圭璋编:《词话丛编》,中华书局1986年版,第1456页。
[2] 唐圭璋编:《词话丛编》,中华书局1986年版,第2431页。
[3] 唐圭璋编:《词话丛编》,中华书局1986年版,第2854页。
[4] 唐圭璋编:《词话丛编》,中华书局1986年版,第2854页。
[5] 唐圭璋编:《词话丛编》,中华书局1986年版,第2854页。

少条理。"[1]谢氏对《绝妙好词》等三种词选的评价也是较为客观的。该书有清光绪十年（1884）刻本。

值得注意的是，清末民初著名学者沈曾植对《词源》上卷即音律部分作过较为详细而深入的研究，这对今人理解《词源》上卷大有帮助。其《菌阁琐谈》能广泛联系中国音乐发展的历史，唐宋词乐律的演变及与金、元音乐的关系来看问题，创获颇多，兹引沈曾植将燕南芝庵《唱论》与《词源》进行比较研究的一段文字（标题为"芝庵论曲术语"）如下：

芝庵论歌之格调，顶叠垛换之顶叠，即《广记》（丁按：指宋末人陈元靓《事林广记》）寄煞诀"轮顶两斯顶"之顶，亦即《词源》"丁住无牵逢合六"之丁，总叙诀"丁声上下相同"之丁也。萦纡牵结之牵，即"丁住无牵"之牵。"敦拖呜咽"之拖，即《词源》"声拖字拽"之拖。敦即寄煞诀"敦指依数行"之敦也。（《词源》无敦字，而"大顿声长小顿促"句下注云："顿，都昆切。"则顿字即敦字也）歌之节奏，有停声，有待拍，即《词源》"停声待拍慢下断"也。有偷吹，有拽捧，拽即"折拽悠悠带汉音""声拖字拽疾为胜"之拽，又即丁抗掣拽之拽也。凡歌一声，声有四节。曰起末，即《词源》"举本轻圆"之举本，曰过度，即词源"字少声多难过去"之过去也。凡歌一句，句有声韵，一声平，一声背，一声圆，平即《词源》"腔平字侧"之平，圆即"举本轻圆"之圆也。凡一曲中各有其声，曰敦声，曰抗声，抗声即《词源》"抗声特起直须高，抗与小顿皆一揿"也。凡歌有三过声，曰取气，即《词源》"忙中取气急不乱"之取气。曰换气，即《词源》"拗则少入气转换"之气转换也。他若谓调有子母，有姑舅兄

---

[1]唐圭璋编：《词话丛编》，中华书局1986年版，第3479页。

弟，有字多声少，有字少声多，既与《词源》"字少声多难过去"相证，又与白石徵为子母调之说相证。放捎儿、明捎儿、暗捎儿、长捎儿、短捎儿、碎捎儿，则皆《词源》七敲八捎之作用也。芝庵盖金、宋间人，故所用术语，犹与词家承接。而词曲递嬗之节，亦可于此寻之。[1]

《词源》卷上"讴曲旨要"中的一些疑难字句，得此比较分析，可迎刃而解。清人张德瀛《词征》卷二将沈括《梦溪笔谈》之论与《词源》"讴曲旨要"合观，如"念曲叫曲""杀声"诸条亦皆有助于理解"讴曲旨要"。

但是，直到清末民初，冯煦（1842—1927）的《蒿庵论词》，仍将《词源》误认为是《乐府指迷》："白石为南渡一人，千秋论定，无俟扬榷。《乐府指迷》独称其《暗香》《疏影》《扬州慢》《一萼红》《琵琶仙》《探春慢》《淡黄柳》等曲。"[2] 其所引之语，实出张炎《词源》卷下。

张炎的《词源》对后世词学产生了极为深远的影响，其接受过程也是十分复杂、多角度、多层次的。刘庆云、谢国荣《试论张炎〈词源〉对后世词论的影响》一文从三个方面论述了《词源》之影响：其一，《词源》提倡谐律，几乎为后世各派词论家所遵奉；其二，《词源》倡"雅正"，为后世进一步尊体开示法门；其三，《词源》倡导的"清空"，成为"浙西词派"推崇的最高境界。[3] 所论较为全面，但又略显浮泛，如认为"常州词派并不推重姜、张，不唯不推重，有时还大加贬抑，而他们的理论主张在某些地方却又与张炎之'雅正'说暗相吻合"，就显得缺乏说服力。

---

[1] 唐圭璋编：《词话丛编》，中华书局1986年版，第3619页。
[2] 唐圭璋编：《词话丛编》，中华书局1986年版，第3594页。
[3] 刘庆云、谢国荣：《试论张炎〈词源〉对后世词论的影响》，《湘潭大学学报》（社会科学版）1990年第3期。

二、明、清学者对《词源》理论的研究

虽然明、清词人常将张炎《词源》误作《乐府指迷》,且与沈义父之书混为一谈,但对张炎《词源》的理论,诸家还是非常重视的。前引杨慎之言即对张炎的"清空"说予以很高评价。清人田同之《西圃词说》认为"词要清空,不要质实"八字是词家的"金科玉律"。清人江顺诒《词学集成》卷五先引沈义父《乐府指迷》之"论作词之法"条(丁按:即沈氏之"论词四标准"),然后下按语曰:"宋人论作词,已以清空为圭臬矣。"其认为沈义父作词四标准与张炎"清空"说相通。他又引玉田"清空""质实"之论,加按语云:"以梦窗之才,尚不免质实之弊,后之尚词藻者,可知矣。扬秦而抑柳,以辛刘为别派,自是确论。"对张炎"清空"之论可谓推崇备至。《词学集成》卷六引张炎《词源》"论炼字""论虚字"二则,又引"清空""离情"诸条,且加按语云:"后之论词与作者皆不能出《词源》所论之范围。"卷六又引杨守斋《作词五要》"第五,立意要新",亦出于《词源》。《词学集成》卷八录江顺诒自作《续词品》二十则,其中有一则名曰"行空",实与张炎所描述的"清空"之境相近:"芙蓉之城,忽尔凌虚。白云横腰,远峰欲无。吹笙跨鹤,蹑履飞凫。不著迹象,岂有步趋。仙人五夜,金阙传呼。骑白凤皇,态何纡徐。"[1]

清人刘熙载(1813—1881)《艺概·词曲概》对张炎词评价颇高,云:"张玉田词,清远蕴藉,凄怆缠绵,大段瓣香白石,亦未尝不转益多师。即《探芳信》之次韵草窗,《琐窗寒》之悼碧山,《西子妆》之效梦窗可见。""评玉田词者,谓当与白石老仙相鼓吹。玉田作《琐窗寒》悼王碧山,序谓:碧山,其词闲雅,有姜白石意。今观张、王两家情韵极为相近。"对张炎《词源》,刘熙载亦多次引用并加评论,如云:"张

---

[1] 以上所引《词学集成》按语及江顺诒《续词品》,载唐圭璋编《词话丛编》,中华书局1986年版,第3265、3267、3280、3303页。

玉田盛称白石,而不甚许稼轩,耳食者遂于两家有轩轾意。不知稼轩之体,白石尝效之矣。"这是对玉田之论微表不满。又云:"玉田谓'词与诗不同,合用虚字呼唤'。余谓用虚字正乐家歌诗之法也。朱子云:'古乐府只是诗中间却添出许多泛声,后人怕失了那泛声,逐一声添个实字,遂成长短句,今曲子便是。'案:朱子所谓实字,谓实有个字,虽虚字亦是有也。"此处则将张炎与朱熹的虚字理论相印证,用来研究词中的虚词及由诗到词的变化之由。又云:"平声可为上入,语本张玉田《词源》,则平去不可相代审矣。然平可代以上入,而上入或转有不可互代者。玉田称其父寄闲老人《瑞鹤仙》词'粉蝶儿扑定花心不去,闲了寻香两翅','扑'字不协,遂改为'守'字,此于声音之道,不其严乎?"此据《词源》研究词之押韵之法。又云:"词家既审平仄,当辨声之阴阳,又当辨收音之口法。取声取音,以能协为尚。玉田称其父《惜花春·起早》词'琐窗深'句,'深'字不协,改为'幽'字,又不协,再改为'明'字,始协。此非审于阴阳者乎?又'深'为闭口音,'幽'为敛唇音,'明'为穿鼻音,消息亦别。"此处则对《词源》之押韵理论作了详细具体的解说。对于玉田的创作论,刘熙载亦有继承,有发展,如云:"词尚清空妥溜,昔人已言之矣。惟须妥溜中有奇创,清空中有沉厚,才见本领。"[1]"清空"为玉田创作论之核心,已见前述。"妥溜"之论,见于《词源》之"字面"条:"句法中有字面,盖词中一个生硬字用不得。须是深加锻炼,字字敲打得响,歌诵妥溜,方为本色语。如贺方回、吴梦窗,皆善于炼字面,多于温庭筠、李长吉诗中来。字面亦词中之起眼处,不可不留意也。"[2]"清空"一词,较为空疏,难以确解。《词源》云"清空则古雅峭拔",则二者之间可画等号,"表明清空是古雅的情感内容与峭拔的语言形式的统一"[3]。实际上,"清空"偏重指那种空灵飞动、含蓄蕴藉的境界。"妥溜"一词,若从"字

---

[1] 以上所引见刘熙载《艺概》,上海古籍出版社1978年版,第112、110、115、117、120页。
[2] 唐圭璋编:《词话丛编》,中华书局1986年版,第259页。
[3] 马兴荣等主编:《中国词学大辞典》,浙江教育出版社1996年版,第25页。

面"条之上下文来看,当指词中柔婉、细腻,便于歌唱的"本色当行"之词语,多从晚唐诗人句中变化而来,在贺铸等人的词中有明显的体现,其反面是"生硬"。刘熙载则认为,词语仅"本色当行"、多袭古人是不够的,还须力争创新,翻新出奇;一味"清空",过分空灵蕴藉也不行,还须"沉厚",即有丰富的内涵与深厚的情感,这与况周颐论词讲"重、拙、大"有相似之处。应当说,刘熙载对张炎"清空"说有所补充,使之更加严密。《艺概·词曲概》的另一条也是如此:"玉田论词曰:'莲子熟时花自落。'余更益以太白诗二句,曰:'清水出芙蓉,天然去雕饰。'"[1]陆辅之《词旨》曰:"蕲王(丁按:指韩世忠)孙韩铸,字亦颜,雅有才思,尝学词于乐笑翁。一日,与周公谨父买舟西湖,泊荷花而饮酒杯半。公谨父举似亦颜学词之意,翁指花云:'莲子结成花自落。'"[2]《词旨畅》评此条曰:"极形自然之妙。"刘熙载为之增加李白诗句"清水出芙蓉,天然去雕饰",其意是词不仅要自然,而且要华美,因为出水荷花不仅自然生动,更有艳丽的风姿。可见,刘熙载在多方面运用《词源》来论词,且对之有所修正,有所发展。

清代"常州词派"词论家周济(1781—1839),对张炎的词论有所不满,他指出:"论词之人,叔夏晚出,既与碧山同时,又与梦窗别派,是以过尊白石,但主'清空'。后人不能细研词中曲折深浅之故,群聚而和之,并为一谈,亦固其所也。"[3]联系周济乃至"常州词派"的宗旨来看,周氏主要不满玉田"清空"说之过分强调空灵,从而导致在内容充实、寄托高远方面有所欠缺。所以周济对张炎词亦有微词:"玉田,近人所最尊奉。才情诣力,亦不后诸人;终觉积谷作米,把缆放船,无开阔手段;然其清绝处,自不易到。""玉田词、佳者匹敌圣与(丁按:指王沂孙),往往有似是而非处,不可不知。叔夏所以不及前人处,只在字句上著功夫,不肯换意,若其用意佳者,即字字珠辉玉映,不可指

---

[1] 刘熙载:《艺概》,上海古籍出版社1978年版,第121页。
[2] 唐圭璋编:《词话丛编》,中华书局1986年版,第303页。
[3] 周济:《介存斋论词杂著》(与《复堂词话》《蒿庵论词》合刊),人民文学出版社1959年版,第3—4页。

摘。近人喜学玉田，亦为修饰字句易，换意难。"[1]周济所论还是比较客观的。陈廷焯《白雨斋词话》卷七曰："玉田《词源》二卷，上卷精研声律，探本穷源，绘图立说，审音者执此以求古乐不难矣。下卷自'音谱'以至'杂论'，选词不多，别具只眼，洵可为后学之津梁。"[2]《白雨斋词话》卷八曰："有长于论词，而不必工于作词者；未有工于作词，而不长于论词者。古人论词之善，无过玉田。若公谨之《浩然斋雅谈》《绝妙好词》等编，所论与所选，均多未洽，其所自作可知矣。"[3]张德瀛《词征》卷二论词乐，也常引张炎之论。

清人况周颐（1859—1926）是"常州词派"后期的一位著名词论家，其论词名著《蕙风词话》的补编卷三中记录了一些论词绝句，其间多论及张炎之《词源》。如朱依真（小岑）有三首绝句论及玉田词论，其一曰："天风海雨骇心神，白石清空谒后尘。谁见东坡真面目，纷纷耳食说苏辛。"此首论苏轼词，"天风海雨逼人"，是陆游听唱苏轼词的感受，此首前两句说苏词有天风海雨之势，以"清空"见长的白石（姜夔）词只能步其后尘，其中的"清空"用的是《词源》的核心概念。其二曰："质实何须诮梦窗，自来才士惯雌黄。几人真悟清空旨，错采填金也不妨。"此首论梦窗（吴文英）词，指出今人不必以"质实"讥诮梦窗，虽然"清空"是词之高格，但常人很难达到这一境界，退而求其次，作出"错采填金"的"质实"之词也是可以理解的。对吴文英词有所肯定，但亦以为"清空"高于"质实"。其三曰："莲子结成花自落，清虚从此悟宗门。西湖山水生清响，鼓吹尧章岂妄言。"[4]"莲子"句是张炎为韩铸指示作词法门之语（见前引《词旨》），指的是瓜熟蒂落、水到渠成之妙；"清虚"当即"清空"，与"莲子结成花自落"同一机杼；"西湖"句化用了邓牧评张炎词之语意。后两句合观，是说姜、张

---

[1] 周济：《介存斋论词杂著》（与《复堂词话》《蒿庵论词》合刊），人民文学出版社1959年版，第10页。
[2] 陈廷焯著，杜未末校点：《白雨斋词话》卷七，人民文学出版社1959年版，第195页。
[3] 陈廷焯著，杜未末校点：《白雨斋词话》卷八，人民文学出版社1959年版，第213页。
[4] 葛渭君编：《词话丛编补编》，中华书局2013年版，第3771—3772页。

词风一脉相承,均以"清空"见长,这是用张炎的词论来评其创作。《蕙风词话》引周之琦(1782—1862)论姜夔词云:"洞天山水写清音,千古词坛合铸金。怪底纤儿诮生硬,野云无迹本难寻。"论吴文英词云:"月斧吴刚最上层,天机独茧自缫冰。世人耳食张春水,七宝楼台见未曾。"论张炎词云:"但说清空恐未堪,灵机毕竟雅音涵。故家人物沧桑录,老泪禁他郑所南。"[1] 此处所引周之琦论词绝句三首,论姜夔词首用《词源》"姜白石词如野云孤飞,去留无迹"之语,这是认为姜夔词有"清空"之态。沈义父《乐府指迷》说姜夔词"生硬":"姜白石清劲知音,亦未免有生硬处。"对这一观点,周之琦是不同意的。其论吴文英词,则对张炎"七宝楼台"之喻表示不满,亦用《词源》论词;论张炎词,指出其不止于"清空",张炎后期词中的故国沧桑之感,曾引得郑思肖老泪滂沱。孙尔准(1770—1832),字平叔,有论词绝句二十二首,其中一首云:"七宝楼台隶事骈,雪狮儿句咏衔蝉。清空婉约词家旨,未必新声近玉田。"[2] 此首诗的宗旨是"质实"(七宝楼台)与"清空"并重,认为词家未必要局限于玉田之说,不必皆效法玉田词风。王僧保(?—1853),字西御,其论词绝句曰:"须知妙谛在清空,金碧檀栾语太工。岂有楼台能拆碎,赏心蕉叶雨声中。"[3] 此首诗重"清空"、贬"质实"。谭莹(1800—1871),号玉生,有论词绝句一百七十七首,其论姜夔词曰:"石帚词工两宋稀,去留无迹野云飞。旧时月色人何在,戛玉敲金拟恐非。"论张炎词云:"悲凉激楚不胜情,秀贯江东擅倚声。词格若将诗格例,玉溪生让玉田生。"[4] 前一首引用《词源》之语评姜夔词,后一首认为张炎词在宋词中有极高的地位,甚至超过李商隐在唐诗史上的位置,评价似嫌过高。陈匪石《声执》"宫调说"条则研究《词源》之宫调及均拍说;"用入声韵"条所用杨缵《作词五要》,实亦出于《词源》一书。与王鹏运、况周颐、朱祖谋并称"晚清

---

[1] 葛渭君编:《词话丛编补编》,中华书局2013年版,第3774页。
[2] 葛渭君编:《词话丛编补编》,中华书局2013年版,第3774页。
[3] 葛渭君编:《词话丛编补编》,中华书局2013年版,第3776页。
[4] 葛渭君编:《词话丛编补编》,中华书局2013年版,第3778页。

四大词人"的郑文焯,著有《词源斠律》。俞樾《瘦碧词序》说郑文焯"精于词律,深明管弦声数之异同,上以考古燕乐之旧谱。姜白石自制曲,其字旁所记音拍,皆能以意通之"[1]。故其所论,皆极为内行。

总之,《词源》作为元代也是中国词学史上的著名词话之一,其接受过程是一个修正、丰富、发展的过程。

三、20 世纪学界对《词源》的接受情况

20 世纪以来,学界对《词源》的接受程度不断加深,这主要表现在笺注和理论探讨两个方面。笺注方面,出现了多种笺疏、整理文本的著作。此类著作首推蔡桢的《词源疏证》。此书疏证《词源》上卷,在郑文焯《词源斠律》的基础上有所发展,文字亦更加简洁;其疏证《词源》下卷,能旁征博引,辨析源流,并间出己见,的确有功于词学。一代词学宗师吴梅为之作序云:

> 词为声律之文,其要在可歌。顾自元曲代兴,词之能歌者少,非不可歌也,谱亡也。六百年中,作者如林,要皆长短句之诗耳。白石词旁谱十七阕,仅有工尺,未及节拍,仍不可歌也。玉田《词源》,备述律吕宫调管色犯声之源,及《讴曲指要》,其说甚精,而律度可悟,声理仍晦。此又无如何者也。近人南汇张文虎,考订白石旁谱;铁岭郑文焯,为《词源斠律》,一时词家,交相推许,张氏书不论,郑氏《斠律》校正律吕诸图表,可云无憾,然而《讴曲》一篇,亦无从订核。盖声音出口,旋即消灭。未可形求。两宋盛时,文士伶伦辈,未能纂集歌法,勒成专书,故至今日,虽竭心疲神,亦难明其究竟矣。吾友蔡君松筠作《词源疏证》,取古人中论及《词源》

---

[1] 郑文焯著,孙克强、杨传庆辑校:《大鹤山人词话》,南开大学出版社 2009 年版,第 437 页。

者,汇录而详释之,历数年始成。尝叩余词谱之所以亡,与曲谱之所以不亡者。余曰:"无他,词谱有定声,作者就声以入文;曲谱无定声,谱者就文以入拍。惟其有定声也,文士伶伦辈以为习见也,故未及辑录,而日久渐亡。惟其无定声也,文士伶伦辈知订谱之不可忽也。故斯斯撰述,而南北千余曲俨然具备。夫律吕管色诸法,词曲所同也。至歌法则大异也。《词源》中难明者,不在宫律杀声诸端,独在《讴曲指要》一篇而已。"君唯唯,由是积心覃思,几忘寝食,卒成是书。其于讴歌之法,虽未能尽释,然较大鹤(丁按:郑文焯号大鹤山人)所作,则有端绪矣。君又以审音用字之理应如何配置,余曰:"宫商七声,即上尺七音,与今日东西国乐谱无异也。所谓宫调者,盖奏此七音时用乐器高低之度也。七音中合四为下,宜阳声字隶之,六五为高,宜阴声字隶之。词曲中之阴阳,即小学家之清浊也,《词源》下卷所论'琐窗明'一条,即是此理。"君深以余说为然。然则君于词学,可云嗜之深而攻之笃矣。岁在庚午,君书付刊,而征序于余,因取平昔所商榷者,书诸简端,以塞君请,君亦笑而许之乎?[1]

吴梅之序不仅对蔡疏予以充分肯定,还叙述了蔡桢因受吴梅启发而作此书的经过。吴梅在此序中还对《词源》乐学中的某些问题进行了探讨。吴序可被视为一篇有独立学术价值的文章。佛学大师吕澂为蔡疏所作的序同样很有意义,兹征引如下:

> 词律应于声调中求。余尝考证其说于白石、玉田之作,意有所会,以学力时日相限,迄未能详明之。旬岁以来,移情内学,此事遂废。友人蔡嵩云先生,近以手著《词源疏证》见视,搜讨精详,叹为希有。而其间致意声音节奏诸说,欲从以

---

[1] 张炎著,蔡桢疏证:《词源疏证》,中国书店1985年影印本。

探词律本原，则又余尝有志未逮者也。夫长短句之制，本以歌咏。宋人佳构，填字审音，声调婉美，著于辞意之外。有如清真诸作，意境本不甚高，而音节圆润，荡气回肠，有动人于不自觉者，填词正轨则应尔也。玉田《词源》反复论阐，立意不能越此。近人穷讨词学，颇亦窥此藩篱，备为之说。然考其实，不过易四声为律吕阴阳，仍复肤廓，不得究竟。其病盖在未明旋律结构之故也。宋词旧谱，今存白石自制诸曲，玩其体制，每调旋律，起讫转折，抗坠抑扬，皆有定法。如一调诸声多通余调，欲不相犯，必于每句旋律，特出本调独有之腔，此一法也。歌词以哑觱篥合乐，声调音节，谐婉为尚。欲其不亢不遗，则旋律间音度高下，必不得过相悬远，此又一法也。毕曲住字，点明宫调，欲其宛转自然，诸调有别，则杀声曲直，必各从其类，此又一法也。所谓词调音律，则应于此旋律片段求之。非徒宫调名数而已，所谓协音遣字，亦应于旋律变化求之，非徒当字宫商而已也。玉田论述音谱，谓其先人旧作《惜花春·起早》云："琐窗深"，"深"字音不协，改为"幽"字，又不协，改为"明"字，歌之始协。此三字皆平声，胡为如是。盖五音有唇、齿、喉、舌、鼻，所以有轻清重浊之分，故平声字可为上入者此也。玉田此说，声字两协，固不在宫商之相配矣。使音调宫商，用字清浊，各有相当者，则一移易之间，亦可以洽，奚待再三，实乃同一宫商，视其前后旋律高下，腔调流动，音即转变，言其大较：旋律转折而下，字必轻清；开展以起，字必重浊；而唇、齿、喉、舌之用，则视歌字递续清圆无碍以为断也；至于腔侧字平，还腔道字，仍得协合，乃有融平声为上去者矣。白石亦谓旧调《满江红》用仄韵，不协律，举末句例云："无心扑"三字，融"心"字为去声，方协。而其改作平韵句云："闻佩环"，即以平去平为式，末韵不协，必并其前一字改之者，非以其杀声旋律曲折而坠，有不得不俱变者乎？此足见协音之视旋律矣。世有志于词律者，宜以《词源》为根据，从白石制谱归纳寻究，得其腔调声字相协之法；次乃应用其法，解析诸家可歌之词，使无音谱者，亦得想见行腔宛转之致，而辨别词字音韵清浊之所以然；次乃历调寻声，勒为规范，以使作者灵珠在握，词律虽繁复变幻，当无不可驭也。吾友此著，颇足为斯义发凡。以守体制，语有翦裁，因为引申其意，著之于端，以谂读者云。[1]

吕序概括了《词源疏证》未及发挥的思想，其重点也在音律研究。吕序同样是研究《词源》乐律的专文。

蔡桢《词源疏证》首次将《词源》全书加以疏证，其开创之功不可没。然而此书主要是罗列前人之论，述而不作，资料亦不够丰富，尚待进一步完善。

理论研究方面，郑孟津、吴平山《词源解笺》，夏承焘《词源注》以及杨海明《张炎词研究》值得关注。

郑孟津、吴平山《词源解笺》将《词源》的声乐与词乐理论的研究向前推进了一大步。据此书的"出版说明"，此书是郑孟津积二十年心血而成，且"参考海内外著述多种，翻检文献资料数百种，对其中的图谱、图像、叙诀和疑难文字进行分析推断，作出翔实的笺证，实事求是的解读"[2]。此书实有四大内容（或曰四大贡献）："（一）均以图谱、叙诀解读结果为准，不自立说；（二）采用'宫调体系''犯调规律''定调乐器'三位一体的比较研究法；（三）揭示《词源·阳律阴吕合声图》包含着中国古代左右旋宫法的整体结构；（四）阐明燕乐七宫二十八调的定调应律乐器是管色不是琵琶。"[3]此书为研究古代音乐理论的专业工作者提供了很大便利，但因其过于繁复，对一般文学工作者而

---

[1] 张炎著，蔡桢疏证：《词源疏证》，中国书店1985年影印本。
[2] 郑孟津、吴平山：《词源解笺》，浙江古籍出版社1990年版，"出版说明"。
[3] 郑孟津、吴平山：《词源解笺》，浙江古籍出版社1990年版，"出版说明"。

言，仍嫌过于艰深，且其系据手抄本影印，印数过少，流传不广，未能产生应有的影响。

《词源》下卷关乎文理的部分，有夏承焘先生《词源注》。此书为郭绍虞先生主编、人民文学出版社出版的《中国古典文学理论批评专著选辑》之一种，限于体例，不收上卷，连下卷开篇之"音谱""节拍"二则，可能因与音律有关，亦被一并删去。此书的注释明白详尽，对理解原文有很大帮助，且对张炎《词源》有所匡正。如《词源》"杂论"条曰："晁无咎词名'冠柳'，琢语平帖，此柳之所以易冠也。"夏承焘先生注云："晁无咎字补之，北宋巨野人，为苏（轼）门四学士之一，有《鸡肋集》及《琴趣外篇》六卷；其词不名'冠柳'。著《冠柳集》的是王观。王观字通叟，高邮人。《花庵词选》云：'序者称其高于柳（永）词，故名"冠柳"。'张炎说误。"[1]然而夏承焘先生的注仍嫌简略，有些地方该注而未注，其重心在于注释名物以便疏通字句而不在理论术语之解说。今人丘琼荪《白石道人歌曲通考》专列"《词源》讴曲旨要浅释"一节，对"讴曲旨要"作了颇为详尽的解说（参见本书的相关论述）。赵尊岳《玉田生〈讴歌要旨〉八首解笺》将"讴曲旨要"视为八首七言绝句，并逐首加以解说。赵氏为著名词家，其所论或较丘氏更为具体而真切。他在文章之末对玉田之歌法作了总结："总之，歌词重在板、眼、顿、住、抑、扬、清、浊、行腔、落均诸端，尤贵于取气得法。凡此均备见八首中。玉田身丁北曲初兴，词乐衰歇之际，身为声家，知兹道之日濒衰歇，因于述作《词源》之余，复作此以训学歌者。惟率为七言，以致当时虽易于忆诵，而今日则转嫌牵强。又如揩敲之法已变，大头之调不存，后人读之，即考据亦且不能遽尽，又何况通其消息，取为师法也哉。"[2]他对"讴曲旨要"长短优劣的分析是很贴切的。

---

[1] 张炎著，夏承焘校注：《词源注》（与《乐府指迷笺释》合刊），人民文学出版社1963年版，第31页。

[2] 夏承焘等主编：《词学》第二辑，华东师范大学出版社1983年版，第198页。

在《词源》的文学理论研究方面,现代学者作了不少有益的探讨,较有代表性的是夏承焘先生的《读张炎〈词源〉》(见夏承焘《月轮山词论集》,该文与《词源注》前言文字略同)。夏文指出:"他(丁按:指张炎)的'意趣''雅正'说,是受南宋一般封建词人'复雅'的论调的影响,他不满柳、周'淫'词,是由于局限于正统文学观点。'清空'说在反对吴文英晦涩词风这一意义上,应该肯定;但它的涵义和要求仍是在语言形式上打圈子;称许姜夔,也偏而不全,反对辛弃疾豪放派词尤是全书的大疵病。只有论音律与辞章的关系一节,对当时死腔盲填的作家,有'发膏肓、起废疾'的作用,算是他几个论点中最高明的见解。"[1]夏承焘先生之论较为全面地反映了20世纪五六十年代学者的基本观点,即对词的艺术价值评价偏低,对苏轼、辛弃疾一路的豪放词过分看重,对词之思想内容过分强调。

杨海明先生的《张炎词研究》,专列"张炎的词学理论"一章,予以系统研究。杨海明认为"雅词"论是张炎论词的总纲,其风格论是重"婉丽"和"清空"。杨氏认为张炎的文体论反映了时代风尚,这主要体现在张炎对咏物词、节序词和寿词的研究上。他说这三类词"可谓是南宋后期词坛的'特产',而与当时以词'应社'和以词为'羔雁之具'(王国维《人间词话·删稿》语)的风气密切相关"[2]。他指出南宋后期词人普遍长于咏物,张炎本人也是个中好手,"所以他的重视咏物词,一半也是他的'夫子自道'"[3]。"从张炎的专列'咏物'和'节序'两类词中,就反映出了南宋后期词坛上那种脱离现实的不太景气的状况。而这种状况,在《词源》中另又提到的'寿词'中,就显得格外清楚了。"[4]"从他津津乐道的几种词体中,我们既看到了当时整个婉约词坛的那些普遍习尚,也看到了张炎不甚宽阔的生活情趣和艺术趣

---

[1] 夏承焘:《月轮山词论集》,中华书局1979年版,第139—140页。
[2] 杨海明:《杨海明词学文集》第一册,江苏大学出版社2010年版,第318页。
[3] 杨海明:《杨海明词学文集》第一册,江苏大学出版社2010年版,第319页。
[4] 杨海明:《杨海明词学文集》第一册,江苏大学出版社2010年版,第319—320页。

味。"[1]杨海明还指出在修辞、技巧论方面，张炎重视的是"锻炼"，这也是十分中肯的。方智范等人的《中国词学批评史》第三章第一节以"张炎《词源》的雅化理论"为题，论述了张炎的词论，突出张炎的"骚雅"说，认为"骚雅"有"诗教"说"温柔敦厚"之痕迹："'骚雅'之倡，是欲令作词不忘'志之所之'，不能'为情所役'，要纠'言情或失之俚'的倾向，使之向'言志'靠拢；同时，又要纠言志抒怀过度，'使事或失之伉'之偏，使词不忘本位，固守'缘情'之苑，不至入于诗文一路。'骚雅'之义在于作品立意不忘天下大事，但在艺术上要出以比兴寄托，继承《离骚》'芳草美人'的传统，取曲而不取直，取温柔敦厚而不取强烈激切。"[2]

总之，从清朝至现代，对《词源》的接受是相当广泛而全面的。而记录《词源》卷下论词之语的《词学全书》刊行于康熙十八年（1679），张炎的《山中白云词》由"浙西词派"词人朱彝尊手订，李符与龚翔麟校订，龚翔麟刊行。据李符序称，李符亲见《山中白云词》刊行，而李符卒于康熙二十八年（1689），则此书必刊于1689年之前。从此以后，"浙西词派"以玉田、白石为旗帜，开始号令词坛。时至今日，《词源》已成为学词者必读之书。

---

[1] 杨海明：《杨海明词学文集》第一册，江苏大学出版社2010年版，第320页。
[2] 方智范等著，施蛰存参订：《中国词学批评史》，中国社会科学出版社1994年版，第97—98页。

结论

结论

  词本为诗的分支，故亦被称为"诗余"。它产生于唐五代，大盛于两宋，至元明而衰，至清代复盛。但是，词学理论的发展与词的创作的演进并不完全同步，当宋词全盛之时，词论有一定的成绩，但包括李清照《词论》、王灼《碧鸡漫志》在内，系统性都不太强。金朝以王若虚、元好问为代表的词论，重点在于倡导苏、辛词风，鼓吹慷慨豪壮之音。宋亡之后，身历宋、元两代的著名词人、大词论家张炎著《词源》，方对宋代词学理论作了系统、全面而深刻的总结。与他同时的一批文人，如周密等，在笔记中大量记载了宋代词人的趣闻轶事，并在这些记载中流露出自己的词学观点。同时的一些词学选本，则通过选词体现出词学主张。成长于元代的词论家主要通过词学序跋来表达自己的见解，其主导倾向是提倡苏、辛豪放词。明代词学荒芜，仅有陈霆《渚山堂词话》与杨慎《词品》等少数几种词学专著，另有陈耀文《花草粹编》，杨慎《词林万选》《百琲明珠》，卓人月《古今词统》等选本。词学至清代而复兴，清词作品达二十万首以上，[1] 词学流派如云间、阳羡、浙西、常州等派层出不穷，代表各派主张的词选、词话乃至词乐研究著作，数量超过前面数朝之总和，有集大成的气魄。其主要话题有二：一是总结清朝本朝词的创作经验，二是研究、探讨前朝（尤其是宋朝）词的创作成绩与缺点。

---

[1] 参见严迪昌《清词史》，江苏古籍出版社1999年版，第1页。

目前的状况是，对明、清两朝词学的研究较为繁荣，而对宋、元两朝词学的研究则相对冷寂，故本书以宋元词学作为研究对象，力图对宋元词学发展史有一个较为清晰而概括的描述。

本书得出以下几个主要结论。

一、关于宋代词论

宋代是曲子词创作的高峰期，可谓名家辈出，佳作纷呈，但宋代词学的发展却跟不上词的创作的脚步。宋代（可上溯至五代）的词学主要集中在三个方面：其一是词选，其二是论词之文，其三是笔记中的词论。赵崇祚于后蜀广政三年（940）编成的《花间集》，集温庭筠等十八家"诗客曲子词"共五百首，欧阳炯所作《花间集序》即为史上第一篇词论。这篇词论的特点是没有强调儒家"诗教"的老调，而是重视合乐，肯定艳词，与儒家对诗歌的要求背道而驰，这为后世曲子词的发展指明了方向。《花间集》所录之词，亦与欧阳炯之序揭示的词之特点相当吻合。此后，《尊前集》《兰畹曲会》《梅苑》《草堂诗余》等宋代词选，选词皆重婉丽；《复雅歌词》《乐府雅词》《花庵词选》等词选，则以婉约为正宗，兼取有寓意之作或豪放慷慨之什。宋代论词之文在北宋时主要讨论苏轼词是否本色当行，特别是苏轼与柳永、周邦彦词的"正统"之争；南宋初李清照《词论》问世后，讲音律、重婉约的"别是一家"说占据了词坛的主导地位，当时的词论对张孝祥、辛弃疾、刘克庄诸人的豪放词也有所肯定。宋代笔记中蕴藏着丰富的词学资料，对李煜、柳永、苏轼三位大词人的论述尤其精彩：论李煜，同情其长于创作、短于治国的不幸身世，赞扬其"亡国之音哀以思"的词作，肯定其在抒写士大夫心声方面的贡献；论柳永，对其俚俗的词风有肯定、有批评，对其大量创作慢词并运用铺叙手法高度赞扬；论苏轼，认为其提高了词的品位，开创了豪放之风，对其音律上的不足及以余力作词则有微词；对柳苏之争，也有客观的评价。总体上看，宋代笔记对词话、词选产生了重要影响。

二、关于元代词论

关于元代词论，有以下几点值得关注。

第一，词乐亡于元初。或许是因为唐、宋乐谱至今仍有传世，而元代却无乐谱流传下来，可能到了元代，词乐之谱已亡。从毛开《樵隐笔录》，吴文英《惜黄花慢》词序，张炎《意难忘》《国香慢》词序记载歌伎尚能歌清真词的事实来看，至宋末元初，能歌之词已如凤毛麟角，这说明词之乐谱已渐渐失传。元人词集中，记能歌者甚少，张翥《春从天上来》词序言欲品箫以恢复十二宫调，这说明当时词乐已经衰落，故须恢复。清人杜文澜《憩园词话》卷一曰："词学肇自隋、唐，盛于两宋。崇宁间设大晟乐府，命周美成等诸词人讨论古今，撰集乐章，每一调成，即可播之弦管。于时有五声八音十二律七均八十四调，后增至百余，换羽移商，品目详具。迨南度（丁按：作'度'误，当作'渡'）之末，张叔夏已有旧谱零落之叹。至元季盛行南北曲，竞趋制曲之易，益惮填词之艰，宫调遂从此失传矣。"[1] 清人沈曾植《菌阁琐谈》曰："芝庵论曲，玉田论词，似不可并为一谈。然词曲相沿，其始固未尝有鸿沟之画。愚意'字少声多难过去'七字，乃当为词变为曲一大关键。南方沿美成一派，字句格律甚严。北方于韵，平仄既通，于字少声多之难过去者，往往加字以济之。字少之词，乃遂变为字多之曲。哩啰在词为虚声，而在曲为实字。最显证也。"[2] "字少声多难过去"是张炎《词源》卷上"讴曲旨要"中的话，这也说明词至元初，已很难唱得流畅通顺了。近人陈匪石《声执》"宫调说"条亦云，宫调"惟元代即已失传，调名如黄钟宫、仲吕宫之类，各书所用，且混淆而莫辨。考古者

---

[1] 唐圭璋编：《词话丛编》，中华书局1986年版，第2851页。
[2] 唐圭璋编：《词话丛编》，中华书局1986年版，第3618页。

虽爬搜掇拾，终以无从审音，不能验诸实用，则律之亡久矣"[1]。成书于元初的陆辅之《词旨》只论词的文学创作方面的问题，不谈词的音律，可能是词乐已渐次消亡，故无从谈起。据本书研究，元代词乐衰落的标志有以下几点：(1) 宫调减少，标明宫调之词更少；(2) 乐谱不发达；(3) 词牌由转化到衰落。由于词乐消亡，词至南宋末已无法歌唱，成为文人案头的"哑巴作品"。这时，在金朝有诸宫调，在元朝的北方有元曲（包括元散曲与元杂剧），在元朝后期，南方则出现了南戏。戏曲文学的发达，使得元、明两代词更加衰落。

　　第二，金朝是一个与南宋并立的少数民族政权，金代词学的基调是提倡苏、辛之词，鼓吹慷慨豪放之音，注重弘扬民族情感与故国之思。由于宋、金对峙，程学行于南，苏学行于北。苏轼之词风靡于金源，燕、赵本多慷慨悲歌之士，容易与苏轼《念奴娇·赤壁怀古》式的词风相契合；辛弃疾本为由金入宋的文人，金朝词人常引以为荣，又值国势危殆，山河破碎，苏、辛词风恰好适合于金人抒写悲凉慷慨之怀，故学苏、辛成为一时风尚。金代词论家王若虚、元好问、刘祁等人，均是苏、辛词风的倡导者，元好问《中州乐府》所录亦多慷慨之音、悲凉之调。不过，作为金代词坛领袖，元好问论词取径却并不狭隘，其宗旨是首重苏、辛而不废晏、欧、秦、周，其词作的艺术水平也远出辛派末流词人之上。

　　第三，张炎《词源》是宋元词学史上最重要的著作。张炎出身词学世家，本身为著名词人，深通词律，又目睹了宋末词坛由盛而衰的全过程。在存亡续绝之际，张炎作《词源》一书，对宋词的乐律与文学创作进行了全面的总结。《词源》卷上论词乐，书中所记录的五音相生、律吕隔八相生、律生八十四调等理论，保存了我国古代燕乐产生之前的音乐理论，有较高文献价值。《词源》的宫调理论，记录了宋词中十九宫调（即"七宫十二调"）的具体运用情况；《词源》记录谱字及简谱，

---

[1] 唐圭璋编：《词话丛编》，中华书局1986年版，第4928页。

保存了宋词演奏、演唱的宝贵资料；《词源》的谱字理论、节拍理论与"讴曲旨要"，对我们今天翻译宋词乐谱，使宋代词乐复现于今日，有重大参考价值。《词源》的乐论部分中的某些问题仍需进一步研究，由于资料得以保存，相信随着研究的深入，这些问题终将被彻底解决。《词源》卷下论词的创作与欣赏问题，其重"雅正"的论词宗旨、论"清空"与"意趣"、论词的艺术技巧，都是对南宋姜夔以来风雅派词论的科学总结。

第四，宋末元初的词学总集如《绝妙好词》《元草堂诗余》《乐府补题》等均有较大文献价值，且均能反映选者较为鲜明的词学观念。本书认为《绝妙好词》有较大的辑佚与校勘价值，从中可以窥见周密重"雅正"的论词宗旨，因此重点论述了此书对张炎《词源》、陆辅之《词旨》的直接影响。本书论《元草堂诗余》，对其所收作者的身世作了考辨，对作品主旨作了具体分析；指出清人所云其所收作者皆南宋遗民，词多凄恻伤感、不忘故国之说的片面性；认为对《元草堂诗余》中作者之身世，有进一步研究的必要。

第五，元代中后期词论较为贫乏，虽有不同观点，但鼓吹苏、辛、遗山词风为其主调。据《全元文》统计，元代文人所作的各种诗集、诗选的序跋之文达两三千篇，但词学序跋不过寥寥百十篇，比例之悬殊，简直令人难以想象，这当然可以从一个侧面说明词学到元代中后期已经十分衰落了。

第六，宋元词学的接受过程相当复杂。本书仅就《绝妙好词》《乐府补题》《词源》三书的接受过程作了重点研究：论《绝妙好词》，主要论述其在清代复现的经过及其对清代词学的重大影响；论《乐府补题》，否定清人及今人的种种寄托说，认为此书只不过是元代初年词社唱和的咏物词集，所选诸词可能寓含某种身世之感和故国之思，但不应也无法坐实解释，否则会流于穿凿；论《词源》，主要为《乐府指迷》和《词源》"正名"，指出《词源》在清代词坛产生的广泛而深远的影响。

附 录

《草堂诗余四集》研究

《草堂诗余》原为南宋书坊为应歌之需而编选的一部词集,曾在民间广泛流传,南宋末至元代则传本稀罕少见。明代中叶以后,经明人改编的《草堂诗余》复为盛行,形成了一个令人瞩目的"草堂"系列,成为当时重要的词学现象。

目前学界对明代《草堂诗余》的盛行原因、版本情况都有所探讨和说明,但细致深入的个案研究则相对较少。明代"草堂"系列的形成是一个长期的动态过程,不同选本可能反映出不同的词学信息与时代特点,不能因为多数"草堂"选本手眼不高、质量偏低而予以忽视。如明末沈际飞编选评正的《草堂诗余四集》就是"草堂"系列中规模宏大、颇有编选评点特点与词学价值的选本之一,但是学界目前对此书关注较少,几乎见不到有分量的研究论著或论文。我们认为,对其进行研究有助于进一步深入了解明代"草堂"系列的选词范围、审美趋向及词学评点状况,并可以由点及面,加深对明清之际词学思想递嬗的认识与理解,进而加深对中国词学史上这一环节的理解。

一、词集编选:源自"草堂"而超轶"草堂"

明末沈际飞编选评正的《草堂诗余四集》,沿用嘉靖二十九年(1550)顾从敬《类编草堂诗余》(下文简称顾本)以调编次的体例,分为《正集》六卷、《续集》二卷、《别集》四卷、《新集》五卷,共十七卷。四集皆冠以"草堂诗余",所以学界一般将其视为顾本的续编本或扩编本。是编曾多次刊行，有万历四十二年（1614）翁少麓刊本、崇祯间吴门童涌泉刊本等多种版本，各版本之卷次、内容皆同，唯所收序跋及装订册数有异。本书所引用之《草堂诗余四集》，以国家图书馆藏翁少麓刊本为主。（为方便读者查阅核对，所引评点注明其在邓子勉所编《明词话全编》中的页码）其主要特色有以下几点。

第一，扩大选源，突出南宋。

诗文选本，是我国古代文学传播的重要途径，更是一种重要的批评方式。每部选本都有特定的编选宗旨和选择标准，而这种选择标准往往代表当时一部分人的文学观念与审美趋向。南宋人所编之《草堂诗余》多选晚唐五代北宋词作，选录词人近百家，以周邦彦最多，其下依次为秦观、苏轼、柳永，特别倾向于婉丽柔靡的风格，这对明代以顾从敬《类编草堂诗余》等为代表的"草堂"系列词选的编选有深远影响。而顾本问世后，影响甚大，明代中后期的《草堂诗余》多受此书影响。但是，沈际飞的《草堂诗余四集》从选目到评点，都与顾本有很大不同。

沈氏推崇北宋婉约柔靡词风的传统，指出："《正集》裁自顾汝所（顾从敬）手，此道当家，不容轻为去取，其附见诸词，并鳞次其中。《续集》视顾选尤精约，悉仍其旧。"（《草堂诗余四集发凡·分衷》）《正集》选词466首，较顾本多出26首。选词7首以上者13家，依次为周邦彦（64首）、苏轼（29首）、秦观（27首）、柳永（23首）、康与之（16首）、欧阳修（14首）、黄庭坚（14首）、辛弃疾（13首）、李清照（9首）、李煜（8首）、张先（8首）、贺铸（7首）、朱敦儒（7首）。《正集》偏重选录周、苏、秦、柳、欧等晚唐五代北宋名家词作，审美趣味偏向婉约柔靡一路。《续集》录唐宋金元词225首，选词较多者依然为欧阳修（27首）、苏轼（20首）、秦观（17首）、李煜（10首）、晏几道（7首）、黄庭坚（7首）、朱敦儒（7首）等人。由此可见，正、续两集实为顾本的增删改编本，因此其编选旨趣与顾本相同。沈际飞认为："夫雕章缛采，味腴塞芳，词家本色。"（《草堂诗余别集小序》）这体现了明人崇尚婉约柔靡审美趣味的巨大惯性。

沈际飞编选的《草堂诗余别集》则有自己的特点。

首先，《别集》不是《草堂诗余》的简单沿袭和改编，而是自辟蹊径地扩大选录范围及选词来源。沈际飞交代《别集》的选词原则："《别集》则余僭为排纂。自宋溯之，而五代，而唐，而隋；自宋沿之，而辽，而金，而元。博综《花间》《尊前》《花庵》，选宋元名家词以及稗官逸史，卷凡四，词凡若干首。"（《草堂诗余四集发凡·分衷》）据统计，《别集》共选唐宋金元词463首，词人180余家，比顾本多出50余家。

其次，《别集》特别注重选录南宋词家作品。《别集》选录6首以上者15家，分别为蒋捷（38首）、辛弃疾（20首）、苏轼（17首）、刘克庄（13首）、陆游（11首）、黄昇（10首）、刘过（10首）、史达祖（10首）、黄庭坚（7首）、姜夔（7首）、严仁（7首）、孙光宪（6首）、刘仙伦（6首）、吴文英（6首）、胡浩然（6首），其中南宋人占了绝大多数。《别集》中，顾本与《正集》未选录的南宋著名词人姜夔、蒋捷、吴文英等人得以补选，而蒋捷、辛弃疾、陆游、刘过、刘克庄、史达祖等人也受到更高程度的重视。

明代后期涌现出的诸多"草堂"选本，如万历间闵暎璧刻朱墨套印本《评点草堂诗余》、万历二十二年（1594）郑世豪宗文书舍刊《新刻注释草堂诗余评林》、万历三十年（1602）乔山书舍刊《新锓订正评注便读草堂诗余》、万历四十三年（1615）书林自新斋余文杰刊《新刻题评名贤词话草堂诗余》等所选词作皆与顾本大致相同。明人选词多尊《花间》《草堂》为范本，有学者指出："'花草'不仅是明代词家的经典读物，也是明人词话的主要讨论对象、词论的主要观点之依据。……明人词论都不出以唐五代、北宋为尊，以香艳鄙俚为词家本色的范围，一叶障目不见泰山，'花草'障目不见全宋。"[1] 在此背景之下，沈际飞编选《别集》，发挥词选家主体意识大量选录南宋词，补偏救弊，让更

---

[1] 萧鹏：《群体的选择——唐宋人选词与词选通论》，台北文津出版社1992年版，第235页。

多的南宋词人、词作进入明代批评者和读者的视野，可谓有功于词学，显示出选者独特的、迥异于流俗的艺术眼光。

第二，关注本朝，广选明词。

在相当长的时期内，明代选家受词坛"花草"之风影响，忽略了对本朝词作的编选。至万历四十二年（1614），钱允治编成第一部专选本朝人词的词选《类编笺释国朝诗余》（简称《国朝诗余》），这种情况才得以改观。《国朝诗余》分为五卷，依调编次，选录明初至万历间词人27家，词作461首。此编录词8首以上者11家，依次为杨慎（114首）、王世贞（76首）、刘基（66首）、吴子孝（46首）、文徵明（40首）、吴宽（27首）、严嵩（15首）、王行（13首）、陈淳（11首）、赵宽（8首）、王世懋（8首）。从时间上看，这11人生活年代多集中于弘治以后，仅刘基、王行为明初人；从作者地域分布上看，除杨慎、刘基、严嵩外，其余都是苏州籍词人，这可能与钱允治本人为苏州人有关；从整体上看，此编选录词人数量偏少，词人的时代、地域分布相对集中，而且不同词人选词数量悬殊，其名虽为"国朝诗余"，然实不足以概括有明一代词坛状况。

沈际飞鉴于钱氏《国朝诗余》搜求未广，且"玉石杂陈，竽瑟互进"，因而"删其什之五，补其什之七"（《草堂诗余四集发凡·分衷》），在《国朝诗余》的基础上重新编成《草堂诗余新集》。沈氏删去《国朝诗余》选词数量较多的杨慎、王世贞、刘基等人的词作133首，另外增选词人47家，增补词作196首，共选录74家524首。其中，选词8首以上者8家，分别为瞿佑（16首）、张綖（15首）、王微（15首）、莫瑳（10首）、顾从敬（9首）、高濂（14首）、沈际飞（14首）、马洪（8首）。而明代词坛的名家或著名文人，如高启、边贡、林鸿、夏言、李攀龙、祝允明、徐渭、陈继儒、汪廷讷等也被增选入内。明初至明末，名家与新秀《新集》皆有选录，这就使得明代词人的阵容相当可观，收录范围较《国朝诗余》有较大拓展，所选词人数量超过钱选的两倍，故完全可以将沈氏重编之《新集》视为一部更为完善的明人词选集。

由于资料所限,《新集》与沈际飞自己的编选理想尚有一定距离。沈氏曾感慨:"今人之词,方云霞其蔚蒸。如升庵《填词选格》《词林万选》《词选增奇》《填词玉屑》《诗余补遗》《古今词英》《百琲明珠》等书,已不复见,矧宋元遗本,其饱蠹覆瓿者,不知几何矣。又如我明宋潜溪、解大绅、王阳明、王守溪、于廷益、何大复、唐荆川、杨椒山、莫廷韩、梅禹金、汤海若、黄贞父、汤嘉宾、骆象先、钟伯敬、丘毛伯、陶石篑、屠赤水、王百穀、袁中郎诸公集中无词,而陈眉公、张侗初、李本宁、冯具区、王永启、钱受之、邹臣虎、韩求仲、顾邻初、王季重、董玄宰、谭友夏、赵凡夫诸公尚未有集,坐井窥管,自分不免",期望"有同志者,不妨惠教,以嗣续编"。(《草堂诗余四集发凡·俟哲》)

第三,不拘"婉约",趣味多元。

自明代张綖《诗余图谱·凡例》将词分为"婉约""豪放"二体,且认为婉约为正、豪放为变之后,词坛大多沿袭这一观点并将其作为评判词作的重要标准。如何良俊《草堂诗余序》曰:"乐府以皦径扬厉为工,诗余以婉丽流畅为美。即《草堂诗余》所载,如周清真、张子野、秦少游、晁叔原诸人之作,柔情曼声,摹写殆尽,正辞家所谓当行、所谓本色者也。"[1]徐师曾也强调"词贵感人,要当以婉约为正。否则虽极精工,终乖本色,非有识之所取也"[2]。当然明人论词也有欣赏豪放者,如陈霆《渚山堂词话》推崇豪放词,对苏轼、张孝祥、文天祥等人的词作多有称赞;杨慎论词重苏、辛而不废周、姜,杨慎《词品》曰:"近日作词者,惟说周美成、姜尧章,而以东坡为词诗,稼轩为词论。此说固当,盖曲者曲也,固当以委曲为体。然徒狃于风情婉娈,则亦易厌。回视稼轩所作,岂非万古一清风哉。"[3]沈际飞受陈霆、杨慎的观点影响,因而对辛派词人和以姜夔为首的风雅派词人词作进行了大量选

---

[1] 顾从敬类选:《类选笺释草堂诗余》,明万历四十二年翁少麓刻本,卷首。
[2] 邓子勉编:《明词话全编》,凤凰出版社2012年版,第2198页。
[3] 唐圭璋编:《词话丛编》,中华书局1986年版,第503页。

录与评点。

沈际飞评点辛弃疾《水龙吟·惜春》（夜来风雨匆匆）曰："人指东坡为词诗，稼轩为词论，不知曲者。曲也，固当委曲为体，徒狃于风情婉娈，则亦致厌。回视稼轩，岂不易目翻恨。"[1] 这几乎就是直接引用杨慎之语来论辛词。沈际飞对当时流行的"风情婉娈"的单一审美趣味颇为不满，所以《别集》注意选录辛弃疾刚柔兼济、雄肆疏放的词作，如《贺新郎·别茂嘉十二弟》、《永遇乐·京口北固亭怀古》、《贺新郎》（甚矣吾衰矣）等；还选录辛派词人中深具稼轩作风的作品，如刘过《沁园春》（斗酒彘肩）、《西江月》（堂上谋臣尊俎），刘克庄《沁园春·梦孚若》（何处相逢）等。沈际飞评刘克庄《沁园春·梦孚若》（何处相逢）曰："气概雷击霆震。"[2] 又评岳飞《满江红》（怒发冲冠）曰："胆量、意见、文章，悉无今古。"[3] 引杨慎语（《词品》卷五）评岳珂《祝英台近》（澹烟横）曰："激烈感愤，类辛幼安'千古江山'词。"[4]

与此同时，沈际飞也很欣赏姜夔、吴文英、蒋捷等人的艺术风格。如评姜夔《琵琶仙》（双桨来时）曰："词大忌质实，白石道人《探春慢》《一萼红》《扬州慢》《暗香》《疏影》《淡黄柳》诸曲，多清空骚雅。"[5] 评《眉妩》（看垂杨连苑）曰："词到白石翁，出脱一番。"[6] 评吴文英《好事近》（雁外雨丝丝）云："骚雅。"[7] 评蒋捷《柳梢青》（学唱新腔）曰："竹山名捷，宋末人，貌不扬，长于乐府，有词二卷，幽秀古艳，惜续诗余者不多载。"[8] 评蒋捷《霜天晓角》（人影窗纱）时慨叹："人皆称柳、秦、张、周为词祖，而不推蒋竹山，何耶？"[9]"风雅"作为南宋词坛的主流词风之一，备受当时词论家推崇。如张炎

---

[1] 邓子勉编：《明词话全编》，凤凰出版社2012年版，第5406页。
[2] 邓子勉编：《明词话全编》，凤凰出版社2012年版，第5449页。
[3] 邓子勉编：《明词话全编》，凤凰出版社2012年版，第5438页。
[4] 邓子勉编：《明词话全编》，凤凰出版社2012年版，第5436页。
[5] 邓子勉编：《明词话全编》，凤凰出版社2012年版，第5405—5406页。
[6] 邓子勉编：《明词话全编》，凤凰出版社2012年版，第5447页。
[7] 邓子勉编：《明词话全编》，凤凰出版社2012年版，第5417页。
[8] 邓子勉编：《明词话全编》，凤凰出版社2012年版，第5394—5395页。
[9] 邓子勉编：《明词话全编》，凤凰出版社2012年版，第5414页。

的《词源》，其下卷论词之创作，主张"雅正"与"清空"是词之基石，"古之乐章、乐府、乐歌、乐曲，皆出于雅正"[1]。而后陆辅之效法张炎作《词旨》，对张炎的"雅正""清空"之说极力推崇，"凡观词须先识古今体制雅俗。脱出宿生尘腐气，然后知此语，咀嚼有味"[2]。雅词在南宋词坛风行一时，其代表作家以姜夔为首，史达祖、吴文英、张炎、蒋捷等人为羽翼。但是，"风雅"一派在金、元时逐渐衰落，被"伉爽清疏"之词风取代。沈际飞于明末续接张炎等人的雅词观念，推尊姜夔、蒋捷，以"清空""骚雅"评词，于流俗之中迥然拔出。清初，"浙西词派"首领朱彝尊推尊姜夔、主张"醇雅"，沈际飞的选词与评点实践对浙西一派有潜移默化的影响。

沈际飞将源于顾本的正、续二集与自己所编之《别集》《新集》汇为一编，俨然一部选录唐宋金元明词的大型通代词选，虽仍保留"草堂"之名，然其选词范围与审美趋向皆有超轶《草堂诗余》之实，反映了沈氏不同流俗的词学观念与兼容并蓄的审美趣味。稍后的卓人月所编选的大型词选《古今词统》即参考了沈际飞的《草堂诗余四集》，其选词豪放与婉约兼重，继续推动着明末清初词风的嬗变。清初朱彝尊的《词综发凡》虽对《草堂诗余》大加挞伐，但又交代《词综》在实际编撰过程之中参考了沈际飞的《草堂诗余四集》，这说明《草堂诗余四集》已非《草堂诗余》所能牢笼。作为词选家，沈际飞的贡献在于通过选词实践对明代词坛专尚"花草"的流弊予以一定程度的矫正，这对明末清初词坛产生了不可忽视的影响。

二、词学评点：借鉴、融合而又不乏新见

文学评点是中国古代文学批评的一种独特方式。词选之有评点，当

---

[1] 张炎著，夏承焘校注：《词源注》（与《乐府指迷笺释》合刊），人民文学出版社1963年版，第9页。

[2] 唐圭璋编：《词话丛编》，中华书局1986年版，第302页。

首推南宋词学家黄昇的《花庵词选》。是选在部分词作之后附有点评，点评大多见解精辟，言简意赅，实开词选评点之滥觞。明代中叶以后，文学评点之风盛行，明代编选的词集也多有评点。如杨慎《词林万选》《百琲明珠》，张綖《草堂诗余别录》，沈际飞《草堂诗余四集》，卓人月《古今词统》，茅暎《词的》，陆云龙《词菁》，潘游龙《古今诗余醉》，等等。文学评点的主要作用有两个：一是评点者可以借助评点这一形式发表自己的见解和感悟，而经过评点的文本对读者阅读接受则有一定帮助；二是文学评点是书籍促销的有效手段，明代版本众多的《草堂诗余》常常借文坛名流评点的招牌招揽读者。一般认为，明代词学评点多数手眼不高，空疏浅薄，乏善可陈。但是，也必须看到，明代词集选本评点水平虽参差不齐，却并非毫无可观，如沈际飞对《草堂诗余四集》的评点就颇值得探究。

沈际飞是一位戏曲理论家，曾刊行《独深居点定玉茗堂集》，具有比较丰富的文学评点经验。他批评坊间各种《草堂》选本"非啽哢则隔搔，见者呕哕"，因而"精加披剥，旁通仙释，曲畅性情，其灵慧新特之句用'○'，尔雅流丽之句用'、'，鲜奇警策之字用'◎'，冷异巉削之字用'、'，鄙拙肤陋字句用'｜'，复用'·'读句，以便览者不啜嚅于开卷，心良苦矣"。（《草堂诗余四集发凡·著品》）符号圈点具有直观的特点，易为初学者接受。另外，《草堂诗余四集》眉批多达数千条，规模宏大，内容丰富。沈际飞评词，多借鉴、融合前人（如黄昇、胡仔、张炎、沈义父、陈霆、杨慎等）观点而又不乏灼见，具有鲜明个性和时代特色，故而对后学也有一定的启示意义。以下四个方面是其词评的主要观点。

第一，强调词以传"情"，重在写"真"。

"诗言志，词言情"是《花间集》以来的传统观念，对明人有相当大的影响。如王世贞《艺苑卮言》曰："词号称诗余，然而诗人不为也。何者，其婉娈而近情也。"[1]他以"致语""情语""淡语之有情""恒

---

[1] 唐圭璋编：《词话丛编》，中华书局1986年版，第385页。

语之有情""浅语之有情"评价其所称赏的词句。沈际飞则进一步将抒情作为品评词作高下的重要标准。沈际飞云:"诗余之传,非传诗也,传情也。"[1]他极力称赞词体强大的抒情功能:"于戏!文章殆莫备于是矣。非体备也,情至也。情生文,文生情,何非文情?而以参差不齐之句,写郁勃难状之情,则尤至也。"[2]

沈际飞评秦观《满庭芳》(山抹微云)赞叹"人之情,至少游而极"[3]。评温庭筠《忆江南》(梳洗罢)曰"痴迷、摇荡、惊悸、惑溺,尽此二十余字"[4],对温词言情极为欣赏。评冯延巳《谒金门》(风乍起)曰:"唯动生感,天下有心人,何处不关情。乃云'关卿何事'。"[5]沈际飞替冯延巳回答了李璟提出的"关卿何事"的问题。评李煜《相见欢》(无言独上西楼)曰:"哀以思,此亡国之音。""七情所至,浅尝者说破,深尝者说不破。破之浅,不破之深。"[6]发表对情语深浅的感悟,独具心得。评周邦彦《夜飞鹊》(河桥送人处)写离情:"能使'华骝会意',非真情所潜格乎?"批评"今之务为欲别不别之状,以博人欢,避人议,而真情什无二三矣"[7]。

沈际飞指出词人好运用移情手法。如他评李煜《丑奴儿令》(辘轳井梧桐晚)曰:"何关鱼雁山水,而词人一往寄情,煞甚相关。秦、李诸人多用此诀。"[8]他指出了秦、李诸人词作感动人心的原因所在。评辛弃疾《鹧鸪天》(枕簟溪堂冷欲秋)曰:"生派愁怨与花鸟,却自然。"[9]评秦观《如梦令》(莺嘴啄花红溜)结尾"人与绿杨俱瘦"曰:"春柳未必瘦,然易此字不得。"[10]他认为,言"情"甚至比艺术技巧

---

[1] 邓子勉编:《明词话全编》,凤凰出版社2012年版,第5315页。
[2] 邓子勉编:《明词话全编》,凤凰出版社2012年版,第5315页。
[3] 邓子勉编:《明词话全编》,凤凰出版社2012年版,第5358页。
[4] 邓子勉编:《明词话全编》,凤凰出版社2012年版,第5409页。
[5] 邓子勉编:《明词话全编》,凤凰出版社2012年版,第5329页。
[6] 邓子勉编:《明词话全编》,凤凰出版社2012年版,第5386页。
[7] 邓子勉编:《明词话全编》,凤凰出版社2012年版,第5377页。
[8] 邓子勉编:《明词话全编》,凤凰出版社2012年版,第5329页。
[9] 邓子勉编:《明词话全编》,凤凰出版社2012年版,第5335页。
[10] 邓子勉编:《明词话全编》,凤凰出版社2012年版,第5323页。

更为重要。如评欧阳修《浪淘沙》（把酒祝东风）曰："虽少含蕴，不失为情语。"[1] 评牛峤《女冠子》（锦江烟水）曰："情到至处勿含蓄。"[2] 总之，沈际飞认为词人作词应该满怀深情，融情于景，如此词作才能深情蕴藉，感动人心。

沈际飞认为写景言情还须"真"。如他评孙洙《河满子》（怅望浮生急景）曰："叶落云阴，秋景真。"[3] 评张先《醉落魄》（云轻柳弱）咏美人吹笛曰："'香'生'色'真，真佳人如是。"[4] 评钱惟演《玉楼春》（城上风光莺语乱）曰"思公暮年作此，极尽凄婉"，"'芳樽'恐浅，正断肠处，情尤真笃"。[5] 评李清照《念奴娇》（萧条庭院）曰："真声也，不效颦于汉魏，不学步于盛唐，应情而发，能通于人。"[6] 评吕本中《采桑子》（恨君不似江楼月）曰："语语无饰，似女子口授，不繇笔写者。情语不在艳而在真，此也。"[7] 批评葛实甫《南唐浣溪沙》（露湿鞋儿小径幽）曰："气骨扫尽矣。与其假气骨，宁真风味。"[8]

沈际飞对言"情"与写"真"的深切把握，对后世词学者有深远影响。如况周颐《蕙风词话》卷一云："真字是词骨，情真，景真，所作必传，且易脱稿。"[9] 王国维《人间词话》云："能写真景物、真感情者，谓之有境界。"[10]

第二，欣赏自然隽逸，主张翻新出奇。

明词创作多有尘俗纤绮之弊，沈际飞认为作词应具自然隽逸之风，反对刻意雕琢。如他评李白《菩萨蛮》（平林漠漠烟如织）曰"古词妙处，

---

[1] 邓子勉编：《明词话全编》，凤凰出版社 2012 年版，第 5335 页。
[2] 邓子勉编：《明词话全编》，凤凰出版社 2012 年版，第 5412 页。
[3] 邓子勉编：《明词话全编》，凤凰出版社 2012 年版，第 5348 页。
[4] 邓子勉编：《明词话全编》，凤凰出版社 2012 年版，第 5339 页。
[5] 邓子勉编：《明词话全编》，凤凰出版社 2012 年版，第 5336 页。
[6] 邓子勉编：《明词话全编》，凤凰出版社 2012 年版，第 5364 页。
[7] 邓子勉编：《明词话全编》，凤凰出版社 2012 年版，第 5414 页。
[8] 邓子勉编：《明词话全编》，凤凰出版社 2012 年版，第 5465 页。
[9] 唐圭璋编：《词话丛编》，中华书局 1986 年版，第 4408 页。
[10] 唐圭璋编：《词话丛编》，中华书局 1986 年版，第 4240 页。

只是天然无雕饰"[1]，认为《忆秦娥》（箫声咽）"有林下风气"[2]；夸赞温庭筠《菩萨蛮》（南园满地堆轻絮）"隽逸之致，追步李白"[3]；评万俟咏《长相思》（短长亭）曰"此词发妙旨于律吕之中，运巧思于斧凿之外"[4]；评刘过《唐多令》（芦叶满汀洲）曰"情畅、语俊，韵协音调，不见扭造，此改之得意之笔"[5]。沈氏好以"隽""俊""俏""标致"等鲜活生动的口语评点词作，如评欧阳修《木兰花》（南园春蝶能无数）曰"词最隽"[6]；评张先《菩萨蛮》（哀筝一弄湘江曲）曰"'断肠'二句俊极"[7]。若有比"隽"更过者则评之为"妖""媚"，如评欧阳修《浣溪沙》（雨过残红湿未飞）曰"软而灵"[8]；评秦观《海棠春》（流莺窗外啼声巧）曰"媚杀"[9]。若与之相反，沈氏即评之为"粗恶""粗鄙"。

宋人作词已注意讲求新意，如杨缵《作词五要》曰："要立新意。若用前人诗词意为之，则蹈袭无足奇者。须自作不经人道语，或翻前人意，便觉出奇。或只能炼字，诵才数过，便无精神，不可不知也。更须忌三重四同，始为具美。"[10]明人面对难以逾越的唐、宋词的创作高峰，当更具求新求变的压力，故而沈际飞认为作词应当翻新出奇，不落俗套。他指出文学艺术的生命在于文人的不断创新，如他评秦观《江城子》（西城杨柳弄春柔）结句曰："李后主'问君能有几多愁，恰似一江春水向东流'，少游翻之，文人之心浚于不竭。"[11]沈氏特别留意词人的翻新出彩之处，如评和凝《采桑子》（蟾蜍领上诃梨子）曰："翻空见

---

[1] 邓子勉编：《明词话全编》，凤凰出版社2012年版，第5326页。
[2] 邓子勉编：《明词话全编》，凤凰出版社2012年版，第5328页。
[3] 邓子勉编：《明词话全编》，凤凰出版社2012年版，第5326页。
[4] 邓子勉编：《明词话全编》，凤凰出版社2012年版，第5324页。
[5] 邓子勉编：《明词话全编》，凤凰出版社2012年版，第5344页。
[6] 邓子勉编：《明词话全编》，凤凰出版社2012年版，第5398页。
[7] 邓子勉编：《明词话全编》，凤凰出版社2012年版，第5324页。
[8] 邓子勉编：《明词话全编》，凤凰出版社2012年版，第5325页。
[9] 邓子勉编：《明词话全编》，凤凰出版社2012年版，第5331页。
[10] 唐圭璋编：《词话丛编》，中华书局1986年版，第268页。
[11] 邓子勉编：《明词话全编》，凤凰出版社2012年版，第5347页。

奇。"[1]评秦观《鹊桥仙》（纤云弄巧）曰："七夕以双星会少别多为恨，独谓情长不在朝暮，化腐朽为神奇。"[2]评苏轼《浣溪沙》（风压轻云贴水飞）曰："首句化腐为新。"[3]评陆游《卜算子》（驿外断桥边）曰："排涤陈言，太为梅誉。"[4]沈际飞还常以"奇""幻"评词。如他对李清照《如梦令》（昨夜雨疏风骤）中的"绿肥红瘦"赞叹道："创获自妇人，大奇。"[5]评欧阳修《浪淘沙》（帘外五更风）曰："'吹梦'奇。""幻想异姿。"[6]评黄昇《南乡子》（万籁寂无声）曰："幻思，幻调。"[7]评姜夔《念奴娇》（闹红一舸）曰："'水佩风裳'幽奇。'冷香'句，花魂飞动并自己诗句活舞矣。"[8]

与沈际飞大致同时的俞彦在《爰园词话》中说："遇事命意，意忌庸、忌陋、忌袭。立意命句，句忌腐、忌涩、忌晦。"[9]这与沈际飞在词学评点中自然隽永、翻新出奇的主张颇有相通之处，反映了晚明词坛词学理论与实践之间的相互呼应。

第三，讲究字句章法，辨析词调音韵。

关于词之作法技巧的理论，宋末张炎、沈义父等人都有精彩的论述，而明代陈霆、王世贞、杨慎等著名词学理论家对此则极少论列，沈际飞直接吸纳宋人观点并将其运用于评点实践之中。秦士奇《草堂诗余叙》指出沈氏评词"大约取其命意远、造语鲜、炼字响、用字便，典丽清圆，一一粘（拈）出"[10]。沈际飞重视虚字的运用，如评柳永《戚氏》（晚秋天）曰："插字之妥，撰句之隽，耆卿所长。"[11]评李南金

---

[1] 邓子勉编：《明词话全编》，凤凰出版社2012年版，第5414页。
[2] 邓子勉编：《明词话全编》，凤凰出版社2012年版，第5367页。
[3] 邓子勉编：《明词话全编》，凤凰出版社2012年版，第5325页。
[4] 邓子勉编：《明词话全编》，凤凰出版社2012年版，第5390页。
[5] 邓子勉编：《明词话全编》，凤凰出版社2012年版，第5323页。
[6] 邓子勉编：《明词话全编》，凤凰出版社2012年版，第5396页。
[7] 邓子勉编：《明词话全编》，凤凰出版社2012年版，第5338页。
[8] 邓子勉编：《明词话全编》，凤凰出版社2012年版，第5442页。
[9] 唐圭璋编：《词话丛编》，中华书局1986年版，第400页。
[10] 邓子勉编：《明词话全编》，凤凰出版社2012年版，第5313页。
[11] 邓子勉编：《明词话全编》，凤凰出版社2012年版，第5384页。

《贺新郎》（流落今如许）曰："善用虚字斡运，如'先''更''若''且'，但恐一个字如许也。有'休记''浑欲'两个字机走。"[1]评史达祖《双双燕》（过春社了）曰："'欲'字、'试'字、'还'字、'又'字入妙。"[2]批评万俟咏《三台》（见梨花初带夜月）曰："杂遝少伦，过接唤应，虚字少力。"[3]

沈际飞认为，不仅要善于搭配字句，还需将字句运用与谋篇布局结合起来。他评史达祖《绮罗香》（做冷欺花）曰："一曲之中，句句高妙者少，但相搭衬副得去，于好发挥处用工取胜。"[4]评何籀《点绛唇》（莺踏花翻）曰："起句结句俱难得，填词每以此取胜。"[5]评晁补之《洞仙歌》（青烟幕处）曰："凡作诗词，当如常山之蛇，救首救尾。'青烟幕处'至'卧桂影'固已佳矣；后段'都将许多明，付与金樽'至'素秋千顷'，可谓善救首尾者也。"[6]强调了开头与结尾的重要性。他赞赏周邦彦《惜余春慢》（水浴清蟾）曰："章、句、字，作家拈来都合。"[7]他批评无名氏《鱼游春水》（秦楼东风里）曰："'凤箫''孤雁'未黏对；'望断清波'未工；前云鱼游，后曰无鲤，未顺。尽若此，不足重也。"[8]

明代较早对词调名源起进行论析的是杨慎的《词品》，杨慎认为词调名多取自诗句，并且多缘题赋词。此见解虽然有些绝对化，但有一部分是可信从的。沈际飞《草堂诗余四集发凡·疏名》所论词调名来源一段即录自《词品》，沈氏评点时对一些词调名来源的说明，也多借鉴杨慎的观点。如他评白居易《忆江南》（江南好）曰："唐有《法曲献仙音》，乐天改今名。"[9]评李后主《捣练子》（深院静）云："调名捣练，

---

[1] 邓子勉编：《明词话全编》，凤凰出版社2012年版，第5407页。
[2] 邓子勉编：《明词话全编》，凤凰出版社2012年版，第5362页。
[3] 邓子勉编：《明词话全编》，凤凰出版社2012年版，第5384页。
[4] 邓子勉编：《明词话全编》，凤凰出版社2012年版，第5374页。
[5] 邓子勉编：《明词话全编》，凤凰出版社2012年版，第5324页。
[6] 邓子勉编：《明词话全编》，凤凰出版社2012年版，第5352页。
[7] 邓子勉编：《明词话全编》，凤凰出版社2012年版，第5370页。
[8] 邓子勉编：《明词话全编》，凤凰出版社2012年版，第5354页。
[9] 邓子勉编：《明词话全编》，凤凰出版社2012年版，第5409页。

即咏捣练。大意以秋闺概之,唐词本体。"[1] 就这一部分而言,沈际飞的创新之处较少。

沈际飞注意到词谱的重要作用及其弊病,他说:"维扬张世文(张綖)作《诗余图谱》七卷,每调具图,后系辞,于宫调失传之日为之规规而矩矩,诚功臣也。但查卷中,一调先后重出,一名有中调、长调而合为一调,舛错非一。"[2] 鉴于此,沈氏注意对词调的句读、分片等问题进行辨析,称"余则以一调为主,参差者明注字数多寡,庶定格自在,神明惟人,即此是谱不烦更觅图谱矣"(《草堂诗余四集发凡·定谱》)。如他评叶清臣《贺圣朝》(满斟绿醑留君住)曰:"按此调多参差不同,旧谱羡'日'字,正之,恐犯《眼儿媚》调;新谱以'日'字连下读,又不成句。《词选》于两段末作五字句,换头作八字,叶,可从。"[3]《贺圣朝》一调首见于冯延巳,其体式繁多,诸体皆由冯词添字或摊破句法而来,所以容易致误。沈际飞还对词选中词调、曲调相混的现象予以辨正:"甚而调名亦混,如王元美《西江月》混入《少年游》,苏景元《踏莎行》混入《木兰花》,王止仲《踏莎行》混入《水龙吟》,徐山淑《霜天晓角》六调混为三调,杨用修《莺啼序》一调割为二调。尤可笑者,《金字经》《水仙子》《天净沙》《一枝花》《折桂令》《梁州序》,皆以北曲混入。"(《草堂诗余四集发凡·刊误》)[4]

沈际飞评词,留意其用韵情况。如他评孙夫人《南乡子》(晓日压重檐)曰:"'欢'字非韵。"[5] 对精通词乐的周、柳等人,他也指摘其用韵之不足,如他评柳永《诉衷情近》(景阑昼永)曰:"'好'字韵重。"[6] 评周邦彦《侧犯》(暮霞霁雨)曰:"'静'字韵重。"[7]

元、明之际,北曲流行,词韵、曲韵相混现象日益突出,沈际飞对

---

[1] 邓子勉编:《明词话全编》,凤凰出版社2012年版,第5385—5386页。
[2] 邓子勉编:《明词话全编》,凤凰出版社2012年版,第5319—5320页。
[3] 邓子勉编:《明词话全编》,凤凰出版社2012年版,第5332页。
[4] 邓子勉编:《明词话全编》,凤凰出版社2012年版,第5319页。
[5] 邓子勉编:《明词话全编》,凤凰出版社2012年版,第5338页。
[6] 邓子勉编:《明词话全编》,凤凰出版社2012年版,第5349页。
[7] 邓子勉编:《明词话全编》,凤凰出版社2012年版,第5349页。

此予以批评。杨慎认为词韵可以谐俗，不可死守沈约以来的诗韵："元人周德清著《中原音韵》，一以中原之音为正，伟矣。"[1]他主张以《中原音韵》为准，以曲韵作词韵。周德清根据当时北曲的语音系统写成《中原音韵》一书，将入声字分别归于平、上、去三声，曲韵平、上、去三声皆可以通押。沈际飞则认为，词韵依照诗韵，可通押，然词韵与曲韵有别，不可混同，他指出："上古有韵无书，至五七言体成而有诗韵，至元人乐府出而有曲韵。诗韵严而琐，在词当并其独用为通用者綦多，曲韵近矣。然以上支、纸、置分作支思韵，下支、纸、置分作齐微韵，上麻、马、祃分作家麻韵，下麻、马、祃分作车遮韵，而入声隶之平、上、去三声，则曲韵不可以为词韵矣。"（《草堂诗余四集发凡·研韵》）他慨叹："钱塘胡文焕有《文会堂词韵》，似乎开眼，乃平、上、去三声用曲韵，入声用诗韵，居然大盲。世不复考，将词韵不亡于无，而亡于有，可深叹也。愿另为一编正之。"（《草堂诗余四集发凡·研韵》）《文会堂词韵》杂用曲韵、诗韵，所以沈氏欲另为一编以正其谬，然未果。入清之后，严分词韵与曲韵的观念在词学界逐渐占据上风，如产生极大影响的戈载《词林正韵》即认为曲韵可平、上、去通叶且无入声，词韵则必须有入声之调，曲韵不可为词韵。

第四，肯定金元明词，不随流俗。

明代一些词学家对金元词颇有偏见。如王世贞《艺苑卮言》说："元有曲而无词，如虞、赵诸公辈，不免以才情属曲，而以气概属词，词所以亡也。"[2]王世贞将词体创作看作元曲的附庸，不免偏颇。沈际飞则以比较公正的态度看待金元词，如他评邓千江《望海潮》（云雷天堑）曰："全步骤沈公述（沈唐）'山光凝翠'一调，而繁缛雄壮十倍过之。又，金人乐府称千江第一，小词盛时不限夷夏也。"[3]评金主完颜亮《昭君怨·咏雪》（昨夜樵村渔浦）曰："古峭。'惊问'字妙得娇懒

---

[1] 唐圭璋编：《词话丛编》，中华书局1986年版，第436页。
[2] 唐圭璋编：《词话丛编》，中华书局1986年版，第393页。
[3] 邓子勉编：《明词话全编》，凤凰出版社2012年版，第5448页。

况。"[1] 评吴激《木兰花慢》（敞千门万户）曰："妙语是妙境发之，妙境非妙语不出。"[2] 评元好问《满江红》（天上飞鸟）曰："爽籁。""遗山极称辛稼轩词，及观遗山，深于用事，精于炼句，风流蕴藉，媲却周、秦，初无稼轩豪迈之气。"[3] 又评元好问题画词《虞美人》（槐阴别院宜清昼）曰："淹秀明约，书画中逸品。"[4]

对于本朝创作，明人自我评价整体不高。如陈霆《渚山堂词话》指出："予尝妄谓我朝文人才士，鲜工南词。间有作者，病其赋情遣思、殊乏圆妙。甚则音律失谐，又甚则语句尘俗。求所谓清楚流丽，绮靡酝藉，不多见也。"[5] 王世贞认为，"我明以词名家"的刘基、杨慎、夏言三人与宋人相比，"近似而远"或"去宋尚隔一尘"。[6] 而沈际飞对明词评价相对较高，常以唐宋词作为衡量之标准。如他评杨慎《荷叶杯》（枕上一声鸡唱）曰："直逼顾夐九调。"[7] 评王世贞《眼儿媚》（青草茸茸正芳柔）曰："跨宋。"[8] 评陈淳《如梦令》（吟罢池边杨柳）曰："宋人笔。"[9] 评王世贞《怨王孙》（愁似中酒）曰："看当代词，伯温（刘基）、纯叔（吴子孝）辈圆厚朴老，元美（王世贞）、徵仲（文徵明）辈法无不尽，情无不出，俨然初盛之分。秦公庸（秦士奇）先生首肯曰：'近日君子何以自处。'"[10] 此论未必切，但实为沈氏对当时流行的明词中衰论的一种反拨。沈际飞能较为客观地评价金元明词，无时人贵远贱近、厚古薄今之习，值得肯定。

沈际飞还指出明词创作存在的曲化倾向及其原因。如他评杨慎《个

---

[1] 邓子勉编：《明词话全编》，凤凰出版社2012年版，第5410页。
[2] 邓子勉编：《明词话全编》，凤凰出版社2012年版，第5443页。
[3] 邓子勉编：《明词话全编》，凤凰出版社2012年版，第5404页。
[4] 邓子勉编：《明词话全编》，凤凰出版社2012年版，第5428页。
[5] 唐圭璋编：《词话丛编》，中华书局1986年版，第378—379页。
[6] 唐圭璋编：《词话丛编》，中华书局1986年版，第393页。
[7] 邓子勉编：《明词话全编》，凤凰出版社2012年版，第5456页。
[8] 邓子勉编：《明词话全编》，凤凰出版社2012年版，第5466页。
[9] 邓子勉编：《明词话全编》，凤凰出版社2012年版，第5458页。
[10] 邓子勉编：《明词话全编》，凤凰出版社2012年版，第5468页。

侬》（恨个侬无赖）曰："'唱好是''唱道是'，元曲中衬词。"[1] 评马洪《满庭芳》（春老园林）曰："浩澜自附柳耆卿，多柔秀词，但带元曲气。"[2] 沈际飞对词的曲化倾向似乎比较宽容，如评王世贞《南乡子》（薄幸总难熬）一词曰："已落吴江、嘉兴歌腔，然俚字村谣，嗜好情欲，任性而合天。元美尝喜棹歌中《月子弯弯》二首，固不避也。"[3]

借戏曲评点词作是明代富有特色的评点方法，汤显祖在评《花间集》中已初露端倪（丁按：汤显祖评《花间集》之真伪，学界有争议。参叶晔《汤显祖评点〈花间集〉辨伪》，《文献》2016年第4期），而沈际飞也善用此法。如他评无名氏《生查子》（闲倚曲屏风）曰："《悦容编》论美人脚下具足，芙蓉之面，杨柳之腰，秋水之波，春山之黛。《西厢记》：脚踪儿将心事传：恶能忘，恶能忘。"[4] 评朱淑真《生查子》（去年元夜时）曰："王实甫词本此。调甚佳，非良家妇所宜有。"[5] 评牛峤《菩萨蛮》（风帘燕舞莺啼柳）曰："《绣襦记》开场好词。"[6] 借戏曲评词既有利于欣赏原词，又有助于拓展读者的思维与欣赏空间。

明代较早的词学评点家杨慎评点顾从敬《类编草堂诗余》，或解释词调名来源，或用眉批作艺术鉴赏，而评语并不太多。沈际飞的词学评点则规模宏大、内容丰富，有章句、风格等艺术鉴赏，也有词调、词韵等词体辨析，富于时代特色，具有较高水平，在一定程度上推进了明代词学评点的发展。沈际飞的词论及评点曾被《古今词统》《古今诗余醉》《古今词论》《词苑丛谈》等多种词选、词话大量征引，足见沈氏评点影响之广。随着词学评点的发展，其内容更为丰富，理论色彩更为浓厚，清代"常州词派"的理论基石便是通过张惠言《词选》的编选、评点这

[1] 邓子勉编：《明词话全编》，凤凰出版社2012年版，第5504页。
[2] 邓子勉编：《明词话全编》，凤凰出版社2012年版，第5489页。
[3] 邓子勉编：《明词话全编》，凤凰出版社2012年版，第5474页。
[4] 邓子勉编：《明词话全编》，凤凰出版社2012年版，第5387页。
[5] 邓子勉编：《明词话全编》，凤凰出版社2012年版，第5387页。
[6] 邓子勉编：《明词话全编》，凤凰出版社2012年版，第5391页。

种批评模式建构起来的。所以对于词集评点，明人开辟之功实不可没。

三、词学标榜：言情为词之基本体性与推尊词体

《草堂诗余四集》中汇集了多篇重要序文，如何良俊《草堂诗余序》，秦士奇《草堂诗余叙》，沈际飞《草堂诗余四集序》《草堂诗余别集小序》，黄河清《续草堂诗余序》等都值得关注。沈际飞在序言中宣扬自己的词学主张，将言情视为词的基本体性并极力推尊词体，这在当时可谓独树一帜，并对之后的词坛产生了一定影响，在明代词学批评史上值得重视。

第一，言情为词之基本体性。

重情主情是明代词学批评中的一条重要线索。明代词坛所重视之情，多为委婉动人的儿女情。如杨慎《词品》曰："大抵人自情中生，焉能无情，但不过甚而已。宋儒云：'禅家有为绝欲之说者，欲之所以益炽也。道家有为忘情之说者，情之所以益荡也。圣贤但云寡欲养心，约情合中而已。'予友朱良矩尝云：'天之风月、地之花柳与人之歌舞，无此不成三才。'虽戏语亦有理也。"[1]其所说之"情"，是属于"风月""花柳""歌舞"之类的男女享乐之情。又如王世贞曰："词须宛转绵丽，浅至儇俏，挟春月烟花于闺幨内奏之，一语之艳，令人魂绝，一字之工，令人色飞，乃为贵耳。至于慷慨磊落，纵横豪爽，抑亦其次，不作可耳。作则宁为大雅罪人，勿儒冠而胡服也。"[2]王氏所言之"情"，则更多地侧重于"春月烟花"与"闺幨"之内的儿女私情了。

沈际飞认为："诗余之传，非传诗也，传情也！"[3]而沈氏所言之"情"的范围较广，并非局限于儿女之情，他在《草堂诗余别集小序》

---

[1] 唐圭璋编：《词话丛编》，中华书局1986年版，第467页。
[2] 唐圭璋编：《词话丛编》，中华书局1986年版，第385页。
[3] 邓子勉编：《明词话全编》，凤凰出版社2012年版，第5315页。

中描述了人类丰富复杂的各种情感:"块然中处,喜则心气乘之,怒则肝气乘之,思则脾气乘之,恐则肾气乘之,悲忧则肺气乘之,惊则五藏之气乘之。人流转于七情,而《别集》中忤合万状,触目生芽,愬然而思,懔然而惊,哑然而笑,澜然而泣,欼然而哭,搥击肺肠,镂刻心肾,年千世百,无智愚皆知,有别欤?无别欤?"[1]沈际飞认为,七情六欲乃人天生之禀赋,而词体则具有其他文体所不及的强大的抒情功能:"于戏!文章殆莫备于是矣。非体备也,情至也。情生文,文生情,何非文情?而以参差不齐之句,写郁勃难状之情,则尤至也。"(《草堂诗余四集序》)沈际飞赋予"情"以更广内涵的同时,又将言情视为词的基本体性,展示着明代词坛言情说的变化和发展。稍后的孟称舜在《古今词统序》中提出,词本于情,而情有多种,或"婉娈",或"凄怆",或"愤怅","皆为本色,宁必姝姝媛媛,学儿女子语,而后为词哉?"[2]此论或许即受到沈氏启发。

第二,倡比兴寄托,推尊词体。

词为"小道""卑体",乃宋代流传下来的词体观念,虽然历来有词学家努力尊体,但在正统文人眼里,词体仍不能与传统的诗文相提并论。明人沿袭"词为小道"的传统观念,如陈霆《渚山堂词话》说:"词曲于道末矣。纤言丽语,大雅是病。"俞彦《爰园词话》则说:"词于不朽之业最为小乘。"轻视词体的观念对本已处于发展困境的明词十分不利,沈际飞则试图提高词体地位,以尊体促进词体发展。

一方面,沈际飞推词体为历来各种文体之集大成者。在《草堂诗余四集序》中,他先后驳斥了历代"以风气贬词""以体裁贬词""以音义言词而为词解嘲"等三种观点,认为词"有似文者焉,有似论者焉,有似序记者焉,有似箴颂者焉",指出"词吸三唐以前之液,孕胜国(元代)以后之胎",得出"文章殆莫备于是矣"的结论。另一方面,他认为词"虽其镌镂脂粉,意专闺幨,安在乎好色而不淫?而我师尼氏删

---

[1] 邓子勉编:《明词话全编》,凤凰出版社2012年版,第5408页。
[2] 卓人月汇选:《古今词统》,辽宁教育出版社2000年版,"序"第3页。

《国风》,逮《仲子》《狡童》之作,则不忍抹去。曰'人之情,至男女乃极'。未有不笃于男女之情,而君臣、父子、兄弟、朋友间反有钟吾情者。况借美人以喻君、借佳人以喻友,其旨远,其讽微,仅仅如欧阳舍人所云'叶叶花笺,文抽丽锦;纤纤玉指,拍按香檀。不无清绝之词,用助娇娆之态'而已哉?"[1]他借诗教中的"夫妇之义"与以"美人"喻君友的比兴、寄托之说来尊体,将言情与尊体二者紧密地结合起来。这一观点在稍后的陈子龙那里得到了反响。陈子龙认为:"风骚之旨皆本言情,言情之作必托于闺襜之际。"[2]陈子龙于明清易代之际所作之词(《湘真阁存稿》),比较自觉地运用了"香草美人"的手法,于春情绮思中寄托家国之恨。陈子龙词中的寄寓,正体现了其"风骚之旨",以及"必托于闺襜之际"的理论,沈氏观点当是其近源。

沈际飞的尊体意识在词集评点之中也时有流露。如他评苏轼《南乡子》(寒玉细凝肤)曰:"是词非诗而实诗,尊诗贬词者合作何解?"[3]评沈周、文徵明、王世贞三人所作同调同题词《满江红·题宋高宗赐岳飞手敕》曰:"石田端烈,衡山精细,凤洲谐刻,维持天地间君臣大义也,词于是续经史矣。"[4]评柳永《望梅》(小寒时节)曰:"桃李小人也,梅君子也。填词即绮靡,而三百微婉之旨存焉。"[5]沈际飞立论有未妥之处(如认为文章莫备于词,就难为人所认同),而其推尊词体的立论在明代词坛可谓独树一帜。沈际飞所标榜的"比兴寄托"之说后来在"常州词派"那里得到了回应与发展,其观点可视为"常州词派"之先声。

总而言之,在明末词坛,沈际飞《草堂诗余四集》的编选、评点及其词学思想都有超轶流俗之处,展示着明清之际词学思想的嬗递,对于考察号称"中兴"的清代词学也有着重要的参照作用。这也提示人们,

---

[1] 邓子勉编:《明词话全编》,凤凰出版社2012年版,第5315页。
[2] 邓子勉编:《明词话全编》,凤凰出版社2012年版,第4543页。
[3] 邓子勉编:《明词话全编》,凤凰出版社2012年版,第5428页。
[4] 邓子勉编:《明词话全编》,凤凰出版社2012年版,第5488页。
[5] 邓子勉编:《明词话全编》,凤凰出版社2012年版,第5376页。

深入探讨明代词学，包括词集编选、评点、序跋等易为人忽视的词学资料，或许会有新的学术发现。

（原题为《〈草堂诗余四集〉的编选评点及其词学意义》，载《文学评论》2009年第3期，作者：丁放、甘松）

《古今词统》研究

一

《古今词统》十六卷，明卓人月编选，徐士俊参评。卓人月（1606—1636），字珂月，号蕊渊，仁和（今浙江杭州）人。贡生，喜交游，后入复社。著有《蟾台集》《蕊渊集》《晤歌》等。徐士俊（1602—1681），本名翙，字野君，一字三有，号西湖散人，仁和（今浙江杭州）人。

在明代众多的词选中，《古今词统》具有独特的价值。明代词人读词作词，无不深受《草堂诗余》的影响，《草堂诗余》原本可能是无名氏所编，经南宋何士信改编后流行。何编本成书于宋宁宗庆元（1195—1200）之前，前后集各二卷，共四卷，陈振孙《直斋书录解题》著录为二卷。书中选唐、宋词367首，以宋词为主，前集按时令分为春景、夏景、秋景、冬景四类，后集按节序、天文等分为七类，共十一类。该书向来与《花间集》并称，为中国词学史上著名的词选，影响了有明一代的词学。今存明洪武壬申（1392）遵正堂刻本。但该书体例并不完善，如所书词人字号不够统一，词后所附各家词话多舛误，等等，且选词数量过少，不足以窥见唐、宋词之精华，示人以学词门径。嘉靖十七年（1538），明人陈钟秀《精选名贤词话草堂诗余》刊行，此书是何士信《草堂诗余》的改编本，其打乱了原书的次第和分类，篇目亦有一定增删，总篇数未变。嘉靖二十九年（1550），明人顾从敬《类编草堂诗余》刊行，该书共四卷，选词443首，较何氏原书多出76首。《类编草堂诗余》最主要的变化是首次按词的字数分类,将词分为小令、中调、长调。近人王鹏运《精选名贤词话草堂诗余跋》曰:"近人论词以字数多寡分长中短调,谓始于《草堂》,颇为识者所訾。……始知以字数为次者,乃明人羼乱之本,非本然也。"[1] 又如刻于嘉靖十七年(1538)的《草堂诗余别录》,是由明张綖编选,据明刻浙本《草堂诗余》节选而成,篇幅仅为原书四分之一。明吴从先编选的《草堂诗余隽》,为宋本《草堂诗余》的改编本,选词433首,分类排列,刻本粗劣,讹误甚多。明末沈际飞《古香岑草堂诗余四集》,是《草堂诗余》的扩编本。该书共四集,第一集为《草堂诗余正集》六卷,以顾从敬《类编草堂诗余》为底本,重新分卷,增至466首词,系沈际飞重编;第二集为《草堂诗余续集》二卷,录唐宋金元人词225首;第三集为《草堂诗余别集》四卷,收唐宋金元人词463首,为前二集未选者;第四集为《草堂诗余新集》五卷,用钱允治《国朝诗余》为底本改编,专选明词,共524首。四集共选词1674首,规模较大,而且从唐到明代之词皆有入选。该书一部分是改编旧本,一部分是新选,体现了明末人对"草堂"系列的反思,然其体例尚不够统一,让人感觉是几个选本的连缀体,故亦难称善本。以上是明代"草堂"系列词选的大致情况,应当说这一系列并不完善。

明人陈耀文《花草粹编》规模较大,从书名即可见其受《花间集》与《草堂诗余》影响甚深。"草堂"系列之外,明代也出现了一批词选,如《天机余锦》,成书于嘉靖二十九年(1550)之前,昔人多谓为元人所编,实误。此书有明蓝格抄本,今藏于台北。此书选词1256首,主要取材于何士信所编《草堂诗余》、元凤林书院所编《精选名儒草堂诗余》,旁及周邦彦、刘过、曾觌、刘克庄、张炎、元好问、张雨、张翥、冯延登、瞿佑诸人的别集。其取材范围偏窄,难称一代之选。杨慎(1488—1559)选有《词林万选》,有万历二十二年(1594)刻本;《百琲明珠》,有万历四十一年(1613)刻本。周逊《词品序》曰:"翁(丁

---

[1] 施蛰存主编:《词籍序跋萃编》,中国社会科学出版社1994年版,第671页。

按：指杨慎）为当代词宗，平日游艺之作，若长短句，若《填词选格》，若《词林万选》，若《百琲明珠》，与今《词品》，可谓妙绝古今矣。"[1]《词林万选》有嘉靖癸卯（1543）任良干序，该序称杨慎家藏五百家唐宋词，在此基础上选词四卷，皆《草堂诗余》所未收，但《四库全书总目》已指出杨慎家藏五百家词集之说为夸大之辞，毛晋《词林万选跋》又指出其中有《草堂诗余》已选之词。《词林万选》选词仅234首，篇幅过小，无法反映唐宋至明代词的盛况，且体例驳杂，如苏轼词卷一、卷三、卷四皆入选，黄庭坚词卷二、三、四皆入选，书中署词人姓氏也不统一，或署名，或署字，或署号，总之水平不高。《四库全书总目》甚至说："疑慎原本已佚，此特后来所依托耳。"[2]《百琲明珠》共五卷，选唐宋金元词158首，流传不广，未能对词坛产生重大影响。明人董逢元《唐词纪》共十六卷，编于万历二十二年（1594），专选唐五代词，《四库全书总目》谓其编排上体例混乱，"不以人序，不以调分"，"割裂无绪"，失误之处亦复不少。明茅暎编选的《词的》四卷，有万历四十八年（1620）刻本，选唐至明代词391首，以"幽俊香艳"为宗，格调不高，多承前人之误，评语亦多肤廓。又有明人陆云龙编选的《词菁》二卷，此书仿宋人《草堂诗余》体例，分类选词，共选唐至明代词270余首，选词主"新奇香艳"，规模也偏小，有崇祯四年（1631）刻本。

综上所述，明代词选或选词偏少，或体例驳杂，没有一个理想的选本，直到《古今词统》出现，这种情况才有了根本的改变。此书为明末大型词选，以《花间集》《尊前集》以及明顾从敬《类编草堂诗余》、长湖外史《草堂诗余续集》、沈际飞《草堂诗余别集》和《草堂诗余新集》、钱允治《国朝诗余》[3] 诸书为基础，凡收词491家（其中隋1家、唐33家、五代19家、宋221家、金21家、元91家、明105

---

[1] 施蛰存主编：《词籍序跋萃编》，中国社会科学出版社1994年版，第856—857页。
[2] 永瑢等：《四库全书总目》卷二〇〇，中华书局1965年版，第1833页。
[3] 据陶子珍《明代词选研究》（台湾秀威资讯科技股份有限公司2006年版）统计，二书重复者约百分之三十。

家），词作依字数多寡排列，起《十六字令》，终《莺啼序》，凡329调，词2018首。[1] 此书上起隋、唐，下至明代，将历朝词汇于一编，故名之曰《古今词统》，为明代仅次于陈耀文《花草粹编》的最具规模的一部历代词总集。卷末附徐士俊、卓人月唱和词一卷，亦分调排列，收徐词69首，卓词67首，共136首。词下有笺注评点，又有圈点眉批。卷首有孟称舜序、徐士俊序和旧序八篇：何良俊《草堂诗余序》、黄河清《续草堂诗余序》、陈仁锡《续诗余序》、杨慎《词品序》、王世贞《词评序》、钱允治《国朝诗余序》、沈际飞《诗余四集序》、沈际飞《诗余别集序》；又"杂说"六篇：张炎《乐府指迷》（丁按：《乐府指迷》实为沈义父作）、杨万里《作词五要》（丁按：《作词五要》实为杨缵作）、王世贞《论诗余》、张綖《论诗余》、徐师曾《论诗余》、沈际飞《诗余发凡》。孟序谓："己巳秋，（珂月）过会稽，手一编示予，题曰《古今词统》。"故知孟序作于崇祯二年己巳（1629）。徐序末尾曰："癸酉花朝徐士俊野君题于湘蘂馆。"可知徐序作于崇祯六年癸酉（1633）。是书当始编于崇祯二年，成书于崇祯六年。[2] 此书传布后，曾有书坊剜改卷端、书口等处，以《草堂诗余》《诗余广选》之名续印。清代词人、康熙朝文坛盟主王士禛《倚声初集辑评序》曰："《花间》《草堂》尚矣。《花庵》博而未核，《尊前》约而多疏；《词统》一编，稍摄诸家之胜。"[3] 王士禛认为《古今词统》能取唐、宋以来诸家词选之长，此话不无道理，不仅如上所述的明代诸词选各有明显缺点，《花间集》《尊前集》《花庵词选》等五代及宋代的重要词选亦皆为某一时段的选本，只有《古今词统》兼顾各代之词选，而又以宋、明两朝为主，厚古而不薄今，选词的总量也比较适中，便于中等文化程度的人研习。

　　《古今词统》的选词数量也体现了它的词学思想。兹将该书选词10

---

[1] 相关统计数据与王兆鹏《词学史料学》（中华书局2004年版），王兆鹏、刘尊明主编《宋词大辞典》（凤凰出版社2003年版），李康化《明清之际江南词学思想研究》（巴蜀书社2001年版），谷辉之校点《古今词统·本书说明》（辽宁教育出版社2000年版）均有出入。

[2] 卓人月弟卓回《古今词汇·缘起》曰："余兄《词统》一书，成于壬申、癸酉间（1632—1633）。"（赵尊岳辑：《明词汇刊》下册，上海古籍出版社2003年版，第1544页）

[3] 葛渭君编：《词话丛编补编》，中华书局2013年版，第382页。

首以上的词人罗列如下(作家的字号、隶属朝代依《古今词统·氏籍》):

姓名	字、号	朝代	入选词数
辛弃疾	幼安	宋	141
杨慎	用修	明	60
蒋捷	胜欲	宋	50
吴文英	君特	宋	49
刘克庄	潜夫	宋	45
陆游	务观	宋	45
周邦彦	美成	宋	42
苏轼	子瞻	宋	41
黄庭坚	鲁直	宋	37
秦观	少游	宋	36
王世贞	元美	明	35
高观国	宾王	宋	34
毛滂	泽民	宋	32
刘基	伯温	明	31
史达祖	邦卿	宋	28
晏几道	叔原	宋	24
程垓	正伯	宋	23
孙光宪	葆光子	前蜀	22
方千里		宋	20
牛峤	松卿	前蜀	20
欧阳修	永叔	宋	19
杨基	孟载	明	19
董斯张	遐周	明	18
李后主	重光	南唐	17
李清照	易安居士	宋	15
温庭筠	飞卿	唐	15

续表

姓名	字、号	朝代	入选词数
张先	子野	宋	15
沈自炳		明	14
汤显祖	义仍	明	13
顾夐		前蜀	12
白玉蟾	白叟	宋	11
瞿佑	宗吉	明	11
吴鼎芳	凝父	明	11
贺铸	方回	宋	10
黄昇	叔旸	宋	10
姜夔	尧章	宋	10
柳永	耆卿	宋	10
刘禹锡	梦得	唐	10
欧阳炯		后蜀	10
钱继章	尔斐	明	10
僧德洪	觉范	宋	10
赵长卿	仙源居士	宋	10

上表共42人，约占所选词人总数的十一分之一，入选词数却高达1095首，占全书的一半以上，因此，这个表是可以反映该书的审美倾向的。从上表可以得出以下结论：一是重要作家分布的朝代广泛，以宋、明两代为主，体现出编者鲜明的"词统"意识。二是高度推尊辛弃疾词，收其词141首，大大超过其他词人的词作数量。三是婉约与豪放兼收。以唐宋词人为例，传统上被认为是婉约词人的有温庭筠、李煜、张先、柳永、晏几道、秦观、周邦彦、程垓、李清照、姜夔、吴文英等；传统上被认为是豪放词人的有苏轼、黄庭坚、辛弃疾、陆游、刘克庄等。据上表可知，宋代著名词人的词作收录均较多，尤其是辛弃疾、刘克庄、陆游、苏轼、黄庭坚，竟分别占据选词数的第一、五、六、八、九位，选者重视以苏、辛为代表的豪放词的美学趣味是显而易见的。

一

《古今词统》一书的序言具有丰富的词学思想,对"正变"说的发展是其主要贡献。

古人所谓"正变",实质上是结合文学的发展变化,对文学风格或流派作出的总体性评断。"正"就是正宗、正体,"变"就是变体、别格。从历代词论家论词的发展变化的趋势看,词的正变问题,主要集中在对婉约与豪放两大风格流派的评判上。

以婉约与豪放并称来论词,最早是由明代词学家张綖提出来的,他说:"词体大略有二:一体婉约,一体豪放。婉约者欲其词情蕴藉,豪放者欲其气象恢弘,盖亦存乎其人,如秦少游之作,多是婉约;苏子瞻之作,多是豪放。大抵词体以婉约为正,故东坡称少游为今之词手,后山评东坡如教坊雷大使舞,虽极天下之工,要非本色。"[1] 张綖认为词的艺术风格有两大分野,婉约风格的特征是"词情蕴藉",豪放风格的特征是"气象恢弘"。显然,张綖的论述没有涉及正变,更没有对二者有所褒贬。据邓乔彬先生《论豪放词》[2] 一文研究,豪放与婉约的区别点在刚与柔、显与隐;豪放有粗豪宏大之意,婉约有细密柔美之意。以豪放评词为豪放派领袖词人苏轼首创,[3] 稍后的徐师曾却说:"至论其词,则有婉约者,有豪放者。婉约者欲其辞情蕴藉,豪放者欲其气象恢弘。盖虽各因其质,而词贵感人,要当以婉约为正。否则虽极精工,终乖本色,非有识之所取也。"[4] 他已经把词强分正变,并且以婉约为正、豪放为变。明代中期的王世贞则进一步发挥了徐氏崇婉约、抑豪放

---

[1] 《续修四库全书》第1728册,上海古籍出版社2003年版,第453页。

[2] 文载邓乔彬《词学廿论》,上海古籍出版社2005年版。

[3] 袁行霈、孟二冬、丁放《中国诗学通论》(安徽教育出版社1994年版)第四章第七节对此问题亦有论述。

[4] 徐师曾著,罗根泽校点:《文体明辨序说》(与《文章辨体序说》合刊),人民文学出版社1962年版,第165页。张仲谋《论明代词学的理论建树》(《文学遗产》2006年第5期)对此问题有所论述,可以参看。

的观点，他说："词者，乐府之变也。……故词须宛转绵丽，浅至儇俏，挟春月烟花，于闺幨内奏之。一语之艳，令人魂绝；一字之工，令人色飞，乃为贵耳。至于慷慨磊落，纵横豪爽，抑亦其次，不作可耳。"[1] 王世贞对豪放之作的贬抑是十分明显的。何良俊、沈际飞、王骥德诸人持论均与王世贞相同。卓人月的朋友孟称舜作《古今词统序》，向明代词坛流行的婉约本色论提出挑战。他基于词的情感理论，对豪放与婉约两种风格不强分优劣。孟称舜《古今词统序》是一篇重要的词学文献，兹不惮烦琐，征引如下：

> 诗变而为词，词变而为曲，词者，诗之余而曲之祖也。乐府以瞰径扬厉为工，诗余以宛丽流畅为美。故作词者率取柔音曼声，如张三影、柳三变之属。而苏子瞻、辛稼轩之清俊雄放，皆以为豪而不入于格。宋伶人所评《雨淋铃》《酹江月》之优劣，遂为后世填词者定律矣。予窃以为不然。盖词与诗、曲，体格虽异，而同本于作者之情。古来才人豪客，淑姝名媛，悲者喜者，怨者慕者，怀者想者，寄兴不一：或言之而低徊焉，宛恋焉；或言之而缠绵焉，凄怆焉；又或言之而嘲笑焉，愤恨焉，淋漓痛快焉。作者极情尽态，而听者洞心耸耳。如是者皆为当行，皆为本色。宁必姝姝媛媛，学儿女子语而后为词哉！故幽思曲想，张、柳之词工矣，然其失则俗而腻也，古者妖童冶妇之所遗也。伤时吊古，苏、辛之词工矣，然其失则莽而俚也，古者征夫放士之所托也。两家各有其美，亦各有其病，然达其情而不以词掩，则皆填词者之所宗，不可以优劣言也。予友卓珂月，生平持说，多与予合。己巳秋，过会稽，手一编示予，题曰《古今词统》。予取而读之，则自隋、唐、宋、元，以迄于我明，妙词无不毕具。其意大概谓词无定格，

---

[1] 王世贞：《词品词评合刻本词评序》，载杨慎著、王大厚笺证《升庵词品笺证》附录二，中华书局2018年版，第559页。

要以摹写情态,令人一展卷而魂动魄化者为上,他虽素脍炙人口者,弗录也。珂月所作诗余甚多,兴会所到,无不曲尽两家之美,故能出其手眼,以与作者之情合。使徒取绝艳于《花间》,挹余香于《兰畹》,则得词之郭矣,而未尽其致也,选者之情隐,而作者之情亦掩也。则是刻其可以已也夫。

己巳中秋会稽友弟孟称舜书。[1]

首先,孟称舜反对词以婉丽流畅、柔音曼声为美,以张先、柳永之词为正,而以苏轼、辛弃疾"清俊雄放"之词为变的传统观点,对宋人对《雨霖铃》《酹江月》之优劣的评价也不以为然。俞文豹《吹剑续录》载:"东坡在玉堂,有幕士善讴,因问:'我词比柳词何如?'对曰:'柳郎中词,只好十七八女孩儿,执红牙拍板,唱"杨柳外,晓风残月"。学士词,须关西大汉,执铁板唱"大江东去"。'公为之绝倒。"[2] 其实,东坡幕士之语并未给这两类词分优劣,后人片面地解读了这一故事,才会有重婉丽柔美、轻豪壮慷慨之论。陈师道《后山诗话》称东坡词"如教坊雷大使舞,虽极天下之工,要非本色",即为此类看法之代表。孟氏认为,只要出于真情,"才人豪客,淑姝名媛"之词皆为佳作。他列举了词的低徊宛恋、缠绵凄怆、嘲笑愤怅、淋漓痛快诸种风格,未加轩轾,并据此提出了自己的本色观:作家的性情是各不相同的,感情是丰富多样的,情感的表达方式也是复杂多变的,词的创作只要做到了"作者极情尽态,而听者洞心耸耳",就是优秀之作,"如是者皆为当行,皆为本色"。这就有力地反驳了王世贞等人以"宛转绵丽,浅至儇俏"为当行本色、排斥豪放词的观点。其次,他认为婉约与豪放两种风格均渊源有自:前者是"古者妖童冶妇之所遗也",后者是"古者征夫放士

---

[1]《续修四库全书》第1728册,上海古籍出版社2003年版,第437—439页。己巳当为明崇祯二年(1629)。孟称舜(约1600—1655),字子塞、子若、字适,号小蓬莱卧云子、花屿仙史,浙江绍兴人,明清之际著名戏曲理论家、戏曲作家。编辑《古今名剧合选》,收元明杂剧五十六种。有《娇红记》等传奇与杂剧多种传世。

[2] 上海师范大学古籍整理研究所编:《全宋笔记》第七编第五册,大象出版社2016年版,第95页。

之所托也"。这就为豪放词争得与婉约词平等的地位提供了坚实的历史依据。复次，孟序云词与诗、曲一样，"本于作者之情"，无论是张先、柳永一派的婉约词，还是苏轼、辛弃疾一派的豪放词，都应遵循"达其情而不以词掩"的创作原则。孟称舜认为情感的抒发方式是复杂多变的，"或言之而低徊焉，宛恋焉；或言之而缠绵焉，凄怆焉；又或言之而嘲笑焉，愤怅焉，淋漓痛快焉"。只有作者的情感表现得惟妙惟肖，能够引起读者、听者强烈共鸣的词才称得上是"本色""当行"的佳作。孟称舜还说卓人月与他观点相近，《古今词统》即以"情"为唯一选词标准："谓词无定格，要以摹写情态，令人一展卷而魂动魄化者为上，他虽素脍炙人口者，弗录也。"最后，孟称舜论词之正变，超越了孰正孰变、强判妍媸的流俗之见。他认为张、柳"幽思曲想"与苏、辛"伤时吊古"之词，都是优秀之作。同时，他也不讳言两者皆有所失，或失之于"俗而腻"，或失之于"莽而俚"。因此他的结论是客观公允的："两家各有其美，亦各有其病"，"不可以优劣言也"。综上所述，孟称舜的正变观是由他的词体主情观引申而来的，他的见解的确超拔流俗之上，其力排众议的理论勇气，在明代词论家中是独树一帜的。孟称舜的正变观对清初徐喈凤、田同之的词学观产生了重大影响。田同之云："填词亦各见其性情，性情豪放者，强作婉约语，毕竟豪气未除。性情婉约者，强作豪放语，不觉婉态自露。故婉约自是本色，豪放亦未尝非本色也。"[1] 可以说徐、田的观点均为孟氏正变论的延伸。

《古今词统》的参评者徐士俊的观点与孟称舜相近，其《古今词统序》曰：

> 赵明诚梦得"言与司合，安上已脱，芝芙草拔"十二字，卜其为"词女之夫"，既而果娶易安，定情金石，如"帘卷西风，人比黄花瘦"等句，即暗中摸索，亦解人怜，此真能统一代之词人者矣。虽然，词盛于宋，亦不止于宋，故称古今焉。

---

[1] 唐圭璋编：《词话丛编》，中华书局1986年版，第1455页。

古今之为词者，无虑数百家，或以巧语致胜，或以丽字取妍，或"望断江南"，或"梦回鸡塞"，或床下而偷咏"纤手新橙"之句，或池上而重翻"冰肌玉骨"之声，以至春风吊柳七之魂，夜月哭长沙之伎，诸如此类，人人自以为名高黄绢，响落红牙。而犹有议之者，谓铜将军、铁绰板，与十七八女郎相去殊绝，无乃统之者无其人，遂使倒流三峡，竟分道而驰耶。余与珂月，起而任之，曰：是不然。吾欲分风，风不可分；吾欲劈流，流不可劈。非诗非曲，自然风流，统而名之以词，所谓言与司合者是也。考诸《说文》曰："词者，意内而言外也"，不知内意，独务外言，则不成其为词。词从司者，反后为司，盖出纳之吝，谓之有司，后王宽大之道，当与有司相反。夫词为诗余，诗道大而词道小，亦犹是也。故诗从寺，寺者，朝廷也。词从司，司者，官曹也。小令中调长调，各有司存，宫、商、角、徵、羽五声，各有司存，不可乱也。乱者理之，故词……又作辞，从辛。辛者，新也。汉《志》曰："悉新于辛。"词固以新为贵也。又《说文》曰："辛象人股，壬象人胫，故童妾二字，皆从辛省。"汉人选妃册曰秘辛，犹言股间隐处也，然则词又当描写柔情，曲尽幽隐乎。兹役也，吾二人渔猎群书，衷其妙好，自谓薄有苦心，其间前后次序，一以字之多寡为上下，自十六字至于二百三十字有奇，如岁朝之酌，先其少者，后其老者。其按词之法，则如杨诚斋所撰《词家五要》（丁按：当指杨缵《作词五要》，此误），一曰择腔，二曰应律，三曰按谱，四曰详韵，五曰立新意。而且曰幽曰奇，曰淡曰艳，曰敛曰放，曰秾曰纤，种种毕具，不使子瞻受词诗之号，稼轩居词论之名。又必详其逸事，识其遗文，远征天上之仙音，下暨荒城之鬼语，类载而并赏之。虽非古今之盟主，亦不愧词苑之功臣矣。……或曰：诗余兴而乐府亡，歌曲兴而诗余亡，夫有统之者，何患其亡也哉？倘更有上官氏者出，高踞楼头，称量天下，则余二人之为沈为宋，是未可知耳。

癸酉花朝徐士俊野君题于湘蕤馆。[1]

  此序要点有三：一是肯定词的"巧语"与"丽字"，赞赏温庭筠、李煜、周邦彦等人的柔美之词；二是认为词有幽、奇、淡、艳、敛、放、秾、纤诸种风格，在此基础上，既肯定柳永、李清照词，又反对视苏词为"词诗"、辛词为"词论"，持论公允通达；三是强调此书有统选古今之词、衡量鉴裁历代词统之意。比较《古今词统》所录明人各家词序，可见孟、徐二序是有其独特价值的。如何良俊《草堂诗余序》曰："然作者既多，中间不无昧于音节，如苏长公者，人犹以'铁绰板唱大江东去'讥之，他复何言耶！……然乐府以崛径扬厉为工，诗余以婉丽流畅为美。即《草堂诗余》所载，如周清真、张子野、秦少游、晁叔原诸人之作，柔情曼声，摹写殆尽，正词家所谓当行、所谓本色者也。"[2]黄河清《续草堂诗余序》曰："诗工于唐，词盛于宋，至我明，诗道振而词道阙。……夫词体纤弱，壮夫不为……如李后主之《秋闺》，李易安之《闺思》，晏叔原之《春景》……以此数阕，授一小青娥，拨银筝，倚绿窗，作曼声，则绕梁遏云，亦足令多情人魂销也。"[3]王世贞《词评序》曰："故辞须宛转绵丽，浅至儇俏，挟春月烟花于闺幨内奏之。一语之艳，令人魂绝，一字之工，令人色飞，乃为贵耳。至于慷慨磊落，纵横豪爽，抑亦其次，不作可耳。"[4]钱允治《国朝诗余序》曰："词至于宋，无论欧晁苏黄，即方外闺阁，罔不消魂惊魄，流丽动人。"[5]上述诸人均持重婉约、轻豪放之论。比较而言，孟序和徐序的

---

[1]《续修四库全书》第1728册，上海古籍出版社2003年版，第439—443页。按：徐士俊（1602—1681），原名翔，字野君，又字三有、无双，号紫珍道人，又号西湖散人，浙江杭州人。诸生，崇祯二年（1629），与卓人月、孟称舜等入复社，崇祯年间屡试不第。易代后，纵情山水，绝意仕进，现存《春波影》等杂剧。癸酉为明崇祯六年（1633）。

[2]《续修四库全书》第1728册，上海古籍出版社2003年版，第444页。

[3]《续修四库全书》第1728册，上海古籍出版社2003年版，第444—445页。

[4]《续修四库全书》第1728册，上海古籍出版社2003年版，第446页。

[5]《续修四库全书》第1728册，上海古籍出版社2003年版，第446页。

观点要合理得多。

三

《古今词统》中的评语主要是从重"情"的角度论词,其根本立足点也是婉约与豪放并重。"情"为文学之根本,《礼记·乐记》云:"情动于中,故形于声。声成文,谓之音。"[1]《毛诗序》云:"情动于中而形于言。"[2]刘勰《文心雕龙·情采》云:"故情者文之经,辞者理之纬;经正而后纬成,理定而后辞畅,此立文之本源也。"白居易《与元九书》亦云:"感人心者,莫先乎情。"严羽也说:"诗者,吟咏情性也。"[3]元好问评苏词曰:"自东坡一出,情性之外,不知有文字,真有'一洗万古凡马空'气象。"[4]所谓"情性之外,不知有文字",就是认为词是作者主体情感的自然流露,认为词是一种独特的抒情体裁。刘将孙(1257—?)在《胡以实诗词序》中说:"发乎情性,浅深疏密,各自极其中之所欲言。"[5]他认为诗词都源于作者的"情性",尽管这种"情性"有"浅深疏密"之别。明代中叶以后,思想获得解放,王阳明"心学"盛行,戏曲与诗文皆重情,这种风气对词坛也产生了重大影响。明代词论家特别强调情性的重要性,把言情看成诗体最基本的特征,而且对情的关注到了无以复加的程度,对情的理解也有所扩大,似乎特别重视"男女之情"。沈际飞说:"情生文,文生情,何文非情?而以参差不齐之句,写郁勃难状之情,则尤至也。……虽其镂镂脂粉,意专闺幨,安在乎好色而不淫,而我师尼氏删《国风》,逮《仲子》《狡童》之作,则不忍抹去,曰:'人之情,至男女乃极。'未有不笃于男女之情,而君臣、父子、兄弟、朋友间反有钟吾情者。况借美人以喻君,

---

[1] 李学勤主编:《十三经注疏·礼记正义》,北京大学出版社1999年版,第1077页。
[2] 李学勤主编:《十三经注疏·毛诗正义》,北京大学出版社1999年版,第6页。
[3] 严羽著,郭绍虞校释:《沧浪诗话校释》,人民文学出版社1961年版,第26页。
[4] 元好问:《遗山先生文集》卷三六,《四部丛刊》本。
[5] 李修生主编:《全元文》第20册,江苏古籍出版社2000年版,第173页。

借佳人以喻友，其旨远，其讽微……故诗余之传，非传诗也，传情也，传其纵古横今，体莫备于斯也。"[1]沈际飞否定"《国风》好色而不淫"的传统观点，他认为词体参差不齐的句式，最为适合表现"郁勃难状之情"，即男女之情，甚至视"情"为人在社会关系中产生的各种感情的基础。这与前人对"情"的理解是有巨大差别的，其反传统、违礼教的意义是不言而喻的。

徐士俊评词，对情词十分推崇。"一部《词统》都是恼公懊侬之调"，"恼公懊侬"即《懊侬曲》，也作《懊恼歌》，产生于南朝江南民间，抒写男女爱情受到挫折的苦恼（见《乐府诗集》卷四十六）。"因情生文，虽《高唐》《洛神》奇丽不及也。"[2]（评白居易《花非花》）他认为白居易的词《花非花》是作者情感的真实流露，即使是言情名作《高唐赋》《洛神赋》也比不上。"宠柳娇花，新丽之甚。不效颦汉、魏，不学步盛唐，应情而发，自标位置。"[3]（评李清照《念奴娇·春情》）其认为李清照的《念奴娇·春情》自出机杼，不蹈袭古人，是纯任情感而发的作品，所以具有很高的艺术价值。评王竹涧《曲游春·春愁》"抖擞人间，除离情别恨，乾坤余几"句曰："钗钏是金银所成，世界是情想所结。除金银那有钗钏，除情想那有世界？"[4]在这里"情想"也就是"情感""感情"之意，这种感情，主要指男女之情或曰爱情。他认为爱情充溢于人类世界，如果没有情感也就没有了世界。把词中的情感因素推崇到了无以复加的程度，这在当时乃至后世都是大胆而深刻的见解。他评苏轼《哨遍》（睡起画堂）曰："此词情采密丽，气质香婉，乃是以残唐诸公小令笔意用之于长调，在宋一代中固不多，在眉山一身中尤其少。"[5]评周邦彦《夜飞鹊·别情》"花骢会意，纵扬鞭、亦自行迟"句曰："今人伪为欲别不别之状，以博人欢、避人议者多矣。能

---

[1]《续修四库全书》第1728册，上海古籍出版社2003年版，第447—448页。
[2]《续修四库全书》第1728册，上海古籍出版社2003年版，第470页。
[3]《续修四库全书》第1729册，上海古籍出版社2003年版，第84页。
[4]《续修四库全书》第1729册，上海古籍出版社2003年版，第89页。
[5]《续修四库全书》第1729册，上海古籍出版社2003年版，第148—149页。

使骅骝会意,非真情所潜格乎?"[1] 他批评时人矫揉造作、博人欢笑的词作,认为只有主人的真情实感与骏马的情感暗自相同,骏马才会懂得主人的意思,即使是扬鞭抽打它,它也会恋恋不舍地独自慢慢前行。评宋濂《秦淮竹枝》(劝郎莫食鉴湖鱼)云:"广平铁心石肠,而《梅花》一赋不妨效陶氏《闲情》,读景濂此词,正可称前后二宋,无议其白璧微瑕也。"[2] 他以陶渊明《闲情赋》、宋璟《梅花赋》比宋濂此词,肯定这些著名直臣的柔情。评黄庭坚《清平乐》(春归何处)曰:"'若到江南赶上春,千万和春住。'一对情痴。"[3] 评朱淑真《清平乐》(恼烟撩露)曰:"'枕郎左臂,随郎转侧,摩挲郎鬓,看郎颜色。'千情万态,不出个中。"[4] 评朱希真《满路花·风情》"日上三竿,殢人犹要同卧"句曰:"夜饮朝眠,淫思古意。"[5] 朱淑真这两首词以白描语言写男女情事,有古民歌遗风,徐士俊对其十分欣赏,可见其思想是比较开明的。评蒋捷《洞仙歌》(枝枝叶叶)曰:"人世风流罪过,都是此君教的,妙,妙。"[6] 评吴文英《声声慢》(檀栾金碧)曰:"'衣袖犹沾旧泪,栏干尚惹余香。'痴心人自有此一副痴眼痴鼻。"[7] 评史达祖《夜合花》起句"柳锁莺魂,花翻蝶梦,自知愁染潘郎"曰:"此等起句,真是香生九窍,美动七情。"评史达祖《寿楼春·寻春服感念》曰:"无肠可断,无魂可消,总是深一层语。"[8] 评王世贞《甘草子·春词》曰:"元美岂终日无一事,将精神时时于情艳上体察料理,以至参微入窍乃尔耶?"[9] 评杨慎《误佳期》(今夜风光堪爱)云:"古诗'没命成灰土,终不罢相怜'情语,到此方绝顶。"[10] 评杨慎《沁园春·寿内》

---

[1]《续修四库全书》第1729册,上海古籍出版社2003年版,第110页。
[2]《续修四库全书》第1728册,上海古籍出版社2003年版,第495页。
[3]《续修四库全书》第1728册,上海古籍出版社2003年版,第564页。
[4]《续修四库全书》第1728册,上海古籍出版社2003年版,第564页。
[5]《续修四库全书》第1729册,上海古籍出版社2003年版,第39页。
[6]《续修四库全书》第1729册,上海古籍出版社2003年版,第40页。
[7]《续修四库全书》第1729册,上海古籍出版社2003年版,第66页。
[8]《续修四库全书》第1729册,上海古籍出版社2003年版,第91页。
[9]《续修四库全书》第1728册,上海古籍出版社2003年版,第568—569页。
[10]《续修四库全书》第1728册,上海古籍出版社2003年版,第567页。

云:"相怜相慰,情真语真,读之且叹且喜。"[1]他认为词中所表现的相怜相慰之情是真实的,语言是真挚的,令读者因主人公夫妇间的真情而感动,并发出由衷的赞叹。在评论瞿佑的《贺新郎·题秦女吹箫图》中"天若有情天也许,许人间,夫妇咸如是"一句时,徐士俊说:"关汉卿云:'愿普天下有情的,都成了眷属。'"[2]尽管他犯了张冠李戴的错误,把汤显祖的话误认为出自关汉卿之口,但是,他对情感的推崇和对有情人的美好祝愿还是表达得十分清楚的。他评沈际飞《风流子·美人》云:"字字挑奇择俊,此艳词之尤也,可友杨状元而奴唐解元。"[3]认为沈词可比肩杨慎与唐寅。在重情的大前提下,徐士俊对多种抒情方式都能接受。如评周邦彦《风流子·秋怨》云:"兼金石绮采之美。"[4]他将李清照《醉花阴·重阳》与康与之词相比较:"康词'比梅花瘦几分',一婉一直,两得其宜。"[5]

对曲子词重含蓄蕴藉的传统,《古今词统》是十分重视的,这在徐氏的评语中看得很清楚。如评皇甫松《摘得新》(酌一卮)云:"比杜秋(娘)'莫待无花空折枝'更有含蕴。"[6]评顾敻《荷叶杯》(记得那时相见)等词云:"如此数阕,皆人所能言,然曲折之妙,有在诗句外者。"[7]评无名氏《竹枝》(红漆车儿驾白羊)云:"吾亦谓诗肠之曲与羊肠等。"[8]评李清照《菩萨蛮》(绿云鬓上飞金雀)云:"低回宛转,兰香玉润,六朝才子,恐不能拟。"[9]评陆游《锦堂春》(世事从来惯见)云:"语殊蕴藉,觉叔夜《绝交》,不免出恶声矣。"[10]评蒋捷《白

---

[1]《续修四库全书》第1729册,上海古籍出版社2003年版,第124页。
[2]《续修四库全书》第1729册,上海古籍出版社2003年版,第139页。
[3]《续修四库全书》第1729册,上海古籍出版社2003年版,第114页。
[4]《续修四库全书》第1729册,上海古籍出版社2003年版,第113页。
[5]《续修四库全书》第1728册,上海古籍出版社2003年版,第589页。
[6]《续修四库全书》第1728册,上海古籍出版社2003年版,第469页。
[7]《续修四库全书》第1728册,上海古籍出版社2003年版,第469—470页。
[8]《续修四库全书》第1728册,上海古籍出版社2003年版,第482页。
[9]《续修四库全书》第1728册,上海古籍出版社2003年版,第554页。
[10]《续修四库全书》第1728册,上海古籍出版社2003年版,第573页。

苎·春情》云："秀矣，然其秀甚隐艳矣，然其艳甚幽。"[1]

与此同时，对慷慨豪放之音，《古今词统》也高度认同，如徐士俊评李白《忆秦娥·秋思》云："悲凉跌荡，虽短词中，具长篇古风之意气。"[2] 评张先《减字木兰花》（垂螺近额）（凭谁好笔）云："二词高快，不下稼轩。"[3] 评黄庭坚《减字木兰花·次韵赵文仪》云："何等壮杰。"[4] 评《念奴娇·咏月》云："伉爽之中不乏娟秀，词坛老手决不以使酒任气为能。"[5] 评朱敦儒《减字木兰花·听琵琶》云："末句如古剑一吼。"[6] 评陆游《好事近》（挥袖别人间）云："英雄感慨无聊，必借神仙荒忽之语以自释，此远游篇之意也。"[7] 对辛弃疾的豪放词评价尤高，如评《卜算子·用庄语》云："四词意气所寄，可击唾壶而歌。"[8] 评《菩萨蛮》（郁孤台下清江水）云："忠愤之气，拂拂指端。"[9] 评《满江红·江行简杨济翁周显先》云："长使英雄泪满襟。"[10] 评《汉宫春·会稽蓬莱阁怀古》云："当其落笔风雨疾。"[11] 评《贺新郎》（绿树听鹈鴂）云："稼轩尝以辛字为题自写辛苦之致，此篇字字霜辛露酸、烟溃霭聚，尤难为怀。"[12] 评陈亮《贺新郎》（老去凭谁说）云："鹃叫天津，狐升帝座，有此时事，自然有此人文，故满纸皆恨怨悲愁之音，忽荒诞幻之状。"[13] 评张镃《贺新郎》（桂隐传杯处）云："念念不忘国耻。"[14] 评刘克庄《长相思》（烟凄凄）云："慷

---

[1]《续修四库全书》第1729册，上海古籍出版社2003年版，第140页。
[2]《续修四库全书》第1728册，上海古籍出版社2003年版，第565页。
[3]《续修四库全书》第1728册，上海古籍出版社2003年版，第546页。
[4]《续修四库全书》第1728册，上海古籍出版社2003年版，第547页。
[5]《续修四库全书》第1729册，上海古籍出版社2003年版，第78页。
[6]《续修四库全书》第1728册，上海古籍出版社2003年版，第547页。
[7]《续修四库全书》第1728册，上海古籍出版社2003年版，第560页。
[8]《续修四库全书》第1728册，上海古籍出版社2003年版，第539页。
[9]《续修四库全书》第1728册，上海古籍出版社2003年版，第553页。
[10]《续修四库全书》第1729册，上海古籍出版社2003年版，第47页。
[11]《续修四库全书》第1729册，上海古籍出版社2003年版，第64页。
[12]《续修四库全书》第1729册，上海古籍出版社2003年版，第132页。
[13]《续修四库全书》第1729册，上海古籍出版社2003年版，第133页。
[14]《续修四库全书》第1729册，上海古籍出版社2003年版，第137页。

慨逼工部。"[1] 评刘克庄《沁园春·梦方孚若》云:"气概雷击霆震。"[2] 评刘克庄《玉楼春》(年年跃马长安市)云:"英雄行径,必不如驽马恋栈豆。"[3] 评刘克庄《水龙吟》(年年岁岁今朝)云:"目穷千里,笔挽万钧,识力双高,可与稼轩相尔汝。"[4] 评蒋捷《水龙吟·招落梅魂》云:"尽爱以致祷,迥出纤冶秾华之外,辛之有蒋,犹屈之有宋也。"[5] 评文天祥《满江红》(燕子楼中)云:"总是铜筋铁骨所吐。"[6] 评王昭仪《满江红》(太液芙蓉)云:"岳之悲壮,王之凄凉,宫怨边愁,赵宋一时风景尽矣。"[7] 评张一如《水调歌头》(落月下春苑)云:"豪放若张旭之书,深稳又如张红之拍。"[8] 评卓田《好事近》(奏赋谒金门)云:"湖海之气未除。"[9] 评瞿佑《桂枝香》(阑风伏雨)云:"强作闲语以自文其老骥之怀。"[10] 评苏轼《水龙吟》(似花还似非花)云:"人谓大江东去之粗豪,不如晓风残月之细腻。如此词,又进柳妙处一尘矣。"[11]

在曲折清丽与豪放慷慨并重的基础上,《古今词统》所标举的高标是自然而雅致。如评韦庄《女冠子》(四月十七)云:"冲口而出,不假妆砌。"[12] 评孙光祖《风流子》(楼倚长衢欲暮)云:"不修不琢,自含俊丽。"[13] 评林逋《长相思·惜别》云:"刘潜夫'舟人频报潮'不如此语自然。"[14] 评顾仲从《浣溪沙》(玉韵花情描不成)云:"后半妙在

---

[1]《续修四库全书》第1728册,上海古籍出版社2003年版,第510页。
[2]《续修四库全书》第1729册,上海古籍出版社2003年版,第120页。
[3]《续修四库全书》第1728册,上海古籍出版社2003年版,第613页。
[4]《续修四库全书》第1729册,上海古籍出版社2003年版,第97页。
[5]《续修四库全书》第1729册,上海古籍出版社2003年版,第96页。
[6]《续修四库全书》第1729册,上海古籍出版社2003年版,第53页。
[7]《续修四库全书》第1729册,上海古籍出版社2003年版,第53页。
[8]《续修四库全书》第1729册,上海古籍出版社2003年版,第60页。
[9]《续修四库全书》第1728册,上海古籍出版社2003年版,第561页。
[10]《续修四库全书》第1729册,上海古籍出版社2003年版,第76页。
[11]《续修四库全书》第1729册,上海古籍出版社2003年版,第99页。
[12]《续修四库全书》第1728册,上海古籍出版社2003年版,第527页。
[13]《续修四库全书》第1728册,上海古籍出版社2003年版,第507页。
[14]《续修四库全书》第1728册,上海古籍出版社2003年版,第509页。

一气如话。"[1] 评李白《菩萨蛮·闺情》云："词林以此为鼻祖,其古致遥情,自然压卷。"[2] 评李煜《菩萨蛮》(铜簧韵脆锵寒竹)云："后主词率意都妙。"[3] 评马洪《少年游》(弄粉调脂)云："忽然之事,偶然之笔,遂入自然之境。"[4] 评史达祖《双双燕》(过春社了)云："不写形而写神,不取事而取意,白描妙手。"[5] 评辛弃疾《沁园春》(我醉狂吟)云："倚韵和歌,辛词最盛,无不天然辐辏,有水到渠成之趣。"[6] 在上述评语中,徐士俊主张作词要不事雕琢,冲口而出,纯任自然,这样就能写出自然之作,进入自然之境。这是强调词要自然。同时,他还强调"雅致"。如评秦观《满园花》(一向沉吟久)云："鄙野不经之谈,偏饶雅韵。"[7] 评辛弃疾《粉蝶儿》(昨日春如)云："雅淡宜人,绝非红紫队中物。"[8] 评高岱《竹枝》(孤帆何日下扬州)云："不淫不怨,风雅之遗。"[9] 评杨慎《竹枝》(上峡舟航风浪多)云："朴雅。"[10] 重雅当然要反俗,徐士俊在评论词作时也表达了这一观点。"结句太俗"[11](评苏轼《浣溪沙·春闺》"困人天气近清明"句),"末语村甚"[12](评马洪《东风第一枝·梅花》"但留取一点芳心,他日调羹金鼎"句),"后主词率意都妙,即如'衷素'二字,出他人口便村"[13](评李后主《菩萨蛮·宫词》),在这里,"村"是粗俗、土气的意思。徐士俊认为作词遣词、用语、造境不能俗气,这与其主自然、重雅的观点是相联系的。

---

[1]《续修四库全书》第1728册,上海古籍出版社2003年版,第537页。
[2]《续修四库全书》第1728册,上海古籍出版社2003年版,第548页。
[3]《续修四库全书》第1728册,上海古籍出版社2003年版,第550页。
[4]《续修四库全书》第1728册,上海古籍出版社2003年版,第587页。
[5]《续修四库全书》第1729册,上海古籍出版社2003年版,第71页。
[6]《续修四库全书》第1729册,上海古籍出版社2003年版,第118页。
[7]《续修四库全书》第1729册,上海古籍出版社2003年版,第39页。
[8]《续修四库全书》第1729册,上海古籍出版社2003年版,第26页。
[9]《续修四库全书》第1728册,上海古籍出版社2003年版,第480页。
[10]《续修四库全书》第1728册,上海古籍出版社2003年版,第481页。
[11]《续修四库全书》第1728册,上海古籍出版社2003年版,第531页。
[12]《续修四库全书》第1729册,上海古籍出版社2003年版,第74页。
[13]《续修四库全书》第1728册,上海古籍出版社2003年版,第550页。

追求新奇，也是《古今词统》的重要主张。徐士俊不仅赞同杨缵"立新意"的观点，在评词时也肯定有新思想、新技巧的作品。如他评崔液《踏歌词》（彩女迎金屋）云"二首体制、藻思俱新"[1]，评林章《更漏子·咏啼》云"立题新"[2]，评周邦彦《阮郎归》（冬衣初染远山青）云"蝇附骥尾，极陈之语，用得极新"[3]，评陶宗仪《一萼红·红梅》云"落梅事亦化得新"[4]。在上述评语中，徐士俊主张词的体制、藻思、题目、用语、用典要新颖，不能陈旧。追新思想的另一个表现便是反对拟古。如他赞扬周邦彦《眉妩·戏张仲远》"笔笔另开径路，不肯驾轻就熟"[5]，赞扬李清照《念奴娇·春情》"宠柳娇花，新丽之甚。不效颦汉、魏，不学步盛唐，应情而发，自标位置"[6]。徐士俊认为周邦彦的《眉妩·戏张仲远》和李清照的《念奴娇·春情》都是自出机杼、不蹈袭古人的优秀之作。在复古思潮占统治地位的明代，这种反对拟古、主张不蹈袭前人的观点是难能可贵的。

徐士俊在评语中频繁地表露出尚奇的主张。如"'绿肥红瘦'，创获自妇人，大奇"[7]（评李清照《如梦令·春晚》），"心儿小，难着许多愁，不如'楼儿'句更奇"[8]（评蒋捷《虞美人·梳楼》"楼儿忒小不藏愁"句），"'净洗'三句，迂腐语化高奇"[9]（评张孝祥《水调歌头·隐静寺观雨》"净洗从来尘垢，润及无边枯槁，造物不言功"三句）。徐士俊主张词作的遣词造句要奇，这一点与上述的追新思想是紧密联系的。徐士俊是一位传奇作家兼词人，他追新、求奇的词学思想与他的传奇创作是有联系的。

---

[1]《续修四库全书》第1728册，上海古籍出版社2003年版，第502页。
[2]《续修四库全书》第1728册，上海古籍出版社2003年版，第568页。
[3]《续修四库全书》第1728册，上海古籍出版社2003年版，第570页。
[4]《续修四库全书》第1729册，上海古籍出版社2003年版，第112页。
[5]《续修四库全书》第1729册，上海古籍出版社2003年版，第103页。
[6]《续修四库全书》第1729册，上海古籍出版社2003年版，第84页。
[7]《续修四库全书》第1728册，上海古籍出版社2003年版，第505页。
[8]《续修四库全书》第1728册，上海古籍出版社2003年版，第621页。
[9]《续修四库全书》第1729册，上海古籍出版社2003年版，第58页。

四

《古今词统》一书的词学思想十分丰富且有较高的学术价值，在明代词学史上有较高地位，在历代词选中也是不多见的。它高举"情"的旗帜，公正客观地评价了婉约与豪放两种词风，在词的创作上提出了主自然、雅正、新奇的观点，对当时乃至后代都产生了一定的影响。

《古今词统》成书不久，即逢明末战乱，其流传不广，可能与此有关。到了清初，学界逐渐留意此书，如邹祗谟《远志斋词衷》曰："卓珂月、徐野君《词统》一书，搜奇葺僻，可谓词苑功臣。"[1] 王士禛《花草蒙拾》云："卓珂月自负逸才，《词统》一书，搜采鉴别，大有廓清之力。"[2] 沈雄《古今词话·词评》下卷云："《词统》一书，为之规规而矩矩，亦词家一大功臣也。余见其与徐士俊栖水倡和，有《晤歌》诸篇什。迄今倚声之学遍天下，盖得风气之先者。"[3] 清人沈雄《古今词话》、沈辰垣等辑《御选历代诗余》、冯金伯《词苑萃编》引用此书依次有24处、15处和13处，田同之《西圃词说》、江顺诒《词学集成》、胡薇元《岁寒居词话》、况周颐《蕙风词话》、陈匪石《声执》亦提及此书。此书对"浙西词派"的代表性词选朱彝尊《词综》及康熙朝的《御选历代诗余》有重大影响。《古今词统》重视词的内容，这对重"比兴寄托"、强调言外之意的"常州词派"《词选》等书也有一定影响，其独特而丰富的词学思想值得继续深入研究和探讨。

（原题为《从明代词选看词学观念的演变》，载《学术月刊》2008年第6期，此处有改动，作者：丁放、葛旭芳）

---

[1] 唐圭璋编：《词话丛编》，中华书局1986年版，第655页。
[2] 唐圭璋编：《词话丛编》，中华书局1986年版，第685页。
[3] 唐圭璋编：《词话丛编》，中华书局1986年版，第1032页。

古代词集笺注、评点研究

词集笺注与评点是中国词学研究的重要内容。20世纪80年代,唐圭璋等先生发表《历代词学研究述略》,将历代词学研究概括为十大方面,词集笺注即其中之一;[1] 此后,刘扬忠先生《宋词研究之路》一书将词集笺注隶属宋词研究体系的"基础工程部分";[2] 王兆鹏先生《词学史料学》一书亦将笺注视为词集研究的重要内容而予以介绍。[3] 词集评点的辑录、整理也逐渐为研究者所重视。1934年,唐圭璋先生辑《词话丛编》,所收共六十种,其中多种是由词选之评语辑录而成,事实上这已将评点纳入词学评论的范畴。但是,尚有大量词集载有评语可供采辑和研究。1959年,唐圭璋先生的《词话丛编》增加至八十五种,1986年由中华书局出版。年轻一辈的学者,近年来也有多种续补《词话丛编》之作,如葛渭君《词话丛编补编》,朱崇才《词话丛编续编》,邓子勉《明词话全编》,孙克强《唐宋人词话》《金元明人词话》等,均有创获。

笺注与评点作为词集"正文本"的衍生内容,属于词集的"副文本",[4] 大体而言,笺注属于词学研究的基础工作,评点属于词学批评的

---

[1] 夏承焘等主编:《词学》第一辑,华东师范大学出版社1981年版,第1—20页。
[2] 参见刘扬忠《宋词研究之路》,天津教育出版社1989年版,第19页。
[3] 参见王兆鹏《词学史料学》,中华书局2004年版,第292—294页。
[4] 法国当代文学批评家杰特德·热奈特首先提出"副文本"的概念,他指出,"副文本"是相对于"正文本"而言的,包括标题、副标题、前言、跋、插图、护封以及其他附属的言语或非言语标志。关于词集"副文本"的探讨,可参陈水云《唐宋词集"副文本"及其传播指向——以明末清初编刻的唐宋词集为讨论中心》[《江西师范大学学报》(哲学社会科学版)2010年第4期]一文,该文认为:"明末清初的词集副文本大约包括:标题、牌记、序跋、凡例、目次、词人姓氏、编者名录、正文中出现的评语、词话等九项。"

范畴，二者既相对独立发展，又有交叉重叠，互为补充，共同构成词学诠释学的重要内容，对词集的传播接受、词派的形成发展均具有重要意义。目前，学界对词集笺注、评点的研究大多属于个案研究，尚处于起步阶段，有进一步拓展研究的必要。本文尝试将笺注与评点二者结合起来，予以宏通性观照和研究，勾勒二者发展趋向，并评判其功能及价值。

一、词集笺注之发展演变

"笺"与"注"在汉代经学解释学中具有不同含义："注"为解释文义；"笺"则依附于"注"，是对"注"的补充和说明。有学者注意到，魏晋南北朝及唐朝的诗歌注释，只用"注"这个名目，"笺"直到宋代才重新出现，但其意义已从原先补充解释的性质，转化为与"注"相同的概念。南宋胡穉《增广笺注简斋诗集》是较早在诗歌注释中采用"笺注"这一名词的著作，自此之后，"笺注"成为常见的诗歌注解名目。[1] 与诗歌类似，宋人注释词集也多以"注"命名，只有南宋个别词选如《增修笺注妙选群英草堂诗余》标名为"笺注"本。

宋代出现了众多宋人别集笺注本或评点本，如王安石、苏轼、黄庭坚、陈师道、陈与义、朱淑真等人的诗集都有宋注本传世。然中国历代文人多视词为小道，为之笺注者不多。清人张德瀛《词征》云："元遗山《论诗绝句》云：'诗家总爱西昆好，独恨无人作郑笺。'然笺诗者尚多，笺词者尤罕见。宋人如傅幹注坡词，曹鸿注叶石林词，曹杓注清真词，皆不传。周公谨《绝妙好词》，查莲坡厉太鸿笺之。《山中白云词》，江宾谷笺之，余未尝有也。"[2] 张氏指出了笺词者少的事实，但所言并不太准确，因为傅幹《注坡词》并未失传，金人、明人亦有词集笺注之作，只是与笺诗相比，笺词的传统的确显得薄弱。

---

[1] 何泽棠：《论胡穉〈增广笺注简斋诗集〉》，《中国石油大学学报》（社会科学版）2011年第5期。

[2] 唐圭璋编：《词话丛编》，中华书局1986年版，第4097页。

词兴起于唐五代，大盛于两宋，随着词体文学逐步走向雅化和案头化，为了便于歌者演唱或读者阅读，北宋后期开始出现词集笺注。曾季貍《艇斋诗话》记载："章质夫家子弟有注少游词者。"[1]宋南渡后，人们开始为一些著名词家的词集作注，如傅幹《注坡词》、顾禧《补注东坡长短句》、曹杓《注清真词》、曹鸿《注叶石林词》、陈元龙《详注周美成词片玉集》、胡穉笺注陈与义词[2]，可惜只有《注坡词》、《详注周美成词片玉集》、胡穉笺注陈与义词三种传世。[3]别集之外，南宋还有一部笺注词选，即《增修笺注妙选群英草堂诗余》，由书坊编刊，后何士信增修笺注，此本在明代流传极广，并出现了为数众多的改编本。与南宋对峙的金朝，也有词集笺注本出现，如孙镇《注东坡乐府》，惜佚而不传；魏道明《萧闲老人明秀集注》[4]，笺注蔡松年词，原书六卷，今残存三卷。词体文学衰微于元明，而又复兴于清，元明清时期的词集笺注数量不算多，但有自己的特点。如明代《草堂诗余》极为盛行，主要集中于对"草堂"系列选本的增修笺注上；清代的词集笺注种数较多，并取得较大成绩，正如唐圭璋先生所言："有清一代，学人之笺注宋词者，成绩卓异。如厉鹗之《绝妙好词笺》，江昱之《山中白云词疏证》及《草窗词疏证》，朱祖谋之《梦窗词小笺》，沈曾植之《稼轩词小笺》。"[5]历代各种词集笺注之体例、内容、性质有所不同，从历时角度综合考察，可寻绎其大致发展趋向。

1. 由单一性到综合性

宋人笺注词集，特别注意对词作字句的注解和说明。苏轼、贺铸、周邦彦等词人好使事用典，从前人诗句中吸取精华，宋人已注意到这一

---

[1] 丁福保辑：《历代诗话续编》，中华书局1983年版，第309页。
[2] 胡穉《增广笺注简斋诗集》卷三〇末附陈与义《无住词》一卷，有《四部丛刊》本。
[3] 《傅幹注坡词》，有刘尚荣校证本，巴蜀书社1993年版；陈元龙《详注周美成词片玉集》，有吴昌绶、陶湘《景刊宋金元明本词》本，中国书店2011年版。
[4] 有王鹏运《四印斋所刻词》本，上海古籍出版社1989年版，下文所引《萧闲老人明秀集注》皆据此本。
[5] 夏承焘等主编：《词学》第一辑，华东师范大学出版社1981年版，第15页。

创作现象。如沈义父《乐府指迷》认为周邦彦词"下字运意，皆有法度，往往自唐宋诸贤诗句中来"[1]；陈元龙《详注周美成词片玉集》的重心在于注解字句出处与典故来源，很少涉及词作意旨、艺术手法、创作本事等，体例与内容比较单一，深度也有限。何士信增修笺注《草堂诗余》时，对陈元龙注《片玉集》之体例及内容有所因袭和依傍，不同之处主要在于何士信笺注本的词作后附录有词话，多援引《苕溪渔隐丛话》《花庵词选》《雪浪斋日记》《古今词话》等书的评词内容，或记载创作时地，或品评词艺，或辨析作者，涉及面较广，在一定程度上弥补了单一笺注语词、典故的局限。

傅幹《注坡词》与魏道明《萧闲老人明秀集注》则较多体现了词集笺注内容的多样化与综合性。学际天人的苏子瞻在词的创作上，"以诗为词"，其词博大精深，《注坡词》中的注解内容也非常广博，大凡典故训释、名物考证、修辞运用、创作时地、诗词互证等诸多方面均有涉及。金代蔡松年崇苏、学苏，其词作对东坡词句予以大量引用或化用，魏道明不避冗复，于《萧闲老人明秀集注》中一一指出。《萧闲老人明秀集注》还有两大特点：一是"知人论世"，比较留意词人交游对象，征引载籍，保存了第一手文献资料。王鹏运对此评价颇高："萧闲同时赓和诸人如陈沂、范季霑、梁兢、曹治、杜伯平、吴杰、田秀实、高廷凤、李彧、李舜臣、赵松石、陈唐佐、赵伯玉、许采、杨仲亨、赵愿恭、张子华辈，《中州集》俱未载，道明一一详其仕履始末，又遗闻轶事，零章断句，往往而有，足与刘祁《归潜志》并为金源文献之征。"[2]二是"以意逆志"，常对词作、句意予以阐释、申发乃至串讲。如蔡松年《念奴娇》（离骚痛饮）一阕，追和东坡赤壁词，写得慷慨豪宕，被元好问推为蔡词压卷之作，魏氏于"五亩苍烟，一邱寒碧，岁晚忧风雪"句下注曰："风雪以比忧患，是时公方自忧，恐不为时之所容，

---

[1] 唐圭璋编：《词话丛编》，中华书局1986年版，第277—278页。
[2] 王鹏运辑：《四印斋所刻词》，上海古籍出版社1989年版，第702页。

故有此句。"[1] 又于"胜日神交，悠然得意，遗恨无毫发"句下注曰："公意欲忘怀忧患，一寓之酒，而与晋贤神交，庶得意而无愁恨也。"[2] 魏氏结合词人身世及词作内容予以申发、解释，所言自然有较高的可信度。

清人《绝妙好词笺》《山中白云词疏证》等词集笺注继承、发展了《注坡词》《萧闲老人明秀集注》的体例，笺注内容涉及面广且具有时代特点，下文将详细论及。

2. 由普及化到学术化

宋代词体文学盛行，宋人给词集作注，主要是为帮助**演唱者**和读者更准确地理解原作。罗大经《鹤林玉露》云："区区小词，读书不博者，尚不得其旨。"[3] 傅共为傅幹《注坡词》作序，称苏轼词"闺窗孺弱，亦知爱玩。然其寄意幽渺，指事深远，片词只字，皆有根柢。是以世之玩者，未易识其佳处"[4]。他认为傅注有助于"闺窗孺弱"等普通读者阅读、欣赏词作。刘肃《详注周美成词片玉集序》交代陈元龙笺注词集之目的在于便歌、便读："阅其（丁按：即周邦彦）词，病旧注之简略，遂详而疏之，俾歌之者究其事、达其意，则美成之美益彰，犹获昆山之片珍，琢其质而彰其文，岂不快夫人之心目也。"[5] 宋末词学家沈义父在《乐府指迷》中也说："学者看词，当以周词集解为冠。"[6] 其所云之"周词集解"或许就是陈注本。

唐宋词是当时受人欢迎的文化消费品，南宋书坊编选、刊刻了《百家词》《典雅词》《琴趣外篇》等大型词集丛编以满足读者需求。至于坊编词选《草堂诗余》，则为宋代流行歌曲集，受到市井大众的欢迎。原

---

[1] 王鹏运辑：《四印斋所刻词》，上海古籍出版社1989年版，第674页。
[2] 王鹏运辑：《四印斋所刻词》，上海古籍出版社1989年版，第674页。
[3] 罗大经撰，王瑞来点校：《鹤林玉露》，中华书局1983年版，第72页。
[4] 傅幹注，刘尚荣校证：《傅幹注坡词》，巴蜀书社1993年版，第7页。
[5] 吴昌绶、陶湘编：《景刊宋金元明本词》，中国书店2011年版，第576—577页。
[6] 唐圭璋编：《词话丛编》，中华书局1986年版，第278页。

书有注解，其后何士信又有增修笺注之举，笺注侧重字句出处或典故来源，后附词话，颇便一般读者（包括歌伎）欣赏和使用。明代《草堂诗余》盛行，出现了许多分类或分调编纂的改编本，"草堂"系列的笺注体例与内容多因袭何本。比照洪武二十五年（1392）遵正书堂刊本《草堂诗余》、嘉靖十七年（1538）陈钟秀本《草堂诗余》、嘉靖末荆聚本《草堂诗余》，可发现三书笺注内容基本相同，只是繁简稍有差异。明万历后，文人对《草堂诗余》予以新注，如唐顺之解注《类编草堂诗余》，钱允治、陈仁锡笺释《类选笺释草堂诗余》《类选笺释续选草堂诗余》等，仍以因袭为主，鲜有胜义。明代各种《草堂诗余》多为书坊编纂刊刻，坊贾射利，以满足市井大众的阅读消费为主，无意追求笺注之博洽、精深，再加之明人学风有空疏之弊，故而明人词集笺注因袭多于创见，建树不多。

值得注意的是，宋金元明时期的词集笺注，主要考虑的是普通读者的消费需求，偏重文学性赏析，而其学术化倾向也初露端倪。如《注坡词》涉及名物考释、词作编年，《萧闲老人明秀集注》注意对词人交游进行考证。清代词学复兴，某些词人（兼学者）投入心力从事词集笺注工作，加之乾嘉之际考据学的兴盛，词集笺注也深受当时学风影响，笺注体例由"注""笺"发展至"考证""疏证"，注意广征文献，突出考证、校勘等内容，体现出鲜明的学术化倾向，《绝妙好词笺》《山中白云词疏证》即为典型代表。

乾隆前期，"浙西词派"领袖人物厉鹗与学者查为仁分别从事《绝妙好词》笺注工作。据厉鹗《绝妙好词笺序》及查为仁之子查善长、查善和《绝妙好词笺跋》二文所叙，查为仁为笺《绝妙好词》，花费了不少心血，且多有创获。恰好厉鹗对此书亦颇感兴趣，也作过一些笺释工作。乾隆十三年戊辰（1748）秋，厉鹗北上至天津，客居查为仁家，二人一拍即合，厉氏遂将自己的部分笺注初稿一并交给查为仁，请其补入所笺。二人经数月商榷研讨，终于在次年夏完成此笺。书成数日，查为仁即病故。此笺博采旁搜，成绩体现在两大方面：一是注明词人的生平履历,"诸人里居出处,十得八九"[1]。二是此笺广泛引用正史、笔记、诗文序跋、地方志、诗话、词话、文人别集、诗选、词选、画论、书论等著作,用书达百余种,阅读此笺,对所选诸词的理解必然会大大加深,这就是厉鹗《序》中所说的"词中之本事,词外之佚事,以及名篇秀句,零珠碎金,捃拾无遗,俾读者展卷时,恍然如聆其笑语而共其游历也"的效果。特别是笺中所引方志资料,对理解原词帮助颇大。《四库全书总目》卷一九九"《绝妙好词笺》提要"评价曰:"所笺多泛滥旁涉,不尽切于本词,未免有嗜博之弊。然宋词多不标题,读者每不详其事,如陆游(按:当作陆淞)之《瑞鹤仙》、韩元吉之《水龙吟》、辛弃疾之《祝英台近》、尹焕之《唐多令》、杨恢之《二郎神》,非参以他书,得其源委,有不解为何语者。其疏通证明之功,亦有不可泯者矣。"[2]"提要"批评《绝妙好词笺》"所笺多泛滥旁涉,不尽切于本词,未免有嗜博之弊"则未为妥当。翻阅此书,笔者觉所笺多持之有故,平实切实,大有助于知人论世,笺文中多余的、无目的的笺释内容并不多见,并无卖弄学问之嫌。

与厉鹗、查为仁大致同时的江昱,对词集笺疏用力既久且深,颇有发明,进一步促进词集笺注朝着学术化的方向发展。江昱(1706—1775),字宾谷,号松泉,安贫好学,博涉群籍,贯通经史,与"浙西词派"首领厉鹗、陈章等友善,频相唱和,有《蘋洲渔笛谱考证》《山中白云词疏证》等传世。乾隆四年(1739),江昱从友人处过录影宋钞本《蘋洲渔笛谱》,"复以家藏草窗词诸本编附于后,为集外词,以存草窗一家之全璧。至题中人地岁月,以及本事、轶事、词话、倡和之作,凡有交涉,可互相发明者,并疏附词后"[3]。其后,江昱又用近二十年之功疏证《山中白云词》[4],其创获主要有两方面:一是注意考证词作

---

[1] 周密辑,查为仁、厉鹗笺:《绝妙好词笺》,中华书局1957年版,第17页。
[2] 永瑢等:《四库全书总目》卷一九九,中华书局1965年版,第1824页。
[3] 朱孝臧辑校编撰:《彊村丛书》第6册,上海古籍出版社1989年版,第4891—4892页。
[4] 江昱《山中白云词疏证自序》谓:"间与弟蕉畦涉猎之余,遇可相发明者,辄笔之简端,垂二十年,翻书不下万卷,盖已得十之七八。"(朱孝臧辑校编撰:《彊村丛书》第6册,上海古籍出版社1989年版,第5143页)

中的人物、地名。张炎生平资料极少,且生活于易代之际,流落播迁,交游对象为遗民退士,不见经传,词中所涉之人物、地名不易索解,读者多望文臆想,"夫集中之题但云某人某地,读者亦仅就其词,臆为人如是,地如是,是人与地因词而见,而不知词实有以确洽其人与地,何甞目眩珊瑚木难而不能名耶?其或实有所指而本题未能注明,则又往往忽略,甚且以为宽泛之语,而曾不经意,可胜三叹"[1]。针对这一问题,江昱多方征引史书、笔记、方志、文集等文献资料,着力疏解张炎词中出现的与作者直接相关的人名和地名。如卷四《潇潇雨·泛江有怀袁通父、唐月心》,《疏证》引《续弘简录》介绍袁通父生平行迹,又据袁氏《静春堂诗集》中的有关材料考证出唐月心名希贤;卷三《高阳台》(古木迷鸦)一阕序云:"庆乐园,即韩平原南园,戊寅岁过之,仅存丹桂百余株,有碑记在荆榛中,故末有亦犹今之视昔之感,复叹葛岭,贾相之故庐也。"《疏证》广引《武林旧事》《梦粱录》《西湖赋》《叩舷凭轼录》《西湖游览志》等材料,介绍南园建造情况及其景观,以便于读者理解词作的情感意蕴。二是悉心校勘。《疏证》依据的是经过朱彝尊、李符等人校勘,由龚翔麟刊行的八卷本,李符谓"可称善本"[2],然江昱对词作细加校勘,还是订正了不少讹误:"至于'元叟'之非'允叟','庆承'之为'庆乐','蕺隐'之为'蕺隐','太初'之即'复初','庚寅岁'之宜从'辛卯岁',子昂卷之可并溪山堂,一句之讹,一字之误,凡此之类,不可枚举。率从卷籍不相涉之处,参考互证,触类旁通而出。"[3]

傅幹、厉鹗、查为仁、江昱等人笺疏词集的学术化倾向,对晚清以来的词学研究产生了积极影响,如龙榆生《东坡乐府笺》,于《注坡词》多有采择;朱祖谋《梦窗词集小笺》,主要涉及人名、地名与写作时间之考订,对词语及内容较少疏解与评析;夏承焘《姜白石词编年笺校》

---

[1] 朱孝臧辑校编撰:《彊村丛书》第6册,上海古籍出版社1989年版,第5142—5143页。
[2] 朱孝臧辑校编撰:《彊村丛书》第6册,上海古籍出版社1989年版,第5154页。
[3] 朱孝臧辑校编撰:《彊村丛书》第6册,上海古籍出版社1989年版,第5144页。

《龙川词校笺》即有意借鉴江昱《疏证》体例。[1] 20世纪，学界将词集笺注传统发扬光大，出版了众多富有学术含量的词集笺注（校笺）著作，词集笺注之学臻于完善和成熟，不仅惠及普通读者，于现代词学研究亦有大功。

二、词集评点之发展演变

评点是中国古代文学批评的一种独特方式，宋代即已出现。所谓"评点"，是"以标志符号和语言文字的评论，逐字、逐句、逐段分析文本的线索脉络，指点出文章的布局章法与字句修辞，引导读者并与之同时展开阅读的进程"[2]。一般而言，评点者可以借助评点这一批评形式发表感悟和见解，而经过评点的文本对读者阅读接受则有一定的帮助。词的评点在宋代即已出现，明代中后期以对《草堂诗余》《花间集》等词集的评点为标志得以展开，到清代更是得到全面发展，蔚为大观。

1. 形式、内容趋向多样化

南宋为词集评点之发轫期，大多有"评"（评语）无"点"（圈点符号）。[3] 关于宋人评点词集，鲖阳居士、黄昇、刘辰翁等三人值得注意。宋南渡初，鲖阳居士编选《复雅歌词》，附有评语，实为词集评点之滥觞。该书早已散佚，赵万里曾辑《复雅歌词》一卷，共十则（唐圭璋辑入《词话丛编》），续有学者辑佚，可以从中略窥批点情况：或注

---

[1]《山中白云词疏证》的笺注体例引起了词学家夏承焘先生的注意，他在1929年"八月卅日"的日记中写道："作子野年谱，翻书三四种（十种宋名家词疏证）。拟仿江宾谷注《山中白云词》《蘋洲渔笛谱》例，为白石、稼轩、山谷、淮海、片玉、乐章、龙洲、后村、东坡、六一诸大家词作疏证，名十种宋人词疏证。"（《夏承焘集》第五册，浙江古籍出版社、浙江教育出版社1997年版，第116页）

[2] 吴承学：《现存评点第一书——论〈古文关键〉的编选、评点及其影响》，载《中国文学评点研究论集》，上海古籍出版社2002年版，第222—223页。

[3] 张炎《词源》卷下记载："近代杨守斋精于琴，故深知音律，有《圈法周美成词》。"该本已佚，当有圈点符号。

解名物，如说明"鸳鸯菊乃豆蔻花"[1]；或交代本事，如记载万俟咏《雪明鳷鹊夜慢》（望五云多处春深）等应制词的创作背景；或宣扬编选者的词学观念，如对苏轼《卜算子》（缺月挂疏桐）作了关乎儒家诗教的评点。南宋后期，黄昇编《唐宋诸贤绝妙词选》《中兴以来绝妙词选》（后人合称《花庵词选》），对部分词作予以评点，内容涉及词调、词史、词人、词艺等方面。如评唐李珣《巫山一段云》（有客经巫峡）曰："唐词多缘题，所赋《临江仙》则言仙事，《女冠子》则述道情，《河渎神》则咏祠庙，大概不失本题之意。尔后渐变，失题远矣。如此二词，实唐人本来词体如此。"[2]这说明了词牌的初始面目及其演变。评李白词《菩萨蛮》（平林漠漠烟如织）、《忆秦娥》（箫声咽）"二词为百代词曲之祖"[3]，涉及词体起源问题。其他如评柳永曰"长于纤艳之词，然多近俚俗，故市井之人悦之"[4]；评姜夔曰"中兴诗家名流，词极精妙，不减清真乐府，其间高处，有美成所不能及"[5]；评张孝祥《六州歌头》等词曰"骏发蹈厉，寓以诗人句法者也"[6]，大都言简意赅。宋末刘辰翁以善评点诗文著称，也曾评点陈与义《无住词》、汪元量《水云词集》中的部分词作，但评语非常简略，说明其评点词作或是偶尔为之，注意力并不在此。总体而言，宋代词集评点尚处于起步阶段。

元朝及明代前期，词学发展处于低谷，几乎没有评点词集问世；明嘉靖之后，词学发展逐渐显露复苏迹象，词集评点亦趋于兴盛。明人喜欢以简短灵活、图（符号）文并用的方式进行诗词鉴赏和批评，如朱之蕃辑刻《词坛合璧》，将汤显祖评点《花间集》、杨慎评点《草堂诗余》、茅暎评点《词的》、杨慎评点《四家宫词》合为一编。明代中后期编刊

---

[1]《复雅歌词》载："鸳鸯菊乃豆蔻花也。其花类百合而小，比牵牛花差大，红紫色，中心有双须，须之端为双鸳鸯之形。"（转引自张余《〈复雅歌词〉佚语一则》，《江海学刊》2009年第4期）

[2] 黄昇辑，王雪玲、周晓薇校点：《花庵词选》，辽宁教育出版社1997年版，第21页。

[3] 黄昇辑，王雪玲、周晓薇校点：《花庵词选》，辽宁教育出版社1997年版，第1页。

[4] 黄昇辑，王雪玲、周晓薇校点：《花庵词选》，辽宁教育出版社1997年版，第84页。

[5] 黄昇辑，王雪玲、周晓薇校点：《花庵词选》，辽宁教育出版社1997年版，第271页。

[6] 黄昇辑，王雪玲、周晓薇校点：《花庵词选》，辽宁教育出版社1997年版，第186页。

的词选大多都有评点,如杨慎《词林万选》《百琲明珠》,张綖《草堂诗余别录》,茅暎《词的》,陆云龙《词菁》,潘游龙《古今诗余醉》等。而沈际飞评点《草堂诗余四集》、徐士俊评点《古今词统》的批语都多达上千条,蔚为可观。

古人评阅文学作品,除评语文字以外,还喜欢在文学作品的题目或字里行间加上圈点,用某种符号来作提示或者标记,表明一定含义。明代词集评点主要由评点符号和评点文字两部分组成:各种圈点符号醒目显豁,直观易懂,便于读者理解接受;文字包括序跋、眉批、夹批、旁批、总评等,它们既可以对字句作精细品藻,也可以宏观立论。评点符号和文字相互独立又相互配合,强化了评点的批评功能。明代中期以前的词选多以"○"或"、"标示句读,或标明佳句以提醒读者注意,评点符号相对简单,如杨慎评点《草堂诗余》便是如此。到了明代后期,词选中不仅评语增多,符号使用亦趋于多样化。如汤显祖评点《花间集》时符号已多达数种,其采用更为醒目的"◎"和"、"来标示作品中重要的词眼和佳句,注意运用多种圈点符号配合评语对词作进行比较详细的评点。明末的戏曲理论家沈际飞曾刊行《独深居点定玉茗堂集》,具有比较丰富的文学评点经验,他评点《草堂诗余四集》时使用了一套比较完善的圈点符号系统:"其灵慧新特之句用'○',尔雅流丽之句用'、',鲜奇警策之字用'◎',冷异巉削之字用'丶',鄙拙胅陋字句用'丨',复用'··'读句,以便览者不啜嚅于开卷,心良苦矣。"(《草堂诗余四集发凡·著品》)该书另有眉批数千条,内容极为丰富。明人的评点方式是随阅随评,看似随意散漫,没有清晰的理论体系,其实沈际飞评点《草堂诗余四集》、徐士俊评点《古今词统》不仅具有较大规模,而且富有审美眼光和一定理论水平,系统梳理评点内容即可寻绎批评者的词学观念与当时的词学风尚。[1]明人评点词集,绝大多数是评点前

---

[1] 具体可参见丁放、甘松《〈草堂诗余四集〉的编选评点及其词学意义》(《文学评论》2009年第3期),丁放、葛旭芳《从明代词选看词学观念的演变》(《学术月刊》2008年第6期)等论文。

代词人作品，并且是一人独评。随着清词创作的繁荣与词学复兴，顺康之际清词评点本大量涌现，出现"友朋日常互评，社集、唱和群体共评"[1]的现象，词集评点的生成方式更趋多样化。

2. 由商品化转向文人化

明嘉靖以后，随着商品经济的繁荣、市民的壮大、印刷术的普及，文人的市民化和文学创作的商品化成为一种新的趋势。小说、戏剧、词曲等通俗文学受到市民大众的热烈欢迎，为满足市民的文化需要，通俗文学作品被大量刊刻和出版。明代中后期的刻书业极为繁盛，其中江浙闽一带刻书规模最大，刻书最多。书坊将编辑、出版、发行结合在一起，形成三位一体的书业专行，有文化头脑和商业眼光的书坊主在编刻书籍时会增加插图、音注和评语，明代词集评点就是在这样的社会文化背景下兴盛发展起来的，因此难免沾染浓厚的商业色彩。例如，一些书坊利用名人效应进行广告宣传，邀请名人（或假托名人）写作序跋、编辑校订、注释评点，以提高图书销量。当时的名流如杨慎、李攀龙、李廷机、董其昌、陈继儒、袁宏道、钟惺等人的大名都出现在"草堂"系列词选之中，虽然他们本人不一定真正参加了评点工作。[2]有人将题名李廷机评点《新刻注释草堂诗余评林》与题名李攀龙批评《新刻李于麟先生批评注释草堂诗余隽》的评点内容予以比照，发现雷同的评语近二百条，故断定两个评点本的评者、题名均出自伪托，并推测实际评点者很可能是郁郁不得志的诗人词人，或是一时短于钱财之用的穷苦书生。明末沈际飞就曾批评这一现象："坊人嗜利更惜费，翻刻之弊，所繇始也。迩来评诰追板，而急于窃其实，巧于掩其名。……稍增损评注

---

[1] 朱秋娟：《清初清词评点的风尚成因与原生面貌》，《文艺研究》2008年第11期。
[2] 例如，关于杨慎是否评点过《草堂诗余》，目前学界有不同观点：张宏生《杨慎词学与〈草堂诗余〉》[《南京师大学报》（社会科学版）2008年第2期]认为，题为杨慎评批《草堂诗余》中的评点内容，是当时书商从《词品》等著作中抄撮而成的；张静《评点与词话——杨慎评点〈草堂诗余〉与撰著〈词品〉之关系》（《中国韵文学刊》2008年第2期）认为，杨慎在撰著《词品》之前对《草堂诗余》进行了评点。

刻之者，而能逃于翻之一字乎？"[1]此外，明代文人大多以休闲、娱乐的心态来编选、评点词集。如《词菁》编选者陆云龙，号翠娱阁主人，曾刊刻、评点图书多种，《词菁》只是其所编《翠娱阁评选行笈必携》中的一种。当然，也有态度相对严肃认真的词集评点，所评内容也具有较高的词论价值。如沈际飞评点《草堂诗余四集》，规模宏大、内容丰富，既有词作主旨、风格、技巧等艺术鉴赏方面的感悟，又涉及词调、词韵等词体方面的辨析，其评点内容曾被《古今词统》《古今诗余醉》《蓼园词选》《古今词论》《词苑丛谈》等多种词选、词话著作大量征引，代表了明代词集评点的较高水平。清人普遍推尊词体，不论创作还是研究，态度都相对严肃，词集评点之目的及性质由大众化、商品化转向专业化、文人化，词集评点成为标榜词学主张或切磋、交流词艺的重要手段。

清代"浙西词派"与"常州词派"的代表人物都曾借助评点词集来标榜或阐释自己的词学理论主张。例如，朱彝尊的词学理论主张主要体现在《词综》和一些序跋之中，但是"宏观性的理论，一旦落实到具体作品中，还有一个空间，需要读者自己去填补。比如，《词综发凡》中说：'填词最雅，莫过石帚。'可是，这只是一个大判断，究竟如何的雅，还需要读者自己去理解。尤其是，在一个作者名下，不同的作品仍然还有不同的特性，不能一概而论。正是在这些方面，评点发挥了特定的作用，可以更加具体地阐发其词学思想"[2]。也就是说，根据朱彝尊评点词集、词作的具体内容，可以更为准确、深入地把握其词学思想。这一探讨颇具启发性，循此思路，可以发现张惠言、谭献、陈廷焯等著名词学家也喜好通过评点词集来阐发自己的词学主张。如张惠言认为"意内而言外谓之词"，词之情意乃"缘情造端，兴于微言，以相感动。极命风谣里巷男女哀乐，以道贤人君子幽约怨悱不能自言之情"。[3]在

---

[1] 沈际飞：《草堂诗余四集》，明末翁少麓刊本，天津图书馆藏。
[2] 张宏生：《宏观把握与微观示范——从评点看朱彝尊的词学成就》，《南京大学学报》（哲学·人文科学·社会科学版）2010年第2期。
[3] 唐圭璋编：《词话丛编》，中华书局1986年版，第1617页。

《词选》中，他常将词与《诗经》《楚辞》相比附，深求其"微言大义"，如评温庭筠《菩萨蛮》（小山重叠金明灭）曰"此感士不遇也。篇法仿佛《长门赋》"，又说"照花前后镜"四句是"离骚初服之意"。[1]评冯延巳《蝶恋花》三首曰："忠爱缠绵，宛然骚、辨之义。"评王沂孙《眉妩》（渐新痕悬柳）曰："碧山咏物诸篇，并有君国之忧。此喜君有恢复之志，而惜无贤臣也。"[2]这都是在具体阐扬其词学主张。"常州词派"后劲谭献继承了周济"词亦有史"的思想，其《箧中词》评点蒋春霖词时多使用"此谓词史""何减少陵"等语。如评蒋春霖《琵琶仙》（天际归舟）云："《水云楼词》固清商变徵之声，而流别甚正，家数颇大，与成容若、项莲生二百年中分鼎三足。咸丰兵事，天挺此才，为倚声家杜老。"[3]杜诗被后世誉为"诗史"，谭献则明确标举蒋词为反映"世变"的"词史"之作。又如，陈廷焯编选《词则》，多有眉批评语，宗旨在于具体阐发"沉郁"之说，与其《白雨斋词话》相互呼应和印证。

词集评点还成为清代词人骚客的群体性文学活动，有"刊刻者索评，友朋日常互评，社集、唱和群体共评，这三种方式一般会同时出现于一部词集"[4]。例如孙默纂辑大型词集丛编《国朝名家诗余》，集中评点者阵容强大，囊括当时的词坛名家，如邹祗谟、王士禛、王士禄、陈维崧、曹尔堪、朱彝尊、李良年、尤侗、曹溶、董以宁、彭孙遹、宋琬、杜濬、孙枝蔚、丁澎、邓汉仪、汪懋麟、宗元鼎等皆参与了词集评点。朋辈的互相评点固然容易有标榜之习，但参评者多为词坛名家，创作经验丰富，其中不乏真知灼见，既有利于提升词艺和鉴赏水平，又能促进词坛繁荣发展。

---

[1] 唐圭璋编：《词话丛编》，中华书局1986年版，第1609页。

[2] 唐圭璋编：《词话丛编》，中华书局1986年版，第1616页。

[3] 谭献辑，罗仲鼎、俞浣萍校点：《清词一千首》，西泠印社出版社2007年版，第185页。

[4] 朱秋娟：《清初清词评点的风尚成因与原生面貌》，《文艺研究》2008年第11期。

三、词集笺注、评点之功能

中国古代词集笺注、评点的发展大致经历了由分到合、由合到分的历程。宋金时期词集笺注较多,评点尚处于起步阶段。明代中后期,笺注、评点结合紧密,但大多出现在特定的文本之中,以"草堂"系列词选为代表。清人往往在体例上将注释与评语分开,或以笺注为主,或以评点为主。笺注重"考据",学术化倾向明显;评点重"义理",多阐释词学观念或审美感受。笺注与评点作为词集"副文本",对读者阅读、接受作品起着积极作用,兼具诠释与传播两大功能。

从诠释学角度看,文本与阅读者存在距离,笺注、评点就是一种填补和创造,有助于消弭文本与阅读者之间的距离。一般来说,笺注侧重说明词语出处、典故来源,间或介绍创作本事,帮助读者读懂文本,当然,有时也包含批评性内容;评点侧重个人的阅读感悟,更多涉及审美评价,其中也涉及相关知识的介绍,如清人黄苏《蓼园词选》于所选词作之下,先择录宋人词话或词选、笔记等资料作为笺注,然后加上自己的评语。所以,笺注、评点并非截然可分,有时会有所交叉或叠合。

笺注、评点都能引导接受者更好地理解作品,有利于作品的普及和传播。名人的词集、词作更能引起笺注、评点者的兴趣,如宋代著名词人苏轼、周邦彦的词集均有多种笺注本。笺注、评点又能进一步扩大词人及其作品的影响,如宋南渡后,"苏学北行",孙镇《注东坡乐府》问世,进一步促进了苏词的传播和接受。元好问曾评价说:"孙安常注坡词,参以汝南文伯起《小雪堂诗话》,删去他人所作'无愁可解'之类五十六首,其所是正,亦无虑数十百处,坡词遂为完本,不可谓无功。"[1] 元好问还从孙镇《注东坡乐府》中录取七十五首,编成《东坡乐府集选》,惜已佚。又如,蔡松年词集无其他传本,幸赖魏道明注本才得以行世,唐圭璋《全金元词》据四印斋刻本辑录七十二首,另据《中州乐府》《阳

---

[1] 元好问:《遗山先生文集》卷三六,《四部丛刊》本。

春白雪》补十二首,蔡词才算大体完备。值得注意的是,某些评点者还明确表明以评点促传播的意图。如汤显祖不满当时《草堂诗余》流行而《花间集》遭遇冷落,希望通过评点《花间集》使之受到读者的欣赏和重视:"《诗余》流遍人间,枣梨充栋,而讥评赏誉之者亦复称是,不若留心《花间集》者之寥寥也。余于《牡丹亭》亭梦之暇,结习不忘,试取而点次之,评骘之,期世之有志风雅者,与《诗余》互赏。"[1]

清代词人或词学家通过笺注、评点的方式标榜或阐扬词学主张,不仅促进了词集的传播接受,甚至还有助于词派的发展或扩大其影响。如《绝妙好词》在清代的刊刻、笺注以及续书,对"浙西词派"的发展产生了不可忽视的影响。《绝妙好词》在明代罕见流传,至清初始被"浙西词派"词人、学者柯崇朴、柯煜、朱彝尊等重新发现并刻印流布,予以揄扬推广,其后的项纲又予以重刻,使其影响进一步扩大,成为《绝妙好词》接受史上的第一个高潮,并且接受者以"浙西词派"中的词人为主体。乾隆年间,查为仁、厉鹗《绝妙好词笺》出,成为此书接受史上的一件大事,是"浙西词派"的一次重要学术活动,也是《绝妙好词》接受史上的第二个高潮。道光、咸丰年间,可视为《绝妙好词》接受史上的第三个高潮。《绝妙好词笺》问世后,清人余集又有《续钞》之作,余集从周密《浩然斋雅谈》《志雅堂杂钞》《齐东野语》《癸辛杂识》《武林旧事》诸书中抄录宋人词作共六十首(包括几首附录之词),钱唐姚煜为之作注,实亦偏重笺证本事。道光九年(1829),徐懋重刻《绝妙好词笺》时,将余集《续钞》附刻于后,又将自己从周密诸笔记中抄得之词十三首一并刻入,名曰《绝妙好词续钞·补录》,将周密笔记中所记"本事"附于词后,同于"笺"文。咸丰五年(1855),孙麟趾编选的《绝妙近词》问世,这也是接受、效法《绝妙好词》的一个实例。孙麟趾是一位推崇"浙西词派"的词论家,《绝妙近词·凡例》即推崇朱彝尊、厉鹗之词,而对"常州词派"表示不满。该书以朱彝尊《词综》为楷模,选辑嘉庆四年(1799)至咸丰五年五十多年间词,得

---

[1] 施蛰存主编:《词籍序跋萃编》,中国社会科学出版社1994年版,第634页。

词人八十九家，词二百六十首，以宗姜夔词风者为首选对象。陈庆溥《绝妙近词序》明言此书是沿《绝妙好词》之例，并对查、厉之笺评价甚高，又因不能如《绝妙好词笺》那样作笺注而感到遗憾，并希望后来者能为之作笺注。由此可见，从《绝妙好词笺》到其《续钞》，再到《绝妙近词》，词集笺注对"浙西词派"的发展起到了相当大的影响。

值得注意的是，评点与笺注的文学功能既有相同之处，又有区别。笺注侧重知识介绍，重在求真；而评点更具个性色彩，偏重审美感悟，"评点所最为倾心的是文本本身的优劣，它努力挖掘的是文学的美究竟何在以及何以美，它注重对文本的结构、意象、遣词造句等属于文学形式方面的分析"[1]。评点在很大程度上是一种阅读学，它既是评点者反复阅读、揣摩的结果，又成为后来读者阅读的先导。一方面，评点者要与作者及作品展开对话，充分调动自身的阅读、审美体验，表达对作品的感悟和见解；另一方面，评点者要将自己的感受通过圈点、批语等方式附着在原有文本上，将自己的审美观念传递给后来的阅读者。某种意义上说，笺注基本上是单向的，而评点则在一定程度上实现了评点者与作者以及后来读者之间的交流与对话。

（原题为《中国古代词集笺注、评点的演变及功能》，载《复旦学报》2012年第6期，此文略有改动，作者：丁放、甘松）

---

[1] 张伯伟：《中国古代文学批评方法研究》，中华书局2002年版，第591页。

参考文献

鲍恒. 清代词体学论稿. 北京：人民文学出版社，2007.
蔡景康编选. 明代文论选. 北京：人民文学出版社，1993.
蔡桢疏证. 词源疏证. 北京：中国书店，1985.
曹旭. 诗品研究. 上海：上海古籍出版社，1998.
陈高华编. 宋辽金画家史料. 北京：文物出版社，1984.
陈沆. 诗比兴笺. 上海：上海古籍出版社，1981.
程千帆. 古诗考索. 上海：上海古籍出版社，1984.
程千帆、吴新雷. 两宋文学史. 上海：上海古籍出版社，1991.
戴表元. 剡源戴先生文集.《四部丛刊》本. 上海：商务印书馆.
邓乔彬. 词学廿论. 上海：上海古籍出版社，2005.
邓绍基主编. 元代文学史. 北京：人民文学出版社，1991.
邓之诚. 清诗纪事初编. 上海：上海古籍出版社，1984.
邓子勉编. 明词话全编. 南京：凤凰出版社，2012.
邓子勉编. 宋金元词话全编. 南京：凤凰出版社，2008.
丁放、甘松、曹秀兰. 宋元明词选研究. 北京：商务印书馆，2012.
丁放、余恕诚. 唐宋词概说. 合肥：安徽教育出版社，2002.
丁放. 元代诗论校释. 北京：中华书局，2020.
丁放. 中国词学论集. 南京：凤凰出版社，2019.
丁福保辑. 历代诗话续编. 北京：中华书局，1983.
方智范等. 中国古典词学理论史. 修订版. 上海：华东师范大学出版社，2005.
方智范等著，施蛰存参订. 中国词学批评史. 北京：中国社会科学出版社，1994.

傅璇琮等主编．全宋诗．北京：北京大学出版社，1991—1998.

高棅编选．唐诗品汇．上海：上海古籍出版社，1982.

葛渭君编．词话丛编补编．北京：中华书局，2013.

顾易生等．宋金元文学批评史．上海：上海古籍出版社，1996.

顾易生、蒋凡．先秦两汉文学批评史．上海：上海古籍出版社，1990.

郭绍虞编选，富寿荪校点．清诗话续编．上海：上海古籍出版社，1983.

国学整理社辑．诸子集成．北京：中华书局，1954.

何文焕辑．历代诗话．北京：中华书局，1981.

胡传志．金代文学研究．合肥：安徽大学出版社，2000.

胡应麟．少室山房笔丛．北京：中华书局，1958.

胡应麟．诗薮．上海：上海古籍出版社，1979.

胡震亨．唐音癸签．上海：上海古籍出版社，1981.

华东师范大学中文系古典文学研究室编．词学研究论文集：1911—1949年．上海：上海古籍出版社，1988.

华东师范大学中文系古典文学研究室编．词学研究论文集：1949—1979年．上海：上海古籍出版社，1982.

黄霖．近代文学批评史．上海：上海古籍出版社，1993.

揭傒斯．揭文安公全集．《四部丛刊》本．上海：商务印书馆．

景印文渊阁四库全书．台北：台湾商务印书馆，1983—1986.

况周颐撰，屈兴国辑注．蕙风词话辑注．南昌：江西人民出版社，2000.

李昉等编．文苑英华．北京：中华书局，1966.

李剑亮．唐宋词与唐宋歌妓制度．杭州：杭州大学出版社，1999.

李修生主编．全元文．南京：江苏古籍出版社，1999—2001.

李学勤主编．十三经注疏．北京：北京大学出版社，1999.

梁启超．饮冰室诗话．北京：人民文学出版社，1959.

凌廷堪、林谦三、丘琼荪著，任中杰、王延龄校．燕乐三书．哈尔滨：黑龙江人民出版社，1986.

刘崇德. 敝帚集. 保定：河北大学出版社，2001.

刘崇德校译. 新定九宫大成南北词宫谱校译. 天津：天津古籍出版社，1998.

刘崇德、孙光钧译谱. 碎金词谱今译. 保定：河北大学出版社，2000.

刘军政. 中国古代词学批评方法. 北京：人民出版社，2015.

刘勰著，范文澜注. 文心雕龙注. 北京：人民文学出版社，1958.

刘勰著，祖保泉解说. 文心雕龙解说. 合肥：安徽教育出版社，1993.

刘学锴. 李商隐诗歌研究. 合肥：安徽大学出版社，1998.

刘扬忠. 唐宋词流派史. 福州：福建人民出版社，1999.

刘永济. 词论. 上海：上海古籍出版社，1981.

刘尊明. 唐五代词的文化观照. 台北：文津出版社，1994.

刘尊明. 唐五代词史论稿. 北京：文化艺术出版社，2000.

龙榆生. 词曲概论. 上海：上海古籍出版社，1980.

龙榆生. 龙榆生词学论文集. 上海：上海古籍出版社，1997.

陆林. 元代戏剧学研究. 合肥：安徽文艺出版社，1999.

罗忼烈. 两小山斋论文集. 北京：中华书局，1982.

罗宗强. 隋唐五代文学思想史. 上海：上海古籍出版社，1986.

罗宗强. 玄学与魏晋士人心态. 杭州：浙江人民出版社，1991.

彭国忠. 唐宋词学阐微：文本还原与文化观照. 合肥：安徽大学出版社，2008.

彭玉平. 中国分体文学学史：词学卷. 太原：山西教育出版社，2013.

钱谦益. 列朝诗集小传. 上海：上海古籍出版社，1983.

钱仪吉等. 清代碑传全集. 上海：上海古籍出版社，1987.

钱锺书. 管锥编. 北京：中华书局，1979.

钱锺书. 旧文四篇. 上海：上海古籍出版社，1979.

钱锺书. 谈艺录. 补订本. 北京：中华书局，1984.

钱仲联主编. 清诗纪事. 南京：凤凰出版社，2004.

丘琼荪. 白石道人歌曲通考. 北京：音乐出版社，1959.

阮元辑. 宛委别藏：第118册. 南京：江苏古籍出版社，1988.

沙先一、张晖. 清词的传承与开拓. 上海：上海古籍出版社，2008.

上海古籍出版社编，唐圭璋等校点. 唐宋人选唐宋词. 上海：上海古籍出版社，2004.

沈德潜编. 清诗别裁集. 北京：中华书局，1975.

沈德潜、周准编. 明诗别裁集. 北京：中华书局，1973.

沈松勤. 唐宋词社会文化学研究. 杭州：浙江大学出版社，2000.

施议对. 词与音乐关系研究. 北京：中国社会科学出版社，1985.

施蛰存、陈如江辑录. 宋元词话. 上海：上海书店出版社，1999.

施蛰存主编. 词籍序跋萃编. 北京：中国社会科学出版社，1994.

舒芜等编选. 近代文论选. 北京：人民文学出版社，1959.

司空图著，祖保泉解说. 司空图诗品解说. 合肥：安徽人民出版社，1964.

四库全书存目丛书：集部：第422册. 济南：齐鲁书社，1997.

宋濂等. 元史. 北京：中华书局，1976.

孙克强. 清代词学批评史论. 上海：上海古籍出版社，2008.

孙克强. 唐宋词学批评史论. 郑州：河南大学出版社，2017.

孙望、常国武主编. 宋代文学史. 北京：人民文学出版社，1996.

唐圭璋编. 词话丛编. 北京：中华书局，1986.

唐圭璋编著. 宋词纪事. 上海：上海古籍出版社，1982.

唐圭璋. 词学论丛. 上海：上海古籍出版社，1986.

陶尔夫、刘敬圻. 南宋词史. 哈尔滨：黑龙江人民出版社，1992.

陶秋英编选，虞行校订. 宋金元文论选. 北京：人民文学出版社，1984.

陶然. 金元词通论. 上海：上海古籍出版社，2001.

陶宗仪等编. 说郛三种. 上海：上海古籍出版社，1988.

陶宗仪. 南村辍耕录. 北京：中华书局，1959.

脱脱等. 金史. 北京：中华书局，1975.

脱脱等. 宋史. 北京：中华书局，1977.

宛敏灏. 词学概论. 上海：上海古籍出版社，1987.

王夫之等. 清诗话. 上海：上海古籍出版社，1978.

王夫之著，戴鸿森笺注. 姜斋诗话笺注. 北京：人民文学出版社，1981.

王国维. 海宁王静安先生遗书. 台北：台湾商务印书馆，1940.

王国维撰，叶长海导读. 宋元戏曲史. 上海：上海古籍出版社，1998.

王季思. 玉轮轩古典文学论集. 北京：中华书局，1982.

王若虚. 滹南遗老集.《四部丛刊》本. 上海：商务印书馆.

王士禛原编，郑方坤删补，李珍华点校. 五代诗话. 北京：书目文献出版社，1989.

王士禛著，惠栋、金荣注，伍铭辑校，韦甫参订. 渔洋精华录集注. 济南：齐鲁书社，1992.

王士禛著，张宗柟纂集，戴鸿森校点. 带经堂诗话. 北京：人民文学出版社，1963.

王卫民编. 吴梅戏曲论文集. 北京：中国戏剧出版社，1983.

王沂孙撰，吴则虞笺注. 花外集. 上海：上海古籍出版社，1988.

王运熙、杨明. 隋唐五代文学批评史. 上海：上海古籍出版社，1994.

王运熙、杨明. 魏晋南北朝文学批评史. 上海：上海古籍出版社，1989.

王兆鹏. 词学史料学. 北京：中华书局，2004.

王兆鹏. 唐宋词史论. 北京：人民文学出版社，2000.

王镇远、邬国平编选. 清代文论选. 北京：人民文学出版社，1999.

邬国平、王镇远. 清代文学批评史. 上海：上海古籍出版社，1995.

吴昌绶、陶湘编. 景刊宋金元明本词. 北京：中国书店，2011.

吴梅. 词学通论. 上海：复旦大学出版社，2005.

吴世昌著，吴令华辑注，施议对校. 词林新话. 增订本. 北京：北京出版社，2000.

吴文治主编. 明诗话全编. 南京：江苏古籍出版社，1997.

吴文治主编. 宋诗话全编. 南京：江苏古籍出版社，1998.

吴熊和. 唐宋词通论. 上海：上海古籍出版社，2022.

吴熊和. 吴熊和词学论集. 杭州：杭州大学出版社，1999.

夏承焘等主编. 词学：第一—四十八辑. 上海：华东师范大学出版社，1981—2022.

夏承焘. 夏承焘集. 杭州：浙江古籍出版社、浙江教育出版社，1997.

萧统编，李善注. 文选. 北京：中华书局，1977.

谢桃坊. 宋词辨. 上海：上海古籍出版社，1999.

谢桃坊. 中国词学史. 成都：巴蜀书社，1993.

徐安琪. 唐五代北宋词学思想史论. 北京：人民文学出版社，2007.

徐陵辑. 玉台新咏. 北京：文学古籍刊行社，1955.

徐釚编著，王百里校笺. 词苑丛谈校笺. 北京：人民文学出版社，1988.

严迪昌. 清词史. 南京：江苏古籍出版社，1999.

严羽著，郭绍虞校释. 沧浪诗话校释. 北京：人民文学出版社，1961.

杨海明. 唐宋词论稿. 杭州：浙江古籍出版社，1988.

杨海明. 唐宋词史. 南京：江苏古籍出版社，1987.

杨海明. 张炎词研究. 济南：齐鲁书社，1989.

杨荫浏. 中国古代音乐史稿. 北京：人民音乐出版社，1981.

杨载. 翰林杨仲弘诗.《四部丛刊》本. 上海：商务印书馆.

永瑢等. 四库全书总目. 北京：中华书局，1965.

尤振中、尤以丁编著. 明词纪事会评. 合肥：黄山书社，1995.

尤振中、尤以丁编著. 清词纪事会评. 合肥：黄山书社，1995.

于安澜编. 画论丛刊. 北京：人民美术出版社，1962.

于安澜编. 画品丛书. 上海：上海人民美术出版社，1982.

余恕诚. 唐诗风貌. 合肥：安徽大学出版社，1997.

余意. 明代词史. 北京：北京大学出版社，2015.

俞剑华编著. 中国画论类编. 北京：中国古典艺术出版社，1957.

俞平伯. 论诗词曲杂著. 上海：上海古籍出版社，1983.

虞集. 道园学古录.《四部备要》本. 上海：中华书局.

元好问编. 中州集. 北京：中华书局，1959.

元好问. 遗山先生文集.《四部丛刊》本. 上海：商务印书馆.

元好问著,施国祁注,麦朝枢校. 元遗山诗集笺注. 北京:人民文学出版社,1958.

袁行霈. 当代学者自选文库:袁行霈卷. 合肥:安徽教育出版社,1999.

袁行霈等. 中国诗学史. 北京:人民文学出版社,2021.

袁行霈、孟二冬、丁放. 中国诗学通论. 合肥:安徽教育出版社,1994.

袁行霈. 中国诗歌艺术研究. 北京:北京大学出版社,1987.

袁行霈. 中国文学概论. 北京:高等教育出版社,1990.

袁行霈主编. 中国文学史. 第三版. 北京:高等教育出版社,2014.

袁桷. 清容居士集. 《四部备要》本. 上海:中华书局.

袁枚. 小仓山房诗集. 《四部备要》本. 上海:中华书局.

袁枚著,顾学颉校点. 随园诗话. 北京:人民文学出版社,1982.

袁震宇、刘明今. 明代文学批评史. 上海:上海古籍出版社,1991.

曾慥辑,陆三强校点. 乐府雅词. 沈阳:辽宁教育出版社,1997.

詹福瑞. 论经典. 北京:人民文学出版社,2015.

詹福瑞. 中古文学理论范畴. 保定:河北大学出版社,1997.

张伯伟. 中国古代文学批评方法研究. 北京:中华书局,2002.

张伯伟. 钟嵘诗品研究. 南京:南京大学出版社,1999.

张宏生. 清词探微. 上海:上海古籍出版社,2008.

张宏生. 清代词学的建构. 南京:江苏古籍出版社,1998.

张惠民编. 宋代词学资料汇编. 汕头:汕头大学出版社,1993.

张景星等选编. 宋诗别裁集. 北京:中华书局,1975.

张景星等选编. 元诗别裁集. 北京:中华书局,1975.

张廷玉等. 明史. 北京:中华书局,1974.

张炎撰,吴则虞校辑. 山中白云词. 北京:中华书局,1983.

郑孟津、吴平山. 词源解笺. 杭州:浙江古籍出版社,1990.

张应昌编. 清诗铎. 北京:中华书局,1960.

张仲谋. 明词史. 修订本. 北京:人民文学出版社,2015.

张仲谋. 明代词学通论. 北京:中华书局,2013.

张仲谋、王靖懿. 明代词学编年史. 北京：高等教育出版社，2015.
赵崇祚编，杨景龙校注. 花间集校注. 北京：中华书局，2014.
赵崇祚辑，李一氓校. 花间集校. 北京：人民文学出版社，1958.
赵尔巽等. 清史稿. 北京：中华书局，1976.
赵维江. 金元词论稿. 北京：中国社会科学出版社，2000.
中国戏曲研究院编. 中国古典戏曲论著集成. 北京：中国戏剧出版社，1959.
钟陵编著. 金元词纪事会评. 合肥：黄山书社，1995.
钟嵘著，陈延杰注. 诗品注. 北京：人民文学出版社，1958.
周密辑，查为仁、厉鹗笺. 绝妙好词笺. 北京：中华书局，1957.
周密撰，吴企明点校. 癸辛杂识. 北京：中华书局，1988.
周密撰，张茂鹏点校. 齐东野语. 北京：中华书局，1983.
周祖譔编选. 隋唐五代文论选. 北京：人民文学出版社，1990.
朱崇才编纂. 词话丛编续编. 北京：人民文学出版社，2010.
朱崇才. 词话史. 北京：中华书局，2006.
朱惠国、刘明玉. 明清词研究史稿. 济南：齐鲁书社，2006.
朱惠国. 中国近世词学思想研究. 上海：上海古籍出版社，2005.
朱万曙. 明代戏曲评点研究. 合肥：安徽教育出版社，2002.
朱孝臧辑校编撰. 彊村丛书. 上海：上海古籍出版社，1989.
朱彝尊、汪森编. 词综. 上海：上海古籍出版社，1978.
诸葛忆兵. 徽宗词坛研究. 北京：北京出版社，2001.
祖保泉. 司空图诗文研究. 合肥：安徽教育出版社，1998.

后 记

　　二十二年前，本人曾有《金元词学研究》之作，对金元词学作了较为全面的探讨，今作此书，是出于两点考虑：一是时移世异，二十多年来，金元词学研究有了多方面的进展，值得作进一步的总结，自己的想法也有了某些改变；二是论词学，未能上溯至宋代，不免理不清源头，留下遗憾。基于以上两个原因，我与甘松（文学博士，合肥师范学院文学院教授、硕士生导师）君合作写成此书，定名为《宋元词学史》，一是将上次未写的宋代词学纳入研究范围，二是适当吸收近年来金元词学研究的新成果并加上自己的新想法。全书由本人总负责并撰写约三分之二的书稿，甘松撰写约三分之一的书稿，夏小凤、葛旭芳各承担一节的写作。甘松执笔的具体章节为：绪论的部分内容、第一章之第一节"唐宋词乐的发展与演变"、第二章"宋代词选与词学理论"、第三章之第三节"宋代笔记中的宫廷词'本事'"、附录一《〈草堂诗余四集〉研究》、附录三《古代词集笺注、评点研究》。我的学生夏小凤（宁波工程学院教师）博士撰写了第一章之第二节"苏轼词入乐可歌之新论"的初稿，我的学生葛旭芳参与了附录二《〈古今词统〉研究》一文的写作。全书字数共约40万，其中甘松撰写约10万字，夏小凤、葛旭芳各撰写约1.5万字的初稿，其余部分由我执笔完成，全书统稿、定稿工作，也由我完成。

　　本书的部分章节，曾在一些刊物上发表过，主要有《文学评论》《文学遗产》《学术月刊》《复旦学报》《西北师范大学学报》《安徽师范大学学报》《南京师范大学文学院学报》等，谨此致谢。

丁放
2024 年春节　记于彭城